朴　美子　著

韓国古典詩における隠逸の心とその生活

——中国古典詩との比較を中心として——

風　間　書　房

目次

第一章　詠物における隠逸の心

一、中国文学に見られる「菊」の様相 ——陶淵明を中心として——

序

「菊」はきく科の多年生の草で、香りが高く、秋には美しい花を開く。古代中国の人々は「菊」に長寿の意を認めており、[1]神仙に関する書物にもしばしば登場する。[2]「菊」は多くの草木が枯れた後、しかも霜がおりる時に咲くために、その生命力の強さがうたわれる。また、「菊」は隠遁生活に欠くべからざるものとしてうたわれるが、代表的詩人として陶淵明が挙げられる。陶淵明の「飲酒詩」に見られる「採菊東籬下、悠然見南山」句は隠遁生活の一こまとして詠まれている。また、中国の文学に登場する「菊」については、歴代の書物に記載が見られるが、共通に指摘されているのは、「菊」は晩秋の霜中に花を開くこと、長寿をあらわすこと、隠者の住まいを象徴することなどである。[3]

本稿では、「菊」に焦点を当てて中国文学における「菊」の様相を考えてみようと思う。古代中国の人々は花の持つ特質をどのように詩に表現し、己の心を託していたのか。本稿ではこの点をめぐって、陶淵明を中心に陶淵明以前と以後の時期の詩文を通して具体的に考えて見ることにする。そこで、今中国文学における「菊」に対するイメージを「節」(節操の節)「長寿」「隠遁」三つに分けて、陶淵明を中心としてその前後の時期を具体的に整理してみることにするが、陶淵明以前の「菊」については「離騒」を中心に考えて見たいと思う。

屈原の「離騒」に「朝に木蘭の墜露を飲み、夕に秋菊の落英を餐ふ」という句があり、陶淵明の「感士不遇賦」并序に、「正義を抱き、道に志す士は、壮年時代に才能を隠しており、己を潔くして清く汚れのない節操をもつ人は、世にうずもれていたずらに労苦する。だからこそ、伯夷・叔斉や商山の四皓はどこへ行けばよいのかと嘆き、屈原は絶望の哀しみを発したのである」と述べられている。[4] 屈原は懐王に仕えて三閭大夫となったが、国政を執って懐王に信任されるや、同僚の大夫が妬んでこれを陥れ、ために放逐された人物である。陶淵明は屈原に対して、「己を潔くして清く汚れのない節操を保つ人」と評価している。そして、陶淵明以後、唐代においては淵明の詩を愛してその故居を訪れたことのある白居易を取り上げ、宋代においては「淵明は吾が師とする所」[5] と述べる蘇軾を中心に検討する。

第一節　陶淵明の菊

陶淵明（三六五？～四二七）が菊を取り上げた詩は、「和郭主簿」「帰去來兮辭」「飲酒」「九日閑居」など計七例を数える。[6] 各々の用例をあげれば、「秋菊盈園」「空服九華」（「九日閑居幷序」）、「菊爲制頽齡」「寒華徒自榮」（「九日閑居」）、「採菊東籬下」（「飲酒」其五）、「秋菊有佳色」（「飲酒」其七）、「松菊猶存」（「帰去來兮辭」）である。これらの詩の季節は無論、秋である。秋、菊といえば、まず、詩人達は旧暦九月九日・重陽の日を思ったに違いない。このことについては第二節の陶淵明以前で扱うが、蕭統の「陶淵明伝」に「九月九日、宅辺の菊叢の中で手に一杯菊の花を満たして坐っていると、突然王弘から贈られてきた酒が届いたので、すぐにその場で酌み、酔って帰る。[7]」とのエピソードがある。九月九日を祝う気持ちは陶淵明においても例外ではなかったようである。

それでは、陶淵明の詩において「菊」はどのように歌われているのであろうか、まず「節」について見てみよう。

和澤周三春、清涼素秋節。露凝無游氛、天高肅景澈。陸岑聳逸峯、遙瞻皆奇絶。

芳菊開林耀、青松冠巖列。懐此貞秀姿、卓爲霜下傑。銜觴念幽人、千載撫爾訣。

検素不獲展、厭厭竟良月。

（春に雨や露の恵みをたっぷり受けて、すがすがしい秋になる。秋になると、露は霜となり遊動する雲気もなく、空高く秋の景色が澄み渡っている。高く低い山並みの中に優れた峯がそびえ、遠くから眺めるとずば抜けて美しい。香しい菊花は林の中で光り輝き、青々とした松は岩山の上に連なっている。どちらも高々と霜の下に高節を保って立っている。盃を口にしながら人里を離れた隠士を思うが、彼等はいつまでも松と菊の風格を持ちつづけるのだ。ずっと長い間便りがないので、私は沈んだ気持ちで十月を過ごしている）

（「和郭主簿」二首、其二）

この詩は陶淵明三十八歳（四〇二）頃の作と見做される。すがすがしく澄み切った秋、香しい菊花が林の中で光り輝いており、青々とした松が岩山の上に連なっている。淵明は厳しい霜の下に菊と松が優れた風格を保って高々と堅く節操を守る姿に、古の人里を離れた地に住む隠士を思っていた。隠士たちの生き方こそが、松や菊の風格にふさわしいとみているのである。淵明は結句に「検素不獲展、厭厭竟良月」といい、自分は沈んだ気持ちでいると郭主簿にうったえているが、「懐此貞秀姿、卓爲霜下傑。銜觴念幽人、千載撫爾訣。」と述べられていることから考えると、その沈んだ気持ちの原因は郭主簿からの便りがないこともあろうが、さらに、高潔な隠士に憧れるだけに止まっている自分自身の姿に悲しみを覚えていたためと考えられる。要するに、淵明は「松」「菊」を眺めながら、そこに隠士の生活への憧れを託していたのである。後に淵明は田園に帰って「歸去來兮辭」をあらわしたが、そこには「三徑就荒、松菊猶存」と述べられている。役人生活を辞めて故郷の田園に帰れば、庭の小道は荒れかけているのに、松と菊は昔のままに残っている。世が変わり住まいも変わっても、「松」と「菊」だけは変わらないでいる。その姿を見て、淵明は心が落ち着いたことであろう。そして、自分もまた世俗を離れた隠士となり、それにふさわしく生きようと決意していたものと思われる。

次に、「長寿」について考えてみよう。陶淵明五十四歳の作と推定される「九日閑居」の序に「余閑居、愛重九之名。」とあり、私は田園で静かな生活を送るようになってから「重九」の名すなわち重陽節を愛でるようになったと述べている。そして、「秋菊は田園に咲き乱れているが、肝心なにごり酒を手にするあてがない。それで空しく重陽の花を服してわが思いを詩に託した」と続ける。その詩の第九、十句目に「酒はもろもろの心配ごとを除き去るし、菊は年をとるのを押さえる。」と述べており、淵明は酒と菊とを一組のものとして取り上げている。特に、酒を好んだ淵明にとってみれば、世俗を離れた生活であっても「酒」は不可欠なものであったに違いない。『西京雑記』巻三に「九月九日に茱萸を身に付けて、蓬餌を食べ、菊の花の酒を飲むと、人を長寿にさせる。(8)」とあるが、淵明はこのような当時の風習を心得ていたのであろう。

最後に、「隠遁」について見てみよう。「飲酒」二十首、其七（十句中第一句から第四句まで）に、「秋の菊がみごとな色に咲き、露に濡れた花弁をつむ。憂を忘れるという酒に浮かべると、世俗から遠く離れた私の思いが一層深まるようである。(9)」と述べている。淵明の心が世俗から遠く離れていくのは酒の力によるところがあるにせよ、「菊」のもつ隠遁にふさわしい風格も排除できない。淵明の「菊」を歌う詩文を見てみると、そのほとんどは田園に帰ってからの作である。以下にあげる「飲酒」詩の(10)「採菊東籬下、悠然見南山」の句もやはり、田園に帰ってからの作である。

結廬在人境、而無車馬喧。問君何能爾、心遠地自偏。採菊東籬下、悠然見南山。

山氣日夕佳、飛鳥相與還。此中有眞意、欲辨已忘言。

（人里に庵を構えているが、車馬の喧しさは無い。どうしてそんなことがあり得るのかと、君は尋ねる。心が世俗から遠く離れると、住まいも自然と辺鄙な地になるものだ。東の垣根の下に咲いている菊の花を採り、ゆったりと南山を見る。山にたちこめるもやが夕暮れに素晴らしく、空を飛ぶ鳥はともにねぐらに帰っていく。この自然の中に真意が有るが、説明しようにも言葉では言い表わせないのだ）

（「飲酒」二十首、其五）

淵明は人里に庵を構えても、役人どもの馬車の音に煩わされることがないと述べており、その理由を心が世俗から遠く離れると、人里に庵を構えても自然に辺鄙な地に変わってしまうと説明している。淵明の隠遁生活は、「菊の花を手にしてゆったりとした気持ちで遥か南山を眺める。[11]」「夕暮れの山のたたずまいの光景の中に鳥たちがねぐらに帰る。」といったおだやかな生活である。淵明は心身ともに、自然とともに生きたのであり、世俗から離れて自然と向き合っているうちに、人間のあるべき真の姿を発見したのである。「採菊東籬下、悠然見南山」の句が後世の人々に愛唱されるのは、まさしく、淵明がなにげない自然の中で人間の本来あるべき奥深き真の姿を発見したためであろう。

以上、陶淵明が描く「菊」について検討した。陶淵明において、「菊」という存在は高潔な姿を有するものであり、世俗から離れた隠逸世界の存在であった。それゆえ、淵明の隠遁生活において「菊」は欠かせないものであったと思われる。

第二節　陶淵明以前と以後の菊

一　陶淵明以前

屈原（前三四三〜前二七七?）の「離騒」の「朝飲木蘭之墜露兮、夕餐秋菊之落英」の句について、王逸は放逐された心中の憂いを表わすものであると解釈しており、屈原の失脚後の生活の一断面と見做している。[12] この句の前には、「衆人は皆争って利をむさぼり、満ちてもなお飽かずに求める。ああ己の心で人を推しはかり、各々心をあげもちいて嫉妬する。彼等は馳せ巡って名利を追うが、それは私の急務とするところではない。老いがだんだんと迫ってくるのに、清き名の世に立たぬことを恐れる。[13]」とあり、ついで朝に露を飲み、夕に菊花を食らうという上の句に引き続いて、「もしもわが心が誠に美しく、堅く道のかなめを得れば、常に飢えやつれる生活をしても何にも傷むことはない。」とうたわれる。このように、「木蘭の滴る露を飲み、秋菊の散る花を食らう」という句は、きわめて質素な生活を表現したものといえ、清き名を世に立たせる誇らしい行動のあかしであったのである。

屈原の生活について、後の唐時代の張銑（『文選』五臣注の一人）は「香木の露を飲み、秋菊の花を食べるものは、その香潔を取って自分の徳と合するものである。[14]」と述べている。張銑は屈原が本来持っている「徳」にさらに香りのある潔さの「菊」を摂取して合一させたのだと言うのである。「菊」と「徳」との関係について、魏の鍾會の「菊花賦」に、「菊には五美が有る。黄華は天から垂れ下がったように高いのは、天極に准える。純粋な黄には不純なものがないのは、大地の色である。早く植えておそく成熟するのは、君子の徳である。霜を冒して優れた姿をあらわすのは、強くて正しいことにかたどるのである。[15]」と述べられている。鍾會は「菊」を「霜を凌いで優れ、その姿は強くて正しい」と定義し、「君子の徳」になぞらえて称えている。張銑と鍾會二人が述べるように、「離騒」に描かれた「木蘭之露」や「秋菊之英」は、「香潔」で強く正しい「君子の徳」になぞらえられるものであったと考えていいであろう。

ところで、魏の文帝（一八六〜二二六）の「九日與鍾繇書」に、「芳しい菊は天下の汚れのない清さを含み、よい香りの穏やかな気をもっている。それゆえ屈原は次第に迫ってくる老いを悲しみ、秋菊の散る花片を食べようとした。体を助けて年を延ばすのに、これより貴いものはない。謹んで一束を奉じて、彭祖の術を助ける。[16]」と述べられている。文帝は屈原が悲しみを乗り越えることができたのは、汚れのない清さを含み、穏やかな気をもつ「菊」を食べたからであるというのである。さらにまた、文帝は「菊」が長寿を保つ役割を持っているともいう。つまり、彭祖は堯帝の臣下で、八百歳まで長生きした人物であるが、文帝は屈原が彭祖のような長生きを願って、老いが迫るのを悲しんで「菊」を食べて命を延ばそうとしていたと言ったのである。

また、後漢末の應劭の『風俗通義』（『全後漢文』巻三十七）に「南陽酈県に甘谷という所が有り、その谷の水は甘くておいしい。云うところによれば山上には多くの菊が有って、水が山上から下に流れるさいに、その滋液を得る。谷中に三十余りの家が有り、井戸を穿つことをしないで、皆この水を飲んでいる。長寿の者は百二三十に達し、中寿でも百余になる。[17]」と述べられている。これによれば、魏の文帝以前にすでに「菊」が「長寿」を保つものして認識されていたと言える。文帝が「菊」を「延年」のもの、すなわち「長寿」を表すものとしたのは『風俗通義』に伝えられるような話を意識した結果であると思われる。[18]

「離騒」の場合は、失脚してのちの伝に「菊」が用いられているわけであるが、陶淵明の場合は自ら望んだ隠遁生活において「菊」が登場する。後漢末、趙岐の『三輔決録』「逃名」に、「蔣詡歸鄕里、荊棘塞門、舍中有三徑、不出、唯求仲、羊仲從之遊。」とある。これは漢の隠士蔣詡が庭に三本の小道を作って松・菊・竹を植え、親友の求仲、羊仲とともに遊んだという故事である。後に、「三徑」は世俗を離れた人の庭を表すようになったが、特に隠士は松・菊・竹の三種を好んでいたらしく、淵明もその影響を受けた一人と考えられる。また、『晉書』巻九十二「羅含」に「羅含致仕還家、階庭忽蘭菊聚生、人以爲德行之感。」と記されている。羅含は質素な生活を行なった後に致仕した人物であるが、以前彼が官職についていた頃、その徳行が天に感銘を与えたのか、致仕して家に帰ると庭にたちまち蘭と菊がはえたという。このように、隠遁に至った理由はさまざまであるが、「菊」は高潔に生きようとして隠遁する者にその生き方を象徴する植物として好まれており、その結果、「菊」は高潔なイメージを獲得するようになっていったと考えられる。

以上、陶淵明以前の「菊」について、屈原を中心として見て来た。放逐されて秋菊の散る花を食べる屈原の質素な生活は、清き名を世に伝えたいという思いに出るものであり、かくて後世「菊」は「清いもの」・「徳」・「長寿」といった象徴性を帯びて尊重されるに至った。

中国最初の詩集である『詩經』には「菊」をうたう姿は見られないものの、屈原の表現により、文学においても、「菊」は世間を離れて隠遁する人々の恰好の題材として用いられるようになっていったのである。

二　陶淵明以後

陶淵明は唐代に入って真価を認めるようになった。唐代の自然詩人と言われる王維・孟浩然・韋応物などの詩文には陶淵明を愛しつつ陶淵明の影響を受けたものが多く見られる。そこで、これら三人の「菊」の表現を見てみると、重陽節を愛で、節や長寿を表し、隠遁生活での菊をうたうことなどがあげられる。「節」「長寿」「隠遁」のうちもっとも多く見られるのが「隠遁」であるが、それは陶淵明の隠遁生活に憧れての詠である。ところが、中唐の詩人白居易はさらに陶淵明の詩を愛してその故居を訪れてもおり、宋代の蘇軾は「淵明は吾が師とする所」と陶淵明その人及びその作品を深く愛好して「和陶詩」を六十首も作っているのである。

この節では白居易と蘇軾二人を取り上げて論じることにする。(19)

まず、白居易から見てみよう。白居易六十三歳（八三四）の作、「酬皇甫郎中對新菊花見憶」に「菊を愛する高人は優れた詩を吟じ、秋を悲しむ病客は老衰を感じる。」と述べられている。(20)「高人」は何故「菊」を愛したのだろうか。「和錢員外早冬翫禁中新菊」詩を通して具体的に見てみよう。

禁署寒氣遲、孟冬菊初拆。新黄間繁綠、爛若金照碧。仙郎小隱日、心似陶彭澤。
秋憐潭上看、日慣籬邊摘。今來此地賞、野意潛自適。金馬門内花、玉山峯下客。
寒芳引清句、吟翫煙景夕。賜酒色偏宜、握蘭香不敵。淒淒百卉死、歳晩冰霜積。
唯有此花開、殷勤助君惜。

（宮中の寒気は遅く、初冬の菊が初めて開いた。新たに咲いた黄色い花が茂った緑とまじわると、鮮やかな金色が碧を照らすかのようだ。あなたが隠居した日、心は陶彭沢と似ていた。秋に潭にはえる姿をいつくしみ、日々に籬辺の菊を摘んだものだ。今君はこの宮中に来て菊花を観賞しているが、野にあった隠遁の風情をひそかに心のままに楽しんでいることだろう。宮中の金馬門の内の菊花と、玉山の峯下から来た客である君。君は寒中の菊の香りに誘われて清らかな句を詠じ、煙たなびく夕暮の景色をめでて吟詠する。賜わった酒は色がまことによく菊花にあい、蘭台翰林院の蘭の香りさえも及ばない。冷たく百

草は枯れて、歳の暮に氷がはり霜が積もるころ。ただこの菊花のみが咲いて、ねんごろに君が愛でる心を助けてくれる）

（「和錢員外早冬翫禁中新菊」、朱金城『白居易集箋校』巻十四）

この詩は白居易三十七歳から三十九歳（八〇八〜八一〇）までの間に作られたものである。白居易は菊の鮮やかな姿について、緑の葉の間に眩しく黄色が輝いていると述べ、その性質について、もろもろの草木が枯れて氷や霜が降り積もる時に唯一鮮やかに咲くと述べている。「高人」が菊を愛した理由は、「菊」のこういった特質によるであろう。(21)ところで、白居易はこの時期、長安で左拾遺、翰林学士であった。銭員外は銭徽のことで、『舊唐書』『新唐書』によれば、(22)この時期にやはり翰林学士であった。二人はともに宮中にいたのである。ところで、銭徽は出仕以前に隠遁生活をしていたようである。第五、六句目に「仙郎小隱日、心似陶彭澤」と、隠遁生活中の銭徽の心は陶淵明のようであったと述べ、銭徽の隠遁生活から陶淵明の心を思いやっているのである。しかも、第九、十句目で「今來此地賞、野意潛自適」と、銭徽を身は宮中に在りながら、心のままに菊の風情を楽しんでいると述べている。白居易の言う隠遁は、身はどこにあるにせよ、何より心に適うか否かの問題であった。

さて、白居易の「東園翫菊」（巻六）に「自分の若い頃には、何事にも興を起こしやすく、酒を見てはどんな時節でも、まだ飲まないうちから愉快であった。近ごろ年を取ってからは、だんだんと楽しみもまれになってしまった。更に今よりも衰老したならば、強いて酒を飲んでも愉快にはなれないだろう。ああ菊花、汝はどうして時をすぎてもひとり鮮やかなのか。もとより私のためではないと知っているが、汝を借りてしばらくわが愁いを開くことにしよう。」と述べている。(23)

この詩は白居易四十二歳、母陳氏がなくなったために喪に服して下邽に帰ったときの作である。ここには菊が時におくれてひとり鮮やかに咲くことに感動を覚える姿がうたわれており、白居易は菊を愛でることによって憂いを消したいと願っている。ただ一方で、この詩に白居易は年を取っていくことを気にしている様子が窺える。彼は養生に深く関心を持っていて、養生法も行なったようである。白居易の養生観と養生法については、三浦國雄氏の「白楽天における養生」に詳しく、それによれば、白居易は道教的養生法、仏教的養生法などの実践を行なっているものの、不老長寿のための種々のテクニックを批判する一方で、神仙に対する憧憬が晩年まで続いたとある。[24] また、白居易の「夢仙」（巻一）に、不老長生を願って仙道を修業するのはいたずらに身を苦しめるだけだと述べてもいて、[25] 現実と理想の隔たりを感じていたようである。彼のこのような矛盾する心は「東園翫菊」詩にも表れている。即ち、白居易は現実において不老長生を願うことはできないので酒を飲んでも気持ちは晴れない、しかしながら、寒い季節にも咲く生命力の強さから「長寿」を意識し、自分の老いを幾分癒したいという心情で菊を観賞していたと考えられる。

白居易から二百年後の宋の蘇軾（一〇三六〜一一〇一）の詩には「菊」はどのように表現されているだろうか。

蘇軾の「記海南菊」（『蘇軾文集』巻七十三）[26] に、「黄菊は色・香・味が程好く整っており、花・葉・根・実は皆な長生の薬となる。北方では秋に随っておそかれはやかれ、おおよそ時期がくると菊の黄花は開く。ただ嶺南のものはそうではなく、冬にこそ盛んに咲く。嶺南の地は暖かく、もろもろの草花がその命をおえた時に、菊のみ遅れて開くのである。その理由を考えてみると、菊の本質は気象が烈しく節義があり、諸々の草木と盛衰を同じくしない。霜が降りるのをまってはじめて開く。嶺南は常に冬になってわずかに霜が降りるから菊の咲くのが遅いのだ。生まれつきの美しい姿が高潔であるのはこのようなことによるのであって、それは仙霊と通ずるものであるといえよう。[27] 私は海南にあって、菊を九畹植えて、十一月の満月の日に、客と菊を尋ねて重陽節を祝うのである。ここにこのことを記しておく。」と述べられている。蘇軾は新旧両党の権力争いに巻き込まれて流謫と官界への復帰を繰り返していた。海南は蘇軾晩年の流謫地である。海南は嶺南にあるために、菊の開花は他の地方よりも遅い。しかし、「高潔」で「仙霊」に通ずる菊の特質は変わらず、蘇軾は十一月に重陽節の菊酒を飲んでいたのである。

蘇軾の「次韻子由所居六詠」其二（巻四十）第五、六句（八句）に、「粲粲秋菊花、卓爲霜中英。（粲粲たる秋菊の花、卓として霜中の英〈優れた人物〉為り）」とあり、「子由家退翁が懐安軍を治むるを送るに次韻す」（巻二十八）に「退翁は清らかで慎ましさを守り、霜中の菊には余馨が有る。」とある。[28]前者の詩句は、すでに見た陶淵明の「懐此貞秀姿、卓爲霜下傑」を用いたものであり、後者は退翁が風格気節を持った人物であることを表したものである。このように、蘇軾は「菊」の高節さを用いて、相手の人柄をたとえているのである。

ところで、「菊」が長生の薬であり、仙霊と通ずるものであるという考えは、蘇軾の「和陶讀山海經」「和陶桃花源」并引（巻四十）などにも見られる。「和陶讀山海經」では、「黄花が甘谷を冒い、霊根は固より深く長い。[29]」と言い、『抱朴子』の仙薬篇に見られる[30]、甘菊によってできた甘谷水を飲むと不老長寿を得ることができるという話を引用している。また、「和陶桃花源」ですでに述べた『風俗通義』の南陽酈県の菊水の話を引用している。蘇軾は前人の書物を通して、「菊」を食べることによって長生きできると知っていたのである。しかし、蘇軾の「和陶己酉歳九月九日」并引（巻三十九）に、「胡廣は菊潭の水を飲んで長寿を得た。しかるに、李固伝の賛に、胡廣を視ること、糞土の如くであったという。」とあり、その詩に「伯始は真に糞土、平生夏畦の労。此を飲むも亦た何の益あらんや、内熱は中に自から焦げむ。」と述べられている。[31]胡廣は字伯始。中風を患っていたが、菊潭の水を飲んで病気が直り長生きしたと言われる。[32]李固は胡廣を小人だと嫌っていた。[33]これらの話を受けて、蘇軾は菊潭の水を飲んで長生きした胡廣を否定して李固の意見に賛成し、人は高潔であればこそ仙霊と通ずることができるのであって、高潔でなければ、「菊」を食べても結局は仙霊に通ずることは有り得ないと考えていたことが分かる。[34]蘇軾もまた養生や道教の修練などの修業を積んでおり、仙術に対しては人一倍興味を持っていた[35]。だからこそ、蘇軾は修業というものは心身ともに潔くしなければならないと考えていたのであろう。

以上、陶淵明以後の詩文に見られる「菊」について白居易と蘇軾を中心に見てきた。白居易と蘇軾はともに「菊」のもつ特質を人の人格の高潔性に投影して用いていた[36]。特に、蘇軾は「菊」の特質について、気象が強く節義があり、高潔であると具体的に述べている。同時に、二人は「菊」について長生きや仙人と関連づけた認識はもっているものの[37]、その実現性についてはやや冷ややかであったと言えよう。

結

中国文学における「菊」について、陶淵明が描く「菊」を中心として、陶淵明以前と以後に分けて検討した。陶淵明の描く「菊」は「隠遁」「節」「長寿」を表わしており、陶淵明以前の『楚辭』では「清」「徳」「長寿」といったイメージが用いられていた。また、白居易や蘇東坡などの後世の人々は「菊」を「節」「隠遁」のイメージを用いて表現しているものの、「長寿」に対しては比較的冷淡で、陶淵明との差異が見られる。即ち、『楚辭』では「菊」が「清」「徳」とイメージされ、屈原は「菊」を食べて清き名を世に伝えたいと願ったのである。また、白居易や蘇東坡などの後世の人々は「長寿」に対して比較的冷淡であった。それは「長寿」を保つには精神的修業をも伴うべきだと考えていたためである。

以上のように、中国の詩人達は「菊」に好感を持っており、「菊」のもつ特質のごとく、世間を潔く送ろうとし、世間から離れて静かに生きようとしたのである。また、彼等の生き方が時代とともに変化するなか、「菊」を愛でる姿勢においても各個人の生き方に密接な関係を持って変化をもたらしていたのである。

注

（1）晋の周處の『風土記』に「菊」の別名を「日精」と言うと記される。「日精」は太陽の精霊という意味を持つ。また、『本草經』に「菊」を「延年」と言うとある。「延年」は寿命を伸ばす、あるいは長生きするという意味を持っている。つまり、古人は「菊」は太陽の精霊を受けたものであるから長生きできると考えて、これらの命名を行なったのである。

（2）菊は神仙に関する書物にしばしば登場する。例えば、『抱朴子』に「劉生丹法、用白菊花汁蓮汁樗汁、和丹蒸之、服一年、壽五百歳」とあり、『神仙傳』に「康風子、服甘菊花柏實散得仙」とある。菊花の汁や菊花粉を飲んで長生きしたり、仙人になったりしたことが記されている。

（3）佐藤保『漢詩のイメージ』（大修館書店、一九九二年）に、「菊」に関して「秋」・「重陽節」・「高潔」・「隠者」等があげられている。また、植木久行『唐詩歳時記』（講談社学術文庫、一九九五年）には、晩秋九月に応じた行事に「寒露・霜降」・「重陽節」・「楽遊原」・「登高」・「茱萸」・「孟嘉」・「黄花」・「安史の乱」・「白衣の使者」・「東籬の菊」・「最後の花」・「菊酒」・「延命長寿」・「重陽節」などがあげられている。また、岩城秀夫『漢詩美の世界』（人文書院、一九九七年）の「菊花の章」には、「陶淵明と菊」・「延命長寿」・「菊花酒」・「九華を服す」・「食材として」・「美の観賞」・「黄菊が正統」などについて論じられている。

（4）「懷正志道之士、或潛玉於當年、潔己清操之人、或没世以徒勤。故夷皓有安歸之嘆、三閭發已矣之哀」（陶潜『靖節先生集』）とある。『楚辞』から陶淵明までの論文には、谷口真由美の「中国文学における菊のイメージ　―『楚辞』から陶淵明まで―」（『桐生短期大学紀要』六、一九九一）がある。

（5）「淵明吾所師、夫子乃其後」（「陶驥子駿佚老堂二首」其一、全十二句中第三・四句目、『蘇軾詩集』巻二十三）。

（6）陶淵明の詩文に見られる「松」と「菊」の用例は十六あり、「菊」が七例、「松」が九例である。この内、「松」「菊」ともに使われた例は二つある。また、「松」の用例には「因値孤生松」（「飲酒」其四）、「青松在東園」（「飲酒」其八）、「班荊坐松下」（「飲酒」其十四）、「松柏爲人伐」（「擬古」其四）、「青松夾路生」（「擬古」其五）、「翳翳松標崖」（「雑詩」其十二）、「翳青松之餘陰」（「閑情賦」）、「松菊猶存」「撫孤松而盤桓」（「歸去來兮辭」）などがある。内容は、冬に寒風が吹いて他の草木はみな葉を落とすが、松の葉は常緑を保っている。これを眺めて楽しんだり、松の木の下にすわって昔を語ったりする。そうする内に、自分の存在さえ忘れてしまうといったものである。淵明は松を世俗を離れた節を守るものとして描いていた。それは「松」が常緑樹で葉の色が変わらないためである。

（7）蕭統の「陶淵明傳」（『箋注陶淵明集』巻末）に「嘗九月九日、出宅邊菊叢中坐、久之、滿手把菊。忽値弘送酒至、卽便就酌、醉而歸」とある。

（8）「九月九日佩茱萸、食蓬餌、飲菊華酒、令人長壽」。

（9）「秋菊有佳色、裛露掇其英、汎此忘憂物、遠我遺世情」。

（10）「飲酒」の制作年については二説がある。一つは帰田後の四十歳前後の作とし、いま一つは帰田後十二年を経た五十三歳の作とする。二説とも、この詩を帰田後の作とみることには変わりがない。

（11）「悠然見南山」句の「見」は、見るとともに見られることを同時に言うと解釈する説がある。

（12）「離騒」について、王がよこしまな人にまどわされて屈原の心を理解してくれないことを悲しんで作ったとの説もある。

（13）「衆皆競進以貪婪兮、憑不猒乎求索。羌内恕己以量人兮、各興心而嫉妬。忽馳騖以追逐兮、非余心之所急。老冉冉其將至兮、恐脩名之不立」。

（14）「飲香木之露、食秋菊之花者、取其香潔以合己之德」。

（15）鍾會「菊花賦」（『藝文類聚』巻八十一）に、「其菊有五美焉、黃華高懸、准天極也、純黃不雜、后土色也、早植晩登、君子德也、冒霜吐穎、象勁直也」とある。また、『全上古三代秦漢三國六朝文』「全三國文」巻二十五には「其菊有五美焉、園花高懸、準天極也」とある。さらに『太平御覧』巻九十六にも同様の記載が見られる。

(16)「非夫芳菊含乾坤之純和、體芬芳之淑氣、孰能如此。故屈平悲冉冉之將老、思飡秋菊之落英。輔體延年、莫斯之貴。謹奉一束、㠯助彭祖之術」（『全上古三代秦漢三國六朝文』「三國文」巻七）。また、『楚辭補注』の「離騷」に「魏文帝云、芳菊含乾坤之純和、體芬芳之淑氣。故屈原悲冉冉之將老、思飡秋菊之落英。輔體延年、莫斯之貴」とある。『藝文類聚』巻四、『初學記』巻四、『太平御覽』巻三十二にも同様の記載が見られる。

(17)「風俗通曰、南陽酈縣有甘谷、谷水甘美。云其山上大有菊、水從山上流下、得其滋液。谷中有三十餘家、不復穿井、悉飲此水。上壽百二三十、中百餘」（『藝文類聚』巻八十一）。『初學記』巻二十七、『太平御覽』巻九十六にも同様の記載が見られる。

(18)長寿を表すものに『藝文類聚』巻八十一に以下のものがある。晉・傅玄「菊賦」に「服之者長壽、食之者通神」と、潘尼「秋菊賦」に「既延期以永壽、又蠲疾而弭痾」と、稽含「菊花銘」に「詵詵仙神、徒餐落英」とある。

(19)杜甫については谷口真由美の「「杜甫の菊」―イメージの形成と特質―」（『桐生短期大学紀要』七、一九九三）がある。

(20)「酬皇甫郎中對新菊花見憶」（『白居易集箋校』巻三十二）の全八句中第一、二句に「愛菊高人吟逸韻、悲秋病客感衰懷」とある。

(21)これ以外に、「東園翫菊」（巻六）全二十四句中第七句から第十句までに「秋蔬盡蕪沒、好樹亦凋殘。唯有數叢菊、新開籬落間」とあり、菊の高節が歌われている。

(22)『舊唐書』巻一六八、『新唐書』巻一七七に錢徽の伝がある。

(23)「東園翫菊」に「憶我少小日、易爲興所牽。見酒無時節、未飲已欣然。近從年長來、漸覺取樂難。常恐更衰老、強飲亦無歡。顧謂爾菊花、後時何獨鮮。誠知不爲我、借爾暫開顏」（全二十四句中第十三句から二十四句まで）とある。

(24)『中華文人の生活』（荒井健、平凡社、一九九四年一月）の「白楽天における養生」（三浦國雄）（六七〜一〇七頁）参照。

(25)「人有夢仙者、夢身升上清。坐乘一白鶴、前引雙紅旌。羽衣忽飄飄、玉鸞俄錚錚。半空直下視、人世塵冥冥。漸失鄉國處、纔分山水形。東海一片白、列岳五點靑。須臾羣仙來、相引朝玉京。安期羨門輩、列侍如公卿。仰謁玉皇帝、稽首前致誠。帝言汝仙才、努力勿自輕。却後十五年、期汝不死庭。再拜受斯言、既寤喜且驚。秘之不敢泄、誓志居巖扃。恩愛捨骨肉、飲食斷羶腥。朝餐雲母散、夜吸沆瀣精。空山三十載、日望輜軿迎。前期過已久、鸞鶴無來聲。齒髮日衰白、耳目減聡明。一朝同物化、身與糞壤幷。神仙信有之、俗力非可營。苟無金骨相、不列丹臺名。徒傳辟穀法、虛受燒丹經。只自取勤苦、百年終不成。悲哉夢仙人、一夢誤一生」。

(26)「記海南菊」に「菊黃中之色香味和正、花葉根實、皆長生藥也。北方隨秋之早晩、大畧至菊有黃花乃開。獨嶺南不然、至冬乃盛發。嶺南地暖、百卉造作無時、而菊獨後開。考其理、菊性介烈、不與百卉竝盛衰、須霜降乃發、而嶺南常以冬至微霜故也。其天姿高潔如此、宜其通仙靈也。吾在海南、藝菊九畹、以十一月望、與客汎菊作重九、書此爲記」とある。

(27)「通仙靈」は『類説』『仇池筆記』には「爲隱逸」とある。『四庫全書總目』巻一二〇子部、雜家類四の『仇池筆記』によれば、「舊本題宋蘇軾撰、今勘驗其文、疑好事者集其雜帖爲之、未必出軾之手著」とある。

(28)「次韻子由送家退翁知懷安軍」全二十四句中第九、十句(巻二十八)に、「退翁守清約、霜菊有餘馨」とある。家退翁は名が定國で、若い時に東坡・子由とともに眉州の劉微之に従ったと言われる。

(29)「和陶讀山海經」十三首、其八、全八句中第一・二句(巻三十九)に、「黃花冒甘谷、靈根固深長」とある。

(30)『抱朴子』内篇の仙藥巻第十一に「南陽酈縣山中有甘谷水。谷水所以甘者、谷上左右、皆生甘菊、菊花墮其中、歷世彌久。故水味爲變。其臨此谷中居民、皆不穿井、悉食甘谷水、食者無不老壽、高者百四五十歲、下者不失八九十、無夭年人、得此菊力也」とある。

(31)「和陶己酉歳九月九日」幷引に「胡廣飲菊潭而壽、然李固傳・贊云、其視胡廣、猶糞土也。」とあり、その詩に「伯始眞糞土、平生夏畦勞。飲此亦何益、内熱中自焦」(全十六句中第九句目から第十二句目まで)とある。

(32)胡廣伝については『後漢書』巻七十四を参照。

(33)『後漢書』巻六十三の「李杜列傳」に「中常侍曹騰等聞而夜往説冀曰、將軍異世有椒房之親、秉攝萬機、賓客縱横、多有過差。淸河王嚴明、若果立、則將軍受禍不久矣。不如立蠡吾侯、富貴可長保也。冀然其言。明日重會公卿、冀意氣凶凶、而言辭激切。自胡廣、趙戒以下、莫不懾憚之。皆曰、惟大將軍令。而固獨與杜喬堅守本議」とある。李固伝については『後漢書』巻九十三を参照のこと。

(34)「以黄子木拄杖爲子由生日之壽」全十六句中第一句目から第六句目まで（巻四十二）にも「靈壽扶孔光、菊潭飲伯始。雖云閑草木、豈樂蒙此恥、一時偶收用、千載相瘢疻」と述べられている。

(35) 蘇軾の養生については『蘇軾文集』巻七十二以後に多く見られる。

(36) 高節について、主に自然を歌う詩人を中心に見てみると、王維は「送崔興宗」（『王右丞集箋注』巻八）に「方同菊花節、相待洛陽扉」と、「奉和聖製重陽節宰臣及羣官上壽應制」（巻十一）に「無窮菊花節、長奉柏梁篇」と述べている。また、韋應物の「效陶彭澤」（『全唐詩』巻一百八十六）に「霜露悴百草、時菊獨妍華」とある。

(37) 長寿については、孟浩然の「盧明府九日峴山宴袁使君張郎中崔員外」（『孟浩然詩集校注』巻二）に「獻壽先浮菊、尋幽或藉蘭」とある。

＊本稿は「日本比較文学会」（第六十一回、福岡大学、一九九九年）に於て発表したものの一部である。

二、韓国高麗時代の詩における「菊」の様相　――比較文学の観点から――

序

韓国に「菊」がいつ入ったのかは明らかではないが、新羅時代の崔致遠（八五七～？）は屈原の「離騒」に登場する「菊」を典故に用いており、また「野菊」をも歌っている。[1] しかし、本格的に「菊」がうたわれるようになるのは高麗時代になってからである。「菊」は少なくとも高麗時代には、詩文の題材としてすっかり定着している。しかし、武臣が支配した時期（一一七〇～一二七〇）においては文人が残している詩文は少ない。そのために研究の対象とするのはきわめて難しいが、[2] 唯一李奎報の詩文には多く残っている。そこで、本稿では武臣政権の時期には李奎報の詩文に歌われた「菊」の様相を見ることにし、武臣政権以後の時期（一二七一～一三九二）では、「菊」の詩文を多く残している李穡を中心として見ることにする。

第一節　李奎報

李奎報（一一六八～一二四一）は「陶潛贊并序」（『東國李相國集』巻十九）の序に「子讀淵明本傳及詩集、愛其廣達。（子淵明の本伝及び詩集を読み、其の広達を愛す）」と、陶淵明の詩文を読み、その広く道に通じている点を愛すると述べている。[3] 李奎報の詩文は二千首余りあり、その内「菊」に関する詩文は四十余りであるが、陶淵明が描いた「菊」についても触れており、関心を持っていたことがわかる。李奎報は「菊」をどのように描いていたのかについて具体的に見てみよう。

一　節操

不憑春力仗秋光、故作寒芳勿怕霜。有酒何人辜負汝、莫言陶令獨憐香。

（春力を頼らず秋光によるので、霜を怕がらず冬の寒さにも芳しい。酒があればだれがあなたに背くだろうか、陶令のみが香をいつくしむと言わないでほしい）

（「詠菊」二首其二、巻十四）

この詩は李奎報四十八歳から四十九歳までの間、右正言知制誥になって後の作である。李奎報は「菊」が霜をおそれずに咲くのは秋の光をたっぷり受けたからであり、そのために香りも芳しいと述べている。そして、「菊」を酒に浮かべると酒の味も一層おいしくなるであろうか、陶淵明だけが一人香りをいつくしんでいると言わないでほしいと歌う。李奎報は陶淵明が「菊」を愛でたことを知り、自分も「菊」の素晴らしさを知っていると満足げに述べて、彼自身も「菊」を愛でる感情が深いことを表している。李奎報はこの詩に「菊」の性質と香りの豊かさを述べているが、「菊」の性質である「霜を怕がらない」とはどういうことなのか。

耐霜猶足勝春紅、閲過三秋不去叢。獨爾花中剛把節、未宜輕折向筵中。

（菊が霜に耐えることは春に咲く華やかな花よりもすぐれているし、秋を過ごしても叢からなくならない。花の中であな

ただけが節操を保っているのだから、筵中に咲く菊を軽るがるしく手折るのはよろしくない)

(「詠菊」二首其二、後集巻一)

李奎報はこの詩で「菊」が春に華やかに咲く百花よりも優れている点を述べている。それは「菊」が霜に耐えて、他の花よりも長く咲き、ひとり操を保っているからである。すなわち、「霜を怕がらない」というのは高い「節」を表していたのである。そこで、李奎報は「菊」は高い「操」を持つ優れた花だから軽るがるしく手折ってはいけないと言うのである。

以上のように、李奎報は「菊」の霜に耐えて咲く性質を高い「操」だと表現し、この高い「操」があり香り[4]がある「菊」を浮かべた酒を飲み、風流を楽しんでいたのである。

二 長寿

李奎報は菊の香りに格別な関心を持っていたが、なぜか彼の詩文には菊が長寿を保つという言い方は見られない。

去年尚州遇重九、臥病沉綿未飲酒。

(去年尚州で重陽節を迎えたが、長患いで未だ酒を飲めない)

(「重九日旣以手病未出遊」巻七)

久困沉痾今轉困、慣來親友又停來。多端使我妨行樂、黄菊休嗟未入盃。

（長わずらいに苦しみ今もまた苦しんでおり、よく来てくれた親友も来なくなってしまった。今は私は忙しさに追われて行楽を妨げられているが、黄菊よ、いまだ盃に入らないことを嘆いてはぐれないでほしい）

（「庚子重九」二首其二、後集巻七）

徒爾媚妍香、予病飲豈敢。

（菊はむなしくよい香を放っているが、私は病気なので思い切って菊酒を飲むことができない）

（「十月日見黄菊盛開」全十二句中第五・六句目、後集巻七）

この三首には菊酒が飲めない残念さが述べられている。李奎報は重陽節の日を迎えても、あるいは十月になっても、美しく香る「菊」を眺めながら、病気はますます悪くなるばかりで、よく来てくれた友も来なくなり、菊酒を飲み楽しく過ごすことができないと悲しげに述べている。これらの詩を通して見てみると、李奎報が描く菊花の背後には、重陽節の風習や季節の感覚があることが強く感じられる。ここには長寿を保つという言い方は見られないが、彼は菊が長寿を表すという伝統をよく知っており、病のためにその長寿の酒が飲めないという矛盾を嘆かわしいと感じているのであろうか。

「次韻李學士見和前篇」（後集巻二）の第七、八句目（全八句）に、「若遣暦中天許壽、各遺四十有餘年。（暦の通り天が長寿を許すなら、各々さらに四十年余りこの世に生きることができよう）」と述べたり、「次韻李學士復和内字韻詩見寄」（後集巻四）第三、四句目（全十四句）に、「死生壽夭付自然、譬觀晝夜相明晦。（死生寿夭は自然にまかせようではないか、それは昼夜が互いに交替するようなものだ）」などと表現しているように、李奎報の人間の寿命に関する見方は天命であったことが分かる。

ところで、高麗中期は民間の間で道教が浸透していった時代である。李奎報もまた仙界にひかれていた。「玄上人饋桃以詩謝之」（『東國李相國集』巻十五）の第九、十句目（全十二句）に「報乏瓊瑤深自愧、但祝爾壽三千載。（お返しをするによい贈り物がないことを恥ずかしく思う、ただあなたが三千載も長生きすることを祝うのみである）」と述べている。また、「麹先生傳」（『東國李相國集』巻二十）には、「弟は賢く、官は二千石に至る。子の盞・酘・䣮・醂は、桃花の汁を服して仙を学ぶ。」と桃花の汁を服して仙を学んだことが記される。(5) さらに、「呉先生德全哀詞」幷序（『東國李相國集』巻三十七）の序には、「死ぬ前の日に、ある友人が夢に公が白鶴に乗ってぐるぐるまわるのを見たので、次の日に先生を訪れると、先生はすでに死んでいた。……先生は、官職の恩恵に恵まれずに死んだ、天がそうさせたのか、命がそうであったのか、天がそうさせたのであれば、豊かな才能がありながらこのように薄命に終わるのは忍び難い、これは何の計らいなのか。」と、呉德全（一一三三〜？）の死を悼み、死後白鶴に乗って仙化したことが述べられている。(6) 李奎報は道教を深く信じており、不老長寿の世界に生きることを願っていた。これは彼の心に「桃」による仙界が強く意識されていたことを意味する。

以上、李奎報が描く長寿を見てみた。彼は長寿は自然に定められたものであると考えつつも、「桃」にも長寿の意義を見出していた。彼は長寿にかかわる「菊」や「桃」の伝統的観念に寄りつつ長寿を願っていたと考えられるのである。しかし、彼が菊についてあえて口にしなかったのは、たとえ菊が長寿を表すという伝統を知っていたとしても、「長寿」は自然の道理であるから、菊を食して長寿を得るのは不可能だと考えていたのではないだろうか。「菊」よりもむしろ「桃」が表象する不老長寿の世界に心引かれていたことも、その一因ではないかと思われる。

窮秋客南國、今日向長安。未護陶園菊、空約楚畹蘭。

日輪吟外轉、天幕醉中寛。胡奈授衣月、單衫正怯寒。

（晩秋には南国に旅していたが、今日は長安に向う。まだ陶園の菊も守らないうちに、空しく楚のはたけの蘭を束ねる。

太陽が外側を巡るのを嘆き、天は酒に酔うと広く感じる。九月なのにひとえの衣服なので、寒さに怯えることだ）

（「將發黃驪有作」巻六）

三　隠遁

この詩は李奎報二十九歳（一一九六）の作で、官職を得るために故郷黄驪から長安に向かうことを述べている。李奎報の年譜には、[7]「四月、都の京師に乱が起きて姉夫が黄驪に左遷された」とある。京師の乱とは、崔忠獻（一一五〇～一二一九）の乱を指す。忠獻は当時政権を握っていた李義旼（?～一一九六）と義旼の三族を殺害し、[8]実権を握って政権を思うままにしたのである。李奎報の姉夫が黄驪に左遷されたのはこれらの事件に巻き込まれたためであろう。この詩の第三、四句目に「未護陶園菊、空約楚畹蘭」と、陶淵明のようには隠遁できないことを悲しんでおり、せっかく養成した人材が活かされないことに空しさを感じると述べている。[9]李奎報は当時これといった官職に就けなかった。ここの客とは無論李奎報自身である。彼は自分の才能が生かされないことをなげき、空しさと寒さが身に染みる貧しさから逃れようと、官職に就くことを願っていたのである。そうであるならば、「陶淵明の園に咲いている菊を守れない」と述べているのは、致仕してからの隠棲を夢見ての謂であろう。

以上、李奎報の「菊」を見てきた。李奎報は「菊」が霜に耐える強い節を持っていると賞賛しているものの、「菊」

に対する長寿の意識はそれほど強くはなく、彼は陶淵明の庭に咲いている「菊」を通して隠遁を表すという方法をとったのである。

第二節　李穡

李穡（一三二八～一三九六）は「遇興」（『牧隱詩藁』巻十九）に「彭澤是吾師（彭沢は吾が師である）」と述べている通り、陶淵明を自分の師と見なすほど彼に心を寄せていた。李穡の詩文六千首余りの内、「菊」に関する詩文は百首ほどあるが、このなかには陶淵明の「菊」に関する詩文も見られる。李穡が陶淵明の「菊」花及び、「菊」の性質をどう思っていたのか見てみよう。

一　節操

歳月如流臥草堂、吟哦敗筆欲堆床。昂昂泛泛終安適、唯唯悠悠祇自傷。
風葉亂飄山已紫、霜枝靜秀菊猶黃。病餘詞氣乞荒落、光焰誰云萬丈長。

（「有感」詩藁巻十九）

（歳月が流れるままに草堂に臥して、声をあげて詩歌を歌い、古びた筆は床にうずたかく積まれている。意気は盛んだが心は落ち着かず結局はどこに行こうとしているのか、人にとりとめなく従ってただ自らを傷むばかり。風に揺れる葉は乱れ落ち山はすでに紫に染まり、霜の降りた菊の枝はもの静かに伸びて、花はなお黄色い。病気がまだ直りきっていないので言葉の調子も荒れがちだ、誰が言ったのか、文章の盛んな勢いは万丈もの長さになると）

この詩は李穡晩年の作で、病気に悩まされながら作ったと推測される。時には喜び、時には悲しむ喜怒哀楽の心境を賦した詩歌は歳月の流れとともに数多い。この詩は李穡の悲しみの心境を述べたものである。第五句目から第八句目までに、霜のおりた枝に静かに咲いている黄菊の姿を眺めながら、歳月が過ぎてもまだ病気が治らないでいる自分と「菊」とを対比させて、喜びと悲しみの交錯した感情を表している。自分は弱く病気に苦しんでいるが、それに反して「菊」は強く喜びに満ちている。李穡は「菊」の持つこの強さを、他の草木は霜枯れにあってもこの花だけは凜として咲いていると表現していたのである。多くの詩人や文人が「菊」のような性質から操や高節といった言い方をしている中で、李穡はこの詩に見られるように冬の寒さにも強い花として淡々と述べるに留める。(10)

二　長寿

仁熙殿北白沙岡、駐蹕群臣獻壽觴。病裏苦吟秋又晩、夢中時或侍先王。

（「對菊有感」四首其三、詩藁巻十九）

（仁熙殿の北の白沙岡、幸行に従う群臣は長寿の盃を献ずる。病の中で詩を苦吟している間に秋はまた暮れる、夢の中で時に先王に仕えることがある）

龍沙漠漠又秋風、衰草連雲落照紅。折得黄花誰上壽、海西千里是行宮。

（塞外地方は遠く遥かでその上秋風が吹き募り、枯れ草ははるか彼方まで広がり、落日は紅く染まっている。(11)黄花を折りとって誰の長寿に献ずるのだろう、海の西千里の彼方こそ行宮なのだ）

（「對菊有感」四首其四）

この詩は李穡六十五歳（一三九二）の時、左遷先の衿州で書いたものである。その時期の政情を見てみると、禑王は李成桂が威化島から引き返したために江華に追い出されている（一三八九）。李穡は禑王の後に昌王を立てて李成桂の勢力を押さえようとしたが、かえって李成桂の勢力に押されて長湍、咸昌に左遷された。ついで、一三九一年、一時朝廷に戻ったが再び衿州に左遷される。前者の其三の結句「夢中時或侍先王」の「先王」は李穡が朝廷に仕えた頃、自分が立てた昌王（一三八〇〜一三八九）を指すと思われる。群臣たちが今都の仁熙殿の北にある白沙岡で新しい天子に長寿の觴を献げるころ、李穡は左遷先でかつて立てた天子の長寿を願っていたのである。(12) 李穡の「菊」に対する考えは「駐蹕群臣獻壽觴」「折得黃花誰上壽」の句によく表われている。

ところで、李穡の晩年の作「詠菊」（詩藁巻三十）に、「頽岑可制非無術、杳矣碧潭何處尋。（老衰した年齢を制御する術がないことはないが、はるかな碧潭はどこを尋ねればよいのだろうか）」(13) と、老年を制するに方法が難しいと述べているが、「頽岑可制非無術」の句は、陶淵明の「九日閒居」詩に「酒能祛百慮、菊解制頽齡」と見える、典故を用いたものである。また「杳矣碧潭何處尋」の句は、『風俗通義』を用いて述べた蘇軾の「和陶己酉歳九月九日」幷引に見られる「飲菊潭而壽」という典故を用いているように思われる。

李穡はこれらの典故を用いて「菊」によって長寿を表している。しかし、彼は一方では「それを尋ねるのは難しい」と長寿をまっとうすることの困難さについても述べている。李穡の「對菊」（詩藁巻二十六）には、菊を「秋の夕日に草木がはらはらと散るが、ひとり霜がおりた花を愛でて老生を慰めよう。」とも述べている。(14) 李穡は不老長寿は現実においては不可能であることを知りつつ、「菊」が霜に強い点を愛でることでこれを老年の慰めの手段としていたと考えられる。

三　隠逸

李穡の「葵軒記」（文藁巻三）に「水陸草木之花甚蕃、獨葵也能衛足焉則知也、能向日焉則忠也。君子之有取焉者、豈徒然哉。霜露零而菊黄、氷雪盛而松靑。風雨離披而蓮香益淸。太陽照耀而葵心必傾、其異於尋常草木也遠矣。孰不愛而敬之哉。菊也隱逸、松也節義、蓮也君子、葵也智矣忠矣。胡然而萃乎一家哉。（水陸の草木の花は豊かに繁げるが、ひとり葵のみ太陽に葉を向けて根元を覆っているのは知恵と言えようし、よく日に向くのは、忠と言えよう。君子がこれを取るのは、どうして理由がないことがあろうか。霜露がおりれば菊は黄色くなり、氷雪が盛んになると松は青くなる。風雨の中で花を咲かせる蓮は香がますます清らかだ。太陽が照り耀けば葵の心は必ず傾くのであり、尋常の草木と異なることははなはだしい。どうしてこれを愛し敬わないことがあろうか。菊は隠逸、松は節義、蓮は君子、葵は智にして忠である。いろいろと多くの草木が一家に集まった）」と述べている。また、「六益亭記」（『牧隱文藁』巻五）に「菊之隱逸、隱者之所取也。（菊の隠逸は、隠者の取る所なり）」とも述べている。前者の記は李穡五十歳（一三七七）の時、權希顔（?～?）から頼まれて作ったものであり、後者の記は五十二歳の時、金直之（?～?）から頼まれて作ったものである。このように李穡は草木のそれぞれの特質を活かし、君子たる特徴としてこれを用いて記を作っているが、特に「菊」に対しては霜や露がおりたあとにも花を咲かせる特質を賞賛して、隠者が取るものだと述べ、これを「隱逸」という言葉で表わしているのである。

稍欣燈火近新涼、靜坐心淸聞妙香。欲與菊花將隱逸、囬思柳絮似顚狂。
世途渺渺頻脂轄、聖道明明獨面墻。病廢數年吟更苦、時時警句卽良方。

（燈火が涼しさが近づくことを喜び、静かに坐して心清らかによい香をかぐ。菊花とともに隠棲したく思うが、思いを巡らすと柳絮が乱れ飛ぶかのようである。自分のこれからの道は遥かであるが出仕を願い、聖道は明らかなのにひとり一歩も前進できずにいる。病のために何年も吟詠をやめていたので時々できる警句があれば、それが良い薬になってくれる）

（「自詠」、詩藁巻十八）

この詩がいつ作られたかは明らかではないが、人生行路の難しさがうたわれている。ある秋の夕方、静かに坐して心が清らかになると、菊花のたえなる香りが漂ってくる。李穡は菊を眺めて隠棲を考える。そして、波乱の多かった日々を振り返りながら、世の中に困難が多い時は自分はかえって世に出て役に立とうとして来たし、また逆に世の中がよく治まっている時には一人で閉じこもっていた。ここには「滄浪之水清兮、可以濯我纓、滄浪之水濁兮、可以濯我足。」（『孟子』「離婁上」）にみえる、隠者の理想とする生き方と逆の生き方になってしまっているという嘆きが窺える。李穡は自分のつたない処世を嘆きつつ隠逸生活を夢見たのであるが、その隠逸生活をたとえるものはまさに「菊」だったのである。

「種菊」三首其三（詩藁巻五）の結句には「淵明千載人、欲訪恐迷路。（淵明は千載の人、訪ねようとするが路に迷ってしまうのではないかと思う）」と、陶淵明の深い境地には到達できそうもないことをいかにも残念そうに述べる。(16) 李穡は陶淵明の「飲酒」其五に見られる「採菊東籬下、悠然見南山。山氣日夕佳、飛鳥相與還。此中有眞意、欲辨已忘言。」の詩句を思い浮かべていたのかもしれない。

李穡は「菊」を長寿を表わすものと考えていた。また、「菊」は「隠逸」を表し、隠者にふさわしいものとしてもとらえていたのである。

第一節と第二節では、韓国高麗時代における「菊」を武臣時期の李奎報とそれ以後の李穡を通して考察した。李奎報は「菊」が霜が降りても咲くことを述べていたが、李穡にはそれが節を表わすという言い方は見られなかった。また、李奎報には「菊」によって長寿を称える表現は見られなかった。ただ菊を「隠遁」や「隠逸」を表すものと見ていた点では共通する。

第三節　中国の詩との比較

一　「菊」のイメージ

高麗の李奎報と李穡の「菊」に関する詩文では、「高節」「隠遁」「清」「徳」「長寿」「隠逸」などがそのイメージとされていた。これは二人ともに、中国の詩人屈原・陶淵明・周敦頤などの詩文や『抱朴子』『神仙傳』などの書物に示されている「菊」のイメージに依っていることに一斑の原因であろう。また、白居易や蘇軾のように「長寿」に冷淡な面もあった[17]。しかしながら、中国でもそうであるが、韓国国内においても、「菊」の受け入れ方は時代とともに変化しており、李奎報・李穡両者の間の「菊」に対する受容態度においても差異が見られる。

まず李奎報については、第一に、菊だけが霜に耐えて固く節を守っている姿を写したものがあると同時に、官職を辞した陶淵明の「高節」や「隠遁」の姿が表現されるものの、左遷されて質素な生活をした屈原に見られる内面の「清」「徳」などのイメージを表現するものは見当らない。第二に、「長寿」を表す表現が見られないことが挙げられる。逆に、李穡には、菊を植えることによって清らかさが増すことや[18]、菊の花弁を浮かべた酒で長寿を祝う姿、菊とともに隠逸したいという願いがうたわれ、菊に「清」「長寿」「隠逸」がイメージとして重ねられている。ことに、「隠逸」が強くイメージされている。二人にこのような差異が生じた理由は、武臣時期から武臣以後の時期へと推移した高麗の時代背景と密接に関係するとともに、さらには思想・宗教の面において、李奎報は道教から、李穡は儒教から深く影響を受けているということが重要であると考えられる。以下に、これらの点について考えてみよう。

　李奎報の「菊」の詩文にはなぜ「清」「徳」のイメージが見られなかったのだろうか。そこで、李奎報が菊を食す屈原の生活をどう思っていたのかについてみる。李奎報の「屈原不宜死論」（巻二十二）に、屈原が追放された事柄が述べられているが、これによれば、王が間違いを犯したことに気づかない間に身を隠して時間の経過とともに忘れさせるべきなのに、屈原はそうしないで懐王の子襄王にまた登用されようとした。それがかえって令尹の子蘭に陥れられ、追放される原因になったと言われる。この論の中で彼は、屈原が「離騒」を作った過程を、「憔悴其容、行吟澤畔、作爲離騷。」と述べている。また、「次韻李程校書惠芹二首」其二（巻十四）全八句中第五、六句に、「豈憶呉蓴秋有味、堪欺楚菊夕爲飡。（呉郡に住む張翰が好んだ秋のおいしい蓴菜とまでは思わないが[19]、屈原が夕べに食したという菊よりは美味だ）」とあり、李程が送ったくれた芹の味は蓴菜には劣るが、菊よりはずっと美味しいと述べて、張翰が官職を辞めて帰郷したことを高く評価した。一方で屈原の生き方には冷淡であった。また、「次韻金承宣良鏡和陳按廉湜三首」其二（巻十五）全八句中第三、四句に「楚客謫來湌菊苦、劉郎去後種桃新。（楚の客は謫せられて苦い菊を食し、劉郎が去った後に植えた桃からは新しい芽が兆した[20]）」と、屈原が左遷されて苦い菊を食したことを述べている。屈原が我慢強くなかったためにこういう貧しい生活を強いられたと考えていたのであろう。

　以上から、李奎報は屈原の追放後の生活を快からず思っていたことがわかる。李奎報が屈原に「清」「徳」の感情を持ち得なかったことは、屈原が食した「菊」もまた貧しい食事としか映らなかったのである。李奎報の「菊」の詩文に「清」「徳」のイメージが見られない原因は「屈原」の左遷後の生活に対する彼の解釈に深くかかわっていると考えられるのである。

また、李奎報が「清」「徳」という倫理的な感情を持てなかった原因の一つは、当時の政局にあったと思われる。

心已如焦穀、人誰射毒沙。老於詩世界、謀却酒生涯。
默笑観時變、閑吟感物華。在家堪作佛、靈運已忘家。

（心はすでに焦げた穀のようなのに、誰が毒のある沙を射るのやら。詩の世界に老いていき、酒に酔う生涯をもくろもう。默笑して時の移り変わるを観、閑吟して優れた景色を観賞しよう。家にいながら仏道修行しよう、霊運がすでに家を忘れたように）

（「又次韻新賃草屋詩」五首其四、『東國李相國集』巻十）

この詩の第一、二句目に、自分の心は焦げた穀物のように、もう芽が出なくなっているので、人々の中傷や謀略の相手にはならないと述べられている。また、世間の様子を「毒沙」という言葉を用いて表している。当時は武臣が文配していたために文臣は身動きが自由にできない状態だった。政局が不安定になると、社会もまた乱れてくる。そうすると人々の間には中傷や謀略が多く現れることになる。酒に酔って生涯を送り、沈黙して世間の成り行きを見守りたいと述べているのは、拘束された不安定な社会ではいつ命を落としてもおかしくない状況であったからである。このような状況に置かれるならば、屈原のように「清」「徳」をもって国を思う質素な生活や行動よりも、目の前に直面している「命」を守ることが優先されるのではないだろうか。

一方、後期の李穡の「菊」の詩文にはなぜ「隠逸」の思想が強くイメージされていたのだろうか。

菊、花之隱者也。澗、水之幽者也。隱必乎幽、幽必乎隱、蓋其氣類也。在中與吾旣釋褐入玉堂歷錦省。凡士大夫之所歆艷者、皆受而不小辭。烏在其有慕於隱乎哉。在中氣秀而明、質美而淸、高爽之志、閑雅之容、如良金粹玉、輝山潤海。烏在其有近於幽乎哉。然其所取也如是、必其所好也無疑。蓋仁者樂山、智者樂水、德性之所使然也。在中之得於心者、必有所在。其所以表之居室者、不得不如此。在中孝于親、養志是急、其仕也、將以榮其親也、非圖榮其身也。在中修其身、明德是務、其所以文其言也、將以顯其道也、非圖顯其身也。是則孝親而已。身則志乎隱逸、明德而已、身則志乎幽閑、非功名富貴之所浼也明矣。

（菊は花の隠たる者である。澗は水の幽たる者である。隠は必ず幽で、幽は必ず隠であるのは、思うにその気質が同類だからである。在中と私はすでに役人となり翰林院に入り錦省を歴任した。凡そ士大夫のむさぼり羨む所のものは、皆な受け入れてすこしも辞退しなかった。どうして隠を慕うことがあろうか。在中の気は秀でて賢明、性質は美しく清く、高爽の志、閑雅の容貌などは、良質の金と麗しい玉のようで、輝やく山や潤おう海のようである。どうして幽に近いことがあろうか。だからその取る所もまたこのようであり、好む所もまた疑い無いのである。思うに仁者は山を楽しみ、智者は水を楽しむのは、徳性がそうさせるからである。在中が心に得たものは、必ず在る所が正統な理由が有ったのである。これは彼の居室での生活態度にも現れているが、彼の理想に反するものはないのである。在中が親に孝行し、志を養うことにつとめ、仕官するのは、親を栄えさせようとするのであって、自分の身が栄えることを計るものではない。在中がその身を修めるは、優れた徳性を得ようと務めるからであり、表を美しい言葉で表す所以は、道を顕かにするためであって、自らをひけらかそうとするものではない。道を顕かにするとは彼にとっては親に孝行するということだけなのである。身を隠逸に志すのは明徳のためにすぎず、身

を幽閑に志すのは、功名富貴を目差すためではないことは明らかである）

（「菊澗記」、文藁巻三）

この作品は李穡五十三歳（一三八〇）の時、朴在中から記を頼まれた際の作である。ここで、李穡は「菊は花の隠たる者である」と述べていたが、この表現は周敦頤（一〇一七～一〇七三）の「愛蓮説」（『古文眞寶』後集、説類）の「予謂、菊花之隱逸者也、牡丹花之富貴者也、蓮花之君子者也。」によるものである。即ち、李穡は周敦頤の影響を受けて「菊」を「隠たる者」と表現していたのである。このことはまた、李穡が活動した時期に周敦頤の宋学が入っていたことを裏付ける。そもそも儒教は高麗初期には仏教を国教としたために一時期衰えたものの、成宗（九六〇～九九七）の時に、国子監を設置して儒学を奨励したこともあって盛んとなった。そして、やがて安珦（一二四三～一三〇六）によって性理学が導入されるようになったのである。李穡は安珦の思想を受け継いで性理学をもっとも重視した一人であり、大司成となってからは、鄭夢周、李崇仁などを登用して性理学の発展に貢献した。李穡は「親に孝行をつくし、身を治めるのが明徳である。」と述べていることからも性理学を重視する姿が窺えるが、特に、彼は優れた徳性をもって親に孝行し、身は隠逸を志すべきだと主張している。これらを通して李穡が性理学に基づいて物事を考えていたことが分かるが、「菊」を愛でる場合においてもこの思想が作用していたのである。(21)

また、李穡の「六益亭記」と「松風軒記」（ともに文藁巻五）の二首に、「松之有心、竹之有苞、貫四時而不改柯易葉、君子之所取也。（松の心有り、竹の苞有り、四時を貫いて柯を改め葉をかえないのは、君子の取る所なり）」、「松之有心也、貫四時閲千歳、所以不改柯易葉者、必有所以然。（松の心有り、四時を貫いて千歳を見る、柯を改め葉をかえないのは、必ず理由あってそうなのだ）」とある。李穡は「松」は四季を通して青々として節を保っており、君子にとって学ぶべきもの

があると考えていたのである。(22)

李穡の「君子」と題する二首に、「所以學松栢、傲被霜雪淩。（松栢を学ぶ理由は、霜雪をものともしないからである）」（十四句中第三・四句目、詩藁巻十八）、「君子本蕩蕩、踽踽如不容。上天旣云遠、詐又眞如忠。所以獨自守、孤松氷雪中。（君子は本心が穏やかであるが、恐れてびくびくすることなど受け入れない。天子の力がなくなると、人はいつわりの忠義になりがちであるが、私ひとり自ら守るのは、孤松のように高節で氷雪のように純白清潔なものである）」（十四句中第一から第六句目まで、詩藁巻二十六）と述べており、松を君子に投影している。李穡は霜雪をも凌ぐ「松」に高節のイメージを見るが、李穡が描く「菊」には、高節よりむしろ「隠逸」のイメージが強く表出されている。(23)

韓国高麗の文人は中国の詩文の中のイメージを用いていながらも、自分が置かれた時代の影響を受けざるを得なかったということが分かるのである。

二 「菊」の色と咲く時期

中国では、中唐以後になると「白菊」が白居易や司空圖の詩文に見られるようになる。(24)一方、韓国高麗の詩文には「白菊」だけを題材にしたものはなく、「菊」の色は全て「黄菊」と言っても言い過ぎではないほど黄色の菊を好んでいる。その形容においても、「野菊如金散」「數枝菊花如散金(25)」と、金が散らばっているようだと黄色を強調している。では、高麗文人はなぜ「黄菊」を好んでいたのか。李奎報と同時期の李仁老（一一五二〜一二二〇）の詩話集である『破閑集』に「菊有品彙至多、雖不可數、須以黄爲正色。故古人云、五色中偏貴、千花後獨尊。（菊の種類はたいへん多く、数えることができないが、黄を以て正色とするべきである。故に古人は言っている、五色の中で偏に貴く、千花の後ひとり尊ばると）」とある。これは、『禮記』の月令篇の「季秋の月菊黄花有り」や、『詩經』の邶風の毛伝に「綠、間色、黄、正色」、『漢書』の律歴志上の「黄者、中之色、君之服也。」など、菊は黄花が正色であり、天子の服の色であるとする中国の書物に習ったものと思われる。李奎報や李穡の詩文には黄色い菊が正色であり天子の服であるとする表現は見られないが、三人はともに官職に就いており、科挙試験の必修科目である『禮記』や『詩經』を勉学したことから考えると、李奎報にしろ李穡にしろ李仁老と同様のイメージをもって「黄菊」を表現していたように思われる。

では、高麗の詩文にはなぜ「白菊」を描く例が少ないのであろうか。

観世音子、観音大士、白衣浄相、如月映水。

（観世音子、観音大士、白衣清浄たる姿は、月が水に映るようだ）

（「幻長老以墨畫観音像求予賛」、『東國李相國集』後集巻十一）

白衣仙人躡蓮葉、宛在風波衣不濕。

（白衣の仙人が蓮葉を躡むのは、あたかも風波の中でも衣が湿れないかのようである）

（「有感」、『牧隠藁』詩藁巻十六）

高麗の詩文を見てみると、右に記したように「白」は固有名詞、例えば中国の文献に見られる「白蓮社」「白玉楼」などに用いられており、観音や仙人が着ている「白衣」に「白」が用いられている。観音や仙人はこの世を越えた神的存在である。恐らく、高麗文人は「白」をものの根源を表す汚れのない清い色として考えていたのだろう。高麗文人が「白菊」より「黄菊」を好んだのは、仙人という手の届かない存在よりも、この世に存在するものが、彼等の心をとらえていたからではないだろうか。

また、高麗の文人は菊を観賞する時期においても重陽節である九月九日に重点を置きながら、九日だけでなく、十日の菊及び、九日前後においても「菊」を楽しもうとしていた。

黄菊雖似與秋期、及此霜深豈發時。尚把清香開艶艶、一枝何忍損浮巵。

（黄菊は秋と時を決めて咲くもののようだが、この霜の深い頃にどうして、花を咲かせるのであろうか。尚お清らかな香をもってあざやかに開くので、どうして一枚を折り取って、酒に浮かべたりできようか）

（「雜菊皆盡見名菊至九月向晦盛開、愛而賦之」、『東國李相國集』後集巻五）

冬初寒乍至、晨起比前遲。汲汲如公事、悠悠賦野詩。

黄花猶古態、碧嶂有新姿。賴是忘情境、蓬頭懶更支。

（冬の初に寒さが急にやって来たので、朝起きは以前よりも遅くなった。公の仕事をするように休まずに努める、悠悠として飾り気のない詩を作っている。黄い花はやはり昔の姿通りに咲くが、碧の峰のように茎や葉には新たな姿がみえる。詩を作ることは喜怒哀楽の情を忘れさせる境界であり、乱れた髪の毛をその上支えるとするのも物憂いくらいだ）

（「冬初」、詩藁巻二十）

前者は李奎報の、後者は李穡の作である。李奎報は菊に九月から晦に向って盛んに開くのを愛して、清香を広めて艶やかなので、一枝を折り取って杯に浮かべるのは忍びがたいと述べる。一方李穡は冬初なのに、「菊」が枯れることもなく美しい姿を保っているということに賛嘆の目を向けているのである。これら以外にも、「九月初四日」「初八日」「九月十五日」「九月二十九日」「十月初二日」などに「菊」を愛でる詩文が見られ、「菊」が咲くつぼみの時から枯れ果てるまでを描いている。

高麗の文人は「菊」の色は基本的には黄色いだと考えており、「菊」の咲く時期においても九月九日の重陽節にのみこだわってはいなかったことが分かる。

結

以上、韓国高麗時代における「菊」において、特に中期の李奎報と後期の李穡の「菊」の詩文を中心として検討してみた。二人の描く「菊」は中国文学に見られるのとほぼ同様のイメージをもって表現されていた。しかし、韓国国内において、高麗文人の「菊」を受容する態度には変化が見られた。まず第一に、李奎報の詩には高節の表現はあっても、「清」や「徳」を表す表現が見られないことである。それは追放された人の人柄や生活に「清」「徳」の倫理を見出さなかったからである。また、武臣が政権を握ったことで国のために尽くす対象がいないことと、いつ命がなくなるか分からない状態であったために「清」「徳」という倫理観念を持つ余裕がなかったのではないかと考えられた。そして、第二に、李奎報の「菊」の詩文には長寿をうたう表現があまり見られないという特色が浮び上った。それは人の寿命が自然に定められた道理であるとの意識から来るものであり、道教の象徴である「桃」からの影響によるものだと考えられた。また、第三に李穡の詩に「隠逸」思想が多く見られるのは周敦頤の儒学の影響によるものだと考えられた。しかしながら、「白菊」を歌う詩がほとんど見られないこと、菊が重陽節にのみ詩に詠まれるとは限られないことなどから考えると、高麗文人は中国文学の全てを受け入れたわけではなかったのである。

高麗の文人は陶淵明の「菊」を愛し、中国文学を受容しつつも自分の置かれた環境や思想にさまざまな影響を受けながら詩文を作っていたことが窺える。

注

（1）高麗時代武臣が支配した以前の時期の詩文は、現存する『東文選』でしかほとんど見ることができない。『東文選』を調べてみても「菊」に関する詩文は少なく、見るべきものは金富軾（一〇七五～一一五一）の「對菊有感」（『東文選』巻十二）と崔惟清（一〇九五～一一七四）の「九日和鄭書記」（『東文選』巻十九）の二首くらいである。また、高麗以前の新羅時代において、崔致遠（八五七～?）の「謝降顧狀」（『桂苑筆耕集』巻十九）に「某啓、某未遂山棲、尙從塵役所居官舍、深在軍營、雖異衡門、實同陋巷、旣乏君章之蘭菊、可襲馨香、空餘仲尉之蓬蒿、偏資寂寞」とある。これ以外、崔致遠の詩文に菊を用いた作品は見られない。

（2）武臣政権の時期に、『西河集』『破閑集』『補閑集』などがあるが、これらの詩文集をみてみると、重陽節に関する詩文、秋菊、『楚辭』の「離騷」に関する話が若干見られる程度である。

（3）また、「讀陶潛詩」（巻十四）に「吾愛陶淵明、吐語淡而粹」（二十句中第一、二句）と述べられている。

（4）李奎報は「菊」の香りをどのように表現していたのか、幾つかの例を見てみよう。李奎報の「九日」（巻十六）に「不論酒醇醨、泛此香馥馥」（十四句中第三、四句目）と、「十月日見黃菊盛開」に「徒爾媚姸香、予病飮豈敢」（十二句中第五、六句目、ともに後集巻七）と、また「雜菊皆盡見名菊至九月向晦盛開、愛而賦之」に「尙把清香開艷艷、一枝何忍損浮卮」（四句中第三、四句目、後集巻五）とある。これらの詩を見てみると、「菊」の香りは「馥馥」「媚姸」「艷艷」と表現されているが、李奎報にこれらの香りを「清香」と述べて愛でていたのである。

（5）「麹先生傳」に「弟賢、官至二千石。子𥁕酘酖醂、服桃花汁學仙」とある。「麹先生傳」は酒を擬人化した作品で、酒と人間との関係を通して人間の盛衰を描いたものである。

（6）「前死日、有友人夢見公乘白鶴盤旋者、明日謁之、先生已化矣。……公獨卒不霑一命而死、天耶命耶、果天也、其忍使才賢薄命如此、是何理耶」。

（7）「四月、京師亂。姉夫南流黃驪。五月、公携姉氏往焉。是年春、母家後壻出守尙州。六月、自黃驪赴尙州覲省。得寒熱病、數月不愈、至十月方還」。

（8）崔忠獻と李義旼の伝は『高麗史』列傳巻四十一、二の「叛逆」を参照のこと。

（9）『楚辭』「離騷」に「余旣滋蘭之九畹兮、又樹蕙之百畮。畦留夷與揭車兮、雜杜衡與芳芷。冀枝葉之峻茂兮、願竢時乎吾將刈。雖萎絶其亦何傷兮、哀衆芳之蕪穢」とある。李奎報は屈原が国のために蘭に比すべき立派な人材の養成に勤めたが、失脚してしまったという典故を用いている。

（10）「久坐」（詩藁巻二十）に「墻下菊花黃更嫩、屋頭松樹碧仍寒」（八句中第五、六句）とあり、「種菊」三首、其一（詩藁巻五）に「種菊添我淸、天工却娟嫉」とある。この二首には菊のみめよい姿が歌われており、「節」に関する言及はない。

（11）『牧隱先生年譜』によれば、「龍沙」は仁熙殿の北にある白沙を表すと述べられている。しかし、「龍沙」はもともと今の新疆ウイグル自治区の天山南路にある砂漠の名前であり、塞外地方を表す。李穡が左遷先の衿州から書いたことを考えると、「龍沙」は左遷された衿州の地を表していると思われる。其四は、衿州の龍が臥したような沙の岡が遥か遠くまで続いており、そこで秋を迎えると、もろもろの草は衰えているのに菊だけは黄色く輝いている。自分は左遷の身なので、ただ菊を眺めるばかり。天子のために長寿の觴を献げる人はいないことを悲しむ、とうたわれる。

（12）其四の結句に「海西千里是行宮」と述べているが、これは、昌王はもうこの世にいないし、都は李成桂が構えているので、「行宮」をもって先王を忍ぶ言い方ではないかと思われる。『牧隱先生年譜』によれば、六十四歳の作「十月蒙、宥歸韓州」に「革命之後、先生常着草笠白衣細條爲居喪之服」とある。李穡の六十四歳十月に、許されて韓州に帰ってからも常に草笠、白衣、細條を着て喪服の姿でいたと述べられている。李穡が常に先王に対する悲しみを持っていたことを表す。これはまた、新しい政権に対して反抗を示すものでもあると考えられる。

(13)「籬下黄花如散金、老翁相對獨微吟。重陽最恨臧身密、十月還驚用意深。泛泛不辭隨白酒、寥寥寧願對青衿。頽岑可制非無術、杳矣碧潭何處尋」。

(14)「多識詩中草木名、眞同五色使人旨。秋天搖落斜陽裡、獨愛霜葩慰老生」。

(15)『春秋左傳正義』巻二十八の成公十七年に「秋七月壬寅、刖鮑牽、而逐高無咎。無咎奔莒、高弱以盧叛。齊人來、召鮑國而立之。初鮑國去鮑氏而來、爲施孝叔臣。施氏卜宰匡句須吉。施氏之宰有百室之邑、與匡句須邑使爲宰、以讓鮑國而致邑焉、施孝叔曰、子實吉、對曰、能與忠良吉孰大焉、鮑國相施氏忠、故齊人取以爲鮑氏後。仲尼曰、鮑莊子之知不如葵、葵猶能衛其足」とある。葵は太陽に葉を向けて根元を蔽うという。孔子が「鮑莊子之智不如葵、葵猶能衛其足」といった故事に基づいている。

(16)「種菊」三首(詩藁巻五)に「種菊添我清、天工却娟嫉。罷雨動以風、收雲炎以日。搖搖不自持、七脉方未密。願借終夕陰、令渠生意溢」、「種菊添我幽、軒戸俄清妍。長莖削寒玉、嫩葉選□青烟。□晴又欲雨、不憂傷尓天。天工豈私我、物生各自然」、「種菊添我逸、深期在歲暮。霜清秀色明、白酒相媚嫵。落帽自風流、誰會悠然趣。淵明千載人、欲訪恐迷路」とあり、李穡は菊をうえる理由を三つあげている。

(17)「中国文学に見られる〈菊〉の様相」—陶淵明を中心として—(熊本大学文学科人文論叢、巻六十七、二〇〇〇、三)参照。

(18)すでに見た「種菊」三首(詩藁巻五)や、「幽居」(詩藁巻十一)などに「菊」の香りを「清」なるものと表現している。

(19)『晉書』巻九十二、列伝六十二「張翰」参照。

(20)劉郎は劉禹錫を指す。劉禹錫が郎州に左遷された後、京師にかえった時に作った詩「元和十一年自郎州承召至京戯贈看花諸君子」(『劉禹錫集箋證』瞿蛻園箋證、一九八九)の典故を用いている。

(21)鄭道傳(?~一三九八)の「君子亭記」(『三峰集』巻四)に「大低古人之於草木、愛之各以其性之所近。靈均慷慨之士、故取蘭之香潔。靖節恬退之士、故取菊之隱逸」とあり、「景濂亭銘後説」(『三峰集』巻四)に「嘗謂古人之於花草、各有所愛。

屈平之蘭、陶潛之菊、濂溪之於蓮、是也。各以其中之所存、而寓之於物、其意微矣。然蘭有馨香之德、菊有隱逸之高。則二子之意、可見」とある。鄭道傳もまた、周敦頤の「愛蓮說」を用いていた。

(22)　その他、「葵軒記」（文藁巻三）に「松也節義、蓮也君子、葵也智矣忠矣」とある。

(23)　武臣時期以後の李集（一三二七〜一三八七）の詩文に「菊」を用いた詩が多数あり、「隱逸」の心を表現している。菊の「隱逸」がこの時期に多数見られるのを見ると、恐らく、この時期に菊と「隱逸」とを結びつける観念が一般化し、定着したと思われる。

(24)　白居易には「重陽席上賦白菊」（朱金城の『白居易集箋校』巻二十七）の詩文があり、司空圖には「白菊雜書」四首（『全唐詩』巻六三三）、「白菊」三首（『全唐詩』巻六三四）の詩文がある。

(25)　李穡の「卽事」（詩藁巻十九）に「野菊如金散、山林欲翠乾」と、「謁西隣吉昌公小酌歸而高詠」（詩藁巻二十五）に「數枝菊花如散金、一株松樹凌空靑」とある。

＊本稿は平成十二年度文部省科学研究費補助金による研究成果の一部である。

三、楊万里における「荷」の存在と特徴

序

楊万里は（一一二四～一二〇六）は中国宋代の詩人であり、范成大、陸游と並ぶ南宋三大家の一人である。彼の著作には思想面においては「誠齋易傳」「庸言」「天問天對解」「千慮策」などが、詩歌面においては「誠齋集」や「誠齋詩話」などがある。この内、詩歌を集めた「誠齋集」には四千二百あまりの詩が収められる。

彼の詩に関する評価については、陳義成氏の「歴代対楊万里作品之論評評議」（『逢甲学報』巻十九、一九八六）に詳しく、楊万里に対する評価が時代別になされている。それによると宋代の評価には高いものが多く、楊万里の詩には生き生きとして物事にこだわらない清らかさがあると述べる。元代の評価は言及が乏しく、明代は低く、粗末で下品で浅はかであると評価する。清代は宋代の高い評価と明代の低い評価を折衷した形である。一方、日本における楊万里の詩に対する評価については、吉川幸次郎氏が「楊万里の詩は、むろん唐詩そのままの祖述ではない、自由にして闊達な新詩風、それが彼の平均値である。」(1)と述べており、入谷仙介氏は「楊万里の詩は自由闊達な所がある。大はばに俗語を取り入れ、軽快な筆致と新鮮な発想とを身上とする。」(2)と述べている。中国と日本両国の研究者はともに楊万里の作品は「自由闊達」であると認めているのである。

今までの研究論文を見ると、楊万里詩の特徴として挙げられるのは、擬人表現の多用、見立ての巧みさ、諧謔性、観察の細かさ、(3)描かれ景物意象が宋代の理気の説に基づいていること、(4)ユーモア・諧謔・活気・あどけなさの根本は

禅の修業によって得たものであることなどである。[5]しかしながら、これらの論文には荷（ハス）については何の言及もなく、景物の描写については作品全体の雰囲気から漂う自然観察の細かさ、自由闊達さのみである。ただ、『中国荷文化』（李志炎、浙江人民出版社、一九九五）では「楊万里的荷花詩」章を設けて、楊万里の詩風は清らかで活気があり、その中において荷花の詩は優れていると述べており、荷花の作品が多いのは中国歴代の詩人の中で首位であると、四首の詩を挙げて説明している。これは妥当な見解である。しかし、李志炎氏は荷花に関する作についてその大筋を述べているものの、深く追究していない。楊万里が描く荷を見てみると、荷と露、荷と雨、荷の葉に転がる露や雨の珠が見事に描かれている。これらは彼の詩の特徴とすべきところであり、十分に分析するにあたいする。

本稿は楊万里の詩に見られる荷に重点を置いて、荷に関する詩のすぐれた点を具体的に指摘し、それが独自であることを明らかにするとともに、彼が荷の詩を好んで創作した動機とその意義を明確にすることを目的とする。これは文学史においても楊万里においては荷が格別かつ重要な存在であったことを位置づけることになると思われる。[6]『誠齋詩集』のテキストには『四部叢刊初編』『四部備要』所収本などがあるが、本稿では主に『四部備要』（中華書局）清乾隆吉安刻本校刊本を用いた。

第一節　荷への志向と様相

楊万里は一一五四（紹興二十四）年に進士科に及第し贛州司戸となって以来、中央及び地方の官職を転々としながら、「江湖集」「荊溪集」「西歸集」「南海集」「朝天集」「江西道院集」「朝天續集」「江東集」「退休集」等の詩集を編んだ。出身は江西省吉州吉水県で、赴任先は湖南省永州零陵県、隆興府奉新県、南宋の都である臨安（浙江省杭州市）、江蘇省常州、広州などいくつかに及ぶ。その出身地と赴任先からうかがえるように、南方は暖かく夏は暑く、荷の栽培が多く見られる。彼は荷には十分見なれていたと思われるが、各詩集に描かれる荷にも特徴が見られる。例えば、「江湖集」には荷が雨に濡れている生き生きとした姿、「南海集」には荷を見に出かける姿、「江西道院集」には池を掘って荷を植える姿、「退休集」には荷が落花するのは自然の道理であると認識しながらもこれらを惜しむ姿がそれぞれ見られる。

それでは、彼がいかに荷を愛でていたのか、自然の移り変わりに反応する荷をどのように描写していたのか、楊万里の荷への志向とその様相及び受容態度について具体的に考察して見よう。

一　荷への志向

人々にとって日差しの強さは忍びがたいものである。そこで人々は夕涼みをかねて涼しいところを求めて出かける。楊万里の詩題には「七月十四日雨後毗陵郡圃荷橋上納涼」（荊溪集巻九）、「秋熱追涼池上」（荊溪集巻九）、「秋涼晩歩」（荊溪集巻九）、「暮熱游荷池上五首」（荊溪集巻十）、「晩涼散策二首」（荊溪集巻十一）、「七夕新涼」（南海集巻十六）などがあり、暑さを避けて出かける姿が多く歌われる。当時の暑さはいかなるものであったのか。楊万里が涼む場所は主に「荷池」であるが、なぜ彼はこれほどまで荷池を求めていたのだろうか。

玉礫金沙一逕長、暑中無處可追涼。獨行行到荷池上、荷不生風水不香。

（玉礫金沙一たび径長く、暑中涼追うべき処無し。独り行き行き荷の池上に到るが、荷は生えず風水香らず）

（「暮熱游荷池上五首」其一、荊溪集巻十）

太陽の光が強く照りつけていると石や沙さえも熱くなる。この暑さにどこに行けばよいのか、涼しい所を目当てにとにかく行ってまた行く。ついに荷池にやってきたが、涼しいと思ったここもやはり暑く、風も水は香らない状態である。楊万里は石や沙、風、水を用いて燃えるような暑さと砂漠のような乾いた状態を表現していた。続く其三には、「荷花入暮猶愁熱、低面深藏碧傘中。（荷花暮に入りて猶お熱を愁う、面を低くして深く碧傘中に蔵す）」と、荷花さえも暑さに耐えられない様子を述べている。暑さの厳しさは人間だけが苦しんでいるのではなく、植物もまた隠れる場所を探し求めようとするほどである。ところで、この詩の第三句に「獨行行到荷池上」とあるように、楊万里が暑さを避けて来たところは荷池である。「七夕新涼」（南海集巻十六）に「商量秋思是寒螿、將息荷花得早涼。（商量秋思是れ寒螿、将に荷花に息みて早涼を得ようんとす）」と、荷花のあるところで休んで秋の初めの涼しさを得ようとしたと述べており、また「感秋二首」其一においても「荷涼欣暑退、蟬苦怨秋新。（荷涼しく暑の退くを欣び、蟬苦みて秋の新たなるを怨む）」と、荷から涼しさを感じて暑さを忘れると述べている。彼が暑さを避けて荷池に出かけたのは、荷をみて涼しさを感じ心が落ち着いたからであるとわかる。

また、楊万里は荷の香りに興味を持っており、香りによって眠りからも目覚めていた。

浸得荷花水一盆、將來洗面漱牙根。涼生鬚鬢香生頰、沉麝龍涎卻是村。

（荷花を浸し得た水一盆、将に来りて面を洗い牙根を漱げんとす。涼しさは鬚鬢に生じ香は頰に生ずる、沈麝龍涎却って是れ村なり）

（「山居午睡起弄荷花三首」其三、江西道院集巻二十七）

荷花の香りはさわやかで沈麝龍涎の香りなど比べものにならないと述べて、その香りを高く評価している。そして、荷の花を浸していた水で顔、歯、鬚鬢、頬を洗い、その香りを身にそそいでいる。楊万里はまた、「極暑題釣雪舟」（江湖集巻八）詩には「到得南窗還更熱、芙蕖和藥落幽香。（到り得る南窓還た更に熱く、芙蕖と藥が幽香を落とす）」と述べており、「晩涼散策二首」（荊溪集巻十一）詩には「醉倚胡床便成睡、夢聞荷氣忽然醒。（酔って胡床に倚り便ち睡と成る、夢に荷気を聞き忽然として醒る）」と述べている。彼はこの二首に荷の香りは暑い空気の中に奥深く、荷の香りをかいでふと目が覚めると述べているが、天気は暑ければ暑いほど荷花の香りは更に強く感じられるのだろうか。暑さとともに、荷の香りへの好感もまた強いことが窺える。休日の晴れた朝に多稼亭で読書しながら書いた詩「休日晴曉讀書多稼亭」（荊溪集巻十）には、「松色雪我神、荷香冰我脾。（松色我が神を雪ぎ、荷香我が脾を氷らす）」とあり、荷の香りは我が脾を冷やしてくれると述べている。楊万里は荷の香りにもはやすっかりとりこになっていたようだ。

また、楊万里は常州の毗陵から広東に任地が移り、そのために容易には慣れない様子を描いた詩「西園晩歩二首」（南海集巻十六）に、「南荒北客難將息、最是殘春首夏時。爲愛荷池日日來、一來一度眼雙開。（南は荒れ北の客将に息い難し、最も是れ残春首夏の時。荷を愛するが為に池日日来る、一たび来れば一度眼双つながら開く）」と述べている。新しい所に来て生活にも気候にもまだなれず、季節も春が終わり夏に入ったばかりなので荷が咲くにはまだ早い。なのにもかかわらず、彼は毎日荷池に来て荷が咲いているかどうかを目を大きくして眺めているのである。彼は以前毗陵にいた頃、よく荷を求めて出かけていた。ここはそこよりもさらに南にある。もしかするとここは荷が早く咲くかもしれないと、いささか期待を抱きながら出かけていたものと見られる。彼はまた「秋熱追涼池上」（荊溪集巻九）詩に、「今歳知何故、秋陽爾許驕。追涼猶有處、此老未無聊。（今歳何故知ろう、秋陽爾んじ驕を許す。涼を追い猶お処有り、此の老い未だ無聊せず）」と、池のほとりに来るがここはけっして退屈しないと述べる。未知の地にきてなれない時に荷を求める姿、荷があるなら退屈しないと述べていることから考えると、彼にとって荷は観賞するのみにとどまらず、好き伴侶ともなっていたことがわかる。

二　荷の様相

（一）　空間的感覚

楊万里が荷を観賞する態度には細やかな観察が認められる。まず、自然に対する描写から見てみる。

一　泉眼無聲惜細流、樹陰照水愛晴柔。小荷纔露尖尖角、早有蜻蜓立上頭。

（泉眼声無く細流を惜み、樹陰水に照らし晴柔を愛でる。小荷纔かに尖尖として角を露わし、早く蜻蜓有りて上頭に立つ）

（「小池」、江湖集巻八）

二　芙蕖落片自成船、吹泊高荷傘柄邊。泊了又離離又泊、看他走偏水中天。

（芙蕖の落片自ずと船と成し、吹き泊る高い荷傘柄の辺。泊って又た離れ離れて又た泊る、他の走くを看れば偏く水中の天）

（「泉石軒初秋乘涼小荷池上」、退休集巻三十七）

三　池似平鋪織錦横、荷花爲緯藻爲經。無端織出詩人像、獨立飛橋摘斗星。

（池は平鋪に錦の横を織るかのごとし、荷花は緯と為り藻は経と為る。無端に織り出す詩人の像、独り橋を立ち飛びて斗星を摘む）

（「荷橋暮坐三首」其二、荊溪集巻十）

一の詩は小ぶりの荷の花がとがった先をほんの少し露出させると早くもトンボがやってきてその先にとまると述べる。動きあるものがじっとして動きをとめている様子はまるで自然のすべてが停止しているような感覚を与える。二の詩は落花する荷の様子を描いているが、ここには花が散ることへの感傷は見られず、散った花があたかも水上の旅を楽しんでいるような様子が感じられる。三の詩は池を錦の織物に喩えている。荷を緯に、藻を経としてできあがる織物としてなぞらえる様子は、詩人としての楊万里の自由闊達な感性を感じさせる。

また、楊万里は宋代の詩人がそうであったように荷を手で折って部屋に持ちこんでいた。

落殘數柄荷花蘂、浸得一瓶泉水香。

（落残の数柄の荷花の蘂、浸して得る一瓶の泉水の香）

（「荔枝堂書憩」、南海集巻十八）

折得荷花伴我幽、更搴荷葉伴花愁。

（折り得る荷花我が幽を伴い、更に搴る荷葉花の愁を伴う）

（「瓶中紅白二蓮五首」其五、荊溪集巻十一）

前者は落花を惜しんで荷の柄や蘂を拾って部屋に持ってきて、一瓶に浸して香りを楽しむ姿、後者は花を折ってきて悠々たる生活をしようとする姿が描かれる。特に後者にはとってきた葉までも花とともに憂う姿を述べており、荷を愛する気持ちがある一方で、これを折ることに対するすまない気持ちをも感じていたように見られる。

さらに、新たな工作も行っている。

司花手法我能知、說破當知未大奇。亂剪素羅裝一樹、略將數朶蘸臙脂。

（花を司る手法我れ能く知る、説破す当に未だ大いに奇なるを知る。素羅を乱剪して一樹に装り、略や数朶をもて臙脂を蘸る）

（「栟櫚江濱芙蓉一株發紅白二色走筆記之二首」其二、江西道院集巻二十八）

この詩は花が咲いている川辺に、一株に二色の花が咲いているのを見て書いている。この詩の其一に「芙蓉照水弄嬌斜、白白紅紅各一家。近日司花出新巧、一枝能著兩般花。（芙蓉水に照し嬌しく斜きを弄び、白白紅紅として各一家。近日花を司り新に出でること巧なり、一枝能く両般の花著わす）」と、このごろは花を操る方法が巧みになり、一枝に二色の花を咲かせることができたと述べている。一枝に二色の花を咲かせるのはこの時期から始ったたろうか、それとも楊万里だけが今まで知らなかったのだろうか。楊万里が白いうす絹と紅色の顔料を用いるなど、その作り方をまるで秘密を明かすかのように説明している様子をみると、まだ一般化されていなかったことも考えられるが、それはともかく、楊万里は人工的に花を作り出すことができたことに満足しているのである。(7)

以上、楊万里が荷を好む態度を見てきた。彼は荷を描くことについて、ある時はさりげなく自然のあるがままの姿を描き、ある時はまるでかわいらしい人のように擬人化を行って描いていた。また、荷に対する愛着は更に細かな観察にまで及んだ。その花を愛でる態度は、自然のありのままの姿を楽しんだり、折り取ってきて楽しんだり、布で人工の花をこしらえて楽しんだり、さまざまである。この内、花を折ることや加工して楽しもうとする態度、ことに折るという行動には、奪い取ってきてまで自分のものにしようとする欲求の強さが感じられる。(8)

（二）　時間的感覚

自然界の一日は未明の暗闇から徐々に明るくなってゆき、生命有るものは朝日を浴びて目覚め、活発に活動し始める。それから自然の風景は日中を経て次第に暗くなっていき、やがて明るい月がぼんやりと現れる。それもしばらくの間であり、いつしか月の光も消え自然は再び暗闇に包まれる。自然界にはまた春夏秋冬の四季があるが、その内の夏には自然の力を感じさせる暑さがある。またうまい具合にそれを押さえる天候の変化がある。雨である。雨が降って暑さは幾分和らげられ、弱まった生命体に活気が戻る。楊万里はこれら自然の移り変わりにも敏感に反応しているが、それは荷にも及んでいる。彼が詠じる荷の多くは、明け方、雨中、雨後のものである。

一　朝方

明け方に戸外に出かけると、いつの間にか降りた露によって草木はすでに濡れている。朝日が昇ると露はさらに輝き、草木さえつややかに美しく見える。楊万里はこの朝方の荷を好んで描写した。

蟲響餘宵寂、荷妝趁曉鮮。梳頭花霧裏、照水柳風前。
舊雨仍今雨、新年勝故年。登城有佳眺、秋稼正連天。
（蟲響きは余宵寂しく、荷妝暁に趁いて鮮やか。梳頭は花霧の裏、照水は柳風の前。旧雨仍ち今雨、新年故年より勝る。登城すれば佳い眺め有り、秋稼り正に天に連ぬ）

（「雨後清曉梳頭讀書懷古堂二首」其二、荊溪集巻十一）

この詩は五十二歳の作であり、朝方の、雨後の清らかな荷を描いている。荷は更につややかさを増し、まるで化粧をしたかのように鮮やかに輝やく。この時彼は病気の身であったが、その心は弾んで見える。城壁に登って、はるかに広がる実りある景色を眺めながら、安心と喜びとを覚えるのである。清らかな朝方、鮮やかな荷は彼の心身をともに活気づけているかのように見える。

また、次のような詩が見られる。

度暑過於歳、初涼別是天。獨穿秋露草、來看曉風蓮。
病骨殊輕甚、幽襟一灑然。不妨聊吏隱、何必更林泉。
（暑を度って歳を過ぎて、初涼別に是れ天。独り穿つ秋露の草、来たり看る暁風の蓮。病骨殊に軽いこと甚だし、幽襟一たび灑然し。聊か吏隠を妨げず、何ぞ必ず林泉に更まんや）

（「曉登懷古堂」、同前）

暑かった夏もすぎ、風は徐々に涼しくなって秋が到来する。楊万里は朝方爽やかな風に吹かれる蓮を見ていると、病気が軽やかになり、この地こそ隠居地であるとうたう。また、「曉登水亭」(同前)に「露氣仍荷氣、秋風更曉風。(露気仍ち荷気、秋風更ち暁風)」とあり、「感秋二首」其二(同前)には「露荷幽馥曉、雲日澹光秋。(露荷幽馥の暁、雲日澹光の秋)」と述べている。夏が終わり秋になってもまだ暑いが、朝早く出かけてみると露につつまれた荷は香わしく、そこに秋風が吹いてくると荷の香りは彼のところにまで奥深い香りを漂わせてくれると述べており、朝方の露が滴る荷や風に香る荷に爽やかさを感じていたことが確認できる。これらの作品は彼が病気の身である時に書かれたものであることから考えると、彼は荷や荷の香を通して元気を幾分取り戻そうとしていたことが窺える。すなわち、朝方の荷を見、荷の香りをかいで、生きる力を得ていたと考えられる。すでに「休日晴曉讀書多稼亭」詩を通して彼が荷の香によって脾が冷やかになると述べていることを確認したが、この詩にはさらに「憂樂忽安在、形骸亦俱遺。(憂楽忽ち安くにか在るや、形骸亦た倶に遺る)」との表現が見られる。実に、晴れた朝方の荷や荷の香りは彼の心身を爽やかに落ち着かせていたのである。それゆえ、彼は病気の時にあっても荷を求めて出かけていったのであろう。

二　雨中と雨後

楊万里は荷の葉の上にある雨の雫の動きとその変化の様子を多様にまた詳細に描写している。

細雨霑荷散玉塵、聚成顆顆小珠新。跳來跳去還收去、祇有瓊拌弄水銀。

(「觀荷上雨」、江西道院集巻二十七)

(細雨荷を霑い玉塵を散らし、聚成す顆顆小珠新たなり。跳来し跳去し還た収り去り、祇に瓊有りて拌り水銀を弄ぶ)

細い雨が糸のように降ってくると荷についていたちりのように微小な雨滴が次第に一粒の小さい珠になって、次々と新しい珠を作り続ける。こうして荷は雨によって新鮮な感覚を取り戻す。楊万里は荷の上にある一粒一粒の小さい珠が飛び落ちていく様子をまるで美しい玉が滴を弄ぶかのようであると述べている。これは荷と雨滴が仲良く戯れる様子を描いたものといえるが、「東宮講退觸熱入省倦甚小睡」詩（巻二十二）においても、「到得曲肱貪夢好、無端急雨打荷聲。起看翠蓋如相戲、亂走明珠卻細傾。（到りて得る曲肱夢を貪り好み、無端の急雨荷を打ち声らす。起て看る翠蓋相い戯るが如く、乱れ走る明珠却って細く傾く）」と、荷の緑の葉がにわか雨に打たれる様子を、荷の葉の上に雨の雫が戯れているかのようであると述べている。また、「觀荷上雨」は細かい雨であり、すでにみた「東宮講退觸熱入省倦甚小睡」は急雨である。だとするとその降り方も違うはずで、雨の量が多くなると滴は次第に重くなり、ついにはその重さに荷は傾いてしまうはずである。しかしながら、楊万里はにわか雨の力の強さにもかかわらず荷はかえってかすかに傾くと述べている。この「細」という言葉には彼の荷の雨に対する情感が含まれており、ここにはさらにかわいらしささえ漂う。まさしく、楊万里は荷と雨の二物を仲の良い一組として考えていたのである。また楊万里は荷と雨を詠じる場合、弄ぶ、戯れる、細く傾くといった表現を用いている。以上のことから楊万里は夏の風物である荷にとって雨は大切な存在であり、両者は切り離すことのできない不可分の関係であると考えていたと思われる。

さらに、楊万里は雨に打たれる荷の響き、その音を楽しんでいた。

猛雨打荷葉、怒聲戰鼓鼙。水銀忽成泓、一瀉無復遺。不如微雨來、翠盤萬珠璣。
荷飜珠不落、細響密更稀。淸如雪觸窗、三更夢聞時。語君君不信、對境當自知。

（猛雨荷葉を打ち、怒声戦の鼓鼙。水銀忽ち泓と成る、一たび瀉せば復び遺る無し。如かず微雨来て、翠盤万珠の璣なるを。荷翻て珠落ちず、細響密にして更に稀。清いこと雪が窓に触れ、三更夢に時を聞くが如し。君に語るも君信じず、境に対し当に自ずと知れり）

（「微雨玉井亭觀荷」、江西道院集巻二十八）

この詩は荷の葉が激しい雨に打たれる音は、まるで戦争が起きて大きな太鼓を叩きながら攻撃するかのようにやかましく聞こえる。また、葉の上にある水の雫は休む余裕もなくすぐさまたまりとなって落ちてゆく。これに対して雨が微量であれば、葉の上には多くの雨の雫が集まって珠玉となり、荷（ハス）がひるがえつつも小さな雨滴はすべり落ちない。楊万里はすべてが静まりかえた真夜中に、絶え間なくまたかすかに聞こえる、荷と雨の戯れる微雨の響きを楽しんでいたのである[9]。

今度は雨後の荷の様子を見てみよう。雨が降った直後、空にはまだ雨雲が残っている。この雨雲は風が吹くとどこかに去ってしまい、天は青空を取り戻して明るく清らかな陽気となる。楊万里の「雨後晩歩郡圃二首」其二（荊溪集巻十）詩には、雨後に忙しい仕事をやめて荷を見に出かける姿が見られる。この詩に、「撥忙也到池亭上、昨日巻荷今盡開。（撥忙としてまた池亭の上に到ると、昨日巻いた荷今尽く開く）」と、昨日来た時にはまだ咲いていなかった荷が、今日雨が降った後来てみると全部咲いていると述べている。忙しい仕事よりも花見を優先する姿に彼の荷への愛着の深さが感じられる。毗陵郡圃から南に赴任してきた時に作った詩集、「南海集」には、「雨霽登連天觀」（南海集巻十七）と題する詩をあり、その詩に、「只有荷花舊相識、風前翠蓋爲人傾。（只だ荷花有りて旧きより相い識るのみ、風前の翠蓋人の為に傾く）」と述べている。ただ昔からの懐かしい荷だけが自分を迎えて挨拶しているかのようであると、荷によって慰めを得ている。この詩には藤や松などの他の植物も登場するが、しかし彼はこれらの植物に対しては荷に対するほどの感情を示さなかった。また、「憩懐古堂」（荊溪集巻十）詩には「水含霽後光、荷干風處欹。（水霽後の光を含み、荷風ふく処に欹つ）」と、水が晴れたあとの日の光を含み、風に揺らぐ荷は風吹くところにかたむくと述べている。彼にとって荷は心を和ませてくれるものであることがわかる。仕事を中止してまで雨後の荷を求めたのは清らかな荷を見るためではあるが、その清らかな荷を見ているうちに彼はおそらく世間のわずらわしさを忘れていたことであろう。

以上、楊万里が描く荷の様相を、朝方と雨中・雨後に分けて見てきたが、彼は朝方の荷と雨または雨後の荷の姿に興味を持っていたことが分かった。朝方の露にしろ雨の雫にしろ、つやがあって美しい光景である。楊万里はその光景の中にある荷の、滴々と水のしたたるような生き生きとした有り様や、雨が打たれる時に表れる雫と音を好んで表現していた。ここに彼の観察力の鋭さを伺うことができる。彼は荷の静的な様子に新たに雨という動的要素を加えて荷の姿を多様に表し愛でていたのである。

第二節　荷の文学史と楊万里の詩

『中国荷文化』は中国歴代における荷について詳しく述べている。ここではこれをもとに簡略にまとめてみる。中国のもっとも古い詩歌集である『詩經』には、「山有扶蘇」（鄭風）に「山有扶蘇、隰有荷華。（山扶蘇有り、隰荷華有り）」とあり、「澤陂」（陳風）には「彼澤之陂、有蒲與荷。（彼の沢の陂に、蒲と荷と有り）」などの表現が見られ、自然の荷、男女の愛情を表す荷などを描く。戦国時代には「離騷」に「制芰荷以爲衣兮、集芙蓉以爲裳。（芰荷を制ちて以て衣と為し、芙蓉を集めて以て裳と為す）」とあり、「九歌」には「筑室兮水中、葺之兮荷蓋。（室を水中に筑き、之を葺くに荷蓋を）」

との表現が見られ、荷は衣裳を作り家を建てることに用いられており、隠者の衣服の質素さや高潔さを表わす。そして南北朝になると、梁の元帝や武帝は「採蓮賦」を作っており、荷はもはや男女の恋愛を表わす手段として定着するようになる。隋代に入って荷花の栽培技術が発達すると、絵画、彫塑、工芸などの多方面に用いるようになり、内容面においても豊富になる。その後、唐代には貴族たちが自分の別荘に荷を植えて荷を観賞し、詩を吟じたり画を描いたりして楽しみに浸すようになる。特にこの時期に詩人の間には荷を愛でる人が次第に多くなり、荷花のおだやかで美しい姿あるいは衰える可憐な姿などを描くに至る。[10] 中には白居易が「詠東林寺白蓮」一首に、「東林北塘水、湛湛見底清。中生白芙蓉、菡萏三百莖。（東林北塘の水、湛湛として底清きを見る。中白芙蓉を生じ、菡萏三百茎）」と詠じるように、白蓮という特定の色を好んでうたう人も表れる。[11] 宋代になると、周敦頤は「愛蓮説」を作り、蓮を崇高な花として表現するにいたる。

以上が宋代までの文学作品などに表れている荷の変遷である。[12] このように見てくると、歴代の詩人が荷を観賞する態度は、自然の景物から個人の楽しみの一対象へと移っていき、それとともに特定の価値観を託するようになっていったといえよう。

楊万里の詩を見ると、「憩懐古堂」（荊溪集巻十）に「水含霽後光、荷于風處欹。」と述べており、また、「同三館餞王恭父監丞分韻予得何字」（朝天集巻二十二）には「去歳従遊泛綠波、西湖今日又新荷。（去歳遊に従い緑波に泛び、西湖今日又た新たな荷）」と述べて、『詩經』に見られるような自然にある荷をそのまま歌うものがあれば、「和同年李子西通判」（朝天集巻二十一）詩の「北闕小遅蒼玉佩、南征聊製芰荷裳。（北闕小なく蒼の玉佩に遅く、南征して聊か芰荷の裳を製つ）」句、「題曾無疑雲巣」（江東集巻三十六）詩の「猶嫌塵土涴荷衣、移家龍山西復西。（猶お塵土に荷衣が涴すを嫌い、家を龍山の西復た西に移す）」句のように、「離騒」の荷の服装を通して隠者の生活を描くものも見られる。さらに「西府直舎盆池種蓮二首」（朝天集巻二十二）詩、「瓶中紅白二蓮五首」（荊渓集巻十一）詩には、盆池に荷を植えることや荷花を折って部屋に飾る姿が見られる。これらは、宋代によく見られる方法を用いて荷を観賞しているのであり、楊万里の詩は文学史に表われる荷のイメージをそのまま踏襲していたことを表わす。

楊万里は歴代の詩人の詩に学んだことを自ら語っている。第一詩集「江湖集」の自序に、彼は江西諸君子に学び、黄庭堅風の詩体、陳師道の五言律詩、王安石の七言絶句、唐人の七言絶句を学んだとあり、第二詩集「荊渓集」には「讀元白長慶二集詩」詩が見られる。彼は白居易と元稹の「白氏長慶集」「元氏長慶集」を読んでいるのである。さらに「朝天集」には陸游との交流が、「退休集」には李白、白居易、蘇軾などの詩に対する言及が見られる。楊万里が六朝詩人陶淵明を初めとして、唐宋時代の広い範囲の詩文を読んでいたことを考えると、[13] これら歴代の詩人の影響を受けていることも考えられるのである。

ところが、楊万里は荷の詩の表現において、荷と露あるいは雨との描写にとりわけ優れており、歴代のものとは差異が見られるのである。その代表的作品として、「小池」（江湖集巻八）や、「観荷上雨」（江西道院集巻二十七）などが挙げられる。これらの詩はすでに第一節で扱ったが、論の理解のためにもう一度見てみると、「小荷纔露尖尖角、早有蜻蜓立上頭。」（「小池」）、「細雨霑荷散玉塵、聚成顆顆小珠新。」（「観荷上雨」）などの詩句の表現が優れている。小ぶりの荷の花がとがった先をほんの少し露出させるとトンボがその先にとまる様子や、細い雨がちりのように微小な雨滴が一粒の小さい珠になって次々と新しい珠を作り続ける。このように、小ぶりの荷の花が水からほんの少し出た姿とそのとがった先にとまるトンボという細かな観察力、荷の葉に転がる微小の雨滴を一粒一粒数えるように珠の動きを見事に表出しているのは、楊万里の詩に独自のものであると思われる。これは彼の荷への深い情感と彼の探求力が混ざり合って成り立ったものである。幸い、彼が住む近くに荷橋があり、それが荷への賛歌を引き起こす契機になったのであるが、荷池があるがために時々出かけてこれを眺めることから次第に観賞に向い、そしてさらに観察へと発展していったものと思われる。

それでは、楊万里に影響を与えたと思われる歴代の唐宋時代の詩人の詩を見てみよう。

まず、唐代の自然詩人である王維（六九九?～七五九）、孟浩然（六八九～七四〇）、韋応物（七三七～?）、柳宗元（七七三～八一九）の荷の詩をみると、孟浩然と韋応物のものが目を引く。孟と韋両詩人の詩文については、拙稿「雨中の蓮―楊万里と李穡の「蓮」―」（『東アジア比較文化研究』創刊号二〇〇二、六）に論じたが、論の進行のために結論だげを紹介すると、孟浩然が描く荷の場合、その美しさを愛でることが作品の主題ではなく、詩を成す時の補助的役割をしているように見られた。韋応物の荷の詩においても孟浩然と同様に雨が降り露が珠になるといった描写に止まっており、荷と露や雨との相互の作用、荷が露や雨によって珠をなし、それがどのように変化するのかについての表現は見られなかった。

その他、李白（七〇一～七六二）、杜甫（七一二～七七〇）、韓愈（七六八～八二四）、白居易（七七二～八四六）、劉禹錫（七七二～八四二）、元稹（七七九～八三一）、李商隠（八一三～八五八）などの詩にも荷がうたわれており、とりわけ李白、白居易の詩に荷に関する表現が多く見られる。李白は「春日歸山寄孟浩然」（『李太白全集』巻十四、『全唐詩』巻一七二）に、「荷秋珠已滿、松密蓋初圓。（荷秋の珠已に満ち、松密にして蓋初めて円なり）」と述べる。李白が孟浩然を思って作った詩には、「贈孟浩然」や「黄鶴樓送孟浩然之廣陵」などがあるが、李白は孟浩然が官職に仕えることなく世を離れて隠棲したことに深い敬意をはらっていた。この詩もまた孟浩然が君主に仕えず隠棲したことへの共感を表わしたものである。「春日歸山寄孟浩然」詩は禅語を多く用いて仏教の世界を描いており、ここに見える荷は仏教を表わすのに用いられている。また、「擬古十二首」其十一（『李太白全集』巻二十四、『全唐詩』巻一八三）には、「攀荷弄其珠、蕩漾不成圓。（荷を攀って其の珠を弄び、蕩漾として円に成さず）」と述べる。この詩は秋の水辺に咲いている荷の花の鮮やかな姿を愛でながら荷についている珠を弄ぶ様子を描いているが、この美しい自然を詩をおくる相手に贈ることのできない寂しさをも表現している。また白居易の場合、彼の「秋池二首」其二（朱金城『白居易集箋校』巻二十二、『全唐詩』巻四四五）に「露荷珠自傾、風竹玉相戛。（露荷の珠自ずと傾き、風竹の玉相い戛つ）」と述べる。この詩は白居易が洛陽で太子賓客分司として仕えた五十八歳頃の作品で、秋の池を眺めながら感じたことを表わしたものである。また、「東坡秋意寄元八」（『白居易集箋校』巻六、『全唐詩』巻四二九）には、「秋荷病葉上、白露大如珠。（秋荷病葉の上、白露大いなること珠の如し）」と述べる。この詩は白居易が母陳氏の喪に服して下邽に退居していた四十一歳頃に書いたものである。ここには秋が深まるとともに自分も衰えてゆき、四季おりおりの花鳥・景物・品物も衰えていく寂しさが描かれている。李白にしろ白居易にしろ荷の上にある露の珠を描き、珠に変化を与えているものの、荷が露にどのような影響を与えているのか、また逆に露が荷にどのような影響を与えているのかの相互に与える影響はあまり見られず、荷はむしろ、自分の置かれた立場を象徴的に表現するのに用いられている。

次に、宋時代の王安石（一〇二一～一〇八六）、蘇軾（一〇三六～一一〇一）、黄庭堅（一〇四五～一一〇五）、陳師道（一〇五三～一一〇一）、陸游（一一二五～一二一〇）などの詩のうち、王安石は「秋夜泛舟」（『王荆文公詩』巻五）詩に、「的皪荷上珠、俯映疎星搖。（的皪として荷上の珠、俯映す疏ら星揺かなるを）」と述べており、蘇軾は「宿臨安淨土寺」（『蘇軾詩集』巻七）詩に「微月半隱山、圓荷爭瀉露。（微月半ば山に隠し、円い荷争いて露を瀉ぐ）」と述べる。また、黄庭堅は「又答斌老病愈遣悶二首」詩其二に「風生高竹涼、雨送新荷氣。（風生じ高い竹涼しく、雨送りて荷気新たなり）」と述べている。王・蘇・黄のこれら三首はともに荷の形容はあるものの、晴れた時や雨の降る時における雫の変化は見ることができない。ところが、陸游の場合、梅ほどではないが荷にも興味を持っていたらしく荷に関する詩が多く見られる。陸游は「建州絶無芡意頗思之戯作」詩（『劍南詩稾』巻十一）に「綠荷紅樓最風流」と述べており、荷は風流をもたらす要素の一つと考えているのである。

　陸游の荷に関する詩を見ると、露や雨に濡れた荷の姿が多く詠まれているが、暑い時、雨が点々と勢いよく荷の大きな盤に降り注ぐと、荷の葉は雨の重みに耐えられず傾いてしまう（「南堂」詩（『劍南詩稾』巻五七）ことや、大雨がほしいままに交錯して荷の葉を叩く姿（「大雨」詩（『劍南詩稾』巻六二）を表現しており、大雨に爽快感を懐いているが、荷に対しては、ただ荷の上の露や雨が珠をなして時には重みに耐えられず傾くことだけを述べるに留まっている。(14)また、陸游は「凭欄」詩（『劍南詩稾』巻五）に「露重傾荷蓋、風尖蹙芡盤。（露重く荷蓋を傾かせ、風尖く芡盤に蹙る）」と述べており、「溪上露坐」詩（『劍南詩稾』巻五二）には「新竹出林時解籜、小荷翻露已成珠。（新竹林より出で時に籜を解かし、小荷露を翻り已に珠と成る）」と述べている。この二首では荷の上の露を通して季節の変化及び時間の流れを表わしている。陸游が描く荷の詩をいくつか見てみたが、陸游は雨や露の美しい珠の描写より、雨や露の重みに耐える荷の姿を多く描いている。雨や露に重点を置いたために、「傾く」という表現からは荷は雨や露により活力をもらうというより雨や露はかえって耐え難いもののように感じられる。

　以上、唐、宋代を中心に楊万里が好んで学んでいたと思われる詩人の代表的な荷の詩を見てきた。その結果、荷の詩は唐・宋代を通して美的な情景として取り上げられた歴史がある。唐においては荷と雨、荷と露といった自然の静的風景を、宋代においては荷に関する詩文が多く見られるが、とりわけ陸游は荷の上の雨と露を通して自然の動的風景を描いていた。その流れの上、楊万里はさらに動的な情景、荷と露及び荷と雨に関わる描写、いわば荷の葉に転がる露や雨の雫の鮮やかな動き、それに伴う多数多様の形容、荷と雫とが戯れる表現などの荷の生き生きとした表現が鮮やかでかつ豊かであるとわかる。従ってこれらの表現は楊万里の詩に独自の世界と言える。(15)

第三節　荷に関する詩をうたった理由と荷を追求する根本的理由

楊万里の詩集は合わせて九集あるが、すでに述べたようにこれらは彼が中央と地方の官職を転々とする間に作られたものである。したがってその作成時期と置かれていた立場は異なっており、荷を詠じる態度においても相違が見られる。これら詩集の内で、荷が多く歌われているのは「江湖集」「荊渓集」「南海集」「朝天集」「江西道院集」であるが、とりわけ「荊渓集」「朝天集」両集は荷に対する見方が明らかに異なっている。この節ではこの両詩集を通して荷に関する詩をうたった理由と荷を追求する根本的理由を考えて見ることにする。

一　「荊渓集」

「荊渓集」は楊万里の第二詩集で、江蘇省の常州に知事として勤めたおよそ二年間（一一七七～一一七九）の作を収める。「荊渓集自序」によれば、彼は五十二歳の元旦の時、詩を作っている最中忽ち悟りが開けこれまで手本としていた唐人の詩及び陳師道や王安石の詩などをすべて捨てたという。また続いて、公事が終わると後園にある古城に登って杞や菊を摘み取り、花や竹などと親しみ、万象を詩材にしたとも述べている。この万象を詩材にした作品の中には無論荷も含まれている。楊万里は「荷橋」（巻十一）詩に、「荊渓無勝處、勝處是荷橋。（荊渓勝処無し、勝処是れ荷橋）」と荊渓には勝れたところはないが荷橋が勝れていると述べている。「荊渓集」において荷は欠くことのできない詩材となっているのである。

「荊渓集」を見てみると、楊万里は四月に赴任してから三ヶ月がたった七月に荷橋で荷に関する詩を作っている。

「七月十四日雨後毗陵郡圃荷橋上納涼」（巻九）詩に、「荷葉迎風聽、荷花過雨看。（荷葉風を迎えて聴く、荷花雨過ぎるを看る）」と述べて、雨後に荷の葉が風に揺れる姿や荷の花が雨に濡れる麗しい姿を描いており、これらの景色を通して夏の暑さを淩いでいたことが窺える。また、「暮立荷橋」（巻九）詩には、「欲問紅蕖幾萏開、忽驚浴罷夕陽催。（紅蕖幾萏か開くを問わんと欲す、忽ち驚く浴が罷るや夕陽が催すことに）」と述べており、たとえおそくなっても忙しさにかまけてやってこないよりましだと、荷がいくつ咲いているかとの期待と荷を見ることができた喜びの心情を描く。さらに、荷橋での明け方の荷の姿も見られる。「曉坐荷橋四首」（巻十）には「雨後晨前絶爽時、胡床四面是荷池。（雨後晨前絶爽の時、胡床四面是れ荷池）」と述べて、雨後の暁の爽やかな荷池を描き、「雨足曉立郡圃荷橋」（巻十）には「郡池六月水方生、便有新荷貼水輕。（郡池に六月水方に生じると、便ち新荷水に軽く貼る有り）」と述べて、池に芽生えたばかりの荷が水辺に軽やかに漂っている姿を描く。このように楊万里は雨後、雨後の朝に荷橋に出かけて荷を愛でていた。ところで、楊万里は荷をみながら仲間と過ごしたことを思い出しており、忘れがたい心情をも綴っていた。

身在荷香水影中、曉涼不與夜來同。
（身は荷香水影中に在り、暁涼夜と与に来たるも同じくせず）
（「梳頭有感二首」其一、巻十一）

芙蕖好處無人會、最是將開半落時。
（芙蕖好き処人の会する無し、最も是れ将に開かんとして半ば落つる時）
（「晩涼散策二首」其二、巻十一）

この二首は白髪になった今、友達と一緒に花見をしたことを回顧している詩である。前者の詩「梳頭有感二首」其一は明け方の荷の香りに染まる自分を描いている。この詩の其二の詩には、同じ村にいる同年の人が七人もなくなって今自分一人残っていると言いながら、「如何獨立薫風裏、猶怨霜花點鬢根。（如何せん独り薫風裏に立ち、猶お霜花鬢根に点けることを怨む）」と、今は老いた自分一人が荷と向かいあっていると述べている。また、後者の詩「晩涼散策二首」其二には花は開けかけで半ば散りかけているのに誰もわかる人はいないと述べている。この二首を通して、彼の生活において荷は仲間との交流を深める役割をしていたことが窺えるが、荷が咲いた頃に友と一緒に出かけて集い、花を観賞したり香りを楽しんでいた。

そもそも、楊万里が荷を観賞したり過去の思い出を想起したりすることができたということは、心にいくらか余裕があったことを表わす。楊万里は「雨足曉立郡圃荷橋」詩（巻十）に「雨後獨來無箇事、閑聽啼鳥話昇平。（雨後独り来て個事無し、閑かに聴く鳥昇平に話りて啼くを）」と述べており、する事もなく静かに鳥の鳴く声を聞くのんびりとした、そして天下泰平の平和な時間を過ごしている様子が窺える。また「曉登懷古堂」（巻十一）詩には「不妨聊吏隱、何必更林泉。（聊か吏隠を妨げず、何ぞ必ずや更ち林泉にあるを）」と、都会にあっても官吏は隠棲ができるのだからわざわざ山林に隠遁の場所を捜す必要などないと述べて、世俗にあっても山林の隠棲地とかわらないと考えている。彼は官職に就いている身でありながら、のんびりと日々を送ることや住んでいるところを隠棲地と考えるといった表現に、当時の仕事に比較的余裕があったことが窺える。また、「感秋二首」（巻十一）其一には、「今歳五十二、豈爲年少人。荷涼欣暑退、蟬苦怨秋新。澹慮翻成感、彫詩不着塵。小兒知得句、頻掉小烏巾。（今歳五十二、豈に年少人為るや。荷涼しく暑退くを欣ぶ、蟬苦しく秋の新たなるを怨む。澹慮翻うままに感と成す、彫詩は塵に着かず。小児句を知り得て、頻りに小烏巾を捍う)」と述べている。楊万里は官職よりもすばらしい景観をみて詩文を作る生活を好んでいたように見られる。あれこれ深く考えず感じることが詩になると、その詩は世間の煩わしさがない。楊万里は世間の煩わしさや官職云云と述べていながら、心中には官職のことを思っていると考えられるが、それにしても高い官職に執着することなく、煩わしい事柄から遠ざかって自然を求めようとする心があったからこそ、心の余裕をもって悠々とした生活がおくれたのではないだろうか。このような生活に欠かせなかったのが荷であるが、彼は荷とともに高潔な生活を営むことを望んでいたと考えられる。

二 「朝天集」

朝天集は楊万里が都である臨安にいた時(一一八四～一一八八)の作品を集めたもので、第五集にあたる。彼はこの時期に朝廷の信任を得て吏部員外郎、吏部郎中、枢密院検詳官などを歴任しながら次々と官職を昇っていったが、その間に少なからず上奏を提出していた。そして、皇帝や官吏の過ちを指摘するなど積極的に政策に参加した。しかしながら、彼が提出した上奏はすべてとりあげられたわけではなかった。このことに彼は不満を持ち失望することも時折あった。この時期の詩を見てみても官人生活の難しさ、故郷への思い、隠棲への憧れなどをうたうものが多く、複雑な心を表わしている。これらの感情はまた荷を歌う詩にも表れている。

楊万里が宿舎の仲間と舟に乗って遊覧しながら荷花を観賞した詩、「大司成顔幾聖率同舍招遊裴園泛舟繞孤山賞荷花晩泊玉壺得十絶句」(巻二十一)の其三に「旁人莫問游何許、只揀荷花鬧處行。(旁人何許游ぶを問う莫し、只だ荷花を鬧がしい処に行きて揀ぶ)」と述べており、其九には「湖上四時無不好、就中最説藕花時。(湖上四時好まず無し、就中最も藕花を説くの時)」と述べる。西湖に荷花が一番すばらしく咲く季節に、荷花のにぎやかなところを進んでいく喜びを歌っている。また、其六には「小泛西湖六月船、船中人即水中仙。（小西湖に六月の船を泛べれば、船中の人即ち水中の仙）」と、自分たちを仙人に比喩する姿を述べる。彼は西湖の自然の美しさに囲まれて荷花を観賞する喜びを、あたかも水中の神仙であるかのようだと神仙界へと飛躍して述べている。水中仙は荷花を象徴する言い方であるが、さらに詩題には玉壺に泊まると述べて仙界であることを強調している。この詩の意図するところは「船中人即水中仙」句にあるが、ここに注目すべきところがある。それは陸地を離れて船に乗って遊覧することである。この詩の其四に「船開便與世塵疎、飄若乘風度太虛。（船開けば便ち世塵と疏んじ、飄すること風に乗るが若し太虚を度る）」と、船に乗って風に任せて漂う姿を世間の煩わしさから離れて大空を越えて行くようであると述べている。「船中人即水中仙」句はまさしく世間を意識した言い方であったのである。陸地も水面も同じ世間の一部だが、水面は陸地から離れている。水面の上では誰もが干渉することができない。従って煩わしい世間から解放される。そうすれば官職の縛りからも離れられる。つまり、楊万里が舟に乗って荷を観賞したのは世間のことを忘れて、自然の中で心をいやすためであったのである。

また、彼は荷花が咲いているところは清涼の世界だと述べている。「曉出淨慈寺送林子方二首」（巻二十五）其一に、「出得西湖月尙殘、荷花蕩裏柳陰間。紅香世界清涼國、行了南山又北山。（出でて得る西湖月尚お残るを、荷花蕩いて柳陰の間に裏る。紅香の世界清涼の国、南山行きて又た北山）」がそれである。この詩は明け方寺院に出かけて林子方を送りながら作ったものである。林子方はどういう人物かは明らかではない。ただ、第三句目の「紅香世界清涼國」の紅香世界を述べること、仏教の象徴である荷を媒介に僧侶が教理を広めることなどから、僧侶の旅立ちを見送りながら作ったのではないかと思われる。楊万里は仏教の象徴である荷花を通して神聖かつ清涼な世界を表わしていたのである。

楊万里がこの時期に荷を通して仙界や仏界など清らかな世界を描いて憧れていたのは、前述した詩「大司成顔幾聖率同舍招遊裴園泛舟繞孤山賞荷花晩泊玉壺得十絶句」に述べている通り、官職と深く関わっている。

十載江湖今又歸、朝鷄不許夙興遲。毎聞撲漉初鳴處、正是起鬆好睡時。
病眼生憎紅蠟燭、曉光未到碧桃枝。誰能馬上追前夢、坐待金門放玉孅。
（十載江湖今又た帰す、朝鶏夙興遅くなるを許さず。毎に聞く撲漉して初めて鳴く処、正に是れ起鬆として好く睡る時。病眼生えば紅の蠟燭を憎む、暁光未だ碧の桃枝に到らず。誰か能く馬上で前夢に追い、坐ろに待つ金門に玉孅を放つを）
（「春寒早朝」、巻二十一）

この詩は官職に仕えている時の辛さを述べたものである。春先の朝礼に間に合うため朝鶏が鳴くやいなや起きなくてはならない。普通なら鶏が鳴く頃だと髪を乱してぐっすり眠る時間である。しかし官職に勤める以上はまだ暗くとも起きて蠟燭をつけて礼服の支度をしなくてはならない。長い間世を捨てていた彼にとってみれば朝廷はなかなか慣れないものである。唐代の詩人孟浩然は「春暁」詩に春先なかなか起きられない気持ちを詠じているが、春先に朝早く起きる辛さは楊万里も同様であったようである。むしろ楊万里のほうは責務があるがためにさらにきつかったことであろう。また楊万里は「和陸務観恵五言」（巻二十一）詩には、「官縛春無分、鬢疎雪更欺。（官に縛りて春分け無し、鬢疏んじて雪更に欺す）」と述べて、官職に縛られているために春の分別もなくなり、若かったその昔の姿ももうなくなってしまったと嘆いている。彼は官職のことに積極的に参加しながらももう一方では官職に勤めることは窮屈でもあったようである。そこに彼の故郷への思いは深まっていったと思われる。

李子西に和する詩「和同年李子西通判」（巻二十一）に、「走馬看花拂綠楊、曲江同賞牡丹香。向來年少今倶老、君

拝監州我作郎。（馬を走らせ花を看緑楊を払い、曲江同に賞す牡丹の香。向来の年少今倶に老い、君監州を拝し我れ郎と作る）」と、若い時、科挙試験にともに合格した李子西も今はともに年をとっているが、しかし李子西は監州の官職に仕えており、自分は郎官となったと述べる。また、この詩の結句に、「病身只作山家夢、徑菊詩葩兩就荒。（病身只だ山家の夢と作る、径菊詩葩両つながら就ち荒る）」と述べている。年をとった今、故郷を思う心情は深くなるばかりだが故郷に帰るのは難しいと、陶淵明の「歸去來辭」の言葉を引用して帰れない気持ちを故郷の庭にある菊や残した詩が荒れると表現しているのである。さらに、「送劉孔章縣尉得官西歸」（巻二十一）詩には、「綠鬢朱顏君勝我、靑天白日我思歸。何時共瀹靑原茗、下看江鷗來去飛。（緑鬢朱顔君我より勝れる、青天白日我れ帰るを思う。何れの時か共に青原の茗を瀹すや、下りて看る江鷗来たりて飛び去るを）」と述べており、楊万里は一心に隠棲することを願っている。「和同年李子西通判」と「送劉孔章縣尉得官西歸」の二首は楊万里が友の出世ぶりを称賛しつつ自分との比較を行っている詩であるが、彼は自分の思うとおりにはならず、出世が遅いことの切なさを、帰りたいという心情へと発展させていったものと見られる。

この帰りたいという心情は外地に咲いている荷をみるとさらに強くなり、すでにみた「東宮講退觸熱入省倦甚小睡」（巻二十二）詩にまた、「歸路關心最涼處、水風四面一橋橫。（帰路心に関わるは最も涼しい処、水風四面一橋横たわる）」と述べている。宮廷で当直の勤務を終えて事務室に戻って朝の疲れにわれ知らず気持ちよくうとうとしていると、急に雨が降って荷に落ちる雨の音に目が覚める。暑くて眠れなかったこともあって、荷の葉をたたく雨音はさらに爽やかに聞こえる。彼はこの風景を見ながら清涼さを感じており、故郷にある荷や荷橋の風景を思い出すのである。楊万里が「朝天集」を作ったこの時期に神仙世界を求めたり(16)、仏教世界を描いたり、帰郷を望むものが多いのは、官職という煩わしい生活から逃れるためである。また神聖な境地や故郷への隠棲を描く際に、荷をその媒介にし、荷を通して自分を慰めていたことがわかる。

以上、楊万里が荷に愛着を持った多くの詩を残している「荊溪集」「朝天集」二詩集に描かれた荷を見てみた。彼の荷の描き方は「荊溪集」においては気候の暑さに耐えるための手段として、「朝天集」においては神聖な境地を表わすものとして詠じていた。それは彼の置かれた自然環境および世間からの束縛と深く関わっているが、楊万里の荷の詩にみられる個性はこれらの環境の中で生まれたのである。

三　荷に託された思い

これまで、楊万里が荷橋に出かけることによって暑さをいくぶんしのいでいる姿を見てきたが、「江西道院」詩集を見てみると、彼が暑さを避けて荷を求める姿には天気の暑さのためだけではなかったことに気づく。「秋暑」詩（巻二十七）に「平生畏秋暑、老去畏彌極。（平生秋暑を畏れ、老去すること彌し極めるを畏れる）」と述べており、「五月一日過貴溪舟中苦熱」（巻二十七）には「一生怕熱常逢熱、千里還家未到家。（一生熱を怕いが常に熱に逢い、千里家に還るも未だ家に到らず）」と述べている。また「感秋五首」其一（巻二十七）には「平生性剛燥、畏熱長喜寒。（平生の性剛燥たり、熱を畏れて長く寒を喜ぶ）」と、其五には「平生畏長夏、一念願清秋。（平生長い夏を畏れ、一たび念願す清い秋を）」とも述べている。楊万里はこれらの詩に平生暑さを畏れることや夏の暑くて長いことに飽きると述べているのである。彼はこの時期に病気の身であったが、病弱の時の暑さは耐え難いものであり、暑さを避けて荷を求める行為は荷を好む彼にとってみれば当然のことと思われる。ところが、彼は熱さを好まないという表現をするにあたって「一生」あるいは「平生」という言葉を用いていた。つまり、この熱さはただの気候だけの熱さではないということが推測できる。

楊万里は剛直な性格をもっていた。先ほど述べた「感秋五首」其一に「平生性剛燥」とあるように、彼は自分は剛直な性格であると述べる。また『宋史』巻四三三や『宋元學案』巻四四にある「楊萬里傳」を見ると、彼の性格の剛直ぶりがさらに明らかになる。彼が号を誠斎とした背景には当時左遷されていた張浚に感銘を受け、「正心誠意の学」という言葉を授かったということがある。正心誠意の学とは学問の根本が正心誠意にあるとの意味である。楊万里はこれに基づく生活をしていた。彼は官についても清潔そのものであるがために、結局は直言し過ぎて皇帝からも遠ざけられて左遷されたことがある(17)。次のような逸話がある。彼は病気になるほど国事を心配していたために、家のものは彼に政治情勢の情報をできるだけ伝えないようにしていた。しかし、ついには韓侂冑が兵を用いて北伐するということが耳に入った。そうすると彼は大声で泣き出し、紙に韓侂冑の無謀な行為を責める文章を書いた後に筆を置いて亡くなった、と言われる。彼の剛直すぎるほどの性格はこのように国を思う感情にまで及んでいた。さらに、前述した通り彼は上奏してもその意見が無視されたことがあり、つらい経験をしている。先ほど述べた詩「五月一日過貴溪舟中苦熱」の続きには、「入卻船來那得出、恰方日午幾時斜。勸君莫愛高官職、行路難時卻怨嗟。（入りて却って船来れば那んぞ出るを得るや、恰も方に日午幾時か斜めなり。君に勧める高官職を愛する莫しと、行路難時に却って怨嗟するを）」と述べており、「感秋五首」其一の続きには、「念昔忝卿薦、踐雪詣春官。布褐背不纊、芒鞋繭且穿。（昔を念い卿の薦を忝える、雪を践みて春官に詣る。布褐の背纊ではなく、芒鞋の繭且つ穿く）」と述べている。彼は貧しさから逃れようと若い時から官職を求めていたが、実際勤めてみると官職の道はつらいものであると改めて強く感じていたものと見られる。これらのことを通して、楊万里が言っている暑さは、彼の剛直な性格と相まって官職の道の厳しさをも表わしていると考えられるのである。

また、楊万里は荷（ハス）を見ることで心を和ませていた。第三節の一ですでに見たように「暁登懐古堂」詩に、

「不妨聊吏隠、何必更林泉」と、都会にあっても官吏は隠棲ができるのだからわざわざ山林に隠遁の場所を捜す必要などないと述べるところは、「獨穿秋露草、來看曉風蓮。病骨殊輕甚、幽襟一灑然。（独り穿く秋露の草を、来たりて看る暁風の蓮。病骨殊に軽いこと甚だし、幽襟一たび灑然たり）」という、秋の露に濡れた風に吹かれる蓮があるところであり、ここでは病さえ軽くなると述べる。また、「曉登懷古堂」と同様の時期に作られた「食老菱有感」（巻十一）詩には、「幸自江湖可避人、懷珠韞玉冷無塵。何須抵死露頭角、荇葉荷花老此身。（幸い江湖自り人を避る可く、珠を懐き玉を韞めれば冷やかしさ塵無し。何んぞ死に抵たりて頭角を露わすべけんや、荇葉荷花此の身を老わす）」と述べており、不安の世間から離れて荇葉荷花に包まれた環境で世を送りたい気持ちをうたう。

花伴吟哦柳伴行、生憎庭外晚衙聲。獨攜便面巡荷沼、自課蘭舟掠水萍。
歲歲荷花苦未多、綠萍蓋水礙新荷。請君六月重來看、雲錦千機不犯梭。

（花吟哦を伴い柳行を伴う、生庭外の晩衙の声を憎む。独便面を攜れて荷沼を巡らす、自ら蘭舟に課て水萍を掠つ。歳歳荷花苦しみは未だ多からず、緑萍水を蓋い新荷を礙ぐ。請わくは君六月に重ねて来たりて看る、雲錦千機梭を犯さぬことを）

（「看小舟除萍」、巻二十七）

この詩は「江西道院集」に収められている。ときに夜役所からの声を聞きながら楊万里一人扇子を携えて荷沼を巡らし、蘭舟に当てて水萍をむらうつと述べる。第三節の二で扱ったように、楊万里はこの時期臨安に在っていくつもの官職を歴任しており、積極的に政策に参加していたために、不満を持ち失望することも時折あった。この詩は当時の楊万里の官人生活を表しているように思われる。また、萍は荷の成長を妨げるものであることを述べる姿は、荷と萍は一般世間の善と悪を表すかのように描く。役所から離れて荷沼に出かける様子と悪である萍をなくそうとする行動には、隠棲への憧れと善に満ちた世間を望む姿がうかがえる。

以上のことを通して、楊万里が荷を強く求めていたのは気候の暑さを忘れることだけではなく、さらには煩わしい世間から逃れようという願望をも含んでいることが分かった。また、すでに見た「暁出淨慈寺送林子方二首」其一に「紅香世界清涼國」と述べている清涼国は、彼の国を想う心情から考えると、この国が荷の香りがする清らかな爽やかな国であってほしいという願望も込めていたことも考えられる(18)。

結

楊万里は荷を格別に好んでいた。特に、荷と露や雨から生成する珠の見事な描写は他の詩人にみることのできないものである。また、楊万里は荷の咲く夏の熱さを世路の難しさに比喩していた。楊万里は剛直な性格を持っておりそのために困窮に陥ることがあったが、この厳しい世間は夏の熱さのようにつらいものがあると表現しているのである。そのために楊万里は荷を通して世間のことを忘れており、荷が夏の暑さに耐えて輝くように自分も厳しい世間に置かれてもそれを乗り越えて荷のような清らかに生きることを望んでいたのである。また、楊万里は荷を通して仙界・仏界の理想世界を作り上げていたが、それは彼の望む清らかな生き方を反映したものと考えられる。そして、この理想ともいえる荷を彼は自由闊達な性格とすぐれた表現技法を用いて生動感あるものとして表現していたのである。以上のことを通して、楊万里に於ける荷と露、荷と雨の描写は楊万里の独自のものとして位置づけるべきであり、さらに文学史においても南宋の文学の一特徴として扱うべきであると思われる。

注

（1）『宋詩概説』二二二頁（岩波書店、一九九〇年）。

（2）『宋詩選』下、一一七頁（朝日新聞社、一九七九年）。

（3）西岡淳氏に「楊誠斎の詩」（『中国文学報』第四十二、一九九〇、十）があり、この論文には、題材の卑近さ、哲学的思惟の欠如なども挙げる。

（4）許総「論楊万里與南宋詩風」（『社会科学戦線』総第五六期、一九九一）、韓経太「楊万里出入理学的文学思想」（『社会科学戦線』総第八〇期、一九九六）も同様である。

（5）王琦珍「論禅学対誠齋詩歌芸術的影响」（『遼寧大学学報』総第一一七期、一九九二）。また、楊万里に関する論文に、戴武軍「楊誠齋詩初論」（『求索』総第五八期、一九九〇）があり、子供の日常生活を描いており、楊万里の人生の痛苦と快楽の体験について述べる。戴武軍は楊万里の人生を雨に比喩しており、人生の愁いとして描く。それ以外に、由文平の「試論楊万里詩歌中愛国愛民思想的表現形式」（『社会科学輯刊』総第七三期、一九九一）などがある。

（6）西岡淳「楊誠斎の詩」に、「誠斎が最も好んで詠じたのが梅である」と述べるが、楊万里は荷もまた好んでいたと考えられる。

（7）「初夏三絶句」（巻七）に、「薔薇花發釃臙脂」とあり、「紅玫瑰」（巻二十四）に「風流各自臙脂抹」とある。バラの花も人工的に花を作り出すことができたように見られる。

（8）前掲した西岡淳氏は楊万里が梅花を折ることについて、自然の状態にある梅花をそのまま詠ずるのとは対照的であり、詩的情緒や世界観の大きさという點で深みに乏しいものに帰結してしまっているとも感じると述べる。また、楊万里の詩に於ける哲学的思辨の缺落はその對極に在るものとさえ感じられるのであるとし、梅花を折る行為と関連つけて述べる。

（9）雨の中の蓮に関しては、拙稿「雨中の蓮—楊万里と李穡の「蓮」—」（『東アジア比較文化研究』創刊号、二〇〇二、六）の詩文を引用している。

（10）衰えていく荷については、市川桃子の「古典詩の中のはす―荷衰へ芙蓉死す―」（『日本中国学会報』、第四十二集、一九九〇年）がある。

（11）白居易の詩文にはむろん紅蓮を歌うものも見られる。

（12）その後、宋の都である臨安に元軍がせめてきて荷花の風景は一時期荒れてしまうが、明・清代に復帰する。

（13）その他に、賈誼、揚雄、阮籍、陸雲、陶淵明、庾信、陸贄、杜牧、陸亀蒙、周敦頤、朱熹などに関する詩文が見られる。

（14）拙稿「雨中の蓮―楊万里と李禱の「蓮」―」（『東アジア比較文化研究』創刊号、二〇〇二、六）に詳しい。

（15）楊万里がとくに好んでいると言われる「梅」と雨や露の描写を見てみると、荷に見られるような動きある姿は見られなかった。その理由としては梅の咲く季節は雨よりも雪と深く関わりがあるがためであると考えられる。やはり、荷は夏のもので、雨もまた夏に多く降る。暑い夏に雨が降ると涼しくなるし、他の葉よりも大きな荷の葉に落ちる音もまた涼しさを与えてくれる。楊万里は荷と雨のこのような姿を好んで描いたものと見られる。

（16）周啓成『楊万里和誠斎体』（上海古籍出版社、一九九〇年）一二〇頁に、一一八六年に人生の無常さや荘子の思想に深く関心を持っていたと述べる。

（17）周啓成の『楊万里和誠斎体』によれば、淳熙十五年（一一八八）三月、楊万里は師生の友情として高宗の廟祀に張浚をいれるべきだと主張したが、その主張のさいの勢いが荒く言葉使いが激しかったために孝宗の機嫌を損ない、一ヶ月後に筠州に左遷されることになると述べる。

（18）第三節の二「朝天集」にこの詩における仏教世界について述べたが、楊万里の世間に対する失望と荷を求める姿をみると、「紅香世界清涼國」は彼が理想とする世界と見なしてもおかしくないと思われる。「題王才臣南山隱居六詠」（退休集、巻三十七）の「松庵」詩に「風月偏相尋、攜手清涼國」と述べており、清涼国を松の咲いている隠居地としても表現しているのをみると、彼が思う清涼国は必ずしも仏教世界だけに限るとは考えられない。従って「紅香世界清涼國」は彼の理想とする世界とも読みとれるのである。

三、楊万里における「荷」の存在と特徴

四、高麗時代の詩における「蓮」の一考察

序

「蓮」は古代中国の人々に愛唱された植物であるが、韓国の文人の間でもまた愛唱された。まず中国における「蓮」を見てみると、「採蓮」が漢代に民間歌謡にうたわれて以来、「採蓮曲」に見られるような男女の恋愛をうたう詩に発展していった。仏教が入ってからは妙法蓮華経、僧衣、寺院をそれぞれ「蓮経」、「蓮華衣」「蓮華服」、「蓮境」「蓮舎」などと呼ぶようになり、下って宋時代になると「蓮」を「花の君子」と称するにいたる。

韓国高麗の詩文にも中国と同様に「採蓮曲」と題する作がみられ、また題材として「蓮経」「蓮舎」がうたわれ、さらに、宋の周敦頤の「愛蓮説」も詩に取り上げられている。

しかし、高麗時代には恋愛に関する「採蓮曲」よりも、仏教・儒教に関わる「蓮経」「蓮舎」や「愛蓮説」が多くうたわれている。これは高麗文人が「蓮」の清らかな性質を愛していたことを表すと考えられる。高麗時代の武臣時期には道教が流行し、それ以後には性理学が盛んとなるが、そのさなかにおいても「蓮」を題材とする詩は好んで作られているのである。

本稿では、高麗文人の描く「蓮」の仏教面に焦点を当てて、これに描かれる「蓮」の姿を通して「蓮」の本質を確認するとともに、「蓮」に対する受容態度とその意義を通して、高麗時代の文学における「蓮」の位置付けを試みたいと思う。

第一節 「蓮」の概念

『爾雅』には「蓮」について以下のような記述がみられる。

荷芙蕖。其莖茄、其葉蕸、其本蔤、其華菡萏、其實蓮、其根藕、其中的、的中薏。

（荷は芙蕖。其の茎は茄、其の葉は蕸、其の本は蔤、其の華は菡萏、其の実は蓮、其の根は藕、其の中は的、的の中は薏）

これによれば荷は「芙蕖」、茎は「茄」、葉は「蕸」、茎の本は「蔤」、花は「菡萏」、実は「蓮」、根は「藕」、実の中は「的」、的の中は「薏」と称する。「はす」には茎、葉、茎の本、花、実、根の中の中にまで、各部分ごとにそれぞれの名称があるのである。また、『說文解字』においてはつぼみは「菡萏」、花は「芙蓉」、実は「蓮」、葉は「荷」、根は「藕」と記るされる。これらの書物を通して、一般に見られる「蓮」ははすの実のことであり、「はす」の花は「芙蕖」「菡萏」と称されていることが分かる。しかし、中国の詩文を見てみると、「はす」を表す名称は『爾雅』や『說文解字』と同じであるが、各部分の名称があらわす意味には混同が見られる。すなわち、中国や韓国の詩人や文人の「蓮」の花の呼称には、「蓮」「荷」「芙蕖」「菡萏」「蓮華」「藕花」「芙蓉」などが見られ、その間の区別はかならずしも明瞭ではない。市川桃子氏は「古典詩の中のはす」において、「はすの意味分類は時代、地域、場合によって異なることがある」と述べておられる。(1) 時代、地域、場合によって異なるということは、彼等は「蓮」の各部分の名称にそれほどこだわってはいなかったということではないだろうか。

ところで、これら「蓮」の名称のうち多く見られるのが、文献上では実を表すとされる「蓮」なのである。そして、この「蓮」は仏教の象徴あるいは儒教・道教などの思想面にまで及んで幅広く用いられるにいたる。[2] 例えば、すでに見た仏教用語もそうである。また、周敦頤の「愛蓮説」もその一つで、特に、周敦頤は「蓮」を「花の君子」と述べている。[3] 高麗においては、李奎報の「次韻恵文長老水多寺八詠」（巻二）の「荷池」に「幽禽入水擘青羅、微動方池擁蓋荷。（奥深いところに棲む鳥は水に入って青いつたに分け入り、方池におおっている荷を微かに動かす）」とあり、李穡の「夏日與諸公游金鐘寺」（巻四）二首其一に「高僧對蓮花、幽鳥破晝寂。（高僧は蓮花と向きあい、幽鳥は昼の静けさを破る）」とあるように、高麗の詩文にも蓮に関する表現は多様に見られるが、ここでもやはり、文献上に実とされる「蓮」が多く、かつそれはいずれも「花」そのものを指している。

以上のことを通して、中国や韓国の詩人や文人は「蓮」の各部分の名称にはそれほどこだわっていなかったと考えられる。また、中国や韓国の詩人や文人は文献上に実とされる「蓮」の語を好んで多く用いているが、「蓮」が泥水中にあっても泥に染まらない清らかさを賞賛していることから考えると、彼等は「はす」の各部分の名称がどうであるかということよりも「蓮」の第一の特色をその清浄さととらえ、この本質をうたうことを重じたと考えられる。

第二節　「蓮」の色彩

中国の詩文には「蓮」の色に「白」「青」「紅」などが用いられており、韓国高麗の詩文においても同様の色が用いられている。しかし、高麗の文人は中国の詩人や文人が好んで描く色を全て受け入れたのではなかった。では、「蓮」の色彩を通して高麗の文人が好んだ色は何であるか、またその色を好んだ理由は何か、この点について考えてみたい。

一　「白」

「白蓮」は慧遠の「白蓮社」と深く関係する。南北朝時代に高僧慧遠は廬山にある東林寺の前の大きな「白蓮」の池に因んで「白蓮社」と名付けた結社を組織し、僧や学者を集めて仏教修業を行なっており、それがもととなって後の詩人や文人は「白蓮」の花を多く愛唱するに至ったと考えられる。白居易もその一人である。彼の「潯陽三題」（『白居易集箋校』巻二）の序に「廬山多桂樹、浦盆多修竹。東林寺有白蓮花、皆植物之貞勁秀異者。（廬山には桂樹が多く、浦盆には修竹が多い。東林寺には白蓮花があり、皆な植物の正しくて強く優れたものである）」と、白蓮は清らかで優れており、他の植物と異なると述べられている、また、その詩に次のように述べている。

東林北塘水、湛湛見底清。中生白芙蓉、菡萏三百莖。白日發光彩、清飈散芳馨。
洩香銀囊破、瀉露玉盤傾。我慙塵垢眼、見此瓊瑤英。乃知紅蓮花、虚得清淨名。

（東林の北塘の水、清く澄んでおり底まで清く見える。中に白い芙蓉が生え、菡萏は三百茎にまで伸びている。白日が光彩を発し、清い風が芳しい香りを散らす。香が洩れて銀嚢を破り、露を瀉ぐかのように玉盤が傾く。わたしは世俗の汚れ眼でこの美しいおび玉の花を見るのが恥ずかしい。そこで、紅い蓮花が空しく清浄の名を得ていることがわかるのだ）

（「潯陽三題」の「東林寺白蓮」全二十句中、第一句目から第十二句目まで）

白居易は東林寺の白蓮の花が優れていることや、紅蓮の花よりも白蓮が清らかであることを賞賛している。また、結句に「但恐出山去、人間種不生。（但だ恐る山を出で去って、人間種うとも生ぜざらんことを）」と、「白蓮」は汚れた世間では育たない、俗世間には適してないと述べている。白居易は「白蓮」を世俗を超越した高潔な存在として眺めていたのである。ここには一例のみをあげたにすぎないが、中国の詩文にはこのように「白蓮」を賞賛する作品が数多く見られる。

ところで、高麗の詩文には「白蓮」の花そのものをうたうよりも、「白蓮社」をうたう詩文が多く見られる。高麗時代は武臣時期とそれ以後の時期に分けられるが、この二つの時代は思想的にも異なっている。そこで、詩文においても、この二つの時代に分けて検討を加えたい。

まず、武臣時期の李奎報（一一六八～一二四一）の詩から見てみる。

烟花愜清賞、山水入窮捜。弔往孤亭寂、尋眞一室幽。白蓮邀靖節、黄蘗引裴休。

（かすみがたなびく美しい景色は清賞をこころよくし、山水に入り窮めたずねる。往時を弔えば孤亭は寂しく、真を尋ねれば一室はひっそりとしている。白蓮は靖節をむかえ、黄蘗は裴休をみちびく）

（「六月一日遊安和寺、自尋芳門登環碧亭、悵然有感、夜宿幢禪老方丈、書一百四十字」全二十八句の第十七句から第二十二句まで、『東國李相國集』巻十一）

この詩は李奎報の三十代の作と思われる。安和寺に遊びに行って寺院で休みながら作ったものである。李奎報は寺院の内外の様子を述べたあとで、「白蓮邀靖節、黄蘗引裴休」とうたい、その昔、白蓮社の慧遠が陶淵明を迎えたこと、及び唐の僧黄蘗希運が裴休を導き得法させたことを思い出している。この詩を通して李奎報は神聖な場所である寺院において白蓮を用いたのであるが、ここの「白蓮」は白蓮の花というよりも白蓮社の慧遠のことであったのである。[4]

今度は武臣時期以後の李穡（一三二八～一三九六）を見てみる。

天下紛紛過幾秦、小村幽寂遠風塵。白蓮社裏求眞佛、明月樽前對故人。

（天下は乱れてその昔の秦国が何度もよぎるかのようだ、小さい村はひっそりとして俗世界から離れている。白蓮社の中の真仏を求めて、明月のもと樽を前にして故人と対面する）

（「白蓮會罷、留朴令公作中秋、過午夜就枕、天未明、公去、吾方酣睡、不之知也、曉起吟」の七律前半、『牧隱藁』詩藁三十五）

李穡は同僚である洪永通（?～一三九五）と李茂方（一三一九～一三九八）などと南神寺で西方阿弥陀浄土に往生することを願う「白蓮会」を開いたことがあるが、この詩はその「白蓮会」が終わった後の作である。また、白蓮会は昌王（一三八〇～一三八九）の時に盛んになったことから考えると、李穡の晩年の作と推測できる。李穡はこの詩に「白蓮社裏求眞佛、明月樽前對故人」と、俗世間から離れた白蓮社で真仏を求める姿と、故人慧遠を偲ぶ心情とをうたっている。また、彼の「次韻贈曇峯」（巻三）詩の第七、八句目（全八句）には「還似廬山尋惠老、蓮花千載未曾枯。（かえって廬山の恵老を尋ねるかのようで、蓮花の永遠の姿はいまだに枯れることがない）」と、廬山にある寺院の蓮花がいつまでも輝く姿が述べられている。この二首を通して李穡の心には白蓮社の慧遠の姿が大きく占領していたことが窺える。

以上、李奎報と李穡が描いた「白蓮」を見てみたが、二人はともに白蓮の花を賞賛したのではなく、むしろ寺院の白蓮社の集まりや、慧遠を賞賛していたのである。

それでは、高麗文人は「白蓮」の花に興味がなかったのだろうか。

高麗詩文に見られる「白蓮」を調べて見ると「白蓮社」以外に、「白蓮巌」「白蓮莊」「白蓮精舍」などが用いられているが、(5)植物としての「白蓮」の花を賞賛する姿はきわめて少ない。高麗文人が「白蓮」という語を「社」「巌」「莊」「精舎」などの語と共に用いているのを見ると、彼等は蓮の花そのものよりも「白蓮」によって象徴される寺院をより重視していたように思われるが、彼等が「白蓮」の花を表に出さなかったのは花に興味がなかったためではなく、「白蓮社」に咲いている蓮は「白」色であることが当然なので、あえて言葉に表す必要がなかったのかもしれない。いずれにしても確かに言えるのは、高麗文人は「白蓮」の花より「白蓮社」に強い関心を示したということである。(6)

二　「青」と「紅」

李奎報の詩文には「青蓮」が、李穡の詩文には「紅蓮」が見られる。

李奎報の若い時の作である「法華經頌止觀贊」の「法華頌」(7)（巻十九）の結句に、「弟子居士字春卿、稽首妙法蓮華經。劫劫生生願受持、儻見舌底青蓮生。（弟子居士の字は春卿、妙法蓮華経に頓首して深く敬礼する。絶えずつとめはげんで仏教の教えを受けて心におさめるのであれば、たちまち舌の底に青い蓮が生える）」と述べられている。これは弟子居士が修業を積んでいる様子を述べたものである。李奎報は弟子居士が熱心に修業を積めば、後には舌に「青色」の蓮が生えるかも知れないとユーモアを込めて話している。

当初李奎報は仏教にそれほど執着しなかったようである。李奎報は天壽寺の大禅師である智覺と親しんで寺院に出かけたものの、酒を飲み内典は読まなかった。そこで智覺から昔士大夫が法華経を読んで修心のかなめとしたことを聞かされて、経典を覚え得法して作ったのがこの「法華頌」である。この詩の第十三句目から第十六句目までに「若人口讀未析理、心猶其心舌其舌。是舌非舌心非心、然後乃得眞寂滅。（もし人が口先だけで読んでまだ理をときひらかなければ、心はなおそのままの心で、舌もまたその舌である。是れ舌が舌でなく、心が心でないならば、後には真の煩悩を超越した世界を得る）」と、法華経を読むだけでは道筋が分からないので何の役にも立たないし、真の寂滅も得られないと述べている。李奎報が弟子居士の舌に「青色」の蓮が生えるかも知れないと述べたのは、清らかな心で真の修業を積み教典を実践すればこそ、その境地に到達することができるということを言いたかったのであろう。

一方、李穡の「兒子言天台判事欲邀僕再賞、喜而志之」詩（『牧隱藁』巻十八）に「病後看花興未闌、人間日月似跳丸。紅衣半落南池淨、更向天台訪懶殘。（病後に花を看るが興はなおもつきない。人間世界の日月はまるで跳ねあがるたまのように早い。紅い衣は半ば落ちて南池は浄らかになり、さらに天台に向かい懶残の身を訪れる）」と述べられている。この詩がいつ作られたのかは明らかではないが、李穡は長い病床生活を送ったらしく、この詩は病気からようやく回復して蓮を賞したものである。また、「卽事」（巻十八）二首其一に「漸覺吟哦如繪事、紅粧翠蓋碧琅玕。（ようやく分かった、詩歌は絵画のようであることが、紅の装い、翠のあおい、碧の茎）」とあり、其二に「獨憐久病餘淸興、須向天台更賞蓮。（一人長い病床生活をおくれば清らかな興趣がますものだ、天台でさらに蓮を観賞しよう）」とある。この詩もまた、病気から回復し、蓮をながめに出かけることをうたったものである。この二首を通して、李穡は病気から回復して清興を取り戻そうと蓮を目指して寺院に出かけていることがわかる。寺院の池に咲いている紅色の蓮の浄さに誘われて出かける様子を見ると、李穡の「蓮」に対する愛情がきわめて強いことが分かる。

「青蓮」については、南朝梁の江淹の「蓮華賦」（『全梁文』巻三十四）に「發靑蓮於王宮、驗奇花於陸地。（青蓮は王宮より発し、奇花は陸池より験す）」とあり、胡之驥の注に、「觀音大士生於王宮、坐靑蓮花上。（観音大士は王宮に生れ、青い蓮花の上に坐る）」とある。また、『晉書』巻九十五藝術の「佛圖澄」に「澄卽取鉢盛水、燒香呪之、須臾鉢中生靑蓮花。（澄が鉢に水を盛り、香を焼いて呪うと、鉢中から青い蓮花が生ずる）」とあり、『維摩經』の佛國品に「目淨修廣如青蓮（目浄く長大な様は青い蓮のようである）」と、『首楞嚴經』巻一には「縱觀如來靑蓮華眼、亦在佛面。（たとえ如来の青蓮華の眼を見るにも、また仏面に在る）」とある。「青蓮」は観音の目が清らかで広く整っている様子がまるで青い蓮のようであることを言う。またそれは千手観音四十手中、その右の一手に持っているもので、その手を青蓮華手と言い、仏の目に比喩する。

また、「紅蓮」については、『瑜伽論』四に「紅蓮那落迦、與之差別、過此青、已色變紅赤、皮膚分裂、或十或多。故此那落迦、名曰紅蓮。（紅蓮の那落迦は、これと区別する、この青を過ぎて、すでに色が紅赤に変れば、皮膚は分裂して、あるいは十、あるいはそれより多い。故にこの那落迦を、名付けて紅蓮という）」とある。すなわち、「青蓮」は花弁が長くて広く、清らかなもので、真の修業を積んで高い境地に到達して始めて咲く「蓮」として用いられており、「紅蓮」は仏教では八寒地獄で寒さのために皮と肉とが分裂して「紅蓮」のようになったと言われているのである。

以上のことを通して見てみると、李奎報が描いた「青蓮」の表現は仏教の価値観に基づいているが、李穡が描く「紅衣」は、仏教に見られる「紅蓮」とは到底考えられない。なぜならば、仏教で用いる「紅蓮」からは喜びのイメージは感じられないからである。李穡が描く紅い花弁が落ちる光景は、まるで紅い衣に着替えた女性が舞い踊るような艶めかしささえ感じさせる。

李穡の「韓公見和一首、末句云、卻憶年前此時節、蓮花處處賞亭亭。讀之興動、又吟三首錄呈」（巻二十九）全四句中第一、二句目に「艷粧紅白蓋深靑、恰似仙娥步帝庭。（美しい装いの紅白の花は真青な茎を蓋う、恰かも仙娥が帝の庭を歩くかのようだ）」と、「蓮」があたかも皇帝の庭を歩く美人のようであると述べられている。また、「採蓮曲、奉寄舅氏」（全二十句中第三句目から第八句目まで、巻二十四）に「蓮爲君子號淸植、日照上下紅粧鮮。有女婉婉白如玉、笑向波間撐畫船。綠鬟斜墮翠蓋動、風吹香袂時翩翩。（蓮は君子とみなして清植と号する、太陽の日が上下を照らすと美しい装いは鮮かになる。女の美しい白さは玉のようで、笑いながら波の間に彩りをほどこした船を手でさおさす。黒い髪は斜めに堕れてみどりのかさを動かす、風が吹いてくると香る袂が時おりひるがえる）」と、「蓮」に「採蓮」の恋愛の感情を託して歌われている。つまり、李穡の描く「紅蓮」は「採蓮曲」の影響であると分かるのである。

以上、高麗文人の描く「蓮」の色彩について考えてみた。高麗文人は「蓮」の姿を「白」「青」や「紅」色を用いて表現していた(8)。ただし、高麗文人には「白蓮」の花のみを特別に扱う態度はなく、かわりに「白蓮社」を頻繁にうたっており、舌に「青色」の蓮が生えるかも知れないとユーモラスに話したり、寺院であっても「紅蓮」の華やかさを描いていたりした。つまり、高麗文人は「蓮」の色彩について、対象の神聖さや高潔さに深くこだわることなく詩作を行なっていたのである。

三 「蓮」への推移

李奎報と李穡二人の生きた時代は武臣時期とそれ以後との異なった社会環境を持っており、思想面においてもそれぞれ道教と儒教が盛んな時代である。それにもかかわらず、彼等はともに仏教の象徴である「蓮」を愛でていたのである。まず、李奎報から見てみる。

李奎報は若い時に「老子の子孫である」と述べており(9)、道教に心引かれていた。しかし、官職についてからは「自分の使命は忠と信である」と儒教的価値観を表明していた(10)。彼が仏教に没頭したのは致仕してからのことである。では、李奎報はなぜ道教や儒教から出発しながら、のちには仏教に心引かれて、「蓮」を愛でるに至ったのだろうか。まず、道教から仏教へと移っていく様子を見てみよう。

着鞭師已先成佛、錬藥吾猶未得仙。枯骨謾爲松下土、片心長似水中蓮。

（人に先だって事をなした師はすでに先に仏と成り、薬を錬る私はまだ仙を得ていない。枯れて肉の落ちた骨はいたずらに松下の土と為るが、一片の心はひとえに水中の蓮に似ている）

（「次韻康先輩哭丈大禪師」全三十六句中第十九句から二十二句まで、巻十八）

この詩は晩年の作で、この詩において李奎報は、僧侶は仏になるのに自分は仙人になれない、丈大禅師はなくなっても、水中の蓮のように清浄の心は残ると述べている。彼の詩文をみてみると、この時期に仏教を賛美する詩文が多くみられる。そのうち、親友庾敬玄とやりとりをした詩「庾承宣敬玄見和復答之」の結句に「更期鳳閣雙飛後、兜率天宮亦共生。（さらに鳳閣の二人この世で飛んだ後、兜率天宮に行ってもまた一緒にいることを期待する）」と述べている。「兜率天宮」は、欲界六天の第四天で、弥勒菩薩が居ると言われる。[11]李奎報が仏教賛美の詩文を多くうたい、兜率天宮に生きることを願っているということは、たとえ丈大禅師に対する礼儀を述べた詩であっても、丈大禅師を通して仏心を習ったことが十分考えられる。この詩に自分は仙人になれないということ、仏の象徴である「蓮」を賞賛することなどは、李奎報の心はすでに道教から仏門に引かれていたことをあらわすものであろう。

次に、儒教から仏教に移っていく様子を見てみよう。

李奎報の「南軒答客」（後集巻六）に、李奎報は朝起きて仏典を読んでいると、訪れた客から「君子は義を重んじるべきである。貴方は孔子の門下なのになぜ仏法を信仰するのか」と言われて、李奎報は「况復儒與釋、理極同一源。（ましては儒と釈は、その究極の理は源を一つにしているのだから）」と儒と釈の理は結局は同一であると答えている。[12]李奎報は儒と釈ともに人間の行なうべき道は同じであるから、釈門に入ってもおかしくないと考えていたのである。また、「有乞退心有作」（後集巻二）第三句から第十二句まで（全十四句）に次のように述べられている。

退閑一室中、日用宜何取。時弄伽倻琴、連斟杜康酒。何以祛塵襟、樂天詩有手。何以修淨業、楞嚴經在口。此樂若果成、不落南面後。

（官職を退いてのんびりと一室にいる、毎日何をしてすごせばよいのか。時には伽倻琴を弄び、しきりに杜康酒をくむ。どうやって汚れた心を払い清めるのか、白楽天の詩を手にする。どうやって清らかな善業を修めるのか、楞厳経を口にする。この楽しみをもしも果たして成し遂げれば、天子や王公の位の下に落ちない）

この詩は李奎報が退官してからどのように日々を過ごせばよいのかと考えながら作ったもので、煩わしい世俗を忘れるために白居易の詩を読み、楞厳経を口ずさんで唱えると述べ、修業がきわまれば世間の誰も羨ましくないと述べている。李奎報は西方浄土に往生することを夢見て、一心に楞厳経を誦えたものと見られる。

ところで、すでに「法華經頌止觀贊」の「法華頌」で見たように、李奎報は仏教を習う初期に酒を飲み内典は読まなかった。また、「誦楞嚴經初巻偶得詩寄示其僧統」（後集巻五）詩に、「儒釋雖同還小異、時憑法主略諮疑。假饒盡誦藏胸底、那及吾師巻上知。（儒と釈は同じだが、しかし少し異なるので、時には釈迦に頼ってはかり問う。もしも全て誦えて胸の底に蔵めるとしても、吾が師の書物を知るには及ばない）」（全十二句中第九句から十二句目まで）と、楞厳経を習って覚えた最初のころには空覚えで仏の奥深さを知るには至らなかったと述べられている。李奎報は若いときにはそれほど仏教に集中しなかったようである。しかし、晩年の作、「臥誦楞嚴有作二首」（後集巻五）に「儒書老可罷、遷就首楞王。

夜臥猶能誦、衾中亦道場。（儒書は老いてからはやめて、首位の楞王に順応すべきである。夜床の間に着いても猶お誦える、衾中も亦た道場である）」と、「恃我夜能誦、従教白日頽。蓮花森在眼、千葉夢中開。（私は夜誦えることにたより、昼間は無駄に時間を送る。蓮花は盛んに眼に在り、千葉は夢中に開く）」と述べられている。この詩には年をとってからは楞厳経に引かれて儒学を止め、仏門に没頭していったことが述べられている。特に、二首目に楞厳経をすらすら覚えて蓮花蔵の世界に入っていく様子が描かれている。最初は空読みしていた李奎報だが、楞厳経に没頭しているうちに蓮花の世界が理解できたものと考えられる。

今度は李穡を見てみる。李穡は性理学の大家であったにもかかわらず、仏教に惹かれていった。彼が評価する仏教を見てみよう。

「夏日與諸公游金鐘寺」（巻四）二首其一、第五句目から第八句目まで（全十四句）に、「高僧對蓮花、幽鳥破晝寂。愧我耽詩書、寥寥仲尼跡。（高僧は蓮花と向きあい、幽鳥は昼の静かさを破る。私は詩書に耽けって、孔子の教えをおろそかにするのを愧じる）」と述べられている。また『高麗史』巻百十五、列傳二十八の李穡傳には、「佛氏入中國、王公士庶、尊而事之。自漢迄今、日新月盛、肆我太祖化家爲國、佛刹民居、參伍錯綜。中世以降、其徒益繁、五教兩宗、爲利之窟、川傍山曲、無處非寺。不惟浮屠之徒、浸以卑陋、亦是國家之民、多於遊食。識者毎痛心焉、佛大聖人也、好惡必與人同。安知已逝之靈、不恥其徒之如此也哉。（仏氏が中国から入ると、王公の士庶は、尊んでこれに事えた。漢時代から今に到るまで、日ごと月ごと新しく盛んとなり、私が太祖は家を化して国となし、寺院と民家はいりまじるにいたった。中世以降、そのなかまはますます盛んになり、五教両宗は寺を利益の巣窟とみなして、川のほとり山の曲がったところ、いたるところに寺を建てた。僧侶たちがだんだんと卑陋となるのみならず、国家の民も遊食にふけるものが多くなった。識者はつねに心を痛めている、仏は偉大な聖人であるが、その好悪はかならずや人と同じであろう。すでになくなった仏の霊は、このような卑しいものらが仲間に加わることを恥じないことがあろうか）」と述べられている。李穡は自分は仲尼の跡を追っている身であると述べて、自分と高僧とを儒学と仏教とに区別をしていたのである。また、仏教の度が過ぎてしまい結局は横道に走ってしまったのは僧に責任があるとも述べている。

しかしながら、李穡は仏教それ自体に対しては心惹かれていたのである。それでは、李穡は仏教のどんなところに魅了されていたのだろうか。

釋氏、域外之教也。而軼域中之教而獨尊焉何也。域中之人爲之也。其禍福因果之説、既有以動人之心。而趍釋氏者、率皆惡常厭俗、不樂就名教繩墨豪傑之才也。釋氏之得人才如此、無怪其道之見尊於世也。余是以不拒釋氏甚、或與之相好。蓋有所取焉耳。

（釈氏は国外の教えである。なのに国中の教えより優れていて、ひとり尊ばれるはなぜなのか。国中の人がこれを習っている。その禍福因果の説は、すでに人の心を動かしている。だから釈氏を追う者は、すべて皆なならわしを憎み俗を嫌う、名教の規則に就き従うのを好まないのは、豪傑の賢人である。釈氏が人才を得るのはこのようである、その教えの道が世に尊ばれるのも不思議ではない。私はこれらの点から深く釈氏を拒まない、時にはよしみを結ぶ。と言うのも取るべき点があるからである）

（「麟角寺無無堂記」、文藁巻一）

浮圖氏重於世久矣。徒以因果罪福焉者末也、高虚玄默、獨立平萬物之表、則雖吾儒高尚者、亦莫能少之。

（浮図氏は世に重んじられて久しい。いたずらに因果や罪福を説くものは末流であるが、高く奥深く、ひとり万物の手本

となる点においては、わが儒学の高尚たるものといえども、及びものはまれである）

（「賜龜谷書畫讚」の序、文藁巻十一）

李穡はこの二篇において、仏教が世間の人々に尊ばれる理由を述べている。それは釈氏の禍福因果の説が人の心を動かし、また名教の規則に縛られないことであり、李穡は、この点において釈氏を評価していたのである。李穡はさらに、いくら高尚な儒学者であっても釈氏の奥深さ、万物の手本となる点は習うべきものがあると述べている。(13)

また、「賞蓮坐久、兒子輩取米城中設食、午後雨□東西山而不至坐上、甚可樂也、僮僕猶懼其或至也、邀入寺中、飲啖夜歸、代蓮花語作」（詩藁十八）の詩の第一句目から第六句目まで（全三十句）に「蓮花見我如素識、花不能言請代臆。東方二壽君子國、風移俗易迷聲色。我處汚泥亦不染、豈獨中通仍外直。（蓮花は私のもとからの知り合いのようであり、花は口をきくことができないので、かわって心中の思いを述べてくれるように私にたのんだ。東方の二寿君子の国、風俗は移り変わり音楽や女色に迷わされる。私は汚い泥にいてもそれに染まらないで、中が通っているのみならず、外も真直だ）」とある。この詩には李穡が寺院に出かけて蓮を観賞する様子が描かれている。「蓮」を見ていると素直になり、花は何も言わないけれどその心が伝わってくるようだと述べられており、華蔵世界の清浄が分かれば身心ともに閑やかになると述べている。

この詩の「汚い泥に処るも亦た染らず」という句は周敦頤の「愛蓮説」の引用である。周敦頤は「蓮」を通して、俗世にいても悪に染まらず、心が道理に通じており、行ないは道理にかなうという君子のあり方を述べている。『法華經』巻五の「従地湧出品」に、「不染世間法、如蓮華在水。（世間の法に染まらないのは、蓮華の水に在るが如し）」と、世間に染まらないのは「蓮」が泥水中にあっても泥に染まらないことと同様であると述べられている。実は周敦頤の

「愛蓮説」は釈氏の教えと相い通ずるものなのである。(14)これを承けた李穡もまた、儒学の観点から仏教を評価していたといえよう。

以上、李奎報と李穡の持つ思想面を通して「蓮」を求める姿を見てきた。二人の中心思想は道教と儒教であるが、二人の心には仏教が存在していたことが分かる。二人が仏教に心引かれたのは、仏典を通して仏教の本質を知ったからであるが、「蓮」においても同様のことが言える。つまり、彼等は「蓮」の清浄さの本質を理解していたために仏教を重んじたのである。彼等が「蓮」の色彩にそれほどこだわっていなかったのは仏教及び、「蓮」の本質を重視したためと考えられるのである。

第三節　泥水中の「蓮」の本質

高麗詩文にみえる「蓮」の大半は寺院を中心として歌われている。(15)李奎報の「蓮」に関する詩文三十首余りの内、二十首ほどは寺院を中心に描かれたものである。(16)また、李穡の「蓮」に関する詩文九十首余りの内、半数以上が寺院と関連を持っている。(17)

幽禽入水擘青羅、微動方池擁蓋荷。欲識禪心元自浄、秋蓮濯濯出寒波。

（奥深いところに棲む鳥は水に入って青いつたを分け入り、方池をおおっている荷を微かに動かす。禅心が本来自ら浄いことを識ろうとおもうなら、秋の蓮が光り輝いて冷たい波から現れるのを見るがいい）

（「次韻恵文長老水多寺八詠」の「荷池」、巻二）

この詩はいつ作られたのかは明らかではないが、恵文長老の水多寺の八詠に次韻したものである。「八詠」は水多寺を中心として、「荷池」「柏軒」「竹閣」「石井」「盆池」「松徑」「南澗」「西臺」等の周囲の風景を描いたものである。この詩で李奎報は静かな寺院の池に広がる「幽禽」と「荷」との動と静の世界を描いている。蓮が冷たい波から出てきて光り輝く姿は禅の心の清浄さと同様であると言い、その奥深さを知りたいと述べている。また、李奎報には李百全から内字の韻に和した詩を送られて、これに次韻した詩がある。

一門超出妙蓮花、喜君近者得冥會。元明本覺若廓開、對境前塵從此退。

（生死の道を超えると妙蓮花が現れる、君が近頃奥深い道理を悟ったのを喜ぶ。衆生の本来の清浄な心はからりと開かれたかのようである、事物を客観的に眺めると汚れはこれより退く）

（「次韻李學士復和内字韻詩見寄」全二十八句中第二十五句目から第二十八句目まで、後集巻四）

この詩は、晩年に隠遁して作ったものと見られる[18]。李奎報は李百全の「妙蓮花」を悟っている姿がまるで「元明本覚」の心であると述べている。「元明」は「無始菩提涅槃元清淨體、則汝今者識精元明、能生諸緣緣所遺者」（『楞嚴經』巻一）と、衆生固有の清浄光明の本性を表す。また、「本覺」とは「心體雜念、離念相者、等虚空界、無所不遍、法界一相、卽是如來平等法身、依此法身、說名本覺」（『大乘起信論』）と、衆生の本来固有の清浄な性徳を表す。つまり、「元明本覚」はいわゆる、衆生が本来からもっている悟りの心、自性清浄の心を意味するのである。李奎報は妙蓮花を悟れば、この「元明本覚」の自性清浄の心を持つことができると述べているのである。すなわち、李奎報は「妙蓮花」の前にいれば世俗を退けることができると考えていたのである。

この二首を通して、李奎報は蓮の姿から禅の心の清浄さを悟り、修業を通して世俗を退けようとしていたことが分かる。

今度は李穡を見てみる。

市利朝名共一途、獨騎羸馬訪浮屠。紙窗肯借終年坐、蒲薦猶難盡日趺。

乞飯行時隨柳岸、戴經歸處傍蓮湖。知師本自心清淨、雖遇登伽不足虞。

（市場と朝廷で名利を争うのは共に一すじの道、一人痩せた馬に騎って浮屠を訪ねる。紙を張った窓辺で終年坐するが、蒲席に終日趺坐するのはまだ難しい。飯を乞いに行く時に柳の岸に沿っていき、経典を戴いて帰るところ傍らには蓮の湖が広がる。師の心は本来清浄であると知っているので、たとえなくなられてもおそれはしない）

（「訪僧不遇」、巻三）

この詩では李穡は寺院に行ったものの僧に会えなかったのであるが、そこに残念さは感じられない。それは「蓮」があったからである。李穡は湖いっぱいに咲いている「蓮」から僧の真心たる清浄を感じたからである。また、李穡は「卽事」（巻二十九）と題する詩に（全四句中第一、二句目）に「晨興天氣涼如水、衰老吾心淨似蓮。（朝早く起きると天の気の涼しさは水のようで、衰老した私の心の浄らかなるは蓮に似る）」と、清浄である僧侶の心と「蓮」とはまるで自分の心であるとも述べている。

このように見てくると、李穡は「蓮」と「僧の心」と「自分の心」をみな清らかのものと考えていたことが分かる。

それでは、「蓮」「僧の心」「自分の心」が清らかになる世界とはどういう境地の世界であろうか。「卽事」（巻十七）三首其三（全八句中第五句目から第八句目まで）に、「禪風祇在庭前栢、幻境自生池上蓮。誰識靜中方寸地、也無不肖也無賢。（禅の教えはまさに庭前の栢にあり、浮世には自然と池に蓮が生える。誰が静けさの心を知ることができようか、そこには愚かさもなくまた賢さも無い）」と、寺院は「不肖」も「賢」もなく、それに枯れることのない世界であると述べられている。

また、「賞蓮坐久、兒子輩取米城中設食、午後雨□東西山而不至坐上、甚可樂也、僮僕猶懼其或至也、邀入寺中、飲啖夜歸、代蓮花語作」（詩藁十八）の第二十九、三十句目（全三十句）に「華藏世界更何處、一味淸淨身心閑。（華蔵世界はどこにあるのか、一切は清浄であって身心は閑やかだ）」とある。李穡は華蔵世界は清浄であって身心ともに閑やかだと述べている。すなわち、「蓮」「僧の心」「自分の心」が清らかになる世界とは華蔵世界であり、愚かも賢いもない平等の世界であったことが分かる。李穡が住むのはこの華蔵世界であり、平等の世界で清浄に生きることを願っていたと考えられる。

以上、李奎報と李穡の描く「蓮」の本質を見てみた。二人はともに「蓮」を「禅心」の清浄なものとして描いていた。李奎報は晩年になってから「妙蓮花」を通して残りの人生に福と寿命の延長を求めている。李穡もまた天台宗を通して仏教の禍福因果と平等を学ぼうとしている。その際、「蓮」は彼らに「禅心」を与えて煩わしい世間の煩悩を忘れさせる役割を果たしていたのである。

結

以上、韓国高麗時代における「蓮」の様相を、名称、色彩、本質に分けて考えてみた。いま一度要約して述べてみると、第一に、名称について、高麗文人は「蓮」の各部分の名称にこだわらなかった。それは「蓮」の本来の性質を重視する面が強かったためと思われる。第二に、色彩について、彼等は「白」「青」「紅」の色を用いているものの、中国の詩文に見られる「白蓮」の花はなく、「白蓮」は「白蓮社」を表しており、舌に「青蓮」が生えると述べたり、寺院での華やかな「紅蓮」を描いたりしていて、「蓮」の色彩にあまりこだわらなかった。それは彼等が仏教及び「蓮」の本質を重視したためと思われるが、また、彼等は異った思想や社会状況に置かれていながらも「蓮」を見る目においては共通のものが認められ、共に「蓮」を愛でていた。また、第三に、「蓮」の本質について、「蓮」が「禅心」たる清らかさを持っていると賞賛していた。彼等は「禅心」たる「蓮」を通して煩わしい世俗にあっても清らかに生きることを願って、「蓮」を愛し続けていたのである。

本論では、高麗時代における「蓮」について仏教面に焦点を当てて考えてみた。

注

（1）市川桃子「古典詩の中のはす―荷衰へ芙蓉死す―」（『日本中国学会報』第四十二集）参照。

（2）「蓮」には長寿のイメージもある。『初學記』巻二十七の「芙蓉」に、「太清諸草木方曰、七月七日採蓮花七分、八月八日採蓮根八分、九月九日採蓮實九分、陰乾下篩、服之寸匕、令人不老」「華山記曰、華山頂上有池、生千葉蓮花、服之者羽化」とある。また、『藝文類聚』巻八十二の「芙蕖」、『太平御覽』巻九七五の「蓮」や、巻九九九の「芙蕖」などに類似の話が見られる。それ以外に『捜神記』『抱朴子』などに蓮によって長寿を保つことができると述べられている。

（3）周敦頤の「愛蓮說」に「水陸草木之花、可愛者甚蕃。晉陶淵明獨愛菊。自李唐來、世人甚愛牡丹。予獨愛蓮之出淤泥而不染、濯清漣而不妖、中通外直、不蔓不枝、香遠益清、亭亭淨植、可遠觀而不可褻玩焉。予謂、菊花之隱逸者也、牡丹花之富貴者也、蓮花之君子者也。噫。菊之愛、陶後鮮有聞、蓮之愛、同予者何人。牡丹之愛、宜乎衆矣」（『周子全集』巻十七）とある。

（4）希運は唐の僧で、幼くして黄檗山に出家するが、晩年は龍興寺に住んだ（『宋高僧傳』巻二十）。裴休は進士で、官は兵部侍郎を以て同中書門下章事に昇進。宣武軍節度使となるなど、節度使を歴任した（『唐書』巻百八十二）。

（5）李奎報の詩文には「白蓮社」「白蓮石臺」「白蓮創建」「白蓮莊」が、李穡の詩文には「白蓮社」「白蓮諸老人」「白蓮精舍」「白蓮會」などの言葉が見られる。

（6）高麗時代には修業する者が集まって寺院を社と命名し、活動した。結社の代表的なものとしては修禪社と白蓮社がある。白蓮社は了世（一一六三〜一二四五）が結成したものであり、これが後に天台宗として発展するにいたる。

（7）この詩の序に「年少使然」とある。

（8）王歆之の「神境記」に「九疑山過半路、皆行松下狹路、有清澗、澗中有黄色蓮花、芳氣竟谷」とあり、「黄蓮」は仙界を表している。ところが、李奎報や李穡の詩文には「黄蓮」は見られない。特に、李奎報は道教を好んでいるにもかかわらず、「黄蓮」の姿が見られなかったのは、恐らく、「蓮」には仏教が強くイメージされていたためと思われる。

（9）李奎報の三十代の作と思われる「明日朴還古有詩走筆和之」（巻八）に「師傳甘蔗氏、我繼仙李君」（巻八）とあり、「是日宿晉光寺用故王書記儀留題詩韻贈堂頭」（巻十）に「若將釋老融鳧乙、莫斥吾家祖伯陽」とある。

（10）五十代の作と思われる「與寮友諸君遊明月寺」（巻十五）に「飢虎爾莫嘷、忠信吾是仗」とある。

（11）「兜率天宮」は欲界の浄土以外にも、道家においては太上老君の居るところでもある。李奎報の場合、この時期に仏教を賛美する詩文が多く、仏門世界に生きることを願う詩文から「兜率天宮」は道家の太上老君の居るところとは考えられない。

（12）「南軒答客」（後集巻六）に「以正不以雜、君子義所教。而此浮屠法、奚爲於丘門」とあり、続いて「我言男兒者、各有懷抱存。士方顯仕時、經緯以人文。詩書與禮樂、輔相千載君。既老退閑居、有或事琴樽。此輩吾敢望、無功補毫分。琴樽已非分、事佛有何痕。況復儒與釋、理極同一源。誰駁又誰純、咄哉渠所論」（全二十六句中第十一句から第二十六句目まで）とある。

(13) 武臣時期以後の詩文には寺院内の出来事をうたう姿はあまり見られないが、経典に関する表現は多く見られる。李集（一三二七～一三八七）の「九日敍懷三首、呈牧隱」二首（『遁村雜詠』）第一、二句目（全四句）に「牧翁醉裡愛逃禪、因說楞嚴是妙蓮」とある。また、鄭夢周（一三三七～一三九二）の「送智異山智居寺住持覺冏上人」（『圃隱集』）第三、四句目（全四句）に「春院日長無箇事、沙彌來學妙蓮經」と述べられている。武臣時期以後になると、文人は寺院にそれほど関心を示さなくなったようである。この時期には、寺院での詩文は極端に少なくなっていく。その理由は寺院が乱れていく一方で、性理学が発展していったためと考えられる。しかしながら李穡は仏教及び「蓮」を愛唱しており、仏教のすべてを悪いとするのではなく、その一部には習うべきものがあると考えていた。

(14) 周敦頤の「愛蓮說」に対する評価には二説がある。一つは仏典の『華嚴經』探玄記から影響を受けているとの説、いま一つは「太極圖」「圖說」「通書」などを通して、道家の影響を受けたという説である。（黒坂満輝「周敦頤の「愛蓮說」について」（『福井大学教育学部紀要』第一部、人文科学、第三十七号、一九八九））参照。

(15) 時代をさかのぼって、武臣時期以前の新羅時代をみて見よう。一然（一二〇六～一二八九）の『三國遺事』巻三「塔像」四の「四佛山、掘佛山、萬佛山」に「眞平王九年甲申、忽有一大石、四面方丈、彫四方如來、皆以紅沙護之、自天墜其山頂。王聞之、命駕瞻敬、遂創寺嵓側。額曰、大乘寺、請比丘亡名誦蓮經者、主寺灑掃供石、香火不廢、號曰亦德山、或曰四佛山、比丘卒、旣葬、塚上生蓮」と記される。また、同巻五「避隱」八の「緣會逃名」に「高僧緣會、嘗隱居靈鷲、每讀蓮經、修晉賢觀行、庭池常有蓮數朶、四時不萎」とある。天子が不思議な仏の力を信じて大事に守ろうとすること、僧侶が死んだところに蓮が生えること、修行をする人の回りには蓮が萎れないことなどが述べられている。これらの話は「蓮」が仏と深く関係していたことを表している。また、崔致遠（八五七～?）の詩文によれば、国を守る護国の仏に「蓮」が用いられていた。これらは新羅時代に仏教を護国の手段としたためであると考えられる。

(16) 武臣時期李奎報以外の文人の描く「蓮」をみてみよう。林椿（?～?）や崔滋（一一八八～一二六〇）には『西河集』（巻二に「書蓮花院壁」詩がある）、『補閑集』などの書物に「蓮」に関する作品がある。『補閑集』上に「巉巖怪石疊成山、上有蓮房水四環」とあり、これは朴寅亮（?～一〇九六）が国の使いで中国に行った時に作ったものである。林椿と朴寅亮の詩に見られる「蓮花院」「蓮房」はともに寺院を指している。また、『補閑集』中に、「靈山當日鵲巣肩、濯濯還如出水蓮」とある。これは誥院詞臣李仁老（一一五二～一二二〇）が仏徳を賛美する音讃句で、消災道場を釈迦が説法した霊鷲山に比喩して、その光り輝く様がまるで水から出た蓮のようであると称えている。陳澕（?～?）の詩「金明殿石菖蒲」（『梅湖遺稿』）（全十六句中第九、十句目）にも「蓮花清淨出泥淤、白芷芳馨生海隅」とある。これらのうち、林椿や陳澕は自らが寺院に出かけて作っているので、寺院をより身近に描いている。当時、貴族社会の教育を担当していた多くの文臣が殺されたために、萎縮をよぎなくされた。そこで、多くの文人は山林に隠れ、僧侶となって身の安全を計った。そのせいもあって、乱が終わってからも彼等は寺院に親しんでいたと見られる。

（17）　また、武臣時期以後の詩文に見られる寺院での「蓮」をみてみると、李齊賢（一二八七～一三六七）の「寄題白花禪院觀空樓次韻」（『益齋亂藁』巻三）第一、二句目（全八句）に「勝遊多是費躋攀、最愛蓮坊住淺山」とある。李齊賢は寺院の僧を「蓮坊」と表していた。また、鄭樞（一三三三～一三八二）の「禹密直挽詞」（『圓齋集』巻中）第三、四句目（全八句）に「逸興不輸陶令菊、芳名可占遠公蓮」とあり、禹密直の生前の良い評判は慧遠の愛する蓮のように芳しいものであると述べられている。

（18）　「曾於宦海同浮沉、得喪榮枯三十載。幸今各處安閑中、萬事已抛拘檢外」（第十九句目から第二十二句目まで）とある。

＊本稿は第４回東アジア比較文化国際会議（一九九九年十月十六、十七、東國大学（韓国）にて開催）において発表したものをもとにしている。

五、牧隠李穡と「연꽃（蓮池）」

序

「愛蓮説」（『周子全書』）に以下のようにある。

水陸草木之花、可愛者甚蕃。晉陶淵明獨愛菊。自李唐來、世人甚愛牡丹。予獨愛蓮之出淤泥而不染、濯清漣而不妖、中通外直、不蔓不枝、香遠益清、亭亭淨植、可遠觀而不可褻玩焉。予謂、菊花之隱逸者也、牡丹花之富貴者也、蓮花之君子者也。噫、菊之愛、陶後鮮有聞、蓮之愛、同予者何人。牡丹之愛、宜乎衆矣。

（水や陸にある草木の花には、愛すべきものがはなはだ多いが、晋の陶淵明は一人菊を愛した。李唐以来、世の人は甚だ牡丹を愛し続けて来た。しかし、私一人だけは泥の中から咲き出ても泥に染まらない蓮を愛する。蓮は清らかなさざなみにあらわれてなまめかしくはなく、茎中は孔が通って外は真っ直で、繁雑な蔓も枝もない、香は遠くまで匂ってますます清く、まっすぐにそびえ立ち、遠くから眺めることはできても近くでもてあそぶことはできない。私は思うに、菊は花の隠逸、牡丹は花の富貴、蓮は花の君子である。ああ、陶淵明の後に菊を愛するという人はほとんど聞いたことがない。私と同じように蓮を愛する者は一体幾人いるだろう。牡丹を愛する人は、はなはだ多いけれども）

これは中国の宋の時代の儒学者周敦頤の四十七歳（一〇六三）の作である。周敦頤は水陸にある数種類の草木の花を愛でていながらもとりわけ蓮の花を高く評価しており、蓮が泥水中にあって泥に染まらないところから蓮を「花の君子」とたたえている。

韓国の高麗時代の武臣時期（一一七〇～一二七〇）以後になると、周敦頤のように蓮を泥中に咲きながら汚れに染まらない清浄かつ高尚のイメージから「君子」と見なす詩文が多く見られる。君子たる蓮をもっとも多く歌った代表的文人として李穡（一三二八～一三九八）が挙げられる。李穡が描く蓮の詩文を見てみると、これを高尚とするイメージが見られる一方で、風流とするイメージも表れており、高尚と風流の二つのイメージが対比をなしているのがわかる。

本稿は、高麗後期の文人が描く蓮に着目して、高麗時代の詩文における蓮の様相について考えてみたいと思う。特に、周敦頤の「愛蓮説」に対する李穡の受容態度と変化、及びその意義について考えたい。李穡の思想や文化は後の朝鮮時代に大きな影響を与えており(1)、蓮の植えられた池は朝鮮時代を経た現在に至るまで「연못（蓮池）」と呼ばれているのも李穡と深く関わりがあると思われる(2)。本稿は性理学の側面から李穡の蓮に関する詩文の考察を通して韓国における蓮の位置付けを究明するとともに、「연못」の概念についても解明することを目的とする(3)。

第一節　「君子」たる蓮の到来時期

高麗において蓮はいつから「君子」たる花とみなされるようになったのであろうか。

武臣時期からそれ以後にかけて生きた李承休（一二二四～一三〇〇）の『動安居士集』、洪侃（?～一三〇四）の『洪崖遺藁』、武臣時期以後の安軸（一二八七～一三四八）の『謹齋集』、閔思平（一二九五～一三五九）の『及菴詩集』、鄭誧（一三〇九～一三四五）の『雪谷集』、李穡の父親である李穀（一二九八～一三五一）の『稼亭集』などには蓮に関する詩文が見られるが、しかしこれらの詩文には蓮を景物の一つとして扱うだけで、「君子」たる花とする言い方は見られなく、また、周敦頤の蓮を歌う作も見られない。ところが、李齊賢（一二八七～一三六七）や鄭道傳（?～一三九八）の詩文には周敦頤の蓮が歌われている。李齊賢は「君子池」と題した詩文を作っており、また彼の詩文の中には、「花實同時、不染淤泥。有似君子、見愛濂溪。（花と実は咲く時期は同じで、泥に染まらない。それは君子と似ているところであり、濂渓に愛される理由である）」（「河州池臺堂亭銘、君子池」『益齋亂藁』巻九下）と述べている。鄭道傳もまた「景濂亭銘後説」（『三峯集』巻四）に「濂溪之言曰蓮花之君子也。……苟知蓮之爲君子、則濂溪之樂庶乎得矣。（濂渓の話によれば蓮は花の君子であると言う。……蓮が君子であると分かれば、濂渓の楽しみは手に入れたものと同じだ）」と述べている。李齊賢と鄭道傳は李穡と同時代の文人であり、李穡の世代に至って蓮を君子として扱ったり、周敦頤の蓮を多く歌ったりする姿が顕著に現れるようになるのである。

以上のことを通して、周敦頤の「愛蓮説」は、李承休、洪侃、安軸、閔思平、鄭誧、李穀が生きた一三五〇年代までは知られていなかったようで、李齊賢、鄭道傳が生きた一三六〇年代には知られるようになったことが分かる。したがって、韓国高麗時代において周敦頤の「愛蓮説」が本格的に文人の間で読まれるようになったのは、一三五〇年以後から一三六〇年にかけてのことであると推測できる。

ところで、李穡の年齢や詩文から周敦頤の「愛蓮説」を詩の題材とし詠い初めたのは李穡であると考えられる。(4) 李穡の生涯を見てみると、恭愍王元年（一三五二）に改革政策に関する建議を提出し、翌年には魁科に、そして征東省の郷試において一等に合格した。ついで、書状官として中国に赴き、中国で行なわれた会試に一等で、殿試に二等で合格し、翰林院の翰林知制誥となった（一三五四）。一三五六年に帰国して吏部侍郎翰林直学士兼史館編修官知製教兼兵部郎中に、翌年に右諫議大夫に、さらに枢密院右副承宣、知工部事、知礼部事などを歴て、一三六一年以後には左承宣、知兵部事、判開城府事などの職を歴任し、一三六七年には大司成となった。この時、鄭夢周、李崇仁などを登用して性理学の発展に貢献した。李穡が周敦頤の書物に出合ったのは、中国で勉学に励んでいた頃であると考えられる。李穡は儒学の第一人者である周敦頤の書物を読んで感銘を受け、性理学に親しんだと思われるのである。

李穡の蓮に対する関心は並みはずれて強かった。彼の詩には「僕狂興欲往、舊病相妨、遂用前韵、以答蓮語」という作品が見られる。このことは周囲の人達も認めていたようである。韓脩（一三三三〜一三八四）の『柳巷詩集』には「七月初有日、往藉田田舍、荷花始開、使人奉邀牧隱先生、先生以疾不至、更其予副使垂示佳作、依韻奉答。（七月初めのある日、農業奨励の田がある田舎にいくと、荷花が始めて開いた。使いを送って牧隠先生を迎えようとしたが、先生は病気で来られない、そこで補佐官が美しい詩を作ってくれたので、和韻して答える）」二首、「七月晦日、欲陪牧隱先生同往賞蓮、先生又辭以疾、明日奉呈一絶（七月の晦日、牧隠先生と一緒に蓮を観賞しに行こうとしたが、先生はまた病気を理由に断ったので、次の日に一絶を作って贈る）」といった詩題が見られる。また、李崇仁（一三四七〜一三九二）の「送李生之水原」（『陶隱集』巻三）の第一、二句目（全四句）に、「樓下荷花滿水開、曾聞牧隱留題詠。（楼の下に荷花が水面いっぱいに開く、以前牧隠がここに留まって詩歌を作ったと聞く）」と述べられている。韓脩は李穡と同じく恭愍王の時に活躍した人物で、李穡と一緒に集まって詩歌を賦して遊んだ仲間であり、李崇仁は李穡とともに成均館で教官として勤めた李穡の門生である。韓脩と李崇仁は、蓮が咲いた時に早々と李穡を迎えていっしょに花見をしたいと述べたり、荷花が開く楼の下で李穡がかつてここに留まって詩文を作ったことを聞いて李穡のことを思っていたりする。二人はともに蓮を見て李穡を思っているのである。(5)

このように、李穡の蓮に対する愛着は特別強く、周敦頤の「愛蓮説」には深い関心を寄せていたのである。

第二節　蓮の愛唱動機

李穡が周敦頤の「愛蓮説」を好んだ理由は何なのか。それを知るためにはまず、周敦頤が「愛蓮説」をあらわした動機から考えてみる必要がある。李穡の「清香亭記」に以下のように述べている。

春陵當宋文明之世、追悼五季晦盲否塞之禍、推明聖經太極之旨、以紹孔孟之統、而其所愛、乃在於此。至著説以明之、猶以爲未盡其意、特結之曰蓮之愛同予者何人。則寥寥千載、所以警動後學者深矣。

（周敦頤は宋の文明時代を迎えて、五代が乱れて暗闇に閉じ塞がる姿を追悼し、聖人が著した経書・宇宙本体の根本を明らかにして、孔・孟の考えを継いだ、その愛するところ、まさしくここにある。そこで、物事の意味を明らかにしたが、なおまだその意が尽くせなかったところがあり、特におわりに蓮を愛する私と同じ考えをしている者は何人いるだろうかと言った。この言葉は空しく千余年が流れた今も、後の学者を戒め悟らせる深い意味を秘めている）

（「清香亭記」文藁巻五）

この記は李穡の五十一歳（一三七八）の時、舅中枢致政公のために楼に命名して書いたものである。李穡はこの時期に周敦頤を深く慕っていたが、この記には周敦頤の生き方及び「愛蓮説」が述べられている。周敦頤の生き方について、五代、後梁・後唐・後晋・後漢・後周が暗黒時代であったことを追悼して、経書及び太極の旨を明らかにした孔子や孟子の思想を受け継いだと述べている。

この記の前半には「穡今病餘、惟春陵光風霽月是慕。（穡今病後、春陵の光風霽月だけを慕っている）」と、後半には「穡也皓首窮經、日以景慕。（穡もまた老いて経典を窮めると、日々春陵を仰ぎ慕う）」と述べており、李穡は病床生活後、年をとってからさらに周敦頤の生き方を好んでいたのであるが、経典を極めると春陵を仰ぎ慕う姿は、周敦頤が儒学の旨に基づいて物事を解決したように、李穡自身もまた周敦頤の精神に習って国を思い、周敦頤が行ったように物事を儒学の旨に基づいて行うべきことを表しているのであろう。

そもそも、周敦頤の生きた時期は王安石が率いる改革派と司馬光が率いる保守派が権力を争う時期であった。周敦頤はこの不安定の社会の中に地方官僚として一生を送ったのである。『宋史』巻四二七の「周敦頤」列伝に彼の生き方が記述されているが、周敦頤が南安軍司理参軍として勤めていた時の話である。罪人が不当に死刑されるのを知った周敦頤は転運使である王逵にその不当性を訴えた。王逵は気のひどく荒い転運使であるがために誰もが王逵と対抗しようともしなかった。ただ周敦頤一人がその不当性を訴えたのである。王逵は周敦頤の話を聞こうとしない、そこで周敦頤は、「如此尙可仕乎、殺人以媚人、吾不爲也。（以前のようになお仕えることができようか、人を殺して人に媚びるのは、私がやることではない）」と述べて官職を捨て去ろうとした。その時に王逵は悟って罪人は死刑を免れたと言われる。周敦頤が南安軍司理参軍となって赴任した時は彼の二十九歳である。この逸話について黒坂満輝氏は「必ずしも周子が若かったからできたというものではない。なぜなら、官僚の社会は序列が厳しく、若い官吏は上官などの推挙を得て出世してゆく世界であり、上官に逆らうことは一生冷酷な待遇を受けかねないからである。このような周敦頤の筋を通し、道理を重んずる精神は生涯変わるものではなかった。」と述べておられる。(6)まさしく、周敦頤は一地方官僚として終わったとしても道理を守った生き方をしており、官吏としての任務をこなして赴任先での裁判を厳格に行っていたのである。さらに黒坂満輝氏は愛蓮説について、「複雑な社会の状況を背景にし、その中で苦悩する一知識人の「吶喊の書」が「愛蓮の説」である。」と述べておられる。(7) 周敦頤の「愛蓮説」は複雑な社会の状況の下で作られたのであるが、周敦頤が聖経及び太極の旨を推明して孔子や孟子の後を受け継いだのは、道理を守る「君子」として混乱した社会を乗り越えようとする試みであると考えられる。李穡は周敦頤のこのような生き方を慕って、周敦頤の生き方と「愛蓮説」をともに賞賛したのである。

李穡の生きた時代もまた不安定な時期であった。高麗は武臣の乱が終わると、今度は外国である蒙古つまり元の影響圏に入ってしまう。当時の忠烈王や忠宣王などは元に従っていたが、恭愍王（一三五一～一三七四）は反元の改革政治を行なった。この時期の政界情勢は親明か親元かの対立が生じつつあり、恭愍王と新進士大夫側は反元を、権門勢家は親元をそれぞれ主張していたのである。この時期に政界を握ろうとする人物がいた。李仁任（?～一三八八）である。李仁任は辛吨（?～一三七一）の下で改革政治に参加した郷貢進士で、後には宰相となった。李仁任は恭愍王が暗殺されると、十歳の禑王を立てて権力を自分の手にいれ、元の立場に立った政策を行った。その後、李仁任ら執権者は権力を乱用し政権はますますひどくなっていった。李穡は恭愍王の時に政治の舞台で大活躍しており、恭愍王元年（一三五二）の時には改革政策に関する建議を提出している。そのためか恭愍王の死後、彼は李仁任に排斥される立場になってしまう。その意味で「清香亭記」は不安定な社会のなかで、たとえ自分の居場所がなくても、周敦頤の生き方のように儒学の旨に基づく君子として生きることを願いつつ「愛蓮説」を愛唱したものと考えられるのである。

第三節　蓮の性格

中国文学における蓮は、楽府の江南弄七曲の一つである「採蓮」において江南の男女の恋愛をうたうものとして発展し、宋代に至るとすでに述べた周敦頤の「愛蓮説」に見られるような「花の君子」と称されるようになる。「蓮」は時代とともに男女の恋のたとえから、世間の才徳のある人のたとえへと変化していったのである。(8) 韓国高麗時代の李穡は周敦頤の「愛蓮説」をもっとも愛唱した人であるが、蓮を描く詩文を見てみると、「君子の花」と述べたものもあれば、「風流の花」とも述べている。風流の花は風流の趣のある花を表すが、この表現には「採蓮」にみられる男女間の恋愛にかかわる感情が含まれている。この節では李穡の蓮のこれらの性格を具体的に見てみることにする。

一　君子の花

蓮花見我如素識、花不能言請代臆。東方二壽君子國、風移俗易迷聲色。
我處汚泥亦不染、豈獨中通仍外直。吾家苦心天所賦、鄙哉檄欖多反側。
先生霽月光風如、愛我始自濂溪書。雖然久病精力衰、有句卓犖還紓餘。
丹靑巧手寫眞耳、何曾髣髴傳吾志。

（蓮花は私のもとからの知り合いのようで、花は口をきくことができないために、かわって心中の思いを述べてくれるように私にたのんだ。東方の二寿君子の国、風俗は移り変わり音楽や女色に迷わされる。私は汚い泥にいてもそれに染まらないで、中が通っているのみならず、外も真直だ。わが家の苦心するところは天が授けてくれたものであるが、また鄙しいのは檄欖の安んじないのが多いことだ。先生は晴れた空に輝く月のようで、雨後の爽やかな風のようである、私はこの時始めて濂渓の書物を愛するようになった。長い病床生活のために精力は衰えているが、詩句は優れて文章はのびのびしている。画家は巧みに蓮の姿（外形）を描き出すが、我が志（内面）はどうして描き出すことができようか

（「賞蓮坐久、兒子輩取米城中設食、午後雨□東西山而不至坐上、甚可樂也、僮僕猶懼其或至也、邀入寺中、飲啖夜歸、代蓮花語作」全三十句中第一句から第十四句まで、『牧隱藁』詩藁巻十八）

この詩は李穡が寺院で蓮を観賞する様子を描いたものである。蓮を見ていると素直になり、花は何も言わないけれどその心が伝わっているかのようであると述べている。李穡が用いた「汚泥亦不染」「中通仍外直」は周敦頤の言葉である。蓮は泥の中から咲き出しても汚れに染まらず、茎の中は孔が通って外は真っ直であると述べ、君子は俗世にいても悪に染まらなく心が道理に通じており、行ないは道理にかなっているとして、周敦頤の君子のあり方をそのまま引用したものである。続く、「霽月光風の如く」もまた『宋史』「周敦頤傳」（巻四二七）に黄庭堅が周敦頤を評した「胸懷灑落、如光風霽月」の句の引用である。李穡は周敦頤と黄庭堅の言葉をそのまま借りて蓮を賞賛したのである。

また李穡は、国の教えが俗になればものの考えが変わりがちであるが、自分は国の教えが俗になってもそれに染まらないで高尚で正直に生きると述べている。そして、「吾家苦心天所賦、鄙哉橄欖多反側」と述べていた。橄欖（オリーブ）は味は苦くて渋いが、噛んでいるうちに甘みが出るといわれる諫果（諫めの果実）であり、真心たる諫めの言葉の比喩として用いているが、「反側」も多い。というのは、諫めの言葉は相手になかなか聞き入れられないもので、実際に物事が起こるとその時になってやっと気付くからである。また、諫めの言葉は相手に聞き入れられないばかりか、かえって誤解を招くこともしばしばある。李穡はこのような性質をもった橄欖に自分の性格を比喩して、剛直な

性格のために誤解を招くことを懸念していたのである。しかしながら彼はまた身体が衰えてもわが真実の志ははっきり伝えると、外面を見事に描く画家とは違って蓮の花の本質を表すと述べて、苦しくとも剛直な性格を曲げないことを主張していたのである。

以上、李嶠が俗に染まることなく澄み切った心で真実を伝えながら、世間を生きることを心がけていたことが窺われたが、この時に李嶠が模範としたのは周敦頤であり、君子の花蓮だったのである。(9)

ところで、李嶠の蓮に対する君子のイメージはさらに進んで皇帝あるいは上帝たる存在のようであると描くに至る。「詠蓮」三首其三（詩藁巻三十四）に「擧世誰酬令節、明年我辦華筵。愛此好逑君子、胡然而帝而天。（誰がよい節日に世をあげて祝ってくれるだろう、明年は私が盛大な宴会を開こう。この花を愛でて好く君子と述べる、まるで遥か帝のよう天のように）」と述べているのである。

それでは、李嶠が描く帝や天はどういう存在なのか見てみたい。

神人之際、未易言也。事神理民、唯帝王視爲一事、然其分也截然有定而不可紊。

（「送慶尙道按廉李持平詩序」文藁巻九）

（神と人の関係は、容易には語りがたい。神に事え民を理めるのは、ただ帝王一人行うのみである。それを分けて役割分担をはっきり定めて、乱れないようにすべきである）

仲舒氏曰、道之大原出於天、於是乎寐若寤焉、醉若醒焉。然猶曰蒼蒼者天也、而不知民彝物則之出於此而全躰是天也、於是乃曰天則理也。然後人始知人事之無非天矣。

（董仲舒は、道の根本は天から出ると言う、それは寝てもまるでさめているかのよう、酔ってもさめているかのようなものである。さらにまた青々としたものは天と言う、ところが、その言い方は人の守るべき道・物の規則のすべてが天から出るのを知らない言い方である、また、天は則ち道理であるという。その後、人は為すべき道が天つまり万物の主宰者であることがやっと分かるようになった）

（「直説三篇」文藁巻十）

前者は帝王のことが、後者は天の役割のことが述べられている。李穡は帝については神に事えて民を理める仕事を、天については道の根本は天から出、天は道理であると述べている。後者に引用した董仲舒（前一七九？～前一〇四？）は儒教を国教とするのに大きな役割を果たした学者である。李穡は晩年大司成になって後輩を育て、性理学の発展に貢献したが、そのことから考えると彼が儒教を国教とした董仲舒を評価するのも、人の守るべき不変の道と物の法則はみな天より授かると捉えるためである。(10) つまり、李穡は天は人間と物の守るべき道の根源を支配して導く存在であると強く考えていたことを表す。

二つの話を通して李穡の思う帝と天について見てみた。李穡において帝や天は高尚たる存在であり、人間生活をよりよいものにするために欠くことのできない存在であったことが分かる。

以上、李穡の作にみられる「君子」としての蓮を見てきた。李穡の描く蓮は造物主が造り上げた君子であり、その上品さは帝や天のような高尚たる存在であった。(11) このような考えは儒教によるものであると考えられる。

二　風流の花

江南風氣何清姸、名花絶品皆神仙。蓮爲君子號淸植、日照上下紅粧鮮。
有女婉婉白如玉、笑向波間撐畫舩。綠鬟斜墮翠蓋動、風吹香袂時翩翩。
歸來羅襪濃露濕、碧窗相對紗如烟。何郎荀令巧相似、詩家題品多流傳。

（江南の風気はなんて清く美しいのだろう、名花は絶品で皆な神仙のようだ。蓮を君子とみなして清植と呼ぶ、太陽がすべてを照らせば美しい装いは鮮かだ。女の美しい白さは玉のようで、笑いながら波の間に彩りをほどこした船に手でさおをさす。黒い髪は斜めに堕れて蓮のみどりの葉を動かし、風が吹いてくると香る袂が時おりひるがえる。帰ってみるとうす絹のたびは濃い露に濡れ、緑窓のうす絹はまるで烟のよう。何郎と荀令二人は自分を飾ることの巧みさが似ており、詩人は二人のことを品題にして多く伝う）

（「採蓮曲、奉寄舅氏」全二十句中第一句から第十二句目まで、詩藁巻二十四）

この詩は李穡がおじに送った作であるが、蓮を「君子」と称しつつも、恋愛に関わる感情をも描いている。恋愛の情は、蓮や女性に対する「紅粧」「白如玉」「綠鬟」「翠蓋」といったあでやかな描写と男性の何郎と荀令二人の美男子を通して知ることができる。江南には清らかであでやかな花が多く、すべて名花であり優れているが、そのなかでも蓮はさらに色鮮やかに輝いており、蓮の実を採る美しい女性がやってきて波と戯れると、紅い蓮の翠の蓋が揺れ動く。女は太陽が照らす昼に出かけて夜の露が降りた頃に帰っていくが、そこには若く眉目麗しい何郎と荀令がいる。何郎は三国の魏時代に生きた何晏を指すが、彼は常に白粉を離さず容貌について気にしていたと言われる。(12) 一方、荀令は後漢時代に生きた荀彧を指すが、荀彧が人の家に行ったならば彼が坐ったところに余香が三日も漂ったと言われる[13]。中国の古い習俗に果物を投げて男に愛を告げるとの由来があり、蓮の実を採る女は美しい男性二人に蓮の実を投げて愛を告白していたことであろう[14]。この詩に描かれる蓮は君子たる存在と言うよりむしろ、遊び心の風流の感覚でとらえられているといえる。

この詩の第四句目と第七句目に見られる「紅粧」「翠蓋」という表現は、李穡の蓮の描写に多く用いられる。「寄題舅氏池亭、池有蓮」(巻十八)の第一、二句に「白髪蒼顔政退休、紅粧翠蓋儘風流。(白髪の老人になってやっとのんびりすることができた、紅の装いと緑の茎はすべて風流だ)」と、「峰下蓮池盛開」(巻十八)の第一、二句に「長松峰下貯清渠、翠蓋紅粧倒碧虚。(長松の峰の下に清い川が流れ、緑の葉と紅の装いが水に逆さまにうつっている)」などがその例である。前者の蓮は風流を与えてくれるものとして、後者のは清らかな水に逆さまに映って見える様子が描写されている。このように李穡が蓮と形容する「紅粧」「翠蓋」等の語の情感は風雅のものであると分かるのである。

中国文学には江南の「採蓮」に関する詩文が多く見られるが、「紅蓮」「紅粧」及び、「翠蓋」を用いた詩文を見てみると、梁の元帝の「採蓮賦」(『全上古三代秦漢三國六朝文』全梁文巻十五)に「紫莖兮文波、紅蓮兮芰荷。綠房兮翠蓋、素實兮黄螺。於時妖童媛女、蕩舟心許。(紫色の茎、美しい波、紅色の蓮、芰と荷。緑色の苞、青い葉、白色の実、黄色の螺。この時、美少年と美少女は、漂う舟に心を許す)」と、『文選』(巻二十九)に収められる「古詩十九首」に「娥娥紅粉粧、纖纖出素手。(美しい紅粉の装い、ほっそりとした白い手を伸ばす)」との表現が見られる。また、宋の蘇軾(一〇三六~一一〇一)の「横湖」(『蘇軾詩集』巻十四)には「貪看翠蓋擁紅粧、不覺湖邊一夜霜。(緑の茎が紅の花をつつむ姿をむさぼり見ていると、湖辺に夜の霜が降りたのも気づかないほど)」と詠じている。これらの詩は「採蓮」の場で行われる男女の恋を表しており、「紅蓮」「紅粧」「翠蓋」は美しく化粧をした女性を表しているのである。特に、蘇軾は蓮を「翠蓋紅粧」と表現しており、李穡はこれらの表現を踏まえて蓮を表現していたものと見られる。

ところで、李穡は蓮の鮮やかな姿を「仙娥」に比喩し、「艶粧紅白蓋深青、恰似仙娥歩帝庭。（美しい装いの紅白の花は真青な茎を蓋う、その様子は恰かも仙娥が帝の庭を歩くかのようだ）」（「韓公見和一首、末句云、却憶年前此時節、蓮花處處賞亭亭。讀之興動、又吟三首録呈」四句中第一、二句目、詩藁巻二十九）と、蓮はあたかも上帝の庭を歩く美人のようであると述べて、世間から離れた気高い清らかな存在ととらえている。すでに李穡が周敦頤の「愛蓮説」に習って蓮を「君子」たる花と描いていると述べたが、周敦頤の『周子全書』を見てみると蓮に関したものはほとんど見られず、ただ「愛蓮説」のみが蓮を詠じている。また、「愛蓮説」には「濯清漣而不妖（清いさざなみにあらわれてあやしい美しさがない）」と、かたくなまでの清らかさを表しており、ここにはあやしさはないのである。すなわち、李穡が蓮を「仙娥」に比喩する表現は周敦頤のものには見られないのである。(15) 李穡は蓮について上品で清らかな面とあでやかな面との両方を描いて、(16) 風雅の情感を表しているのである。

以上、李穡の蓮の描き方を中国の詩文を踏まえてみてきた。李穡は蓮について世間から離れた境地の存在として描いたり、風雅な存在として描いたりしていた。それは「愛蓮説」と「採蓮」が結びついた世界であると言える。

第四節　感覚の共存

花には香りで人目をひくものもあれば、香りがなくても色彩で人目をひくものもある。蓮は香りと色彩をともにそなえもって人を楽しませてくれる。高麗文人李穡は蓮に対する香りの嗅覚面と色彩の視覚面とをどのように描いていたのか、両感覚を通して何を得ていたのかについて考えてみたい。

一　「嗅覚」の観点

斯樓也又據一府之勝、賓客之至、一獻百拜、投壺雅歌、風來而體爽、月出而神清、荷香左右、情境悠然。豈不樂哉、其爲此大平之人也。

（この楼も又た一府の景勝、そのために賓客がここに至ると、酒を勧めて礼を尽くし、投壺の遊びをしたり上品な歌を歌ったりする、風が吹いてくると身体は爽やかになり、月がのぼると心は清くなる、荷の香が周りに広がると、情感がのどかになる。どうして楽しくないことがあろうか。これこそ太平の人である）

（「西京風月樓記」文藁巻一）

この記は李穡四十四歳（一三七二）の時、上堂の承旨韓孟雲の依頼を受けて書いた作である。風月楼の素晴らしい景観を誇り、訪れる客が感謝の気持ちで宴会に臨み、時間がたつのも忘れて楽しむ様子が歌われている。この楽しさを一層豊かにしてくれる要因としては自然物、風・月・荷（はす）が挙げられる。だから楽しくないわけがないと述べているのである。特に、風や月は彼らの心身まで清らかにしてくれ、蓮の香りもまた興趣をのどかにしてくれる。夕方になると香りあるものはさらに香りが強く広がる。騒がしい昼が過ぎて静まりかえった夜には邪魔ものがなく、香りは風が吹くままに遠くまで広がっていく。これらの雰囲気に囲まれた李穡は自分こそ平和かつ気ままに過ごす人と述べており、その興趣は蓮の香りとともにますます募っていったであろう。

竹翠蓮香、山光海氣映帶遠近、水□□又鳴其間。凡登是樓者、非獨忘其鞅掌之勞而不□。

又何以得至於斯之幸、信乎其境之奇也。

（竹は緑に蓮は香り、山の光と海辺の気は遠く近く互いに映しあう。その間から水はごんごんと音を立てて流れる。およそこの楼に登るものは仕事の苦しみを忘れて□しないことはない。いったいどうやってこの幸せを手にいれることができようか、まことに得がたい境地である）

（「靈光新樓記」文藁巻一）

この記は李穡六十二歳（一三八九）、申展子君が霊光に赴任し、楼を建てるのをみて喜び作ったものである。楼から見下ろすと竹と蓮の翠と紅が美しく、巨大な山と海の気が互いに映じ合い、その間から水が音を立てて流れる。李穡はこのように美しい景観を楽しめる楼にいれば、仕事の苦労もいつの間にか忘れ去る境地に没入していくのが不思議であると述べている。翠の竹が植えられ蓮が香る景観のよい楼は、世間の煩わしさを忘れさせてくれるのである。

以上、「西京風月樓記」と「靈光新樓記」を見てきたが、二記に共通に見られるのは楼に池があり蓮があって蓮の香りが漂っている姿である。特に、蓮の香りは繁雑な世間から逃れた落ち着きを与えてくれるものとして描かれている。

ところで、李穡は蓮の香りを人柄のたとえに用いていた。すでに見た「清香亭記」にはまた次のように述べられている。

舅氏中樞致政公、植蓮小池、將結亭其側、走書問名與記。穡今病餘、惟舂陵光風霽月是慕。遂取其香遠益清之語、略述其義。天地之判也、輕清者在上而人物之生、禀是氣以全者爲聖爲賢。其於治道也、馨香而感于神明、求之三代盛時可見已。

（舅氏中枢致政公は、蓮を小池に植え、亭子を隣に構えんとし、筆を走らせて名称と記の執筆を依頼してきた。私は今病後であり、ただ春陵の光風霽月を慕うのみだ。そこで「香が遠くなるとますます清くなる」という言葉を取って来て、その意味をあらまし述べる。天と地が分かれるや、軽く清いものは上に在ってそこから人物が生れるのであるが、この気をうけて全きものは聖人となり賢人となる。政治においても、その香りは神明を感動させる、三代の盛世をも実現することができる）

これは「清香亭記」の前半部分である。李穡は、周敦頤が光風霽月のように清らかな心を持っていたために人格が遠くまで知られる聖人や賢人であり、周敦頤の行う道理は正しく世間に感銘を与えると述べている。また、古代の夏、殷、周が徳を用いて国を治めたために繁栄をなしとげることができたと述べて、正しい行ないは道理あるいは徳を持って行うべきであることを強調しているのである。

また、この記の後半には「心寧體舒、氣完守寂、不獨蓮香之清、而舅氏之清德、當益遠播、爲子孫之遺矣。（心安らかに体はのびやかに、気はまっとうして守は静かに、蓮の香が清らかであるのみならず、おじの清い徳は、ますます遠くまで広がり、子孫にまで残るだろう）」と述べられている。李穡はおじの人徳を蓮の香りにたとえて賞賛し、「徳」の香りは後世にまで届くものだと述べているのである。屈原の「離騒」に「製芰荷以爲衣兮、集芙蓉以爲裳。不吾知其亦已兮、苟余情其信芳。（芰と荷の葉を裁って衣にし、芙蓉を集めて裳とする、私を知るものがなくとも、私の心さえ芳潔であればそれでよい）」と述べられている。屈原は自分の隠遁生活について、蓮の葉や花で作った衣裳をまとっているが、心は清らかであるのでその香りは芳しいと、質素な生活においても「徳」を持って生きることを誇らしく述べているのである。李穡は屈原のように蓮の香を人柄に投影させ、おじを賞賛していたのである。

以上のように、李嶠の描く蓮の香りは心を楽しませる興趣を生み出すばかりでなく、「徳」という君子の持つ品格の香りをも比喩していたのである。

二「視覚」の観点

喜びや楽しみの感情は感覚器官の一つである目を通すことによって興趣がさらに増す。同様に、美しい自然の景観が目に入ると心が楽しくなるのは自然の成り行きであろう。李嶠の詩文をみると、楼がある所には池が、池がある所には蓮がというように、楼と池と蓮とを一つの視野において描いているものが多い。また、彼は楼に上って周りの自然景観をみて楽しみ、眼下の池に蓮が華麗に咲いている姿を見て喜んでいた。ここではこれら楼と池と蓮の三つの事物を通して、自然と李嶠自身との関係を考えてみたい。すでに見た「西京風月樓記」には次のように述べられている。

> 迺以五月初吉、卜地于迎仙店之舊基、作樓五楹、塗墍丹雘、五閱月而告成。望之翼如也、東南衆山、如在席下、而江水更其前、鑒池左右、種之芙蕖。臨覽之勝、與浮碧相爲甲乙、而華麗則過之。
>
> (五月初めの吉日、仙人を迎えた古い土地を卜し、楼を作るために五つの柱を立て、壁を朱色に塗り、五ヶ月を経てようやく完成した。出来上がった楼は鳥が翼を張るような形で、東南のもろもろの山は、楼の座席の下に在るようだ、また江水は楼の前を通り、楼の左右には池を掘って、芙蕖を植えた。眺望のすぐれていることは、浮碧楼と一二を争うほどで、華麗さにおいては浮碧楼もこの楼を超えることはできない)

山水の自然に包まれた風月楼はまるで赤い色を帯びた鳥が翼を張ったような形をしている。その江水を利用して池を掘り蓮を植えるとたちまち素晴らしくなった。それは有名な浮碧楼よりも優れているると述べているのである。この記には蓮について特別賞賛する描写はないが、風月楼を名高い浮碧楼に比較していることから、景勝をなすためには楼に池と蓮があってこそ可能であると言っているかのように見受けられる。すでに見たいくつかの「記」にも楼と池に蓮は欠けることなく描写されている。恐らく李穡は楼と池と蓮との三者は不可分の関係にあると考えていたのであろう。

ところで、李穡は多くの人たちのために「楼」や「記」を作っていた。彼の詩文をみると、「楼」を建てて「記」を求めたり「楼」の名前を求めたりした者が多くいたことがわかる。李穡自らも「楼」を建てて「記」を作るのを好んでいた。当時は文人の間では楼を建てるのが流行であったようで、楼を建てる時に池を造り、そのなかに蓮を植えることをうたった詩文が多く見られる[17]。それでは、なぜ当時の文人は楼を建てて蓮を植えるのを好んだのか、李穡を中心として考えてみよう。

すでに見た「靈光新樓記」に李穡は景観のよい楼は世間の煩わしさを忘れさせてくれると述べていたが、同じくこの記には申展子君の話を借りて以下のようにも述べられている。「樓居、所以陶堙欝、爽精意。非以觀美、於人大有益。（楼にいれば、うさが晴れて、心が爽やかになる。景観が美しいだけではなく、人に大いに利益を与える）」と。李穡にしろ申展子君にしろ、景観のよい楼は世間の煩わしさを忘れさせてくれたのである。

また、李穡は「陽軒記」（文藁巻二）に「至正皇帝厚待以禮、累遷至章佩大卿、職親地禁、紈綺膏粱之與居。而脫然去華靡事、樂與儒雅搢紳游、或良晨美景、招呼謳歌更唱迭和、陶冶性情、詩之興味得之深矣。（至正皇帝が礼をもって厚く、待遇してくれ、次々と昇進し章佩大卿まで昇ると、今度は皇帝の御所で、白絹やあやぎぬの贅沢な服を着、うまい肉や米を食べる生活ができた。しかし、これら派手な生活からさっぱりと抜け出して、儒学の教養のある高貴の人と遊んで楽しみ、晴れた良い日美しい景色の中、人を招いて声を揃えて歌い互いに唱和し、心を養成すれば、詩の興味はさらに深くなるものだ）」と述べている。李穡はよい景色を見るには行ないが正しい人と晴れた吉日に詩歌を作り、心を陶冶すれば、詩の興趣はさらに増すと述べているのである。

このように、楼と池と蓮の三物は互いに結びついており、すぐれた景観には欠かせないものであり、とりわけ蓮はその興趣を増すものであった。第三節の「君子の花」「風流の花」において述べたように、李穡は蓮に君子の姿や風雅の趣を起こしていることからみて、蓮は李穡にとって重要かつ必要不可欠のものであったと考えられるのである。

以上、李穡の描く蓮を嗅覚と視覚の観点から考察してきた。その結果、蓮の香りと美しい姿は、彼に興趣を起こさせ心身を和やかにし性情を磨いてくれるものであることが分かった。また、蓮の世間を離れた高尚な感覚は人間の「徳」に投影されていたといえよう。

結

本稿では、高麗後期時代における蓮を李穡を中心に見てきた。その結果、第一に、高麗時代において蓮を「君子」たる花とみなすようになった時期は李穡が生きた時期であり、とりわけ李穡が大いにこれを賞賛していたことが分かった。第二に、李穡は周敦頤を通して君子の生き方を学び、「愛蓮説」を通して「君子」たる花の蓮を愛でていた。李穡は性理学の大家であるだけに蓮を通して徳を持って生きることを願っていたのである。また、李穡は「愛蓮説」ばかりでなく、周敦頤の「愛蓮説」には見られない「採蓮曲」をも愛でていた。君子と風雅とを合わせ愛でていたのである。第三に、李穡は楼を建て池を掘り蓮を植えてその景観を楽しみつつ詩文を作っていた。それは蓮の香りが高く清らかでかつ高尚であり、しかも目を楽しませ興趣を増してくれるからである。第四に、李穡の「愛蓮説」と「採蓮」とを結びつけた蓮に対する情感は後世にまで影響を与えた。

新羅、高麗、朝鮮時代という時代の流れのなか、蓮が君子であるという強い関心は高麗時代からで、特に李穡がその中心的存在であるが、李穡の蓮、蓮池への関心については四つに要約して叙述した通りである。また「蓮池」は高麗時代の文人の間で盛んになるが、朝鮮時代には性理学と相まってさらに活発化してゆき次第に定着して現在に至る。現在においても「池」が「연못（蓮池）」と呼ばれるのはそのあかしであると思われる。以上のことを通して、「蓮池」の語は高麗時代からの名残であり、その始まりは李穡にあり、「연못」には李穡が描く君子と風流のイメージが合わせ含まれていると考えられるのである。

注

（1）徐居正（一四二〇～一四八八）は「牧隠詩精選序」（『牧隠藁』附錄）に、「雄峻如鄭圃隠、簡潔如李陶隠、豪邁如鄭三峯、典雅如權陽村。皆不出先生範圍之内。豈非魁然傑然、間世而卓立者乎」と、当時李穡の詩文は誰よりもすぐれていたと述べており、金昌協（一六五一～一七〇八）は「雜識」（『農巖集』巻三十四）に東国において文の大家は牧隠であると見なすべきだと述べている。また、林熒澤の「高麗末文人知識層の東人意識と文明意識」（『牧隠李穡の生涯と思想』牧隠研究會、一潮閣、一九九六年十一月）によれば、金澤榮（一八五〇～一九二七）は李氏朝鮮の二百年は牧隠の影響のもとにあったと見ていると述べている。これらは李穡の後代への影響が大きかったことを物語っているのである。

（2）成俔の『慵齋叢話』巻一に、「高麗文士皆以詩騷爲業、惟圃隱始倡性理之學」とある。鄭夢周（一三三七～一三九二）が性理学を始めて唱え出したと述べている。確かに鄭夢周の詩文には周敦頤の話はあるが、周敦頤の「愛蓮説」に対する思いはあまり見ることが出来まい。

（3）蓮に関する仏教面については、拙論「韓国高麗時代における蓮の一考察」（『東아시아比較文化研究』創刊号、二九七～三一七頁、石室出版社、二〇〇〇年十月）を参照されたい。

（4）李穡以前の武臣時期に描かれた蓮は「採蓮」または仏教と関連を持つものが多く、周敦頤の「愛蓮説」は見られない。李穡が生きた時代には周敦頤の「愛蓮説」が現れ盛んになっていったが、朝鮮時代李穡の死後には「愛蓮説」への関心、特に「蓮」＝「君子」という図式は定着していたようである。たとえば、李原（一三六八～一四二九）の「詠蓮」（『容軒集』巻一）に「風來水面遠飄香、淨植亭亭異衆芳。料得濂溪當日愛、非關翠蓋與紅粧」と、權近（一三五二～一四〇九）の「風月樓賞蓮、進退格」（『陽村集』巻六）に「悠然吟弄皎來具、須信濂溪不我欺」などがそれである。これらの詩には、「蓮」は君子だと直接口に出してないが、「蓮」は清浄な「君子」とみなしており、花の君子だという意識が含まれている。だとすると、朝鮮時代には性理学が国教となり性理学を重視した李穡や鄭道傳などが高く評価されるようになり、もはや蓮は君子の花として定着したのではないかと思われる。

（5）それ以外にも、韓脩の詩題に「韓山君示賞蓮三首、次韻奉答」「陪牧隱先生往天壽寺賞蓮、次先生詩韻」などがある。ここにみられる韓山君は李穡が四十七歳の時に韓山君に封ぜられたことによる。

（6）黒坂満輝「周敦頤の「愛蓮説」について」（『福井大学教育学部紀要』第一部、人文科学、第三十七号、一九八九）八頁。

（7）黒坂満輝前掲論文、五頁。

（8）中国における蓮を簡略にみると、中国のもっとも古い詩歌集である『詩經』の「澤陂」では「彼澤之陂、有蒲與荷」と、男女の愛情を主題にしているが、戦国時代の屈原の「離騷」のなかでは質素で高潔を表わしている。南北朝になると「採蓮賦」のように男女の恋愛を表わすものが多くなる。また唐代には貴族たちは自分の別荘で荷を植えて荷の美しさを観賞しながら詩を吟じ画を描き、享楽に浸るようになる。宋代になると、北宋の周敦頤は「愛蓮説」に蓮を崇高の花として表現しており、南宋には荷を西湖十景の一つとして挙げる。その後、宋の国に元軍がせめてきて荷花の風景は荒れてしまう。文学作品に表れている荷を観賞する態度は自然の姿から個人の楽しみへと移っていく。

（9）李穡の詩文に、「菊也隱逸、松也節義、蓮也君子、葵也、智矣忠矣、胡然而萃乎一家哉」（「葵軒記」、文藁巻三）とあり、また「蓮花況是眞君子、欲往還愁病忽來」（「僕狂興欲往、舊病相妨、遂用前韵、以答蓮語」三首其一、四句中第三・四句目、詩藁巻三十四）と述べられている。

（10）『詩經』巻十八「烝民」に「天生烝民、有物有則、民之秉彝、好是懿德」とある。「民彝」はこの典故による。

（11）中国において、蓮は唐代になると景物の一つとして眺めるのを好んでおり、宋代に周敦頤が愛蓮説を唱えた後、詩人の間には蓮を君子とする内容を詩の素材として用いているが、蓮を君子とみなす認識は韓国ほど強くない。例えば、蓮に関する詩を多く残し性理学を好んだと言われる楊万里の場合、蓮を景物として歌う詩は多いが、蓮を君子とする詩は少ない。

（12）『三國志』巻九、「魏書、諸夏侯曹傳」曹爽傳の注に「魏略曰、晏性自喜、動靜粉白不去手、行歩顧影」と、『世説新語』巻下「容止」に「何平叔美姿儀、面至白、魏明帝疑其傅粉」との記述がある。『世説新語』では顔色がきわめて白かったので白粉をつけているのではないかと疑われたと述べている。

（13）『太平御覽』巻七〇三、服用部五に「荀令君至人家、坐處三日香」ある。

（14）『詩經』召南の「摽有梅」に「摽有梅、其實七兮、求我庶士、迨其吉兮」とあり、衛風の「木瓜」に「投我以木瓜、報之以瓊琚」とあり、果物が熟する頃に女が男に果物を投げて誘う。また、『世説新語』巻下「容止」の潘岳の容貌についての注に、「語林曰、安仁至美、毎行、老嫗以果擲之滿車」とあり、女性たちが投げた果物が車いっぱいになったという。李穡の詩とは情況が違うが、蓮の実を摘む女性は美男子を見た婦人と同様の感情を持っていたであろう。

（15）魏の曹植の「洛神賦」（『全三國文』巻十三）に「遠而望之、皎若太陽升朝霞、迫而察之、灼若芙蕖出綠波」と、水の女神を芙蕖に形容する例が見られる。李穡の蓮に見られる仙女に比喩する例は、李穡の他にほとんど見られない。

（16）武臣時期に見られる「採蓮」は美しい女性の艶めかしさを表したり、崔滋の『補閑集』に見られるような妓女の名を「白蓮」と名付けたりしている。また、李奎報の「復次韻李侍郎所著女童詩」四十句中第一句から第四句まで（『東國李相國集』後集八）に、「最憐童女二三箇、擘出蓮花一一窠。苦作人間誰倣此、不繇仙降定從何」と、おさな童女に比喩した詩が見られる。

(17)　李穡の「永慕亭記」（文藁巻四）に「其孫通憲公、作亭洞中、引水種蓮、謀所以養其志」とある。この記の其孫通憲公は郭預（一二三二～一二八六）の子孫であるが、郭預もまた「蓮」を好んでおり、「其在翰院、毎雨中跣足、持傘獨至龍化池、賞蓮、後人高其風致、多詠其事」（『高麗史』巻一〇六、列傳巻十九、郭預）といった逸話が残っている。郭預がどういう感情を持って蓮を観賞したのかについては、성범중氏は「郭預故事의 詩的變容과 傳承」（울산어문논집 제13・14합집　一九九九年十一月）のなかで、彼が雨中に蓮を観賞しに出かけたのは精神的安定や自然の美を求めるためであると述べておられる。また、李穡の「送月堂記」（文藁巻五）に「鑿池堂前、種芙蕖楊柳、以寓所慕之幼境」とある。これらは人々が池を掘って蓮を植えた後、学識が優れた李穡に亭の命名を頼んだものである。亭を作り蓮を植える姿は、河崙（一三四七～一四一六）の「不毀樓記」（『浩亭集』巻二）に「又於樓南、引水爲池、種蓮其中」と、鄭摠の「盆蓮」（『復齋集』上）に「我居眞是退之詩、汲水埋盈作小地、蒲葦數叢蓮數葉、悠然江興雨中知」とあるなど、多く見られる。また、權近の「盆蓮」（『陽村集』巻十）に「庭畔難開沼、盆中可種蓮」とあり、池や沼を作るのが難しいので盆に蓮を植えて観賞すると述べており、盆に蓮を植えることをうたった詩文も見られる。

＊本稿の一部は第五十一回の朝鮮学会（二〇〇〇年十月、天理大学で開催）において発表したものであり、平成十二年度文部省科学研究費補助金による研究成果の一部である。尚、本稿のために資料を提供してくださった福井大学の澤崎久和先生、蔚山大學校の성범중教授ならびに同大學校學術情報院の박종국氏にお礼申し上げたい。

六、雨中の蓮　――楊万里と李穡の「蓮」――

序

楊万里（一一二四～一二〇六）は中国宋時代の学者であり、李穡（一三二八～一三九六）は韓国高麗時代の学者である。二人には蓮に関する詩文が多く、他の詩人よりも蓮を好んでおり、独自の表現方法を用いてこれを詩に表している。蓮の美しい姿を見に出かけたり、真夏の涼を求めて出かけたりして蓮を愛でる姿を詠じるのは無論だが、天候の移り変わり、晴れ・雨降り・雨後によって変貌する蓮の様子を多様にしかも細やかに描いているのである。二人の蓮への情感はそれぞれの国の文学において独自の世界を作っているが、二人の間には蓮を愛でる見方には差異が見られる。その差異は彼らの性格および生きた社会、生活環境によるところがあると思われる。

これまで楊万里の蓮と雨を取り上げて蓮の特徴を指摘する論文および李穡の蓮の独自性を指摘する論文はほとんど見られない。本稿は楊万里と李穡が独自の世界を作ったと思われる雨中の蓮の表現に重点をおいて、それぞれの蓮の詩の特色について具体的に考察し、両詩人の蓮に対する自然美を検討することを目的とする。

第一節　雨中の蓮

楊万里の詩の特徴として挙げられる、すぐれた生動感と観察力および物にこだわらない点は[1]、雨に打たれる蓮の動きの描写にその独自性を発揮している。これは他の詩人の詩にはほとんど見ることができない、雨が蓮に打たれる様子、特に蓮の葉の上の水玉の動きの表現には、雨の強度、つまり急雨、細雨、微雨、猛雨、小雨によるそれぞれの折の蓮の動きが見事に描き分けられている。

到得曲肱貪夢好、無端急雨打荷聲。起看翠蓋如相戯、亂走明珠卻細傾。

（うとうとといい気持ちでうたた寝していたが、にわかに降り出した雨が蓮に降って音をたてる。起きて翠の葉を見ると蓮に置いた雨のしずくと相い戯れるかのように、乱れ走る美しい珠で葉がかすかに傾く）

（「東宮講退觸熱入省倦甚小睡」巻二二）

乃是池荷跳急雨、散了眞珠又還聚。卒然聚作水銀泓、瀉入清波無覓處。

（池の蓮に急雨が跳ね、真珠のような水玉は散ってはあつまる。にわかにあつまっては水滴の渕を作るが、清らかな波に注ぐと跡さえなくなり捜すべもない）

（「小池荷葉雨聲」巻二八）

この二首はにわか雨による蓮の動きを描く。前者は急に降ってきた雨が翠色の蓮の葉を打つ様子を描く。蓮が雨の重さに軽やかに斜めになる様子はまるで蓮と雨が互いに戯れるかのようである。後者は雨が蓮の葉に当ると葉上にある雨滴は散らばったり集まったりと活発に動く。蓮に落ちる雨のしずくは、ある時はたまり場を作ったかと思うと、いつの間にか影も形もなくなっている。降る雨に応じて蓮の動きも変化する。二首の主眼は雨であるかのようにも思われるが、「起看翠蓋如相戲」「卒然聚作水銀泓」といった表現は蓮があってこそ生きる。また、蓮の姿は雨の速度や雨量ばかりでなく、蓮の葉の大小によっても様々に変化する。

猛雨打荷葉、怒聲戰鼓鼙。水銀忽成泓、一瀉無復遺。不如微雨來、翠盤萬珠璣。荷飜珠不落、細響密更稀。

（「微雨玉井亭觀荷」巻二八）

（強い雨は蓮の葉を打ち、そのどなるような音はまるで戦陣の太鼓のようだ。水滴は忽ちたまって水たまりとなるが、一たび注ぐとしずくも残らない。とても微雨が降るのに及ばない、微雨の時には翠の盤には多くの珠玉が乗る。蓮が飜っても珠は落ちないし、葉を打つ雨の音はこまやかでかすかである）

細雨霑荷散玉塵、聚成顆顆小珠新。跳來跳去還收去、祇有瓊拌弄水銀。

（「觀荷上雨」巻二七）

（細雨が蓮を潤し舞い散る、聚まっては玉となりまた小さな珠となる。飛んだり跳ねたり静かになったり、ただ美しい玉が残りしずくを弄ぶ）

強い雨と細雨の中での蓮の様子がうたわれる。強く降る雨は無数の雫をともない速度も早い。葉の上に次々と水玉を作るが、そのしずくは蓮の葉に残らない。楊万里はこうした降り方をする猛雨は微雨に及ばないと言う。微雨は雨が葉に水玉を作るが、その水滴は蓮の葉から落ちにくく、葉を打つ雨の音の響きはこまやかでかすかである。細かい雨が降る時にも飛んだり跳ねたりと美しい玉がしずくを弄ぶ様が窺える。細雨の時には空間と時間さえもゆっくりと流れてゆくのである。

楊万里の描く蓮に降る雨には微雨であっても細雨であっても動きがあり、ここに生動感と立体感が感じられるのである。楊万里に影響を与えたと思われる歴代の唐宋時代の詩人の詩を見ても、このような表現は見ることができない。唐代の自然詩人の中では、孟浩然（六八九～七四〇）と韋応物（七三七～？）の詩の蓮の表現が目を引く。孟浩然は「初出關旅亭夜坐懷王大校書」（李景白『孟浩然詩集校注』巻四、『全唐詩』巻一六〇）で蓮を、「燭至螢光滅、荷枯雨滴聞。（燭が点ると蛍の光は失せ、枯れた蓮に雨の滴の音が聞える）」と述べる。この詩は孟浩然が夜旅亭に坐して王大校書を思いながら作ったものであるが、枯れた蓮に滴る雨音には物寂しさがある。また、同巻の「同盧明府早秋宴張郎中海亭」の詩では、「欲知臨泛久、荷露漸成珠。（長く泛かんでいたのだろうかと知りたいものだ、蓮に置く露はやっと珠に成長した）」と述べている。[2] これらの表現例のように孟浩然が描く蓮はそれ自体の美しさを直接愛でるというより、「荷露漸成珠」という表現のように蓮を彼の心の表白の手段としていると考えられるのである。

一方、精細な自然を詠ずる韋応物は、「南塘泛舟會元六昆季」（陶敏『韋應物集校注』巻一）の詩に「雲澹水容夕、雨微荷氣涼。（雲は穏やかに水は夕陽をつつむ、雨は細かに降り、雨を受けて蓮気は涼しい）」という表現がある。この詩は韋応物が元六昆季に会いに南塘に出かけて行って作ったもので、官職の束縛から離れて自然とともにすごす喜びを表わしている。また、「咏露珠」（巻八）では、「秋荷一滴露、清夜墜玄天。（秋蓮に置く一滴の露は、清い夜に天空より落ちたもの）」と述べており、自然の神秘を感じる様子を描く。二首ともに蓮が雨に濡れる様子、蓮の上の一滴の露の姿を描いて自然の風景を愛でる姿が詠まれている。しかしながらここには蓮と露・蓮と雨の相互作用、蓮が露や雨によって変貌する姿は見ることができない。

宋時代に入ると、楊万里と同世代の詩人陸游（一一二五～一二一〇）の蓮に関する詩には露や雨に濡れる姿が多い。

「建州絶無芡意頗思之戲作」の詩（『劍南詩稾』巻十一）に「綠荷紅樓最風流」と、蓮が風流をもたらす要素の一つとしてうたわれているのを見ると、陸游は蓮に興味を持っていたように見られる。「南堂」詩（巻五七）には「雲頭忽移簾影失、雨點亂集荷盤傾。（雲の先端が忽ち移って、簾の影が消える、雨だれは乱れあつまって蓮の葉が傾く）」と述べる。暑い時、雨が点々と勢いよく蓮の大きな葉に降り注ぐと、葉はその重みに耐えられず傾いてしまうという。また、「大雨」詩（巻六二）には「川雲忽帶急雨來、萬點縱横打荷葉。（川にかかった雲は忽ちにわか雨をともなってあたりを覆う、雨が点々と縦横に蓮の葉を打つ）」と述べて、にわか雨がほしいままに蓮の葉を叩く姿を描く。陸游は驟雨に爽快感を懐いていたらしく、蓮の上の露や雨が珠をなす様子にその壮観ぶりを表している。ところが、陸游が描く「傾く」という表現には、蓮と雨が戯れ、蓮がかすかに傾くという軽やかさよりも、雨の重みに耐えられない様子が描かれている。(3)

楊万里の葉に転がる露や雨の雫の鮮やかな動きに伴う多様な形容、蓮と雫とが戯れるという生き生きとした表現は楊万里に独自のものであると見なされよう。

一方、李嶠の詩に見られる蓮への情感は、雨によって催される蓮を見たいという気持ちを詩に移したものが多いが、その描き方はきわめて絵画的である。

白頭徒步拾遺公、賦物奇才奪化工。一句荷花淨如拭、依稀疎雨淡烟中。

（白髪頭で馬にも乗らずに歩いている拾遺公、その作詩の才能は造物主よりも優れている。一句の蓮花の清浄さはまるで汚れを拭き取ったようで、かすかでまばらに降る雨もやの中にけむっている）

（「雨中忽有賞蓮之興、難於上馬、吟得三首」其二、巻十七）

風窗對竹居何□、雨沼看蓮興未闌。漸覺吟哦如繪事、紅粧翠蓋碧琅玕。

（風の吹く窓際で竹を見ているとどうして（文字不明）、雨の降る沼の蓮を見ているとその興はまだまだ尽きることはない。ようやく詩を吟ずることは絵画と同じだと気が付く、蓮の紅い色の装いと青い葉と碧色の美しい竹と）

（「卽事二首」其一、巻十八）

この二首は李穡の晩年の作である。雨が降るのを見てふと蓮を見たい気持ちになる。前者の詩は渼陂に咲いている蓮花が清らかであると詠じた杜甫の「渼陂行」詩（『杜詩詳註』巻三）の「沉竿續縵深莫測、菱葉荷花淨如拭。」の句を引用している。「拾遺公」は李穡ではあるが、それに杜甫を重ね、「賦物奇才奪化工」の句に自分の才能を杜甫の才能に重ねている。李穡はこの詩の第一句に「夜眠不着骨多酸（夜眠りにつけず骨がしきりに痛む）」と述べており、蓮を見たいという興が沸いたとしても見に出かけるのには苦労があったことが窺える。(4) そこで蓮の詩を作って自分の気持ちを慰める。李穡が雨に濡れた蓮に感興を覚えるには、蓮が雨によって清浄になるからであるが、そのことを考えるだけで心が弾み、詩を作る気持ちになるのである。また、絵画は色彩を施して最後に白粉をつけてより鮮明にさせるように、李穡は雨に濡れた蓮の紅と翠の鮮やかな姿、その雨と靄に包まれた幻のような美しい姿をまるで絵画を描くかのように表現し、蓮を愛でているのである。

自知狂興老猶存、遇興時々便出門。只恨賞蓮違素願、駱駝橋下水如奔。

（老いてもなお蓮を愛でる気持ちははなはだ強いことを自覚していて、興に遇うごとに門を出る。蓮を観賞するのにはこういう姿が願わしいと平素から思っているのと違って、駱駝橋の下を水が疾走しているのが少しばかり残念だ）

（「對雨忽起賞蓮之興（二首）」其二、巻三十）

この詩には年をとっても雨に濡れた蓮への趣はなくならず、外に出かけたいという気持ちが窺える。李穡は雨の中の蓮を思う心境をこの詩の其一にも「朝來對雨興悠然、欲向南池獨賞蓮。（朝から雨を眺めているとゆったりとした気持ちになるので、南池に出かけて行ってじっくりと蓮を観賞したいと思う）」と述べている。また、「韓柳巷邀僕及東亭賞蓮藉田村庄雨作溪漲難於行病發不敢動長吟一首」（巻三十）と題する詩にも「賞蓮雅志有誰知、異好三人共一癡。（蓮を賞する風流の心を誰が知ろうか、好みが異なる三人だがみんなこれには夢中だ）」と述べる。雨は李穡の蓮への感興を引き出す主材料であり、蓮と雨との組み合わせは彼に風致の趣を与えているのである。

高麗後期になると蓮を詠じるのに、細雨の中の蓮を描く詩文が多く見られるようになる。その代表的な作品例として閔思平（一二九五～一三五九）と趙浚（一三四六～一四〇五）の詩を挙げる。閔思平は「東國四咏、益齋韵」の内の「郭翰林雨中賞蓮」（『及菴詩集』巻二）と題する詩で「一番細雨蒸荷氣、數里香風泛柳絲。（ひとたび細雨が蓮の気を醸成すると、数里に漂った香風が柳の糸にながれよる）」と述べる。また、趙浚は「夜坐」（『松堂集』巻一）で「細雨綠荷三兩葉、慇懃一夜送寒聲。（細い雨の中の緑の蓮の数枚の葉、ねんごろに一晩で急に寒さが訪れたと告げるかのようだ）」と述べており、「題明農齋壁上」其二（巻二）には、「斜陽草色連空綠、細雨荷花渡水香。（夕日に照らされた草の色はずっと空まで続いて緑色で、霧雨の中で蓮の花は水を渡って香って来る）」の句がある。閔思平と趙浚は細雨の中に漂う蓮の香りを描いている。

高麗後期の詩人の詩を見ると閔思平や趙浚のように蓮の香りと幽趣を描いているが、雨の中をわざわざ蓮の姿を見に出かけるという描写はあまり見られない。

李𥡴が描く蓮は静かな趣の上に興を起こす積極性がある。雨という媒介物を介在させることで蓮の清らかさと鮮やかさを益し、そのことによって蓮に対する強い愛着の気持ちの現れが認められるのである。

以上、楊万里と李𥡴の雨の中に咲いている蓮に関する詩について他の詩人の作との比較を通して検討してみた。二人は他の詩人よりも雨の中の蓮に関心を持って愛でていることが分かったが、しかし二人の間には蓮の受け入れ方に差異が認められる。楊万里は蓮と雨との調和を通して互いの親近性を描いているが、その姿には活発な動きが感じられる。これに対して、李𥡴は雨によって洗われた清浄かつ鮮やかな蓮を通して、興趣を引き起こそうとしている、ここには楊万里のような動きはあまり見られず、静的雰囲気が漂っている。

第二節　自由と理想

中国には古代から蓮に対する愛着の心情を詠じた詩文が多い。春秋時代の呉王夫差は離宮を造って蓮を植えており、下って宋学の祖といわれる周敦頤（一〇一七～一〇七三）は蓮を君子として見做している。詩人には亭を作り蓮を植えて観賞する姿が見られる。楊万里もまた池を作って蓮を植え、観賞していた。

飛空天鏡墮莓苔、玉井移蓮旋旋栽。坐看一花隨手長、挨開半葉出頭來。
梢添菱荇相縈帶、便有龜魚數往回。剩欲遶池三兩匝、數聲排馬苦相催。

（空に飛ぶかのように大きな池には苔が生しており、玉井池に蓮を移して池をめぐらして植える。なんとなく蓮を見ていると咲いている一つの花は手よりも長く、半分ほど開いた葉からつぼみが出ている。わずかに菱や荇が取り巻き、龜や魚が何度もあちらからこちらへと泳いでいる。その上何回か池の周囲をまわってみたいと思って、数回声を発して馬を並べて馬を急がせる）

（「西府直舎盆池種蓮二首」其一、巻二二）

この詩には蓮を移す様子と移した後の様子が述べられている。大きな湖の中にある蓮を玉井の小さい池に移して観察すると、池に浮かんでいる菱や荇などの植物と亀や魚が悠々と往来するさなか、葉の間からつぼみをのぞかせている。小さい池に蓮を植えて眺める風景にうれしさを感じて池のほとりを何回かめぐる。蓮の美しい風景を眺めながら疲れるのも忘れている姿が詠まれ、自然美に対する喜びが伝わって来る。

楊万里の詩には自然の蓮ではなくその蓮を手折って観賞する姿が見られる。「荔枝堂書憩」（巻十八）と題する詩に「落殘數柄荷花蘂、浸得一瓶泉水香。（散り残った数茎の蓮花、一瓶の泉水の香りに浸す）」の句があり、「瓶中紅白二蓮五首」其五（巻十一）には、「折得荷花伴我幽、更搴荷葉伴花愁。（蓮の花を折ってきて私と静かに暮らすが、さらに手折った葉は花とともに愁う）」の表現がある。花を手折って部屋に飾って楽しもうとする態度には自分のものにしようとする欲求が強く感じられる。また、「雨足曉立郡圃荷橋」（巻十）の詩では、「雨後獨來無箇事、閑聽啼鳥話昇平。（雨の後、一人来てすることもなく、鳥がまるで天下泰平を話るかのように鳴いているのを静かに聞く）」と述べており、「荷橋暮坐三首」其一（巻十）には「橋剪荷花兩段開、荷花留我不容回、不勝好處荷橋坐、政是涼時蚊子來。（橋が蓮の花を二つに切り開いており、蓮の花は私がここから戻るのを許さない、すばらしいところだという気持ちに勝てず蓮橋に坐っていると、橋の上なので涼しいのだがちょうどこの時に蚊子がよってくる）」という表現がある。

この二首は蓮を見に来て感じたことを述べたものであるが、明け方の、雨上がりの蓮橋にいながら、第一節で見たような蓮を賞賛する姿は見られない。また、蚊がよってくることを気にする姿が見られる。蓮を手折って部屋に飾ること、美しい景色の前にいながら蚊を意識することなどをみると、楊万里は蓮を自然のままの姿としてではなく、部屋で観賞するのも悪くないと思っていたことも考えられる。

楊万里はまた周敦頤の「愛蓮説」を読んでいた。「寄題臨武知縣李子西公廨君子亭」（巻十九）と題する詩で、「王家喚竹作此君、周家喚蓮作君子。泥中懷玉避俗塵、水上開花超大地。（王家は竹を此君と喚び、周家は蓮を君子と喚ぶ。泥の中で美しい玉を懐いて世俗を避け、水の上に花を咲かせて大地を越える）」と述べ、王徽之と周敦頤の故事を詠み込んでいる。また、「寄題鄒有常愛蓮亭」（巻四二）と題する詩には「一沼花白一沼紅、新亭恰當紅白中。此花不與千花同、吹香別是濂溪風。（一つの沼の花は白くもう一つの沼には紅の蓮の花が咲き、新亭はあたかも紅と白のなかにあるかのよう。この花は他の多くの花と比較にはならない、とりわけ漂う香は濂渓の風格なのだ）」と述べて、蓮が他の花と違うことを強調している。これらの詩を通して当時の人々が蓮を植えて愛でていたことが窺えるが、楊万里が蓮を君子と認めていたのは確かである。しかし、この二首は楊万里自らその場に行って賦したものではなく、蓮の咲いているあずまやを想像して描いたものである。また、「邵州希濂堂記」（『四部叢刊初編集部』巻七四）に周敦頤・君子・蓮と関連をつけて述べてはいるが、その数は少なく、周敦頤の「愛連説」に強い愛着を持った言い方は見られない。だとすると、楊万里は周敦頤の蓮を君子とみなす考えにはそれほど賛意を表していなかったことが推測できる。

西岡淳氏は、

誠斎の詩における哲学的思弁の欠落はその対極に在るものさえ感じられるのである。理学者達の自然に対する態度とは、窓の前に生えた草をなぜ除かないのかと問われ、「與自家意思一般」と答えたという周濂渓に象徴されるように、ありのままの状態で見、そして自らをその中に位置づける（又同化する）ものだと言える。それはそもそも梅花を手折って詩に造型しようとする詩人としての誠斎の態度とは異質なものであった。

と述べておられる。(5) 西岡淳氏のこの言葉は楊万里が蓮花を手折ることと、周敦頤の蓮を君子と見なすことへの言及の少なさと無関ではないと思われる。(6) 楊万里の蓮への情感は蓮を君子に譬えることより、景物として自然の美としてみていると言える。それがために、ある時は雨と蓮の遊戯的表現を用いて、ある時は欲求を満たして自然を楽しんだのである。

一方、李穡もまた池を作って蓮を植えていた。しかも彼自らその作業にかかわって蓮を植えることに力を注いでいた。(7)「西京風月樓記」（文藁巻一）に、「鑿池左右、種之芙蕖、臨覽之勝、與浮碧相爲甲乙。（楼の左右に池を掘り、芙蕖を植える、眺望のすぐれていることは浮碧楼と一二を争うほどだ）」と述べており、続いて、「斯樓也又據一府之勝、賓客之至、一獻百拜、投壺雅歌、風來而體爽、月出而神清、荷香左右、情境悠然、豈不樂哉。（この楼もまた一府の景勝、そのために賓客がここに至ると、酒を勧めて礼を尽くし、投壺の遊びをしたり上品な歌を歌う、風が吹いてくると身体は爽やかになり、月が昇ると心は清々しくなる、蓮の香りが辺りに広がると、気持ちはゆったりとする、どうして楽しくないことがあろうか）」と述べていることによって知られる。この「記」には自然物、風・月ともに蓮の清らかな興趣を描いている。ただ、李穡の蓮を見たいという気持ちは強い願望には蓮を手折って部屋に持ち込むことをうたう詩はほとんどない。また、李穡として表れる。「雨中忽有賞蓮之興、難於上馬、吟得三首」其一（巻十七）に「冒雨賞蓮唯兩脚、白頭何忍踏泥塗。（雨を冒し蓮を観賞するのに頼りになるのはこの両脚だけ、でも白髪頭になって泥道を歩くのは耐えがたい）」と述べていること、また、「對雨忽起賞蓮之興」（巻三十）や、「韓柳巷邀僕及東亭賞蓮藉田村庄、雨作溪漲難於行、病發不敢動長吟一首」

(巻三十)という詩題からも、そのことが窺える。そしてまたこのことから李穡は自然にあるがままの蓮を愛でたのであって、手折ってまで蓮を鑑賞しようとはしなかったことも知ることができるのである。

また、李穡は蓮に距離をおいて眺めている。これは周敦頤の影響によるためであろう。李穡と周敦頤との関係については拙論「牧隠李穡と『연못(蓮池)』」(『朝鮮学報』第百八十一輯、平成十三、十)に述べておいたが、論の理解のためにその内容を簡単に要約しておく。李穡は「僕狂興欲徃、舊病相妨、遂用前韵、以答蓮語三首」其一(巻三四)の詩で「蓮花況是眞君子、欲徃還愁病忽來。(蓮花はいうまでもなく真の君子だから、蓮を見に行きたいがそのことで急に病気になることを心配する)」と述べており、「葵軒記」(文藁巻三)では、「菊也隱逸、松也節義、蓮也君子、葵也、智矣忠矣。(菊は隠逸、松は節義、蓮は君子、葵は、智であり忠である)」と、また「蓮香益清、蓮也君子。(蓮の香はますます清く、蓮はまた君子)」と言っているのである。李穡が蓮を君子と見なす言い方には、周敦頤の「愛蓮説」の深い影響があったことを窺うことができる。「清香亭記」(文藁巻五)には周敦頤について、「春陵當宋文明之世、追悼五季晦盲否塞之禍、推明聖經太極之旨、以紹孔孟之統。(春陵は宋の文明時代を迎えて、古代が乱れて暗闇に閉じ塞がる姿を追悼し、聖人が著した経書・宇宙本体の根本を明らかにして、孔・孟の考えを受け継ぐ)」と記す。周敦頤が聖経及び太極の旨を推明した孔子や孟子の思想を受け継いだことを称賛して、彼が道学の旨に基づいて物事を解決したように、李穡自身もまたその精神に習って万事を儒学の旨に基づいて生きることを願っているのである。

李穡が雨によって世間の汚れがなくなった清浄で清興に満ちた蓮に興趣を感じ、蓮を植えて観賞するに至ったのは、蓮の汚れに染まらない性質を模範として、自分も汚れた世間にいても世俗に染まることなく、君子として生きるためであったのだ。彼が蓮を折ることをしなかったのは蓮を君子とみなす考え方に因ったためではないだろうか。いずれにせよ、李穡の蓮への情感は景物としての自然美を愛でるより、心のよりところを蓮に求めたとみるべきであろう。

結

雨中の蓮に深い興味を持っていた楊万里と李禧を通して雨中の蓮の特色を考察した。その結果、楊万里は雨の種類、速度、量によって変わる蓮の動きに注目して詠じており、李禧は雨によって清らかにかつ鮮やかになった蓮に絵画を連想して詠じていた。また、二人はともに周敦頤の、蓮を君子とする考えに影響を受けているが、その受け入れ方には差異が見られた。楊万里には蓮を君子とみなすことにこだわる姿は希薄であった。それは彼が蓮と雨が戯れているように表現していることや花を手折って部屋に持ち込む行為などから察せられたように、物にこだわらない自由闊達さが反映したためと考えられるのである。

一方、李禧には蓮を愛でる気持ちは深いものの、蓮を手折ってまで飾るという姿はほとんど見られない。それは周敦頤の、道理を守って君子として困難な社会を乗り越えようとする生き方に倣って、君子たる蓮のように清らかに生きようとする願望があるためだと考えられる。このように楊万里と李禧の蓮に対する観賞態度は彼らの個性と価値観によって培養され、周敦頤の思想に傾倒しながらもそれぞれ独自の世界を作り出していたのである。

注

（1）　楊万里の詩について、吉川幸次郎および入谷仙介は「自由闊達」（『宋詩概説』『宋詩選』）と評価しており、西岡淳は「楊誠斎の詩」（『中国文学報』第四十二、一九九〇）の中で、観察の細かさを評価している。さらに、陳義成（「歴代対楊万里作品之論評評議」（『逢甲学報』巻十九、一九八六）は周必大の「悟活」を引用して「万事悟活法」と述べる。

（2）李景白は『孟浩然詩集校注』巻四で、この詩は張子容の作ではないかと述べている。
（3）その他、唐・宋時代の詩を見ても露の珠を描き、珠に変化を与えているものの、蓮・露の相互に与える影響、たとえば蓮の上の露の動きはあまり見られない。
（4）其二の結句に「獨憐久病餘清興、須向天台更賞蓮」とも述べる。
（5）西岡淳「楊誠斎の詩」（『中国文学報』第四十二、一九九〇）一一六頁。
（6）西岡淳は「自然の風景を詠じても、誠斎がその根底に存在する（とされた）造物主の意志、及び造物主を中心とする世界観の如きものに言及することはまず無い」とも、「理学者でもあった誠斎が、形而上的世界の存在を考えていなかったというものではもとない。然し、こと詩に詠ぜられた世界に関しては、理学の影響の跡を確認することは不可能に近いだろう。」とも述べておられるが、しかし楊万里の儒学については周啓成が述べておられるように、楊万里は家代々儒家思想が厚い家庭で育っており、早くから儒家の経典に接していたのである。楊万里の伝を見ると、彼は「正心誠意の学」に習って字を誠斎としたと言われる。これは敬慕する理学者張浚の影響を受けたものである。また、吉川幸次郎は「北宋では欧陽修、王安石、蘇軾、南宋では楊万里、みな儒学哲学の古典の注釈者である」（『宋詩概説』一一六頁（岩波書店、一九九〇、九、第十八刷九）と述べておられる。これらからみて、楊万里が儒学に深い共感を持っていたことは否定できない。しかし、楊万里の蓮の詩に現れた詩情は少なくとも周敦頤の蓮を君子と見なす儒学面より、対象を風景としての自然と見る方に重点があると思われる。
（7）これについては拙論「牧隠李穡と「연못（蓮池）」」（『朝鮮学報』第百八十一輯、平成十三、十）に論じておいた。伊浩鎭の『漢詩と四季の花木』一七二頁（校学社、一九九七）によれば、韓国には中国のように天然の沼湖がないし、池塘がすくないために蓮が育ちにくく、そのため人工的に池をつくって蓮を愛養したとある。高麗の文人は蓮を観賞するために池を掘る作業に力を注ぐことに惜しまなかっただろう。

＊本稿は、第一章の三、楊万里における「荷」の存在と特徴と、五、牧隠李穡と「연못（蓮池）」の一部を引用した箇所があ

る。また、本稿は平成十三年度文部科学省科学研究費補助金基盤研究（C）（2）による研究成果の一部である。

七、圃隠鄭夢周の「食藕」詩小考

序

鄭夢周（一三三七～一三九二）は高麗時代に活躍した人物で、字は達可、号は圃隠である。その詩文については、「圃隠先生詩巻序」（『圃隠集』）に「喪亂之中、失亡殆盡、幸之若干百篇僅存」とある。彼は文人であるとともに、中国及び日本に使節として赴いて立派に外交官としての役割を果たしている。だが、高麗末の王朝交替の時期に「不事二君」という信念を守ろうとしたために、李成桂（後に李氏朝鮮を建てる）の一派によって善竹橋で殺される。「此身死了死了、一百番死了、白骨爲塵土、魂魄有也無、向主一片丹心、寧有改理也歟。（この身は死んで死んで、百たび死んで、白骨が塵土となったとしても、魂魄が有るがなかろうが、主に対する一片の丹心に、どうして変わりのあることがあろうか）」と述べる彼の「丹心歌」（『圃隠集』続巻一）はその忠節を表す代表的な作として今に伝わるが、この忠節ぶりは儒学によるところがある。鄭夢周は濂洛の学に優れていると言われ、東方理学の祖とも称される。また、周敦頤の「愛蓮説」を読んでいたことが知られ、君子と象徴する蓮を口にしていた。一方、『宣和奉使高麗圖經』には高麗人は蓮をあえてつみ取ろうとしなかったと述べる。高麗時代の詩文を見てみると、「食藕」詩以外に、蓮を口にする詩はほとんど見ることができない。韓国文人は蓮を食べること、「食蓮」に対して抵抗を感じていたようである。

本稿では鄭夢周の「食藕」詩を通して、愛蓮と食蓮について考えたいと思う。ことに鄭夢周は儒学の理念を実践する学者であり、また蓮は仏教の象徴であるだけに仏教と深く関係を持っており、食蓮とも無関係ではないと思われる。さらに、中国の詩文、特に宋代の詩文には食蓮を取り上げるものが多く見られる。宋代の詩人の間には食蓮に対する抵抗はなく、むしろ好んでいたように見られるが、高麗文人は宋代の詩文を多く受け入れていながらも蓮に対する態度には差異が見られる。本稿は韓国高麗詩人の蓮に対するイメージを確認するとともに、韓国人の蓮の概念がどのように確立されていったかについて検討するものである。

資料は『韓國文集叢刊』（民族文化推進會）を底本にしており、ここにないものは『高麗名賢集』（成均館大學大東文化研究院）、『東文選』（民族文化推進會）を利用した。

第一節　「食藕」詩

味甜如蜜凉如雪、朵朵終朝出碧池。錯落滿盤堆玉質、飄搖迎刃散銀絲。

愛花周氏曾留說、種實韓公亦有詩。愧我久爲糊口者、唯知咀嚼豈非癡。

（「食藕」『圃隱集』巻一）

（味の甜さは蜜のようで冷ややかさは雪のようである、多くの蓮の根は明け方青々とした池から取り出したばかり。皿一杯に入り交じる玉のように美しい蓮肉がうずたかく積もるところに、ひらひらと舞う刀によって切られた蓮肉の白い糸が散る。かつて蓮の花を愛した周氏は花に対する説を残しており、蓮の実を植えた韓公にもまた詩がある。私は長らく蓮根を食べていたが、ただ食べるだけなので自分の愚かさに恥ずかしさをおぼえる）

この詩は鄭夢周が蓮を口にしながら感じたことを述べたものである。まず、第一句から第四句までに蓮根のおいしさを述べる。味の甘いことは蜜のようで、ひややかですがすがしい感触は雪の清さに喩えられる。朝露がかかった取れたての蓮の皮を剥いて細く切るとまるで銀色の糸が滴り落ちるかのように新鮮である。上品な味であることを十分に表している。この詩は、「楊州枇杷」、「復州食櫻桃」、「京城食瓜」、「甘蔗」などの詩文と同時期に書かれたと見られる。(1) 枇杷・櫻桃・瓜・甘蔗は蓮とともにその美味であることがうたわれている。枇杷については「禀性生南服、貞姿度歳寒。葉繁交翠羽、子熟簇金丸。（天性は南方に生まれ、節義は冬の寒さにも耐える。緑の葉は繁ることまるでカワセミが行き交うかのよう、実は熟すると黄色くなる）」と述べており、櫻桃については「五月遼東暑氣微、櫻桃初熟壓低枝。（五月の遼東は暑さはそれほどでもなく、初めて熟する櫻桃は枝もたわわに実っている）」と述べる。また、瓜については「憶在靑門灌漑多、暮春方見長新芽。（思い出す、靑門で灌漑を行い（水をやり）、春の終わりになってようやく新芽が成長するようになったことを）」と述べており、甘蔗については「玉肌細切初宜啖、靈液濃煎亦可飡。（玉のように美しい肌を細く切ればよく口にあい、また不思議な液は濃く煎じればまたおいしい）」と述べる。この内、甘蔗に関する表現、皮を剥くと不思議な液が出るが、これを生のまま細切りして食してもよいし煎じてもいいと述べる甘蔗のおいしさは藕に関する表現と共通するものがあるけれども、鄭夢周は藕の方をより美味しいと感じていたように思われる。

それでは、鄭夢周が「食藕」詩を書いた時期、彼はどういう生活をしていたのだろうか。

鄭夢周の詩文は年代順になっていないために詩文の制作時期を明確に知ることができない。ただ、「食藕」詩の前後の詩が中国の遼東に赴いた頃の作と見なされるので、「食藕」詩もまたその時期に書かれたと見なされよう。鄭夢周の年譜を見ると、二十四歳（一三六〇）の時、文科に状元及第して以来、芸文検閲・修撰を経て次々と官職を歴任して成均司成となる（一三七一）。その後、排明親元の外交方針に反対したために一時期左遷されたものの、典法判書・

版図判書を経て（一三七九）、三司左使・門下賛成事知書筵事となり（一三八八）、五十四歳（一三九〇）には壁上三韓三重大匡・守門下侍中・判都評議使司・兵曹尚瑞寺事・領景霊殿事・右文館大提学・益陽郡忠義伯となる。その間、使節者として中国や日本を訪れて優れた外交を行っていた。遼東に出かけたのも外交のためである。洪武十五年壬戌の年に、「以輳足金銀進貢使到遼東……其意未誠、不許入境、乃還。（輳足金銀進貢使として遼東に到る……其の意はいまだ実らず、入境を許されず、そこで還る）」とあり、その翌年十六年癸亥の年には「正月、先生到遼東……不許入境、乃還」とある。彼が遼東に出かけたのは一三八二年で、仕事がうまく進まなかったために都に戻るといったことを繰り返していたことが分かる。その後、一三八四年に匡靖大夫政堂文学となって、ついには聖節の使として中国に入って外交に成功するに至る。

鄭夢周は遼東に出かける前にすでに誠勤翊賛功臣になっており（一三八二）、誠勤翊賛功臣になった次の年、一三八二・三年にかけて中国の遼東に出かけていた。「食藕」詩はその時期の生活ぶりを詠じたと見られる。だとすると、彼の生活はそれほどまずしかったとは思えないが、たとえ貧しい生活であってもその生活は長く続いてはいなかったことが分かる。ここで、第七句目に見られる「愧我久爲糊口者」句の「久」字を通して久の言葉にはどういう感情が含まれているのかを考えてみることにする。まず、久という字を用いた詩を見てみる。

海島千年郡邑開、乗桴到此久徘徊。

（海中の島は古くから郡邑を開いていたが、桴に乗って此に到着してはしばらく徘徊す）

（「洪武丁巳奉使日本作」巻一）

久向人間煩熱悩、拂衣何日共君登。

（久しく人間で煩悩になやまされているが、いつの日か君とともに衣を払ってこの寺に登るであろう）

（「長城白嵒寺雙溪寄題」巻二）

この二首の詩には苦しみや煩悩に置かれた状況が描かれ、未知の地に着いた時の不安や、人間世界における煩悩の久しさを表現している。そして、この二首に見られる「久」には時間の長さより心的苦痛の長さが感じられる。鄭夢周が「食藕」詩を作った時の情況も不安な日々であったと考えられる。遼東に出かけても中国から受け入れを拒否されており、国の使節としての任務は果たせない鄭夢周にとってみれば、遠地での生活は長くつらい日々の連続だったことであろう。また、彼が遼東に出かけた時、遼東は五月でありながら暑さはやわらいでいた。「楊州枇杷」「復州食櫻桃」「京城食瓜」の詩に、寒い地方において果実の熟する時期が遅いこと、江南の暖かさを恋しがる表現、旅路の寂しさを詠じる姿を見ると、当時彼の心情は故郷を離れた寂しさ、外交が順調にならないことが北国の冷たさと相まってますます窮地に立たされているように見られ、これらの詩と同時期に作られたと思われる「食藕」詩の「久」にはこれらの生活、遠地での不安な感情が反映していたと思われるが、しかし、彼は蓮をおいしく食べることで不安を忘れていたことであろう。

ところで、「食藕」詩の末二句に「愧我久爲糊口者、唯知咀嚼豈非癡。」と述べて、鄭夢周は自分はただ藕を食べるばかりで周氏や韓公のような優れた詩文を吟味しつつ、周氏や韓公のように優れた詩文を書き表すことができないことを恥ずかしく思っている。鄭夢周は学問をもっていままで生きてきたのに、蓮を食べるだけにいる自分、二人のすぐれた詩文に及ばない自分の愚かさを感じているのである。すでに述べた果実、枇杷・櫻桃・瓜・甘蔗の結句を見ると、「楊州枇杷」には「嘗新楚江上、懐核種東韓。（楚江のほとりで新たに出たものを味わい、枇杷の核を懐いて東韓に植える）」と述べており、「復州食櫻桃」には「嘗新客路還腸斷、不及吾君薦廟時。（旅路で新たに出たものを味わったがなお悲しい、それは主君がみたまやで櫻桃をおいて祭る時に私は間に合わないからである）」と述べる。また、「京城食瓜」には「江南地暖生成早、四月中旬已食瓜。（江南の地は暖かくものの育ちが早い、四月中旬なのにもう瓜が食べられる）」と述べており、「甘蔗」には「漸入始知佳境遠、莫將世味比渠看。（だんだん味わいが分かってくるがまだ本来のおいしさが分かるにはほど遠い、世間一般の味をもって甘蔗の味と比べては行けない）[2]」と述べる。鄭夢周は果実を通して追憶をたどったり、他者との比較を行っている。しかしながらこれらの果実を食べているが、自分の愚かさや恥ずかしさを感じるという言い方は見当たらない。自分の愚かさと恥ずかしさを感じるのは蓮だけである。鄭夢周が周氏や韓公[3]に恥ずかしさを述べる心境にはいったいどういう感情が潜んでいたのだろうか。

第二節　愛蓮と周公

「食藕」詩の第五、六句目の周公は周敦頤を表す。周敦頤は蓮の花を愛し蓮花を君子とする「愛蓮説」を残しており、中国においては儒学の祖と言われる。鄭夢周は蓮の根を食べながらこの著名な人周敦頤を想起していた。また、鄭夢周は自ら五部学堂を建てて儒学を広めて振興した人である。「圃隱先生本傳」（『圃隱集』）には、「李穡亟稱之曰、夢周論理、横説竪説、無非當理、推爲東方理學祖。（李穡しばしばほめて言う、夢周が理を論じると、自由自在かつ弁舌でありながら、理にかなわないものはない、推して東方理学の祖となす）」との記述があり、李穡は鄭夢周の論理性を認めて東方理学の祖と引き立てるほどであった。

鄭夢周の「讀易寄子安大臨兩先生、有感世道故云二絶」の其二（巻二）に、「固識此心虛且靈、洗來更覺已全醒。細看艮卦六畫耳、勝讀華嚴一部經。（まことに心がきわめて霊妙なるを識る、洗い来ればさらに心の迷いが晴れる。細かく見ると良い易の卦の六つの画は、華厳一部の経を読むよりも優れることを）」と述べる。この詩に見られる子安・大臨の両先生が誰なのかは明かではないが、鄭夢周は二人に周易を読んだ感想を披露しており、周敦頤や程顥・程頤のことを述べていたのである。(4) この詩の典故について、金周漢氏は「周茂叔謂一部華嚴經、只消一箇艮卦可了」（程全、外書十）と「見一部華嚴經、不如看一艮卦、經只言止觀。（程全、遺書六、二先生語六、外書十）の引用であると述べておられる。(5) また、この詩の其一の第一、二句には「紛紛邪說誤生靈、首唱何人爲喚醒。（煩わしい邪説は人民を迷わせている、首唱する正しい説に何人が目覚めているのだろう）」と述べており、周敦頤や程顥・程頤の儒学を通して邪説から目が覚めたと主張する。李穡は「圃隱齋記」（『牧隱文藁』巻五）に「擢壯元而擅文苑之英華、續道緒於濂洛之源、引諸生於詩書之囿、尤以善說詩、見稱當世。（壮元に選ばれており、また文苑の英華をほしいままに操る、道の緒は濂洛の源を継ぎ、諸生に詩経・書経の領域を以て導く、もっとも詩に深く通じているという点で、当時に著名であった）」とあり、鄭夢周が儒道の濂洛の源を受けついだと述べる。濂洛とは濂渓周敦頤と洛陽で活躍した程顥と程頤を表す。鄭夢周の学問の出発点は周敦頤や程氏によると言っても過言ではない。(6)

一方、韓国において蓮を深く愛し蓮に関する詩文を多く残した文人があり、その名は李穡（一三二八〜一三九六）である。李穡は韓国において儒学の第一人者として知られる。鄭夢周はかつて李穡の下で、性理学の普及を行っていた。鄭夢周は「七夕遊安和寺韻」（『牧隱先生年譜』附錄）に、「函丈曾窺學海寬、只今吾道豈盟寒。再遊昔日安和路、又喚先朝教授官。（先生の曽ての学を窺うと海のようにひろい、今に吾らの道は盟約が薄れることはないだろう。再び昔日の安和路に交遊して、又た先朝の教授官を喚ぼう）」と述べる。この詩は鄭夢周が今はもうこの世にいない李穡を偲んで李穡の詩に次韻して作った詩である。鄭夢周は李穡がいなくとも我ら道学の盟約を守ると唱える。

ここで、当時の高麗文人は蓮をどのように扱っていたのかを李穡を中心に見てみる。李穡は周敦頤が不安定な社会のなかにおいても聖経及び太極の旨を推明し、孔子や孟子の後を受け継いで「君子」として混乱した社会を乗り越えようとする生き方に深く感銘を受けていた。そのために蓮に深い愛着を持って楼を建てる際、池を掘り蓮を植えていた。「西京風月楼記」（文藁巻一）、「霊光新楼記」（文藁巻一）、「永慕亭記」（文藁巻四）、「清香亭記」（文藁巻五）などの詩文にその面影が窺える。[7] また、当時の文人である李齊賢（一二八七～一三六七）は「君子池」詩を作っており、知人郭翀龍が池に蓮を植えて李齊賢が君子池と名付けたことや、蓮の性質を君子に比喩し周敦頤がこれを愛したことについて述べる。韓脩（一三三三～一三八四）の「韓山君示賞蓮三首、次韻奉答」詩其三（『柳巷詩集』）に、「毎笑淵明未若賢、飲中知菊不知蓮。先生宛有濂溪後、俗物無由到眼邉。（毎に笑う淵明が未だ優れていないことを、飲酒中に菊あるを知るが蓮あるを知らない。先生宛も濂渓の後人のようだ、世俗のものは先生の優れたところに到ることがない）」と述べて、李穡を讃えて書いているものの、周敦頤と蓮ともに俗世界から離れたものとして捉えている。また、成石璘（一三三八～一四二三）の「詠水原客舎新荷二首」其二（『獨谷集』巻下）にも「濂溪和氣知多少、更與清香作一團。（濂渓の和気はどのくらいなのか、更に清香とともに和気が一かたまりになるを知る）」と述べて、周敦頤の清らかさの境地に接したいという気持ちを詠じる。その他にも権近（一三四七～一三九二）は「盆蓮」（『陽村集』巻十）を、李原（一三六八～一四二九）は「詠蓮」（『容軒集』巻一）などを詠じ、周敦頤への愛着を表している。[8]

さらに、鄭道傳（？～一三九八）の「景濂亭銘後説」（『三峯集』巻四）には「謙夫卓先生於光州別墅、鑿池種蓮……蓋取濂溪愛蓮之義……且濂溪之言曰、蓮、花之君子也。（謙夫卓先生は光州の別荘において、池を鑿ち蓮を種う……思うに濂渓の愛蓮の義を取る……且つ濂渓がいう、蓮、花の君子なりと）」とあり、卓光茂（一三三〇～一四一〇）が別荘を構えた時、李齊賢がこの亭を景濂と命名したことが述べられている。卓光茂の詩「題景濂亭」（『景濂亭集』巻一）には景濂亭について、李齊賢・李穡・鄭夢周・李崇仁（一三四七～一三九二）・李仁復（一三〇八～一三七四）・鄭道傳らが詩を作っており、それらの詩には周敦頤と蓮とを讃美するところが見られる。(9) このように、当時の文人たちは李穡に倣って周敦頤を称賛し蓮を君子と見なして蓮池に亭を造っていたのである。

当時の文人が目指す目標は君子として生きることである。しかし当時、人の模範になる君子になることは易しいことではなかった。高麗末という不安定な社会にあって、権力者は中国の明国に傾いたり、元国に傾いたりしていた。官職に就いている文人たちはどちらに付くかによって人生の生死や貧富を左右させられる。君子たる風格を現すならば死に直面せざるを得ない。鄭夢周の君子たる態度を表した「丹心歌」はそのよい例といえる。そのために文人らは混雑した世間だからこそ、君子たる蓮を心のよりどころとして蓮をそばに置いて眺めながら、蓮のように世間が汚れてもそれに染まらないで生きることを願っていたのである。鄭夢周が藕を食べながら周敦頤の優れた詩文を浮かべていたのは、君子たる周敦頤と「愛蓮説」をともに愛するがためであると考えられる。

第三節　食蓮と徐兢

徐兢（一〇九三～一一五三）は中国宋時代の人であるが、使臣として高麗に来た時に高麗人の生活と風習を描いた『宣和奉使高麗圖經』を残している。『宣和奉使高麗圖經』（巻二十三）「土産」には、「至於蓮根花房皆不敢擷、國人謂其爲佛足所乘云。（蓮の根花房にいたっては皆な敢えてつみ取ろうとせず、国の人はそれを仏の足を乗せる所という）」とある。おそらく、高麗の人々は蓮の根・花・実を仏像の足を載せる神聖なものと扱っていたので食べようとしなかったものと見られる。鄭夢周は徐兢のこの書物を知っていた。鄭夢周の「乙丑九月贈張溥」(『東文選』巻十六)に「大明聲教曁東溟、蕃國年年貢帝庭。天子遠頒新寵典、使臣來續舊圖經。(明朝の名声と教化は東の海にまで及び、周辺の従属国は年年朝廷に貢ぐ。天子は遠くから新の法典をたたえ、使臣は来て旧の図経をつぐ)」と述べる。ならば、鄭夢周は中国からの使臣が自国をどう見ていたのか、中国人の観点から映し出す高麗人の生活はいかがなものなのかに興味を持ってこの書物を読んだことが考えられる。また、外国人徐兢さえ高麗人は蓮を摘もうとしないという事実を知っているならば、鄭夢周は同族民が蓮を摘もうとしなかった事実を知らないはずがない。

鄭夢周は蓮の根を食べる詩を残しているが、周敦頤や李穡は蓮を愛でているものの、蓮を口にする詩文は見られないし、高麗文人の詩文の詩題を見ても蓮を食べるものを見ることができない。高麗人が摘もうとしなかった蓮を鄭夢周はなぜ食べていたのか。鄭夢周は高麗人が蓮の根・花・実を仏像の足を載せる神聖なものと扱っている仏教についてどう考えていたのだろうか。鄭夢周の詩文には僧侶との交流に関するものが見られるものの、仏教自体については批判している。

鉅細紛萬殊、燦然斯有理。處之苟臻極、物我無表裏。浮屠異於此、懸空譚妙旨。一切歸幻妄、君父失所止。自是千百年、議論竟蠭起。上人虛心者、願與求正是。

(「幻庵卷子」巻二)

(大きいことと細かいことはいろいろ違う妙味がある、光り輝くもまたここに理ある。もし理が極所に到れば、物と我れは表裏の分別がなくなる。浮屠は此れと異なり、架空に微妙な趣旨を語る。一切は幻に帰し、君父は止まるところを失う。これより長年、竟に議論が起る。上人たる虚心の者、願わくはともにこれを正されんことを求めん)

儒者之道皆日用平常之事、飲食男女人所同也、至理存焉、堯舜之道亦不外此、動静語黙之得其正、卽是堯舜之道、初非甚高難行。彼佛氏之教不然、辭親戚、絶男女、獨坐嚴穴、草衣木食、觀空寂滅爲宗、是豈平常之道。

（儒者の道は皆な日用平常の事を言う、飲食男女は人が同じくするところであり、理はここに存する、尭舜の道も亦たここから外れない、動・静・語・黙の正しさを得れば、これがつまりは尭舜の道であり、高すぎて行いがたいものでは決してない。仏氏の教はそうでない、親戚と辞し、男女とは絶し、独り厳しい洞穴に坐り、草木を衣食にし、空の世界を見て寂滅することを本源とす、これをどうして平常の道といえよう）

（「經筵啓辭」續巻一）

仏教は妙味はあるものの、すべてが幻のように残るものではないのでこの世に有益を与えない。また、仏教にかかわるものは世間を離れてただ一人空の世界を作って実体を持たない。これは平常の道ではない。だから仏教は頼るべきではないと、仏教の教理に疑問を抱いて仏教を批判している。鄭夢周がこのように仏を批判し仏教の教理さえ拒否するのならば、仏教の象徴である蓮を口にしてもおかしくない。「食藕」詩には仏教を批判する言い方は見られないが、蓮を食べることにみじんも抵抗を感じないことを考えると、鄭夢周の心にはすでに仏教から遠ざかっていたように見られる(10)。

また、鄭夢周の学問が周敦頤や程氏によるものであるならば、彼の心にはむしろ周敦頤の存在が大きくなっていたと思われる。鄭夢周の年譜をみると、彼は十九歳（一三五五）と二十九歳の時（一三六五）に父母がこの世を去っているが、この時すでに廬墓を三年間行っていた(11)。また、五十四歳の時（一三九〇）には仏式による忌日を廃して朱子家礼に乗っ取って儀式を行ったことを、「時俗凡喪祭、専尙桑門法、忌日齋僧、時祭只設紙錢。先生請令士庶倣朱子家禮、立廟作主、以奉先祀。（時の風俗ではおよそ喪祭のときに、専ら仏教のやり方を尚び、忌日に僧による物忌みをし、時にはただ紙銭を設けて祭る。先生は士・庶に朱子家礼に倣って廟をたてて主と作して、祭祀を行うようにさせた）」と述べている。鄭夢周のこのような儒学に対する徹底的実践ぶりを見ると、蓮を食べながら尊敬する周敦頤の「愛蓮説」を思い出すのは難しいことではないと思われる。(12)

結

中国宋代の徐兢が『宣和奉使高麗圖經』に高麗人は蓮を摘み取ろうとしなかったと述べたその奥には、中国では蓮を普通に食べていたことを表す。宋代の文献を見ても蓮を口にする詩文が多く見られる。それは蓮は古くから食品の一つとして扱われていたためと思われる。一方、韓国の新羅時代から高麗時代にかけての文献を見ると蓮を愛でる詩文は見られるものの、蓮を食べる詩文はほとんど見ることができない。ただ、高麗後期の鄭夢周の詩「食藕」があるのみである。鄭夢周は「食藕」詩に藕を食べながら周敦頤の「愛蓮説」を取り上げているが、藕を食べたということは徐兢の蓮を仏像と見なして摘もうとしなかった高麗人の概念を否定することになる。高麗時代には当初仏教が盛んであったが、後期になると仏教が批判され儒学が発展を遂げていく。鄭夢周の「食藕」詩はまさしく仏教から儒学に替わる過渡期が生み出したものとみなされよう。

注

（1）「楊州枇杷」（巻一）に「禀性生南服、貞姿度歳寒。葉繁交翠羽、子熟簇金丸。藥裏收爲用、冰盤獻可飡。嘗新楚江上、懷核種東韓」とあり、「復州食櫻桃」（巻一）に「五月遼東暑氣微、櫻桃初熟壓低枝。嘗新客路還腸斷、不及吾君薦廟時」とある。また、「京城食瓜」（巻一）には「憶在靑門灌漑多、暮春方見長新芽。江南地暖生成早、四月中旬已食瓜」とあり、「甘蔗」（巻一）「玉肌細切初宜啖、靈液濃煎亦可飡。漸入始知佳境遠、莫將世味比渠看」とある。

（2）『晉書』巻九十二「顧愷之」の列伝をみると、「愷之每食甘蔗、恒自尾至本、人或怪之、云、漸入佳境」との記載がある。これは甘蔗は根本の方があまいので食べていると次第に美味しくなることを表す。

（3）韓愈の「盆池五首」其二（『韓昌黎詩繫年集釋』巻九）に、「莫道盆池作不成、藕梢初種已齊生。從今有雨君須記、來聽蕭蕭打葉聲」とあり、韓公は韓愈を指していると思われる。

（4）『朱子語類』巻一〇二に見られる「况羅先生於靜坐觀之、乃其思慮未萌、虛靈不昧」を典故に用いている。

（5）「鄭圃隱文學觀の背景と梗概」（『人文研究』7、嶺南大學、一九八五）。

（6）卞鐘鉉は「圃隱漢詩の風格研究」（『民族文化』第十九輯、一九九六）に權鼈の〈大東野乘、海東雜錄〉に見られる「麗季牧隱圃隱、出入中朝、聞濂洛之學、來唱于東」という文を引用して、鄭夢周が濂洛の学を高麗に伝えたことを評価している。鄭夢周の詩文には「膠水縣別徐教諭」（巻二）に「風儀傾後輩、經術卽吾師」とあり、「韓信墓」（巻一）に「楚王飮恨重泉下、千載知心只晦翁」とあり、濂洛の学と無関係ではないと思われる。

（7）拙論「牧隱李穡と『연못（蓮池）』」（『朝鮮学報』第百八十一輯、二〇〇一、十）参照。

（8）權近の「盆蓮」に「派自濂溪出、根從華岳連、何嫌花未折、坐對興悠然」とあり、李原「詠蓮」には「料得濂溪當日愛、非關翠蓋與紅粧」とある。

（9）卓光茂「題景濂亭」に見られる李齊賢・李穡・鄭夢周・李崇仁・李仁復・鄭道傳の詩を見ると次のとおりである。李齊賢は「天眞周茂叔、氣像卓謙天」、李穡は「氣像眞如許、周夫子復生」、鄭夢周は「鉤簾危坐看、君子夏何求」、李崇仁は「閑往閑來處、濂亭向日開」、李仁復は「池白濂溪月、島淸靖節風、閒中多氣像、道德又兼忠」、鄭道傳は「採菊淵明趣、愛蓮茂叔心」と述べる。

（10）李穡は仏教を批判しながらも仏教教理には習うところがあると主張している。李穡が蓮を口にしなかった理由はおそらく儒学及び仏教に深く感銘するところがあり、食することを控えていたと思われる。

（11）至元十五年乙未に「先生十九歳、正月、丁考日城府院君憂、廬墓」とあり、その注に、「父歿、廬墓三年」とある。また、二十五年乙巳に、「移典農寺丞、正月、遭妣卞韓国夫人憂、廬墓」とあり、その注に、「母歿廬墓三年」とある。さらに、二十六年丙午に、「時喪制紊弛、獨先生廬墓、哀禮俱盡、事聞、旋表其閭」とある。

（12）鄭夢周の詩文には「食藕」詩以外に韓愈を取り上げる詩文が見られないために断言できないが、韓愈が「原道」に儒道の本質を説いて仏教を排斥する説を残していることを考えると、鄭夢周は著名な先人にならって儒学を主張していたことも考えられる。

＊本稿は平成十三年度文部科学省科学研究費補助金による研究成果の一部である。

八、中国宋代の詩人楊万里を中心とした「食蓮」に関する考察

——韓国高麗時代の文人との比較を中心として——

序

筆者は以前、「圃隠鄭夢周の「食藕」詩小考」を書いたが[1]、この論は韓国高麗時代の鄭夢周（一三三七～一三九二）の「食藕」詩を通して、愛蓮と食蓮について述べたものであった。鄭夢周は儒学の理念を実践する学者である。また、蓮は仏教の象徴であるだけに仏教と深く関係をもっており、食蓮とも関わりをもっていた。だが、韓国の新羅時代から高麗時代にかけての文献を見ると、蓮を愛でる詩文は見られるものの、高麗文人である鄭夢周の「食藕」詩以外に、蓮を口にする詩はほとんど見ることができない。一方、中国の宋代においては食蓮を取り上げる詩文が多く見られる。宋代の詩人には食蓮に対する抵抗はなく、むしろこれを好んでいたように思われる。本稿は韓国高麗文人の詩文に見られる「蓮」を念頭に置きつつ、中国宋代の楊万里を中心として中国文学に見られる「食蓮」について考察するとともに、蓮との関わりを道教面、仏教面及び儒学面において検討し、中国における蓮の概念について考察するものである。

第一節　味覚としての蓮

中国宋代の楊万里（一一二四～一二〇六）は蓮を食材の一つとして用い好んで料理をして食べており、時にはわざわざ蓮を買いに出かけたこともある。彼の詩を通して具体的にみてみよう。

「蓮子」（退休集巻四十）詩には「不似荷花窠底蜜、方成玉蛹未成蜂。（荷花に似ずといえども窠の底は蜜、方に玉蛹と成らんとするも未だ蜂と成らず）」と述べられ、蓮の実がまだ熟していない様子を描いており、「小集食藕極嫩（小集藕を食らうこと嫩を極む）」（荊溪集巻十一）詩には「比雪猶鬆在、無絲可得飄。輕拈愁欲碎、未嚼已先銷。（雪に比するも猶お鬆たる在り、糸無きも飄たるを得べし。軽く拈れば砕けんと欲するかと愁い、未だ嚼まずして已に先ず銷ゆ）」とうたわれ、蓮の根がとろけるような味わいがあると述べる。また、「六月二十四日病起喜雨聞鷺與大兒議秋涼一出游山（六月二十四日病起して雨を喜び鷺を聞き大児と与に秋の涼を議りて一たび出でて山に游ぶ）」（退休集巻四十二）詩には「急須剩踏蓮花麹、薬玉新船待拍浮。（急須蓮花の麹を剰して踏み、薬玉の新船拍浮するを待つ）」とあり、その注に「五羊酒法用蓮花作麹（五羊酒法蓮花を用いて麹を作る）」と記載されているように、蓮花を用いて作った酒を飲んでいた。さらに、「食蓮子」（荊溪集巻十）、「食蓮子」（朝天集巻二十四）、「蓮子」（退休集巻四十）、「食蓮子」三首（退休集巻四十二）、「食鶏頭蓮」（荊溪集巻十）などの詩題から見て取れるように楊万里は蓮の実や根など、蓮を好んで食べている。このうち、「食蓮子（蓮子を食らう）」三首其二（退休集巻四十二）詩には、「城中蓮子買將歸、未問新嘗早與遲。偶憶湧金門外曉、畫船帶露摘來時。（城中の蓮子買いて将に帰らんとし、未だ新を嘗するに早きと遅きとを問わず。偶たま憶う湧金門の外の暁、画船に露を帯びて摘み来たる時）」と述べられている。時には自らわざわざ出かけて、露がかかっている蓮子を買い求めて味わっているのである。このように楊万里は蓮を観賞する対象物としてだけではなく、[2]味覚にも深い情愛を持っていたのである。

では、楊万里はなぜこれほど「蓮」を好んで食したのだろうか。

綠玉蜂房白玉蜂、折來帶露復含風。玻璃盆面冰漿底、醉嚼新蓮一百蓬。

（緑玉の蜂房白玉の蜂、折り来たれば露を帯び復た風を含む。玻璃の盆面冰漿の底、酔いて嚼む新蓮一百蓬）

（「食蓮子」、巻二十四）

白玉蜂兒綠玉房、蜂兒未綻已聞香。蜂兒解醒詩人醉、一嚼清冰一嚼霜。

（白玉の蜂児緑玉の房、蜂児未だ綻ばずして已に香を聞ぐ。蜂児詩人の酔を解醒し、一たび清冰を嚼み一たび霜を嚼む）

（「食蓮子」三首其一、巻四十二）

この二首は蓮の風味を描いたものである。緑と白のコントラストの蓮、取れたての露を帯びた蓮を賞賛している。「清冰」や「霜」のような表現からは蓮の爽やかな歯ごたえと風味、香りが感じ取れる。これらの詩から楽しく食することの喜びが窺える。蓮の爽やかな味わいは楊万里の精神面にまで及んでいたために、なおさら好んで食したのであろう。

そもそも、中国の江南では古くから採蓮が行われており、採蓮は人々の生活の手段となっていた。また蓮は薬用としても用いられており、日常生活に利用されていた。『神農本草經』（巻二）には三六五種類の薬物が上品・中品・下品に分類されているが、「蓮」は上品で扱われており、「藕實莖、味甘平、主補中養神益氣力、除百疾、久服輕身耐老不飢延年、一名水芝丹。（藕実茎、味甘く平らにして、主に中養の神を補い気力を益し、百病を除き、久しく服すれば身軽く老に耐え飢えずして年を延ぶ、一に水芝丹と名づく）」と記述されている。上品には百二十種類があり、人間にとって生命を維持するもっともよいもので、副作用などの害がなく、長く服用すれば長寿を迎えることができる。蓮は水芝丹とも

言われ、薬用として長寿の効能があるのである。(3)

ところで、『文選』及び『先秦漢魏晉南北朝詩』などの文献を通して蓮に関する詩文を見ると、蓮を薬用として用いる例はほとんど見られず、大多数は主に採蓮という行為を詠じている。『全唐詩』を見ても採蓮及び仏教の象徴として用いることが多く、食として詠じる姿はほとんど見ることができない。しかしながら、宋代になると蓮を食する詩文が多く見られるようになる。

第二節　宋代の蓮を食する詩

楊万里が好んだと思われる詩人として、北宋には王安石（一〇二一～一〇八六）、蘇軾（一〇三六～一一〇一）、黄庭堅（一〇四五～一一〇五）が、南宋の詩人としては陸游（一一二五～一二一〇）、范成大（一一二六～一一九三）、朱熹（一一三〇～一二〇〇）などが挙げられる。彼らの詩文を見ると、蓮を食し、薬用として利用し、酒を造って飲むなどの表現が見られる。宋代は北宋と南宋がそれぞれ特徴を持っている。地域からみると北宋は華北を中心とした五代文化が受けつがれており、南宋は四川を中心とした江南文化を持っている。絵画においても北宋は険しい山水が、南宋は低くどこまでも広がる山水の様子が多く描かれている。詩においては北宋と南宋に相違があるのか、あるとすればどのような違いがあるかについて順次検討していくことにする。まず、北宋の詩から見てみよう。

他年過食新域藕、枕藉舡中載親友。

（他年新城の藕を過ぎり食し、舡中に枕藉して親友を載す）

（「過食新城藕」、『王荊文公詩李壁注』巻十六）

槎頭收晩釣、荷葉卷新醅。

（槎頭晩釣を収め、荷葉新醅を巻く）

（「題友人郊居水軒」、『王荊文公詩李壁注』巻二十四）

城中擔上賣蓮房、未抵西湖泛野航。旋折荷花剥蓮子、露爲風味月爲香。

（城中擔上蓮房を売り、未だ西湖に抵りて野航に泛ばず。荷花を旋折して蓮子を剝き、露風味と為り月香と為る）

（「蓮」『蘇軾詩集』巻四十八）

江鷗搖蕩荻花秋、八十漁翁百不憂。清曉采蓮來盪槳、夕陽收網更横舟。羣兒學漁亦不惡、老妻白頭從此樂。全家醉着篷底眠、舟在寒沙夜潮落。

（江鷗揺蕩たり荻花の秋、八十の漁翁百も憂えず。清暁蓮を采り来りて槳を盪かす、夕陽網を収めて更に舟を横たう、群児漁を学ぶも亦た悪しからず、老妻白頭にして此れ従り楽し。全家酔着して篷底に眠り、舟は寒沙に在り夜潮落つ）

（「清江引」、『山谷外集詩注』巻一）

王安石の作、「過食新城藕（新城の藕を過ぎり食す）」には新城の藕を食している様子が描かれている。この詩の注に「本草、荷爲芙蕖、其實蓮、其根藕、蓮謂房也、藕節冷解熱毒。（本草に、荷を芙蕖と為す、其の実は蓮、其の根は藕、蓮房を謂うなり、藕の節熱毒を冷解す）」と記される。荷の節は薬用として熱毒を冷解するのに用いるとしている。この詩では、王安石は身体によいために好んで食べていたことが窺える。「題友人郊居水軒」詩は、蓮の葉を用いて醸した酒を巻くのは蓮の風味を与えるためであろうか。蘇軾の作、「蓮」詩には摘んだばかりの露がかかっている蓮の風味を楽しんでいる様子が詠われる。蓮の味だが、蘇軾の「石芝」詩に「鏘然敲折青珊瑚、味如蜜藕和鶏蘇。（鏘然として青珊瑚を敲き折れば、味は蜜藕の鶏蘇を和するが如し）」（『蘇軾詩集』巻二十）とある。この詩は石芝を詠じたものであるが、石芝の味を蓮の味、蜜の味に比喩し表現している。この詩の施註に韓退之「古意」詩をあげて、「開花十丈藕如船、冷比雪霜甘比蜜。（花を開くこと十丈　藕船の如く、冷やかなること雪霜に比し甘きこと蜜に比す）」と、蓮が甘い蜜のようだと述べている。

蘇軾の弟子黄庭堅の十七歳の作、「清江引」には漁翁が清らかな暁に清江に出かけて蓮をとる様子が描かれる。漁翁が蓮の実をとってくると老妻がそれを料理する。これを酒とともにほおばりながら楽しい時間を過して眠りに就く、という素朴で平和な様子が窺える。また、黄庭堅は三十七歳の作、「贛上食蓮有感（贛上蓮を食らい感じること有り）」詩に「食蓮誰不甘、知味良獨少。（蓮を食わば誰か甘しとせざるや、味を知るは良や独り少なし）」（『山谷詩集注』巻一）とあり、蓮を食べれば誰でもおいしいと思うが、蓮の真の味を知る人は少ないと述べている。この詩には二つの典故が用いられている。一つは『中庸』第四章に、「人莫不飲食也、鮮能知味也。（人飲食せざる莫きも、能く味を知るもの鮮きなり）」、人は誰もが飲食するが真の味を知るものは少ないとある箇所であり、もう一つは『晉書』巻八十一「桓宣」に桓伊の語を引用して、よい臣はよい君主があってこそ初めてその真価が表れて、よい臣としての実力が発揮できるというものである。(4) 黄庭堅は蓮の味を政治に比喩しているものの、蓮の真の味を分かるものはまことに少ないと述べている。この詩において黄庭堅の描く蓮の真の味は格別のものであったことが見受けられる。さらに、「同錢志仲飯籍田錢孺文官舎（銭志仲の籍田の銭孺文が官舎に飯するに同うす）」（『山谷詩集注』巻三）に、「汲井羞熱啜、挽渓供甘柔。倒斝收蓮的、剖蚌煮鴻頭。（井を汲み熱啜を羞め、渓を挽いて甘柔を供す。斝を倒にして蓮的を収め、蚌を剖して鴻頭を煮る）」とあり、蓮の実とどぶがいという貝、みずぶきの実と一緒に煮るご馳走がうたわれる。

北宋の詩人が食蓮に関心をもつ理由は何だったのか、これは彼らの出身地と無関係ではないと思われる。北宋の首都は汴京（河南省開封市）であるが、王安石の出身地は臨川（江西省）、蘇軾は四川（江西省）、黄庭堅は洪州（江西省）である。彼らは都に出て出仕していたが、彼らの蓮の詩がすべて都でうたわれたのか、他のところに赴任して作ったのかはさておき、蓮を食する姿をみると蓮に懐かしさを感じていることに気づく。彼らが描く蓮は、その昔自分が食べた南方の味を思い浮かべさせるものだったのではないだろうか(5)。

一方、南宋の詩人の蓮を詠じる詩文をみてみると、蓮を食する姿は楊万里あるいは北宋詩人ほど多くない。

新釣紫鱖魚、旋洗白蓮藕。従渠貴人食萬錢、放翁癡腹常便便。
（新たに紫鱖魚を釣り、旋かに白蓮の藕を洗う。渠の貴人の万銭を食するに従さん、放翁の癡腹常に便便たり）
（「思故山」、『陸放翁全集』「剣南詩稾」巻十一）

撥雪挑來踏地菘、味如蜜藕更肥醲。朱門肉食無風味、只作尋常藥把供。
（雪を撥き挑りて来て地菘を踏み、味は蜜藕の如く更に肥醲、朱門の肉食風味無く、只尋常の薬を作りて把りて供にす）
（「四時田園雜興六十首」の「冬日田園雜興十二絶」、『石湖居士詩集』巻二十七）

陸游の「思故山」には、粗末な食ではあるが魚と蓮の根を腹一杯食べる喜びが描かれている。范成大の晩年の作、「冬日田園雜興十二絶」では、菘という野菜の味を蓮の根の甘さに比喩している。陸游・范成大のこれらの蓮の詩を見ると、蓮は食することを意識して描かれるというよりも、身近に自然にありふれた食物として描かれている。

南宋詩人の出身地を見ると、陸游は越州（浙江省）、范成大は呉県（江蘇省）で、ともに南方の出身である。南宋の都は臨安（浙江省杭州市）であるが、彼らは都に出て出仕しても自分の出身地とそれほど離れていない。南方は蓮が豊富な地域で、採蓮は人々の生活の一手段である。つまり、彼らには蓮を食することに対して特別な意識は無く、かつ特別の意味を持てなかったようである。蓮を食べるという直接的な表現があまり見られないのは、蓮は生活に密着した身近なものであって、貴重なものとは感じられなかったためではないだろうか。

以上、北宋と南宋の詩人の食蓮の詩を見てみたが、もぎ取ったばかりの露のかかった新鮮な蓮の風味を好んでいるのは、南宋の楊万里も北宋の蘇軾も同様である。特に、楊万里は南方の詩人でありながら蓮を描き好んで食べていたが、それは楊万里の蓮への関心の強さを表していると思われる。(6) 以上のことを通して、中国宋代の詩人は食蓮を好みその風味を愛し、時には食することによって心までも爽やかになりたいという願望があったとみることができる。このことは序にも述べたように、韓国高麗時代に蓮を食する詩が見られないのとは大きな違いである。

第三節　道・仏・儒における蓮

中国宋代の詩人は、逭を食しながら何を考えていたのだろうか。道・仏・儒を中心に見てみよう。まず、仙界における蓮を考えてみる。

韓国高麗時代の李穡（一三二八～一三九六）は「韓公見和一首、末句云、卻憶年前此時節、蓮花處處賞亭亭。讀之興動、又吟三首錄呈」（巻二十九）に、「艶粧紅白蓋深靑、恰似仙娥歩帝庭。（艶粧紅白深青を蓋い、恰かも似たり仙娥の帝庭を歩くに）」と蓮の鮮やかな姿を「仙娥」に比喩しているように、(7)李穡は蓮について世間から離れた境地の存在として描いている。しかし、韓国高麗時代の文人は「食蓮」に対して抵抗を感じていたようで、仙界になぞらえて描く食蓮の詩文はほとんど見られない。

ところが、中国の詩文、特に楊万里の詩には仙界の中で蓮を食することをうたう作がある。「大司成顔幾聖率同舍招遊裴園泛舟繞孤山賞荷花晩泊玉壺得十絶句（大司成顔幾聖同舍を率いて裴園に招遊し、舟を泛べて孤山を繞り荷花を賞し、晩に玉壺に泊まりて十絶句を得たり）」（朝天集巻二十一）詩には、裴園で舟を浮かべて遊びながら孤山をめぐって荷を観賞し、夕方になって玉壺に泊まったことをうたう。楊万里は宿泊地を玉壺であると言っているが、玉壺は仙界を表わす。この玉で作った美しい壺という仙界に到る道には、荷花が咲いている。この十絶句の六首目には、「小泛西湖六月船、船中人卽水中仙」と自分たちを水中の仙人と言っており、七首目にはすでに述べたように「城中擔上買蓮房、未抵西湖泛野航。旋折荷花剥蓮子、露爲風味月爲香。」とあり、露がかかった風味があって香りのある蓮を食べる姿を、まるで仙界であるかように描いている。さらに、「給事葛楚輔侍郎余處恭二詹事招儲禁同僚沉虞卿祕監諭徳尤延之右司侍講何自然少監羅春伯大著二宮教及予泛舟西湖歩登孤山五言（給事葛楚輔、侍郎余処恭二詹事、招儲禁同僚沈虞卿秘監諭徳、尤延之右司侍講、何自然少監、羅春伯大著二宮教及び予、舟を西湖に泛べ歩いて孤山に登る五言）」の四言（朝天集巻二十二）にもまた、「高堂竹梢上、幽榭荷葉濱。羣仙此小憩、呼酒領一欣。（高堂竹梢の上、幽榭荷葉の浜。群仙此に小憩し、酒を呼び一欣を領す）」と、奥深い処に咲いている荷の浜で休む自分たちをまるで仙人であるかのように描く。周啓成氏は「楊万里は当時の政治に失望し始めるや、揚雄と陸雲の神仙のような思考を深く慕うようになるが、そこにロマン主義の感覚に浸る姿が見られる」と述べており、(8)また楊万里が自然景物を描くときには常に神話を借りて来るとも指摘する。(9)楊万里が蓮を神仙世界に用いるのは揚万里のロマンの世界の表出で、自分たちを仙人になぞらえ、また蓮を仙界に咲いている植物と見立てて蓮を食したのであろう。

楊万里のように北宋・南宋を通じて詩人たちには蓮を仙界と関連させて詠じる姿が見られる。北宋から検討しよう。


牢落盤飧與樽酒、冰房玉節謾自好。

（牢落たり盤飧と樽酒と、冰房玉節謾に自から好む）

（「過食新城藕」、『王荊文公詩李壁注』巻十六）


黄河流駕紫河車、水精池產紅蓮花。

（黄河の流は駕す紫河車、水精の池は産す紅蓮花）

（「辨道歌」、『蘇軾詩集』巻四十）


新收千百秋蓮菂、剥盡紅衣擣玉霜。不假參同成氣味、跳珠椀裏綠荷香。

（新たに収む千百の秋蓮菂、紅衣を剝き尽くして玉霜を擣く。参同を假らずして気味を成し、跳珠椀裏に緑荷香る）

（「鄒松滋寄苦竹泉橙麹蓮子湯三首」其三、『山谷詩集注』巻十四）


王安石の作「過食新城藕」詩についてはすでに述べているが、この詩の注に、「穆天子伝、西王母獻素蓮一房。（穆天子伝う、西王母素蓮一房を献ず）」とある。神話上の仙人西王母は西の果てにある崑崙山に住み、不死の薬を持っていたと言われており、蓮の一房をたてまつると述べる。蘇軾の晩年の作品「辨道歌」に見られる蓮は道教の象徴的事物として描かれている。(10) 蘇軾は道教に深く興味を持っており養生を行っていたが、この時期もまた養生の術に浸っていたのである。この詩に見られる紅蓮花は、『雲笈七籤』（四部提要、子、道家類）の「凡欲胎息、先丹田、次存五臟、次存心、心如紅蓮花、未開下垂。（凡そ胎息を欲せば、丹田を先にし、次に五臓を存し、次に心を存し、心紅蓮花の如く、未だ開いて下垂せず）」と、『黄庭經』の「心部之宮蓮含華」を引用したもので、『黄庭經』の註には「心藏之質、象蓮花之未開也。（心蔵の質、蓮花の未だ開かざるを象どる）」と蓮が用いられている。また、「芙蓉城幷敍」（『蘇軾詩集』巻十六）には「世傳王迥子高、與仙人周瑤英遊芙蓉城」とある。その注には「芙蓉城在蓬萊外、海闊波深千萬重、亦指此事也。（芙蓉城は蓬萊の外に在り、海闊く波深きこと千万重なるも、亦た此の事を指すなり）」とあり、仙人が遊ぶ仙界を想像させる。(11) すでに取り上げた黄庭堅の「鄒松滋寄苦竹泉橙麴蓮子湯三首」の其三にも蓮の実を砕いてみるとそこから出たのが玉霜で、この玉霜こそ人体中の液体である天地万物の根本となる気であると述べる。蘇軾や黄庭堅二人は周易の爻象（こうしょう）を借りて煉養の意を論じた『周易參同契』を用いているのである。特に、黄庭堅はいつわりがなく跳ぶ珠は碗の中で香りを出すと述べて、蓮を道家の修業の食物にたとえているのである。(12)

南宋の詩人は蓮をどのように描いていたのか。陸游は「蓮花峯」「玉井蓮」「白蓮沼」などの言葉を用いている。「題四仙像、又」（『陸放翁全集』「劍南詩稾」巻二十六）詩には陳摶、梅福、薊子訓、張果の四仙について描かれているが、その内、陳摶のところに、「蓮花峯下張超俗、此老何曾有死生。（蓮花峯の下張俗を超す、此この老何ぞ曾つて死生有るや）」と述べる。蓮花峯は峰の名であるが、『華嶽志』に、「嶽頂中峯曰蓮華峯、有上宮、宮前有池爲玉井、生千葉白蓮華、服之令人羽化。（嶽頂中の峯を蓮華峯と曰う、上宮有り、宮前に池有りて玉井と為す、千葉の白蓮の華を生ず、之を服すれば人をして羽化せしむ)」とあるように、陸游はこの詩に峰で仙人になる方法を説いているのである。

次に、范成大の「萬州西山湖亭秋荷尙盛(万州西山湖亭秋荷尚お盛かん)」詩を見てみる。

西山卽太華、玉井飮秋芳。隔江招岑仙、共擘雙蓮房。

(西山即ち太華、玉井秋芳を飲む。江を隔てて岑の仙を招き、共に擘く双ながらの蓮房を)

(『石湖居士詩集』巻十九)

万州の西山は万州(夔州府にある)から二里離れたところの山で、当初泉は荒れて草がぼうぼうと茂っていたが、君守がやって来て西山の池亭を整えて百あまりの畝に蓮を植えており、蓮が咲くとまるで雲の錦のようであるといわれる。范成大はこの西山を五岳の一つ華山に喩えていたのである。太華は華山とも呼ばれており、山の中峯を蓮花峯、東峯を仙人掌と呼び、詩人の間に仙界として、仙人の留まる場として親しまれていた場所である。范成大は仙人たるこの山を描いていたのである。

以上、南宋の詩人の詩を見てみた。南宋の詩人は古くからの名山を仙界的存在として捉えており、その中には蓮も登場する。彼らは恐らく西王母のもつ蓮に仙界の清らかな姿を求めようとしたと思われる。

宋代においては、蓮を仙界と密接に関連させて歌う姿が多く見られ、また千葉白蓮の華を服して長寿を望むことなどは、道教が宋代にさらに発展していったためと思われるが、宋代に張君房によって『雲笈七籤』が編まれたことから考えると、当時の道教は人々の心に深く浸透していたものと見られる。詩人が蓮を道教に結びつけて述べたのは、時流に沿ったものであろう。

次に仏教における蓮を見ることにする。韓国高麗時代の詩文を見てみると、李穡の『牧隠集』に見られる「蓮」の表現には、「蓮花」「蓮経」「蓮房」「蓮花境界」「蓮花禅師」「蓮花長老」などがあり、仏像、経典、僧侶などに関係する。(13) そして、仏教における「蓮」の本質は、禅心たる清らかなものとして捉えることにある。

中国においても仏教が入ってからは妙法蓮華経、僧衣、寺院をそれぞれ「蓮経」、「蓮華衣」「蓮華服」、「蓮境」「蓮舎」などと呼ぶようになった。吉川幸次郎氏は『宋詩概説』の跋に、「宋詩は、仏教ことに禅との関係が密接である。……道教との関係もなかなかである。」(二四一頁)と述べておられる。蓮が仏教とも深くかかわっているのはいうまでもない。仏典『佛說無量清淨平等覺經』『佛說無量壽經』『維摩經』などには、七玉の池の中に蓮花が咲いており、泥の中から蓮の花が生じたことが述べられる。まさしく蓮は仏教の象徴として用いられるのである。また、唐代には僧玄奘が経典を求めてインドに旅し、仏典をもたらして、『大唐西域記』を著すなど教理の研究も盛んに行われた。宋代には道教の道蔵とともに仏教の大蔵経が成立する。そして、五代末から宋初にかけては陳搏が儒・仏・道の三教の調和を主張する。また、北宋期には宋学が形成される。宋学は仏教の思考の影響を受けて伝統的な儒教古典を再整理し、倫理道徳を重視するにいたる。このように、仏教が中国に伝来して以来、他の宗教に影響を与えつつ、蓮は浄土の代表的花として次第に人々の間で愛され発展するに至ったのである。

楊万里が描く蓮も仏教面が描かれている。「雨後泊舟小箬回望靈山（雨後舟を小箬に泊めて霊山を回望す）」（江東集巻三十六）に「一朵碧蓮三萬丈、數來花片八千層。（一朵の碧蓮三万丈、数来の花片八千層）」と述べられているが、この詩における蓮は仏像を表わす。また、「曉出兜率寺送許耀卿二首（暁に兜率寺を出でて許耀卿を送る二首）」其二（朝天集巻二十四）には「兜率山深露氣清、柳陰暗處藕花明。無端拾得閑煩惱、背卻西湖又入城。（兜率山深く露気清し、柳陰暗き処藕花明らかなり。端し無くも閑煩悩を拾得して、西湖に背却して又た城に入る）」と述べる。世間から離れた兜率山の精気を思い切り吸って悩みを和らげようとしているこの詩では、寺院に咲いている蓮を描く。さらに、「曉出淨慈寺送林子方二首（暁に浄慈寺を出でて林子方を送る二首）」其二（朝天集巻二十五）には「畢竟西湖六月中、風光不與四時同。接天蓮葉無窮碧、映日荷花別樣紅。（畢竟西湖六月の中、風光四時と同じうせず。天に接する蓮葉窮まり無き碧、日に映る荷花別様に紅なり）」と述べる。寺院での蓮を眺めながら蓮の花が朝日を浴びて西湖に映る鮮やかな様子が描かれる。このように、楊万里の描く蓮は仏像や寺院の象徴として意識され、表現されているのである。

蘇軾の場合、道教に関心を持っていたことはすでに述べたが、また、仏教にも関心をもっていた。特に黄州に流されてから心のよりどころとして仏教にいっそう深く関わりをもつようになった。蘇軾は「廬山二勝」詩（『蘇軾詩集』巻二十三）を残している。廬山は慧遠の白蓮社があった山で、白蓮社には池があり蓮が植えられていた。この詩の敍に「余游廬山、南北得十五六奇勝、殆不可勝紀、而懶不作詩、獨擇其尤佳者、作二首。（余廬山に游び、南北に十五六の奇勝を得、殆ど紀するに勝うべからず、而して懶にして詩を作らず、独り其の尤も佳なる者を択びて、二首を作る）」とあり、廬山のすばらしさが述べられている。また、「廬山二勝」の「開先漱玉亭」の結句には「手持白芙蕖、跳下淸泠中。（手に白芙蕖を持ちて、清冷の中に跳び下る）」とある。この結句からこの詩は廬山の白蓮社を指していると思われる。慧遠の白蓮社の様子について、「西山詩和者三十餘人、再用前韻爲謝」（『蘇軾詩集』巻二十七）詩に「寒溪本自遠公社、白蓮翠竹依崔嵬、當時石泉照金像、神光夜發如五臺。（寒渓本自と遠公の社、白蓮翠竹崔嵬に依る、当時石泉金像を照らし、神光夜発すること五台の如し）」と述べており、白い蓮、翠の竹のあるすばらしきところとして考えていたことがわかる。さらに、「六月二十七日望湖樓醉書」五絶の其二（『蘇軾詩集』巻七）」に、「放生魚鼈逐人來、無主荷花到處開。（放生魚鼈人を逐いて来たり、無主の荷花到る処に開く）」とあり、また、其四に、「獻花游女木蘭橈、細雨斜風溼翠翹。（献花の游女木蘭の橈、細雨斜風翠翹を溼す）」とある、ここに見られる「放生」や「献花」といった言葉は仏教と関係がある。

「放生」は魚や鼈などの生物を放つという意味であるが、仏教では功徳を積むために魚や鼈を放流するし、「献花」は花を捧げる意味であるが、仏教では釈迦が修行中に将来成仏するという予言を授けた燃燈仏に五つの蓮花を供養したといわれる。蘇軾はこの詩に間接的であるが仏教での用語を用いて表現している。

次に黄庭堅の「次韻答斌老病起獨游東園（斌が老病より起きて独り東園に游ぶに答えるに次韻す）」二首のその一（『山谷詩集注』巻十三）詩を考えてみよう。

萬事同一機、多慮乃禪病。排悶有新詩、忘蹄出兔徑。蓮花生淤泥、可見嗔喜性。小立近幽香、心與晩色靜。

（万事同じく一機、多慮乃ち禅病。悶を排して新詩有り、蹄を忘れて兎径に出ず。蓮花淤泥より生ず、嗔喜の性を見るべし。小しく立ちて幽香に近づく、心は晩色と与に静たり）

この詩は黄庭堅の五十五歳の作で、斌が老病より起きて独り東園に游ぶ詩に次韻して答えたものである。第一句目の「万事同一機」は『楞嚴經』にみられる表現で、万事はすべて一つの機から生ずるという。「多慮」も仏語で、余計な考え。「禪病」もまた仏語で修行を行う際、正しく行うべきである、そうでなければ妄想が生じ雑念が入ってしまい心身ともに病むという。また、「蓮花生淤泥」は『維摩經』にみられる「譬如高原陸地不生蓮華、卑濕淤泥乃生此華。（譬うれば高原陸地に蓮華を生ぜず、卑湿淤泥に乃ち此の華を生ずるが如し）」を典拠として用いている。蓮の花が泥水の中から生じて美しく咲くように、怒りも喜びもまた同じ性から生ずるものである。その言葉をかみしめながら、奥ゆかしい蓮の香りの近くで暫く立ち止まる。そうすると心身ともに夕暮れの景色とともに静かになると述べる。これこそ仏教でいう清浄になることであろう。「又和二首」の其の一（『山谷詩集注』巻十三）にも、「踈溝滿蓮塘、掃葉明竹逕。中有寂寞人、自知圓覺性。心猿方睡起、一笑六窗靜。（溝を疏して蓮塘に満ち、葉を掃して竹径明らかなり。中に寂寞の人有り、自ら円覚の性を知る。心猿方に睡より起ち、一たび笑して六窓静なり）」と、蓮塘で円覚の性を会得し、乱れ迷う心の妄想を追い払えば自然と会心の微笑みに変わる。そして、六根が静となる、すなわち清浄になると述べて、仏の境地に到る様子が描かれる。

以上、南宋の楊万里と北宋の蘇軾、黄庭堅の蓮に関する詩を見てみたが、彼らはともに蓮を仏教の象徴としても表しているのである。

儒学における蓮はどうであろうか。

宋代には程顥や程頤などの理学の思想が導入され儒学を重視した。これらの思想は韓国高麗時代にも影響を及ぼしている。

韓国高麗時代に描かれる「蓮」の場合、儒学的側面が強く含まれる。鄭夢周は「食藕」詩に蓮花を君子とする「愛蓮説」を用いている。中国の儒学の祖と言われる周敦頤（一〇一七〜一〇七三）の「愛蓮説」を想起し、蓮の根を食べながらこの著名な周敦頤を思い浮かべていた(14)。李穡もまた蓮に対して皇帝たる存在のようであると描いており、蓮は造物主が造り上げた君子であり、その上品さは帝のような高尚な存在であるとする(15)。そして、蓮の香りは心を楽しませる興趣を生み出すばかりでなく、「徳」という君子の持つ品格の香りをも比喩し、楼を建て池を掘り蓮を植えてその景観を楽しんだ。これらはすべて儒学によるものである。無論、韓国高麗時代の文人が目指す目標は、君子として生きることである。当時は高麗末という不安定な社会にあった。文人らは混濁した世間だからこそ、君子たる蓮を心のよりどころとして蓮をそばに置いて眺めながら、蓮のように世間が汚れてもそれに染まらないで生きることを願っていたのである。

中国においては、南宋の朱熹は周敦頤からの影響が大きく、周敦頤のゆかりの地を訪れて自ら「愛蓮説」を写し、周敦頤の書堂の石に刻んでいる。また、朱熹は「墨荘五詠」の「君子亭」（『晦庵先生朱文公文集』巻四）に、「倚杖臨寒水、披衣立晩風。相逢數君子、我爲説濂翁。（杖に倚って寒水に臨み、衣を披って晩風に立つ。相逢う数君子、我は為に濂翁を説く）」と、「次呂季克東堂九詠（呂季克東堂の九詠に次す）」（『晦庵先生朱文公文集』巻八）の「愛蓮」詩には、「聞道移根玉井旁、開花十丈是尋常。月明露冷無人見、獨爲先生引興長。（聞道く根を玉井の旁に移すと、花開くこと十丈是れ尋常なり。月明るく露冷たく人の見る無し、独り先生の為に興を引くこと長し）」と述べて、周敦頤を君子として崇めており、蓮においても周敦頤を想起している。このように、朱熹は朱子学を大成しただけに君子たる周敦頤の思想を賞賛し慕っていた。

楊万里の描く蓮を中心として、北宋・南宋の詩人の詩を道・仏・儒に分けて見てみたが、詩人の蓮に託する概念には道・仏・儒がともに関わりを持っていた。特に蓮には仏教ばかりではなく道教の思想が含まれている。すなわち、蓮には仏教を象徴するものがある反面、道教においても象徴的意味を持つなど、詩人の置かれた状況や場所によって使いわけられている。それは、この時期には仏・道が盛んになるにつれて詩人の間にこの二つの宗教に並みなみならぬ興味が生まれ、次第に二つの境界を乗り越えて共有するようになったためと思われる。また、両国における理学の影響の度合い、愛着は別として、儒家における蓮は周敦頤の影響が大きい。その点においては中国も韓国も同様で、周敦頤の蓮を君子とみなしていることもすんなりと認めて愛でる。それは周敦頤の思想、蓮の性質をともに共感し愛するがためである。

ところで、蘇軾の「故周茂叔先生濂溪」（『蘇軾詩集』巻三十一）を見てみると、周敦頤への賞賛ぶりが格別である。

世俗眩名實、至人疑有無。怒移水中鰕、愛及屋上烏。坐令此溪水、名與先生俱。先生本全德、廉退乃一隅。因抛彭擇米、偶似西山夫。遂卽世所知、以爲溪之呼。先生豈我輩、造物乃其徒。應同柳州柳、聊使愚溪愚。

（世俗名実に眩し、至人有無を疑う。怒は水中の鰕に移り、愛は屋上の烏に及ぶ。坐ろに此の渓水をして、名先生と倶ならしむ、先生本と徳を全し、廉退乃ち一隅。彭択の米を抛つに因りて、偶たま西山の夫に似たり。遂に即ち世の知る所、以て渓の呼と為す。先生豈に我が輩ならん、造物乃ち其の徒。応に柳州の柳に同じかるべし、聊か愚渓をして愚ならしむ）

この詩は蘇軾の五十四歳の作である。この詩に周敦頤に対する敬意の思いの深さが窺われる。周敦頤は廬山の蓮華峰の下に住みながら、家の前にある江に注ぐ渓流に濂渓の名を付けている。蘇軾はこの廬山の麓にある渓流に、周敦頤先生と同じく濂渓という名をつけた。それは、先生は徳を全うしており、心に汚れが無く、陶淵明のように官職を投げ捨てた、また義のために首陽山でワラビを食べながら餓死した伯夷・叔斉のようだ。先生のすぐれた生き方に倣って渓を呼ぶ名とした。先生は私たちの仲間でなく、造物がその弟子であろう。柳宗元は渓流を愚渓と名付けた。すると、渓に住んでいた川の神が愚という字に不満をもって夢に現われたが、柳宗元は私は愚かだが、私は川の神が好きである以上、川の神である君もこの名から逃れることができないと言った。この柳宗元の逸話をもって、蘇軾もまた自分を愚かなものとし、尊敬する周敦頤も私蘇軾に巻き込まれてしまった、というのである。この詩では蘇軾の周濂渓に対するユーモア感覚が読みとれる。(16)

では、韓国高麗時代の詩文にはなぜ食蓮の詩がみられず、中国では食蓮の詩が詠じられていたのか。また、韓国高麗時代の文人はなぜ蘇軾のように周濂渓に対するユーモア感覚が見られないのか。

まず、食蓮の詩が見られないことについて。

すでに述べたが、鄭夢周は「食藕」詩に、蓮を食しながら、儒学の祖と言われるこの著名な人周敦頤の、蓮花を君子とする「愛蓮説」を想起しており、李齊賢（一二八七～一三六七）は「君子池」詩を作って、知人郭翀龍が池に蓮を植えると李齊賢が君子池と名付たなど、周敦頤の「愛蓮説」を愛でていた。特に李穡は蓮に対する愛着は特別強く、周敦頤の「愛蓮説」には深い関心を寄せていた。李穡もまた楼を建てる際、池を掘り蓮を植えていた。そして、周敦頤が儒学の旨に基づいて物事を解決する姿に習って、物事を儒学の旨に基づいて行うことに努めた。鄭道傳（?～一三九八）もまた「景濂亭銘後説」（『三峯集』巻四）に「濂溪之言曰蓮花之君子也。……苟知蓮之爲君子、則濂溪之樂庶乎得矣。（濂渓の話しによれば蓮は花の君子であると言う。……蓮が君子であると分かれば、濂渓の楽しみは手に入れたものと同じだ）」と述べている。

韓国高麗時代の文人は周敦頤を儒学を考えるに当たってなくてはならない偉大な存在として扱っている。周敦頤に尊敬の念を持っており、蓮を君子たる存在であるとみなし、そのために食するわけにはいかなかったものと思われる。周敦頤に対する尊敬の念が甚だ高いことが窺える。また、中国宋代の詩人は周敦頤を尊敬するものの、食することと周敦頤の蓮とは別個に考えていた。言い換えれば周敦頤は尊敬するものの、蓮に対してはそれほどではなかったのではないか。そして中国では蓮を口にする詩文が多く見られるのは、古くから蓮を食品の一つとして普段に食べていたからであろう。

次に、韓国高麗時代の蓮の詩文に中国の蘇軾のような周敦頤に対するユーモア感覚が見られないことについて[17]。

韓国高麗時代の李穡は中国宋代の楊万里より遥かに後代の人である。「愛蓮説」を残した周敦頤（一〇一七～一〇七三）から考えると、楊万里は周敦頤から百年以上離れているが、李穡は三百年も離れている。文人たちは長年の歳月が経つにつれて周敦頤を模範にし、自分たちも君子のように生きることを願っていたがために、周敦頤に対する評価をさらに高めたことであろう。また現在においてもそうだが、韓国では儒家の名残で、目上の人に対しては礼儀としてかしこまった態度をとるし、冗談など言えない。また友達のような親しみを表すユーモアは失礼になる。これらのことからであろうか、韓国高麗時代の文人が描く周敦頤に対してユーモア感覚が認められないのは、周敦頤が優れた気高い儒学の模範となる崇拝の対象となった人物であったためであろう。それに比して、楊万里を始め、宋代の詩人は周敦頤と離れてはいるものの、高麗時代ほどではなく、また儒学者は周敦頤一人だけではない。周敦頤の優れた面を高く評価し敬意をはらっているものの、周敦頤に対しても優れた一人の人物として考えており、そのために親しみを持って、ユーモアも交える余裕が生まれたのであろう。

結

以上、中国の楊万里をはじめとする宋代詩人の詩文に描かれた「食蓮」を中心として、韓国高麗時代の文人が描いた「食蓮」とを照らしあわせて検討してみた。その結果、韓国高麗時代の文人には「食蓮」の詩文はほとんどなく、儒・仏・道に関連を持ちつつ、周敦頤の学問を重視し、周敦頤の「愛蓮説」をも重んじていた。それに比して、中国宋代の詩人は蓮を愛でる態度には視覚・味覚の両面を持っていた。蓮の視覚の面だけではなく味覚の清涼さの両感覚を詩に取りいれることにより、蓮の風格を心身ともにかみしめていたと考えられた。また、韓国高麗時代の詩文には周敦頤に対して中国の蘇軾のようなユーモア感覚は見いだせなかった。それは目上の人に対する礼儀から離脱することなく、周敦頤が優れた君子としての模範となる人物だったからである。

中国宋代の蓮に関する詩文には周敦頤の儒学面が描かれているものの、仏教・道教面がより多く詠われている。李志炎の『中国荷文化』に、唐代から牡丹が広く愛されており、宋代にも依然として続いていたために、蓮を愛するものは少ないと述べられる。[18] 牡丹は富貴を表す。蓮の詩が少ないのは、人々が現実的になったためとも考えられる。

中国宋代の詩人及び韓国高麗時代の文人は道・仏・儒ともに詳しい。本稿では蓮に関連をもつ道・仏・儒の一部に限定して扱ったが、さらに広く検討する余地がある。

注

（1）「圃隠鄭夢周の「食藕」詩小考」（『大谷森繁博士古稀記念朝鮮文学論叢』、白帝社、二〇〇二年）。

（2）「楊万里における「荷」の存在と特徴」（熊本大学『文学部論叢』第九〇号、二〇〇六、三月）。

（3）それ以外に、『名医別録』『食物本草』『食療本草』などにもみられる。

（4）「伊便撫箏而歌怨詩曰、爲君既不易、爲臣良獨難、忠信事不顯、乃有見疑患、周旦佐文武、金縢功不利、推心輔王政、二叔反流言」とある。

（5）「寄許主客」（『梅堯臣集編年校注』巻十八）に「昨日山光寺前雨、今朝邵伯堰頭風、野雲不散低浸水、魚艇無依尚蓋蓬、藕味初能消酒渇、蓼花猶愛照波紅、楊州有使急迴去、敢此寄聲非塞鴻」とあり、「會稽婦」（同前巻十八）に、「食藕莫問濁水泥、嫁婿莫問寒家兒。寒家黧黒面無脂」とある。

（6）前掲、「楊万里における「荷」の存在と特徴」参照。

（7）拙稿「牧隠李穡と『연못（蓮池）』」（『朝鮮学報』第百八十一輯、二〇〇一、十月）。

（8）『楊万里と誠齋体』（上海古籍出版社、一九九〇）五六頁。

（9）前掲『楊万里と誠齋体』一〇八頁。しかしながら二つの宗教に厳密な差がみられない面も見られる。楊万里の「永新重建寶峯寺記」（『四部叢刊初編集部』巻七十六）に、槎江居士がある日、夢であるところに至ってみるとまるで道家の小有天のようであった。そこには芙蕖が浸されており、林が連なって茂っていた。そこで迦陵頻伽に会った。その後、目が覚めた槎江居士は不思議に思いそこに寺院を建てたと言う。この記述をみると仏教と道教の厳しい区別がないように見られる。なぜなら、ある場所の形容に道家のイメージが深く表れているからである。また、范成大の「遊靈石山寺」（『石湖居士詩集』巻九）にも、「騒騒残絮罷、颭颭新荷成」と述べられている。この寺には次のような話が伝わる。寺の門の傍らの壁に仙人三人が詩を題したので、門番が主僧に知らせたところ、来てみるともうすでに姿が見えなくなっていたという。范成大はこの寺院に出かけてこの由来を思い、詩を作った。この詩では靈石山寺がいつ建てられたのかは明らかではないが、寺院という世俗から離れたところに仙人がやってきて遊ぶ姿が見られる。范成大は寺院を舞台とする仏教と仙人が出現する道教とが一つの所を共有することに魅力を感じていたのであろう。この二つの詩を通して、この時期には仏・道の両宗教が盛んになるにつれて、詩人の間に両者に強い関心を抱く者が増えたことにより、次第に二つの境界を乗り越えてこれを共有するようになったと思われるのである。

(10) 道教に関する蓮は八仙人の一人である何仙姑の紋章とも言われる。

(11) それ以外に、「菡萏亭」（『蘇軾詩集』巻十四）には「日日移牀趁下風、清香不斷思何窮、若爲化作龜千歳、巣向田田亂葉中」とあり、その王注に『史記・龜策傳』の「余至江南、長老云、龜千歳、乃遊蓮葉之上」を、施註に『抱朴子』より「千歳龜、浮於蓮葉之上、或在叢著之下」を引くように、不老長寿を表す亀が蓮葉の上にいる姿がうたわれるが、蓮もまた不老長寿と無縁ではないと思われる。

(12) 蘇軾の「辨道歌」の詩の第一句から四句までに「北方正氣名祛邪、東郊西應歸中華、離南爲室坎爲家、先凝白雪生黄芽」とあるが、その査注に、『周易參同契』を引いて、「衆邪辟除、正氣常存」「津液腠理」などと記される。また、蓮と道教との関連について、范仲淹（九八七〜一〇五二）は「寄贈林逋處士」（『范文正公集』巻三）に「餌蓮攀鶴頂、歌雪扣琴身」と述べており、晁補之（一〇五三〜一一一〇）は「復用前韻答十五叔父任城相會見和詩任城有李白舊游處錄於詩中」（『鶏肋集』巻十四）

に「太華玉蓮甘適口、我欲求之靑壁斗」と述べている。

(13) 拙稿「高麗時代の詩における「蓮」の一考察」（『東아시아比較文化研究』創刊号、石室出版社、二〇〇〇年、十月）、「高麗時代の仏教における「蓮」の表像」（『韓国高麗時代における詠物詩〈花木〉を中心として―韓中比較の観点から―』、平成12年から平成13年度科学研究費補助金（基盤研究C―2）研究成果報告書）参照。

(14) 中国宋代の徐兢が『宣和奉使高麗圖經』に高麗人は蓮を摘み取ろうとしなかったと述べる。詩にうたわれる例も、鄭夢周の「食藕」詩があるのみである。鄭夢周はどの学問よりも周敦頤の学問を重視し「愛蓮説」を愛でているが、徐兢が著した書物並びに自ら仏教を批判する詩文から考えると、鄭夢周が藕を食べたということは仏教を否定する心がないとはいえない。しかし、たとえ鄭夢周が「食藕」詩を残したとしても、高麗人の蓮に託するイメージが君子や仏像であるからには、蓮を高貴なものと見る意識は変わりがなかったと言えよう。

(15) 「詠蓮」三首其三（詩藁巻三十四）に「擧世誰酬令節、明年我辦華筵。愛此好逑君子、胡然而帝而天」とある。

(16) 黄庭堅もまた「濂溪詩序」を残しており、周敦頤に深い敬意を持っていた。

(17) 前掲、「圃隠鄭夢周の「食藕」詩小考」、「牧隠李穡と『연못（蓮池）』」参照。

(18) 主編李志炎・林正秋『中国荷文化』（浙江人民出版社、一九九五年、三月）に、「唐宋时爱牡丹者甚众、而爱莲者却甚少」（一一五頁）とある。

第二章　「帰去来」の隠逸の生活

一、「帰去来」類型とその独自性の確認

序

古代中国の詩人は世間と自然をテーマにした詩文を多く作っており、中には世間を離れて自然と共に生きることを願っていた者もいた。一般に世間を離れて自然とともに生きるということは官職を捨てて世から逃れて隠遁することを表すが、その過程は個人によってそれぞれ違っていた。例えば、はじめから仕官を拒否して世を避けて隠れる、一時は世に出たものの途中で世から逃れて隠れる、世にいながら隠れる、などの方法で世間から離れていったのである。また、世間を離れることを表す言葉には、「隠遁」を始め「逸民」「隠士」「逸士」「隠逸」「幽人」「朝隠」「大隠」「中隠」「小隠」などがある。隠遁の言葉にはどんな理由であれ世にいきるための処世術を含み持っているのであるが、これらの言葉を通して隠遁のあり方における時代の変化が窺える。いくつか具体的に見てみると、「逸民」は、『論語』「微子篇」に見られる言葉で、伯夷・叔斉のように自分の志を曲げることなく政治社会から離れて隠居した人々を表す。「隠逸」については、鍾嶸の『詩品』中に陶淵明（三六五～四二七）を「古今隠逸詩人の宗」とする記述が見られる。陶淵明は一時官職についたものの、途中官職を辞めて田園に隠れた人であったからである。「大隠」や「小隠」については、王康琚の「反招隠詩」に、「大隠隠朝市、小隠隠藪澤。（大隠は朝市に隠れ、小隠は藪沢に隠る）」と述べる。(1)小隠は山林に隠れることを、大隠は朝廷に仕官しながら心は山林におくことを表す。(2)「中隠」は、白居易（七七二～八四六）の「中隠」詩が代表的である。中隠は暇な職について官職に厳しく縛られることなく自由に生きる半ば隠居的

な生活を表わす。

また、山水に隠遁し世間の煩わしさを晴らそうとする姿が見られる。魏・晋時代に政治社会の矛盾から酒を飲み清談しながら竹林に遊んだ竹林の七賢、自然を好み多くの名士を蘭亭に呼んで曲水流觴の宴を開き、名士たちと詩文のやりとりをした王羲之（三二一～三七九）、唐代に輞川という別荘を構えて山水を楽しみ、隠居と官職を往来した生活を営んだ王維（六九九～七五九）などが挙げられる。

以上、世間を離れて自然とともにくらす隠遁は、詩人が官職生活あるいは歪んだ政治社会から逃れる手段として、山水という自然を通して心を癒す手段として利用してきた、その隠遁という帰去来の主たる目的は心の落ち着く場を得ることである。

帰去来に対するこれまでの研究は帰去来あるいは隠逸について論じるものが多く、帰去来の類型を論じたものはあまり見られない。本稿は、帰去来の類型を通して詩人の独自性を再確認することを目的とする。すでに述べたように帰去来の形は詩人によって様々であるが、本稿では官職にいながら隠遁を行った帰去来を中心に見てみることにする。それは今を生きる我らに共感を与える部分があると思われるからである。帰去来の類型としては官職を辞めて田園に帰る田園型・世俗と隠居を往来する往来型・世俗にいながら隠居したように静かに生きる中隠型の三つに分けられるが、それぞれの代表的詩人を挙げると次のようになる。その一つ目は、官職から逃れて隠遁を行った「古今隠逸の宗」といわれる陶淵明、二つ目は官職にいながら輞川という別荘で隠居を行った王維、三つ目は暇な職にいながら半隠居生活をしていた白居易である。これら三人に焦点を当てて、陶淵明はなぜ官職を辞めて隠遁を決意したのか、他の詩人、王維や白居易のような生き方はできなかったのか。王維はなぜ隠居と官職を往来し、白居易はなぜ半隠遁生活を好んでいたのか、王維や白居易は陶淵明のような生き方はできなかったのだろうか、彼らにとって帰去来はどういう意味を持つのか、これら三人が行った帰去来を通してそれぞれの生き方の特徴を確認するのがこの論のねらいである。また、ここに取り上げなかった官職にいながらの隠遁的な詩人や文人はおおよそこの三つの類型に属するであろう。

第一節　帰去来の類型

一　田園型

「帰去来」といえば、まず東晋の陶淵明が連想できる。陶淵明は十三年間の役人生活を辞めて故郷の田園に帰った。その帰郷の歓びを「歸去來兮辭」に残している。「歸去來兮辭」幷序には役人生活に入った理由を、「余家貧、耕植不足以自給。幼稚盈室、缾無儲粟。生生所資、未見其術。親故多勸余爲長吏。（余が家貧にして、耕植以て自ら給するに足らず。幼稚室に盈ち、瓶に儲粟無し。生生の資むる所、未だ其の術を見ず。親故多く余に長吏為らんことを勧む）」と述べている。つまり、役人生活をする契機になったのは生活のためである。しかし、また、「質性自然、非矯勵所得。（質性自然にして、矯励の得る所に非ず）」と述べており、官職生活は人の心に合わせないといけないと気づき、ついには自分の心に従い田園に帰ったのである。

田園に帰る気持ちを表した、「舟遙遙以輕颺、風飄飄而吹衣。問征夫以前路、恨晨光之熹微。乃瞻衡宇、載欣載奔。（舟は遥遥として以て軽く颺り、風は飄飄として衣を吹く。征夫に問うに前路を以てし、晨光の熹微なるを恨む。乃ち衡宇を瞻て、載ち欣び載ち奔る）」という句には、平生望んでいた志がかなえられたかのような喜びが窺える。また、「歸園田居」五首にも帰去来の喜びが述べられる。其一に、「誤落塵網中、一去十三年。（誤って塵網の中に落ち、一たび去って十三年）」

と、世間に出て役人生活をしたことが誤りであったと述べながら、結句には、「久在樊籠裏、復得返自然。（久しく樊籠の裏に在りしも、復た自然に返るを得たり）」と述べて、本来の自然の姿にもどることができたという。また、其五の結句には「歡來苦夕短、已復至天旭。（歓び来たりて夕の短きに苦しみ、已にして復た天旭に至る）」と、時間が経つことも忘れてしまいそうな自然での生活の喜びを述べる。これら二首の詩を通して、帰去来によって本来望む生活ができたことを喜んでいたことが窺い知られる。

また、帰去来後の生活ぶりがどうであったかを見てみると、「歸去來兮辭」に、「悅親戚而情話、樂琴書以消憂。農人告余以春及、將有事於西疇。或命巾車、或棹孤舟。既窈窕以尋壑、亦崎嶇而經丘。（親戚の情話を悦び、琴と書を楽しんで以て憂を消さん。農人余れに告ぐるに春の及ぶを以てし、将に西疇に事有らんとすと。或いは巾車を命じ、或いは孤舟に棹さす。既に窈窕として以て壑を尋ね、亦た崎嶇として丘を経る）」と述べる。田園での生活には世間の煩わしさは見られない。また、続いて「懷良辰以孤往、或植杖而耘耔。登東皐以舒嘯、臨清流而賦詩。（良辰を懐うて以て孤り往き、或いは杖を植てて耘耔す。東皐に登りて以て舒に嘯き、清流に臨みて詩を賦す）」と述べる。帰去来後の生活は、ある時は心の合う人と世間話をし、ある時には琴を引いて書物を読み詩を作る。また、退屈な時や晴れた日には山や水辺に出かけるといった、自然の成り行きに従って生きる生活である。「歸去來兮辭」の結句には「聊乘化以歸盡、樂夫天命復奚疑。（聊か化に乗じて以て尽くるに帰し、夫の天命を楽しみて復た奚をか疑わん）」と述べており、天命を素直に受け入れて何の迷いもなくなることができたのは帰去来したからである。陶淵明はこのような生活に満足を覚えていたのである。

陶淵明が役人生活を辞めた原因の一つは不安定な政治社会にあった。晋室が没落への道をあゆみ、新王朝が建立されるに到る波乱の時期、孝武帝の時には軍閥劉牢之、殷仲堪が勢力を伸ばしており、孝武帝が殺されて安帝が政権を握る。この安帝の時に桓玄が劉牢之を討ち、その桓玄はその翌年二月に劉裕に討たれる。二、三年の間に何人かが入れ替わるめまぐるしい社会情勢である。陶淵明はこの世が悪い方向に変わっていく姿に失望し、後に劉裕が興した宋に仕えることなく、(3)田園に帰って一生を送ったのである。

陶淵明の生き方は当時の他の隠遁者と違うところが見られる。陶淵明の伝は『宋書』『晉書』『南史』などの「隱逸傳」に収められており、『蓮社高賢傳』には、周續之・劉遺民とともに三隠の一人として扱われている。また、沈約(四四一〜五一三)の「隱逸傳」(『宋書』巻九十三)、蕭統(五〇一〜五三一)の「陶淵明傳」(『全上古三代秦漢三國六朝文』全梁文巻二十)、「蓮社高賢傳」(『漢魏叢書』不入社諸賢傳)などには、曾祖陶侃が晋世の宰輔であったことから、後の王朝である宋に仕えるのを恥ずかしく思い、宋の高祖(劉裕)に出仕しようとしなかったと評価する。このような評価は『論語』「微子篇」に「逸民」として評価する周の伯夷・叔斉と相通じるところがある。伯夷・叔斉は周王朝の時に武王が紂を討ったことで武王を非難し首陽山に隠れてわらびを食べていたが、結局は餓死する、自分の志を曲げることなく政治社会から離れて隠居した。隠逸者である陶淵明、逸民である伯夷・叔斉がともに世を避けた理由は、自分の志を曲げることなく政治社会から離れて暮すためであった。しかし、両者ともに隠遁を行っても陶淵明の田園生活は伯夷・叔斉及び『後漢書』逸民伝序に見られる隠者の六類型の隠居者とは違っていた。(4)それは「飲酒」二十首其五に「山氣日夕佳、飛鳥相與還。此中有眞意、欲辨已忘言。(山気は日夕に佳く、飛ぶ鳥は相い与に還る。此の中にこそ真の意あり、弁ぜんと欲して已に言を忘る)」と述べているように、田園に帰ることによって真の自分を見つめることができたからである。ここに陶淵明の隠居に対する独自性があるのではないかと思われる。

二　往来型

世間と自然を往来する生活をした詩人として王維が挙げられる。王維は給事中となった時、安禄山の乱が起きるや賊軍に捕まえられて長安及び洛陽の寺院に監禁されたが、賊軍の脅迫によってやむをえず仕官した。そのために乱が治まると王維は戦犯と裁判されるはめになった。そこで、当時刑部侍郎であった弟王縉の助命運動により自由の身になったものの、官職は太子中允に下降された。それ以後、王維は中書舎人を経て再び給事中となり、最後には尚書右丞となって生涯を終えた[5]。その間、王維は終南山の麓にある輞川の別荘と官職に往来する生活をしたのである。「輞川集」竝序（『王右丞集箋注』巻十三）に、「余が別業は輞川の山谷にあり[6]」と述べられる、輞川の別荘はかつて則天武后朝の宮廷詩人であった宋之問（六五六〜七一二）が所有した所である。王維はここで自然をともにしながら詩作を行い「輞川集」を残していた。

「輞川集」を通して描かれた自然風景を見てみよう。「鹿柴」には、「返景入深林、復照青苔上。（返景深林に入り、復た青苔の上に照らす）」と、静まりかえった山に夕日の光が深い林にさしこんで真っ青な苔の上を照らす光景が、「北垞」には「北垞湖水北、雜樹映朱欄。（北垞湖水の北、雑樹朱欄に映ず）」と、樹木の緑があかい手すりに照り映えている姿が歌われる。ともに光に対する細かな観察力が窺える。また、「斤竹嶺」には、「檀欒映空曲、青翠漾漣漪。（檀欒空曲に映じ、青翠漣漪に漾よう）」とあり、「柳浪」には、「分行接綺樹、倒影入清漪。（分行綺樹接し、倒影清漪に入る）」との表現が見られ、水辺に映る自然の静的美しさが歌われる。さらに、「茱萸沜」には、「結實紅且綠、復如花更開。（実を結んで紅にして且つ緑、復た花の更に開くが如し）」と、紅と緑が実を結んでおり、それがまるで花が咲いているかのようであると述べている。「欹湖」には、「湖上一廻首、山青卷白雲。（湖上一たび首を廻らせば、山青く白雲巻く）」と、青い山と白い雲が歌われる。自然の色彩豊かさと鮮やかさが目立つ。王維は輞川の別荘を通して美しい自然を発見していたことが窺える。

また、「輞川集」には、隠居の静かな生活が述べられる。「竹里館」に、「獨坐幽篁裏、彈琴復長嘯。深林人不知、明月來相照。（独り坐す幽篁の裏、琴を弾じ復た長嘯す。深林人知らず、明月来たりて相い照す）」と述べる。奥深い茅葺きのなかで一人坐って琴を弾じて歌を歌い、いい気分になる。世俗のことを忘れていく姿、自然と向き合う楽しい様子が歌われる。また、「臨湖亭」には、「輕舸迎上客、悠悠湖上來。當軒對樽酒、四面芙蓉開。（軽舸もて上客を迎え、悠悠として湖上に来る。軒に当って樽酒に対すれば、四面芙蓉開く）」と述べる。世間に拘束されないでのびのびと杯を交わす、あたり一面にハスが咲いているといった様子には世間の煩わしさは感じられない。すでに述べた「欹湖」詩に見られる白雲の自由な動きにも世俗の姿は見られない。すなわち、王維の描く隠居の静かな生活には世俗を離れた清らかさが漂うのである。

ところが、「歸輞川作」（巻七）には、「悠然遠山暮、獨向白雲歸。菱蔓弱難定、楊花輕易飛。東皐春草色、惆悵掩柴扉。（悠然たり遠山の暮、独り白雲に向って帰る。菱の蔓は弱くして定め難く、楊花は軽く飛び易し。東皐春草の色、惆悵して柴扉を掩う）」と述べている。王維は夕方帰って来て扉を閉める、その理由は菱の蔓と楊花のためである。菱の蔓と楊花はこの世を表しており、菱の蔓が弱々しく揺れてやまない、ヤナギの花が軽々しく飛び散り易い姿を見て、心は遠く見える白雲に向かう。王維の世間に対する失望感がぬぐえない気持ちが窺える。つまり、王維は輞川で世俗の煩わしさを癒していたものと見られる。

王維が官職にいながら山水を往来する姿は魏・晋時代に竹林で酒を飲み清談に耽った七賢や、蘭亭で詩人を集めて詩歌を作った王羲之などと相通じるところがある。王維と竹林七賢と王羲之は時代背景及び思想が異なっており、比較するのは無謀にも思われるが、しかし、少なくとも山水を好み山水を舞台に憂さを払っている点においては同様である。そこで王維と竹林七賢や王羲之を比較してみると、山水を愛でる態度には差異が見られる。七賢は竹林で清談に耽っており、その清談の内容は明らかではないが、志を得ない知識人が内心の苦悩を感じて政治道徳を批判する老荘思想に基づいた哲学的な談論を行ったと見なされる。当時は儒学の礼教が重んじられていたが、七賢はこれに反発して礼教を無視し憂さを払っていた。『世說新語』「任誕」に見られる一例として、竹林七賢の一人阮籍（二一〇～二六三）は礼教を無視して、母の喪に服する際、肥えた豚を蒸して食べ、二斗の酒を飲み母に別れをつげた。世俗を超えた態度である。これに比して王維にはこのような大胆な行動は見られない。また、王羲之については「三月三日蘭亭詩序」に、蘭亭で多くの名士と詩のやりとりする姿が、また「臨河敘」に四十二人の名士を呼んで山水を愛でる姿が述べられている。[7] 一方、孫綽の「三日蘭亭詩序」には、「山水を借りて以て其の鬱結を化す」と述べる。[8] 蘭亭での集まりは山水の美を通して世間の煩わしさをほぐしていたことが窺えるし、またその雰囲気は、「無絲竹管弦之盛」と述べるように穏やかな雰囲気であった。しかし、また、謝安伝には「寓居會稽、與王羲之及高陽許詢桑門支遁遊處、出則漁弋山水、入則言詠屬文、無處世意。（会稽に寓居して、王羲之及び高陽の許詢・桑門支遁と遊び処む、出ずれば則ち山水に漁弋し、入れば則ち言詠して文を属る、世に処る意無し）」と記述されており、続いて、「於土山營墅、樓館林竹甚盛、毎攜中外子姪往來游集、肴饌亦屢費百金、世頗以此譏焉。（土山に墅を営み、楼館林竹甚だ盛んなり、毎に中外の子姪を攜えて往来游集し、肴饌も亦た屢ば百金を費やす、世頗る此を以て譏る）」との記載が見られる。[9] これは謝安が行ったことではあるものの、当時の山水の遊びは派手なものであったことが想像できる。王羲之が大勢の人を呼んで曲水流觴の宴を開いたのは謝安のように派手なものではないが、「臨河敘」に「不能賦詩、罰酒各三斗」と述べていることから考えると、にぎやかな遊びではなかったかと推測される。王羲之の山水を愛でる態度はまた王維とは異なるのである。

以上のことを通して、王維の輞川の美しい山水を詩に詠じている姿には、竹林七賢や王羲之のようににぎやかな様子はなく、静かな雰囲気の中で行われていたと言えよう。王維は静かに山水を受け入れているがために自然の細かさかつ美しさが発見できたと思われる。それだからこそ自然に自らを溶け込ませる詩を残すことができたのではないだろうか。

三　中隠型

「大隠住朝市、小隠入丘樊。丘樊太冷落、朝市太囂諠。不如作中隠、隠在留司官。（大隠は朝市に住み、小隠は丘樊に入る。丘樊は太だ冷落、朝市は太だ囂諠。如かず中隠と作り、隠れて留司の官に在るには）」（『白居易集』巻二十二）とはじまる「中隠」詩は白居易が東都分司、太子賓客として洛陽に分司した時（八二九年、五十八歳）に作った詩である。太子賓客はもともと漢の高祖の時、太子のために迎えた商山の四皓から始まったもので、白居易は「四皓の官」と呼んでいた。この職は太子に侍従するという名義はあるものの、東都の分司であるだけにその実務がなく閑な職である。白居易はこの職にあって実務に縛られることなく自由な生活を営み、半ば隠遁者のような生活をしたのである。

白居易は五十八歳と六十二歳（八三三）の時に二度にわたって太子賓客を歴任した。この時の詩を見てみると、春が去った今、役所の仕事が少ないので、酒を飲み酔えば歌を聴くといった生活を詠じる「閑吟二首」其一（巻二十八）には、「憶得陶潜語、羲皇無以過。（憶い得たり陶潜が語、羲皇も以て過ぐる無し）」と、陶淵明の言葉もおもい合わせられる羲皇以前の生活ぶりだと述べる。また、この詩の其二には、「嵩洛供雲水、朝庭乞俸錢。長歌時獨酌、飽食後安眠。（嵩洛雲水を供し、朝庭俸銭を乞う。長歌時に独り酌み、飽食して後安く眠る）」と、朝廷から俸銭をもらって、長歌・独酌・飽食・安眠できると述べる。これらの詩以外にも、太子賓客の生活をすることによって貧に苦しむことなく心身ともに安らかに過ごす詩が多数見られるが、[10] これらの詩には気楽さが表れている。白居易はこの「中隠」生活を通して「帰去来」を見つけていた。

陋巷乘籃入、朱門挂印迴。腰間抛組綬、纓上拂塵埃。屈曲閑池沼、無非手自開。
青蒼好竹樹、亦是眼看栽。石片擡琴匣、松枝閣酒盃。此生終老處、昨日卻歸來。
（陋巷籃に乗りて入り、朱門印を挂けて廻る。腰間組綬を抛ち、纓上塵埃を払う。屈曲せる閑池沼、手自ら開くに非ざるは無し。青蒼たる好竹樹、亦是れ眼のあたり看て栽う。石片琴匣を抬げ、松枝に酒盃を閣く。此生終老の処、昨日却帰し来る）
（「罷府歸舊居」、巻三十一）

この詩は河南伊を辞めて再び洛陽の自宅に帰った時の作品である。官職の重みを解いて、かつて自ら掘った池や自ら監督して植えた竹樹を見ながら、琴と酒を楽しみよい気分になる。我が家、終焉の地に帰って来た喜びが歌われる。「閑吟二首」其一に、陶淵明の言葉はおもい合わせられると述べるここの生活こそ白居易の「帰去来」であったのである。

王康琚の「反招隠詩」には、真の隠遁は朝市に隠れるべきであると言い、山林への隠遁を否定する。白居易は大隠でも小隠でもない中隠を選んだが、中隠になれば、大隠のように忙しいこともなく、心と力を費やさなくとも小隠の飢えや寒さから免れることができる。また、月々俸銭が入るので自分がしたいことができる。行きたいところにも行けるし、好きに遊ぶことができる。また世間から離れて静かに過ごすこともできる。心身ともに気楽である。大隠や小隠には味わえないものである、という。

白居易の「中隱」の発想について、若槻俊秀氏は、「孟子」の公孫丑上に源泉をたどれると述べている。また、白居易は伯夷（小隠）、柳下恵（大隠）の仲間にして平衡感覚を身につけているところの中隠を、新しい隠者像として提挙しているのであると述べておられる。(11) 中隠が小隠と大隠の中間のものであるとする見解は妥当であると思われるが、

『孟子』の公孫丑上に源泉をたどって、君子たるものは小隠と大隠の中間にして平衡感覚を身につけていると述べる言葉の中には、君子が中庸を守ることを中隠に当てはめているかのように見える。もしそうだとすればそれは妥当ではないと思われる。平衡感覚を身につけているところ、すなわち君子たるものがその中間（伯夷の隘（心の狭量）、柳下恵の不恭）に身を置くべきであるとするところに中隠を用いるのは無理があると思われるからである。「伯夷は隘。柳下恵は不恭なり。隘と不恭とは君子に由らず」の句について、『孟子正義』（『諸子集成』）の疏に「中和爲貴」とある。これは中庸を理想とすることを表す。もしも中庸を中隠におき替えるならば、君子たる聖人生活の価値は中隠生活にあるということになる。『孟子』の公孫丑上に見られる、心が狭くとも慎ましくなくともよくない、君子に由らないというのは、あくまでも君子のあり方を表したものである。従って、これを中隠の生活に結びつけるのは無理があると思われるのである。

白居易の「中隠」生活は官職についている詩人や文人の理想生活でもあった。宋の蘇軾（一〇三六～一一〇一）の「六月二十七日望湖樓醉書五絶」其五（『蘇軾詩集』巻七）には、「未成小隱聊中隱、可得長閑勝暫閑。（未だ小隠を成さず聊か中隠す、長閑の暫閑に勝るを得べけんや）」という句が見られる。これは白居易「和裴相公傍水閑行絶句」詩（詩集外中）の「偸閑氣味勝長閑（偸閑の気味は長閑に勝る）」句を引用したものである。蘇軾は白居易の中隠生活をたたえていたことが窺えるが、官界がやかましくとも静かにのんびりと日々を過ごす白居易の「中隠」生活は後の詩人や文人に共感を与えていったのであろう。

第二節　類型からみる詩人の独自性

貴族社会に生きた陶淵明と科挙制度があった社会に生きた王維、白居易はそれぞれ置かれた時代や社会的情況が違っている。詩人の生き方は異なった時代や社会によって決められてしまうことがある。しかし個人の性格や生き方は社会に適応するために一部変化はあるにせよ、それ自体は容易に変えられるものではないと思われる。ここで仮説を立ててみよう。陶淵明が田園に帰らず王維のように隠居と官職を往来する生活をしたとするならば彼はそのような生活に耐え得ただろうか。また、白居易のように暇な官職についたなら優雅な生活ができただろうか。結論から言えば、王維のような生活や白居易のような生活はともに不可能だと思われる。

陶淵明は二十九歳の時、郷里の江州の祭酒に出仕したがまもなく辞めた。その頃のことを「疇借苦長飢、投耒去學仕。將養不得節、凍餒固纏己。是時向立年、志意多所恥。（疇借長なる飢えに苦しみ、耒を投じて去きて学仕す。将養節を得ず、凍えと餒えとは固より己に纏る。是の時立年に向んとするも、志意恥ずる所多し）」（「飲酒」其十九）と述べており、食のために官職についたが自分の志に恥じることが多いと考えて職を辞めていた。また、三十五歳や四十歳の時にも仕官したが、これまた長続きしなかった。四十一歳で彭澤の長官を辞めた理由として、「尋程氏妹喪于武昌。情在駿奔、自免去職。（尋いで程氏妹、武昌に喪る。情は駿奔に在り、自ら免じて職を去る）」（「歸去來兮辭」）と妹の死にあると述べているが、妹の死については一言も述べていない。すなわち、帰去来の本質は拘束の多い役人生活を辞めることにあり、妹の死はその口実にすぎなかった。さらに沈約の「隱逸傳」には、陶淵明が役人生活を辞めた理由を、わずかな俸給のために郷里の官吏に頭を下げることをよしとしなかったためとする。陶淵明は仕官をしながら官職者の腐敗を見ており、それに耐えられなかったことであろう。(12) これらのことを考えると、陶淵明にしてみれば官職それ自体に嫌気がさしていたと思われる。従って、官職と隠居を往来する生活も中隠生活も無理であると思われる。

一方、王維は陶淵明のように官職を捨てて田園に帰る生活ができただろうか。また白居易のように暇な官職についたならば満足する生活ができただろうか。

王維の詩を見てみると、田園生活の楽しさが歌われる。

「渭川田家」(巻三)には「田夫荷鋤立、相見語依依。卽此羨閒逸、悵然歌式微。(田夫鋤を荷いて立ち、相い見て語は依依たり。此に即して閒逸を羨み、悵然として式微を歌う)」と、田園の仕事をして帰る農夫の生活を羨む姿が歌われる。

また、「田園樂七首」(巻十四)には田園に帰った陶淵明を歌う。

出入千門萬戸、經過北里南鄰。蹀躞鳴珂有底、崆峒散髮何人。
(千門万戸を出入し、北里南隣を経過す。蹀躞として珂を鳴らす底か有らむ、崆峒に髪を散ずるは何人ぞ)
(「田園樂七首」其一)

再見封侯萬戸、立談賜璧一雙。詎勝耦耕南畝、何如高臥東牕。
(再見して侯に万戸に封ぜられ、立談して璧一双を賜わる。詎ぞ勝らん南畝に耦耕するに、何ぞ如かん東窓に高臥するに)
(「田園樂七首」其二)

其一は、宮殿に出入りして仕官をあるいは地位を進むことを願う人がいる。玉の馬飾りを付けて官吏になったとしてもそれはどうということではない、むしろ世間を超越した人になるのは悪くないと述べる。其二は、君主に会ってちょっと話しただけで貴族になり高い官職にあがったりする。それも一つの人生の道だが、長沮や桀溺のように南の畑を耕して清らかな隠遁生活をするのがかえってよいことかもしれないと述べる。また、この詩の其三には、「杏樹檀邊漁父、桃花源裏人家。（杏樹檀辺の漁父、桃花源裏の人家）」と述べており、其四には、「一瓢顔回陋巷、五柳先生對門。（一瓢顔回の陋巷、五柳先生門に対す）」と述べる。陶淵明の「桃花源記」を理想郷として憧れており、陶淵明の生き方を人生を楽しむ一つのよい方法として評価している(13)。

ところが、王維は陶淵明のように世俗を捨てることはしなかった。「偶然作六首」其三に、「日夕見太行、沉吟未能去。問君何以然、世網嬰我故。小妹日成長、兄弟未有娶。家貧祿既薄、儲蓄非有素。幾迴欲奮飛、踟蹰復相顧。（日夕に太行を見れども、沈吟して未だ去く能わず。君に問う何を以て然ると、世網の我を嬰ぐが故に。小妹は日に成長しつつ、兄弟は未だ娶れる有らず。家貧しくして禄既に薄く、儲蓄は素有るに非らず。幾廻か奮飛せんと欲し、踟蹰して復た相顧みぬ）」と、真の自由世界に行きたいが、直面している現実では無理であると述べる。王維にとって陶淵明のような生活はただの理想にすぎないのである。ことに、王維は田園に帰ることなく公務の余暇を利用して官職と別荘とを往来する生活をしたのである(14)。

ならば王維は白居易のように暇な職に勤めなくてはならないのなら仕方なくその暇な職についていたと思われるが、しかしその暇な職には満足できなかったと思われる。

王維は十五歳の時に、「過秦始皇墓」を作っており、幼いときから世間で認められて安禄山の乱以後に中書舎人、給事中となり、最後には尚書右丞（七五九年）まで昇ったことを考えると、高官ではなく暇な職についていては満足できなかったことであろう。また、蘇軾は「摩詰の藍田烟雨図に書す」（『蘇軾文集』巻七〇）に、「摩詰の詩を味わえば詩中に画有り、摩詰の画を観れば画中に詩有り。」と述べているように、王維の詩には絵画のような美しさがある。世俗において暇な職についていれば山水の美、自然の美が発見できただろうか。すでに「輞川集」を通して見てみたが、また「山中」（巻十五）に「荊渓白石出、天寒紅葉希。（荊渓白石出でて、天寒く紅葉希れなり）」と述べており、藍田にある荊渓の美しさを白と紅の色彩を用いて歌う。また「終南山」（巻七）には「白雲迴望合、青靄入看無。（白雲望を廻らせば合し、青靄看に入りて無し）」とあり、白と青の雄大な自然の調和を描く。さらに、「早秋山中作」（巻十）には「草堂蛩響臨秋急、山裏蟬聲薄暮悲。（草堂の蛩響秋に臨んで急に、山裏の蟬声暮に薄って悲しむ）」と述べており、虫の声にも耳をそばだてており、遠近の風景をも描く。(15) これら人気のない静かな自然を愛する王維にとってみれば世俗の暇な職の生活からは清らかな山水の美を発見するのは無理があるのではないかと考えられる。

白居易もまた王維が生活のために官職を辞めなかったように、官職を辞めることはしなかった。しかし、王維のように官職と隠居を往来する生活を強いられたならば、そのような生活ができないことはないであろうが、しかしあまり好ましくはないと思ったかもしれない。

白居易は幼い時から聡明で、二十九歳の時には進士科に最年少者として及第し、次々と官職を歴任して左拾遺に昇った秀才である。しかし、時政を批判する権限をもっていた頃は、皇帝に対しても直言極諫を行っていた。そのためについには皇帝や権力者に憎まれるようになった。その例として、四十四歳の時に武元衡を刺殺した賊を捕まえることを上疏したが、越権の責めにより江州に左遷されたことがある。江州司馬に任ぜられた時のことを描いた「思往喜今」詩（巻二十八）に、「雖在簪裾從俗累、半尋山水是閒遊。謫居終帶鄉關思、領郡猶分邦國憂。（簪裾に在りて俗累に従うと雖も、半ば山水を尋ねて是に閒遊す。謫居終に郷関の思を帯び、領郡猶お邦国の憂を分つ）」と、官に在って俗累に束縛されていたし、しかも貶謫の身であったから心は常に懐郷の思いにとざされ、地方官として邦家の憂いを担っていたと述べる。この時すでに権力者の腐敗を見ていたと思われる。また、五十一歳で杭州刺史に赴任する際に書いた「馬上作」（巻八）に、「一列朝士籍、遂爲世網拘。（一たび朝士の籍に列り、遂に世網に拘せらる）」と、朝士の列に加えられて世俗の網にかかって拘束されることになる。さらに、五十八歳（八二九）の春、長安で作った作、「對酒五首」（巻二十六）に「蝸牛角上爭何事、石火光中寄此身。（蝸牛角上何事をか争う、石火光中此身を寄す）」と述べている。「蝸牛角上」は『莊子』「則陽篇」に見られる言葉で、かたつむりの左角に国を作っている触氏が右角の蛮氏と地を争って戦うという寓話であり、小さい利益の争いにたとえるものである。「石火光中」は石と石を打って発する火の光で、諸行無常のことを表す。この詩は人間が短い人生のなかにおいて小さな利益のために争う情けなさを述べたもので、権力者が名利をむさぼり争う姿を表していた。白居易はこのように、権力者の腐敗したやり方を見て政界に失望していたものの、官職を辞めることなく、刑部尚書に至って辞めている。

弟への祭文に「私が之まで勤めたのは亀児の服喪が終わるのを待ってしたことである。今辞表を提出し、ながのおいとままたは洛陽勤務を願っている。家中で洛陽に移り、病気を養い、亀児や阿羅の成長を見守りながら老後を暮らしたいからだ。」と述べている。(16) 白居易が権力者の腐敗を見ても官職を辞めることなく官職に就いた理由は老病や子供世話などの生活維持のためである。

ところで、太子賓客分司の生活をしながら人々が朝官によって苦しい生活を余儀なくされる姿を描いた詩が見られる。「苦熱」（巻二十八）、「思往喜今」（巻二十八）、「憶夢得」（巻二十六）、「勉閒遊」（巻二十七）、「晩歸早出」（巻二十八）、「自喜」（巻三十一）などがそれである。「苦熱」には、「朝客應煩倦、農夫更苦辛。始慚當此日、得作自由身。（朝客応に煩倦すべし、農夫更に苦辛せん。始めて慚ず此の日に当たり、自由の身と作るを得たるを）」と、暑熱の時ただでさえ暑いのに朝官は定めて難儀するであろうと述べる。また、「勉閒遊」には「貧窮心苦多無興、富貴身忙不自由。（貧窮なれば心苦んで多く興無し、富貴なれば身忙がしくして自由ならず）」とあり、「憶夢得」に「官高俗慮多（官高くして俗慮多し）」とある。朝官は富貴ではあるが心身ともに苦しいと述べている。たとえ官職が心身ともに苦しくとも老病や子供の世話など生活維持のためならやむを得ず我慢していたことがうかがえる。そういう意味で、白居易は王維のように官職と隠居を往来する生活ができたかもしれない。

以上、三人の帰去来の特徴を見てきた。三人は帰去来することによってそれぞれ個性あふれる満足した生活を送れたと思われる。すなわち、陶淵明は田園に帰ることで貧しい生活を強いられたが、(17)しかし自然の中で自らを見つめることができた。また、王維は詩・画にすぐれているだけに、隠居と官職を往来することによって山水の美を見つけて輞川集に残すことができた。また、白居易は中隠生活することにより、自分の好きなことができ優雅な生活を営むことができたと思われる。

結

周王朝にあっては伯夷・叔斉が政治社会から離れて隠遁を行い首陽山に隠れて住んだ。魏・晋時代には陶淵明が田園に帰って隠遁を行い、竹林七賢や王羲之などは山水を求めた。さらに、唐代になると、王維・白居易は官職にいながら隠居を行っていた。これら知識人の隠居は世間、特に政治・社会に対する不満から世を逃れ、世間を離れるものである。これこそ自然に帰る「帰去来」である。その帰去来を「田園型」「往来型」「中隠型」に分けて、その中心的存在である陶淵明・王維・白居易について考察してみた。彼らは異なった帰去来をしているが、そこには各自の理想郷が存在しており、そこで満足した帰去来の生活を得た。

時代が下って、宋時代になると、詩人や文人は晩年を地方官として送ることが多く、退官後に自然と共に生きる隠居生活を行ったり、左遷されたところに庭園を営んだりする姿が見られる。たとえば、欧陽修（一〇〇七〜一〇七二）は二十四歳で進士に及第して以来、次々と官職を歴任し参知政事（副宰相）にまで昇り、さらに宰相に昇る機会があったが、それを断って地方官になって隠退を行った。王安石（一〇二一〜一〇八六）は晩年は江寧に隠退して鐘山（江寧）で老後を送った。また、陸游（一一二五〜一二一〇）は歴史編集官を免職されたのを契機に故郷に帰って隠退生活をしており、楊萬里（一一二七〜一二〇六）は晩年郷里で隠退生活を送った。官僚として充実した生活を営み、隠退あるいは晩年になってから隠遁を行い、隠退生活の中に自然を求める姿は、人間の本来の帰去来かもしれない。

注

（1）『先秦漢魏晉南北朝詩』晉詩巻十五。
（2）茂木信之氏は「文人と隠逸」に、小隠は自己投棄的にまるごと官を離脱する隠逸であり、「大隠」は官に在りながらその職務（世務）だけ離脱しようとする趣味的隠逸であると述べる（『中華文人の生活』荒井健編、平凡社、一九九四年）。
（3）沈約の隠逸傳（『宋書』巻九十三）に「潛弱年薄宦、不潔去就之迹、自以曾祖晉世宰輔、恥復屈身後代、自高祖王業漸隆、不復肯仕。所著文章、皆題其年月、義熙以前、則書晉氏年號、自永初以來、唯云甲子而已」とあり、蕭統の「陶淵明傳」（『全上古三代秦漢三國六朝文』全梁文巻二十）、「蓮社高賢傳」（『漢魏叢書』不入社諸賢傳）にも同様の内容が記述されている。
（4）『後漢書』逸民傳序に隠者の六類型に、「隱居以求其志」「曲避以全其道」「靜己以鎭其躁」「去危以圖其安」「垢俗以動其槩」「疵物以激其清」がある。
（5）王維は拘禁されていた時、「菩提寺禁、裴廸來相看、説逆賊等凝碧池上作音樂、供奉人等擧聲、更一時涙下、私成口號、誦示裴廸」詩を作り、この詩のおかげで罪を免れた。

（6）輞川については、『讀史方輿紀要』巻五十三に詳しい。

（7）『全晉文』巻二十六。

（8）『藝文類聚』巻四、「歳時部中、三月三日」の三日蘭亭詩序。

（9）『晉書』巻七十九、列伝四十九。

（10）「日高臥」（巻二十八）、「吾土」（巻二十八）、「分司初到洛中偶題六韻翠呈馮撤」（巻二十七）、「洛橋寒食日十韻」（巻二十六）、「快活」（巻二十六）、「睡覺偶吟」（巻三十一）、「池上閒吟二首」（巻三十一）などがある。

（11）若槻俊秀氏は「中国における隠者観の変遷（承前）」（『文芸論叢』弟九号、大谷大学文芸研究会、一九七七）に、「伯夷はその君に非ざれば事えず。其の友に非ざれば友とせず。悪人の朝に立たず。悪人と言わず、悪人と言えば、朝衣朝冠を以て塗炭に坐するが如し。柳下恵は汚君を羞じず。小官を卑しとせず。進んで賢を隠さず。必ず其の道を以てす。遺失せらるるも怨まず。阨窮するも憫えず。孟子曰く、伯夷は隘。柳下恵は不恭なり。隘と不恭とは君子に由らず」と述べており、さらに「伯夷の隘（心の狭量）、柳下恵の不恭は、いずれも一方に偏して正しくない。君子たるものは、その仲間に身を置くべきであるというのである」と「孟子」の公孫丑上を引用して、白居易の中隠詩を当てはめて述べておられる。

（12）拙著『韓国高麗時代における「陶淵明」観』（白帝社、二〇〇〇年）参照。

（13）伊藤正文氏は、輞川荘造営について、「精神の自由と官僚生活の調和を保証する場として機能すべきものである」と述べる（『王維』、集英社、昭和五十八年）。また、入谷仙介氏（『王維』、筑波書房、昭和四十八年）は輞川の渓谷を王維においての地上の理想境として位置づけている。

（14）道上克哉の「王維の輞川荘について」（「学林」第十二号）に「田園の情景は王維の藍田の別業におけるものと見なしてよいだろう」と述べる。

（15）「積雨輞川荘」（巻十）に「漠漠水田飛白鷺、陰陰夏木囀黄鸝」とあり、「酬郭給事」（巻十）に「洞門高閣靄餘暉、桃李陰陰柳絮飛」とあるなど、色彩を対句にした詩は多数ある。また、「使至塞上」（巻九）には「大漠孤煙直、長河落日圓」と、広いそらに広がる煙の直線と落日の丸い形が歌われる。

(16) 「祭弟文」(巻六十九)に「待終龜兒服制。今已請長告、或求分司。來擬移家、盡居洛下。亦是夙意、今方決行。養病撫孤、聊以終老」とある。

(17) 「歸去來兮辭」には「家は膝を入れるのがやっとの狭い所であって貧しく、飢えや凍えに苦しい」と述べられている。

二、韓国の古典文学に見られる「帰去来」

――中国における帰去来の類型との比較観点から――

序

中国の陶淵明が「帰去来辞」を残して以来、後代の詩人や文人は陶淵明を賞賛して「帰去来」を用いて詩文を作ったり、陶淵明が「帰去来辞」において描き出した生き方を自らも実践していた。筆者は「帰去来類型とその独自性の確認」(『熊本大学『文学論叢』七十九号、二〇〇三、三)において、中国における帰去来の類型について、その代表的存在である陶淵明を軸に、王維や白居易の作品をも視野に入れ、これを田園型・往来型・中隠型の三つに分けて述べておいた。一方、拙著『韓国高麗時代における「陶淵明」観』(白帝社、二〇〇〇年)においては、韓国の詩人や文人の陶淵明に対するイメージは強く、「帰去来辞」に和する詩文を作っており、桃源郷に因んで青鶴洞の理想世界を作っていたことを述べておいた。

このように見てくると、韓国の帰去来に関する詩文には、中国の陶淵明のように世間と隣同士にいながらの生活、王維のような世間と官職を往来する生活、また、白居易のごとく暇な職に居ながらの気ままな中隠生活はあまり見られない。例えば、新羅時代の崔致遠は伽倻山に入って隠居し、二度と世間に現れなかったと言われる。また、高麗時代においては、乱を避けて一時的に隠居を行うものや、仕官できなかったために隠居するものがあるにせよ、一般に詩人や文人は仕官していた。

本稿では韓国古典文学における帰去来の類型について考えたいと思う。韓国における帰去来はどのような形をしていたのだろうか。高麗時代は中国の宋代に当たる。高麗と宋は交流が活発に行われており、多くの書物が高麗に入ってきた。高麗の詩人や文人の詩文には中国唐代の王維や白居易の表現を用いた詩文が見られることから、王維や白居易の作品を好んで読んでいたことが知られる。しかしながら詩人や文人の詩文には、中国文学に見られたように往来型・中隠型の生活をうたった詩は見られない。また、高麗中期においては、官職を捨てて隠遁を目指すものはほとんどいない。この論文の結論から言えば、新羅時代と高麗時代には中国文学に見られるような、田園型・往来型・中隠型は成立しなかったということである。

隠遁に憧れて竹高七賢の集まりまで作っていた高麗文人、彼らが求める帰去来の生活はいかなるもので、帰去来の生活が意味するものは何であったのか、中国の帰去来の三つの類型を考慮しつつ、韓国古典文学の帰去来の特徴を明らかにしたいと思う。この論文における「帰去来」は世間を離れることを意味する。

第一節　隠遁型

新羅時代は無論、それ以前の時代の詩文はほとんど残っていないが、崔致遠の作品のみその一部が残っている。崔致遠は伽倻山に入るまで十年あまり仕官と遊覧生活をした後、四十歳代に伽倻山に隠遁して寺院の僧侶たちと清らかな話を交わす生活をした文人である。この崔致遠の伽倻山での隠遁生活を通して、新羅時代における隠居について考えてみたい。

狂奔疊石吼重巒、人語難分咫尺間。常恐是非聲到耳、故教流水盡籠山。

(畳石に狂奔し重巒に吼う、人語は咫尺の間に分ち難し。常に恐る是非の声の耳に到るを、故に流水をして籠山に尽きしむ)

(「題伽倻山讀書堂」、『崔文昌侯全集』巻一)

除聽松風耳不喧、結茅深倚白雲根。世人知路翻應恨、石上莓苔汚屐痕。

(松風を聴くを除きては耳は喧しからず、茅を結び深く白雲の根に倚る。世人路を知らば翻て応に恨むべし、石上の莓苔屐の痕を汚す)

(「贈梓谷蘭若獨居僧」、巻一)

前者には崔致遠が伽倻山に入って世間の煩わしさが近づくのを恐れる様子が、後者には伽倻山で僧侶や道士たちと交流する姿が歌われる。二首を通して煩わしい世間から離れて、世俗に染まることなく過ごそうとする姿が窺える。『三國史記』には、「致遠自西事大唐、東歸故國、皆遭亂世、屯邅蹇連、動輒得咎、自傷不偶、無復仕進意、逍遙自放、山林之下、江海之濱、營臺榭植松竹、枕籍書史、嘯詠風月。(致遠西のかた大唐に事へて自り、東かた故国に帰るまで、皆な乱世に遭い、屯邅蹇連して、動もすれば輒ち咎を得、自ら不偶を傷み、復び仕進の意無くして、逍遥して自ら放ち、山林の下、江海の浜、台榭を営みて松竹を植え、書史して枕籍して、風月を嘯詠す)」と述べられる。隠居生活は山林や海辺を逍遥しながら、詩文を書き史書を学ぶ生活である。松竹を植えて風月をともにする姿は隠居者たちの望みでもあるが、崔致遠は先人たちの隠居生活を踏襲しながら隠居生活をしていたのである。

崔致遠（八五七〜？）の伝記は残っていないためにその世系は知ることができないが、『三國史記』（巻四十六、列傳六）に、「崔致遠字孤雲、王京沙梁部人也」とある。王京は慶州であり、その沙梁部の人であるという。また、十二歳の時に勉学のために船に乗って中国に行ったが、出発の前に彼の父親は、「十年不第、卽非吾子也、行矣勉之。（十年第せずんば即ち吾が子に非らず、行きて之に勉めよ）」と言い(1)、崔致遠は父親が望むとおりに人一倍勉学に励んだ(2)。その結果、十八歳の時に及第して宣州漂水県尉に任命された。その後、承務郎侍御史内供奉に昇って紫金魚袋を賜った。

崔致遠は当時の諸道行営兵馬都統であった高駢に才能を認められて従事官として勤めたが、この時に黄巣の乱が起きた。崔致遠の名は、「檄黄巣書」という黄巣の乱を討伐する文章を作って当の黄巣を驚かせたとの理由で中国内に知られるようになった。

二十八歳になった時、崔致遠の才能を惜しんで唐の僖宗詔の文を贈ったが、しかし帰心は抑えがたく、帰国した。帰国したその年に(3)、侍読兼翰林学士守兵部侍郎知瑞書監の職についた。崔致遠の帰国動機について、韓碩洙氏は唐が急激に傾いていくことを見てこれ以上唐に期待するものはないし、外国人に対する待遇にも問題があったのではないかと主張しており、また、自分の上官であった高駢の無能を知り、いずれ滅びることを予感していたのではないかと述べておられる(4)。しかし、在唐中に執筆した『桂苑筆耕集』に見られる故国を恋しがる詩文(5)や、『三國遺事』巻四、「義湘傳教」に収められる讃をみてみると、崔致遠は帰国の願いを常に持っており、自分が学んだ学問を国内に広めたいという志を表している。この点によって考えると、崔致遠に帰国を決断させた要因は韓碩洙氏の主張だけは不十分である。以下に具体的にその讃をみてみよう。

披榛跨海冒烟塵、至相門開接瑞珍。采采雜花栽故國、終南太伯一般春。

（榛を披き海を跨ぎ烟塵を冒し、相門の開くに至れば瑞珍に接す。采采たる雑花故国に栽え、終南と太伯は一般に春なり）

これは崔致遠が帰国後、僧侶義湘を賞賛してうたったものである。義湘は苦難を経て中国に渡り、貴重な書籍・文物に接した。そして、帰る時に教典をもって帰り祖国に伝えた。崔致遠は結句に、「終南」「太伯」を用いて中国と新羅がともに明るくなったと述べている。この讃において、崔致遠は自分自身を義湘に投影し、義湘のようになりたいという思いを込めているのである。なぜなら、崔致遠もまた海外で人一倍に努力して西学を学んでいたのであり、その西学を祖国に伝えて広めたいという願望を懐いていた。だからこそ崔致遠は帰国に踏み切ったのである。しかしながら新羅に戻ってみると自分の思うとおりに容易にはならなかった。政界は乱れており、西学に疑いを持つものが多かったために崔致遠の夢は壊れてしまったのである。すなわち、崔致遠は義湘のようにはなることができなかったのである。

当時の乱れた政界については、『三國史記』新羅本紀第十一に、「眞聖王二年、潛引少年美丈夫兩三人淫亂、仍援其人以要職、委以國政、由是妄倖肆志、貨賂公行、賞罰不公、紀綱壞弛。（真聖王二年、潜かに少年美丈夫両三人を引きて淫乱し、仍ち其の人を援くに要職を以てし、委ぬるに国政を以てし、是に由りて妄倖肆志す、貨賂公に行われ、賞罰公ならず、紀綱壊弛す）」とあり、また、「眞聖王三年、國内諸州郡不輸貢賦、府庫虛竭、國用窮乏、王發使督促、由是所在盜賊蜂起。（真聖王三年、国内諸州郡貢賦を輸らず、府庫虚竭し、国用窮乏す、王使を発して督促す、是に由りて在る所の盗賊蜂起す）」とある。王の乱れた生活により、国政が正しく行われることなく、府庫は空となって盗賊が増えるばかりである。崔致遠の詩文にも当時の様子が歌われる。

江南蕩風俗、養女嬌且憐。性冶恥針線、粧成調管絃。所學非雅音、多被春心牽。
（江南は風俗蕩たり、養女は嬌にして且つ憐なり。性は冶にして針線に恥じ、粧を成して管絃を調ず。学ぶ所雅音に非ずして、多く春心に牽かる）

（「江南女」、『崔文昌侯全集』巻一）(6)

狐能化美女、狸亦作書生。誰知異類物、幻惑同人形。變化尚非艱、操心良獨難。欲辨眞與僞、願磨心鏡看。
（狐は能く美女に化し、狸も亦た書生と作る。誰か知らん異類の物の、幻惑して人形に同じきを。変化は尚お艱きに非ざるも、操心良く独り難し。真と偽とを弁ぜんと欲すれば、願わくは心鏡を磨いて看ん）

（「古意」巻一）

「江南女」は当時の王である眞聖王を比喩しているように見られる。また、「古意」には互いを信じることのできない様子が歌われる。二首とも人間としてあるべき姿から遠く離れている様子が窺える。崔致遠はこのように変わっていく新羅に失望していたことであろう。

また、崔致遠は三十七歳の時に遣唐使に任命されたが、不安定な社会状況のために行くことができなかった翌年（眞聖王八年、八九四、二月）、「時務十餘條」を上奏して政治の改革を願った。しかし、政界では政治の改革を行なおうとはしなかった。ただ、崔致遠は「時務十餘條」を上奏した結果、阿飡という官職を授かることとなった。これは六頭品という身分の官職である。(7) 新羅の骨品制度という厳しい階級制度において、阿飡はせいぜい侍中・令・侍郎などに留まり、長官には上れない官職である。崔致遠の「蜀葵花」（巻一）には「寂寞荒田側、繁花壓柔枝。香輕梅雨歇、影帶麥風欹。車馬誰見賞、蜂蝶徒相窺。自慚生地賤、堪恨人棄遺。（寂寞たり荒田の側ら、繁花は柔枝を壓う。香は軽く梅雨は歇み、影は麦風を帯びて欹む。車馬は誰か賞せらるるや、蜂蝶は徒に相窺う。自ら生地の賤しきを恥ず、堪恨す人の棄遺するを）」と述べられる。寂しく荒れた土地であるにも関わらず蜀葵花は咲いている。崔致遠は強く生きるその花を眺めながら自分を投影しつつ、身分の低さを嘆いていたのである。この時すでに崔致遠は人から歓迎してもらうことなく、また政界に身を置く場所をもなくしていたのである。そして、自分の志を広げることができないことに失望した後に、再び官職に就くことも、世間に戻ることもなく、伽倻山に帰去来の場、隠遁の場を求めて入って行ったのである。(8)

以上のことを通して、崔致遠の帰去来は仕官を嫌うためであるよりも認めてもらえない悲しみによるものであったことがわかる。すなわち、崔致遠の隠遁は、仕官に未練など微塵もなく自ら官職を投げ捨てた陶淵明の隠居とは違うのである。

第二節　中隠型

文人は武臣の乱が起きた時に一時的に乱を逃れて隠遁したものの、乱が治まると再び世間に戻って官職に就いていた。この時期に世俗を離れて隠遁し、隠遁生活に満足する文人はほとんどいなかった、むしろ官職に就くことを望んでいた。中国の竹林の七賢に倣って結成した竹高七賢、李仁老・呉世才・林椿・趙通・皇甫抗・咸淳・李湛之の詩文および、当時に活躍した李奎報の詩文がそれである。すなわち、高麗中期の詩人や文人には陶淵明のように世間を捨て、官職を捨てて帰去来を実行する姿は見られないのである。李仁老の「臥陶軒記」（『東文選』巻六十五）には「僕従宦三十年、低徊郎署、鬚髪盡白、尚齪齪爲樊籠中物。（僕は宦に従うこと三十年、郎署に低徊し、鬚髪尽く白きも、尚お齪齪として樊籠中の物と為る）」と、役所生活が三十年も続き、もはや白髪あたまになっているにも関わらず、鳥かごから抜け出ることができなかったと言い、それが陶淵明に及ばないところであると述べている。また、当時の詩人や文人には官職と隠遁の間を往来する姿も見られない。林椿の「上刑部李侍郎書」（『西河集』巻四）に、「反爲兵士所奪、故郭外數畝、無日可得。（反って兵士の奪う所と為る、故に郭外の数畝、日に得べき無し）」と、栄えた祖先の財産も自分の家さえも武臣に奪われたと述べられている。竹高七賢に隠居の場所はなく、互いの友の家に集まって詩文を作るなどの活動をしていたのである。つまり、この時期には、中国唐時代の王維が行った官職と隠遁との間を往来する生活は考えられないのである。

ところで、高麗中期の武臣時期の詩文をみると、白居易を賞賛したり、その詩に次韻したりと、白居易の詩文を多く用いている。従って、彼らが白居易の「中隠」詩を読んでいた可能性が十分にある。しかしながら、高麗中期の文人や詩人の詩文には「中隠」という言葉は見られない。そこで、この語が見られない理由を、当時の詩人や文人が白居易のどのような面を好んでいたのかを通して考えてみることにする。

まず、高麗中期の文人や詩人は白居易のどのような面を賞賛しているのだろうか。李仁老が崔太尉に白居易の画像を捧げた際の詩をみると、以下のようである。

唯公逸氣獨軒軒、雪山一朶雲間挿。草堂曾占香爐峰、穿雲欲把琴書入。白頭遍賞洛陽春、遇酒便作鯨鯢吸。
海山兜率足安歸、宰樹煙昏唯馬鬣。玉皇特賜醉吟號、一片翠石蛟蛇蟄。問時何人拂袖歸、八折灘頭手一執。

千年遺像若生年、瓊樹森然映眉睫。

（唯だ公は逸気にして独り軒軒たり、雪山の一朶雲間に挿す。草堂曾て香爐峰を占い、雲を穿ちて琴書を把りて入らんと欲す。白頭遍く洛陽の春を賞し、酒に遇えば便ち鯨鯢の吸を作す。海山の兜率は安んじて帰るに足り、宰樹の煙昏く唯だ馬鬣のみ。玉皇特に酔吟と号するを賜う、一片の翠石蛟蛇蟄る。問う時に何人か袖を払いて帰り、八折灘の頭手一たび執るや。千年の遺像生年の若し、瓊樹森然として眉睫に映れり）

（「白樂天眞呈崔太尉」、『東文選』巻六）

この詩には白居易の生活ぶりが述べられている。白居易が逸気であったこと、香爐峰に住んだこと、洛陽に住んだこと、酒を好んでいたことなどをあげ、千年も過ぎた今においてもその姿は生きているようであると賞賛している。また、崔讜（一一三五〜一二一一）は白居易が行った「洛中九老会」を想像していた。すなわち、崔讜は致仕した文人を集めて「海東耆老會」を開いており、詩酒琴碁を楽しんでいた。「海東耆老會」は白居易の「洛中九老会」をまねたものである。李仁老は崔讜らが「海東耆老會」での詩文を集めて「雙明齋集」を編纂していた。その「雙明齋詩集序」（『東文選』巻八十三）には「公嘗與耆老諸公、始會於雙明齋、作詩以敍其事、弟大師公、繼之其詞、雅麗而實有典刑、宜播樂府、以傳於世、使後人皆得知我公不世之高致、則雖白公七老之會、無以尙矣、僕爵與齒懸殊、不可以得列於數、而屢詣後塵、獲承咳唾之音、故集其詩而序之。（公嘗て耆老の諸公と、始めて双明斎に会い、詩を作りて以て其の事を叙す、弟の大師公、之を継ぐる其の詞、雅麗にして実に典刑有り、宜しく楽府に播きて、以て世に伝うべし、後人をして皆我が公の不世の高致を知るを得しむれば、則ち白公七老の会と雖ども、以て尚ぶ無し、僕の爵と歯と懸に殊なり、以て数を列するを得るべからず、而れど屢ば後塵に詣りて、獲て咳唾の音を承く、故に其の詩を集めて而して之に序す）」とある。李仁老は崔讜の

「海東耆老會」が白居易の九老会を越えると述べているのである。

さらに、林椿の「次韻贈李上人覺天」（『西河集』巻二）二首中その一には、「居易須歸兜率界、嵇康不是洞天仙。羨他明日青山路、竹杖芒鞋去浩然。（居易須らく兜率界に帰るべし、嵇康是れ洞天の仙ならず。他の明日青山路を羨み、竹杖芒鞋去りて浩然たり）」とある。これは李上人である李覺天を賞賛した詩である。林椿は白居易が帰りたいところが弥勒菩薩のいるところ、すなわち「兜率界」であると述べた。白居易が晩年、七十一歳の時に作った「答客説」詩（『白居易集箋校』巻三十六）に「吾學空門非學仙、恐君此説是虚傳。海山不是我歸處、歸卽應歸兜率天。（吾空門を学びて仙を学ぶに非らず、恐らくは君の此の説は是れ虚伝ならん。海山は是れ我が帰る処にあらず、帰らば即ち応に兜率天に帰るべし）」とあり、林椿は白居易のこの詩を引用して白居易の仏教に対する深さを李覺天に投影していたのである[9]。

李奎報の詩にも白居易の次韻や和韻した作が多く見られる。「次韻白樂天老來生計詩」「次韻白樂天負春詩」「次韻白樂天在家出家詩」「次韻白樂天春日閑居」「次韻白樂天出齋日喜皇甫十訪」「旣和樂天詩獨飲戲作」（ともに『東國李相國集』後集巻三）などがそれである[10]。このうち、「次韻白樂天負春詩」は白居易の「負春」に次韻した作である。「負春」詩は白居易六十三歳（八三四年）の作である。白居易は二度に渡って洛陽の太子賓客分司の職についているが、「中隱」詩は五十八歳（八二九年）で洛陽の太子賓客分司の職についた頃の作であり、李奎報がこの詩を読んでいないとは考えられない[11]。

高麗文人はなぜ白居易の詩を読んでいながら、「中隠」に関するものを残さなかったのか。

白居易の半ば隠居生活である「中隠」の内容をみると、中隠になれば、大隠のように忙しいこともなく、小隠のような飢えや寒さを免れることができる。また月々俸銭が入るので行きたいところに出かけるし、好きに遊べる。世間から離れて静かに過ごせる。心身ともに気楽であるという。これは高麗文人にとって考えられない生活である。武臣が執権となっている当時の文人にとっては、自分好きなことができないばかりか、生きることさえ危ぶまれる生活なのである。「凡戴文冠者、雖胥吏殺無遺種。（凡そ文冠を戴せる者、胥吏と雖も殺して種を遺す無し）（「叛逆、鄭仲夫」、『高麗史』巻一二八）と述べていることからも、文人の不安な生活は推測できるのである。

李仁老に竹高七賢の友、詩の友林椿、山水の友趙通、酒の友李湛之に贈った詩「贈四友（倣樂天）」（『東文選』巻四）がある。副題に「倣樂天」とあるように、この詩は白居易をまねて四人の友に詩を贈ったものであり、李仁老は白居易に親しみを感じていたものと見られる。一方、白居易の詩文をみると、「贈友詩五首」（『白居易集箋校』巻二）があり、その序に「吾友有王佐之才者、以致君濟人爲己任、識者深許之。因贈是詩、以廣其志云。（吾が友に王佐の才ある者有り、君の人を済うを致すを以て己の任と為す、識者深く之を許す。因って是の詩を贈り、以て其の志を広くするのみ）」とある。友が君のため民のために尽くすことを賞賛して詩を作ったと述べる。李仁老は白居易をまねて作ったとしているが、李仁老の詩に登場する世俗を生きる友の姿には、白居易がいう君のため民のために尽くす姿は見られず、不安に満ちた世間のことや自分の置かれた様子などが述べられている。例えば、その一首目の「詩友林耆之」には「吾嘗避鋭鋒、君亦飽毒手。如今厭矛楯、相逢但呼酒。（吾れ嘗て鋭鋒を避け、君も亦た毒手に飽く。如今矛楯を厭い、相い逢うて但だ酒を呼ぶのみ）」とあり、中傷や謀略に満ちた当時の状況が述べられているのである。また、「贈四友（倣樂天）」には隠居についても述べられている。その二首目の「山水友趙亦樂」には「今我與夫子、豈是愛簪紱。散盡東海金、行採西山蕨。（今我は夫子と、豈に是れ簪紱を愛するか。東海の金を散じ尽し、行きて西山の蕨を採る）」と、世間を離れようとする気持ちが述べられている。趙亦樂は趙通を指す。李仁老と趙通は官職について比較的安定した生活を送っていた。この詩が二人が官職についていた頃の作か否かは知ることができないが、しかしこの二首を通して、安らかではない世間から離れて隠居を望んでいる姿を窺うことができるのである。

李奎報は官職にもついており、左遷されたこともある。李奎報が左遷された時の詩を通して、当時の隠遁に対する考え方と白居易の「中隠」との関係を具体的に見てみよう。

李奎報は五十二歳の時に官職を免ぜられて外職である桂陽（京畿道富平）の都護府副使兵馬鈐轄になった。弾劾を受けた理由は、外方の高官の中に八關賀表を出さなかったものがおり、李奎報がそれを弾劾しようとした時に、当時の宰相である琴相国がこれを止めさせた。(12) 後に晉康侯によって当時のことが取り上げられたために、李奎報は弾劾を受けたのである。そして、二年間、桂陽都護府副使兵馬鈐轄として桂陽に滞在したのである。以下の詩は赴任した後の作である。

滿朝卿相掌絲綸、窮谷誰霑雨露春。楚客謫來飡菊苦、劉郎去後種桃新。
情深戀闕難歸潁、官號專城實在陳。不有靑雲知己在、如今已作碧山人。

（満朝の卿相糸綸を掌し、窮谷誰か雨露の春に霑おはん。楚客謫され来たりて菊を飡して苦む、劉郎去りて後に桃を種うること新たなり。情は深く闕を恋うるも潁に帰り難し、官は専城と号するも実は陳に在り。青雲知己の在る有らざれば、如今已に碧山の人と作らん）

（「次韻金承宣良鏡和陳按廉湜三首」その二、『東國李相國集』巻十五）

この詩は承宣金良鏡と按廉使陳湜の詩に次韻したものである。官職にいる二人を取り上げて自分は朝廷から遠く離れて寂しく過ごしていると述べている。(13) 李奎報は楚の屈原が讒言によって左遷され、左遷先で菊の花を食べて悲しみに生きたことを思い出しており、劉禹錫が郎州の左遷から戻って作った「玄都觀」詩を用いて自分を投影している。(14)

また、堯は隠居していた許由を呼んで天下を譲ろうとしたが、許由はその言葉を耳にすると世俗に染まったと潁水で耳を洗ったが、[15]李奎報は自分はそれはできないし、むしろ宮廷を忘れられないと述べているのである。さらに、孔子が陳蔡にいる間食べ物がなくて苦しい生活をしたが、[16]李奎報は自分もまた苦しい生活を送っていると述べている。李奎報はこの詩において、左遷生活の貧しさと、自分を理解してくれる人の欠如、さらには隠居者になっているわが身の寂しさを表しているのである。これは李奎報の隠居が自ら望むものではなく、やむを得ないものであったことを強調しているかのように感じられる。

白居易の「中隠」詩が、外職について飢えや寒さから免れていると述べるのに比べて、李奎報は生活の苦しみを訴えている。また、白居易は行きたいところに出かけるし、好きに遊べる、世間から離れて静かに過ごせると述べているが、これに対して李奎報は宮廷を忘れることなく、隠居者になっても喜ぶことのできない様子が述べられる。つまり、李奎報には白居易のような左遷されることによって心身ともに気楽であると前向きに考える姿は見られないのである。かえって、李奎報にとって左遷は心身共に苦痛であったことが分かる。[17]

李奎報は左遷されて失望の日々を送っていたが、都に帰れるという知らせを受けた時には彼の心は弾んでいた。「予以事到守安縣西華寺、小酌上方南榮、江山遠眺、莫有遇茲者、然以境幽路僻、來遊者蓋寡。故無有留題、住老請詩、爲留一篇。（予事を以て守安県の西華寺に到りて、上方の南栄に小酌し、江山遠く眺め、茲に遇う者有る莫し、然れども境の幽にして路の僻なるを以て、来て遊ぶ者蓋し寡し。故に留題有ること無ければ、住老詩を請い、為に一篇を留む）」（巻十五）に「何日抛腰印、閑來正狎鷗。[18]（何日にか腰印を抛ちて、閑来して正に鷗に狎れんや）」とある。すばらしい景色をみて感動し、官職など辞めてカモメのように隠居したいと述べる。

また、左遷から帰ってからの喜びの詩も残している。

南州左宦稍堪嗟、西掖重來尙可誇。好事人人皆說道、中書門下是君家。

（南州の左宦稍や嗟くに堪へたり、西掖重ねて来るは尚お誇るべし。事を好む人人皆な説きて道い、中書門下是れ君の家と）

（「入京有作」巻十五）

左遷されてからの悲しみから帰ってくると人々は喜んでくれるし、以前のように官職にもつける。さらに、「桂陽望海志」（巻二十四）に「路四出桂之徼、唯一面得通於陸、三面皆水也。始子謫守是州、環顧水之蒼然浩然者、疑入島嶼中、悒悒然不樂、輒低首閇眼不欲見也。及二年夏六月、除拜省郎、將計日上道、以復于京師、則向之蒼然浩然者、皆可樂也。（路は四に桂の徼を出ずるも、唯だ一面のみ陸に通ずるを得、三面皆な水なり。始め子謫せられて是の州を守り、環りて水の蒼然浩然たるを顧みて、島嶼中に入るかと疑ひ、悒悒然として楽しまず、輒ち首を低れて閇眼し見ることを欲せず。二年夏六月に及びて、省郎を除拝す、将に日を計りて上道し、以て復び京師に于かんとすれば、則ち向の蒼然浩然たる者、皆な楽しむべし）」とある。李奎報は桂陽に左遷されてから心中楽しまない生活を送っていたが、省郎として都に行くことが決まった時からは、今までの悲しさが喜しさに変わったと述べる。景色を見て感動したのも、官職をやめてカモメのように隠居したいと言うのも、帰京がかなったことによる余裕の気持ちからくるのであって、事実上の彼の本心ではないのである。

以上、李仁老、林椿、李奎報の詩を通して彼らの隠居について考えてみた。その結果、彼らは隠居したい気持ちがあるにせよ、隠居の喜びは言葉に表現することはなく、官職に就くことこそ歩むべき道と考えていたことが分かった。

また、白居易のような「中隠」生活を望む姿は見られなかった。ならば、いったい高麗中期の文人や詩人はどんな隠居生活を望んでいたのだろうか。彼らの詩には「小隠」生活を歌う姿が見られる。

林椿の詩には「小隠」の語がよく用いられている。

小隠林泉送幾年、道心聊學葆虚縁。孤雲自去青天外、萬木皆春病樹前。
祇爲在家靈運佛、休尋買藥長房仙。近來去眼交遊盡、唯有能詩釋皎然。

（林泉に小隠して幾年を送る、道心聊か学び虚しき縁を葆つ。孤雲自ら青天の外に去り、万木皆な病樹の前に春なり。祇だ家に在りて霊運の仏と為り、薬を買う長房の仙を尋ぬるを休む。近来去眼交遊尽き、唯だ詩を能くする釈皎然有るのみ）

（「次韻贈李上人覺天」二首中その二、『西河集』巻二）

これは林椿が上人李覺天からもらった詩に次韻した作である。李覺天の隠遁の場所は、世間から離れた林や泉水のある庭園であったと述べられる。

また、林椿の「眉叟訪予於開寧、以鵝梨□酒爲餉」四首目その二（『西河集』巻二）にも「紫微閑佣一壺行、門外時聞剝啄聲。問我歸來從小隱、留君談笑緩廻程。腹中早識精神滿、胸次都無鄙吝生。已使文章曾竝駕、中興應不羨三明。（紫微閑か一壺を佣いて行き、門外時に剥啄の声を聞く。我れに問う帰来して小隠に従い、君を留めて談笑して廻程を緩らす。腹中早く精神の満つるを識り、胸次都べて鄙吝の生無し。已に文章をして曾て並駕せしめ、中興は応に三明を羨まず）」とも言った。眉叟は李仁老の字である。林椿はこの詩を書く前に隠居していたらしく、開寧にいた頃に酒を送ってくれた李仁老が林椿に世俗を離れてから戻ったのかと聞くところに「小隠」の言葉が用いられているのである。

また、李奎報の詩にも「小隠」の言葉が見られる。

小隠何人到、端居十日踰。暁霞紅綺散、夜雪白氈鋪。冷火空頻撥、寒醅孰與斟。
虚堂無客位、幽室學僧趺。忽憶參商別、潛悲楚越逾。仰風滋眷戀、回首亮踟蹰。

（小隠何人か到り、端居して十日踰ゆるや。暁霞紅綺散じ、夜雪白氈鋪く。冷火は空しく頻りに撥き、寒醅斟むに孰与ぞ。虚堂客位無く、幽室僧趺を学ぶ。忽ち憶う参商の別れを、潜かに楚越の逾を悲しむ。風を仰いで眷恋を滋す、首を回らし亮かに踟蹰す）

（「呈張侍郎自牧一百韻」、巻一）

これは李奎報の二十六歳の作で、張自牧が礼部侍郎になった時に百韻に及んだ詩を作って祝ったものである。李奎報はこの詩において、政権が代わって武臣が支配する不安な社会に生きながら、自分を分かってくれない、実力を認めてくれないことの悲しみを述べている。また、以前張自牧が自分を認めてくれたように再び愛してもらいたいと願っていたのである。李奎報はこの時に小隠生活をしていたが、その隠遁生活とは、誰もが訪れることがなく一人で寂しく日々を送る生活であり、そのために李奎報はまた世間に出たい気持ちを張自牧に訴えていたのである。

また、李奎報が二十九歳の時、病で花開寺に仮住まいをしながら書いた、「寓花開寺贈堂頭」（巻六）の結句に「憑師容卜築、小隠此簪蒿。（師に憑りて卜築を容る、小隠此れ蒿を簪す）」とある。「簪蒿」は『東觀漢記』に見られる故事で、杜林は隗囂の地にいながら、蒿を以て簪代わりにするほどまずしい生活をしても、決して自分の意志を曲げなかったという。李奎報はこの「簪蒿」を用いて自分の隠居生活もまた杜林のようなものだと述べている。このように、林椿や李奎報が用いる「小隠」の使い方を見てみると、小隠生活は世間から離れたまずしい生活であり、二人の小隠生活はやむを得ずやっていたことが分かる。

以上のことを通して高麗中期の詩人や文人は「中隠」生活に興味を寄せず、「小隠」生活をしていたことが分かった。彼らはまた、「小隠」生活がまずしい生活、やむを得ない生活であるがために、これを望んでもなかったのである。

それでは、彼らにはなぜ「中隠」生活が見られず、「小隠」生活をせざるをえなかったのだろうか。それは彼らが官職に就くことを大きな目標としていたからであろう。

風細不教金燼落、更長漸見玉虫生。須知一片丹心在、欲助重瞳日月明。

（風細くして金燼を落さしめず、更長くして漸く玉虫の生ずるを見る。須らく知るべし一片丹心在るを、重瞳を助けて日月の明るからんことを欲す）

（「燈夕」二首、其一、『東文選』巻二十）

この詩は李仁老の作で、君主に一片の丹心をもって勤めることを望んでいる様子を描いている。李仁老は「偶吟」（『東文選』巻二十）にも「白頭不悔儒冠誤、尚把塵編教子孫。（白頭儒冠に誤らるるを悔いず、尚お塵編を把りて子孫に教う）」と、儒者の冠をかぶって暮らしたことを後悔しないことや、子供にもそれらのことを教えると述べている。この二首には李仁老が仕官して官職を離れず、また仕官への憧れが続いていたことが表れている。

耿耿殘星在、曉隨烏鵲興。旅腸消薄酒、病眼眩寒燈。
行李如村老、囊裝似野僧。歸田計未遂、戀闕意難勝。
（耿耿として残星在り、暁に烏鵲に随いて興す。旅腸薄酒消え、病眼寒燈眩し。行李村老の如く、嚢装野僧に似たり。帰田の計未だ遂げず、恋闕意勝へ難し）

（「九月十五日發尙州」、『東國李相國集』巻六）

この詩は李奎報が二十九歳頃に母を会いに尙州に行って寒熱病にかかり、しばらくそこに留まっていた頃の作である。彼は科挙試験に何回も落ち、容易に官職に就くことができなかった。この詩の結句には隠居する計画を立てたいが、その前にまず宮廷で勤めたいと述べられている。さらに、李奎報の「無官尙爾歸田晩、未死何時得暫閑。（無官尚お爾し帰田晩く、未だ死せざれば何の時か暫閑を得んや）」（「次韻江南友人見寄」、『東國李相國集』巻九）の句や、「無官嘆」（『東國李相國集』巻三）の題目から、彼の官職への強い願望が読みとれる。(19)

李仁老と李奎報二人の隠居への思いは官職を得て後のものに過ぎず、世俗を離れることはただの憧れのみであったことが分かった。それは李仁老においては老年になっても官職を捨てなかったし、李奎報においても官職を優先したがためである。以上のことを通して、高麗中期の詩人や文人における帰去来の形は中隠型ではなく、むしろ小隠に近いものであったと言える。ただ、この「小隠」は決して彼らの望む終着地ではないことも付け加えておきたい。

第三節　往来型

高麗末、文人の隠遁生活のあり方は、仏教が盛んだった新羅や高麗中期の武臣政権の隠居とは異なっていた。一例として、高麗末になって文人や詩人の号に「隠」の字が多く使われていることがあげられる。たとえば、高麗末期に活躍した李穡・鄭夢周・李崇仁の号は、それぞれ牧隠・圃隠・陶隠であり、あわせて「三隠」と称された(20)。高麗末の文人や詩人が自分の号に「隠」を取り入れて用いたということは、彼らの心に隠棲と何らかのかかわりがあったことを示すと考えられる。そこで、李穡・鄭夢周・李崇仁三人を通して、高麗末の帰去来について見てみる(21)。

すでに拙著『韓国高麗時代における「陶淵明観」』(白帝社、二〇〇〇)に述べておいたが、李穡(一三二八〜一三九六)は「淵明」(『牧隠詩藁』巻十八、巻二十二)、「歸來」(巻三)、「歸來篇」(巻十三)「讀歸去來辭」(巻二十四)などにおいて陶淵明を賞賛し、帰去来に憧れる心情を歌っていた。李穡の青年時の作「歸來」(巻三)には、「當時太平勢可致、奈此四海方多艱。掛冠徑向天東走、自斷此生誰掣肘。歸來歸來好歸來、下有妻孥上有母。(時に当りて太平勢致すべきに、此の四海の方に艱多きを奈んせん。冠を掛けて径ちに天の東に向いて走る、自ら此の生を断つも誰か掣肘せん。帰り来たらん帰り来たらん好し帰り来たらん、下に妻孥有り上に母有り)」と、太平であるべき世間が安定せず難が多いために、官職を辞めて帰ると述べていた。また、晩年の作「歸來篇」(巻十三)には「范蠡五湖掛明月、陶潛三逕遠寒烟。何曾一毫累靈臺、應爲世人消禍胎。歸來兮歸來。(范蠡が五湖に明月掛かり、陶潜が三径に寒烟遠し。何んぞ曾て一毫も霊台を累せん、応に世人の為に禍胎を消すべし。帰り来たらん帰り来たらん)」と、世間のわざわいを避けて范蠡や陶淵明のように隠遁を求める姿が述べられていた。だが、これらはいずれも官職から離れた時である。すなわち、李穡が「帰去来」に託した心は、安定しない世間のわざわいを避けるためであったのである(22)。

鄭夢周(一三三七〜一三九二)は自分の号を「圃隠」と名付けた。彼の生涯を見てみると、一三六二年、進士試に及第した。その後、七五年には元に反対したために一時左遷された。八三年には李成桂の幕府に入り、八八年には成均館学大司成となった。そして、李成桂が威化島回軍後に政権を握るとこれに味方し、翌年には恭譲王の擁立に協力して、李成桂が朝鮮を立てるさい（一三九二年）、その協力者の一人となった。しかし、九八年李芳遠の陰謀に巻き込まれて世を去った。

淵明早休官、好賦歸去來。春盡田園蕪、風來五柳開。偃仰夷惠滝、高節横秋旻。
顧余忝佐命、牆面秉陶勻。蚊背負山嶽、日夜心輪困。固乏經濟策、其肯澤斯民。
綠野清秋月、楊江日暮春。主恩不可負、悵望空逡巡。

（淵明早く官を休め、好みて帰去来を賦す。春尽きて田園蕪れ、風来たり五柳開く。偃仰すれば夷恵の滝、高節秋旻に横たう。余を顧るに佐命を忝くし、牆面して陶勻を秉る。蚊背山嶽を負い、日夜心輪困す。固より経済の策に乏しく、其れ肯えて斯の民を沢せんや。緑野清秋の月、楊江日暮の春。主恩負むくべからず、悵望して空しく逡巡す）

（「贈東浦孟斯文希道」、『圃隠文集』續錄巻一）

この詩はいつ作られたのかは明らかではないが、詩注によれば孫孟淑に贈ったものである。鄭夢周はこの詩において陶淵明が官職を辞めて帰り、帰去来を賦したことをうたっている。ここには鄭夢周の置かれた状態、つまり王命を持して重い責任を担っており、王の恩に背くことはできないという自己の置かれた立場について述べている。この詩から、鄭夢周が陶淵明が官職を辞めて帰去来したことを羨ましく思う様子が窺えるのである。また、「登州過海」詩に、「何日長歌賦歸去、蓬窻終夜寸心傷。（何日か長歌して帰去を賦し、蓬窓に終夜寸心傷まん）」（『圃隠文集』（巻一））と述べていた。この詩には海外にいながら帰りたいという悲しみが述べられている。(23) この二首から鄭夢周は隠居に憧れていたことが分かる。

李崇仁（一三四七～一三九二）の号は「陶隠」である。彼は一三六二年に文科に合格しており、六七年には成均館の博士となった。その後、芸文応教門下舎人、成均直講などを経て七五年には典理摠郎兼寳文閣直提学となった。しかし、この年八月に元の使者を受け入れることに反対したために京山府に左遷された。七七年に戻って右司議大夫となっており、八六年に賀正使として中国に出かけた。八八には昌王が王座に昇ることに協力したが、翌年に呉思忠などにより弾劾を受けてふたたび京山府に左遷された。九二年に知密直司事同知春秋館事となったものの、その年の四月にはさらに嶺南に左遷され、そこで世を去った。

登臨處處好山川、只恨無人送酒錢。藍澗一詩今膾炙、龍山當日卽神仙。
天邉白鴈秋聲遠、籬下黄花晩色鮮。想得故園諸子弟、簟前笑我未歸田。

（登臨処処山川好し、只だ人の酒を送る銭無きを恨むのみ。藍澗の一詩今膾炙す、龍山当日即ち神仙。天辺の白鴈秋声遠く、籬下の黄花晩色鮮かなり。想い得たり故園の諸子弟、簟前我の未だ帰田せざるを笑わん）

（「九日漫成」、『陶隠文集』巻二）

鄙夫區區走塵土、斗粟萬事長不堪。青衫折腰百僚底、豈不懐歸心内慙。

（鄙夫区区として塵土に走り、斗粟の万事長く堪えざるなり。青衫腰を百僚底に折り、豈に帰るを懐ひて心内に慙じざらんや）

（「送金仲權之淳昌」全二十八句中第二十三句から二十六句まで、『陶隠文集』巻一）

「九日漫成」は李崇仁が都に滞在していた頃の作と思われる。山に登って詩を吟じながら遥か故郷の人々を思い浮かべ、帰ることのできない自分を嘆いている。また、「送金仲權之淳昌」詩は一三七一年以降の作と思われる。彼はこの時期に低い官職についていた。この二首ともに陶淵明の帰去来を引用している様子から考えると、李崇仁は官職を辞めた陶淵明に憧れつつ、官職を捨てて隠居することはできなかったのであろう。

李・鄭・李の三人の帰去来に関する詩文を見てみたが、彼らはともに「帰去来」に憧れつつ、官職を辞めて田園に帰ることはしなかったのである。また、彼らの「帰去来」の詩文には「中隠」生活を歌う姿は見られなかった。

李穡の晩年の作、「讀歸去來辭」詩（巻二十四）には「樂夫天命復奚疑、此老悠然歸去時。一點何曾悒枯槁、我今三嘆杜陵詩。乾坤蕩蕩山河改、門巷寥寥日月遲。長嘯白頭吾已矣、閉門空讀去來辭。（夫の天命を楽しみて復た奚をか疑わん、此の老悠然として帰去の時。一点何んぞ曾て枯槁を恨まんや、我れ今三たび嘆ず杜陵の詩。乾坤蕩蕩として山河改まり、門巷寥寥として日月遅し。長嘯す白頭吾れ已ぬるかな、門を閉ざして空しく読む去来の辞を）」と述べられている。李穡は「帰去来」を実践したとしても、心には「帰去来」の喜びの感情はみられないのである。それは、李穡が世間のわざわいを避けたのは道が行なわれないからであり、もしも道が行なわれる時がくれば仕官すべきであると、孔子の思想に基づいた考えを持っていたからである。

また、李穡の「送朴中書歸覲序」（『牧隱文藁』巻七）には、「且夫事親事君、其道則同。子之於父母、事之能盡其道。臣之於君、事之能盡其道、是忠孝之立名也。（且つ夫れ親に事えると君に事えるとは、其の道則ち同じ。子の父母に於けるや、之に事えて能く其の道を尽くす。臣の君に於けるや、之に事えて能く其の道を尽くす、是れ忠孝の立名なり）」と述べられており、李穡は朝廷に尽くすことこそ忠であると考えていたのである。

鄭夢周は高麗末の王朝交替の時期に善竹橋で殺されたのであるが、(24)それは「不事二君」による忠孝のためであった。

李崇仁を賞賛する権近の「陶隱李先生文集序」(『陽村集』巻二十)によれば、「星山陶隱李先生、生於高麗之季、天資英邁、學問精博、本之以濂洛性理之說。(星山陶隠の李先生、高麗の季に生れ、天資英邁たり、学問精博たり、之に本づくに濂洛性理の説を以てす)」(『東文選』巻九十一)とある。また、李崇仁の「正月初七日出自金川門馬上吟懷」(『陶隱文集』巻二)には「男子平生志、何曾學臥駝。一身行地遠、兩眼閱人多。(男子平生の志、何んぞ曾て臥駝を学ぶや。一身地の遠きを行き、両眼人の多きを閲す)」と述べられている。これらには李崇仁が男子の志のために努力する様子が窺える。

権力層の支持を得た僧侶は武臣時代が終わってから王権の力を借りて勢力を拡張して行き、力を付けて互いに財産を増やし、華やかな貴族生活を送って次第に腐敗を招いていった。そのために僧侶の思想は人々の心から遠ざかった。ここに性理学が入ってきたのである。文人は仏教の腐敗と武臣政権によって弱まっていた儒学の復興を願っていたこともあって、性理学が入るやいなや、すぐさま文人の間に広まった。そして、李穡が大司成となった時(一三六七年)には、性理学の発展が一層進むようになったが、鄭夢周・李崇仁両氏の活躍は特に目立っていた。三隠の文学もまた性理学に基づいたものであるが、国に尽くすことこそ男の任務であるとする考えは性理学と無関係ではない。そのために、彼らの詩文には「中隠」の詩文は見られないばかりか、例え「中隠」生活を実践したとしても満足しえたとは考えられないのである。

それでは、官職を離れない文人達は煩わしい世俗の感情をどうやって解消していたのだろうか。

ここで中国唐代の半官半隠の生活を送った王維を取り上げてみよう。王維は安禄山の乱の時に、賊軍の脅迫によって仕官したために乱が終わると戦犯となったが、幸いに弟王縉の助命運動によって自由の身になった。仕官と戦犯という波瀾万丈の人生を送った王維は、どのようにして世俗の煩わしさを忘れたのだろうか。王維は終南山の麓にある輞川の別荘と宮中とを往来した。そして、自然を友にして詩を作り、「輞川集」を残した。「輞川集」には世俗から離れた隠居者の静かでかつ清らかな生活がうたわれている。王維の「歸輞川作」（『王右丞集箋注』巻七）には、「悠然遠山暮、獨向白雲歸。菱蔓弱難定、楊花輕易飛。東皐春草色、惆悵掩柴扉。（悠然たり遠山の暮、独り白雲に向って帰る。菱の蔓は弱くして定め難く、楊花は軽くして飛び易し。東皐春草の色、惆悵して柴扉を掩う）」と述べられている。この詩には隠居の地で煩わしい世間との往来を遮断する心が表されている。すなわち、「白雲」は隠居の場を意味しており、「菱蔓」と「楊花」とは煩わしい世間を表しているのである。王維が輞川に帰った目的は、自然を通して世俗の煩わしさを癒すためだったのである。(25)

高麗末の文人や詩人は王維のように戦犯者ではないが、官職と左遷とを経験し、また隠居生活を行っていた。そして、王維のように世俗を離れて心を休める手段を作り出している。その手段とは第一には自然であり、さらには楼を建て、その周囲に蓮を植えて鑑賞するに至っているのである。

李穡は官職についたものの、六十二歳（一三八九）の時には長湍・咸昌に、六十五歳の時には衿州・驪興・長興に左遷された。それぞれの左遷の原因は親元派と親明派の対立に挟まれたことにあり、親友鄭夢周が殺された時に巻き添えになったのである。(26)このような順調ではない生き方をした李穡の詩を見てみると、「蓮」を題材にした詩文が多く見られる。(27)

李穡の四十四歳の作である「西京風月樓記」（文藁巻一）には、「荷香左右、情境悠然、豈不樂哉、其爲此大平之人也。（荷香左右たり、情境悠然たり、豈に楽からずや、其れ此の大平の人と為る）」とあり、蓮の香りが興趣をのどかにし、ここに平和を感じると述べている。

竹翠蓮香、山光海氣映帶遠近、水□□又鳴其間、凡登是樓者、
非獨忘其鞅掌之勞而不□、又何以得至於斯之幸、信乎其境之奇也。

（竹翠りに蓮香り、山光と海気とは遠近に映帯す。水□□又其の間に鳴る、凡そ是の楼に登る者、独り其の鞅掌の労を忘れて□ざるのみに非ず。又何を以て斯の幸に至り得んや、信なるかな其の境の奇なるや）

（「靈光新樓記」、文藁巻一）

この記は李穡六十二歳（一三八九）の作で、申展子君が霊光に赴任して楼を建てることについて喜びの感情を述べている。楼から見下ろすと、竹と蓮が見える。翠と紅色が美しく、それに巨大な山と海の気が互いに映し合う。さらに、その間からは水が音を立てて流れる。李穡はこのような美しい景観に楼を作るなら、仕事の苦労も忘れ去る境地に没入できる。これこそ不思議なことであると述べている。

李穡の門生であり、李穡とともに成均館で教官として勤めた李崇仁の「送李生之水原」（『陶隱集』巻三）には、「樓下荷花滿水開、隋城六月亦佳哉。曾聞牧隱留題詠、爲我登臨一讀來。（楼下荷花満水に開く、隋城の六月亦た佳なるかな、曾て牧隠留題して詠するを聞く、我が為に登臨して一たび読み来たる）」と述べられている。蓮が咲いた時に早々と李穡を迎えていっしょに花見をしたいと述べたり、荷花が開く楼の下で李穡がかつてここに留まって詩文を作ったことを聞いて李穡のことを思ったりする。[28]

「蓮」は泥中に咲きながら汚れに染まらないという清浄かつ高尚なイメージから「君子」と見なされていた。これは中国宋代の周敦頤の「愛蓮説」によるものである。『周子全書』巻十七の「愛蓮説」に、「予獨愛蓮之出淤泥而不染、濯淸漣而不妖、中通外直、不蔓不枝、香遠益淸、亭亭淨植、可遠觀而不可褻玩焉。（予独り蓮の淤泥より出でて染まらず、

清漣に濯はれて妖ならず、中通じ外直く、蔓あらず枝あらず、香遠くして益ます清く、亭亭として浄く植ち、遠く観るべくして褻玩すべからざるを愛す）」とあり、続いて、「蓮花之君子者也（蓮は花の君子なる者なり）」とある。儒学者であった周敦頤は草木の中でとりわけ蓮の花を高く評価しており、蓮が泥水中にあって泥に染まらないところから、これを「花の君子」とたたえていたのである。

一方、李穡は「清香亭記」（文藁巻五）に、周敦頤の「愛蓮説」を好んだ理由を「春陵當宋文明之世、追悼五季晦盲否塞之禍、推明聖經太極之旨、以紹孔孟之統、而其所愛、乃在於此。（春陵宋文明の世に当たりて、五季否塞の禍に晦盲するを追悼し、聖経太極の旨を推明し、以て孔孟の統を紹ぎ、而して其の愛する所、乃ち此に在り）」と述べていた。続いて、「特結之曰蓮之愛同予者何人、則寥寥千載、所以警動後學者深矣。（特に之を結びて曰う、蓮を愛する予と同じくする者何人か、則ち寥寥たる千載、後の学ぶ者を警動する所以の深きなり）」とも述べていた。李穡は周敦頤が儒学の旨に基づいて物事を解決した精神に習い、物事を儒学の旨に基づいて行うことを表していたのである。(29) 李穡のこのような考えと蓮の特徴である、香りが高く清らかでかつ高尚であり、しかも目を楽しませ興趣を増してくれる点を価値ありとして、池に蓮を植え、池に君子池と命名し、楼を建て池を掘り蓮を植えてその景観を楽しみながら詩文をつくっていたのである。

つまり、高麗末の文人や詩人は、唐の王維が世間と隠居地を往来することで世俗の煩わしさを癒したように、「蓮」を自分の近くに植えて世間の煩わしさを癒していたのである。それは高麗末に多くの文人や詩人の間に周敦頤の「愛蓮説」が流行しており、周敦頤の「愛蓮説」に深く感銘を受けていたためである。そして、清らかでかつ君子たる「蓮」を自分の模範にしたのである。

結

中国の魏・晋時代の陶淵明は官職を辞めて田園に帰って隠遁を行った。また、唐代の王維は官職にいながら隠居を行い、官職についている宮中と隠居地とを往来する生活をしており、白居易は暇な官職にいながら隠居を行っていた。一方、韓国においては、新羅時代の崔致遠は官職を辞めて伽倻山に隠遁を行った。また高麗時代中期には、李仁老、李奎報が隠遁を求めつつ、官職を離れることはしなかった。そして、高麗後期には、李穡・鄭夢周・李崇仁などは「蓮」を好み、君子として生きたいという願望をもって隠居生活を営んだ。

韓国新羅や高麗時代の詩人や文人の帰去来と中国の帰去来とを具体的に見てみると、崔致遠には隠遁を行っても陶淵明のように農作業をしたり、農民と談笑したりする姿は見られなかった。崔致遠は庶民とのつき合いよりも、世間を離れた清らかな僧とのつき合いを好んだ。また、李仁老、李奎報の詩文には暇な職について中隠生活をした白居易の「中隠」を歌う姿は見られなかった。しかしながら、「小隠」を歌う姿は見られた。当時は特殊な状況である武臣時代なので、文臣は官職に就いても決して安定できなかった。しかし文臣は生活のため、また仕官を目標としていたために、まずは「小隠」生活をしながら将来への設計を立てていたのである。さらに、後期の詩人や文人は半官半隠を実践した王維のような生活をした。それは当時性理学が入ったこともあり、性理学の基本である君子としての生き方を望んで「蓮」を愛でながら官職の煩わしさをいやす生活であった。

以上のことを通して、韓国の文人や詩人の帰去来は中国文学を用いつつ、その隠居には観念的要素が強かったと言えよう。また、社会環境や各自の尊重する思想によって、自分の生き方を工夫しながら帰去来を行っていたのである。

注

（1）『三國史記』巻四十六列伝の「崔致遠傳」、『桂苑筆耕集』序などに述べられる。
（2）「桂苑筆耕」自序に、「人百之己千之」とある。
（3）『三國史記』新羅本紀第十一に、「憲康王十一年、三月、崔致遠還」とある。
（4）「崔致遠傳承小考—生涯と遺跡を中心として—」（『語文論集』石軒丁奎福博士還歴紀念論叢、第二十七輯、一九八七、十二）。
（5）「陳情上太尉詩」、「歸燕吟、獻太尉」、「海邊閒歩」（ともに巻二十）などがある。
（6）さらに、「自謂芳華色、長占豔陽年。却笑隣舍女、終朝弄機杼。機杼縱勞身、羅衣不到汝」と続く。
（7）「眞聖王八年春二月、崔致遠進時務十餘條、王嘉納之、拜致遠爲阿湌」（『三國史記』新羅本紀第十一）。
（8）『三國史記』巻四十六、列傳には「最後帶家隱伽倻山海印寺」とある。前掲の韓碩洙氏論文には崔致遠の入山後の行跡を探るために伽倻山海印寺一帯の遺跡を調べて報告している。
（9）林椿の「追悼鄭學士」（『西河集』巻二）に「先生蕭灑出塵埃、忽歎風前玉樹摧。上帝已教長吉去、海山曾待樂天來」とある。
（10）金卿東「高麗朝の詩人李奎報における白詩受容」（『和漢比較文学』第三十五号、平成十七年八月）参照。
（11）許南郁氏は「和・次韻は本来元稹・白居易などが一種の遊戯で始めたといわれ、高麗時代十二、三世紀、すなわち武臣執権時期の前後に大きく流行した」（「竹林高會研究」江原大學院、一九九〇、八月）と述べており、当時文人の間では白居易の詩が流行し読まれていたことを表している。
（12）高麗時代には土俗神を祭る儀式があり、これを八關会というが、八關会の日には各村の高官たちが祝賀の文章を捧げる風習があった。
（13）「朝飮木蘭之墜露兮、夕餐秋菊之落英」（「離騷」）。
（14）「紫陌紅塵拂面來、無人不道看花回。玄都觀裏桃千樹、盡是劉郎去後栽」（「元和十一年自郎州承召至京戲贈看花諸君子」、

『劉禹錫集箋證』巻二十四）。

（15）『史記』伯夷伝。

（16）「在陳之厄」（『論語』衛靈公）。

（17）「我已絆如囚、決被瘴江死」（「管記李君以公事兒官將歸予不飲無悲以詩送之」（『東國李相國集』巻十五）とあり、李奎報にとって桂陽都護府副使兵馬鈐轄として桂陽に赴任したことは致命的であったと読みとれる。

（18）原文には鴟とあるが、意味が通らないため鷗に改めている。李奎報の字の誤りではないかと思われる。

（19）李奎報にはまた、官職についてからの隠居を望む姿が見られる。「送同年盧生還田居序」（巻二十一）がそれである。この詩は同年盧生が田居に還るのを送るさいに作ったものである。李奎報は盧生と共に官職を目指して勉学した間柄である。ところが、李奎報は官職につくことができたが、盧生はできなかった。そこで盧生が家族を連れて南方に行くのを送りながら、自分は官職に残っていること、思い切って官職を捨てられないことに思いをめぐらし、盧生を通して自分の生き方を考えながら、「行當掛冠、笑謝塵裏」と、後には官職をやめて喜んで世俗から離れていくであろうと言っているのである。

（20）この時期には号に「隠」を用いた文人が多かった。例えば、朴器（一三三二〜一三九八）の号は「松隱」、吉再（一三五三〜一四一九）の号は「冶隱」である。

（21）朴天圭「三隱と麗末漢文學」（『檀國大東洋學』第九輯、一九七九）は、三隠（李穡・鄭夢周・李崇仁）の生涯と彼等の興学運動、学問、文学について論じている。朴氏によれば、三隠の漢文学は性理学の影響の下、次の朝鮮時代に先駆的役割を果たしたという。

（22）「磽磽易折莫爭權、寔是忘情樂在中。哀髮驚秋成老醜、苦心憂國保初終。我今族命夫何慮、爾輩持身且盡忠。晉有世臣陶靖節、宛然千載有高風」（「中童凌晨來」二首、其二、『牧隱詩藁』巻十九）、「安仁豈足知秋興、靖節文能悟昨非」（「殘生」、巻三十三）。

（23）「聖人雖自道、吾少也賤。故多能鄙事、然委吏乘田、皆在官者也。在其官則盡其職、盡其職者、非獨聖人爲然。凡爲君子者之所共由也、汨溺耦耕之對不恭矣。夫子責之曰、鳥獸不可與同群。則聖人之志在天下、可謂至矣」（「圃隱齋記」、『牧隱文藁』巻五）とある。

（24）「卜居近成市、心遠絶世塵。……籬東晉淵明、澤畔楚靈均」（「菊磵巻子」、『圃隱文集』巻二）などがある。

（25）拙稿「「帰去来」類型とその独自性の確認」（熊本大学文学部論叢七十九号、二〇〇三）。

（26）李穡は一三七四年、病によって辞職したが、後に朝廷に戻り、王の師傅となった（一三七七）。また、鐵嶺衛問題が起こると主和論を主張（一三八八）し、威化島回軍によって王が江華に追い出されると判門下府事になった。その後、李成桂のクーデター制圧の協議に加わったことが原因で長湍、咸昌に左遷された。後に朝廷に戻った（一三九一）が、鄭夢周が殺される（一三九二）と、再び衿州、驪興、長興に左遷された。釈放された後には出仕せず驪州へ赴いたが、その途中で世を去った（一三九六）。

（27）李穡が「蓮」を題材にした詩文については拙稿「牧隱李穡と『연못（蓮池）』」（『朝鮮学報』第百八十一輯、平成十三年）を引用している。

（28）鄭夢周は使者として海外に出かけることが多く、家外の詩が大多数である。そして、家と官職を往来しながら楼を建てて蓮を見る様子を歌うものは見られない。

（29）その他に、李齊賢（一二八七～一三六七）の「沔州池臺堂亭銘君子池」（『益齋亂藁』巻九下）には「花實同時、不染淤泥。有似君子、見愛濂溪」とあり、權近（一三五二～一四〇九）の「盆蓮」（『陽村集』巻十）には「庭畔難開沼、盆中可種蓮」と、河崙（一三四七～一四一六）の「不毀樓記」（『浩亭集』巻二）には「又於樓南、引水爲池、種蓮其中」とある。また、鄭摠（一三五八～一三九七）の「盆池」（『復齋集』上）には、「我居眞是退之詩、汲水埋盈作小地、蒲葦數叢蓮數葉、悠然江興雨中知」とある。詳しくは拙稿「圃隱鄭夢周の〈食藕〉詩小考」（『大谷森繁博士古希記念朝鮮文学論叢』、白帝社、二〇〇二年）を参照。因みに、高麗中期に描かれた蓮は「採蓮」または仏教と関連を持つものが多く、周敦頤の「愛蓮説」に関するものは見られなかった。

三、李仁老の帰去来の心と人生観 ——比較文学の観点から——

序

小論では中国東晋時代（三一七〜四一九）の陶潜の「歸去來辭」に和韻し、宋代（九六〇〜一一七九）の蘇軾の作品に多数次韻した詩を残した高麗時代の文人李仁老（一一五二〜一二二〇）[1]について考察する。これまで発表された論文をみると、李仁老の「和歸去來辭」に影響を与えた詩人は陶潜・蘇軾で、思想的背景になったのは莊子の「齊物論」であるとの指摘がある。それ以外に李仁老の詩は杜甫・黄庭堅の影響を受けたとの言及はあるものの[2]、これといった解釈および比較面においての論議はあまり見られない。李仁老の「和歸去來辭」を見てみると、陶潛・蘇軾以外に白居易との類似句が見られる。そして、李仁老のその他の詩からも白居易を想起させる詩句が多数ある。本論は李仁老の詩を比較研究の観点から分析検討を行い、そこに白居易の存在を明らかにすると同時に、影響を与えたと見られる陶潛・杜甫・白居易・蘇軾との共通点を通して李仁老の帰去来の心と人生観について考察したい。

第一節　生涯

人間の人生を論じるためにはその人が生きた時代を知る必要がある。なぜならば人間は時代の変化に身をおき行動するからである。このような作業は真の人間性を発見するのに大いに役立つであろう。李仁老の人生を論じるにおいても彼の生きた当時がどのような時代であったかについて検討することは重要である。

一　平生

李仁老の生年は高麗（九一八～一三九二）十八代、毅宗六年（一一五二）で、卒年は高宗七年（一二二〇）である。『高麗史』巻一〇二、李仁老列伝に彼の一生が述べられている。すでに注（1）に述べた拙稿「李仁老の『和帰去来辞』について」に説明してあるのでここでは省略し、論のために必要な部分だけを取り出すことにする。

鄭仲夫之亂、祝髮以避、亂定歸俗。
（鄭仲夫の乱、髪を祝して以て避く、乱定まり俗に帰す）
與當世名儒、吳世才・林椿・趙通・皇甫抗・咸淳・李湛之、結爲忘年友。以詩酒相娯、世比江左七賢。
（当世の名儒、呉世才・林椿・趙通・皇甫抗・咸淳・李湛之と与に、結びて忘年の友と為る。詩酒を以て相い娯み、世は江左七賢と比す）

とある。

李仁老は門閥貴族仁川李氏の後裔(3)であるにも関わらず、乱を避け仏門に入っており、竹林の七賢に類似した生活を送った。これらに関して、時代背景と関連し、その理由を見ることにする。

二　時代背景

李仁老は鄭仲夫の乱の時に世俗を離れたが、鄭仲夫の乱とはどんな目的のもとに起こり、どのような影響を与えたのかをみてみる。

仲夫出族牽龍行首散員、李義方・李高從之、密語仲夫曰、文臣得意醉飽、武臣皆飢困、是可忍乎、仲夫曾有燃髥之憾(4)、乃曰、然、遂構兇謀。

（仲夫族より出で牽龍行首散員、李義方・李高之に従う、密かに仲夫に語って曰く、文臣意を得て酔飽し、武臣皆な飢困す、是れ忍ぶべきか、仲夫曾って燃髥の憾有り、乃ち曰く、然りと、遂に兇謀を構う）

（「叛逆・鄭仲夫」、『高麗史』巻一二八）

『高麗史』鄭仲夫伝に記録されている事実から、文武臣の生活像を知ることができる。すなわち、文臣は酒と詩にまみれて贅沢三昧の生活を送っているのに、扈従の壮士たちは食べ物もろくに食べず、腹を空かしながら仕事に務めなければならなかった。鄭仲夫はこのことに不満を持っていた。そのうちに大将軍李紹膺が文臣韓頼に頬を叩かれて階段の下に落ち、文臣の笑いものになる事件(5)が起こった。この事がこれまで不満がたまっていた武臣たちの憤怒が爆発する契機になったのである。

鄭仲夫らを中心に反乱を起こした武臣は狂暴な殺戮者となって、「文冠をかぶったものはたとえ胥吏だろうと殺してその種を残さず」という無惨な行動をとるに至ったのである(6)。そのために多くの文臣が被害をうけたが、この時文臣の貴族である李仁老は十九歳であった。李仁老が頭を剃って仏門に入り、隠居をしたのも武臣の乱を避けて自分を守ろうとする手段であったであろう。

乱が漸く安定されると李仁老は仏門から世俗に戻って官職に就いた。政権は安定したとは言え、武臣が執権しているがために、武臣は文臣の職を兼ねたが、その能力の限界から文臣を登用せざるを得ず、登用された文臣は警戒や監視の生活を強いられた。

自鄭仲夫作亂、文臣沮喪、鱗瞻與武臣同時、毎被掣肘、脂韋自保而已。

（鄭仲夫乱を作してより、文臣は沮喪す、鱗瞻は武臣と時を同じくするも、毎に肘を掣せられ、脂韋にして自らを保つのみ）（「尹瓘列傳」、『高麗史』巻九六）

この記録から当時の武臣政権の下に生きる文臣の態度が窺える。文臣は「脂韋自保而已」として自分を守ろうとしたが、「脂韋」は『楚辭・卜居』の「寧廉潔正直、以自清乎、將突梯滑稽、如脂如韋、以潔楹乎。（寧ろ廉潔正直にして、以て自ら清くせんや、将突梯滑稽にして、脂の如く韋の如く、以て潔楹ならんか）」という典故によるものであるが、この言葉の意味は時世におべっかを使うことなく、また自分の考えを主張することなく相手の考えに応じて、世間とともに浮沈する人を比喩したもので、このような態度が文臣の保身術だったことが確認できる。

この点を通して李仁老の官職生活は決して平坦なことではなかったことが推測できる。李仁老もまた自分を守ろうと彼なりに工夫をしたことであろう。「讀陶潛傳戲成呈崔太尉」（『東文選』巻四）（八句の後半）」詩に、「我性淡無欲、於物不見囿。不醉亦不醒、徑到無何有。（我が性は淡として欲無し、物に於いて囿わらず。酔わず亦た醒めずして、径ちに無何有に到る）」と、自分の性をどんな物事にもこだわらず、酔いもせず醒めもせず、そこに自分の理想郷があると詠じている。この詩の首句に「酒中有何好、此語近眞趣。（酒中に何の好きことか有る、此の語真趣に近し）(7)」と詠って酒の真理を論じているが、これは結局、李仁老が酒の真理を体験したことを言うのである。陶淵明は金もないのに酒だけを楽しんだと皮肉をいうのを見ると、李仁老は酒を飲むだけでは満足しなかったことが分かる。李仁老は酒を飲むことにより体験する無何有、酔うも醒めもしない無何有(8)の境地を彼の生活の一部分としていたことが推測できる。すなわち、李仁老は達観した目で不安な世を見ており、酔ったような行動をとることによって当面の現実を逃れたという可能性が窺えるのである。

李仁老の生活態度は彼の友、林椿(9)（?〜?）の詩にも窺える。

今君嗜玄虚、豈非李耳孫。超然自傲俗、喜怒不形言。更學維摩詰、早聞不二門。嗟吾未愼口、出語如瀾飜。
與子日相對、更覺己之煩。但恐終此生、雖悔舌可捫。有喙譾三尺、欲吐卻須呑。陽瘖近可學、必招謗説喧。
酒狂要似蓋、目撃何希溫。莫作不鳴鴈、以智免炮燔。

（今君は玄虚を嗜む、豈に李耳の孫に非ずや。超然として自ら俗に傲り、喜怒言に形さず。更に学ぶ維摩詰、早に聞く不二の門。嗟く吾が未だ口を慎まず、語に出だすこと瀾飜の如くなるを。子と与に日に相い対すれば、更に覚ゆ己の煩なるを。但だ恐る此の生を終るに、悔いると雖も舌捫ずべし、喙の譾に三尺なる有り、吐かんと欲して却て須く呑むべし。陽瘖近く学ぶ可し、必ず招く謗説の喧きを。酒狂は蓋に似たるを要す、目撃何んぞ温を希わんや。鳴かざるの鴈と作ること莫かれ、智を以て炮燔を免がれん）

（「李眉叟嘗以言語爲戒作詩戲之」、『西河集』巻二）

この詩は林椿が李仁老の言葉を慎む詩を戯れた作である。林椿はこの詩に李仁老について、「超然として世俗を蔑視して喜怒を言葉で表現しなかった」と評している。また、林椿はこの詩の前半で「阮籍能慎默、是非口不論。……子猷眞寡辭、對客唯寒暄。（阮籍能く黙を慎しみ、是非は口に論ぜず。……子猷は真に辞寡く、客に対して唯だ寒暄するのみ）」と詠っているが、阮籍や王子猷は口数が少ないのに名声が高いと評している。阮籍は竹林の七賢の一人で世俗の人間に対しては、俗物には白眼で、同士には青眼で対応したという逸話[10]で有名である。ここで、「是非口不論」はすなわち阮籍の生活態度ということができるが、林椿は李仁老の無言の態度に阮籍と王子猷の姿を連想したのかもしれない。右記二篇の詩を総合してみると、李仁老は性格が正直で堅いくらい、言葉を慎んでおり、自分の感情を表出せず、酔ったような醒めたような行動で現実世界に臨むことによって自分を守ろうとしたことがわかる。

一方、すでに述べた李仁老列伝で李仁老をはじめ、七人が集まって酒を飲んで詩を作って楽しんだのであるが、この忘年友を中国魏晋時代の竹林の七賢に比喩したとするが、この竹林の七賢が社会に不満を持ち、酒を飲み礼に外れた行動をしたのは有名である。李仁老を中心とした忘年友も中国社会の竹林の七賢のように自分の鬱憤を酒と詩で解消したと見られる。林椿の詩の結句に、「酒狂要似蓋、目撃何希溫。莫作不鳴鴈、以智免炮燔[11]。」と歌ったのも酒に酔って話せば誰も疑う心を持たないということを利用した実例であろう。

以上、李仁老の生涯と時代背景を窺った。鄭仲夫によって自分を守るために仏門に入った李仁老だが、還俗しても平坦な官職生活を送れなかったことが推定できる。この時に「酒」「詩」を慰安策にして忘年友を組織してたまった鬱憤を解消したと判断できるが、これはまた直面した不安な現実を克服するようにした手段となったことがわかる。

第二節　帰去来の心

李仁老の「和歸去來辭」（『東文選』巻一）は陶淵明の「歸去來辭」の脚韻の字を用いて和韻したものである。この辭に関する論は「李仁老の「和帰去来辞」について」（『中国学志』比号）、『韓国高麗時代における「陶淵明」観』（白帝社、二〇〇〇、三）においてすでに取り上げたので、ここではその「辭」と簡略な要点だけを取り上げる。

歸去來兮、陶潛昔歸吾亦歸。得隍鹿而何喜、失塞馬而奚悲。蛾赴燭而不悟、駒過隙而莫追。纔握手而相誓、未轉頭而皆非。摘殘菊以爲飡、緝破荷而爲衣。旣得反於何有、誰復動於玄微。蝸舍雖窄、蟻陣爭奔。蛛絲網扇、雀羅設門。藏穀俱亡、荊凡孰存。以神爲馬、破瓠爲樽。身將老於菟裘、樂不減於商顏。遊於物而無忤、在所寓以皆安。鱗固潛於尺澤、翅豈折於天關。肯遂情而外獲、方收視以內觀。途皆觸而無礙、興苟盡則方還。鵬萬里而奚適、鷃一枝而尙寬。信解牛之悟惠、知斲輪之對桓。歸去來兮、問老聃之所遊。用必期於無用、求不過於無求。化蝶翅而猶悅、續鳧足則可憂。閱虛白於幽室、種靈丹於良疇。幻知捕影、癡謝刻舟。保不材於櫟社、安深穴於神丘。功名須待命、遲暮宜歸休。任浮雲之無迹、若枯槎之泛流。已矣乎、天地盈虛自有時。行身甘作賈胡留、遑遑接淅欲安之。風斤思郢質、流水憶鍾期。尿死灰兮奚暖、播焦穀兮何耔。第寬心於飲酒、聊遣興於作詩。望紅塵而縮頭、人心對面眞九疑。

（帰りなんいざ、陶潜昔帰りて吾も亦た帰る。隍鹿を得るも何ぞ喜ばん、塞馬を失うも奚ぞ悲しまん。蛾は燭に赴くも悟らず、駒は隙を過ぐるも追う莫し。纔に手を握りて相い誓いしに、未だ頭を転らさずして皆非なり。残菊を摘みて以て飡と為し、破荷を緝めて衣と為す。既に何有に反るを得たるに、誰か復た玄微を動かすや。蝸舎窄しと雖も、蟻陣争い奔る。蛛糸扇に網し、雀羅門に設く。蔵穀倶に亡せ、荊凡孰か存する。神を以て馬と為し、瓠を破りて樽と為す。身は将に菟裘に老いんとするも、楽しみは商顔に減ぜず。物に遊びて忤る無く、寓する所に在りて以て皆安んず。鱗は固より尺沢に潜み、翅は豈に天関に折れんや。肯えて情を遂げて外に獲、方に視を収めて以て内に観んとす。途皆触るるも礙する無く、興苟しくも尽くれば則ち方に還るべし。鵬は万里にして奚にか適かん、鷦は一枝にして尚お寛ぐ。解牛の恵を悟すを信とし、斲輪の桓に対うるを知る。帰りなんいざ、問う老聃の遊ぶ所を。用は必ず無用に期し、求は無求に過ぎず。蝶翅に化して猶お悦び、梟足を続ぐは則ち憂うべし。虚白を幽室に閲し、霊丹を良疇に種う。幻は捕影を知り、癡は刻舟に謝す。不材を櫟社に保ち、深穴を神丘に安んず。功名は須らく命を待つべし、遅暮宜しく帰休すべし。浮雲の迹無きに任せ、枯槎の流れに泛ぶが若し。已んぬるかな、天地の盈虚は自から時有り。身を行いて甘んじて賈胡の留まるを作す、遑遑として淅を接し安くに之かんと欲す。風斤郢質を思い、流水鐘期を憶う。死灰に尿するも奚んぞ暖まらん、焦穀を播くも何ぞ耔わん。第だ心を飲酒に寛がせ、聊か興を作詩に遣る。紅塵を望みて頭を縮む、人心の面に対するは真に九疑なり）

この詩に李仁老は帰郷して無何有の郷を得たことを言っている。しかし、結びの二句では「望紅塵而縮頭、人心對面眞九疑」と述べていた。達観した心情であるなら世間をみても冷静にいられるはずである。恐らく、李仁老は俗世の人間を考えると畏怖するということの裏面に、俗世への未練を残していたのであろう。

彼の「獻時宰回文」（『東文選』巻九）に「早學求遊宦、詩成謾苦辛。（早く学びて遊宦を求むも、詩成りて謾りに苦辛す）」（八句中一、二句）と述べて、早くから学んで官を求めたこと、そして、「偶吟」（『東文選』巻二十）に「白頭不悔儒冠誤、尚把塵編教子孫。（白頭儒冠の誤りを悔いず、尚お塵編を把りて子孫に教う）」と述べて、白髪になった今、儒者の冠をかぶって暮らした誤りを後悔はしないと、一生儒者への志向に変化を見せなかったことから考えると、文官の家系で育った彼は武官の無節操な政治に飽きたのかもしれないが、汚れた世間を残念に思う気持ちと、儒者としての任務を忘れる事のできないやるせない心の両方があったと考えられる。

以上のことを通して、李仁老は現実を逃れようとする方法として隠遁を志向し、世俗を断って性分のまま過ごし天命を素直に受け止めようとして田園に帰ったものの、農作業をする姿は見せないばかりでなく、世間に対する捨てがたい未練があったことが窺える。

第三節　意識世界

第一節で生涯を通して当時の時代相と李仁老の生活態度を窺った。老子の玄虚が好きで、世俗を超然として受け入れて、酔ったように醒めたように無何有の境地を歌った李仁老であるが、彼の心中においては一方では文臣としての任務を遂行しようとしたのであり、もう一方ではどうしようもできない現実を把握して隠居を求めようとしたのである。この点に着目してこの節では李仁老の意識世界を比較文学的観点から考えてみよう。

一　愛国愛民の心

社会が安定し民衆が平和に生きるのが理想的国家像であるのは再三言及する必要もなく、そのようになれば問題は発生しないだろう。しかし、この理想国家を持続させるのは極めて困難なことであり、少し間違えれば国家は動揺し社会は無秩序となり、そこで人々は安定した国家像を憧憬するようになると考えられる。

中国において無秩序な社会の姿を指摘した詩を残している愛国詩人がいる。詩聖といわれる杜甫（七一二〜七七〇）である。彼は一生を不安定な社会で生きた不遇の詩人である。玄宗が楊貴妃を寵愛しながら政権は事実上楊氏一族の手に渡っており、節度使である安禄山が叛乱を起こして政勢は混乱を免れなかった。またこれによって重税と兵役で民衆は被害を受けていた。杜甫はこのような無秩序の中で生きたのである。安禄山の叛乱が起きたのは彼の四十二歳の時であった。彼もまた流亡生活をしたのであるが、このときに民衆の苦難を体験したのである。その後、杜甫は社会悪を暴露したのである。またこれによる憤怒と悲しみをあらゆる角度で詠った(12)。そして、多くの社会詩は社会の不合理・不公正が改善することを願って詠われたのである。このような杜甫の著名な名声は韓国の高麗時代の李仁老にまで伝達したのであろう(13)。

自雅缺風亡、詩人皆推杜子美爲獨步(14)、豈唯立語精硬、刮盡天地菁華而已。雖在一飯、未嘗忘君、毅然忠義之前、根於中而發於外、句句無非稷契口中流出(15)、讀之足以使懦夫有立志。

（雅缺け風亡びて自り、詩人皆杜子美を推して独歩と為す、豈唯だ立語の精硬にして、刮して天地の菁華を尽くすのみならんや。一飯に在りと雖も、未だ嘗つて君を忘れず、忠義の前に毅然とし、中に根ざし外に発す、句句稷契の口中より流出するに非ざる無し、之を読めば以て懦夫をして立志有らしむるに足らん）

（『破閑集』中、四）

これは李仁老の詩話集である『破閑集』に記述されている。李仁老は「豈唯立語精硬、刮盡天地菁華而已」と詠って杜甫を尊敬する理由を明らかにしている。既述した事実から窺えるように、杜甫は天地の美化された部分以外にも社会の醜い部分を詠っていた。李仁老は杜甫の両面性を把握しようとしていたことが分かるが、特に杜甫の強い筆致で社会を非難することに心強く打たれたことが窺える。また、杜甫が「忠義の節」を論じた時にはまるで堯舜時代の名臣稷と契の口から出てきたようであると賞賛しており、このような杜甫の詩を読むと、「無気力な男児」に志を立てることができるようにしてくれると歌っている。「無気力な男児」は李仁老自身であると見ることができるが、杜甫は自分の無気力を気づかせる役割をしていたのである。これらのことから、李仁老にとって杜甫の姿は強い信念からくる忠義により無秩序の社会を導いていく役割を果たしたことが推測できるのである。

李仁老が杜甫の社会悪を歌った詩を読んで感銘を受けたのは、似通った社会環境[16]の中から社会の矛盾を大胆な筆致で批判した点にあると思われる。そして、杜甫の忠義の節を歌った詩を通して自分の無気力を気づくことによって李仁老の愛国の心はいっそう強くなったと判断できる。

杜甫が世を去ってから二年後、白居易（七七二～八四六）が誕生した。白居易は元稹に贈った書簡に杜甫の社会批判の詩が三十から四十首程度に過ぎないと論じた[17]。このような白居易は「諷論詩」を一七二首残しているが、「諷論詩」とは当時の政治および社会の混迷を諷刺批判して民衆の苦しみに同情した詩である。安禄山の叛乱以後、大地主階層、宦官、地方軍など支配階級の指導者たちが贅沢三昧に陥って勢力を拡張しようとしたために、貧困の民衆が搾取の対象になったのは言うまでもない。これに対して白居易は詩歌を作って政治・社会の無秩序を指摘して、民衆の苦難を訴えたのである。このような白居易の愛国・愛民の心は、韓国高麗時代の李仁老にも伝わったのである。

唯公逸氣獨軒軒、雪山一朶雲間挿。草堂曾占香爐峰、穿雲欲把琴書入。白頭遍賞洛陽春、遇酒便作鯨鯢吸。
海山兜率足安歸、宰樹煙昏唯馬鬣。玉皇特賜醉吟號、一片翠石蛟蛇蟄。問時何人拂袖歸、八折灘頭手一執。

千年遺像若生年、瓊樹森然映眉睫。遠慕相如有長卿、欲比荀鶴聞杜鴨[18]。我非昔日黄居難[19]、只期方寸與公合。

（唯だ公逸気にして独り軒軒たり、雪山一朶雲間に挿す。草堂曾つて香爐峰を占め、雲を穿ちて琴書を把って入らんと欲す。白頭遍らに洛陽の春を賞し、酒に遇えば便ち鯨鯢の吸を作す。海山の兜率安かに帰するに足る、宰樹の煙昏唯だ馬鬣のみ。玉皇特に酔吟の号を賜わり、一片の翠石蛟蛇蟄る。問う時に何れの人か袖を払いて帰し、八折灘頭に手一たび執るや。千年遺像生年の若し、瓊樹森然として眉睫に映る。遠く相如を慕いて長卿有り、荀鶴に比して杜鴨を聞かんと欲す。我れ昔日の黄居難に非らずとも、只だ方寸公と合せんことを期するのみ）

（「白樂天眞呈崔太尉」の後半）

李仁老が白居易の画像を崔讜[20]に贈呈したのを歌ったものである。この詩では白居易が香爐峰に草堂を建てて琴・書を楽しみながら隠遁生活を送る様子や、隠遁生活をしたとは言え、この世を背くことはしないで八節灘を開拓した様子などが描写されている[21]。この事実のうちに八節灘は白居易が民衆のために行った事業であるが[22]、彼の詩「開龍門八節石灘詩（龍門の八節石灘を開く詩）」で険峻な石のある箇所を通過する舟が破損されて船乗りに被害を与えるのを除いたことを詠じている。李仁老は白居易が民衆の苦しさを理解して力になってくれたこのような事実に深い感慨を持っていたようである。「崔太尉雙明亭[23]」二十句中第十三から十六句までに、「醉吟先生醉龍門、八節灘流手自鑿。六一居士居穎川、著書託琴自書樂。（酔吟先生龍門に酔う、八節灘の流れ手自ら鑿つ。六一居士穎川に居り、書を著わし琴に託して自ら楽しみを書す）」と歌っている。この詩から李仁老は歐陽修については琴・書の楽しさを歌ったのに比して、白居易に対しては八節灘の開拓を歌っている。このようなことから考えると李仁老の白居易に対するイメージは愛民を中心とした暖かい人間性にあるといえる。

李仁老が崔讜に白居易の画像を贈呈しながら「黄居難が自分の名刺に字を楽地と書いて白居易を真似たが、自分自身は白居易の真実の心と一致することを望む」と言った。これは李仁老が白居易の外面世界ではない内面世界を追求したものと読みとることができる。白居易の内面世界は既述したように愛国愛民の精神世界であるが、李仁老はこのような白居易の内面世界と同和できることを希求したのである。

以上、李仁老が描写する杜甫と白居易を見てみた。中国唐代の時に安禄山の叛乱以後、社会が混乱に陥った時、詩人杜甫と白居易は多数の社会詩・諷論詩を残した。これらの詩が韓国高麗時代の詩人かつ文人李仁老にも継承されて、精神面での力になってくれたが、李仁老が表出した杜甫の忠義、白居易の済民はすなわち、李仁老自分のものでもあったとみることができる。同じ叛乱の政権だったために、杜甫・白居易の詩を通した李仁老の愛国・愛民の心はさらに益していたといえるのである。

二　天命

『楚辞』「天問」に「天命反則、何罰何佑。（天命は反則す、何をか罰し何をか佑くる）」という表現がある。この時、「天命」とは「天が賦与した運命」を意味する。この「天問」で屈原（前三四三～前二七七？）[24]は追放され山野をさまよいながら天を仰いで嘆いた。屈原は天命の不当を絶望的に表現したのである。

一方、東晋の陶淵明（三六五～四二七）は、「歸去來辭」の結句に「聊乗化以歸盡、樂夫天命復奚疑。（聊か化に乗じて以て尽くるに帰し、夫の天命を楽しみて復た奚をか疑わん）」と天命を歌った。この辞は陶淵明が不安定な軍閥政権のなかで十三年間の官職生活を終え、四十一歳に故郷に帰ってきて作ったものである。陶淵明は天命に身を任せる達観の意志を表した。屈原と陶淵明が表した天命は各々政治・社会的な背景によって形成されており、自分の置かれた立場を具体化して表出したもので、一人の人生を把握する場合において重要なモチーフになると思われる。

李仁老の作品にも天命が表出されているが、それは「和歸去來辭」の第三段、[25]「功名須待命、遲暮宜歸休。（功名は須らく命を待つべし、遅暮宜しく帰休すべし）」である。ここでも論の理解のために内容の要点を簡略に見てみることにする。

第一段は、帰郷したことによって、質素ではあるが心の自由な生活を得たことを歌う。

第二段は、与えられた運命を自分の運命として受け止め、事物を超越し、外界を忘れ、心を真理に安住させ、自然つまり、天道の成り行きに任すべきことを述べる。

第三段は、一見役に立たないものがかえって大用をなすのであり、その性分のままに安んずるべきであることを言う。

第四段は、どうにもならない社会に対する不信感を述べる。

この辞はいうまでもなく、荘子の思想を背景にしたものである。既述した天命の句は第三段に表現されている。李仁老は功名は天命に従うといったが、これは天命に順応する姿を表す。

李仁老が陶淵明に愛着を持って「歸去來辭」に和韻したように、中国の白居易・蘇軾（一〇三六〜一一〇一）は陶淵明の熱烈な賛美者である。白居易は「效陶潛体詩」「訪陶公舊宅」などを、蘇軾は「和歸去來辭」を各々作って歌った。[26]この二つの詩人の詩からも天命を歌った詩を見ることができるが、李仁老の「和歸去來辭」に比較される類似句に限定してみると以下になる。

李仁老　　　　白居易

功名須待命　　功名富貴須待命「浩歌行」
李仁老　　蘇軾
天地盈虚自有時　　吾生有命歸有時「和歸去來辭」

右記詩句で白居易・蘇軾の天命[27]は「運命に順応する」という意味であるが、この点においては李仁老の天命と同様である。

以上のように、李仁老の天命は屈原の怨望ではなく、陶淵明の達観の姿勢を憧れており、白居易・蘇軾の順応を継承したと言える。

陶淵明が天命を表出するようになったのは官職を辞めてからであるが、李仁老の天命がいつ表出されるようになったのかは明かではない。これは「和歸去來辭」がいつ制作したのかが明らかではないことによる。ただ、既述した「遲暮宜歸休」句から老年の作であると推測できる。李仁老のこの辞は陶淵明の辞を真似ている点を考慮すると、陶淵明と同様の状況である官職を辞めた状態で和韻した可能性がある。しかし、白居易の「浩歌行」は彼の四十七歳の時、江州司馬に左遷された時期に、蘇軾の「和歸去來辭」は海南島昌化に左遷された時期に各々書かれた点に照らし合わせると、李仁老の「和歸去來辭」もまた左遷された時に書いた可能性も提示される。すなわち、白居易・蘇軾が政治的不幸に左遷されてどうしようもできなかった運命を素直に受け入れたように、李仁老も武臣政権のもと、自分の不遇の立場を天命として受け入れたことであろう。

以上、李仁老の意識世界を窺ってみた。本来、儒者としての強い意志を持っていたと思われる李仁老は、愛国愛民の心を直接あるいは間接的に表現した杜甫と白居易に深い共感をもっていた。そして、陶淵明・白居易・蘇軾の生き方がそうであったように、李仁老もまた天から賦与してもらった天命に従うことにより、政治的・社会的逆境を克服したのである。

結

李仁老の帰去来の心と人生観について、中国の詩人と比較の観点から見てみた。

帰去来の心については「和帰去来辞」を中心として、人生観については現実面と理想面を分けて考察した。また李仁老の生涯からは当時の時代背景を中心として現実に適応する生活態度を窺った。彼の意識世界では、その詩に顕著に表れた中国詩人の価値観を中心に李仁老が指向する価値観を窺った。

李仁老は、陶淵明の田園を愛しながらも、ついに世俗を忘れることができなかったのである。陶淵明の「帰去来辞」に和し、また、内容的には荘子の思想に負うところが多いけれども、李仁老の隠遁の思想は観念的傾向が強く、陶淵明のような、身についた思想とはならなかった。また、武臣乱以後無秩序の現実に直面した李仁老は言葉に慎みながら自分の感情を表さなかったし、酔ったような醒めたような無何有の境地で不安を克服したのである。そして、武臣の政権のもとにおいても彼の心には士大夫の精神である正道を守っているがために(28)、同一の心を表現した中国の詩人に好感を持っていたのである。杜甫や白居易の詩歌では国を心配し、民衆の苦しむ姿を、陶淵明・白居易・蘇軾の詩歌からは天命に任せて混乱な社会を克服する姿を表していた。このような中国詩人の価値観は李仁老の人生世界に精神的力を付与したと言うことができる。

注

（1）本稿は『中国学志』比号に掲載した、「李仁老の『和歸去來辭』について」を補うものである。漢詩の翻訳には『東文選』『破閑集』『補閑集』他の国訳本を、資料は『東文選』古典国訳叢書を参考として利用した。

（2）「高麗詩人と陶淵明」李昌龍（『建大學術誌』第十六集、一九七三、一二五頁）。「陶淵明「歸去來辭」国内入和韻作考釈（其一）」南潤秀（『韓國漢文學研究』第八輯、一九八五、二六八頁）。『李仁老研究』南潤秀（高麗大學學位論文（碩士）、一九七九、五六頁）。

（3）前掲の『李仁老研究』南潤秀（二三〜二五頁）。仁州（仁川）李氏は十一代文宗（一〇四七）から一七代仁宗（一一二六）までの八十余年間権勢を握っていたが、李仁老はこの仁川李氏の後裔である。李仁老の直系は南潤秀氏の論によると、仁川李氏の二代の祖李翰は尚書右僕射であり、四代の祖李子祥は尚書右僕射の官職を授かっている。この李子祥に二人の子、李預と李顒がいるが、李顒の曾孫が李仁老である。この論文は修論ではあるが、正確さがあり、利用させていただいた。

（4）「内侍金敦中年少、氣鋭以燭仲夫鬚、仲夫搏辱之、敦中父富載怒、白王欲栲仲夫……仲夫由慊敦」（『高麗史』巻一二八、鄭仲夫）。

（5）「頼恐武臣見寵、担懐猜忌、大将軍李紹膺雖武人、貌瘦力羸、與一人搏不勝而走、頼遽前排紹膺樞、卽墜階下、王與群臣撫掌大笑」（『高麗史』巻一二八、鄭仲夫）。

（6）武臣は多くの文臣を殺したが、武臣を礼儀をもって接待し、民衆に善政を施した文臣は禍を受けていなかった。（『高麗史』巻九十四・九十五列伝参照）。

（7）「酒中有何好、此語近眞趣、可笑陶淵明、無錢尙嗜酒」（「讀陶潛傳戯成呈崔太尉」の八句中前半）。

（8）この「無何有」は「和歸去來辭」の十一・十二句「既得反於何有、誰復動於玄微」にも表わされているが、李仁老が好感を持った言葉のようである。

（9）「椿、字耆之、西河人、以文章鳴世、屢擧不第、鄭仲夫之亂闔門遭禍、椿脫身僅免、卒窮夭而死、仁老集遺藁、爲六卷目、曰西河先生集、行於世」（『高麗史』巻一〇二）。忘年友の一人。

（10）「籍又能爲靑白眼、見禮俗之士、以白眼對之、及稽喜來弔、籍作白眼、喜不懌而退、喜第康聞之、乃齎酒挾琴造焉、籍大悅、乃見靑眼」（『晉書』巻四十九、阮籍）。

（11）「嗈嗈鳴鴈、奮翼北遊、順時而動、得意忘憂、嗟我憤歎、曾莫能儔、事與願違、遘茲淹留、窮達有命、亦不何求」（「嵆康・幽憤詩」『文選』巻二十三）。嵆康は竹林七賢の一人である。この詩は嵆康が獄中での鬱憤を歌ったもので、人間関係をよく認識できなかったことを自責して歌った詩である。林椿は嵆康の幽憤詩で表出される憤激と自責の心を典故を用いて表現したとみられる。

（12）代表的作品として「三吏三別」を挙げることができる。「三吏」とは、新安吏・石壕吏・潼関吏で、「三別」とは新婚別・垂老別・無家別である。

（13）「古人云、學詩者、對律句體子美、樂章體太白、古詩體韓蘇」（『補閑集』上、三十八）。李仁老もまた杜甫の律句体を学ぶことに例外ではなかったと思われるし、詩体だけではなく、詩の内容にも親近感を持っていたであろう。

（14）蘇軾は杜甫を「古今詩人衆矣、而子美獨爲首者、豈非以其流落饑寒、終身不用、而一飯未嘗忘君也歟」と評しており、李仁老はそれを引用したように見られる。

（15）「配稷契兮恢唐功、嗟英俊兮未爲雙」（『楚辭』「九思・守志」）句に、稷契のたくましさが述べられているが、杜甫の言葉をまるで稷契のようであると見ていた。蘇軾の子美を評する詩に「子美自比稷與契、人未必許也、然其詩云、舜與十六相、身尊道益高、秦時用商鞅、法令如牛毛、此自是契稷輩人口中語也」（『蘇軾文集』巻六七）とあり、李仁老もまたこれに共感を覚えたようである。

（16）「自康寅癸巳迄至今、殺傷滿野、干戈不息、感傷和氣、天變屢見、玆乃寡人否德所致、焦心勞思、不遑寧處、……列郡者不得任情賞罰浸漁百姓、其或州吏割民利已、馮公營私而官不能痛禁、至於干托權勢殘害、百姓流離失所」（『高麗史』巻十九、明

宗一）。この記録は明宗五年（一一七五）夏のもので、康寅以後乱、鄭仲夫乱が発生した年以後を表す。このように武臣乱以後の無秩序とは、杜甫の時代に発生した安禄山乱以後の社会情勢と同様であるといえる。

(17) 「然撮其新安・石壕・潼關吏・蘆子・花門之章、朱門酒肉臭、路有凍死骨之句、亦不過三四十」（『白居易集』巻四十五）。

(18) 「有富子杜四郎、爲詩號杜荀鶴」（『佩文韻府引』「酉陽雜俎」）。

(19) 「有與子能爲詩、毎通名刺云、鄕貢進士黃居難字樂地、欲比白居易字樂天地」（『佩文韻府引』「金華子」）。

(20) 崔讜の列伝は『高麗史』巻九九、家系は「李仁老研究」南潤秀、七〇頁を各々参照。

(21) 『新唐書』巻一一九の「白居易列傳」にある関連部分を紹介すると、「東都所居履道理、疏沼種樹、構石樓香山、鑿八節灘、自號醉吟先生、爲之傳、暮節惑浮屠道尤甚、至經月不食葷、稱香山居士」。

(22) 「東都龍門潭之南、有八節灘、九峭石、船筏過此、例及破傷、舟人檝師、推挽束縛、大寒之月、裸跣水中、饑凍有聲、聞於終夜、子嘗有願、力及則救之、會昌四年、有悲智僧道遇、適同發心、經營開鑿灘」（「開龍門八節石灘詩二首、幷序」『全唐詩』巻四六〇）。

(23) 李仁老が崔讜を描いた詩を見ると白居易をかなり意識したようである。崔讜が雙明齋で詩酒を楽しんだ様子を白居易の七老会に比喩しており、崔讜に白居易の画像を贈呈したのがそれである。また、崔讜について多数の詩を残しており、二人は親しい間柄だったように見られる。

(24) 戦国、楚人、懐王の下に信任を得て国政を握ったが、同列の大夫らの嫉妬により左遷され汨羅に身を投げて自殺をした。「離騷」「九歌」「九章」「天問」「遠遊」「卜居」「漁父」などがある。（『史記』巻八四）。

(25) 便宜上、韻により、第一段は「歸去來兮」から「誰復動於玄微」まで、第二段は「蝸舍雖窄」から「知斷輪之對桓」まで、第三段は「歸去來兮」から「若枯楂之泛流」まで、第四段は「已矣乎」から「人心對面眞九疑」までに分ける。

(26) 李仁老の「和歸去來辭」には陶淵明以外に白居易・蘇軾の詩句と類似の句が発見できる。

李仁老	白居易

蛾赴燭而不悟　融午角上争何事
駒過隙而莫追　石火光中寄此身「對酒」
既得反於何有　認得無何是本鄉「讀莊子」
闊虛白於幽室　煩慮漸鎖虛白長「老來生計」
功名須待命　功名富貴須待命「浩歌行」
遑遑接淅欲安之　遑遑兮欲安往哉「自誨」

李仁老　蘇軾「和歸去來辭」
駒過隙而莫追　時電往而莫追
既得反於何有　知盜竊之何有
方收視以内觀　納萬象而中觀
遲暮宜歸休　請終老於斯游
天地盈虛自有時　吾生有命歸有時

(27) 白居易が功名富貴これらは運命を待つべきであるといい、自然の運行に預ける様子を歌っており、蘇軾は私の生涯に運命が存在するので帰郷するのも時期があるという。

(28) 「顏巷枕肱食一簞、東陵晝膳脯人肝、世間萬事眞悠悠、直道由來作人難、我欲伸曲鉤斬曲几、要須平直如金矢、黄河正漲碧琉璃、不着一點秋毫累」（「續行路難」其三）。既述した第一節二の「時代背景」からも彼の性格を十分窺うことができる。

四、聾巖李賢輔における「帰去来」の真実

序

李賢輔の「生日歌」幷序（『聾巖集』巻三）に「致仕投閒、亦過一紀。其晩年去就、逸樂行迹、盡于此三短歌。聊書以自誇云。（致仕間に投じ、亦た一紀を過ぐ。其れ晩年の去就、行迹に逸楽するは、此の三短歌に尽きたり。聊か書して以て自ら誇るのみ）」とある。官職を辞めてから十二年が過ぎて、晩年の去就や行迹に逸楽したことが三短歌に尽きていると述べられている。三短歌とは「効嚬歌」「聾巖歌」「生日歌」の三つの短歌を指す。李賢輔はこれらの短歌に人生のすべてを表していたと言っても過言ではない。従って、この三つの短歌を通して李賢輔の帰去来に対する真実が確認できると考えられる。

これまでの研究論文の多くは、「漁夫辞」に関するもの、陶淵明及び「効嚬歌」に関するものである。(1)これらの論文の内、「聾巖の浪漫性は老荘思想から出たのではない」と述べられているが、(2)李賢輔の友人の詩文には、李賢輔の山水を楽しむ姿に招隠を思わせる老荘思想が含まれていることを認めたものが見られる。また、「効嚬歌」に関する論文には不備が見られる。(3)さらに、「効嚬歌」の結句についての解釈は二つに分かれているが、解釈が分かれる理由は「効嚬」にまつわる典故の追究が不十分であるためと考えられる。本稿では、これらの問題に着目して、「効嚬歌」「聾巖歌」「生日歌」を具体的に分析し究明することにより、李賢輔の生き方、帰去来に対する真実を明らかにしようと思う。

第一節　「効嚬歌」

「効嚬歌」は陶淵明の帰去来辞を本にした作である。「効嚬歌」（『聾巖集』巻三）に「歸去來歸去來말뿐이오가리업새、田園이將蕪하니아니가고엇뎰고、草堂애清風明月이나명들명기다리나니（帰去来帰去来、話しだけで行く人はいない、田園があれようとしているのに行かなくてどうする、草堂に清風明月が出没して待っている（のに））」と歌う。この歌は漢文とハングルが混じっているが、研究者の間では結句の「草堂に清風明月が出没して待っている（のに）」に関して、「いる」と「いるのに」と二つの分かれた解釈を行っている。そのことについて、成昊慶氏は一つは曖昧な主観的解釈で、いま一つは原因や根拠を持つ必然的な解釈であると述べておられる。[4] しかし、分かれた二つの解釈を解明するには、この詩の題名からその根源を探らなくてはならない。「効嚬」は『莊子』の「天運篇」第十四に見える言葉であり、莊子の中心思想である「莊子の天其れ運るか」を理解することにより分かれた二つの解釈が解明できる。

『莊子』「天運篇」に「故西施病心而矉其里、其里之醜人見而美之、歸亦捧心矉其里。其里之富人見之、堅閉門而不出。貧人見之、挈妻子而去之走。彼知美矉而不知矉之所以美。惜乎、而夫子其窮哉。（故に西施心を病みて其の里に矉せしに、其の里の醜人見て之を美とし、帰るも亦た心を捧げて其の里に矉せり。其の里の富める人之を見て、堅く門を閉ざして出でず。貧しき人之を見て、妻子を挈えて之を去てて走げたり。彼の矉むるを美しとするを知るも矉むるの美しき所以を知らざるなり。惜しいかな、而の夫子は其れ窮しまんか）」と記載されている。矉は顰、嚬とも同義語である。これは醜人が西施の眉をひそめた格好を見て美しいと感じ、自分も西施と同じく眉をひそめたという話しである。眉をひそめることがどうして美しく見えるのか、醜人はその根本の理由が分からないままにただ真似をしていた。そのために余計に誤解を招いて回りを驚かせるようになったのである。この話しは本質を知らずに外観だけをまねることに対する皮肉であり、間違った真似をしてはいけないとの教訓である。李賢輔は「効嚬歌」に、人々は陶淵明の帰去来に憧れているが、それは話しだけに止まっており、実践はしていないと述べている。これは憧れて真似だけしないで本質を直視すべきであると主張するものである。もしも陶淵明が帰去来したように帰去来を実践するならば、田園は荒れることにならないからである。

また、『荘子』「天運篇」に「至貴、國爵幷焉、至富、國財幷焉、至願、名譽幷焉、是以道不渝。（至貴は国爵をば幷けて、至富は国財をば幷けて、至願は名誉をば幷けて、是を以て道は渝らず）」とある。これは荘子の無為自然の世界を表している。無為自然の道が得られれば、国家が与えてくれる爵位や財産、名誉など棄てて顧みない。なぜならこれらの物は一時的なものであり、無為自然の道は悠久不滅なものであるからだ。しかし、人々は目の前にある富だけを求めているので真の道が分からないのである。李賢輔の「効嚬歌」第一、二句の「帰去来帰去来話しだけで行く人はいない、田園が将に蕪んとするのに行かなくてどうする」にはこれら荘子の無為自然に生きることを実践したいという願望が含まれているのである。

李賢輔の「効嚬歌」の第三句の「草堂に清風明月が出没して待っている（のに）」句は、『荘子』「天運篇」に「日月星辰行其紀、吾止之於有窮、流之於無止。（日月星辰其の紀を行る、吾れ之を窮り有るに止め、之を止る無きに流す）」によるものと考えられる。日月星辰はそれぞれの軌道を運行する。そして、私は有限なる万物の世界に止め、ある時には無限な世界に遊ぶという。すなわち、万物の世界には調和があり、万物が表れるかと思うと沈みがある。また、春が来れば夏が来て秋・冬が来るという季節の変移があるように、この句は有限の万物に遊びつつ、無限の超越的世界に入ることを表しているのである。

「効嚬歌」幷序に「嘉靖壬寅秋、聾巖翁始鮮圭組、出國門賃歸船、飲餞于漢江、醉臥舟上。月出東山、微風乍起。詠陶彭澤、舟搖搖以輕颺、風飄飄而吹衣之句、歸興益濃。怡然自笑、乃作此歌。歌本淵明歸去來辭而作。故稱効嚬。（嘉靖壬寅の秋、聾巌翁始めて圭組を鮮し、国門を出でて帰船を賃り、漢江に飲餞し、舟上に酔臥す。月東山より出で、微風乍ち起こる。陶彭沢の、舟揺揺として以て軽颺たり、風飄飄として衣を吹くの句を詠ずれば、帰興益ます濃し。怡然として自から笑い、乃ち此歌を作る。歌は淵明の帰去来辞に本づきて作る。故に効嚬と称す）」と述べられている。「効嚬歌」は李賢輔が七十六歳のおりに朝廷から故郷に帰る時、船に乗って作ったものである。この注に述べているように、李賢輔は陶淵明の「舟搖搖以輕颺、風飄飄而吹衣」の句を引用して帰郷の喜びを表していた。

以上のことを通して、李賢輔の「効嚬歌」には陶淵明の帰去来を真似るだけに留まっていなかったのである。また、「効嚬歌」は世俗的拘束や固執から離脱して無為自然の道に遊ぶことを訴えており、李賢輔は帰郷によって無為自然の道が実践できることに十分満足していたことが分かる。

第二節 「聾巖歌」

「聾巖歌」（『聾巖集』巻三）に、「聾巖애올라보니老眼이猶明이로다、人事이變한달山川이똑가샐가、巖前에某水某丘이어제본닷하예라。（聾巌に登ってみると老眼はなお明らかだ、人事が変わるだって山川が同じくなくなるだろうか、巌前に某水某丘が昨日見たようだ）」と述べられている。この歌は李賢輔の七十六歳の作で、故郷に帰ってすぐに、聾巌に登って山川をめぐりながらの感慨を表したものである。その序に「巖翁久仕於京、始還于鄕、登聾巖、周覽山川、不無令威之感、而猶喜其舊遊陳迹之依然、又作此歌。（巌翁久しく京に仕え、始めて郷に還りて、聾巌に登り、山川を周覧するに、

令威の感無きにあらず。而して猶お其の旧遊・陳迹の依然たるを喜び、又た此の歌を作る）」とある。李賢輔は昔のままにある山川を眺めながら喜びを表している。都で長らく官職についており、帰りたいと思ってもなかなか思うとおりにならなかった。それは天子の許しがおりず、朝廷を離れることができなかったからである。そこで、病気などによる願い出により、ようやく許可が出たので故郷に帰ることができた。帰郷の喜びは大きく、昔と変わらないままの山水に親しみを感じて、喜びは増したのである。

李賢輔と交流があった李滉（一五〇一～一五七〇）は李賢輔の聾巌生活についていくつもの詩を残している。そのうちの一首「拝聾巖先生、先生令侍兒歌東坡月夜飲杏花下詩、次其韻示之、滉亦奉和呈上」（『退溪集』巻一）に「病臥山中九十春、起拜巖仙春喚人。巖中老仙惜光景、獨立汀洲詠白蘋。（病みて山中に臥す九十の春、起して巌仙の春人を喚ぶを拝す。巌中の老仙光景を惜み、独り汀洲に立ちて白蘋を詠ず）」とあり、「聾巖李相公招滉同遊屛風庵」（『退溪集』別集巻一）には「雨霽天空積水平、閒騎果下傍沙汀。胡僧絶壁庵開晝、仙老淸秋屐上屛。窈窕巖泉供佛祖、風流杯酒答山靈。何能小作壺中隱、靜裏工夫討汗靑。（雨霽れ天空は積水平らかに、間かに果下に騎りて沙汀に傍ら。胡僧絶壁の庵昼開け、仙老清秋の屐屛を上る。窈窕たる巌泉仏祖に供し、風流の杯酒山霊に答う。何んぞ能く小さく壺中隠を作し、静裏の工夫汗青を討ねん）」と述べられている。李滉は李賢輔を「巖仙」「老仙」「仙老」と、仙人扱いをしている。また、李滉は李賢輔の住いについて、「結屋崖邊石磴斜、憑闌如在羽人家。公能解紱歸田早、我亦攜壺賞景多。（屋を崖辺石磴の斜めなるに結び、闌に憑るは羽人の家に在るが如し。公能く解紱して帰田すること早く、我れも亦た壺を攜えて賞景すること多し）」（「愛日堂後臺上、陪李府尹遊賞、時公辞慶尹、家居」（『退溪集』別集巻一））と述べている。李府尹は李賢輔を指す。李滉は李賢輔が帰ってから供に過ごす時間が多かったが、李賢輔の住まいがまるで「羽人家」であると表現している。すなわち、李滉は聾巌の住むところは人間の世界ではない仙人の住む所であると述べているのである。

それでは、李賢輔の帰去来の生活、仙人のような生活を李賢輔と交流があった友達の詩を通して窺うことにするが、まず、李賢輔と最も交流が深かった李滉の詩から具体的に見てみよう。

罇酒相攜許入舟、仍於高座笑臨流。玲瓏玉界鹵櫳靜、縹緲仙娥鼓笛稠。
世路向時眞失脚、菊花今日滿簪頭。何因得脱浮名繫、日日來從物外遊。
（罇酒相い攜えて舟に入るを許し、仍ち高座に於いて笑いて流に臨む。玲瓏たる玉界鹵櫳静かに、縹緲たる仙娥鼓笛稠し。世路向時真に脚を失し、菊花今日満ちて頭に簪す。何に因りて浮名に繋がれて脱して、日日来たりて物外に従いて遊ぶを得んや）

（「昨拜聾巖先生、退而有感作詩」二首その二）

花發仙壇麗日華、千春光景此時多。玉罇瀲灩流霞液、雲幔依俙薄霧紗。
閬苑瑤池□□□、童顏鶴髮帶微酡。我今卻笑桃源客、一返無由再到何。
（花は仙壇に発きて日華麗しく、千春の光景此時多し。玉罇瀲灩たり流霞の液、雲幔依俙たり薄霧の紗。閬苑瑶池□□□、童顔鶴髪微酡を帯ぶ。我れ今却って桃源の客を笑う、一たび返れば由し無し再び何こに到るに）

（「次聾巖先生韻」『退溪集』続集巻二）

前者は世間に縛られることなく、世間からの脱出口であることこそ無何有の世界であると述べる。後者は霞を飲み、仙人の生活を行う様子を述べる。その昔一人の漁父が一度桃源を尋ねたものの、その後再び桃源郷を尋ねることができなかったが、しかし私は今桃源郷にいるのだと誇らしげに述べている。無論、ここには李滉の李賢輔に対する世辞が含まれていると考えられるが、それにしても李滉が李賢輔に関連する詩文のほとんどに仙という文字を用いているのをみると、李賢輔が世俗を超越しようとする生活をしていたのは確かであると考えられる。李滉の「昨拜聾巖先生、退而有感作詩」二首（『退溪集』續集巻二）のその一に「自媿塵心渾未斷、商巖仙境得陪遊。（自ら媿ず塵心渾て未だ断たざるに、商巌の仙境陪遊するを得たるを）」（八句中結句）と述べられており、恐らく李滉は李賢輔の気高い遊びに倣って、ともに自然を愛でることにより、自分も世俗の心を遮断しようとしていたのであろう。

李彦迪（一四九一～一五四六）の「送李府尹親老辭職還鄕」三首（『晦齋集』巻二）、その三に「烟霞境外探玄化、功業人間贊大猷。（烟霞の境外玄化を探り、功業の人間大猷を賛す）」と述べられている。[5] 李賢輔の故郷での生活が仙人の生活のようだと述べているのである。また、李彦迪の「書李知事愛日堂」（巻三）には、「疊石構亭臨水曲、天成佳勝付幽人。聾巖境爽非凡界、愛日情深見性眞。（畳石亭を構えて水曲に臨み、天佳勝を成して幽人に付す。聾巌境爽にして凡界に非らず、愛日の情深くして性真を見わす）」とある。李賢輔は浮き世から離れて静かに暮らす人で、愛日堂での生活は平凡な世界ではないと述べる。李彦迪の詩もまた李滉の詩のように李賢輔の生活が仙人に似た生活であったことを窺わせる。

さらに、周世鵬（一四九五～一五五四）の「次汾上醉時歌韻、敬謝靈芝大仙侍史」（『武陵雜稿』原集、巻一）に、「靈芝大仙是木公、視岱如毫海如勺。（霊芝大仙是れ木公、岱は毫の如く海は勺の如きを視る）」とあり、続けて「聾巖簟石仙遨同、氷夷起舞鵾絃急。局邊豈無爛柯兒、不信人間光景促。仙女哦詩愜宮商、仙童解楫工前卻。源花杳杳出洞來、飛絮雪落侑仙酢。大仙時作鸞鳳吟、衆仙和之蒼壁裂。仙乎仙乎氣成霞、崖杉岸柳森幢節。（聾巌簟石の仙遨びを同じくし、氷夷起舞すれば鵾絃急なり。局辺豈に爛柯の児無からんや、信ぜず人間の光景を促がすを。仙女詩を哦い宮商を愜くし、仙童楫を解きて前却を工みにす。源花杳杳として洞より出で来たり、飛絮雪落ちて仙酢を侑く。大仙時に鸞鳳吟を作し、衆仙之に和すれば蒼壁裂く。仙や仙や気霞と成り、崖杉岸柳幢節森たり）」と述べられている。その注に「木公既爲東方男仙之長、則今之木公、非相公而何。（木公既に東方男仙の長と為れば、則ち今の木公、相公にあらずして何ぞや）」とあり、続いて「皆用神仙中語、彼果仙耶、此果非仙耶。（皆な神仙中の語を用う、彼れ果して仙なるか、此れ果して仙にあらざるか）」とある。また、この詩には「附李聾巖酔時歌本韻」の記載が見られ、李聾巖が酔時歌を詠じた作に周世鵬が次韻したことが述べられている。周世鵬もまた李賢輔を仙人扱いをしており、李賢輔の遊びはあたかも仙界におけるものであり、人間世界では見られない光景であると考えていたのである。

李賢輔自身の詩にもまた平凡ではない仙界での遊覧のごとき生活がうたわれている。李賢輔の「題靈芝精舍」（『聾巖集』巻二）の注に「壬寅秋、余以年老、致仕來家。家饒泉石、非無臺榭遊覽之所。而塵紛世念、不能無惱於其間、乃募素欵僧人、稍有幹才名爲祖澄者、助給資財、營構精舍數間于此、不數月而舍成……只令澄僧、往來消遣、作我頗養之地也。舍南百步外、有峰斗起、松樹羅生。除地爲臺。是山之洞門也。自下而來者、到此休憩。山路危險、或下馬步進。距舍數十步、有坑谷路斷。積石爲補、作爲層階。但可通人、不得通馬。旁築高臺、亦令坐歇。客至于此、則騶從皆除、而杖屨單行、不使喧閙於舍門。（壬寅の秋、余年老を以て、致仕して家に来たる。家に泉石を饒らし、台榭遊覧の所無きに非ず。而して塵紛世念、其の間に悩む無き能わず、乃ち素欵の僧人を募り、稍や幹才の名づけて祖澄と為す者有り、助けて資財を給い、精舎数間を此に営構し、数月ならずして舎成る……只だ澄僧をして、往来して消遣せしめ、我が頗る養うの地を作る。舎の南百歩の外、峰斗起こる有り、松樹羅生す。地を除いて台と為す。是れ山の洞門なり。下自りして来たる者、此に到りて休憩す。山路は危険にして、或いは馬より下りて歩みて進む。舎より距ること数十歩、坑谷有りて路断つ。石を積みて補を為し、作りて層階と為す。但だ人を通すべきも、馬を通ずるを得ず。旁らに高台を築き、亦た坐して歇ましむ。客此に至れば、則ち騶従皆な除いて、杖履して単行し、舎門を喧閙せしめず)」とある。また、その「題靈芝精舍」(『聾巖集』巻一)詩二首中その一に「生來成癖烟霞趣、白首膏盲未易攻。家近聾巖嫌在俗、靈芝新占藥頭峯。(生来烟霞の趣を癖と成し、白首の膏盲未だ攻め易からず。家は聾巌に近く俗に在るを嫌う、霊芝新たに薬頭峯を占む)」と述べられている。この注及び詩から考えられることは、李賢輔は世俗を忘れるためにさらに山の奥へと入っていき、険しい山を開拓して精舎を構えている。それは精舎の回りには世俗の騒音など寄せたくないと願っているからである。この詩では僧侶の助けを得ており、名前を寺院とする面においては仏教を思わせるが、しかし、「烟霞趣」は山水の良い景色を愛でることを、「靈芝」は仙界の不老草を意味し、また「日日來従物外遊」「玉罇瀲灩流霞液」「童顔鶴髪帶微酡」といった表現や、深い山中に修業の場を構えている姿には、ただ自然を楽しむだけに留まらない積極性が認められるのである。(6)

李滉、李彦迪と周世鵬の詩文は、李賢輔の生活を身近に眺めながら感じたさまを述べたものである。彼らは李賢輔が世間を超越する雰囲気の山水を愛でる姿から仙人扱いをしていた。また、李賢輔自分も仙界を連想させる雰囲気を描いていた。その自然を貴び、山水を求める仙人生活には老荘の感情が含まれているのである。これまでのことを通して、鄭英文氏が主張するように、聾巖の浪漫性は老荘思想から出たのではないとは断言できないと考えられる。

第三節　「生日歌」

「効嚬歌」「聾巖歌」より十年余り経って作った作、「生日歌」に「功名이그지이실가壽夭도天定이라、金犀대구븐허리예八十逢春긔몃해오、年年에오낫나리亦君恩이샷다。(功名におわりがあろうか、寿夭も天の定めだ。金犀に由げた腰に八十逢春それ幾年なのか、年年に今日のような日亦君恩であろう)」と述べられている。「生日歌」は八十五歳の作であり、

功名と長寿を全うして君恩にも恵まれたことが述べられている。李賢輔にとって、功名を求める、寿命は天にあるとし、君の恩に感謝すると言ったことなどは儒学者のあるべき道理である。李賢輔は天子の恩を思う気持ちを持ち続けていたのである。

我屋南山下、數間補茅茨。此屋豈爲華、身安心自怡。官遊四十年、出入寄於玆。里閈亦親睦、歳久皆相知。花朝與月夕、鷄黍無間稀。年來衰且病、乞退惟其時。家在嶺之南、魂夢尋常馳。行將掛手板、歸袖風披披。同遊二三子、日日來相隨。討論前日歡、去留俱依依。徂玆燈夕遊、最未忘于斯。……持歸聾巖舍、羅列聚郷兒。還如與諸公、會集終南陂。

（我が屋は南山の下、数間茅茨を補う。此の屋豈に華と為さんや、身安らかにして心自ら怡ぶ。官遊すること四十年、出入して玆に寄す。里閈亦た親睦し、歳久しくして皆な相い知る。花朝と月夕と、鶏黍間無く稀れ。年来衰且つ病、退かんことを乞うは惟れ其の時。家は嶺の南に在り、魂夢尋常に馳る。行くゆく将に手板を掛けんとす、帰袖に風披披たり。同じく二三子と遊び、日日来たりて相い随う。討論す前日の歓び、去留倶に依依たり。玆の燈夕の遊を徂き、最も未だ斯を忘れず。……持ちて聾巖舎に帰す、羅列して郷児を聚む。還た諸公と、終南の陂に会集するが如し）

（「題終南遊録後」、『聾巖集』巻一）

この詩には李賢輔が南山に茅葺きの家を構えて、心安らかに自然とともに生活する様子が述べられている。ここに出入りしながら四十年あまり官職生活をしたと述べているが、彼が官職で活躍するようになったのは三十二歳の時、式年文科の丙科に及第した時であることから考えると、この詩は晩年の作であると分かる。また、南山は終南の地を意味するが、終南がどこなのかは明らかではない。ただ、「我屋南山下」と「家在嶺之南」句があり、屋と家を分けて書いているのをみると、終南はおそらく故郷嶺南から離れたところであり、李賢輔は都にある終南ですみかを構えて仮住まいをしていたように見られる。

李賢輔が生きた時代には「戊午士禍」「己卯士禍」「乙巳士禍」などが起こり、多くの仕官たちが処刑される波瀾万丈の政界中、李賢輔も災傷に関する報告書に誤りがあったために職を降りたことがある。即ち、李賢輔において終南での生活は安らぎの日々のみではなかった。上京して仕官できなかった時期もあり、仕官を辞めさせられた時期があり、終南は李賢輔に多くの喜怒哀楽を与えた場所であった。李賢輔が退溪の書に答えた「答退溪書」（『聾巖集』巻二）には、「霾霖連悪、江水漲溢、阻路不通、孤寓小閣、牆頽屋漏、晝無所寄、夜不能寐。欝欝幽懐、誰與開展。不審溪邊茅舍、將何過了。（霾霖連ねて悪く、江水漲って溢れ、路を阻みて通らず、孤寓小閣、墻頽れ屋漏れ、昼寄る所無く、夜寐る能わず。欝欝たる幽懐、誰か与に開展せんや。渓辺の茅舎を審らかず、将た何んぞ過ぎおわるをや）」とあり、また、「再白」（『聾巖集』巻二）には「昨還于家、霖雨復作、家庭汚漏。遠近所聞、皆驚歎之事、氣亦不平。（昨家に還れば、霖雨復た作り、家庭汚れ漏る。遠近聞く所、皆な驚歎の事にして、気も亦た平かならず）」と述べられている。この詩には家の塀は壊れて家屋に雨が漏れて困っていた様子が述べられている。長雨のために江の水があふれ、道路は通れず、李賢輔の家も被害を受けた。長雨の影響があるにせよ、彼の家は決して丈夫ではなく立派なものではないのである。従って、彼の終南での生活は誇れるものではなかったと推測できる。

また、晩年の作、「盆魚行、錄奉李景明昆季求和」（『聾巖集』巻一）には南山生活の苦しみが述べられている。その詩に、「仲夏晷刻長、恒陽又方熾。我屋南山前、褫職閒無事。門絶剝啄驚、塊坐困晝睡。童稚悶寂寥、罩取魚兒至。纖鱗四五箇、喁噞憐憔悴。斗水儲瓦盆、放之而爲戲。始舍圉圉然、漸蘇如起醉。俄然作隊行、交頭疑湊餌。撥剌或欲飛、盆中游自恣。然非得其所、爾生還可瘁。方此大旱餘、川澤皆枯匱。盆水朝夕渇、糜爛安可避。呴沫以爲恩、不思終委棄。魚兒反笑余、對臆陳其志。吾觀世上人、窟海沉名利。隨行而逐隊、添丐恩光被。青雲鳳池裏、揚揚方得意。風波一夕起、將身無處置。姑息活軀命、人與物無異。而余聞其言、感歎心還悸。冥頑無知物、所言何有智。余居嶺之南、京師爲旅寄。既非爲祿仕、亦無百口累。遷延將數年、光陰同隙駟。雖言恩未報、亦是貪爵位。白髮走紅塵、寧不被譏刺。頃聞來使言、菟裘營已既。往追已不及、來者猶可企。行將掛手板、亟把南犢轡。魚兒復魚兒、此言當籍記。江湖浩萬里、永作相忌地。（仲夏晷刻長し、恒に陽にして又た方に熾し。我が屋南山の前、褫職間にして事無し。門は絶ゆ剥啄の驚きを、塊坐して昼睡に困ず。童稚寂寥たるに悶え、罩もて魚児の至るを取る。纖鱗四五箇、喁喩として憔悴を憐れむ。斗水瓦盆に儲え、之を放ちて戯れを為す。始め舎ること圉圉然たるも、漸く蘇ること酔より起きるが如し。俄然として隊行を作し、頭を交わして餌に湊まるかと疑う。撥刺として或いは飛ばんと欲し、盆中に游びて自ら恣にす。然れども其の所を得るに非ざれば、爾じの生は還た瘁すべし。此の大いに旱する余に方り、川沢皆な枯匱す。盆水朝夕に渇し、糜爛安んぞ避くるべけんや。呴沫して以て恩と為し、終に委棄するを思わず。魚児反って余を笑う、臆に対して其の志を陳ぶ。吾世上人を観るに、窟海名利に沈む。随行して隊を逐う、添えて恩光被むるを丐う。青雲鳳池の裏、揚揚として方に意を得たり。風波一夕起きれば、身を将て置くに処無し。姑息軀命を活し、人と物と異なる無し。而して余其の言を聞き、感歎して心還た悸す。冥頑にして物を知る無し、言う所何んぞ智有らん。余嶺の南に居り、京師旅寄を為す。既に禄仕を為すに非らず、亦た百口の累無し。遷延すること将に数年、光陰隙駟に同じ。恩未だ報いずと言うと雖も、亦た是れ爵位を貪る。白髪紅塵に走り、寧んぞ譏刺を被らざるや。頃聞く来使の言、菟裘の営むこと已に既にすと。往追するも已に及ばざるも、来る者は猶お企つべし。行きて将に手板を掛け、亟かに南の犢轡を把らん。魚児復た魚児、此の言当に籍記すべし。江湖万里浩く、永く相い忌むの地と作す）」）とある。この詩は七十四歳の五月の作である。魚児「我屋南山前」の南山は恐らく終南ではないかと思われる。自分の置かれた状況を旱に苦しむ魚と照らし合わせて、己の意志の弱さを魚児によって悟っている。また、彼は今故郷の嶺南にいると述べていることから、朝廷を離れた状態である。李賢輔は官職に就いている間、いくつかの職を替わっており、ある時期には獄中生活をし、ある時期には職を辞していた。世間には名利を求める人が多く、自分は身を置く場所も無くなっている。結句に「江湖浩萬里、永作相忌地」と述べられていることから、今嶺南で生活をしながら、むかし終南にいた頃、官職のために京師に出かけたことを回想しているものと思われる。川で自由に泳いでいた魚が狭いところに閉じこめられて苦しむ姿を自分に投影し、終南で自由な生活ができなかったことを回想している。そして、故郷の山水に出かけることによって官職への失望と苦労を幾分晴らそうとしたのであろう。

しかしながら、「盆魚行、錄奉李景明昆季求和」詩に「雖言恩未報、亦是貪爵位、白髮走紅塵、寧不被譏刺」と述べており、李賢輔は天子によりなかなか官職を辞めることができなかったし、また李賢輔自身も容易には官職を辞められなかったのである。

李賢輔が八十歳（一五四六）の時に書いたと思われる「再次各贈兩翁」（『聾巖集』巻一）二首中の一首目に「儒術辛勤未有終、憐君才命不同逢。蓬蒿久歛連雲翮、樑棟無心臥壑松。憤懣有時發長嘯、昏冥聊復倒深鍾。世人爭務爲拘檢、放達如君莫可容。（儒術辛勤して未だ終り有らず、君の才命同じく逢わざるを憐れむ。蓬蒿久しく歛して雲翮に連なり、樑棟無心にして壑松に臥す。憤懣時有りて長嘯を発し、昏冥聊か復た深鍾を倒す。世人争い務めて拘検を為すも、放達なること君の如きは容るるべき莫し）」と述べられている。両翁は琴正叔と權虞卿の二人を表すが、この詩には琴正叔に呈したものである。琴正叔は才能がありながら世間を離れて自然の中で無心にかつ気ままに生きていた。儒学を重んじる当時の観念から考えると両翁の行動は許し難いものである。なぜならば、孔子の主張のように世間が良くない時は世間に出るべきで、世間が安定する時は隠遁すべきことに反するからである。この詩は李賢輔の儒学に対する信条が窺える。また、その二首目に「慙吾孤陋栢生石、得子薫陶蒿倚松。薄命未收才八斗、無能還添粟千鍾。従前窮達何須較、共喜樽前矍鑠容。（吾が孤陋にして栢石より生ずるを慙じ、子薫陶として蒿松に倚るを得ん。薄命未だ才の八斗を収めず、無能還た粟千鍾を添ならす。従前の窮達何んぞ較るを須いん、共に喜ぶ樽前矍鑠たる容を）」と述べられている。この詩は權虞卿に呈したものである。權虞卿は優れた徳や栄達を持っているのに、自分は無能でかつ貧困であると言う。李賢輔は両翁に憧れていながらも、朝廷で殺し合いが発生しても自分に与えられた任務を勤めていたのである。

結

李賢輔の三短歌である「効嚬歌」「聾巖歌」「生日歌」の考察を通して李賢輔の帰去来を窺った。李賢輔は「効嚬歌」では無為自然を、「聾巖歌」では仙人生活に憧れる生活を描き、理想と現実の間を彷徨しながら生きていた。しかし、「生日歌」に描いたように、彼の終着地は、やはり、天子の恩を思う儒学の道、君臣としての道であった。即ち、李賢輔の晩年における帰去来への生き方は儒学が土台となっており、その上にかつ老荘思想が存在していたのである。李賢輔は老年に「漁父歌」を残していた。彼が理想と現実の間を彷徨しながら生きたことから考えれば、漁父のように動きある生活、気ままな生活もまた李賢輔の憧れる帰去来生活の一部であると看取できる。

注

（1）　漁父歌に関する論文としては、梁熙讃「李賢輔「漁父歌」にみえる二つの現実に関する認識構造」（『時調學論叢』第十九輯、二〇〇三、七）、鄭武龍「聾巖李賢輔の長・短「漁父歌」研究（Ⅰ）（Ⅱ）」（『韓民族語文學』第四十二輯、四十三輯、二〇〇二・二〇〇三）などがある。また、自然観や帰去来に関する論文としては、成昊慶「聾巖李賢輔の生と詩歌」（『震檀學報』第九十三號、二〇〇二、六）、鄭英文「聾巖の文學に表れる自然觀」（崇實大學院學位論文（碩士）、一九九六、六）、沈載完「『歸田錄』研究：聾巖李賢輔の時調文學」（『安東文化』第13輯、一九九二、十二）などがある。さらに、「聾巖李賢輔の生涯と文學」（朱昇澤、『ソンビ（士人）精神と安東文化』、二〇〇二、十）、「李賢輔歸鄕の詩歌辭的意義」（崔載南、『叙情詩歌の認識と美學』、二〇〇四、十）などがある。

（2）鄭英文氏注（1）論文、三八頁、六五頁。

（3）沈載完氏注（1）論文には、「創意と構成の妙は聾巖少年の「詞章種績、不見勞苦、而功倍於人」とした天資を想起させる。効嚬というが、優れた彼の創意を本歌に探してみることができる」（九二頁）と述べられている。また、鄭英文氏注（1）論文には、「李賢輔自分は帰去来するのを「清風と明月が待つ」から行かないわけには行かないと述べる。「自然」が自分を待つと言うことは、帰去来が自分の意志ではないことを表している。すなわちここでの「自然」は聾巖の欲求充足のための媒介物になっている」（二六頁）と述べられる。また、朱昇澤注（1）論文には、「効嚬歌」に効嚬の故事を用いて李賢輔自ら陶淵明を効嚬していたと述べられている（二五九頁）。

（4）成昊慶氏注（1）論文、二三一頁。

（5）この詩の一首目には李賢輔が親孝行であることが、二首目には「登山臨水千年恨、恋闕思親兩地愁」と、国を思うことと親を思うことの間で彷徨していることが述べられる。

（6）「山水喜幽遐」（「金丹城枕流亭次李明仲」其一『聾巖集』巻一）、「未負幽栖志」（「金丹城枕流亭次李明仲」其二『聾巖集』巻一）、「亦自卜深幽」「幽谷少塵愁」（「奉賡溪堂絶句」『聾巖集』巻一）などの句に見られる「幽」字には、李賢輔の自然に対する奥深さが窺える。

五、朝鮮時代の李賢輔における隠逸生活 ——中国の自然詩人と関連づけて——

序

李賢輔（一四六七〜一五五五）は字が棐仲、号は聾巖であり、朝鮮時代を代表する江湖詩人である。李賢輔は陶淵明を慕い帰去来図を描いており、山水に出かけて自然を愛でる一方、水辺の隠逸生活を詠じた「漁父歌」を残している。李賢輔の生きた時代には宮中争いが多く、そのために高官たちが死に追い込まれたり、左遷されたりしていた。李賢輔も左遷や獄中生活を経験している。官職に就けば、生活は幾分安定できるが、そこにはさまざまな危機や辛苦が潜んでいる。李賢輔が官職についていながら陶淵明の帰去来に憧れて自然を求めて出かけたのは、自然が彼に安らぎを与えてくれたためと考えられる。李賢輔に関する論文の内、李賢輔は陶淵明に倣って帰去来の生活をしたと論じているものがある。(1)李賢輔の生活は決して陶淵明のように田園で鍬を背負って農夫と世間話をするような素朴なものではなかった。(2)また、自然を愛でるに当たっても陶淵明のように一人悠然として南山を眺めるといった静的な雰囲気ではなかったのである。本稿では李賢輔が自然をどのように愛でながら隠逸生活をしたのか、中国文学に見られる自然を描いた詩人と比較を行いながら、李賢輔が行った隠逸生活のあり方を考えたい。なお、李賢輔の著書には詩文集『聾巖集』があり、本稿では玄宗六年（一六六五）に刊行された五巻二冊と続集一巻を底本にした。

第一節　帰去来への憧れ

李賢輔の詩文には自然に出かけて楽しむ生活を歌ったものが多く、陶淵明の「帰去来辞」に見られる生活に憧れて自らも隠棲生活を行った姿が見られる。自然に出かける時の李賢輔は喜びに満ちており、また官職での葛藤を乗り越えていく心の支えになった自然は、帰去来の場所であり、隠逸の場所だったと思われる。

李賢輔の年譜（『聾巖集』続集巻二）を見てみると、彼は二十八歳（一四九四）で郷試に合格し、翌年の春には生員試において第二位となった。そして、三十二歳（一四九八）には式年文科の丙科に及第した。しかし、三十八歳（一五〇四）で司諫院正言になったものの、書筵官の非行を弾劾したことが原因で安奇駅に左遷される。その翌年には復職して成均館の典籍となり、四十一歳（一五〇七）には大司憲の持平となるなど、歳と共に次々と官職を歴任した。

四十四歳（一五一〇）の時、休暇を得て親もとを訪れた際に「明農堂」を建てており、二年後である四十六歳（一五一二）の時には「愛日堂」を建てている。李賢輔はこれらの堂を建てながら陶淵明を偲んでいた。彼の年譜に、「五年庚午、正月、受暇省親、建明農堂」とあり、明農堂を建てたのは四十四歳の時である。(3) 四十四歳の年譜の注に、「在肯構堂南畔、堂前鑿池、名曰影襟塘、壁上畫陶淵明歸去來圖、以寓歸田之意。（肯構堂の南畔に在り、堂前に池を鑿ち、名づけて影襟塘と曰う、壁上に陶淵明の帰去来図を画きて、以て帰田の意を寓す）」とある。李賢輔は明農堂を建てて壁に陶淵明の帰去来図を描いて田園に帰る意思を寓していたのであるが、これは李賢輔の陶淵明に対する帰去来の心が大きかったことを表す。

それでは、李賢輔は陶淵明の生き方、憧れる帰去来の気持ちをどのように描いていたのか、李賢輔の行った帰去来はどういうものだったのかを見てみる。

聾巖有小築、亦自卜深幽。有意時相訪、聊寛我思悠。擇地勤咨訪、經營問幾春。久臧今始得、無復訊諸人。歸田賦已草、幽谷少塵愁。陶令雲常住、無心出岫頭。抛他官綬紫、閒愛故山靑。四壁圖書外、無煩塵事營。

（聾巌小築有り、亦た自ら深幽をトう。意有れば時に相い訪れ、聊か我が思悠なるを寛らす。地を択して勤めて咨訪し、経営すること幾く春なるかを問う。久しく臧して今始めて得、復た諸人に訊う無し。帰田賦已に草し、幽谷塵の愁い少なし。陶令雲常に住み、無心にして岫頭より出ず。他の官の綬紫を抛ち、間やかに故山の青きを愛す。四壁図書の外、塵事の営みを煩う無し）

（「奉賡溪堂絶句」、『聾巖集』巻一）

この詩は李賢輔が友人李退溪の建てた賡溪堂に奉げたものであり、賡溪堂を称揚するものである。李賢輔はこの詩に自分の状況についても述べていた。聾巌の奥深い所に小さな住まいを構えて、気が向けばここを訪れてゆっくりとくつろぐ。そこで陶淵明の帰田賦に倣って詩を書き終えると、世俗の愁いもなくなる。陶淵明の霊なのか、無心の雲が常に私のところに留まると述べる姿には、陶淵明の「歸去來辭」の「雲無心以出岫」句が含まれているように見られる。

また、この詩の初めの部分に、「世貴居華屋、衣須被綺羅。茅堂擁短褐、猶自向一詩。地僻人誰到、春深花自開。循溪堪濯足、柱杖故徘徊。雨灑溪邊草、春先入洞門。烟濃禽鳥樂、和氣正絪縕。（世の貴は華屋に居りて、衣須らく綺羅を被るべし。茅堂短褐を擁き、猶自一たび誇るに向う。地僻にして人誰か到らん、春深くして花自ら開く。渓を循りて足を濯うに堪え、柱杖して故に徘徊す。雨は渓辺の草に灑ぎ、春は先ず洞門に入る。烟濃く禽鳥楽しみ、和気正に絪緼たり）」とある。家は派手でなく綺羅の衣装はなおさら必要ではないと言った、「茅堂擁短褐」の句は陶淵明の「五柳先生傳」に見られる「短褐穿結、箪瓢屢空」の句が連想される。これらの句を通して、李賢輔は帰田賦を作って陶淵明の帰去来に自分の心を投影しつつ、煩わしい世俗を忘れようとしたことが窺える。

堂在家東一里芝山之麓高巖之上。主翁於正徳戊辰秋、爲親乞符于永陽。陽於桑梓、距三日程、尋常沿牒、覲省無虚月。恨其村居隘陋娯親無所、遂構堂于巖畔。巖舊無名、諺傳耳塞巖。前臨大川、上有急灘。灘鳴響應、聵塞人聽。耳塞之名、其必以此。宜乎隱遯黜陟不聞者之居、因謂之聾巖而翁自號焉。

（堂は家の東一里芝山の麓、高巌の上に在り。主翁正徳の戊辰の秋に於いて、親の為に符を永陽に乞う。陽桑梓より、距つること三日の程にして、尋常は牒に沿うも、覲省すること虚しき月無し。其の村居隘陋として親を娯むるに所無きを恨み、遂に堂を巌畔に構う。巌旧く名無し、諺に耳塞巌と伝う。前は大川臨み、上に急灘有り。灘鳴いて響応し、人の聴くを聵塞す。耳塞の名、其れ必ず此を以てす。宜しいかな隠遯黜陟して聞かざる者の居、因りて之を聾巌と謂い而して翁自ら号す）

（「愛日堂重新記」、『聾巌集』巻三）

李賢輔は四十六歳の時に家の東にある聾巖山上に「愛日堂」と呼ばれる堂を建てた。この詩には「愛日堂」の周りの様子が述べられている。自然はすばらしく、急な灘は大きく響く耳を塞ぎたくなる場所である。李賢輔はこのすばらしきところをもって自分の号を聾巖と名付けていた。彼はこの堂に出かけてよい日にはいつも友を呼んで酒を飲み、詩歌を作っていた。また、この記の注に、「堂在家東一里聾巖之上、有江山勝致」と述べられており、「愛日堂」の周囲は江山の景色の優れたところであることが分かる。

「奉賡溪堂絶句」と「愛日堂重新記」の二首を通して、景勝の地で自然を楽しんだり、山水に出かけて鳥のさえずりを聞き、草木や花を愛で、渓谷の水に足を浸したりする生活こそ李賢輔が望む生活であり、隠居したい場所であったと考えられる。


これらのことを総合してみると、李賢輔は四十二歳の時に故郷に帰ったのに、その二年後にも再び故郷に帰っている。そして、明農堂を建てて陶淵明の帰去来の図を描いた。それから四年後に再び故郷に出かけて、自分が描いた陶淵明図を見ながら四年前のことを回想した。李賢輔は「明農堂」序に、「而五斗之折吾腰猶古、能無羞愧乎。（而して五斗の吾が腰を折るに猶お古のごとく、能く羞愧する無からんや）」(4)と、陶淵明が五斗米のために朝廷の小人にぺこぺこ腰を曲げることはしないと言って官職を辞めた故事を用いて、未だに五斗米のために勤めていることが恥ずかしいと心情を述べているのである。李賢輔は以前から帰去来図を制作する段階で帰去来したい気持ちがあり、図を描いて帰去来する決意をそれとなくほのめかしたのに、それが未だに達成できないまま官職にいることを羞じていたのである。中国の陶淵明は四十一歳で田園に帰って帰去来の辞を書いており、李賢輔もまた四十代である。李賢輔はその時、いまだ官職に縛られている身である。李賢輔は自分よりも早くしかもきっぱりと官職を辞めて帰った陶淵明を羨ましく思い、明農堂に陶淵明の帰去来図を描くことで帰田の意を寓していたものと見られる。

「明農堂」序にまた、「秋滿還京、甲戌冬、更以密城宰來觀之、壁間圖畫無恙。（秋満ちて京に還る、甲戌の冬、更に密城宰を以て来たりて之を観るに、壁間の図画に恙無し）」とある。李賢輔は地方から都に戻っていたが、さらに甲戌の冬に都から地方に出かけていた。甲戌だと李賢輔の四十八歳の時である。四十八歳の年譜に、「三月、陞通訓大夫、密陽都護府使、冬、受暇省親、題詩明農堂」とあり、この年の冬に詩を明農堂に題したのである。さらに、「明農堂」詩に、「龍壽山前汾水隅、苑裘新築計非無。東華十載霜侵鬢、滿壁虛成歸去圖。（龍寿山の前汾水の隅、苑裘の新築の計無きに非ず。東華十載霜鬢を侵し、満壁虚しく帰去図を成す）」と述べられている。今はもう白髪頭になっているのに官職を離れられないでいる。李賢輔は過去に自分の心を表して壁に掛けておいた帰去来図を眺めながら、むなしさを感じていたのである。

李賢輔は四十八歳（一五一四）には密陽都護府使となり、四十九歳（一五一五）には災傷による報告の誤りによって職を免ぜられた。しかし、翌年の五十歳（一五一六）に繕工監副正となった。五十一歳（一五一七）には安東府使となったが、この時に安東にある「帰来亭」に出かけて「歸來亭」五首（『聾巖集』巻一）を表した。五首中の三首目に「官家塵事厭匆匆、陪忝皇華燕席同。日暮興闌乘小艇、江山暗淡有無中。（官家塵事匆匆たるを厭うも、皇華に陪忝して燕席を同くす。日暮興闌にして小艇に乗れば、江山暗淡として有無の中）」と述べられている。地方官として官職に勤め、宴会に参加して日が暮れるまで高官に寄り添うという、仕事へのあわただしさと辛さが歌われている。

また、その五首目には「少年爭自説歸田、晩歲依違志不專。白首江亭兄及弟、窟成名節一家全。（少年争いて自ら帰田を説き、晩歳依違として志専らにせず。白首江亭の兄及び弟、窟名節を成して一家全し）」とある。若いときから田園に帰るといつも口ずさんでいたのに、白髪になった今になっても官職についているのである。李賢輔は安東府使になって、同年に養老会を設けたり、諸生に会って学を講じたりしていたが、彼には帰りたい心があったにせよ、官職に熱心に勤めているのをみると、「歸來亭」を作ったとしてもそこには相反する心が存在していたことが分かる。

六十歳の作、「甘浦、次魚興海子游」（『聾巖集』巻一）には「設鎭開城柵、編茅避雨風。將軍莫驕惰、戍卒欠羆熊。蹔他水上忘機鳥、浮没閒閒送歲年。白首奔馳南與北、一生虛計説歸田。（鎮を設けて城柵を開き、茅を編みて雨風を避く。

将軍驕惰なる莫かれ、戍卒羆熊を欠く。他の水上の忘機の鳥の、浮没して間間として歳年を送るに慙ず。白首南と北とに奔馳し、一生の虚しき計帰田を説く）」と述べられている。李賢輔の五十三歳だった一五一九年には「己卯士禍」の事件が起こって、大司憲趙光祖が処刑されており、一五二一年には「辛巳誣獄」が起こり、李賢輔の六十一歳だった一五二七年には東宮に灼鼠の変が起こって、敬嬪朴氏・福城君である嵋が流廃された。この詩の「将軍莫驕惰、戍卒欠羆熊」の句から考えると、李賢輔は東宮で起きうる灼鼠の変をすでに感知していたのではないだろうか。この年に李賢輔は三度も官職を替わっている。この詩において李賢輔は白髪になっても田園に帰れない様子を歌っている。水上の「忘機鳥」のように、欲念を忘れて無心の世界に浮かぶ鳥のようになりたいという願望はあるが、明農堂を建てて心を表した時からもはや十年近く過ぎようとする時点においても、彼相変わらず帰りたい心を持ちつつ、老人になった今もなお官職に就いていたのである。李賢輔の、晩年になって田園に帰る「帰去来」は、ただの虚しい夢に過ぎなかったのである[5]。

成昊慶氏は「聾巖李賢輔の生と詩歌」に「李賢輔の晩年の生き方は中国の陶潜の「帰去来辞」に表れた生き方に似ている」[6]と述べておられるが、李賢輔が口癖のように言う帰去来は、事実上陶淵明が田園に帰って土と共に過ごした生活とは大きく異なるのである。

陶淵明の「歸園田居」五首を通して具体的に窺ってみよう。その一首目に「少無適俗韻、性本愛邱山。（少きより俗に適うの韻べ無く、性本と邱山を愛せし）」と、続いて「開荒南野際、守拙歸園田。（荒を南野の際に開かんとし、拙を守って園田に帰る）」と述べられている。また、その三首目に「晨興理荒穢、帯月荷鋤歸。（晨に興きて荒穢を理め、月を帯びて鋤を荷いて帰る）」とあり、朝早く起きて田園に出かけて雑草を片づけ、月の中を鋤をにないで帰ると述べる。さらに、その四首目に「久去山澤游、浪莽林野娯。試携子姪輩、披榛歩荒墟。（久しく去りし山沢の游び、浪莽たる林野の娯しみ。

試みに子姪の輩を携え、榛を披いて荒墟を歩む）」とあり、その五首目に「悵恨獨策還、崎嶇歴榛曲。山澗清且淺、可以濯吾足。（悵恨として独り策つきて還るに、崎嶇として榛曲を歴たり。山澗清く且つ浅く、以て吾が足を濯ぐべし）」と述べられている。陶淵明は山沢に游びに出かけ、広々とした林や野原を見ては喜び、子供や甥たちの手を引いて灌木を押し分けて歩き、荒れた古い村里に出たり、一人でいばらの茂った険しい山道を歩いたり、足を洗ったりするなど、その生活はまるで庶民そのままの姿である。また、陶淵明の「歸去來辭」には田園で農民と世間話をしながらの生活が描かれており、「富貴非吾願、帝郷不可期」と、富貴や仙人世界はわが願いではなく期待もできないものだと述べられている。

一方、李賢輔は生まれつき丘や山を好むのは陶淵明と同様であるが、李賢輔の詩には荒れた南の郊外の土地を耕そうと田園に帰った詩文は見られないし、朝から晩まで田園で働く姿は見られないのである。また、李賢輔は山の麓に出かけて官職の煩わしさを忘れて、心の安らぎを求めていた。その際には深い山に入って仙人のような気高い生き方をしていたのである。(7) つまり、李賢輔の行った帰去来は動的なもので、素朴で庶民的生活を行った陶淵明の静的な帰去来とは根本的に違うのである。

帰去来は朝廷から離れて自然に帰ることだが、李賢輔の「金丹城枕流亭、次李明仲」（『聾巖集』巻一）二首には朝廷の勤めを重視する一面が見られる。その一首目に、「淸白傳文節、烏川始卜家。園林宜隱逸、山水喜幽遐。名役甘爲恥、身閒還可誇。朝廷知姓字、虛老不須嗟。（清白文節を伝え、烏川始めて家を卜う。園林宜しく隠逸すべし、山水幽遐を喜ぶ。名に役されるは甘じて恥と為し、身の閒たるは還た誇るべし。朝廷姓字を知られ、虚しく老いるも嗟を須いず）」と述べられている。この詩はいつ作られたのかは明らかではないが、この枕流亭の園林は隠逸によいと、山水の幽遐を喜び自然への好感を表している。しかし、結句には朝廷に名前が知られているので、いくら自然が安らぎを与えてくれても自分は縛られた身であると述べられている。また、その二首目に、「未負幽栖志、江湖作小亭。千山環簇簇、一水帯盈盈。擧目天光遠、憑欄地勢傾。膏肓成此地、夢絶帝王城。(未だ幽栖の志に負かず、江湖に小亭を作る。千山環らすこと簇簇たり、一水帯びること盈盈たり。目を挙れば天光遠く、欄に憑れば地勢傾く。膏肓此の地に成り、夢は絶つ帝王城)」と述べられている。隠居への志を棄てず、江湖に小亭を作った。幾重の山や溢れ流れる川に囲まれて、この地で心ゆくまで楽しみたいという心情を描いている。ただ夢の中だけでも朝廷から離れていると述べている。

李賢輔は六十歳(一五二六)には成均館司成になり、その後、六十二歳(一五二八)に一度左遷されたものの、同副承知・副提学・慶州府尹・慶尚道の監察吏を次々と歴任した。七十歳(一五三六)に一時的であるが官職を辞めて故郷に帰った。この時期に最も親しかったと見られる李滉と「愛日堂」の周辺を遊覧し交流を深めた。そして、七十四歳(一五四〇)で戸曹参判となり、七十六歳(一五四二)には同知中枢府事となるが、この時にもまた休暇を得て故郷に帰り、李滉に会い交友を深めた。八十三歳(一五四九)に「漁父詞」を纂定し、八十四歳(一五五〇)には「愛日堂」の東岸にある臨江寺に寓居して、八十九歳(一五五五)に「肯構堂」において最後の生涯を送った。

このように見てくると、李賢輔は明農堂を立てた時点から帰去来に対する憧れが強かった。しかし、「明農堂」の序、詩などにあるように、李賢輔は陶淵明の生き方、陶淵明の志に憧れているだけに留まっていた。無論、ここには陶淵明のように帰去来を実践する姿は見られないのである。李賢輔の帰去来に対する憧れは、まさしく「夢絶帝王城」句のようなもので、観念的なものだったのである。

第二節 半隠生活の実体

李賢輔の「重陽後二日、餞安佐郎公信于牆邊盆菊下（『聾巖集』巻一）詩に「遙憶終南處士堂、秋來牆菊幾千行。憐他盆挿殘叢蘂、同我離倫寂寞鄕。（遥か終南の処士堂を憶う、秋来たれば墻の菊幾千行。他の盆の残叢の蘂を挿すは、我の倫を離れて郷に寂寞たるを同じきを憐れむ）」とあり、また、この詩の注に、「盆乃余之在京時、安挺然贈我而同來者也」と述べて終南の處士堂を思い出しており、李賢輔が都にいる時に盆をもらったということから考えると、李賢輔は都である終南で処士生活をしていたのである。それでは、終南はどんな所で、李賢輔はそこでどのような処士生活をしたのだろうか。

我屋南山下、數間補茅茨。此屋豈爲華、身安心自怡。官遊四十年、出入寄於玆。里閈亦親睦、歳久皆相知。……同遊二三子、日日來相隨。討論前日歡、去留俱依依。徂玆燈夕遊、最未忘于斯。……持歸聾巖舍、羅列聚鄕兒。還如與諸公、會集終南陂。

（我が屋は南山の下、数間茅茨を補う。此の屋豈に華と為さんや、身安らかにして心自ら怡ぶ。官遊すること四十年、出入して玆に寄す。里閈亦た親睦し、歳久しくして皆な相い知る。……同じく二三子と遊び、日日来たりて相い随う。討論す前日の歓び、去留倶に依依たり。玆の燈夕の遊を徂き、最も未だ斯を忘れず。……持ちて聾巌舎に帰す、羅列して郷児を聚む。還た諸公と、終南の陂に会集するが如し）

（「題終南遊錄後」、『聾巖集』巻一）

この詩には、李賢輔が故郷で遊びながらその昔終南で友たちと集まって遊んだことを思い出している。終南山の下にある茅葺きの家は立派ではないが、李賢輔に心身ともに安らぎと喜びを与えてくれており、彼が四十年あまり官職生活をしていた所である。すなわち、李賢輔は故郷嶺南から離れた都にある終南にすみかを構えて、そこから朝廷に出入りしながら仕官生活をしていたのである。

また、「題終南遊錄後」の注に「輔之來寓南山之下已久、而家遠親老、未嘗終三年淹也。己亥秋、親喪已畢、適除刑部亞卿。上來謝恩、以年老請辭、聖恩不許、遷延數載、晩交前注書安公珽。珽乃某舊友佐郎處善之胤、謂我有世分、愛敬如父兄。身適無事、毎暇則必來問。又於佳辰令節、乃聚洞内諸公、邀我偕遊。諸公亦我舊欸。樂從無厭、去夏觀燈之會、尤是盛集。輔語注書曰、予將休沐南州、於窮鄕寂寞之中、南山遊賞之事、必徃來于懷、蓋爲我記其事。（輔の来たりて南山の下に寓すること已に久しく、而して家遠く親老いたるも、未だ嘗つて三年を終えるに淹まらず。己亥の秋、親喪已に畢り、適ま刑部亜卿に除せらる。上は来たりて恩に謝し、年老を以て辞を請うも、聖恩許さず、遷延すること数載、晩に前の注書安公珽と交わる。珽乃ち某の旧友の佐郎処善の胤、我れに世分有りと謂い、愛敬すること父兄の如し。身適ま事無く、毎に暇あらば則ち必ず来りて問う。又た佳辰令節に於いて、乃ち洞内の諸公を聚めて、我を邀えて偕に遊ぶ。諸公も亦た我が旧なり。楽しみ従いて厭う無し、去夏の観燈の会に、尤も是れ盛んに集う。輔注書に語りて曰く、予将に沐を南州に休み、窮郷寂寞の中、南山の遊賞の事に於いて、必ず懐に往来す、蓋し我が為に其の事を記す）」と述べられている。「己亥の秋」は李賢輔七十三歳の時の秋である。彼は七十一歳の時、父親とその妻がなくなったために喪に服していた。しかし、三年が終わるやいなや早くも朝廷から呼ばれていたのである。李賢輔は当時の仮住まいから故郷嶺南までは遠く、思うようには帰れなかった。しかも、老いと衰えで官職を辞めたいと願っても無駄であった。そのため、故郷で洞内の諸公らと自然の中に出かけて詩文を作って楽しんだように、この終南においても諸公と共に集いたいと願っているのである。終南は李賢輔にとって故郷には及ばないが、それなりに心を慰めてくれた所であったことは確かであり、彼は南山の自然を遊賞していたのである。

以上のことから、李賢輔において終南は若い時に仕官を目指して都に上京した際に構えた住まいであり、都での生活拠点として利用していたと考えられる。そして、李賢輔は官職についていないながらもこの終南に出入りして、そこから故郷に出かけるといった半官半隠の生活をしていたものと見られる。

半官半隠の生活をした代表的人物として、中国の唐代に活躍した王維を挙げることができる。王維は終南山の麓にある輞川の別荘と宮中とを往来しながら半官半隠の生活をしていた。王維が半隠生活をするようになった契機は、仕官と戦犯という波瀾万丈の人生を経験した後に、官職の煩わしさを忘れるために朝廷から離れたい一心で長安から隔たった南山に住まいを構えたことにある。彼はこの地において自然と接することで心の安らぎを得ることができた。そして、輞川の別荘での自然を歌った「輞川集」を残している。一方、李賢輔は官職を辞めたいと願っても思うとおりにならなかった。そのために堂を建てて自然を楽しみ世俗の煩わしさを忘れようとしていた。そして、都の終南に生活基盤を置きながら朝廷と故郷を往来する生活をしたのである。

李賢輔の詩文には王維を歌う姿は見られないし、王維のように戦犯者でもない。二人は何の関係もないようにみられるが、しかし終南の下に住まいを構えて官職を往来する二人の生活はほぼ同様である。それは李賢輔の七十三歳（『聾巖集』續集、年譜巻一）のある秋の日、金正國である思齋先生が明農堂を訪れて作った詩に、「萬景森羅貢座隅、輞川能勝此間無。（万景森羅座隅に貢ぎ、輞川能く此の間に勝るや無や）という句が見られ、李賢輔の構えた明農堂は王維の別荘輞川よりも優れていると述べている。また、七十六歳（一五四二年）の七月十七日、李賢輔が故郷に帰る時に周囲の人が詩を作って見送ってくれた。その中の一人、礼曹判書であった宋麟壽（一四八七～一五四七）が作った「濟川亭、送李參判辭還」詩に、「秋風惜別醉傾壺、卻憶吾廬竹逕蕪。林下一人今始見、十年空負輞川圖。（秋風惜別酔いて壺を傾け、却って吾が廬の竹径の蕪れたるを憶う。林下の一人今始めて見る、十年空しく輞川図に負むく）（「退休時別帖」、『聾巖集』巻五）と述べられている。李参判は李賢輔を指す。この詩は宋麟壽が李賢輔が離れていく時の寂しさと帰去来への羨ましさの心情を表したものである。林下の一人で、空しく輞川図にそむいているのは李賢輔を指しているのだろう。

思齋先生と宋麟壽の言う輞川の場所は相違しているが、二人は李賢輔の生活を王維の輞川を用いて称賛しているのである。特に宋麟壽の表現からは李賢輔が長い間に半隠生活を行っていた輞川を離れて帰る様子を描いているかのように見える。いずれにせよ、思齋先生と宋麟壽二人の詩を通して、李賢輔の明農堂と終南の生活はともに王維の輞川生活のようなものであったと推測できるのである。

李賢輔の詩に終南で重陽節を迎える様子を描いたものが見られる。「辛丑重陽、與諸公登河都事家北亭」（『聾巖集』巻二）詩に、「今年又未策歸驂、九日情懷更不堪。木榼銀壺將底試、強從年少陟終南。（今年又た未だ帰驂するを策せず、九日の情懐更に堪えず。木榼銀壺将た底をが試みん、強いて年少に従いて終南に陟る）」と述べられている。この詩は李賢輔の七十五歳の作であり、その注に「榼壺南行之具」とあり、重陽節を迎えても故郷に帰れない彼は故郷での遊びを思い、悲しみに堪えられず諸公たちと出かける。王維もまた九月九日の重陽節を迎えて書いた詩がある。その詩「九月九日憶山東兄弟」に「獨在異郷爲異客、毎逢佳節倍思親。遙知兄弟登高處、徧挿茱萸少一人。（独り異郷に在って異客と為り、佳節に逢う毎に倍ます親を思う。遥かに知る兄弟の高きに登る処、徧く茱萸を挿して一人を少くを）」と述べられている。この詩は王維十七歳の作といわれるもので、異郷長安で佳節を迎えて故郷を恋しがる様子を表しており、兄弟が頭に茱萸を挿す際、自分のことを思い出すだろうと述べている。

この二つの詩を比較すると、李賢輔にしろ王維にしろ二人は共に故郷を恋しがっているものの、雰囲気はまったく相反している。李賢輔は諸公とにぎやかにすごし、動的であるのに比して、王維は一人で静かである。二人の悲しみを晴らす方法は相違しているのである。

また、王維の「輞川集」の「竹里館」に、「獨坐幽篁裏、彈琴復長嘯。深林人不知、明月來相照。（独り坐す幽篁の裏、琴を弾じ復た長嘯す。深林人知らず、明月来たりて相い照す）」と述べられている。王維は奥深い茅葺きのなかで一人坐って琴を弾じて長嘯し、世俗のことを忘れてただ一人自然と向き合う。これに対して李賢輔は、すでに見た「題終南遊錄後」のようににぎやかな雰囲気の中で自然を楽しんでいた。また、李賢輔の「聾巖愛日堂」（『聾巖集』巻一）の注に、「巖在家東一里許、高數丈餘、上可坐二十人、前臨大川、灘激則響應。（巌は家の東一里許に在り、高さ数丈余り、上に二十人を坐すべし、前は大川に臨む、灘激すれば則ち響き応ず）」とあり、王羲之伝（『晉書』巻八十）には「會于會稽山陰之蘭亭、修禊事也。羣賢畢至、少長咸集。此地有崇山峻嶺、茂林修竹、又有清流激湍、映帶左右。（会稽山陰の蘭亭に会い、禊事を修むるなり。群賢畢く至り、少長咸な集まる。此の地に崇山峻嶺有り、茂林修竹、又た清流激湍有り、左右に映帯す）」とある。李賢輔の半隠生活である、気の合う友らとにぎやかに集まって山水を観賞する姿は、王維のように一人で静かにすごす雰囲気とは異なっているのである。(8) すなわち、李賢輔の友人と山水を愛でる雰囲気は王維よりむしろ王羲之のにぎやかな蘭亭の集いに近いものだったのではないかと思われる。

また、李賢輔の自然を求める動的感情は、むしろ謝霊運に近いものであると考えられる。李滉が書いた李賢輔に対する「行狀」（『聾巖集』巻四）には、「尤自放於溪山間、每遇興到、輒縱遊忘返。其出、必以遊山小具自隨。或竹杖芒鞋、穿林陟巘。或藍輿兩奴、傍野巡溪。自田夫牧竪見之、不知其爲宰相也。（尤も自ら渓山間に放ち、興の到るに遇う毎に、輒ち縦に遊びて返るを忘る。其の出ずるや、必ず山に遊ぶ小具を以て自ら随う。或いは竹杖と芒鞋と、林を穿ち巘に陟る。或いは藍輿と両奴と、野に傍い渓を巡る。田夫牧竪之を見て自り、其の宰相たるを知らざるなり）」と述べられている。一方、『南史』巻十九の謝霊運伝には「出爲永嘉太守。郡有名山水、靈運素所愛好。出守既不得志、遂肆意遊遨、徧歷諸縣、動踰旬朔。理人聴訟、不復關懷、所至輒爲詩詠以致其意。在郡一周、稱疾去職。（出でて永嘉太守と為る。郡に名山水有り、霊運素より愛好する所なり。守より出でて既に志を得ずして、遂に意を肆にして遊遨し、偏く諸県を歴し、動もすれば旬朔を踰ゆ。人の聴訟を理めて、復た懐に関らず、至り所輒ち詩詠を為して以て其の意を致す。郡に在ること一周、疾と称して職を去る）」とある。李賢輔には謝霊運のように気ままにおごり高ぶったり、民間の訟を心にかけないなどの行動は見られないが、もとより名山水を好み、病を言い訳に辞職しようとする面においては一致している。特に、出かけて興が起こると帰ることすら忘れてしまう李賢輔の姿は、謝霊運が会稽の始寧や永嘉の山水に出かける姿とほぼ同様である。

結

中国における隠逸は世間から逃れて山水に入り、次第に山水で遊び楽しむことへと発展していた(9)。そして、隠者は自然に帰って人間本来の姿を求めようとした。韓国朝鮮時代の李賢輔は陶淵明の帰去来への憧れから山水に入り遊び楽しんだ。それは陶淵明の帰去来に憧れていたためである。しかし、李賢輔の帰去来は陶淵明のような素朴なものではなく、むしろ王維のように官職と隠居の地を往来する生活であり、自然を愛でる姿は王羲之や謝霊運のようににぎやかでかつ興によるものであったと考えられる。

注

（1）沈載完「『歸田錄』研究・聾巖李賢輔の時調文學」（『安東文化』第十三輯、一九九二、十二）、鄭英文「聾巖の文學に表れる自然観」（崇實大學院學位論文（碩士）、一九九六、六）、成昊慶「聾巖李賢輔の生と詩歌」（『震檀學報』第九十三號、二〇〇

二、六）、「聾巖李賢輔の生涯と文學」（朱昇澤、『ソンビ（士人）精神と安東文化』、二〇〇二、十）、「李賢輔歸鄕の詩歌辭的意義」（崔載南、『叙情詩歌の認識と美學』、二〇〇四、十）などがある。

（2）陶淵明は農民と世間話をするばかりでなく、「農人告余以春及、將有事於西疇」（「歸去來辭」）と述べるように、野良仕事を行なっていた。

（3）鄭武龍の「聾巖李賢輔の長・短〈漁父歌〉研究（Ⅱ）—解釈と構造を中心として—（『韓民族語文學』第四十三輯、二〇〇三、十二）に「李賢輔はすでに四十八歳に帰去来図を描いて壁に張り、退く生活を既約していた」と述べられているが、これは誤りで、帰去来図を描いたのは四十四歳であり、詩に題して作ったのは彼の四十八歳である。

（4）『宋書』隠逸伝の陶淵明伝に「郡遣督郵至、縣吏白應束帶見之、潛歎曰、我不能爲五斗米、折腰向鄕里小人、解印綬去職、賦歸去來」と述べられている。

（5）李賢輔の「訪黃上舍漢忠于愚溪」（『聾巖集』巻一）詩に、「戔戔小白與天齊、客到桃源路不迷。我亦已成歸去賦、莫誇君獨有愚溪」と述べられている。李賢輔は知り合いが桃源郷に帰るといっても君だけ帰去来すると誇らないでくれと言い、羨ましくないといった。それは李賢輔が自然の中に堂を建ててそこに出かけていったからである。李賢輔は「明農堂」や「愛日堂」を建てて、自然に囲まれたところ、天が施したような奇しくしかも雄大なところを心のよりどころにしたのであるが、彼は自分が作った安息処で深幽な自然を思い、存分に愛でながら帰去来の気分を味わっていたのであろう。

（6）成昊慶氏注（1）論文（二二七頁）。

（7）李賢輔が山水に入り遊び楽しんだが、そこには老荘思想が加わっていた。「李賢輔における帰去来の真実」（第十回東アジア比較文化国際会議（ソウル高麗大學開催）で発表、『東アジアの人文伝統と文化力学』（part 四）に収録（二〇〇八、十）

（8）「「帰去来」類型とその独自性の確認」（熊本大学文学部論叢七十九号、二〇〇三、三）参照。

（9）小尾郊一『中国の隠遁思想』（中公新書、一九八八年）。

第三章　水辺における隠逸の生活

一、孟浩然の自然詩に関する一考察　――舟行の詩を中心に――

序

今までの孟浩然研究は、『舊唐書』文苑伝・『新唐書』文芸伝に断片的に伝が載っているものの、生年や事跡が確かでないため、これを追求するものが主流をなしている。このことが原因なのか、自然詩人と呼ばれているわりに、その自然観に対する議論は少ない。これまで発表された論文のうち、「論孟浩然的詩歌美學觀」（陶文鵬、『文學評論』、一九八四、一）、「山林詩人としての孟浩然」（黒川洋一、『森三樹三郎博士頌寿記念東洋学論文集』、一九七九、十二）、「竹露滴清響」（田口暢穗、『中国文学研究』四、一九七八、十二）、「孟浩然について」（深澤一幸、大阪大学『言語文化研究』、一九八一、三）などが孟浩然の自然観について簡略ながら述べている。これらによれば、孟浩然詩の特徴[1]は明るく律動的で、船旅での作品が多いために、その自然描写はより人間に接近しているとされる。孟浩然は動的自然を描いて、自然の事物に対しても親近感を表しているが、自然に対するこのような態度は幾度かの船旅の経験を通して形成されたという（深澤氏の指摘による）。また、孟浩然の自然観は謝霊運の山水詩の影響を受けたとの指摘がある。これらの指摘から、唐代の自然詩人である王維と比較して孟浩然を動的詩人としてみる一般的観点は、孟浩然の舟行詩を通して形成されたと考えられる。しかしながら、従来の論は、孟浩然を動的詩人として規定するに留まり、彼の舟行詩に対する本格的な論議はなされていない。本稿は孟浩然の舟行詩を分析検討して舟行詩が彼の自然詩の特徴を有することを明らかにするとともに、六朝以来の詩人及び唐時代の自然詩人との比較を通して、自然詩の史的流れの中で孟浩然の舟行詩の位置付けとその意義を探求しようと試みるものである。

なお、本稿で使用した資料は、主に明刊本を中心に扱った李景白の『孟浩然集校注』（已蜀書社、一九八八年三月）である。

第一節　生涯

冒頭で述べたように孟浩然の生年や事跡には不明な点が少なくないが、本稿では「孟浩然集」（四部叢刊所収）に述べられた伝(2)を軸にして、孟浩然の生涯を考えて見ることにする。まず、孟浩然の生年については、王士源の序に「開元二十八年、王昌齢游襄陽。……終於冶城南園、年五十有二。（開元二十八年、王昌齢と襄陽に游ぶ。……冶城南園に終える、年五十有二）」とあり、則天武后の永昌元年（六八九）と見られる。孟浩然が生まれたこの時期はなお政情が不安定であり、玄宗が即位して後ようやく安定期に入ってゆく。社会が安定したのが孟浩然が二十歳頃であることから考えると、彼は青年期までは不安定な社会の中で暮らしたことになる。また、孟浩然の詩には、三十歳頃に出仕を望んでいたが推薦してくれる人がいないと歌う作があり、科挙に合格できなかったことを悲しんでいる(3)。孟浩然の三十代は不遇の時期であったことが分かる。『舊唐書』巻一九〇下列傳に「隱鹿門山、以詩自適、年四十來、遊京師、應進士不第、還襄陽。（鹿門山に隠れ、詩を以て自適す、年四十来、京師に遊び、進士に応じるも第せず、襄陽に還る）」とあり、また、四十歳になっても俸禄がなく、田園で農耕生活を送っていると嘆いた詩をみると(4)、不安定な生活は四十代になっても続いていたようである。その後、四十六歳の時に、山南道採訪使韓朝宗の推薦を受けて一時官職に登用される機会を得たが、応じなかった(5)。結局、一生官職につくことがなかったのである。そして、持病の悪化のために七四〇年、五十二歳で世を去った(6)。

以上、孟浩然の一生を見てみた。孟浩然は科挙に合格することなく、不遇の生活を送ったために不朽の詩を残すことができ、不遇な放浪生活が孟浩然独自の船旅の詩を生み出す一要因になったのではないかと思われる。

第二節　歴代舟行詩との比較

本節では、孟浩然の舟行詩の歴史的位置や特徴を明らかにするために、まず、孟浩然の詩世界に大きく影響を与えたと思われる謝霊運・陶淵明二人の詩人の作品と比較した上で、さらにその他の六朝の詩人及び孟浩然以前の唐代の舟行詩と水辺詩(7)を通して、舟行詩の歴史的変遷を考えてみたい。

一　謝霊運・陶淵明

孟浩然の詩を謝霊運・陶淵明をはじめとする幾人かの詩人の詩と比較し、類似句をとりあげて論じた論文に宋天鎬著『孟浩然詩研究』がある。この論文は主に表現面における類似点を調査して論じたものである。そこで、本稿では表現面における類似点についてはこれにゆずり、主に内容面における類似点に焦点を当てて考察してみたいと思う。概括的に見ると、孟浩然の田園詩は陶淵明の影響を、山水詩は謝霊運の影響を多く受けたように見うけられる。

小川環樹氏は『唐詩概説』に「王維は謝霊運にちかく、孟浩然は陶淵明に近い点がある」と指摘され(8)、鈴木修次氏は『唐代詩人論』に「孟浩然は謝霊運の山水詩の影響を多く受けている」と述べられている(9)。確かに孟浩然の田園詩には、陶淵明に近い点が見られる。小川氏が『唐詩概説』に「孟浩然は陶淵明に近い点がある」というのは、主に孟浩然の田園詩を指していうものと考えられる。

中国の詩の歴史において、陶淵明（三六五～四二七）は自然田園詩の始祖と言われる。その「飲酒」詩（其五）に「采菊東籬下、悠然見南山。山氣日夕佳、飛鳥相與還。此中有眞意、欲辨已忘言。（東側の垣根の下に咲いている菊の花を取り、ゆったりとした気持ちで南山を眺める。山気は夕方に美しく、飛ぶ鳥は相共に帰る。この自然の中に人間のあるべき真の姿があるが、これを説明しようとしたとたん、はや言葉を忘れてしまった）」とあり、「歸園田居」詩（其一）の第一、二句に「少無適俗韻、性本愛丘山。（若くして俗に適するの韻無く、性本より丘山を愛す）」とあって、陶淵明の田園を愛する隠逸生活が述べられている。この二首から見られるように、陶淵明は世俗を離れた田園生活に満足していたものと見られる。

孟浩然は世俗との交際を絶って自然とともに生きた陶淵明の田園生活を愛し、自分もまた静かな生活の中に世俗を忘れたいと考えている。例えば「李氏園臥疾」（五律の首聯、巻四）に「我愛陶家趣、園林無欲情。（我れ陶家の趣を愛す、園林には欲情無し）」と歌うのは、陶淵明の境地を愛して、園林には俗人の心は無いと言うのである。また、孟浩然は「仲夏漢南園に帰って京邑の旧遊に寄せる」（十六句中第一句から四句まで、五古、巻一）に「嘗讀高士傳、最善陶徵君。日耽田園趣、自謂羲皇人。（以前高士伝を読んで、陶徴君を最も善しと思っていた。日々田園の情趣に耽ければ、自から羲皇の人かと思われる）」と歌っており、自分は陶淵明をもっとも愛し、その田園詩を好むと言う。こればかりではなく、孟浩然が友達と農耕のことを話したり、田園の隠居生活を賛美したりする詩句などにはしばしば陶淵明との共通点を見出すことができる。これらのことから、孟浩然が田園を歌う詩には、陶淵明に近い点があると言えるのである。

次に、孟浩然の山水詩に影響を与えた謝霊運（三八五～四三三）の詩を見ることにする。謝霊運は「斤竹澗従り嶺を越え渓に行く」[10]詩に「情用賞爲美（情は賞を用いて美と爲す）」と述べており、自己と自然との情緒的交感をよく表現している。このような山水詩人としての特徴は、謝霊運の詩が『文選』巻二十二の「遊覧」や巻二十六の「行旅」に数多く収められていることからも推測できる。『宋書』謝靈運傳には「郡有名山水、靈運素所愛好、出守、既不得志、遂肆意遊遨。編歴諸縣、動踰旬朔。（郡に名山水有り、霊運の素より愛好する所、出でて守りとなり、既に志を得ざれば、遂に意を欲しいままにして遊遨す。あまねく諸県を歴、動もすれば旬朔を踰ゆ）」とある。謝霊運の故郷である始寧は会稽山の近くにあって自然に恵まれた美しい土地であるが、そのような土地で育った彼は永嘉に左遷されてからも故郷の山水の美を忘れることができず、また左遷の辛い心をまぎらわすために好んで山水に分け入る。そこには隠遁の世界を求めようとする心情が潜んでいたといえよう。

　孟浩然もまた、山水を歌い、世俗を捨てて自然に親和したいという思いを述べている。「還山貽湛法師」に、「山林情轉殷（山林の情転殷たり）」[11]と山林に対する愛情を表現した句が見られるのはその明らかな例である。また、「秦中苦雨思歸、贈袁左丞・賀侍郎」（十六句中第十一句から十四句まで、五排律、巻二）に「謝公積憤懣、莊舃空謠吟。躍馬非吾事、押鷗眞我心。（謝公は憤懣を積み、荘舃は空しく謡吟す。馬を躍らすは吾が事に非ず、鷗を押すは真に我が心）」といい[12]、「送席大」（五律、巻四）詩に、「惜爾懷其寶、迷邦倦客遊。江山歴全楚、河洛越成周。道路疲千里、鄉園老一丘。知君命不偶、同病亦同憂。（貴方は官職を求めてもなかなか得られず、長い間旅人になってさまよった。古の楚や周にまで山川をたずね、疲れ果て故郷に帰る。君の不運を知り、私と同じ境遇なのを悲しむ）」と述べられている。孟浩然は官職を得ることなく、旅の中に山水を歌った。この山水を巡って自然を愛でる姿、心和む隠遁の場を求める姿は、謝霊運と共通する。孟浩然の詩に多く見られる山水自然を歌う詩とその感情は、謝霊運に類似していると言えるのである。

　以上にみてきたように、孟浩然の詩は陶淵明の田園詩と謝霊運の山水詩の影響を受けたと見ることができる。ところが、孟浩然の詩には謝・陶両者に見られない個性として指摘できるものがある。それは、本稿で扱う舟行の詩に他ならない。そこで以下に、舟行、水辺の詩を取りあげて、孟浩然の詩と謝・陶の詩とを比較してみよう。

まず、陶淵明詩に舟行、水辺の詩がどのように歌われていたのかを見てみると、辛酉年正月に友達と船に乗って江辺の景色を歌う詩[13]がある。この詩においては、船は運送の手段として描かれている。また「始めて鎮軍参軍となって、曲阿を経る時に作る」詩には以下のように歌われる。

眇眇孤舟逝、綿綿歸思紆。我行豈不遙、登降千里餘。
目倦川塗異、心念山澤居。望雲慚高鳥、臨水愧游魚。

（遥か遠くへ私を乗せた孤舟がゆけば、帰りたいという思いがたえずまとわりつく。私は何と遥かにやってきたことか、登ったり降りたり千里余り。目は山川のめずらしい風景に飽きて、心は故郷の山沢に居ることを思う。雲を眺めては高く飛ぶ鳥に恥じ、水に臨んでは遊ぶ魚に恥ずかしい）

（「始作鎮軍參軍經曲阿作」二十句中第九句から十六句まで、巻三）

『文選』巻二六「行旅」に収められるこの詩は、赴任途中の揺れ動く心情を歌っている。広々とした水の上、一隻の舟に乗って旅をする。千里彼方にやって来れば水辺の風景の美しさもはや飽きてしまった、という作者の心情がよく描かれている。また、「庚子の歳五月中、都より還るに風に規林に阻まる」詩には以下のようである。

誰言客舟遠、近瞻百里餘。延目識南嶺、空歎將焉如。

（舟は故郷から遠いと誰がいうのか、百里余りの近くに見えるではないか。遥かに望めば南嶺だと分かるが、果たして舟

はいつ帰りつくことか、ため息をつくばかり）

（「庚子歳五月中従都還阻風於規林」其一、十六句中第十三句から十六句まで）

自古歎行役、我今始知之。山川一何曠、巽坎難與期。

（古くから公務による旅は辛いものと歎じられてきたが、我は今始めてその心が分かった。山も川も何と果てしないことか、風雨はいつやってくるか知れない）

（「庚子歳五月中従都還阻風於規林」其二、十二句中第一句から四句まで）

この詩には山や川に託して、職務をおびた旅の厳しさと苦しさが描かれている。陶淵明にとって、孤舟に身をゆだねて旅を続けることは、はてしない山々や川に阻まれた苦しい行為であり、決して好ましいものではなかったことが窺える。結局、陶淵明にとって船の存在はやむをえない旅の一手段ではあっても、そこに詩的情感を感じとるべき存在ではなかったと見てよいと思われる。

次に、謝霊運の「従斤竹澗越嶺溪行」詩を見てみよう。

猿鳴誠知曙、谷幽光未顯。巖下雲方合、花上露猶泫。透迤傍隈隩、迢遞陟峴陘。
過澗既厲急、登棧亦陵緬。川渚屢逕復、乗流翫廻轉。蘋萍泛沉深、菰蒲冒清淺。
企石挹飛泉、攀林摘葉卷。想見山阿人、薜蘿若在眼。握蘭勤徒結、折麻心莫展。
情用賞爲美、事昧竟誰辨。觀此遺物慮、一悟得所遣。

（猿が鳴いて誠に曙を知れども、谷は幽なので光が未だ顕らかならず。巌下に雲は方て合い、花上に露は猶お滴る。川はうねうねとして曲がりくねって傍い、山は遥かにして厳しい山脈を登る。澗を過ぎて既に急流を渡り、狭い山路に掛けている板橋を登りて亦たはるか遠く高い所を越えていく。川の渚はしばしば径復し、流れに乗りて廻転して翫ぶ。蘋とうきくさは水の深い所に浮かび、菰と蒲は清浅をおおう。石につま先だって飛泉を把み、林を攀じ登って葉巻を摘む。想い見る山阿の人、薜蘿は眼に在るが若し。[14] 蘭を握りてねんごろに徒らに結び、麻を折れども心は晴れ無い。情は賞を用いて美と為すも、事はくらく竟に誰か弁ぜん。此をみて物の慮いをわすれ、一たび悟りて遣る所を得たり）

（「従斤竹澗越嶺渓行」、『文選』巻二十二「遊覧」）

浙江省の紹興にある斤竹澗より嶺を越え渓を行きながら作った作であり、『文選』では「遊覧」に収められているように、文字通り、山水を巡って遊ぶ様子を詠じている。謝霊運は山の風景の厳しさ、水辺の様々な水草の様子などを描きつつ、山と水とが穏やかに、また美しく調和した山水の美を目にすれば、たちまち憂いを忘れると言う。しかし、同時に「握蘭勤徒結、折麻心莫展」と心の傷が消えない悲しみも歌っていることも見逃せない。

以上見てきたように、謝霊運は永嘉の地で山川を巡り歩き、船にも乗っているが、そこに示される自然への態度は、孟浩然とは大きく異なっていた。ここに、同じ七里灘で作られた両者の詩があるので、比較してみよう。まず、謝霊運の詩は以下のようである（以下、下線は筆者による）。

羈心積秋晨、晨積展遊眺。孤客傷逝湍、徒旅苦奔峭。石淺水潺湲、日落山照曜。
荒林紛沃若、哀禽相叫嘯。遭物悼遷斥、存期得要妙。既秉上皇心、豈屑末代誚。

目覩嚴子瀨、想屬任公釣。誰謂古今殊、異世可同調。

（疲れた心は秋の晨に積もり、晨に積もれば遊び眺めて心を伸ばす。孤客は早瀬に傷み、空しい旅は奔しる峭に苦しむ。石の浅い水は清らかに流れて、日が落ちると山は照らし輝く。荒い林は紛紛として茂り、哀れむ禽は相叫び嘯す。これらの物に会うと官職なんかうつし斥けることを悼み、時期を在して要妙を得る。既に上皇の心を取れば、豈に末代のそしりを顧みる事などするものか。目で厳子瀬を見て、想いは任公の釣に属する。誰が謂う古今が殊なるを、世を異にすること同調するのである）

（「七里瀬」、『文選』巻二十六「行旅上」）

七里灘は今の浙江省桐廬県にある早瀬で、後漢の厳光が隠棲し、魚を釣った所と言われる。この詩は謝霊運三十八歳の時、永嘉に左遷された永初三年（四二三）、都邑建康を出る時に作られたもので、旅に疲れた心を自然に託して描いている。「孤客傷逝湍、徒旅苦奔峭」の句は旅行者の寂しい心境を公務による旅と対比させて述べたもので、結句には隠遁への願いが述べられている。このように、謝霊運が自分の不幸を嘆きながらも山水の美しさを求めて出かけるのは、それによって古今を越えた心の安らぎを求めるためであったと考えられる。

一方、孟浩然の詩には、以下のようにある。

余奉垂堂誡、千金非所輕。爲多山水樂、頻作泛舟行。五岳追尙子、三湘弔屈平。
湖經洞庭闊、江入新安淸。復聞嚴陵瀨、乃在茲湍路。疊嶂數百里、沿洄非一趣。
彩翠相氛氳、別流亂奔注。釣磯平可坐、苔磴滑難步。猿飲石下潭、鳥還日邊樹。

観奇悵來晩、倚棹惜將暮。揮手弄潺湲、從此洗塵慮。

（私は堂のほとりに坐らぬと言う戒めを守るとともに、千金を粗末にしたりするものではないが⒂、多く山や水に楽しみがあるので、しきりに舟に乗って旅に出る。五嶽に向子平の足跡を尋ねたり、三湘に屈原の霊魂を弔ったりしたのである。また、広々とした洞庭の湖を渡り、清らかな新安の大川に舟を進めていく。聞くところによれば、厳陵瀬と言う所が、思いがけなくもこの川筋にあるとのことだ。屏風のように切りたった峰々が数百里に渡って連なり、上がり下がりに展開する川べりの趣は一通りではない。美しい山の緑の気が盛んに立ち込め、支流が入り乱れて注ぎ込んでいる。厳陵瀬の釣り場には、座るのに格好の平らかな石があり、苔の生えた石段はつるつる滑って歩きにくい。猿が石下の潭で水を飲んでおり、鳥が夕日の差すあたりの樹へ帰ってゆく。素晴らしい風景を眺めて、もっと早く来るのだったと恨めしく思い、かいにもたれて日の暮れかかるのを残念に思う。手を差しのべて川のせせらぎを弄びながら、その水で世俗にまみれた心を洗い清める）

（「經七里灘」五古、巻一）

この詩には船旅の楽しさが生動感ゆたかに描かれている。清らかな水を上下しながら、そこに広がる水辺の様子を歌いつつ、美しい自然が時間とともに暗闇に消えていくことを惜しんでいる。この詩を通して、孟浩然の自然に対する親近感ないし自然に同化しようとする心が十分に窺えよう。

以上、謝霊運と孟浩然の詩を見てみた。謝霊運の詩では羈旅の思いに孤独感・失意が重なって歌われ、七里灘を囲む秋の自然もそうした彼の感情に染まっており、厳光の故事も隠棲への思いとして描かれていた。これに対して孟浩然の詩では、尚子・屈原とを並べていることからも、厳光に心を寄せる面があることは確かであるが、詩の表面に出ているのは、七里灘を取り巻く自然の素晴らしさであり、その自然に飽くことなく見とれている作者の姿である。特に、三、四句で「爲多山水樂、頻作泛舟行」と言い、最後の四句で「觀奇恨來晚、倚棹惜將暮。揮手弄潺湲、從此洗塵慮」と言うところからも、彼が山水、特に水辺の自然の美を求め、時にはそれを味わうために船に乗って出かけていたことを窺わせる。隠棲への思い、過去の著名な隠者への思慕をこめつつも、詩の主眼は七里灘をめぐる自然の美を歌うことにあり、その自然の中で彼の心は明るく弾んで見える。

このように、孟浩然は自然詩の祖とされる謝霊運・陶淵明に学びつつも、自ずから自分の詩の世界を築いている。とりわけ舟行の詩において、両者には見られない独自性を発揮していると考えられるのである。

二　孟浩然以前

謝霊運の舟行詩・水辺詩に見られる表現や態度は、魏時代に入って徐々に輪郭を表していた。舟行詩の一例として、不安定な社会を嘆いた竹林の七賢の一人嵇康が、舟の上で竿をたらしたと言われる越の范蠡の故事を用いて隠棲の生活を歌った作である(16)。さらに、南朝も斉・梁の時代になると、こうした詩が増えてくる。その中から『文選』にも取られている、梁の丘遅の「旦漁浦潭を発す」詩を取り上げてみよう。

漁潭霧未開、赤亭風已颺。櫂歌發中流、鳴鞞響沓障。村童忽相聚、野老時一望。
詭怪石異象、嶄絶峯殊狀。森森荒樹齊、析析寒沙漲。藤垂島易陟、崖傾嶼難傍。
信是永幽棲、豈徒暫淸曠。坐嘯昔有委、臥治今可尙。

（漁潭の霧は未だ開かずにして、赤亭は風が已に起こる。櫂歌は中流で発し、小鼓を鳴らすこと水が湧きあふれる土手にまで響く。村の童子が忽ち相集まり、野の老人は時折り一たび望む。詭怪の石は象を異にし、嶄絶の峯は状を殊にす。森森として荒樹が斉しく立っており、析析として寒沙がみなぎる。藤が垂れている島は渡りやすく、崖が傾いている嶼は近づきがたし。信に是れ永く俗世を離れて静かに隠居すべし、豈に徒らに暫く清曠たるならんや。坐かに嘯く昔は委す有るも、臥し治むること今も尚ぶべし）

（「旦發漁浦潭」、『文選』巻二七「旅下」）

この詩は浙江省富陽県にある漁浦潭から甘粛省隴西県にある赤亭山に行く途中の風景を歌ったものである。漁浦潭から船出する時の周囲の様子が描かれているが、取り巻いている自然には人を寄せつけない厳しさがあり、隠棲に心を引かれると歌いながらも、自然の中に溶け込んでいくような心の動きは感じられない。

実は孟浩然にも、同じように早朝に漁浦潭を発する詩がある。丘遅の詩と比較してみよう。

東旭早光芒、渚禽已驚聒。臥聞漁浦口、橈聲暗相撥。日出氣象分、始知江路闊。
美人常晏起、照影弄流沫。飲水畏驚猿、祭魚時見獺。舟行自無悶、况値晴景豁。

（東から朝日が輝き始めると、目覚めようとしている水際の禽たちはばたばたと動き出す。舟の中で横たわって漁浦潭の入口で耳を傾けていると、そこから舟を漕ぐ音だけが暗い所で聞こえる。太陽が現れると景色がはっきりとして、江が遠くまで広がっているのが見える。朝早く潭を出かけながら見ると、美しい人がゆったりと起きて顔を洗ったり、水遊びをしていて、水を飲んでいた猿は恐れ驚き、捕らえた魚を四方に陳列しているかわうそも時に見かける。[17] 舟に乗っているとすがすがしくて煩わしい思いがなくなる。まして晴れた風景に出会ったなら尚更だ）

（「早發漁浦潭」五古、巻一）

漁浦潭は富陽県の東南に位置し、七里が山から下って下流は浙江に合流する。孟浩然はこの詩に早朝の水辺の情景の生動感を描いている。暗闇に包まれた漁浦潭が、時間が経過するにともなって徐々にその姿を表す。すると、水辺にいる人々、あるいは鳥やけものたちの姿が目に映る。詩人はこれらを見て安らぎを感じたのであろう。この詩には孟浩然が船旅を好む理由が明らかに示されている。すなわち、晴れた日に舟に乗って美しい景色を眺めていると、まるで隠棲生活をしているかのように心の煩悩さえもきれいになくなると言うのである。孟浩然にとって舟行は、隠逸に通ずる媒介の役割を果たしていたと言えよう。

以上のように、丘遅と孟浩然の詩を比較してみると、丘遅の詩は船旅の楽しさを観照的に描写しているのに対して、孟浩然の詩は舟行の動的動きに詩人の心も同化していく様子が描写されている。孟浩然の詩の情景は丘遅の作とは天候が異なっているものの、船を取り巻く人も自然も明るくにぎやかで、最後の二句に「舟行は自ずと悶い無し、況んや晴景の豁るるに値うをや」と明言されるように、その心は楽しげに弾んでいる。小川環樹氏も『唐詩概説』で指摘されているように[18]、この二句は、孟浩然の持つ明朗さと、舟行に親しんでいることとを、象徴的に示すものと考えられる。

さて、梁代の詩にも、水辺の自然の美しさを歌い、これに親しむ気持ちを示す詩はいくつか見られる。

(一)沈約「泛永康江詩」

長枝萌紫葉、清源泛綠苔。山光浮水至、春色犯寒來。臨睨信永矣、望美曖悠哉。寄言幽閨妾、羅袖勿空裁。

（長枝紫葉を萌す、清源緑苔を泛かぶ。山光は水に浮かびて至り、春色は寒を犯して来た。睨に臨むこと信に永く、美を望むこと曖として悠なるかな。言を寄す幽閨の妾、羅袖は空しく裁つ勿れ）

㈡劉孝綽「太子洑落日望水詩」

川平落日迥、落照満川漲。復此淪波地、派別引沮漳。耿耿流長脉、熠熠動微光。寒烏逐査漾、饑鶴拂浪翔。臨泛自多美、況乃還故郷。榜人夜理楫、櫂女闇成粧。欲待春江曙、争塗向洛陽。

（川は平にして落日迥かに、落照川に満ち漲ぎる。此の淪波の地に復し、派別れて沮と漳を引く。耿耿として長脉流れ、熠熠として微光を動かす。寒烏査を逐いて漾い、饑鶴浪を払うて翔る。泛に臨みて自ずと美多し、況や乃ち故郷へ還るをや。榜人は夜楫を理め、櫂女は闇に粧を成す。春江の曙を待たんと欲して、塗を争うて洛陽に向う）

㈢何遜「曉發詩」

早霞麗初日、清風消薄霧。水底見行雲、天邊看遠樹。且望泝泝劇、暫有江山趣。疾兒聊復起、爽地豈能賦。

（早霞初日麗しく、清風薄霧を消す。水底行雲を見、天辺遠樹を看る。且く望む泝泝の劇、暫に有り江山の趣。疾兒聊か復た起き、爽地豈に能く賦さんや）

㈠には春の訪れを迎えた周囲の山水の美しさに見とれる姿が描かれ、㈡には故郷に帰れる喜びを重ねながら、落日の姿を描きつつ、船行によって巡り合えた水辺の美しさが描かれる。また㈢には、船からみた山水の趣を概念的にとらえた「江山趣」という語が用いられている。

このように、梁の時代には、舟行の中で出会う山水の美を積極的に歌う詩が少なからず見られるようになり、帆の形容についても「旅帆」「危帆」「揚帆」「遠帆」「高帆」などの表現が見られるようになる。また、帆の比喩についても「懸帆似馳驥、飛棹若驚凫。（懸かる帆は馳驥に似たり、飛ぶ棹は驚きし凫の若し）」といった表現がみられるなど[19]その描写は豊かさを加えていった。

唐に入ると、孟浩然に先立つ詩人の中では、席豫の「江行紀事」二首が注目される。

其一

飄飄任舟楫、迴合傍江津。後浦情猶在、前山賞更新。

樹深煙冪冪、灘淺石磷磷。川路南行遠、淹留惜此辰。

（飄飄として舟の楫に任せ、岸辺に沿って巡りゆく。去りゆく水辺に思いは残り、行く手の山の美しさは目にも新たなり。樹々はこんもりと霧につつまれ、早瀬は浅く石の間に輝く。南への舟旅ははるかだから、しばらく留まってこの一時を楽しもう）

其二

江汛春風勢、山棲曙月輝。猿攀紫巖飲、鳥拂淸潭飛。

古樹崩沙岸、新苔覆石磯。津途賞無限、征客暫忘歸。

（江に春風の勢が注ぎ、山には暁月の輝きが宿る。猿は紫巌にすがり上って水をのみ、鳥は清潭を払って飛ぶ。老木は崩れた岸辺に、新しい苔は石ころだらけの磯に。渡り場の風景は限りなく美しく、旅人はしばし帰るのを忘れる）

水辺の風景は舟が進むにつれて新たな景色を迎え作者は動いてゆく景色に情緒的反応を見せる。この水辺の景色に見とれ、いつまでも留まって帰るのを忘れそうになるほどだと、席豫は景色の中に没入してゆく心情を歌う。其一には、水の流れが動的に、其二には春風に包まれた水辺の風景が静的に表現されている。全体的に見ると、鳥獣の動きが静的雰囲気の中に動的要素を加え、聴覚と視覚とが調和し、そして、「後浦」と「前山」、「樹深」と「灘淺」、「紫巖」と「清潭」、「古樹」と「新苔」が互いに対比をなして、詩的感興を呼び起こす。とりわけ、舟の動きの細かな描写、動的律動感、自然との合一などの点では、孟浩然の舟行詩に顕著に見られる感情と共通するものがあると言える。

このように見てくると、孟浩然の舟行詩は、南朝詩から初唐詩への流れを受けているということができるのである。

第三節　孟浩然の舟行詩

江南を舞台にした六朝初期の詩には、水辺の情や興趣それ自体を描写する例はあまり見られなかったが、しかし時代が経つにつれて、次第に変化を見せる。六朝中期以後になると、水辺に対する情趣は豊かになり、親近感が増す。唐時代に到ると、これに対する視点と視角はいっそう広がりを見せる。そして、山水が日常生活の一部として取り込まれるようになると、次第に自然と人間とが一体となった境地が詠じ出されるに到る。また、自然に対する美的感興は地上の風景に対してのみならず、水上の風景に対しても積極的に認められるようになる。とりわけ、孟浩然の作品はこの種の美的感興に富んでおり、水辺の自然の美をより豊かに描き、そこに心を遊ばせる喜びを明瞭に歌う点に特色がある。すでに見た「七里灘を経」「早に漁浦潭を発す」にも、それは見られたが、さらに幾つかの例をあげることができる。

漾舟逗何處、神女漢皋曲。雪罷冰復開、春潭千丈綠。輕舟恣來往、探翫无厭足。
波影搖妓釵、沙光逐人目。傾杯魚鳥醉、聯句鶯花續。良會難再逢、日入須秉燭。

（舟を浮かべて、どこに泊まればいいのか、神女が居たという漢皋山の辺の江を巡る。雪は止んで氷もまた解け、春の潭は広々と緑を敷きつめる。軽快な舟は欲しいままに行き来し、珍しい場所を探って、いつまでも飽きない。波の光が妓女の簪に当って揺れ、沙の光は人の目を追いかけるようにどこまでも輝く。杯を傾けていると魚や鳥も酔ったかのよう。聯句を作れば鶯と花が後を続けてくれる。この素晴らしい集まりは二度とは期し難いのだから、日が暮れても灯火をともして楽しもう）

（「初春漢中漾舟」五古、巻一）

瀨石三百里、沿洄千嶂間。沸聲常浩浩、洊勢亦潺潺。跳沫魚龍沸、垂藤猿抗攀。
榜人苦奔峭、而我忘險艱。放溜情彌愜、登艫目自閑。瞑帆何處宿、遙指落星灣。

（瀨石は三百里に渡り、多くの高く険しい山の間を抜けていく。水は沸き立つ音を立てて、いつも豊かに勢いよく流れている。飛び跳ねるしぶきに魚や龍はおどり出、垂れている藤には猿がよじ登る。舟子は急な流れに苦しんでいるが、私はここが険しい所であることを忘れてしまった。流れのままに浮かべば心はいよいよ晴れわたり、舟に乗って、目はおのずからのどかな風景を楽しむ。夕暮れにはどこに泊まろうか、遥か落星湾を目指してゆくのだ）

（「下瀨石」五排津、巻二）

「初春漢中舟を漾う」詩では、雪が解けて水辺の緑が増した川と、その周囲の景色を愛で、五、六句に「軽舟来往をほしいままにし、探翫して厭足する无し」と言うように、軽やかに船を走らせて飽きずに風景を賞玩する喜びが率直に歌われている。そして、最後の二句には、名残を惜しむ気持ちが強く述べられている。

「瀨石を下る」詩には、急流を下る難所でありながら、第七句から十句までに、「榜人、奔峭に苦しむも、而るに我れ険艱を忘る。放溜せば情いよいよ愜く、艫に登れば目は自ら閑かなり」と言い、作者はそうしたスリリングな経験を楽しんでいるかのようだ。危険な箇所をゆく船旅を歌う場合にしばしば見られる人生航路の厳しさの比喩も、ここには全く見られない。このような、急流を下る際にもこれを恐れることなく、激しく移り変わる景色を新鮮な気持ちで存分に楽しもうとする態度は、孟浩然以前には見られないものであり、これは孟浩然の舟行の詩の大きな特徴であると思われる。

一　唐時代の自然詩人との比較

隠者の生き方に憧れる孟浩然は世俗を離れたいという思いを山水自然に託して表していたが、このような態度は唐代の詩人にも見られるものである。本節では自然に対する情緒が孟浩然と類似する常建、唐代の代表的自然詩人である王維、そして孟浩然よりは後の時代の韋応物・柳宗元の詩を通して、孟浩然の舟行詩の特徴を明らかにしたいと思う。

まず、常建（七〇八～?）から見ることにする。常建は開元十五年王昌齢とともに登科して大暦中盱眙尉となったが、ついに意を得ず、琴酒に身を託して放浪の一生を送った詩人である。常建の詩は五十七首のみであるが、王維や孟浩然に匹敵するほどの詩世界をもっていることはよく知られている。

それでは、常建の船旅の感情が描写されている「白龍窟にて舟に乗り、天台山で修行する道者に送る」詩を見てみよう。

夕映翠山深、餘暉在龍窟。扁舟滄浪意、澹澹花影没。西浮入天色、南望對雲闕。
因憶莓苔峯、始陽濯玄髪。泉轟兩幽映、松鶴間淸越。碧海瑩子神、玉膏澤人骨。
忽然爲枯木、微興遂如兀。應寂中有天、明心外無物。環迴從所汎、夜靜猶不歇。
澹然意無限、身與波上月。

（「白龍窟汎舟寄天台學道者」）

（夕日は翠山の奥深きをてらし、余暉は龍窟に満ちる。小舟に乗って旅ゆく思い、あわあわと花影は没す。西に浮べて天の色に入り、南を望めば雲闕に対する。心に莓苔峯を憶い、始陽に玄髪を洗う。泉の轟は幽かに映りはえ、松の鶴は清らかに鳴く。碧海は万物の神を明らかにし、玉の霊液は人の骨をうるおす。たちまちに枯木と為り、微興は遂に高き如し。応に寂中に天有り、明心の外に物無し。環迴して浮く所に従うが、夜は静かで猶お不歇たり。澹然たりの意無限なり、身は波上の月とともにする）

この詩は天台山で修行する道者に自分の心情を伝えたものである。心身ともに清浄を保って修行する道者の導きを待ち続けている姿から、世俗を離れて自然に順応しようとする心が窺える。常建の詩をみてみると、夜から明け方にかけての様子を歌ったものが多く見られる。ことに、夜の寂しさや悲しさの表現よりも、むしろ暗闇の中でも絶え間なく動く自然の姿を好んで表現しているようである。

このように、常建の詩が自然に対して距離を置かず、その情趣を自由奔放に歌う点や、風景を「清」という表現を用いて描き、扁舟滄浪に意を抱いている点などは、孟浩然の詩と類似している。

ところが、先ほどの「白龍窟汎舟寄天台學道者」詩の第三句に見られる「扁舟滄浪意」、あるいは「西山」詩に見られる「一身爲輕舟」のように、常建は舟に乗りながら隠棲を憧れているものの、船旅そのものに関する律動感は見られない。舟が動くことによって広がり変化する自然の生動感、舟に乗って楽しむ姿は見ることができないのである。これは常建が自然に対して静的感情を抱いていたためであろう。

以上のことより、常建の舟行詩は孟浩然のように動的で活気にあふれ、好奇心に満ちたものとは程遠いものであったことが分かる。

次に、王維、韋応物、柳宗元の作を順次見ていくことにする。

王維（七〇一～七六一）の詩の情緒は孟浩然の詩と比較するならば、静と動の関係にあると言えよう。王維が描く静なる自然は、別荘輞川荘の景観に起因していると思われる。輞川に別荘を作って自然を観賞した王維の詩には、一方では南画の祖とされるすぐれた画家であったためにきわめて絵画的要素が強い。王維の詩にも船旅の姿も見られるが、それはありのままの自然を歌い、静的な情景を描いている。また、水辺の様子を描写するさいも、孟浩然のように軽快かつ律動感にあふれる表現は見られない。

韋應物（七三七～七九〇）は孟浩然と同様に陶淵明の詩を愛好した者の一人である。その水辺の詩、「初發揚子寄元大校書」（八句中第七・八句、巻二）には、「世事波上舟、沿洄安得住。（世事は波上の舟、沿洄して安ぞ住むを得んや）」

と、人生は波の上に漂う舟のようであって、思い通りにはならないと述べられている。つまり、韋応物は舟を人生航路の比喩として描いているのである。また、韋応物は船旅を描きつつ、何ものにも束縛されない自由な心をも表現していた。

夾水蒼山路向東、東南山豁大河通。寒樹依微遠天外、夕陽明滅亂流中。
孤村幾歳臨伊岸、一雁初晴下朔風。爲報洛橋遊宦侶、扁舟不繫與心同。

（水を夾む蒼山路東に向い、東南の山豁けて大河通ず。寒樹依微たり遠天の外、夕陽明滅す乱流の中。孤村幾歳か伊岸に臨み、一雁初めて晴れて朔風に下る。為に報ぜよ洛橋遊宦の侶、扁舟繫がざるは心と同じと）

（「自鞏洛舟行入黄河即事寄府縣僚友」、巻二）

韋応物は鞏洛から舟で黄河へ入ったのであるが、その時に役所に勤めている同僚に送ったのがこの詩である。韋応物は結句に「爲報洛橋遊宦侶、扁舟不繫與心同」と、拘束されない自由な扁舟こそ自分自身の心情であると、己の心と舟とを対比させつつ述べている。以上、韋応物の舟に対する二面性を窺った。彼は人生を舟に比喩して一葉の片舟のように危うい面を認めるものの、舟の拘束されない自由な面にも着目しているのである。これは韋応物の人生観でもあろう。しかしながら、韋応物の詩には孟浩然のように人生の煩悩を消滅させ、自然の楽しさを獲得しようとする情緒は見られない。

柳宗元は永州の風景を描いた「永州八記」の作者として有名である。彼は監察御史を経て礼部員外郎になったが、王叔文の事件に巻き込まれて永州に左遷された。この時に山水を巡り歩いて自然を慰めの対象とし、自己の感情を自然に託した詩を詠出した。それらの詩に、舟行や水辺の自然を写実的に描きつつ、自然の中に融和していく姿が描かれている。しかし、柳宗元の詩にもまた、孟浩然のように律動的に自然を楽しみ、心の煩悩を消滅させるという余裕は見い出すことができない。

以上、孟浩然以後の自然詩人の舟行に関する詩の特色をいくつか検討してきた。常建や韋応物は孟浩然のように隠棲に憧れていたが、その詩には孟浩然の動的姿や自然の楽しみを獲得しようとする情緒は見られなかった。また、王維や柳宗元は自然を写実的に歌っているが、時間の経過による律動感や煩悶を忘れる感興を歌った詩は見ることができなかった。

以上の点から、孟浩然の舟行詩は唐時代の山水詩において一つの特色をなすものと言えるのである。

二　水辺の興趣

船旅を楽しみ、水辺の美を多く歌った孟浩然は水についても独特の認識を持っていたように見られる。孟浩然が地方官である盧象に付き添って所轄の州県を回り、農作業を勧めてから帰る途中、舟の上で作った詩「陪盧明府泛舟迴作」には「清流逸興多（清流逸興多し）」[20]と歌われている。孟浩然の詩には「清」の字が五十例使用されており[21]、このうち、水に関するものは十七首あまりにのぼる。孟浩然は「清らかな水の流れ」に対しても特別の関心を持っていたように思われる。

物情多貴遠、賢俊豈無今。遲爾長江暮、澄清一洗心。
（世の人情では多く古の人を尊ぶが、優れた人はどうして今にいないと言えよう。長江の夕暮れ、あなたを待っている私

は、澄み切った清らかな水に心を洗う

（「和于判官登萬山亭因贈洪府都督韓公」二十句中第十七句から二十句まで、五排津、巻二）

この詩には孟浩然の水に対する態度が、「澄み切った水に心を清めよう」と述べられている。清い水は孟浩然に心の安らぎを与えてくれる媒介の役割をしたことであろう。

そもそも、船旅を好む孟浩然は清い水辺に広がる白い岸辺にも親しみを持っていたようである。「送張祥之房陵」（五律の首聯、巻四）詩に「我家南渡頭、慣習野人舟。（我は家す南渡のほとり、野人の舟に慣習す）」と述べられており、家の近くにある砂浜も詩的題材となったことが知られる。また、「秋登萬山寄張五」（十二句中第七句から十句まで、五古、巻一）詩に「時見歸村人、平沙渡頭歇。天邊樹若薺、江畔舟如月。（時に村に帰る人を見、平沙渡頭に歇む。天辺の樹薺の若く、江畔の舟月の如し）」とある。この詩は舟の上ではなく、山の上から見下ろした岸辺の風景を描いたものである。孟浩然は岸辺においても、自然と心を一つにし、己の風景の中に融合せしめ、かつ風景を己の心のごとくに描いて見せる。

昔登江上黄鶴樓、遙愛江中鸚鵡洲。洲勢逶迤繞碧流、鴛鴦鸂鶒滿灘頭。灘頭日落沙磧長、金沙耀耀動飇光。舟人牽錦纜、浣女結羅裳。月明全見蘆花白。風起遙聞杜若香。君行采采莫相忘。

（昔、江辺にある黄鶴楼に登って、遥か遠く、江の中にある鸚鵡洲を眺めるのを愛した。洲のあり様は曲がりくねって、そこに緑の流れが取り巻いている。鴛鴦・鸂鶒などの水鳥たちが、沙洲のほとりにいっぱい群れている。洲の辺に日が落ちるに連れて沙洲がはるかに見え、美しい金色の沙が輝き、風の中に動き光る。舟人はもやいづなを引き寄せ、洗濯する女たちはうすぎぬの裳裾をくくり結んでいる、月が上って明るく照らすと、白い蘆花が広がっているのが見える。風が吹くと遠い所から杜若の香りが漂ってくる、君は旅立っていくが、これらもろもろのことを忘れないでくれ

（「鸚鵡洲送王九之江左」七古、巻二）

この詩は山中の楼閣から江中にある島を眺めながら、岸辺に広がる美しい景色を描いたものである。黄鶴楼は湖北省武昌県にある楼閣で、蜀の費文禕が登仙して黄鶴に乗り、ここに憩ったとの伝説がある。この詩は時間の流れにつれて変化する岸辺の風景を、碧と白、赤と白、黒と白の色彩の対比を通して視覚的に描写しており、これに加えて嗅覚表現がいっそう生動感を与えてくれる。

その他、孟浩然の詩には「舟」字を用いた詩が五十二首も見い出せる。たとえば、「北澗浮舟」（五絶、巻四）詩に、「北澗流常滿、浮舟觸處通。沿洄自有趣、何必五湖中。（北澗の流れはいつも水が一杯にたたえられているので、舟を浮かべて至る所に出かけてゆく。流れにそって行ったり来たりすることに趣があるのだ。どうして広い五湖で浮かぶ必要があろうか）」と、船旅の楽しさが歌われている。だが、孟浩然の描く船旅は楽しみ事ばかりではない。

そこで以下に、孟浩然の舟の旅路の諸相を見てみよう。

小溪劣容舟、怪石屢驚馬。

（小さい渓なので、舟が出入りするのがやっとの幅だ）

「雲門寺西六七里聞符公蘭若最幽與薛八同往」（十八句中第五・六句、五古、巻一）

巖潭多屈曲、舟檝屢迴轉。

（巌と潭は多くまがりくねて険しいので、舟や楫を常に巡らす）

「登鹿門山懐古」（十八句中第七・八句、五古、巻一）

高岸迷陵谷、新聲滿棹歌。

（高い岸は陵や谷を迷わせる）

「陪盧明府泛舟迴作」（十二句中第九・十句、五排律、巻二）

沿泝非便習、風波厭苦辛。

（慣れない舟は風や波のため苦しみをきわめる）

「南還舟中寄袁太祝」（五律の首聯、巻三）

石淺流難泝、藤長險易躋。

（石の浅い所で流れるので、ゆくのに難しい）

「游江西上留別富陽裴劉二少府」（五律の頸聯、巻四）

このように、船旅には強風や険しい地形など、多くの危険が潜んでいたのである。他の詩人であれば旅の苦労が歌われるような険しい所であっても、孟浩然にはこれらの危険によって挫折したり、不平を言ったりする姿は見られない。かえって彼は、生動感ある自然を楽しみ、好奇の目を開いて移りゆく景色を歌おうとする。

船行をテーマとする詩は、孟浩然の自然詩の中では四割を占め、全作品においても約二割にのぼっている。数量の面からみても、これは従来にない大きな特徴と言うことができる。それは、会稽などの江東の地へ、あるいは荊州へと、生涯の内に何度も船の旅を経験したことが、大きな理由ではあるが、その都度、新しい目で水辺の自然の美を見つめるという姿勢がなければ、やはりこうした結果は生まれなかったと思われる。すでに見た「七里灘を経」詩において「山水の楽しみを多と為し、頻りに泛舟の行を作す」と言っているのも、けっして誇張ではないと言える。

それでは、孟浩然の船旅の目的は何だったのか。孟浩然の伝記は簡略で、これまでの様々な研究にも関わらず、なお詳しいことは解らない状態であり、それぞれの旅の目的や背景も必ずしもはっきりしているとは言えない。しかし、三十代に行われた江東への最初の旅、すなわち黒川洋一氏の説によれば、(22) 開元七年の春の終わりに洛陽を発って会稽から天台山をまわった旅は、俗世を捨て去って江湖に浮かぶこと、それによって、もう一人の自分を取り戻そうとしたことに、主たる目的があったと考えられる。

海行信風帆、夕宿逗雲島。緬尋滄洲趣、近愛赤城好。捫蘿亦踐苔、輟棹恣探討。
息陰憩桐柏、採秀弄芝草。鶴唳清露垂、鷄鳴信潮早。願言解纓絡、從此去煩惱。
高步陵四明、玄蹤得二老。紛吾遠遊意、樂彼長生道。日夕望三山、雲濤空浩浩。

（海行風帆に信せ、夕宿雲島に逗まる。緬かに尋ぬ滄洲の趣、近く愛す赤城の好。蘿を捫りて亦た苔を践み、棹を輟めて恣に探討す。陰に息まんとして桐柏に憩い、秀を採らんとして芝草を弄ぶ。鶴唳清露垂れ、鶏鳴信潮早し。(23) 願わくは言に纓絡を解き、此れ従り煩悩を去らん。高歩四明を陵ぎ、玄蹤二老を得ん。紛たるかな吾が遠遊の意、楽しいかな彼の長生の道。日

夕三山を望めば、雲濤空しく浩浩たり）

（「宿天台桐柏觀」五古、巻一）

この詩には滄洲の趣を求める自分に天台は誠に好ましい地であり、ここで長生の道を学びたいという願いが歌われている。早くから鹿門山に隠棲したと言われる孟浩然だが、彼の心の中には、江湖に浮かんで滄洲を求めるという理想があったのではないだろうか。

結

これまで孟浩然の山水詩、その中でも水辺の舟行詩を中心として孟浩然の詩世界における特徴と歴史的位置を考察してきた。筆者が範囲を水辺詩に限定したのは、水辺の舟行詩を孟浩然における山水詩の一つの特徴として位置付けうると考えたためであった。無論、水辺の情趣を歌うのは孟浩然から始まったのではない。本稿ですでに明らかにしたように、水辺詩は六朝時代に始まり、唐代に及んで継承、発展してきたのである。「出世と隠棲」という二重の生き方を営んだ唐代の知識人に、自然の情趣を歌う詩が登場するのはごく自然のことかも知れない。しかし、同一の自然物に対する詩の情趣は時代によって様態を殊にしている。そのために、本稿では六朝と唐代を区分して、詩の歴史の中で孟浩然の詩世界を考察したのである。

すでに見てきたように、六朝の水辺の詩の特徴は「自然に対する観照的態度」であると要約されよう。六朝詩人は舟の上で水辺を眺め、水辺の自然物を観察し愛でたのであるが、彼等は決して船旅それ自体を楽しんだり、周囲に広げる自然に同化することはなかった。また、彼等の心はつねに現実との葛藤と煩悶に悩まされたように見うけられた。一方、唐代の水辺詩は六朝詩の特性を継承しながらも新たな展開を見せる。すなわち、六朝詩の静的描写に対して動的な活力を獲得し、動きのある舟の姿や、動く舟から眺める変化に飛んだ水辺の情景を描写しているのである。

とりわけ、盛唐の孟浩然の詩は唐代の水辺詩の特性を反映しつつ、より強い律動感と生動感をともなって描かれている。孟浩然の詩に見られる急流の速さは読者にスリリングな迫力を感じさせ、孟浩然自身の急流を楽しむ姿は読者に爽快かつ明朗感を与えてくれる。唐代の水辺詩の動的特性は孟浩然に至ってより深化されたと言えよう。さらに、己の身を任せた生動感ある舟行を楽しみ、水辺の自然に没入し、同化していく様子は、孟浩然独自の世界といえるだろう。このような孟浩然の水辺の詩は、前時代の水辺詩と明らかに区別されよう。

以上のことより、「春暁」や「故人の荘に過ぎる」などの詩によって知られ、隠棲生活の中で詩を書いていたかに見える孟浩然だが、その舟行詩は、彼の詩を特徴づける一つの大きな柱であるとともに、歴史的に見ても、次々と移り変わる水辺の自然の美と、その中に溶け込もうとする心の動きを主要なテーマとする点において、山水詩の一つのスタイルを確立したと言えるのではないかと思う。そして、そのように動きのある景色を楽しみ、解放感にひたる経験が、また一面で、彼の詩の個性とされる、明朗さ、自然物への親近感のある描写などの諸点と密接に関わっていると考えられる。この点については深澤氏にも指摘がある。(24) 知られる限り、孟浩然が長期の船旅を行なったのは、中年以降のことであり、またその多くは挫折体験の後であって、船旅はいま一人の自分を取り戻そうとするかのように行われている。このことが、孟浩然の舟行詩をよりいっそう大きく開花させたと言えよう。

彼が舟行を楽しみ、水に親しむのは、その個性による所が大きいと思われるが、同時に思想的なあり方とも深く関わっていたと思われる。黒川氏が指摘されるように、孟浩然は若い時は道家的な傾向が強いが、後年には次第に仏教へと近づいていた。従って、孟浩然にとって舟行と山居、すなわち、水と山とが、どのように関わっているのか、また、山水詩と思想のあり方とがどのような関係にあるのかは、今後さらに検討を進めて行かなければならない。また、孟浩然の詩には、「清」の字が多用されており、それも彼の詩を特徴づける点の一つに挙げられるが、そのような清く、澄み徹った境地を愛したことも、その思想的なあり方に由来するだけでなく、恐らく水辺の自然に親しんだことと無縁ではなかったと思われる。この点に着いても、今後さらに考えていく必要があろう。

注

（1）前野直彬『中国文学史』（東京大学出版会、一九八九年）、一〇〇頁。小川環樹『唐詩概説』（岩波書店、一九八七年）、四三頁から四六頁まで。鈴木修次『唐代詩人論』上巻（鳳出版、一九七三年）、一〇六頁参照。

（2）「開元二十八年、王昌齡遊襄陽、時浩然疾疹發背、且愈、相得歡甚、浪情宴謔、食鮮疾動、終於冶城南園、年五十有二」。

（3）「田園作」に「奥余仕推遷、三十猶未遇」（十八句中第五・六句、五古、巻一）、「書懷貽京邑同好」に「三十既成立、吁嗟命不通」（二十句中第七・八句、五古、巻一）とある。

（4）「田家元日」に「我年已強仕、無祿尙憂農」（八句中第三・四句、五古、巻一）とある。

（5）「採訪使韓朝宗約浩然偕至京師、欲薦諸朝。會故人至、劇飮歡甚、或曰、君與韓公有期。浩然叱曰、業已飮、遑恤他！卒不赴、朝宗怒、辭行。浩然不悔也」。

（6）孟浩然は四十九歳の時、張九齢が荊州長史に左遷された際に、一時的に張九齢の下で働いたことがあるのみである。

（7）舟行詩は船に乗ってゆく詩、水辺詩は水辺での詩であるが、本稿では便宜上厳密な区別をしていない。

（8）小川環樹『唐詩概説』、四六頁。

（9）鈴木修次『唐代詩人論』、一〇六頁。

(10)「従斤竹澗越嶺溪行」(『文選』巻二十二「遊覽」)に「情用賞爲美、事昧竟誰辨」(二十二句中第十九・二十句)とある。
(11)「還山貽湛法師」に「煩惱業頓捨、山林情轉殷」(二十四句中第十三・十四句、五古、巻一)とある。
(12)「莊舃空謠吟」句は『史記』「陳軫傳」に見える故事で、莊舃が病中故郷を恋しがる心情を歌ったものである。この詩については、陳貽焮氏の科挙試験に失敗したために書いたという説と、黒川洋一氏の仕官運動に失敗したために書いたという説とがある。
(13)「氣和天惟澄、班坐依遠流。弱湍馳文魴、閑谷矯鳴鷗。迥澤散游目、緬然睇曾丘。雖微九重秀、顧瞻無匹儔」(「遊斜川」)(二十句中第五句から十二句まで、巻二)とある。
(14)『楚辭・九歌・山鬼』に「若有人兮山之阿、披薜荔兮帶女羅」とある。山奥に住む隠者が着ている服は薜荔と女羅であると述べられている。
(15)『漢書・爰盎鼂錯傳』に「千金之子、不垂堂、百金之子、不騎衡」と、その注に、「師古曰、言富人之子則自愛也、垂堂、謂坐堂外邊、恐墜墮也」とある。即ち、富者の子息は自愛するというもので、落ちそうな危ない所にはすわらないという故事。
(16)「淡淡流水、淪胥而逝。汎汎柏舟、載浮載滯。微嘯清風、鼓楫容裔。放櫂投竿、優游卒歳」(「四言詩」)(七首其一、第一句から八句まで)。
(17)『禮記・月令』に「孟春之月、東風解凍、蟄蟲始振、魚上冰、獺祭魚、鴻鴈來」とある。獺は捕まえた魚を祭祀をするように並べておくということに由来する。
(18)小川環樹『唐詩概説』、四三頁から四六頁まで。
(19)劉孝綽「還渡浙江詩」(十六句中第十三・十四句)。
(20)「陪盧明府泛舟迴作」に「百里行春返、淸流逸興多」(十二句中第一・二句、五排津、巻二)とある。
(21)「淸」については田口暢穗氏の論文「竹露滴淸響」がある。
(22)黒川洋一氏の「孟浩然伝記考」。

(23)『論衡』變動に「夜及半而鶴唳、晨將旦而鷄鳴」とある(二六八頁から二七二頁まで)。
(24)深澤一幸氏「孟浩然詩について」(二七頁から三四頁まで)。

二、中国文学における「漁父」の基礎的考察

序

「漁父」に関する文献を見てみると、『莊子』「漁父篇」(第三十一)には孔子と漁父のやりとりが、『楚辭』「漁父章」には屈原と漁父のやりとりが見られる。また、歴史書の『後漢書』には「漁父」を「逸民」篇、『南史』『晉書』には「隱逸」篇などで扱っている。「逸民」は節行の超逸なる者、あるいは官職につくことなく民間にあって自適生活をする人を表す。(1)古人が「漁父」を「逸民」と扱ったということは、「漁父」が節操ある行いによってこの世に超越した人、官職を離れ世を離れて、民間にあって自適する人として考えていたことになる。これまでの漁父に関する研究論文をみると、中国の研究論文においては、漁父は隠者であり、漁父には隠逸の精神が含まれる、儒と道の影響下での仕と隠であるとするものや、楚辭と史記の作品に見られる漁父に関するものなどが見られる。(2)日本の論文においては、「漁父詞」に関するもの、楚辭と史記に見られる「漁父」に関するものなどがある。(3)これらの論文を通してみると、特定のテーマについては詳しい研究がなされているのである。但し、漁父全般に関する基礎的考察はなされていないのである。本稿は中国文献に見られる逸民としての漁父を漁父歌、漁父詞などの詩文を通して中国における漁父の位置づけを試みることを目的とする。

第一節　「漁父」に対するイメージ

『莊子』と『楚辭』に見られる「漁父」は歴史書の「逸民」編に扱われている。『莊子』と『楚辭』の二作品に描かれた「漁父」はどういう人物であったのか、逸民としての漁父の自適生活について具体的に見てみる。

『莊子』の「漁父篇」に、「孔子遊乎緇帷之林、休坐乎杏壇之上、弟子讀書、孔子弦歌鼓琴、奏曲未半、有漁父者、下船而來、鬚眉交白、被髮揄袂、行原以上、距陸而止、左手據膝、右手持頤以聽。（孔子緇帷の林に遊び、杏壇の上に休坐す、弟子書を読み、孔子弦歌して琴を鼓す、曲を奏すること未だ半ばならざるに、漁父なる者有りて、船より下りて来る、鬚眉交白、被髪揄袂す、原を行き以て上り、陸を距って止まり、左手膝に拠り、右手頤を持えて以て聴く）」とある。漁父は陸に上がって孔子とやりとりをするが、そのきっかけは漁父の孔子への批判から始まっている。漁父は「仁則仁矣、恐不免其身、苦心勞形、以危其眞、嗚呼遠哉、其分於道也。（仁則ち仁、恐らくは其の身を免れざらん、心を苦しめ形を労しめ、以て其の真を危くす、嗚呼遠いかな、其の道に分くや）」と、孔子は人生の道を知らないと批判していたのである。漁父のいう道とは、「同類相從、同聲相應、固天之理也。（同類相い従い、同声相い応ずるは、固より天の理なり）」である。具体的には、「天子、諸侯、大夫、庶人、此四者自正、治之美也。（天子、諸侯、大夫、庶人、此の四者自ずから正しきは、治の美なり）」のように、階級それぞれがあるべき姿を正しく遂行すれば世の中は秩序正しくなる。しかし、もし自分の職務を怠れば秩序は乱れ国が危うくなる。また、人間には八つの欠点と四つの患いがあるが、[4]欠点と患いをなくせばその時に人間は初めて道を得ることができる。漁父は「謹脩而身、愼守其眞、還以物與人、則無所累矣、今不脩之身而求之人、不亦外乎。（謹しんで而の身を脩め、慎んで其の真を守り、還して物を以て人に与うれば、則ち累さるる所無し、今之を身に脩めずして之を人に求むる、亦た外ならずや）」と、人間の持つべき根本的真理を教えながら、孔子が行うべき教訓について述べている。「其の真」とは無為自然の真理を表す。漁父は慎重に身を修めて功名など世俗のものに拘ることなく、他人ばかりを責めることなく無為自然の真実を見失わないならば、安らかな人生を送れると言うのである。

『楚辞』（巻七）「漁父章」には屈原が漁父に遇う場面が述べられている。漢の王逸の注に、「漁父者屈原之所作也、屈原放逐、在江湘之閒、憂愁歎吟、儀容變易、而漁父避世隱身、釣魚江濱、欣然自樂、時遇屈原川澤之域、怪而問之、遂相應答、楚人思念屈原、因敍其辭、以相傳焉。（漁父は屈原の作る所なり、屈原放逐せられ、江湘の間に在り、憂愁歎吟、儀容変易す、而して漁父世を避け身を隠し、魚を江浜に釣り、欣然として自ら楽しむ、時に屈原川沢の域に遇い、怪しんで之を問い、遂に相い応答す、楚人屈原を思念し、因って其の辞を叙し、以て相伝う）」と記されている。屈原は左遷されて悲しんでいたが、漁父は世間を離れて江浜で釣りをして楽しんでいた。二人のやりとりを見ると、屈原が「擧世皆濁我獨清、衆人皆醉我獨醒、是以見放。（世を挙げて皆濁り我れ独り清む、衆人皆酔いて我れ独り醒む、是を以て放たると）」と世間の不満を漏らした。それに対して漁父は「聖人不凝滞於物、而能與世推移、世人皆濁、何不淈其泥、而揚其波、衆人皆醉、何不餔其糟、而歠其釃、何故深思高擧、自令放爲。（聖人物に凝滞せずして、能く世と推移す、世人皆濁らば、何ぞ其の泥を淈して、其の波を揚げざる、衆人皆酔わば、何ぞ其の糟を餔いて、其の釃を歠らざる、何故に深く思い高く挙り、自ら放たれしむるを為さん）」と答えた。また、屈原が「新沐者必彈冠、新浴者必振衣、安能以身之察察、受物之汶汶者乎、寧赴湘流、葬江魚之腹中、安能以皓皓之白、而蒙世俗之塵埃乎。（新に沐する者必ず冠を弾き、新に浴する者必ず衣を振う、安んぞ能く身の察察たるを以て、物の汶汶たる者を受んや、寧ろ湘流に赴き、江魚の腹中に葬らるるも、安んぞ能く皓皓の白きを以て、而して世俗の塵埃を蒙らんや）」と聞いた。これについて漁父は、「滄浪之水清兮、可以濯吾纓、滄浪之水濁兮、可以濯吾足。（滄浪の水清まば、以て吾が纓を濯うべし、滄浪の水濁らば、以て吾が足を濯うべし）」と歌って答えた。結局、屈原の世間を批判してどうすべきかを問うたところ、漁父は滄浪の水の清濁によって官職の去就を決めるべきだと言ったのである。

　以上のことから荘子と屈原に描かれた漁父は単なる漁夫ではないことは明らかである。即ち、歴史書に見られる「逸民」であり、その姿は節操を保ちこの世を超越した人である。[5] しかし、「漁父」がどういう生活をしたのか、魚釣りをして生計を立てていたのか、竿を垂れていた偽漁父なのかなどについては触れていない。二作品に描かれている漁父の態度や言葉から考えると漁父がどんな生計を立てたのかは問題にならないのかも知れない。最も重要なのは、漁父は無為自然の真実を実行し愚かな人間の人生を導く教訓的存在であるということである。だから、俗世間の生き方など重要ではないのであろう。[6]

第二節　『太平御覧』に見られる「逸民」

　漁父の生活は知ることができないが、『太平御覧』（四部叢刊）の「逸民」には『荘子』と『楚辞』に見られる漁父について述べられており、[7] 他の漁父の生活が述べられている。『太平御覧』「逸民」に見られる漁父の話しを通して後世の人々の描く漁父生活について見てみる。

「逸民」一（『太平御覧』巻五〇一）には「與世祖同遊學、及世祖卽位、光乃變姓名、隱身不見。（世祖と遊学を同くす、世祖即位するに及び、光乃ち姓名を変え、身を隠し見えず）」や「除諫議、不屈、耕冨春山、後名其釣處爲嚴陵瀨。（諫議に除するも、屈せず、冨春山に耕やし、後に其の釣処を名づけて厳陵瀬と為す）」とある。[8] これは『後漢書』巻八十三「列傳」の「逸民」に見られる、「嚴光字子陵、一名遵、會稽餘姚人也。少有高名、與光武同遊學。及光武卽位、乃變姓名、隱身不見。帝思其賢、乃令以物色訪之。後齊國上言、有一男子、披羊裘釣澤中。帝疑其光、乃備安車玄纁、遣使聘之。

三反而後至。舎於北軍、給牀褥、太官朝夕進膳。……車駕卽日幸其館。光臥不起、帝卽其臥所、撫光腹曰、咄咄子陵、不可相助爲理邪。光又眠不應、良久、乃張目熟視、曰、昔唐虞著德、巣父洗耳、士故有志、何至相迫乎、……復引光入、……因共偃臥、光以足加帝腹上。明日、太史奏客星犯御坐甚急。帝笑曰、朕故人嚴子陵共臥耳。除爲諫議大夫、不屈、乃耕於富春山、後人名其釣處爲嚴陵瀨焉。（厳光の字は子陵、一名は遵、会稽余姚人なり。少くして高名有り、光武と遊学を同くす。光武即位するに及びて、乃ち姓名を変え、身を隠して見えず。帝其れ賢を思い、乃ち令して物色を以て之を訪れしむ。後斉国上に言う、一男子有り、羊裘を披り沢中に釣るすと。帝其れ光と疑い、乃ち安車玄纁を備えて、使を遣りて之を聘す。三たび反き而して後に至る。北軍に舎し、牀褥を給え、太官朝夕進膳せしむ。……車駕即日其の館に幸す。光臥して起きず、帝即ち其の臥する所、光の腹を撫て曰く、咄咄たり子陵、相い助けて理と為すべからざるや。光又た眠りて応えず、良久して、乃ち目を張り熟視して、曰く、昔唐虞徳を著くし、巣父耳を洗う、士故に志有り、何んぞ至りて相い迫るや、……復た光を引きて入る、……因って共に偃臥す、光足を以て帝の腹上に加う。明日、太史客星御坐を犯すこと甚だ急なるを奏す。帝笑いて曰く、朕の故人厳子陵共に臥すのみと。除して諫議大夫と為す、屈せずして、乃ち富春山に耕やす、後人其れ釣処を名づけて厳陵瀬と為す）」を引用したものである。これによれば、後漢の嚴光は皇帝が彼の才能を認めて官職に召そうとした。しかし、嚴光は「昔唐虞著德、巣父洗耳、士故有志、何至相迫乎」と自分にも古人のような志があることを暗示し、皇帝の言葉を聞かず官職にも就かず、冨春山に耕し、釣りをして世を送った。

「逸民」二一（巻五〇二）の謝沈の後漢書には鄭敬の生活が述べられており、「敬方釣魚於大澤、因折芰爲坐、以荷薦肉、瓢瓢盈酒、言談彌日、蓬廬蓽門、琴書自娯、世祖公車徵不行。（敬方に大沢に釣魚し、因りて芰を折りて坐と為す、荷を以て肉を薦く、瓢瓢として酒盈ちる、言談して日を彌る、蓬廬蓽門、琴書自ら娯しみ、世祖公車徴するも行かず）」（『後漢書』巻五十九）とある。ところが、宋范曄の『後漢書』巻八十三「列傳」の「鄭敬」には同様の内容がなく、「敬乃獨隱於弋陽山中、居數月、歙果復召延、惲於是乃去、從敬止、魚釣自娯、留數十日、惲志在從政、……吾年耄矣、安得從子、……敬字次都、清志高世、光武連徵不到。（敬乃ち独り弋陽山中に隠れ、居ること数月、歙果復た召延す、惲是に於て乃ち去る、敬に従い止む、魚釣自ら娯しむ、留むること数十日、惲の志政に従うことに在り、……吾が年耄いたり、安んぞ子に従うことを得んや、……敬の字次都、清志世に高し、光武連ねて徴するも到らず）」と記述されている。謝沈の後漢書にしろ、宋范曄の後漢書にしろ、鄭敬は粗末な生活を楽しんでおり、官職を離れた面においては同様である。鄭敬は年を取ってからは弋陽山に隠居して魚釣りをしながら世を送った。

「逸民」三（『太平御覧』巻五〇三）の晉中興書には、郭翻の生活について、「不交世事、家于臨川、唯以漁獵爲娯、常以車獵、道逢病人、以車送之、徒歩而返、庾亮薦、公車徵不就。（世事に交わらず、臨川に家し、唯だ漁猟を以て娯と為す、常に車を以て猟し、道に病人に逢えば、車を以て之を送り、徒歩して返る、庾亮薦めて、公車徴するも就かず）」と述べられている。[9] 郭翻は官職に就くならばいい生活ができると誘われても聞かず、世間と交わることを拒み、川辺に家を構えて漁猟を楽しんだ。そして、野人となって粗末な舟に乗って世間を離れた。

「逸民」八（『太平御覧』巻五〇八）の皇甫士安高士傳には姜肱の話しが載っており、「肱得詔、乃告其友曰、吾以爲虛獲實、遂藉聲價、盛明之世、尚不委質、况今政在私門哉、乃隱遯、命乘舡浮海、使者追之、不及、再以玄纁聘、不就、卽拜太中大夫、又逃、不受詔。（肱詔を得、乃ち其の友に告げて曰く、吾以為らく虚は実を獲、遂に声価を藉りると、盛明の世、尚お質を委ねず、況んや今の政私門に在るをや、乃ち隠遯し、命じて舡に乗り海に浮ばしむ、使者之を追うも、及ばず、再び玄纁を以て聘するも、就かず、即ち太中大夫に拝するも、又た逃げて、詔を受けず）」と述べられている。姜肱は親孝行で学問にすぐれて、名声もまた高かった。それがために王は肱を詔徴しようとしたが、肱は応ぜず、「吾以爲虛獲實」と述べて舟に乗って海に浮かび隠遁を行った。

また、逸民は名が記されるものもあれば、記されないものもある。

「逸民」五（巻五〇五）には漁父はどこの誰かは知らないが、漁父の為すことは世間の人とは思えないと述べられている。それによると、「漁父者不知姓名、亦不知何許人也。太康孫緬爲尋陽太守、落日逍遙渚際、見一輕舟、凌波隱顯。俄而漁父至、神韻蕭灑、垂綸長嘯、緬甚異之。乃閑問、有魚賣乎。漁父笑而荅曰、其釣非釣、寧賣魚者耶、緬益怪焉。遂褰裳涉水、謂曰、竊觀先生有道者也、終朝鼓枻、良足勞止。吾聞黃金白璧、重利也、駟馬高蓋、榮勞也。方今王道文明、守在海外、隱鱗之士、靡然向風。予胡不贊緝熙之美、何晦其用若是也。漁父曰、僕山海狂人、不達世務、未辯貴賤、無論榮貴。乃歌曰、竹竿籊籊、河水悠悠。相忘爲樂、貪餌吞釣。非夷非惠、聊以忘憂。於是悠然鼓棹而去。（漁父なる者姓名を知らず、亦た何許の人なるかを知らず。太康の孫緬、尋陽太守と為る、落日渚際を逍遥するに、一軽舟の、波を凌ぎ隠顕するを見る。俄かにして漁父至るに、神韻蕭灑たり、綸を垂らし長く嘯く、緬甚だ之を異しむ。乃ち閑かに問う、魚の売る有るかと。漁父笑って荅えて曰く、其れ釣るも釣るに非らず、寧んぞ魚を売る者ならんやと、緬益ます焉を怪しむ。遂に裳を褰げて水を渉り、謂いて曰く、竊かに先生を観るに道有る者ならん、終朝鼓枻し、良に労止するに足る。吾聞く黄金白璧は、利を重じるなり、駟馬高蓋は、労を栄するなりを。方今王道の文明、守るは海外に在り、隠鱗の士、靡然として風に向かう。予胡んぞ緝煕の美を賛せざらんや、何んぞ其の用に晦きこと是の若きなるやと。漁父曰く、僕は山海の狂人、世務に達せず、未だ貴賤を弁ぜず、栄貴を論ずるなし。乃ち歌って曰く、竹竿籊籊たり、河水悠悠たり。相い忘れて楽と為す、餌を貪り釣を呑む。夷に非らず恵に非らず、聊か以て憂を忘ると。是に於いて悠然として鼓棹して去る）」と述べる。[10] 太守である孫緬は漁父の様子を「神韻蕭灑、垂綸長嘯」といい、不思議に思っていた。一方、漁父は河水に竹竿を垂らして、憂いなど忘れると歌いながら悠々と去った。また、漁父は貴賤にも栄貴にも関心がないと述べていた。ここに描かれた漁父は道有る者として捉えられており、世を避けて魚釣りをして世間を忘れる姿である。

さらに、漁父を仙人と扱ったものも見られる。

「逸民」九（『太平御覽』巻五〇九）の皇甫士安高士傳には、「涓子、齊人、餌木接食、甚精、至三百年後、釣於河澤、得鯉魚中符、後隱於宕石山、能致風雨、告伯陽九仙法、淮南王少得其文、不能解其旨。（涓子、斉の人、木を餌し食に接す、甚だ精なり、三百年後に至りて、河沢に釣す、鯉魚中に符を得、後に宕石山に隠る、能く風雨を致す、伯陽の九仙法を告ぐ、淮南王少くして其の文を得るも、其れ旨を解する能わず）」とある。「逸民」十（『太平御覽』巻五一〇）の嵇康高士傳には「班嗣、樓煩人也、世在京師、家有賜書、内足於財、好老莊之道、不屑榮官、桓君山從借莊子報曰、若莊子者、絶聖棄智、修性保身、清虚淡泊、歸之自然、釣魚於一壑、則萬物不干其志、栖遲於一丘、則天下不易其樂、今吾子伏孔氏之軌跡、馳顔閔之極藝、既繫率於世教矣、何用大道爲自炫燿也。（班嗣、楼煩の人なり、世京師に在り、家賜書有り、内に財足る、老荘の道を好み、栄官を屑しとせず、桓君山従荘子を借りて報いて曰く、荘子の若き者、聖を絶ち智を棄つ、性を修め身を保ち、清虚淡泊にして、之を自然に帰す、一壑に釣魚すれば、則ち万物其の志を干えず、一丘に栖遅すれば、則ち天下其の楽みを易えず、今吾が子孔氏の軌跡に伏して、顔閔の極芸に馳せ、既に世教に繫率せられ、何んぞ大道を用いて自ら炫燿と為らんや）」とある。この二つの話では漁父を仙人として扱っているのである。涓子は仙人になるために修業を行って後に鯉中の神符を得て仙法を身につけた。一方、班嗣は老荘の道を好んだ。荘子の若き者は世俗から離れて修性保身を行い、自然に帰ったことを讃えている。

以上で、「逸民」として生きる漁父の生活の一断面を窺った。これらを整理してみると以下のようになる。第一、漁父はすぐれているがために皇帝に呼ばれるが、行かなかった。それは彼らの志は官にはなかったからである。第二、彼らは山や川辺などの自然を好んで出かけており、魚釣りを楽しむ生活をしていた。第三、彼らの生活は耕作や魚釣りなどをして生計を立てる粗末な生活であった。しかしながら彼らはその生活に満足していた。それは、彼らの志すところは道を達することにあったためである。道とは老荘思想に見られる虚無世界を表すが、漁父は老荘の道を好んでおり、仙人になるために修行を行っていた。漁父の魚釣りの行動はすなわち無何有の境地を求める行為であると考えられる。つまり彼らは釣りをしながら世俗のこと、すべてのこと、己のことさえも忘れて虚無の世界に入っていったものと見られる。

また、『後漢書』「逸民列傳」には「或隱居以求其志、或回避以全其道、或靜己以鎮其躁、或去危以圖其安、或垢俗以動其槩、或疵物以激其清。（或いは隠居して以て其の志を求む、或いは回避して以て其の道を全うす、或いは己を静かにして以て其の躁しさを鎮み、或いは危きを去りて以て其の安きを図り、或いは俗を垢わしとして以て其の槩を動かし、或いは物を疵りて以て其の清を激しくす）」とあり、隠居する動機がいろいろと述べられている。『太平御覽』に見られる「逸民」はこれらの動機にならって、志を求めあるいは道を全うするために隠居を行ったのである。

ところで、『後漢書』には隠遁者の伝記を「逸民列傳」として設けているが、以後の歴史書では「隠逸」列伝として載せている。隠逸者においても『後漢書』には十七名であったが、唐時代に撰された『晉書』には四十名、同じく唐時代に撰された『南史』には「隱逸傳」上下合わせて五十二名にも上る。この時期に多くの人々が隠遁を求めていたことが分かる。また、『太平御覽』は北宋の李昉が撰したものであり、当然唐代のものも含まれている。しかし、『太平御覽』「逸民傳」にはこれまで見てきた通り、六朝時代の漁父に関するものが多く、『隋書』や『新唐書』のものは少ない。また、唐時代に撰された歴史書である『隋書』や『唐書』での「隱逸傳」の逸話は『隋書』「隱逸傳」には五名、宋時代に撰された『新唐書』には二十五名である。そればかりかここには漁父になった人物は見られないし、隠逸するものは山中に入っていって養生を行うことが多い。『隋書』や『唐書』などの「隱逸傳」の逸話は歴史書『晉書』や『南史』と比べると断然少ないのである。なぜこのような現象が生じたのだろう。

『新唐書』「隱逸」に「古之隱者、大抵有三概、上焉者、身藏而德不晦、故自放草野、而名往從之、雖萬乘之貴、猶尋軌而委聘也。其次、挈治世具弗得伸、或持峭行不可屈于俗、雖有所應、其於爵祿也、汎然受、悠然辭、使人君常有所慕企、怊然如不足、其可貴也。末焉者、資槁薄、樂山林、內審其才、終不可當世取捨、故逃丘園而不返、使人常高其風而不敢加訾焉、且世未嘗無隱、有之未嘗不旌賁而先焉者、以孔子所謂擧逸民、天下之人歸焉。（古の隠者、大抵三概有り、上なる者、身蔵れて而して徳晦せず、故に自ら草野に放ち、而れども名往きて之に従う、万乗の貴と雖ども、猶お軌を尋ね聘を委ぬなり。其の次、治世の具を挈げて伸ぶるを得ず、或いは峭行を持し俗に屈すべからず、応ずる所有りと雖ども、其の爵禄においてや、汎然として受け、悠然として辞す、人君をして常に慕企する所有り、怊然として足らざるが如くせしむ、其れ貴ぶべし。末なる者、槁薄を資し、山林を楽む、内に其の才を審かして、終に当世に取捨すべからず、故に丘園に逃れて返らず、人をして常に其の風を高くして敢えて訾りを加えしめず、且つ世未だ嘗つて隠無きにあらず、之有らば未だ嘗つて旌賁して焉に先んぜずんばあらず、孔子の所謂逸民を挙ぐれば、天下の人焉に帰するを以てなり）」と述べられている。これは古の隠者を三つに分類したものである。上なる者は身は隠れていても天子が招くとそれに従うもので、其の次なる者は世俗に屈することはできず、また官職を授かることも辞退することも気にしないものである。末なる者は丘園に逃れて山水を楽しみながら気高く生きるものである。そして、最後に孔子の言葉を持って締めている。孔子に『論語』「堯曰篇」に「逸民を挙ぐれば天下の民心を帰す」とあるが、為政者が優れていながら仕えないでいる人物を見つけて任命するなら天下のものが心服するのだと、抜擢することの重要性を指摘したものである。

『太平御覧』は宋の人が撰したものであり、『新唐書』「隠逸傳」もまた宋の宋祁が撰したものである。『新唐書』「隠逸」に書いてあるように宋の人々は隠逸は仕官のために隠遁すると考えていたことが分かる。『太平御覧』「逸民傳」には『隋書』や『新唐書』のものが少ないのは唐時代に隠逸に関する概念が六朝時代より薄れており、宋時代になると人々の考えは『新唐書』「隱逸」に記述しているように次第に変わっていたことが推測できる。また、六朝時代と唐時代には社会状況及び、思想や願望が違うのも、「逸民傳」の数が少ない要因であると考えられる。

六朝時代には戦争が続いて社会が不安定であった。そのために人々の間では道教が流行するようになった。もともと、道教は後漢中期以後に豪族による土地拡大に伴い土地を失った流亡農民の心を掴んだのが、最初の道教教団である太平道と五斗米道である。この教団は病気治療という方法を用いて老子の学習をさせた。また、後漢末からは道術を体得し、養生するものも表れた。葛洪の『抱朴子』などはその代表的書物である。その結果、神仙や道士を描くなどの志怪を好んで語っており、老荘の説や清談を好む隠逸が流行するようになった。『後漢書』「逸民列傳」に「易稱、遯之時義大矣哉。又曰、不事王侯、高尚其事。（易称するに、遯の時義大いなるかな。又た曰う、王侯に事えず、其の事を高尚す）」ある。これは時勢を知り対処すべき道を知ること、王や諸侯に仕えないで高潔に生きることを述べたものであるが、逸民は隠遁の道を歩むことを表しているのである。

しかし、唐時代になると、道教は王室の保護を受けて政治的に利用されるようになり、老荘の哲学を重んじ、多方面において道教文化が浸透するようになった。王積は老荘を愛した隠逸詩人で、山水田園の趣を詠った。その後多くの詩人が山水田園の自然詩を歌うようになった。また、荘子に見られる「心齋」（『莊子』「人間世」）や「坐忘」（『莊子』「大宗師」）の、心を統一し、無我の境地に入ることや、体内の養生を通して道教を体得しようとする姿も多く見られる。そして修養の場所はおおむね山中の方である。それは水辺より山中が修業するのに適しているからであると考えられる。また、唐時代の道教に対する社会的変化及び人々の道教を受け入れる姿勢の変化により、人々は仕官から完全に離れて隠遁する考えが少しずつ変わっていったのである。

さらに、科挙試験を通して一官職人としての任務を重んじており、仕官のために隠遁するという流動性の性質を持つようになった。そして、隠遁への概念においても次第に緩やかになっていき、宋時代には人々の隠遁に対する重みが薄れて行ったと思われる。だから『新唐書』「隠逸」に隠逸する人が少ないのは、『晉書』や『南史』のようにすべてを捨てて隠逸を目指す逸民が少なくなったためであろう。

第三節　櫂歌と漁父歌

中国文学において水辺を背景にしたものを見ると、「櫂歌行」、「釣竿」「漁父歌」などが挙げられる。「櫂」は竿をさして舟を進める道具であり、「櫂歌」は船頭などが舟をこぎながら歌う漁歌を意味する。「釣竿」は釣り竿で、「漁父」は漁夫、即ち漁業に従事する漁師を指し、「漁父」の場合はこれまで見てきた通り、隠逸を行う人を表す。それでは「櫂歌」「釣竿」の主体は誰であろうか、これまた「漁父」であろうか。

「櫂歌行」「釣竿」は六朝時代の詩に多く見られる。まず「櫂歌行」を見てみよう。陸機の「櫂歌行」に、「遅遅暮春日、天氣柔且嘉。元吉降初巳、濯穢遊黄河。龍舟浮鷁首、羽旗垂藻葩。乗風宣飛景、逍遙戯中波。名謳激清唱、榜人縦櫂歌。投綸沉洪川、飛繳入紫霞。（遅遅たり暮春の日、天気柔且つ嘉。元吉初巳に降り、穢を濯いて黄河に遊ぶ。龍舟鷁首浮かび、羽旗藻葩に垂らす。風に乗り飛景を宣べ、逍遥して中波に戯む。名謳清唱を激し、榜人櫂歌を縦にす。綸を投げれば洪川に沈み、繳を飛ばして紫霞に入る）（『樂府詩集』巻四十）と述べられている。暮春の晴れた初巳の日は三月三日の上巳の日を指すであろう。魏以来陰暦のこの日は川で身を清める習俗があった。この歌は上巳の日に黄河に出かけて身を清めながら遊ぶ姿が描かれている。「龍舟」は龍の飾りがある大船であり、多く天子が乗る。また、「羽旗」は雉の羽で作った飾りの旗をつけた舟を表す。だとすると船に乗っている人は粗末な漁者とは考えられない、むしろ舟には高官が乗っているように見られる。また、「名謳激清唱、榜人縦櫂歌」という句から高官と榜人のやりとりで、高官が清唱を歌うと、続いて榜人は舟の両側で棹さして舟を進める櫂歌を歌っている様子が窺える。また、いぐるみという猟具を飛ばして仙人の世界に入ると述べていることからは、舟に乗って魚釣りすることがまるで仙界にいるかのようである。

また、梁簡文帝の「櫂歌行」には「妾家住湘川、菱歌本自便。風生解刺浪、水深能捉船。葉亂由牽荇、糸飄爲折蓮。濺妝疑薄汗、霑衣似故湔。浣紗流暫濁、汰錦色還鮮。參同趙飛燕、借問李延年。從來入絃管、誰在櫂歌前。（妾が家は湘川に住み、菱歌本と自ずと便なり。風生じて解く浪を刺し、水深くして能く船を捉う。葉乱れるは荇を牽くに由り、糸飄るは蓮を折るが為めなり。妝に濺げば薄汗を疑い、衣に霑すは故の湔に似る。紗を浣えば流れは暫らく濁り、錦を汰えば色還た鮮かなり。參同す趙飛燕、借問す李延年。従い来りて絃管に入れば、誰か櫂歌前に在る）」（『樂府詩集』巻四十）と述べられている。湘江の神を描いており、「濺妝疑薄汗、沾衣似故湔。浣紗流暫濁、汰錦色還鮮」句からはなまめかしい姿、「浣紗」や「汰錦」からは高価で華やかな衣が連想される。また、「參同趙飛燕」「從來入絃管」などの句に、趙臨の娘である飛燕がすぐれた舞を舞うようだとあり、絃管の楽器があることなどから、賑やかな雰囲気が感じられる。

この二首を通して、舟遊びが賑やかであると分かる。また、華やかに飾った舟に乗って戯れる様子が窺える。六朝時代には水辺を中心とした採蓮曲が流行っていた。「採蓮曲」は楽府であるが、文字通りに「採蓮」を歌ったものである。「採蓮」には江南での男女の恋愛が多く詠われている。江南の人々は蓮をとって生活を営んでいた。男が水の中からとった蓮を舟の中にいる女に投げるといったことから、男女の間に愛が芽生えていったのである。そして梁の武帝が作曲をして「採蓮曲」になり、多くの詩人の間で愛唱されるようになった。また、梁の武帝を始めとして多くの人が高価で華やかな舟に乗って女たちを乗せて水辺に出かけて船遊びをするようになったのである。『文選』を残した昭明太子もその一人で、宮女との戯れで水に溺れ、それが原因で死に到ったと言われる。この時期には、「櫂歌」もまた水辺の風物として詠じられていたと見られる。このように、六朝時代の詩文には派手な飾りを施した舟に乗ってにぎやかに舟遊びをする様子が多く描かれているが、しかしこれらの詩や歌には隠逸の漁父の姿は見ることができない。

次に、「釣竿」について見てみる。

沈約の「釣竿」（『樂府詩集』巻十八）に「桂舟既容與、綠浦復回紆。輕絲動弱芰、微楫起單鳧。扣舷忘日暮、卒歳以爲娯。（桂舟既に容与し、緑浦復た回紆す。軽糸弱芰を動かし、微楫単鳧を起こす。扣舷日暮を忘れ、卒歳以て娯と為す）」とある。時間が経つのも忘れてゆったりとのびのび釣りを楽しむ様子が窺える。また、劉孝綽の「釣竿篇」（『樂府詩集』巻十八[11]）に「釣舟畫彩鷁、漁子服氷紈。金轄茱萸網、銀鉤翡翠竿。（釣舟彩鷁を画き、漁子氷紈を服る。金轄茱萸の網、銀鉤翡翠の竿）」と述べられており、釣り船の鮮やかな様子、清らかな白絹を着ている漁子の姿、金銀が使われている網や竿などから、派手で高価であると分かる。さらに、張正見の「釣竿篇」（『樂府詩集』巻十八）には「結宇長江側、垂釣廣川潯。竹竿横翡翠、桂髓擲黄金。人來水鳥没、檝渡岸花沉。蓮摇見魚近、綸盡覺潭深。渭水終須卜、滄浪徒自吟。空嗟芳餌下、獨見有貪心。（宇を長江側に結び、釣を広川潯に垂らす。竹竿翡翠に横たわり、桂髄黄金を擲つ。人来たりて水鳥没し、檝渡れば岸花沈む。蓮揺れ魚の近きを見、綸尽き潭の深きを覚ゆ。渭水終に須らく卜すべし、滄浪徒に自吟す。空しく嗟く芳餌の下、独り見る貪心有るを）」とあり、官職への願望が窺える。釣竿を垂れるということには、官職を求めることも含まれる。周の呂尙（太公望）が渭水で魚釣りをしていた時に、文王が見いだして、わが太公が待ち望んでいた人物だと喜び、呂尙が朝廷に仕えることを願った。そこで呂尙は文王の賢臣になって功績を立てた。この故事により、後には釣竿するという隠居を装い官職を求める人が行う行動として捉えられるようになったのである。ことに張正見の詩は周の呂尚（太公望）の行動に倣ったものである。

以上、三人の歌を見てきたが、真実の隠居を求める姿はみることができない。つまり、六朝時代の「櫂歌」及び「釣竿篇」に描かれる人々は隠遁をおこなう逸民としての漁父とはほど遠いものであったと分かる。さらに、六朝時代には「漁者」と「漁父」と違う概念を持っていたのではないかと思われる。漁者は櫂歌をするものとして、漁父は世を離れた隠者として扱われており、漁者は一部の高い階級間で行われた華やかな遊びに付き物として補助的に用いられていたと考えられる。また、この時期には「招隠詩」や「反招隠詩」などが歌われていた。ことに王康琚の「反招隠詩」に「小隠陵藪に隠れ、大隠朝市に隠れる」という有名な句がある。「陵藪」は山林を表し、山中に隠れて住む隠者より朝廷にいるほうが大隠であると言うのである。朝廷を離れて隠れた隠者が逸民であるなら、王康琚は逸民を否定することになる。歴史書である『後漢書』の「逸民傳」が六朝時代には「隱逸傳」となっており、「招隠詩」や「反招隠詩」などが多く歌われ流行し、『太平御覽』「逸民」編には六朝時代における多くの隠遁者の事例が収録されるに至っている。これは六朝時代には志怪・道術などが流行したこともあって、人々は志怪・道術の話に倣って小説的要素の逸話を盛んに作って実践したが、「逸民」「漁父」に関するものもその一部であると考えられる。また、詩歌においては「逸民」「漁父」が少ないのは、六朝時代の詩人は水辺で華やかさに戯れ遊ぶことを好んで描いたために「漁父」に関する詩が少なくなったのではないかと考えられる。

ところが、『太平御覽』の「逸民」編に見られる歴史書における唐時代の隠逸は少ないが、唐時代の詩においては「漁父歌」が多く歌われている。それは唐時代には科挙制度の影響が強く、それによって詩文が盛んになったためであると考えられる。『稱謂錄』（巻二十九）「漁」の「漁者」に「山堂肆考、唐時楚江有漁者、換酒飲、醉輒自歌舞、江陵守崔鉉見而問之曰、君之漁、隱者之漁耶、漁者之漁耶。漁父曰、昔姜子牙嚴子陵皆以爲隱者之漁也、殊不知不釣其魚釣其名耳。（山堂肆考、唐時の楚江に漁者有り、酒を換して飲み、酔えば輒ち自ら歌舞す、江陵の守崔鉉見て之に問いて曰く、君の漁、隠者の漁や、漁者の漁やと。漁父曰く、昔姜子牙・厳子陵皆な以為らく隠者の漁と、殊に其の魚を釣らずして其の名を釣るを知らざるのみ）」とある。漁父は古の姜子牙や嚴子陵は隠者と思われるが、結局彼らは魚を釣るのではなく名を求めていたのだと言う。すなわち、漁父はすべて隠者ではないのである。ともあれ、漁父の漁が隠者のものかそれとも漁父のものかを問うのをみると、唐代において隠者と漁者ははっきりと分かれていたと推測できる。また、悠々自適に過ごして功利を求めないのが真の漁父であると考えていたように見られる。

そこで次に、唐時代における「漁父」詩について考えてみよう。

唐代には「漁父引」[12]「漁父曲」「漁歌子」[13]などの詞曲が現れている。それは唐代の人々における漁父へのイメージが詩文から歌へと発展していたことを表す。代表的人物として元結を挙げることができる。元結の「欸乃曲」（『樂府詩集』巻九十六）に「誰能聽欸乃、欸乃感人情。不恨湘波深、不怨湘水淸。所嗟豈敢道、空羨江月明。昔聞扣斷舟、引釣歌此聲。始歌悲風起、歌竟愁雲生。遺曲今何在、逸爲漁父行。（誰か能く欸乃を聴いて、欸乃人情に感ず。湘波の深きを恨まず、湘水の清きを怨まず。嗟く所豈に敢えて道わんや、空しく江月の明きらかなるを羨む。昔断舟を扣き、釣を引きて此の声を歌うを聞く。始め歌うや悲風起こり、歌竟りて愁雲生ず。遺曲今何こに在るや、逸して漁父行と為す）」とある。もと、遺曲は古代からの音楽だが、内容は悲しみの歌である。この歌は屈原が王に妬まれて失脚し湘江のほとりにさまよってついに汨羅に身を投じたことを表したものである。この遺曲は屈原と漁父とのやりとりに因んで「漁父行」としたのである。

「欸乃曲」の「欸乃」について、『欽定詞譜』には、「欸乃之聲、或如唐人唱歌和聲、所謂號頭者、蓋逆流而上、棹船動力之聲也。（欸乃の声、或いは唐人歌を唱い声に和するが如し、所謂号頭する者、蓋し逆流して上り、船を棹さす力を動す声なり）」、また「今江南棹船有棹歌、毎歌一句、則羣和一聲、猶見遺意、其欸乃二字、乃人聲、或注作船聲者、非。（今江南の船を棹さすに棹歌有り、一句を歌う毎に、則ち群かり一声に和す、猶お遺意を見るに、其の欸乃二字、乃ち人声、或いは注して船作る声たる者、非なり）」と述べられている。元結の「欸乃曲」にはこの『欽定詞譜』に述べられている、船を棹さす時には力を込めて漕ぎながら唱う声に人々は和する、その声には悲しみが込められていたことであろう。

元結はまた「欸乃曲五首」（『樂府詩集』巻八十二）を残しているが、先ほど見た悲しみの「欸乃曲」と違って明るい歌である。五首の内、四首を見てみよう。[14]

偏存名跡在人間、順俗與時未安閑。來謁大官兼問政、扁舟卻入九疑山。（其一）

（偏に名跡を存して人間に在り、俗に順い時と未だ安閑せず。来たりて大官に謁し兼ねて政を問い、扁舟却って九疑山に入る）

千里楓林烟雨深、無朝無暮有猿吟。停橈靜聽曲中意、好是雲山韶濩音。（其三）

（千里楓林烟雨深く、朝と無く暮と無く猿の吟ずる有り。橈を停めて静かに曲中の意を聴く、好し是れ雲山韶濩の音なり）

零陵郡北湘水東、浯溪形勝滿湘中。溪口石顛堪自逸、誰能相伴作漁翁。（其四）

（零陵の郡北湘水の東、浯渓の形勝湘中に満つ。渓口石顛自ずと逸するに堪え、誰か能く相い伴なって漁翁と作るや）

下瀧船似入深淵、上瀧船似欲昇天。瀧南始到九疑郡、應絶高人乗興船。（其五）

（瀧を下る船深淵に入るに似、瀧を上る船昇天せんと欲するに似たり。瀧南始めて九疑郡に到れば、応しく高人興に乗ずる船を絶すべし）

その一首目には、名跡を得たとしても人間にいれば安らかではない。そこで官職を離れて扁舟に乗って奥深い九疑山に入っていく様子が、その三首目には、「欸乃曲」の意味は遠く高い山の韶濩音に値するかのようだと述べる。韶濩音は殷の湯王の楽を表すが、夏の禹王が洪水を治めて功を立てたことを嗣いだ徳を讃えた楽である。その四首目には優れた景色のある山は漁翁がなくとも心は漁翁と同様だと述べられている。また、その五首目には高人の舟に乗って上下しながら九疑山に定着する様子が述べられている。その二首目には月の下に柔らかい風が吹く中に船が進む様子、その三首目には朝から晩まで竿を動かしている様子、その五首目には船に乗って上下する様子などからは動的雰囲気が感じられる。

舟に乗って進むならこれらの動きある姿を歌うのは当たり前のことかもしれないが、しかし、また、「其序曲曰、大暦初、結爲道州刺史、以軍事詣都、使還州、逢春水、舟行不進、作欸乃曲、令舟子唱之、以取適於道路云。（其の序曲曰く、大暦の初、結に道州刺史と為り、軍事以て都に詣る、使州に還るに、春水に逢う、舟行進まず、欸乃曲を作り、舟子をして之を唱わしむ、適を道路に取るを以てするのみ）」とあり、「以取適於道路云」句から周りの人たちに快適感を与えていたように見られる。だとすると「欸乃曲五首」は船が進まなかったためにかえって想像豊かな曲を描くことができたのであろう。このような行動は元結の心に漁父曲に対する強い興味があってこそ可能であり、船子に唱わせることによって欸乃曲の雰囲気を一層強く漂わせていたのである。

元結の「欸乃曲五首」は『樂府詩集』の「新樂府辭」や「近代曲辭」に載っている。これは当時これらのものが歌や詞として定着していたことを表す。また、『唐詩紀事』（巻二十二）に、「使臣將王命、豈不如賊焉、今彼徵斂者、迫之如火煎、誰能絶人命、以作時世賢、思欲委符節、引竿自刺船。將家就魚麦、歸老江海邊。（使臣王命を将ってせるは、豈に賊に如かざらんや、今彼の徴斂する者、之に迫むること火煎の如し、誰が能く人命を絶して、以て時世の賢と作すや、思いは符節に委ねんと欲し、竿を引いて自ら船を刺す。家を将て魚麦に就き、帰りて江海辺に老いん）」とある。元結は官職に就いたものの、正しくない政治のやり方に我慢できず官職を去って江海で魚を釣り耕して生きていた。このことから考えると、元結は漁父として生きることに満足していたことであろう。

唐代の張志和は自らを「煙波釣徒」と称して隠居を求めた人物である。『欽定詞譜』の「漁歌子」に、「唐教坊曲名、按唐書張志和傳、志和居江湖、自稱煙波釣徒、每垂釣不設餌、志不在魚也、憲宗圖眞求其人不能致、嘗撰漁歌、卽此詞也。（唐の教坊曲名、按ずるに唐書の張志和伝に、志和江湖に居り、自ら煙波釣徒と称す、毎に釣を垂れるも餌を設けず、志は魚に在らざるなり、憲宗真を図さんとして其の人を求むるも致たす能わず、嘗つて漁歌を撰す、即ち此の詞なり）」と述べられている。張志和は釣りを垂れても志が魚になかったとある。では、張志和の「漁父歌」（『樂府詩集』巻八十三）を通して彼の描く漁父生活はどういうもので、志は何だったのか探ってみたいと思う。(15)

釣臺漁父褐爲裘、兩兩三三舴艋舟。能縱櫂、慣乘流。長江白浪不曾憂。（其二）
（釣台の漁父褐は裘と為し、両両三三舴艋の舟。能く櫂を縦し、慣れて流れに乗る。長江の白浪曾つて憂えず）

雪谿灣裏釣漁翁、舴艋爲家西復東。江上雪、浦邊風。笑著荷衣不歎窮。（其三）

（霅谿湾の裏釣漁の翁、舴艋家と為す西復た東。江上の雪、浦辺の風。笑いて荷衣を著して歎窮せず）

青草湖中月正圓、巴陵漁父櫂歌連。釣車子、掘頭船。樂在風波不用仙。（其五）

（青草湖中の月正に円なり、巴陵の漁父櫂歌連なる。釣車の子、掘頭の船。楽しみは風波に在り仙を用いず）

この歌は漁父のさすらいの生活を四季の風景を交えながら描いている。その二、三首目には質素であるが、その生活に甘んじる様子が描かれている。また、その五首目には夕暮れの生活、明るい月が照らす中に舟を進めて楽しむ様子が歌われている。この歌は漁父の自然に投影していく様子が歌われている。ここには世俗の煩わしさは見られないばかりか、楽しさだけが漂っている。また、張志和の兄である張松齢の「和答弟志和漁父歌」詩に、「樂是風波釣是閒、草堂松徑已勝攀、太湖水、洞庭山、狂風浪起且須還。（楽是れ風波釣是れ閒なり、草堂の松径已に攀がるに勝る、太湖の水、洞庭の山、狂風の浪起きて且つ須らく還るべし）」と述べられている。この詩は張松齢が弟が志を表した漁父歌に和したものであるが、張志和（始名龜齡）がいかに漁父生活を好んでいたのかを窺い知ることができる。『新唐書』列傳第一百二十一「隱逸」に、「兄鶴齡恐其遁世不還、爲築室越州東郭、……毎垂釣不設餌、志不在魚也。（兄鶴齡其れ遁世して還らざるを恐れ、為に室を越州東郭に築す、……毎に釣を垂れるも餌を設けず、志魚に在らざるなり）」とある。張松齢は弟の漁父生活を心配して、放浪生活から戻ってほしいと言っている。張志和は漁父生活を志したのは、魚釣りのように流れに乗って自由にさまよう生活を好み、その漁父生活を心から愛し実践していたのである。

以上、元結と張志和の漁父歌を見てみた。元結は『唐書』巻一四三に伝があるが、それによると容管経略使になっており、卒して礼部侍郎を追贈されている。張志和は『唐書』巻一九六に伝があり、年十六にして明経の第に擢ばれて、左金吾衛録事参軍まで昇っている。このように見てくると、二人は官職を経た後に漁父という隠者生活をしたのかもしれない。元結と張志和の漁父生活は、『太平御覧』「逸民」に見られる世俗を離れた隠者の生き方である。このように、唐代の人々は漁父歌を多く作り、漁父生活を好んでいたのであるが、彼らは歴史書の「逸民」ではないこれら詩を通して表していたのである。

第四節　漁父に関する詩語の叙景描写

漁父の詩詞及び歌をみると、詩語、時間、周囲の景色などに共通する面が見られる。それは水辺という限られた場所であるがためだと思われるが、詩人や詞人は漁父を歌う時に、どの季節を好み、いつ出かけていたのか、といった点を通して漁父の生活及び描かれている風景について考えてみる。いま便宜上『全唐詩』によって「漁父」「漁父引」「漁父歌」「漁翁」等と題される作品を見てみよう(16)。

浪花有意千里雪、桃花無言一隊春。（李煜「漁父（一名漁歌子）」、巻八八九）

一濯春風一葉舟、一綸繭縷一輕鉤。（李煜「漁父（一名漁歌子）」、巻八八九）

亦與樵翁約、同遊酒市春。（李中「漁父」、巻七四七）

青箬笠、綠蓑衣、春江細雨不須歸。（張志和「雜歌謠辭・漁父歌」其一、巻二十九）

漁父は雪溶けの水かさが増している春を好み出かけていたことが分かる。また、清らかな水に軽やかに釣り竿を下ろす風景は爽やかさを与えてくれる。さらに、青い水と桃色の花は春を強調するかのように色鮮やかである。

漁翁夜傍西巖宿、曉汲清湘燃楚竹。（柳宗元「漁翁」、巻三五三）

徐徐撥櫂卻歸灣、浪疊朝霞錦繡翻。（李夢符「漁父引二首」、巻八六一）

煙冪冪、日遲遲、香引芙蓉惹釣絲。（和凝「漁父」、巻八九三）

煙影侵蘆岸、潮痕在竹扉。（杜牧「漁父」、巻五二五）

時間の流れと共に移り変わる天気の変化が表現されている。夜明けに繰り広げられる舟の周囲が靄に包まれる様子、明け方に太陽が昇ると周囲が太陽の色に染まる様子など、自然の神秘と雄大な姿が描かれている。「煙冪冪、日遲遲」の煙が覆い被さることや、「煙影侵蘆岸、潮痕在竹扉」などの表現からこれから起こることへの好奇心が感じられる。

浦沙明濯足、山月靜垂綸。（李頎「漁父歌」、巻一三二）

夜釣洞庭月、朝醉巴陵市。（齊己「漁父」、巻八四七）

村寺鐘聲度遠灘、半輪殘月落山前。（李夢符「漁父引二首」、巻八六一）

風浩寒溪照膽明、小君山上玉蟾生。（欧陽炯「漁父」、巻八九六）

秋潭垂釣去、夜月叩船歸。（杜牧「漁父」、巻五二五）

月は漁父の道案内役をするよき友になってくれている。静かな夜に釣り竿を垂れる姿から漁父の自然への投影が感じられる。

また、水辺にある素材を用いた自然描写が目立つ。

白芷汀寒立鷺鷥、蘋風輕翦浪花時。（和凝「漁父」、巻八九三）
濯警鷗飛水濺袍、影隨潭面柳垂縚。（李珣「漁父」、巻八九六）
荷露墜、翠煙輕、撥刺游魚幾箇驚。（欧陽炯「漁父」、巻八九六）
亂荇時礙楫、新蘆復隱舟。（儲光義「漁父詞」、巻一三六）
青草湖中月正圓、巴陵漁父棹歌連。（張志和「雜歌謠辭・漁父歌」、巻二十九）
偶向蘆花深處行、溪光山色晩來晴。（李中「漁父」二首、巻七五〇）

水中や水の周辺にある草木や花は詩の材料として織り込まれている。草木が水に相映る様子から静的感覚が感じられる。

終年狎鷗鳥、來去且無機。（杜牧「漁父」、巻五二五）
西塞山邊白鷺飛、桃花流水鱖魚肥。（張志和「雜歌謠辭・漁父歌」、巻二十九）
澤魚好鳴水、溪魚好上流。（儲光義「漁父詞」、巻一三六）
避世長不仕、釣魚淸江濱。（李頎「漁父歌」、巻一三二）
漁弟漁兄喜到來、波官賽卻坐江隈。（李夢符「漁父引二首」、巻八六一）
素髮隨風揚、遠心與雲遊。（儲光義「漁父詞」、巻一三六）
白頭雲水上、不識獨醒人。（李中「漁父」、巻七四七）

青空には鳥が飛び、水中には魚が往来する様子が歌われる。鳥の無心の姿は漁父の憧れるものであり、漁父のよき友である。雲もまた漁父の好む自然物の一つである。ことに雲は古の隠遁者の憧れ、無心の象徴でもあるからである。

鳥と雲から動的感覚が感じられる。

さらに、自然に囲まれる漁父に感興を与えてくれたのが酒であり歌である。

傾白酒、対青山、笑指柴門待月還。(李珣「漁父」、巻八九六)

終日酔、絶塵労、曾見銭塘八月濤。(李珣「漁父」、巻八九六)

歌竟還復歌、手持一竿竹。(岑參「漁父」、巻一九九)

烟冷暮江濱、高歌散誕身。(李中「漁父」、巻七四七)

楓葉落、荻花乾、酔宿漁舟不覺寒。(張志和「雜歌謠辭・漁父歌」、巻二十九)

酒を飲みながら自然を眺める。また、酒に酔って好い気持ちになる。そうしている内に世間の煩わしさを忘れる。大自然の中で高歌することで偽りの身をなくすといった行動には心身ともリラックスした姿であると言える。漁父は明け方に出発して夜停泊して休む。一日の動きに疲れはあると思うのだが、これらの詩には疲れの苦しみを表す姿は見られない。むしろ、彼らは喜びに充ちている。それは漁父の生活が世俗から離れたものであるからであろう。次の節では漁父の目指すものは何だったのか見てみよう。

第五節　漁父への憧憬と意図

漁父において水はなくてはならない存在である。水があってこそ漁父が成り立つからである。では、漁父において水はどういう役割をしていたのだろうか。何故、元結や張志和のように全部を捨てて水辺に遊ぶことを望んでいたのか。

李煜の「漁父（一名漁歌子）」（『全唐詩』巻八八九）に「花滿渚、酒滿甌、萬頃波中得自由。」と、大きい波の中から自由を得たと述べられている。張志和の「雜歌謠辭・漁父歌」（巻二十九）に「能縱櫂、慣乘流、長江白浪不曾憂。」と、ここには憂いがないと述べられている。また、「白髮滄浪上、全忘是與非。（白髪滄浪の上、全て是と非を忘る）」（杜牧「漁父」、『全唐詩』巻五二五）や、「於中還自樂、所欲全吾眞。（中に於いて還た自ら楽しみ、欲する所は吾が真を全うするにあり）」（李頎「漁父歌」、『全唐詩』巻一三二）などの句では波の危険を乗り越えて是と非を忘れて無何有に入ってその中から楽しみを得たことを詠う。つまり、彼らは漁父生活を通して水という自然物から人生の道を学んでいたのである。

それでは是と非を忘れる、真を全うすることはどういうことなのかを具体的に見てみよう。

筍皮笠子荷葉衣、心無所營守釣磯。
（筍皮の笠子、荷葉の衣、心営む所無く釣磯を守る）
（高適「漁父歌」、巻二一三）

江上雪、浦邊風、笑著荷衣不歎窮。
（江上の雪、浦辺の風、笑いて荷衣を著し窮するを歎ぜず）
（張志和「雜歌謠辭・漁父歌」、巻二十九）

白首何老人、蓑笠蔽其身。
（白首何の老人ぞ、蓑笠其の身を蔽う）
（李頎「漁父歌」、巻一三二）

垂竿朝與暮、披蓑臥横楫。
（竿を垂らす朝と暮、蓑を披りて横楫に臥す）
（蘇拯「漁父」、巻七一八）

綠水飯香稲、青荷包紫鱗。
（緑水香稲を飯し、青荷紫鱗を包む）
（李頎「漁父歌」、巻一三二）

朝從灘上飯、暮向蘆中宿。
（朝は灘上に従いて飯し、暮は蘆中に向いて宿す）
（岑參「漁父」、巻一九九）

すでに、『太平御覧』「逸民」で漁父の生活を見たように、唐時代においても同様の生活をしていた。竹の皮を利用して帽子を作ってかぶり、蓮の葉を利用して服をこしらえる、食べ物も自然で自ら得たものを食べる。寝床も船の中、あるいは葦の中で宿るなど素朴で貧しい生活であるが、しかし、彼らは貧しい生活を苦しんだり嘆いたりしない。それらは問題にならない。彼らの心は磯で釣りを行うことなどにはないからである。

岑參の「漁父」（『全唐詩』巻一九九）に「扁舟滄浪叟、心與滄浪清。不自道鄉里、無人知姓名。（扁舟滄浪の叟、心は滄浪とともに清し。自ら郷里を道わず、人姓名を知る無し）」と、漁父の心は滄浪とともに清らかであると述べられている。これは肉体の安らぎより精神の安らぎを撰んだためであるが、真を全うするはまさしくこのことを表すのであろう。また、蔣防は「呂望釣玉璜賦」（『文苑英華』巻一二四）に、「衆皆釣其名、我則釣其道、衆皆釣其魚、我則釣其實、故神全者、不辭於貧賤、志大者、不歎於枯槁。（衆皆な其の名を釣るも、我れ則ち其の道を釣る、衆皆な其の魚を釣るも、我れ則ち其の実を釣る、故に神全き者は、貧賤を辞せず、志大なる者は、枯槁を歎かず）」と述べていた。神を全うする者は志が大きく、生活の貧賤や枯槁など気にしないと言ったのである。これまた、精神の安らぎを得れば他に心配ごとはないことを表しているのである。


鼓棹乘流無定居。世人那得識深意、此翁取適非取魚。

（鼓棹流れに乗じて居を定むる無し。世人那んぞ深意を識るを得んや、此の翁適を取るも魚を取らず）

（岑參「漁父」、巻一九九）


輕爵祿、慕玄虛、莫道漁人只爲魚。

（爵禄を軽じ、玄虚を慕う、漁人只だ魚を為すと道うなかれ）

（李珣「漁父」、巻八九六）

避世長不仕、釣魚清江濱。
（世を避け長く仕えず、魚を釣る清江の浜）
（李頎「漁父歌」、巻一三二）

擺脱塵機上釣船、免教榮辱有流年。
（塵機を擺脱し釣船に上り、栄辱をして流年有らしむるを免かる）
（欧陽炯「漁父」、巻八九六）

無繋絆、没愁煎、須信船中有散仙。
（絆に繋がれる無く。煎を愁う没し、須らく信ずべし船中に散仙有るを）
（欧陽炯「漁父」、巻八九六）

釣車子、掘頭船、樂在風波不用仙。
（釣車の子、掘頭の船、楽しみは風波に在り仙を用いず）
（張志和「雜歌謠辭・漁父歌」其五、巻二十九）

これらの句に見られるように、漁父生活は居所の定めがなく、流れに任せる生活、世間を超越して自然という清らかな無心の世界に入り自我を忘れる生活であると分かる。また、欧陽炯や李珣が「散仙」「慕玄虚」などと詠って、漁父は仙界、虚無世界のものと表現していることから、漁父を仙人として考えていたことがわかる。(17) 即ち、漁父生活は世俗の生活と離れた別世界である。詩人はその別世界に魅力を感じて直接水辺に出かけたり、あるいは詩詞を作ったりして憧れの感情を表していたのである。

結

中国文学において「漁父」は荘子や屈原の書物上の漁父像から、どこの誰とも知らない人までが「漁父」になっていた。そして、人々は「漁父」に対する計り知れない奥深いミステリーを持っており、次第に「漁父」像に様々な想像を膨らませて、憧れの想像上の人物を作り上げていった。また、漁父は「逸民」であり、「孺子」の要素を持った人、世を超越した人として描くようになった。時代の変化により漁父を思う感情の変化があるにせよ、中には漁父生活に憧れた人もいれば、漁父の生活を実践するものも現れた。幸い、彼らが残した詩や歌を通して漁父生活がどういうものであったかについては知ることができた。漁父にとって水と船は欠くことのできないものである。船に乗って出かける水路には危険が潜んでいるが、しかし水には楽しみも多くある。水に沿って上り下りの動きがあり、周囲には水辺の自然物が広がり、鳥が飛び、草木は水辺に映って見える。これらの様子は目の効用となって、良き友になってくれる。漁父はこれら動的あるいは静的な自然物を観賞しながら舟をこぎ、釣竿を垂らす。一方、酒は世俗の鬱憤を払ってくれたり、感興を起こしたりする。これらの生活は世俗を離れた世界である。そこでは煩わしい官職などに縛られることがないのである。「漁父」は自らをこの別世界である水辺の自然に没入させていく。彼らの「漁父」への憧れには、広々と果てしない水辺の自然に身を任せて無心にまた自由に生きる人々の願望が込められていたのであるが、それは荘子の無何有の世界でもある。そして、ついには漁父の世界を仙界に昇華するものへと発展させていたのである。また、宋時代になると、戴復古（一一六七～？）の「漁父四首」（『全宋詞』巻三〇六）や、王諶の「漁父詞」（『全宋詞』巻三九七）を挙げることができる。宋代になると、唐代のように漁父一人だけを描くことから次第に幅をもたらしており、より具体的で、かつ身近な家族のことを交えて詩詞を作るようになる。これは宋詞の特徴と言われるが、漁父歌においても同様のことが言える。(18)

注

（1）「逸民」は古注に「節行の超逸なる者」とあり、新注には「位無きの称」とある。

（2）中国における研究論文には、窦春蕾「从《渔父》看屈原的人格美及其在当代的文化意义」（理论导刊、二〇〇七、二）、张岩「《渔父》评析」（辽宁商务职业学院学报、二〇〇二、三）、曹丽环「渔父・园林及其隐逸的象征」（学术交流、一九九八、六）、吴蓓「中国文人的渔父情结」（中国韵文学刊、二〇〇〇、一）、崔小敬「一竿风月 无限烟霞—中国古典诗词中渔父意象探源—」（文史杂志、二〇〇〇、一）、陈昌宁「鱼与渔、仕与隐」（解放军外国语学院学报、二〇〇〇、六）などがある。

（3）日本における研究論文は、「漁父詞考」（村上哲見、「集刊東洋学」十八（東北大学））には唐五代から宋代に至るまでの漁父詞に関するものである。それ以外に、「古典文学に表れた海洋認識態度—漁父歌・漂海録・漁撈謡を中心に—」（李京燁、「立教大学日本学研究所年報」三、二〇〇四、三）、「楚辞と史記との「漁父」について」（中島千秋、「愛媛大学紀要」第一部人文科学三、一九五六、十二）、「楚辞漁父篇と屈原譚」（小嶋政雄、「大東文化大学紀要、文学編」通号二、一九六四、三）、「「漁父辞」私見—「莞爾」の語を中心に（特集）文学教育と分析批評」（土屋裕、「教育研究紀要・若杉研究所」巻二、一九六七、十二）、「「漁父」と「飲酒九」、及びそのちがい」（大矢根文次郎「東洋文学研究」通号四、一九五六、三）、「二漁父」の読音について―訓読学・音読学における破音の機能―」（松浦友久、「中国文学研究」巻二十五、一九九九、十二）などがある。

（4）八つの欠点とは、摠・佞・諂・諛・讒・賊・慝・険であり、四つの患いは、叨・貪・很・矜である。

（5）福永光司氏は「荘子の漁父篇の構想は、その原型として『論語』（微子篇）の長沮・桀溺や荷蓧丈人の話を考えることができる。」（『荘子』雑篇下、一一八頁）と述べており、これら三人は隠遁者として孔子に人間の道理について述べておられていた。三人の仕事を見ると、長沮・桀溺は農業を営み、畑を耕していた隠者であり、荷蓧丈人は竹かごをぶらさげている老人で、杖を立てかけて田の草を蒸す農作業をした隠者である。この章の冒頭に述べた「逸民」の概念である、節操ある行いをしてこの世に超越した、官職を離れて民間にあって自適の生活をする人としての「漁父」に当てはまるが、『論語』で見られる水辺の漁父を表す言い方は見られない。

（6）中には、斉の太公望呂尙のように、魚釣りの時、文王に呼ばれて、武王を佐けて殷の紂王を滅ぼし、天下を定めた功により、封を斉の地に受けたものもある（『史記』巻三十二、齊世家、太公望呂尙）。ところで、『先秦漢魏晉南北朝詩』「先秦詩巻二、歌」の「孺子歌」に、「滄浪之水清兮、可以濯我纓、滄浪之水濁兮、可以濯我足」とあり、注の詩紀云によれば、「文章正宗作滄浪歌、楚辭載此作漁父歌」とある。『先秦漢魏晉南北朝詩』が「孺子歌」という題名で収載するのは『孟子』の「離婁篇、第四上」には、「有孺子、歌之、滄浪之水清兮、可以濯我纓、滄浪之水濁兮、可以濯我足」とあるためである。すなわち、こどもの歌、と言うのである。南朝、梁劉勰『文心雕龍』巻二「明詩」にも、「孺子滄浪、亦有全曲」とあり、孺子即ち児童歌の滄浪歌は全章が五言からできているとしている。これも孟子にみられる言葉を引用したものである。「明詩」に「詩言志、歌永言」とある。これは『書經』の舜典に見える言葉で、詩は人の心中の感情を表わし、歌はその言葉を永く詠ったものであるという意味である。後代清末の詞人で詞学評論家である況周頤（一八五九～一九二六）もまた、孟子にみられる言葉を用いている。

（7）「逸民」七（『太平御覽』巻五〇七）の皇甫士安高士傳には屈原の話があり、「漁父者、楚人也、見楚亂乃匿名、隱釣於江濱、楚頃襄王時、屈原爲三閭大夫、名顯於諸侯、爲上官靳尙所譖、王怒遷之江濱、被髪行吟於澤畔、漁父見而問之曰、子非三閭大夫歟、何故至斯、原曰、擧世混濁而我獨淸、衆人皆醉而我獨醒、是以見放、漁父曰、夫聖人不疑滯於萬物、故能與世推移、擧世混濁、何不隨其流、楊其波汨其泥、衆人皆醉、何不餔其糟、歠其醨、何故懷瑾握瑜、自令放焉、乃歌曰、滄浪之水淸、可以濯吾纓、滄浪之水濁、可以濯吾足、遂去、深自閉匿、人莫知焉」とある。

(8) 「逸民」一（『太平御覽』巻五〇一）の後漢書に「嚴光、字子陵、會稽餘姚人、少有高名、與世祖同遊學、及世祖卽位、光乃變姓名、隱身不見、帝思其賢、乃令以物色訪之、齊國上言、有一男子、披羊裘釣澤中、乃備安車玄纁、聘之、三反而後至、車駕卽幸其館至、光臥所、撫光腹曰、咄咄子陵、何不出相助爲治耶、光曰、昔唐虞著德、巣父洗耳、士故有志、何至相逼、後引光入、共偃臥、光以足加帝腹上、明日、太史奏客星犯御座、帝笑曰、朕故人嚴子陵耳、除諫議、不屈、耕冨春山、後名其釣處爲嚴陵瀨」とある。『太平御覽』のものは後漢書のものを省略したところが多い。

(9) 『晉書』巻九十四、「列傳」の隱逸に「家於臨川、不交世事、惟以漁釣射獵爲娛。居貧無業、欲墾荒田、先立表題、經年無主、然後乃作。……嘗以車獵、去家百餘里、道中逢病人、以車送之、徒歩而返。……庾亮所薦、公車博士徵、不就。……乘小船暫歸武昌省墳墓、安西將軍庾翼以帝舅之重、躬往造翻、欲強起之、……翼又以其船小狹、欲引就大船。翻曰、使君不以名鄙賤而辱臨之、此固野人之舟也。翼俯屈入其船中、終日而去」とある。

(10) 『南史』巻七十五「隱逸」上から取ったものである。

(11) この歌は巻十八にも同様のものがあるが、劉孝威の作としてある。

(12) 「漁父引」は詞牌の名で、本は唐教坊の曲名である。これは単調十八字の三句になっており、平韻である。また、漁父行とも称する。唐代の元結の「系樂府・欸乃曲」に「遺曲今何在、未爲漁父行」とある。

(13) 「漁歌子」は詞曲の名、唐の張志和作。二十余首に及ぶと言われる。「樂府紀聞」に「張志和自稱烟波釣徒、嘗謁顏眞卿於湖州、以舴艋敝、請更之、願爲浮家泛宅、往來苕霅間、作漁歌子」とある。「漁歌子詞」は二十余首に及び、単調二十七字、平韻である。

(14) 元結の「欸乃曲五首」は『全唐詩』の巻二百四十一にある以外に、巻二十八の「雜歌謠辭」、巻八百九十の「詞二」に載っている。

（15）張志和の「漁父」五首は『全唐詩』巻三百八と同一作『全唐詩』巻八百九十の「詞」にも記されている。

（16）六朝時代の水辺の詩歌と比べると、唐時代の方が漁父歌がより豊かである。

（17）呂巖は河中府永樂県の人であり、官職に就かず、長安で遊び、酒を恣に飲む生活をしながら道を得たとされ、「漁父詞十八首」（『全唐詩』巻八五九）を残している。その詞の題名をみると、「入定」「初九」「玄用」「神効」「沐浴」「延壽」「瑞鼎」「活得」「燦爛」「錬質」「神異」「知路」「朝帝」「方契理」「自無憂」「作甚物」「疾瞥地」「常自在」とあり、すべて仙界と結びつけて述べている。そして、唐時代には仙界というところまで発展していたのである。

（18）元時代においては「元代〝渔父词〟隐逸思想探析」（王岩、福建工程学院学报、第四巻第二期、二〇〇六、四）、注（2）の「中国文人的渔父清结」（吴訔）などの論文がある。元代における「漁父詞」はモンゴルという特殊な社会情勢下の隠逸であると述べる。

三、林椿の「漁父」詩考

序

林椿（?―?）[1]は高麗文人である。『高麗史』（巻一〇二）に、「椿、字耆之、西河人、以文章鳴世、屢擧不第、鄭仲夫之亂、闔門遭禍、椿脱身僅免、卒窮夭而死。仁老集遺藁爲六巻、目曰西河先生集、行於世。（椿、字耆之、西河の人、文章を以て世に鳴り、屢しば挙するも第せず、鄭仲夫の乱に、門を闔ざすも禍に遭い、椿身を脱して僅かに免かる、卒に窮夭して死す。仁老遺藁を集めて六巻と為し、目して西河先生集と曰う、世に行なわる）」と述べられている。林椿は数回科挙試験を受けたが失敗に終わっており、武人鄭仲夫の乱に遇い、やっと身は保つことができたが、ついには夭死したのである。幸いに、林椿の詩文を集めた『西河集』は李仁老により世に知られるようになった。そこで、『西河集』の詩文を通して、林椿の生き方、交友関係、当時の社会状況などを知ることができる。

林椿の『西河集』には漁父を主題にした「漁父」（『西河集』巻一）詩があるが、朴浣植氏は『韓国漢詩漁父詞研究』[2]において、「実際には林椿は世間を超脱した漁父を客観者として登場させて自分自身のことを言っている」と述べ、漁父は林椿の不遇な身の上を嘆いたものであると解釈しておられる。しかしながら、朴浣植氏の「漁父」詩の解釈には矛盾するところが見られる。本稿は林椿の「漁父」詩に見られる漁父が果たして作者林椿を指すのか、筆者なりの解釈を行い、林椿「漁父」詩について再検討することを目的とする。

第一節　「漁父」詩と朴浣植氏の解釈

まず、林椿「漁父」詩をみてみよう。

浮家泛宅送平生、明月扁舟過洞庭。壇上不聞夫子語、澤邊來笑屈原醒。
臨風小笛歸秋浦、帶雨寒簑向晩汀。應笑世人多好事、幾廻將我畫爲屛。
（家を浮べ宅を泛べて平生を送り、明月扁舟洞庭に過る。壇上夫子の語を聞かず、沢辺来たりて屈原の醒めたるを笑う。風に臨む小笛秋浦に帰し、雨を帯びる寒蓑晩汀に向かう。応に笑うべし世人多く事を好み、幾廻か我を将て画き屛と為す）

（「漁父」、『西河集』巻一）

朴浣植氏はこの詩を引用するにあたり、『韓国文集叢刊』（民族文化推進委員会）を用いたと述べられているが、引用の字に誤りが見られる。朴氏の引用では第四句目の「澤邊來笑屈原醒」の「澤」が「宅」に、第五句目の「臨風小笛歸秋浦」の「臨」が「林」に、第六句目の「帶雨寒簑向晩汀」の「簑」が「蓑」になっている。このうち「簑」と「蓑」は意味が同様であるために問題ないが、他の二箇所は誤りである。

次に、この詩に対する朴氏の解釈を見てみる(3)（以下の日本語訳は筆者の訳である）。

首聯の「浮家泛宅送平生、明月扁舟過洞庭。」は、ちょうど張志和が顔真卿から舟をもらって江上浮宅（船）を構えて世間を離れたように、一生を舟の上で生活する漁父を描いたものである。しかし、実際には世間を超脱した漁父を客観者として登場させた林椿自身を言っている。人間として人間社会を離れて、しかも湖の上で生活するというのは、一時的な江湖閒情というより世俗から隔離された林椿の長い歳月にわたる悲惨な生き方を漁父化した句節である。

領聯では〝祭壇上には孔子の言葉が聞こえず、宅辺に酒から醒めたばかりの屈原が笑いながら入ってくる〟と、中国の故事と関連付けて自身の老荘的趣向を代弁している。〝祭壇上には孔子の言葉が聞こえない〟とは『論語』「先進」篇の〝沂水で沐浴して祈雨祭を行う祭壇で風に吹かれながら詩を詠じて帰ってくる〟という故事を引用したもので、〝祭壇〟とは川の入り口、または川の丘に祭壇を構えて祈雨祭を行ったところを表す。林椿は孔子の道に追従するより、〝酒から醒めたばかりの屈原が笑いながら入ってくる〟といった独清独醒の屈原を迎えるのである。屈原は楚国の貴族として無辜の罪を被って汨羅江に身を投げて不遇の一生を終えた人物である。彼の潔身主義は江湖処士のお手本であり、老荘的隠遁思想を根元としている。〝宅辺に酒から醒めたばかりの屈原が笑いながら入ってくる〟と描写したこの句節は、温柔敦厚な儒家の面貌よりは軽世肆志の超世間的老荘思想に憧れて自分の去就を明らかに表す部分でもある。

頸聯の〝林間の笛の音が秋の浦口に響いてくる、雨に濡れた冷たい簑をきて夕暮れの川辺をぶらつく〟という句節は、寂しい浦口の秋景を通して自分自身の悲哀を隠喩している。林間に冷たく降る秋、雨風に濡れて物寂しい夕暮れ、浦口をぶらぶら歩く漁父の重たい歩みには、漁父の生き方に色濃く染められた悲しい運命が彼の影くらいに長く伸びている。このように見てみると、寂しい秋風に冷たい雨が一降りし、夕暮れに浦口に帰ってくる寂しい姿は林椿の身世をよく表した自画像であり、叙景を借りて自分の心を表現しているのである。借景抒懐の秀作であるとともに、悲しみの美学とするのに十分だろう。

結聯の、〝笑う世間の好事家たちが、私のこのような有様をどれくらい屏風に描いているのだろう〟と終える句節は世人の偽飾と虚為的生き方を逆説的に皮肉っている。贅沢な部屋に屏風を張り巡らすほどの富貴を享受する勢道家や土豪たちが、漁父の切ない生き方とつらさなど事ともせず、玩賞の対象にしながら江湖閒情の超脱的生き方に憧れたりしたことであろう。……富貴をむさぼる彼らが厳しくつらい漁父の生き方を忘れて超世間的人物として美化し屏風に描いておく、それは林椿自身の哀れな生き方を理解してくれるばかりか、冷たく自分を歪曲した現実がこの句節に内在されている。また、この句節はある面においては林椿自身に対する歪曲の問題ではなく、世人すなわち勢道家の虚偽的精神世界を迂回的に諷刺している。これは林椿の胸奥にわだかまった社会に対する批判意識の発露として、蘇東坡をはじめとする豪放派の「漁父詞」によく表れる、閒適な漁父の生き方の中に隠れた強烈な批判意識と気脈を一にしている。

以上が、朴浣植氏の林椿「漁父」詩に対する解釈である。これらの解釈について一句ずつ検証していくことにする。

第二節　「漁父」詩解釈

第一、二句目「浮家泛宅送平生、明月扁舟過洞庭」について、第一句目の「浮家泛宅」は、唐の張志和（七三〇？―八一〇？）の「漁歌子」に関係する。『新唐書』巻一百九十六「列傳」第一百二十一「隠逸」に張志和について、「居江湖、自稱煙波釣徒、……顔眞卿爲湖州刺史、志和來謁、眞卿以舟敝漏、請更之、志和曰、願爲浮家泛宅、往來苕、霅間。辯捷類如此。（江湖に居し、自ら煙波釣徒と称す、……顔真卿湖州刺史と為り、志和に来たりて謁す、真卿舟の敝漏なるを以て、之を更めんことを請う、志和曰く、願わくは浮家泛宅を為して、苕・霅の間に往来せんと、弁捷の類は此の如し）」とあり、張志和は浮家泛宅、すなわち舟中に住居することを願っていることから、朴浣植氏の解釈、「まるで張志和が顔真卿から舟をもらって江上浮宅（船）を構えて世間を離れたように一生を舟の上で生活する。」はその通りだと思われる。

ところが、第二句目の「洞庭」について、朴浣植氏は「中国の湖の代名詞といえる洞庭湖八百里の広闊な湖は、果てしなく広がる人生の苦海ないし平坦でない自身の宦海を象徴したものである。ここにみすぼらしく漂っている扁舟、それがすなわち林椿自身を象徴する。」と述べておられる。筆者としては、「洞庭」は広々した湖を言っているのであって、朴浣植氏が述べたように人生の苦海ないし平坦でない林椿自身の宦海を象徴したとは考えにくい。「扁舟」といえば、范蠡を思い出す。『史記』巻一百二十九「貨殖列傳」第六十九に、越王句践は強国呉軍の包囲を受けて会稽山の上で困窮していた時に、范蠡と計然の策により呉に報復し、五覇の一人と呼ばれるようになった。范蠡はこの会稽の恥をすすいでから、「乃乗扁舟、浮於江湖」と、小舟に乗って江湖に浮かんだとの記載が見られる。会稽山は浙江省に位置しており、長江下流の南に位置している。洞庭は湖南省の北部にあり、長江の南岸にある。会稽や洞庭はともに長江の支流が流れており、范蠡が扁舟に乗ったという江湖は洞庭ではないが、同じ支流の長江なのである。林椿の「明月扁舟過洞庭」句は范蠡とは直接かかわるものではないが、范蠡が句践のもとを去って扁舟に乗って江湖に浮かんだように、世間から離れて自由に生きる漁父の生き方を表していると思われる。

「漁父」詩の第一、二句目は、漁父の生活場、水の上で小舟に乗って過ごす様子が述べられており、明月が照らす中、誰にも拘束されないままに広い江湖、洞庭を過ぎる漁父の姿からは、むしろゆったりとした雰囲気と時間の流れを窺うことができる。

第三、四句目の「壇上不聞夫子語、澤邊來笑屈原醒」について、朴浣植氏は「壇上」を『論語』「先進」を用いて祭壇としている。

朴浣植氏が引用した、〝沂水で沐浴して祈雨祭を行う祭壇で風をあびた後に詩を詠じて帰ってくる〟という『論語』

「先進」の曾晳の話は、孔子に自分の志をたずねられた時の答えである。『論語』「先進」に、「莫春者、春服既成、冠者五六人、童子六七人、浴乎沂、風乎舞雩、詠而歸。（莫春には、春服既に成り、冠者五六人、童子六七人、沂に浴し、舞雩に風し、詠じて帰る）」との記載が見られる。これは孔子の弟子である曾晳が晩春、陰暦三月に春の着物を着て沂という川で水浴びをし、土壇ですずんだ後、歌を歌いながら帰るという、曾晳の志、つまり望ましい生活を述べたものである。孔子は曾晳のこの話に感動して賛成したという。

また、『論語』「先進」に見られる、「風乎舞雩」の「舞雩」は、雨乞いの祭りの際に、舞を舞うために作られた土壇で、散歩する場所としても用いられたところである。朴浣植氏はこの「祭壇」を用いて第三句を解釈しておられる。

さらに、朴浣植氏は第三句目の「壇上不聞夫子語」を〝祭壇上には孔子の言葉が聞こえない〟と解釈しておられる。前述した孔子が曾晳の答えに満足していることから考えると、孔子の言葉が聞こえない訳がない。すなわち、朴浣植氏の「壇上不聞夫子語」句の解釈は誤りであるし、また、『論語』「先進」のこの話は漁父と何の関係も持ってないのである。すなわち、「壇上不聞夫子語」句は『論語』に出典を求めるべきではないのである。

そもそも、「壇上不聞夫子語」句は、『莊子』「雜篇」第三十一「漁父篇」でその答えを求めるべきであろう。林椿のいう「壇上」は「杏壇之上」と見るべきである。その「漁父篇」に、「孔子遊乎緇帷之林、休坐乎杏壇之上、弟子讀書、孔子弦歌鼓琴。（孔子緇帷の林に遊び、杏壇の上に休坐す、弟子書を読み、孔子弦歌して琴を鼓す）」とあり、孔子は杏壇のあるところに出かけて弟子と休みながら書を読み、歌や琴で遊んでいた。孔子は杏の木のある高台を好んだらしい。ここに漁父があらわれるのである。

荘子の「漁父篇」の漁父の動きを見てみたい。それは「壇上不聞夫子語」句と密接な関係があると思うからである。叙述した話の続きであるが、「奏曲未半、有漁父者、下船而來、鬚眉交白、被髮揄袂、行原以上、距陸而止、左手據膝、右手持頤以聽。（曲を奏すること未だ半ばならざるに、漁父なる者有りて、船より下りて来る、鬚眉交白く、被髪揄袂す、原を行き以て上り、陸に距って止まり、左手膝に拠り、右手頤を持えて以て聴く）」とある。漁父は道を体得している人である。漁父は舟から降りてやって来てじっと歌を聴いた。曲が終わると、漁父は孔子の弟子である子貢と子路に孔子を指して、どういう人で、姓は何なのかなどを尋ねた。子貢は「孔氏者、性服忠信、身行仁義、飾禮樂、選人倫、上以忠於世主、下以化於齊民、將以利天下、此孔氏之所治也。（孔氏、性忠信を服し、身仁義を行い、礼楽を飾え、人倫を選え、上以て世主に忠し、下以て斉民を化し、将に以て天下を利せんとす、此れ孔氏の治むる所なり）」と答えた。漁父はまた幾つかの質問をしてから笑い、また向きをかえって、「仁則仁矣、恐不免其身、苦心勞形、以危其眞、嗚呼遠哉、其分於道也。（仁は則ち仁なるを、恐らくは其の身を免れざらん、心を苦しめ形を労し、以て其の真を危くす、嗚呼、遠いかな、其の道に分くや）」と言い、来た道を戻ろうとした。その時に、子貢が引き返して、このことを孔子に知らせた。

すると、孔子は持っていた琴を押しやって立ち上がり、「其聖人與（其れ聖人か）」といい、坂を下りて老人に会おうと水辺までやってきた。老人はちょうど櫂を立てて、舟を出そうとしたが、孔子を認めると引き返してきて孔子の前に立った。孔子は後ずさりすると、二度の拝礼をしてから前に進んで、「曩者、先生有緒言而去、丘不肖、未知所謂、竊待於下風、幸聞咳唾之音、以卒相丘也。（曩に、先生緒言有りて去る、丘不肖にして、未だ謂う所を知らず、竊に下風を待ち、幸に咳唾の音を聞く、以て卒に丘を相けよ）」と言った。漁父はあなたの学問はたいしたものだと答えながら去ろうとすると、孔子はまた二度の拝礼をしてから立ち上がって、「丘少而脩學、以至於今、六十九歳矣、無所得聞至教、敢不虚心。（丘少くして学を修め、以て今に至り、六十九歳なり、至教を聞くを得る所無し、敢えて心を虚しうせざらんや）」と言った。二人のやりとりは続き、漁父は人間の守つべき根本的真理を教えながら、孔子が行うべき教訓について述べた。慎重に身を修めて功名など世俗のものに拘ることなく、他人ばかりを責めることなく無為自然の真実を見失わないならば、安らかな人生を送れると言う。二人のやりとりが続くが、結局漁父は孔子を残して立ち去っていったのである。

話は戻るが、朴浣植氏は「壇上不聞夫子語」句の意味を「祭壇上には孔子の言葉が聞こえない」と解釈しているが、以上に述べた漁父と孔子のやりとりから、「壇上不聞夫子語」句は「壇上夫子の語を聞かず」とよみ、漁父は孔子の願い、漁父の弟子となる願い、を聞いてくれなかったと解釈するのが妥当であろう。

また、第四句目の「澤邊來笑屈原醒」について、朴浣植氏は〝酒から醒めたばかりの屈原が笑いながら入ってくる〟と解釈しておられる。「澤」の文字の誤りがあるが、解釈にも問題があると思われる。酒から醒めたばかりの屈原が笑いながら入っていくところはどこなのか、屈原は悲しみの中でこの世を去った人なのにどうして笑っていたのか、納得がいかない。この句の解釈の問題は主体にあると考えられる。解釈するに及んでは、まず主体を考えて解釈すべきである。ここでは題名が「漁父」であるだけに、主体はほかでもない漁父である。すなわち、屈原が世間と同調せずに一人醒めているのに対して、漁父がそんな生き方はやめた方がいいと笑うと解釈すべきであろう。それはまた作者林椿の立場でもあるといえるのである。

その理由について、『楚辭』（巻七）「漁父章」に屈原が漁父に遇う場面があり、以下に述べられている。「漁父者屈原之所作也、屈原放逐、在江湘之閒、憂愁歎吟、儀容變易、而漁父避世隱身、釣魚江濱、欣然自樂、時遇屈原川澤之域、怪而問之、遂相應答、楚人思念屈原、因叙其辭、以相傳焉。（漁父は屈原の作る所なり、屈原放逐せられ、江湘の間に在り、憂愁歎吟、儀容変易す、而して漁父世を避け身を隠し、魚を江浜に釣り、欣然として自ら楽しむ、時に屈原川沢の域に遇い、怪しんで之を問い、遂に相い応答す、楚人屈原を思念し、因って其の辞を叙し、以て相伝う）」と記されている。屈原は左遷されて悲しんでいたが、漁父は世間を離れて江浜で釣りをして楽しんでいた。たまたま屈原が川沢の域に行ったことで、漁父に出会えたのである。林椿の「澤邊來笑屈原醒」の「澤邊」は屈原が漁父と川沢の域に遇う場面であろう。そこで二人のやりとりが始まる、屈原が「擧世皆濁我獨清、衆人皆醉我獨醒、是以見放。（世を挙げて皆濁り我れ独り清む、衆人皆酔いて我れ独り醒む、是を以て放たると）」と世間の不満を漏らした。この時に屈原は自分一人醒めていると言っているのである。

ついでに、屈原と漁父のやりとりをみてみよう。それは漁父の話は屈原に忠告を与えるものであるからである。屈原が自分一人醒めていると言ったことに対して、漁父は「聖人不凝滯於物、而能與世推移、世人皆濁、何不淈其泥、而揚其波、衆人皆醉、何不餔其糟、而歠其釃、何故深思高擧、自令放爲。（聖人物に凝滞せずして、能く世と推移す、世人皆濁らば、何ぞ其の泥を淈して、其の波を揚げざる、衆人皆酔わば、何ぞ其の糟を餔いて、其の釃を歠らざる、何故に深く思い高く挙り、自ら放たれしむるを為さん）」と答えた。また、屈原が「新沐者必彈冠、新浴者必振衣、安能以身之察察、受物之汶汶者乎、寧赴湘流、葬於江魚之腹中、安能以皓皓之白、而蒙世俗之塵埃乎。（新に沐する者必ず冠を弾き、新に浴する者必ず衣を振う、安んぞ能く身の察察たるを以て、物の汶汶たる者を受んや、寧ろ湘流に赴き、江魚の腹中に葬らるるも、安んぞ能く皓皓の白きを以て、而して世俗の塵埃を蒙らんや）」と聞いた。これについて漁父は、「滄浪之水清兮、可以濯吾纓、滄浪之水濁兮、可以濯吾足。（滄浪の水清まば、以て吾が纓を濯うべし、滄浪の水濁らば、以て吾が足を濯うべし）」と歌って答えた。結局、屈原が漁父にどうすべきかを問うたところ、漁父は滄浪の水の清濁によって官職の去就を決めるべきだと言ったのである。

林椿の「漁父」詩の第三、四句目「壇上不聞夫子語、澤邊來笑屈原醒」は『莊子』「漁父篇」と『楚辭』「漁父章」の故事を用いたと考えるべきである。この句は、林椿が『莊子』や『楚辭』に見られる「漁父」の生き方を用いて、漁父が節操を保ちこの世を超越した人であることを表現したかったと考えられる。

また、朴浣植氏は「〝宅辺に酒から醒めたばかりの屈原が笑いながら入ってくる〟と描写したこの句節は温柔敦厚な儒家の面貌よりは軽世肆志の超世間的老荘思想に憧れて自分の去就を明らかに表す部分でもある。」と論じ、林椿は老荘思想に憧れていると述べており、その一方では、「〈漁父詞〉の代表的思想の一つは現実を超脱した老荘思想だ」と述べておられる。それにもかかわらず、〝宅辺に酒から醒めたばかりの屈原が笑いながら入ってくる〟句のどこに老荘思想を感じるのかは述べていないし、〈漁父詞〉は現実を超脱した老荘思想を持っているという一般論を用いて林椿の「漁父」詩に結びつけるのは再考の余地があると思われる。つまり、この句では屈原の生き方を通して老荘思想を感じられるとするのは無理があると思われる。

すでに荘子の「漁父篇」で見てきたように、漁父の生活には老荘思想が含まれている。では、林椿自身はどうなのか、林椿の詩文から見てみたい。

林椿の「次韻鄭侍郎敍詩」（『西河集』巻一）に「滄浪作釣翁、浮家而泛宅。」と述べられている。この詩は侍郎鄭敍が南に左遷されていた時に中淳禅老詩に和したものに林椿が和したものである。(4) 林椿は鄭敍に会ったことはないものの、遺藁を通して鄭敍の生き方を知った上で、この詩を作ったのである。鄭敍は号が瓜亭で、父鄭沆の官職は知枢密院事であるために、鄭敍は蔭補によって内侍郎中になった。この詩によれば、鄭敍は高い官職の父のおかげで内侍郎中の官職を得たものの、文章に優れており、聡明であるがために王に寵愛された。すると、周りの朝廷の臣たちに妬まれて失脚させられた。まるで、中国漢代の賈誼が妬まれて失脚し、長沙王の太傅となって深く悲しんで嘆いたように、鄭敍もまた官職から外されて追い出されたのである。二十年余り左遷生活をした後に復帰したのであるが、林椿は鄭敍が左遷されて生活する様子を「滄浪作釣翁、浮家而泛宅」と描いていた。また、この句の続きに、「千載雖一遇、飜覆在朝夕。固知行路難、擧足多岸峉。（千載は一遇と雖も、飜覆するは朝夕に在り。固より行路難を知り、足を挙げるに岝峉多し）」と述べられている。林椿は鄭敍の生き方を窺いながら、世渡りの難しさを表していたのであるが、林椿が描く「釣翁」生活は舟中に住居する漁父生活ではなく、住居地のないさすらいの生活を表している。

林椿は「甲午年夏、避地江南、頗有流離之歎、因賦長短歌、命之曰杖劍行。（甲午の年の夏、地を江南に避けて、頗る流離の歎有り、因りて長短歌を賦し、之に命じて杖剣行と曰う）」（『西河集』巻二）と題する詩を残している。(5) この詩は林椿が他郷で放浪生活を余儀なくされて、我が身の置かれた悲しみを嘆いたものである。「甲午年」は一一七四年である。一一七〇年に武臣乱である鄭仲夫の乱が起きた。それは当時の王である毅宗が貴族を中心として文を重んじ、武臣を軽んじたために起こった乱である。その三年後である一一七三年には金甫當の乱が起きた。文臣金甫當らが毅宗の復位を計ったものである。この乱は失敗に終わり、以後、ずっと百年近く武臣が政権を握ったのであるが、そのために文人はますます居場所をなくしていた。林椿もまたこの乱を避けて江南で十年あまり流離の生活をしたのである。(6)

林椿はこの詩に自分の夢が雄大なこと、この世は不安定なために豪傑の士がおらず、自分は都である長安の汚れたこの世のなかで心を高尚にして世俗の煩いを避けて暮らし、もう五年になる。常に飢えて身なりもみすぼらしくなったが、書物を読んでも何にも役に立たない、中国の漢の司馬相如が諸侯のやり方を諷刺して作った子虚賦を読んでも、この世には卑しい男が多いので英雄の志があるとしてもそれを広げることはできない。貧しさから逃れようと腰を低くして頼むような笑いものにはなりたくないから、一切を投げ捨てて隠居して自然とともに過ごすが、それも悲しいことであると嘆くこの詩に、「一葦江之陽、歸來宿舂糧。雲煙宛若畫、草樹巧如粧。浮家泛宅任平生、胸中自有無何鄕。（一葦江の陽、帰来して宿り糧を舂つく。雲煙宛も画の若く、草樹巧みなること粧の如し。浮家泛宅平生に任す、胸中自ずと無何の郷有り）」と述べられている。「無可鄕」は荘子の「逍遙遊」にある言葉で、自然のままで生きること、何らの人為のない楽土を表すが、これは荘子の言う理想郷である。林椿は心中に、さすらいの生活、漁父のような生活こそ

「無何郷」であると考えていたことが分かる。この詩を通して、林椿もまた、一般論である〈漁父詞〉が現実を超脱した老荘思想を用いていたと見ることが出来るのである。

また、第五、六句目の「臨風小笛歸秋浦、帶雨寒簑向晚汀」について、朴浣植氏は「寂しい浦口の秋景を通して自分の悲しい悲哀を隠喩している。」と述べておられる。漁父の重い歩みと、その生き方に悲しさを感じており、それが林椿の身世を表した自画像であるとも述べておられる。このような考え方には無理があると思われる。雨が降る秋の風景を詠じているが、ここには寂しさは感じられない。秋の雨は寂しさを感じるというよりは、むしろ漁父の自然とともに生きる生活が淡々と述べられている。即ち、この句にみられる、漁父の小道具である小笛と身につけている蓑は、漁父の質素な生活を表している様子を表していることであって、それが林椿の自らの自画像とは考えられないのである。

さらに、第七、八句目の「應笑世人多好事、幾廻將我畫爲屏」について、朴浣植氏は「笑う世間の好事家たちが、私のこのような有様をどれくらい屏風に描いているのか」「富貴を享受する勢道家や土豪たち」「世人すなわち勢道家の虚偽的精神世界を迂回的に諷刺している。これは林椿の胸奥にわだかまった社会に対する批判意識の発露である。」と解釈しておられる。すなわち、朴浣植氏は「我」を林椿とし、寂しくて悲しいこの身の姿を描くものと解釈している。果たして朴浣植氏の解釈でよいのだろうか。

筆者は、林椿の「漁父」詩は題名が「漁父」であり、詩の内容の主体は漁父であることを考慮に入れなければならないと考える。ここの「我」は、あくまでも漁父であって、作者林椿の身世を表した自画像であるとは思えない。林椿は漁父の生き方、すなわち官職を離れて広々とした江湖に自由に生きる范蠡のように、有名な孔子から崇められ、悲しみに沈んでいる屈原に忠告の言葉をかける、世間を超越した漁父の生き方を羨ましく思ったかもしれない。

また、前述した句にみられる林椿の「好事」の使い方を見ると、好い事か事を好むという意味で用いられている。林椿の「八月十五夜、探韻得起字」詩は林椿が中秋節に知り合いの人の所に出かけて酒を飲むという内容である。その詩に、「我乗狂興尋君家、試看松陰清滿地。孤輪停午光灩灩、望欲更殘懶欲睡。主人好事亦好客、旋酌鵝黄蹴我起。聳肩危坐共閑吟、顚倒如鴉筆下字。（我狂興に乗りて君が家を尋ぬ、試みに看る松陰清くして地に満つるを。孤輪停午にして光ること灩灩たり、望みは更に残せんと欲し懶なれば睡らんと欲す。主人事を好み亦た客を好み、旋ち鵝黄を酌して我を蹴り起す。聳肩し危坐して共に閑吟し、顚倒すること鴉の如し筆下の字）」と詠じられている。この詩に見られる主人は金持ちで物好きな人のように見られる。この詩からは、「漁父」詩に見られる、権力を持っていたとしても「胸奥にわだかまった社会に対する批判意識」をもつような姿は見いだすことができない。

さらに前述の結句に見られる「世人」は富貴や権力をもっている人を指すと思われるが、「好事」は珍しい物好きととり、「世人」は孤高な生活に憧れて屛風に漁父の絵を描いたと読むほうが妥当ではないかと思われる。世間の人々もまた漁父の生き方を羨ましく思い漁父画を飾ったと考えられる。林椿も物好きな人も世間の人々と同様の気持ちがあったと考えられる。一方、世人には漁父になる資格がない人もいると述べたかったかもしれないが、林椿のこの二句には物好きな人が権力者であるがために反発の感情を現したと解釈するのが妥当ではないだろうか。

第三節　林椿の憧れる隠居地

林椿は江南に避難して洛州、尙州、南州、密州、湍州など、時には嶺南地方にある寺院や名勝地に出かけており、その時の様子を詩文に残している。「寄山人益源」、「冬日途中三首」、「崔文胤將卜居湍州」、「有感」（以上巻一）、「過長湍」、「遊密州書事」、「題嶺南寺」、「嶺南寺竹樓」、「遊智勒寺」（以上巻二）、「重遊尙州寄人」（巻三）、「東行記」（巻五）など多数ある。これらの詩文の中には彼が望む生活が述べられており、相手を察して相手に合わせた気持ちがあるにせよ、彼が望む隠棲地が述べられている。

出處信有命、大上付前定。其次固已昧、鮮以時動靜。吾儕久已窮、幽迹亦可屛。
念昨過湍州、寒江魚動鏡。因思卜小隱、將買田一頃。獨往今未決、幾度懷淸穎。
譬如馬繫皁、素樂煙霞境。崔君貴公子、愛山亦雅性。近欲營此樂、構築行當竟。
他年償吾志、要乞岣嶁令。君歸好待我、先理一漁艇。

（出処は信に命有り、大上は前定に付し。其の次は固より已に昧く、鮮かに時を以て動静す。吾が儕久しく已に窮し、幽迹も亦た屛すべし。念う昨湍州を過ぎるに、寒江魚鏡に動く。因りて思う小隠を卜して、将に田一頃を買わんとする。独り往くも今未だ決らず、幾度か清穎を懐く。譬えば馬の皁に繫るるが如く、素より煙霞の境を楽しむ。崔君は貴公子にして、山を愛して亦た雅性なり。近く此の楽を営まんと欲す、築を構えること行くゆく当に竟うべし。他年吾が志を償い、岣嶁令に乞わんと要す。君帰りて好く我れを待ちて、先に一漁艇を理めよ）

（「崔文胤將卜居湍州」巻一）

この詩は崔文胤が官職から離れて隠棲を行う様子を述べつつ、自分もまた小さい隠宅を構えて隠居したいという気持ちが述べられている。ここに見られる隠居地は世俗を離れたところで、清らかな水が流れ、空気もまた清らかな場所である。山があり、水があるこの場所で世間を忘れたいという気持ちが窺える。また、結句にみられる、「一漁艇」

は隠居生活の様子を意味しているのである。

吾少愛林泉、浩然思歸歟。當時重違親、名利豈所拘。及此遭喪亂、飄然放江湖。高遁方可樂、不去胡爲乎。亦由身有累、未忍捐妻帑。羨子拂長袖、青山歸結廬。

（吾れ少くして林泉を愛し、浩然として帰らんかなを思う。当時重ねて親に違い、名利豈に拘する所ならんや。此に及びて喪乱に遭い、飄然として江湖に放たる。高く遁れて方に楽しむべし、去らずして胡ぞ為さんや。亦た身に累有るに由りて、未だ忍ばず妻帑を捐つるを。羨む子長袖を払いて、青山結廬に帰するを）

（「寄山人益源」巻二）

この詩は「寄山人益源」詩前半の一部である。この詩には山人益源の隠居生活を賞賛しつつ、林椿自分もそうしたいという願望が述べられている。林椿はこの時、乱を避けて江湖にさまよい生活していることが窺えるが、この詩に若い頃から隠遁を望んでいたと述べられており、「飄然放江湖。高遁方可樂」の句は隠遁の実現、すなわち青山に廬を構えて煩わしい世間を離れた静かな生活をしたい気持ちの表出であろう。この詩は山人益源を気づかって述べたとはいえ、林椿自身は隠遁生活をしている益源を羨ましく思っていたのである。

この二首を通して、林椿は相手の隠居生活が羨ましく思われ、自分もまた隠居したいという感情があったことが窺える。その隠居先は山あり水ありの大自然であり、その自然で林椿は心安らかに過ごしたいと願っていた(7)。林椿は江南一帯の寺院や名勝地を遊覧しており、関東の名勝地を遊覧しながらの感興を詠じた紀行文「東行記」（巻五）を残している。その記において、「風土特變、山增高水益淸、千峯萬壑、誇奇競秀、民居其間、皆側耕危穫、怳然若別造一世界。（風土特に変じ、山増ます高く水益ます清く、千峯万壑、奇を誇り秀を競う、民其の間に居り、皆な側に耕し危に穫り、恍然として別に一世界を造るが若し）」と述べられている。林椿はあちらこちらを見て回りながらすばらしき自然に囲まれた、まるで別世界のようなところで隠居しながら煩わしい世間を忘れようとしたことが十分に推測できる。

林椿は隠居について、「眞隱者能顯也、眞顯者能隱也、凡涕唾爵位、粃糠紉紾、枕白石漱清流者、索隱行怪而已、於顯能之耶。（真に隠くる者は能く顕らかなり、真に顕らかなる者は能く隠くるなり、凡そ涕唾の爵位、粃糠紉紾たり、白石を枕とし清流に漱ぐ者、隠を索めて怪を行うのみ、顕に於いて之を能くせんや）」（「逸齋記」巻五）と述べている。また、「乃眞隱顯、而隱與道俱藏、顯與道俱行也。（乃ち真の隠と顕とにして、而して隠は道と俱に蔵れ、顕は道と俱に行わる）」と述べている。真に隠れる人こそが出世できるし、真に出世が出来る人は隠れるのだと述べている。しかし、ただの隠居や出世は道を伴わないと意味がないと述べているのである。すなわち、林椿は隠居するに当たっても道とともに行うべきと考えていたことが分かる。

結

これまで韓国文学において、李賢輔の漁父に関する研究はあるものの、それ以外の文人の漁父に関する研究は少ない。林椿においても竹高七賢、つまり中国の竹林七賢に倣って結成された集いの一人に関する研究論文が見られる程度である。また、林椿の詩文には「漁父」に関する詩文がほとんどないので、この方面に関する研究はなされていないが、本論文を通して古からの漁父にかかわる逸話が用いられていたことが確認できた。また、漁父の孤高の生活、世間を超越した姿でありながらも素朴な生活を営む漁父の生活、世間の人々はその漁父の生き方に憧れているが、林椿もまたそのような生活に憧れた一人であると思われる。また、林椿において隠居とは道を伴うことこそ真の隠居と考えているように、真の「漁父」においても同様に道を伴ってこそ真の漁父であると考えていたのではないだろうか。

注

（1） 李東歡氏は「高麗竹林高會研究—傳記的考察を中心に—」（高麗大學大學院學位論文（碩士）、一九六八）（二七頁）」において林椿の生卒年を一一五二頃（毅宗六）から一一九〇初（明宗二〇）とみている。この論文は修論ではあるが、正確さがあり利用させていただいた。

（2） 「실제로는 임춘이 세간을 초탈한 어부를 객관자로 등장시켜 자신을 말하고 있다」（九〇頁）

（3） 「首聯의 “물 위를 집 삼아 지내온 일생 ／ 일엽편주 달빛 싣고 동정호 지나간다” 함은 마치 장지화가 안진경에게 배를 얻어 江上浮宅（船）을 마련하여 세간을 멀리했던 것 처럼 일생을 배 위에서 생활하는 어부를 그린 것이다. 그러나 실제로는 임춘이 세간을 초탈한 어부를 객관자로 등장시켜 자신을 말하고 있다. 인간으로서 인간사회를 떠나서, 그것도 깊은 밤 호수 위에서 생활한다는 것은 일시적인 江湖閒情이라기 보다는 세속으로부터 격리된 임춘의 오랜 세월의 비참한 생을 어부화한 구절이다.

頷聯에서 “제단 위엔 공자 말씀 들리지 않고 ／ 집 가에 갓술 깬 굴원이 웃으며 들어선다” 고 하여, 중국 고사와 관련지어서 자신의 老莊的 취향을 대변하고 있다. “제단 위엔 공자 말씀 들리지 않는다” 는 것은『논어』〈先進〉편의 “沂水에서 목욕하고 기우제를 지내는 제단에서 바람을 쐰 뒤 시를 읊고 돌아온다” 는 고사를 인용한 것으로 “제단” 이란 강어귀, 또는 강 언덕에 제단을 마련하여 기우제 지낸 곳을 말한다. 그는 공자의 도를 추종하기보다는 “갓 술 깬 굴원이 웃으며 들어서는” 獨清獨醒의 굴원을 맞이하겠다 한다. 굴원은 초나라의 귀족으로서 무고를 입어 멱라수에 몸을 던져 불우한 생을 마친 인물이다. 그의 潔身主義는 강호처사의 표본이며 노장적 은둔사상을 바탕으로 삼고 있다. “집 가에 갓 술 깬 굴원이 웃으며 들어선다” 고 묘사한 이 구절은 溫柔敦厚한 유가의 면모보다는 輕世肆志의 초세간적 노장사상을 선호하여 자신의 거취를 극명하게 드러내주는 부분이기도 하다.

頸聯의 “숲 사이 피리소리 가을 포구에 울려오고 / 비 젖은 차가운 도롱이로 날 저문 강가를 휘적댄다” 는 구절은 쓸쓸한 포구의 秋景을 통해서 자신의 처량한 비애를 은유하고 있다. 숲 사이에 차갑게 내리는 가을 비바람을 맞으며 을씨년스러운 해질녘 포구를 휘적휘적 걷는 어부의 무거운 발길에는 어부의 삶에 짙게 드리워진 슬픈 운명이 그의 그림자만큼이나 길게 뻗어 있다. 이로 보면 쓸쓸한 가을 바람에 차가운 빗줄기, 그리고 저문 포구에 돌아오는 쓸쓸한 모습은 임춘의 身世를 잘 그려준 자화상으로, 서경을 빌어서 자신의 마음을 토로한, 借景抒懷의 秀作임과 아울러 슬픔의 미학이라 하기에 손색이 없겠다.

끝 연의 “우습다 세간의 호사가들이 / 내 이런 꼴을 얼마나 병풍에 그려대는지” 로 마감한 구절은 세인의 가식과 허위적인 삶을 역설적으로 꼬집고 있다. 호사한 방에 병풍께나 둘러칠 수 있을 만큼 부귀를 누리는 세도가나 토호들이 어부의 처절한 삶과 괴로움은 아랑곳하지 않고 玩賞의 대상으로 삼으면서 강호한정의 초탈적 삶을 동경하기도 했을 것이다. 이는 절개와는 무관한, 아니 무관하다기보다는 절개 자체를 도외시한 정상배들이 마치 추사 김정희가 고도의 참담한 유배지에서 자신의 이념을 표출하여 그렸던 〈歲寒圖〉를 호사가들이 모사하거나 판각에 올려 즐기는 것과 맥을 함께 하고 있다. 부귀를 탐닉한 그들이 어렵고 힘든 어부의 삶을 망각하고 초세간적인 인물로 미화하여 병풍에 그려놓은 것처럼 임춘 자신의 처량한 삶을 이해해주기는커녕 야멸차게 자신을 왜곡한 현실이 이 구절에 내재되어 있다. 이 구절은 또 어떤 면에서는 임춘 자신에 대한 왜곡의 문제가 아니라, 世人 즉 세도가의 허위적 정신세계를 우회적으로 풍자하고 있다. 이는 임춘의 가슴 깊이 응어리진 사회에 대한 비판의식의 발로로써, 동파를 위시로 한 호방파의 〈어부사〉에서 흔히 나타나는 바, 한적한 어부의 삶 속에 감춰진 강렬한 비판의식과 맥을 함께 하는 것이다.

（4）「次韻鄭侍郎敍詩 幷序」故學士鄭公、余不及見之、有藏其遺藁者、乃公貶南時所和中淳禪老詩也、追和其韻。
先生自名家、累葉傳侯伯。相襲珥貂蟬、皆立門前戟。公初有異器、能繼前人迹。齔乳始屬文、技巧又兼百。至尊召之見、降輦迎大白。欣然賜龍顏、寵愛日以益。握手入臥内、契密如金石。廷臣多缺望、聲勢方炎赫。中間忤貴倖、巧讚含沙射。見黜金閨名、良由釁所積。長沙逐賈生、無復虛前席。滄浪作釣翁、浮家而泛宅。千載雖一遇、飜覆在朝夕。固知行路難、擧足多岸峉。始自毫髮差、遂成丘山責。終身纏罪辜、顚踣常動魄。禦魅二十年、懲過懲於昔。遷徙席不暖、所居如郵馹。南中瘴霧深、可虞傷氣脈。優游縱巖壑、屢躡登山屐。聖明方在上、招還劉禹錫。識者聞而喜、以手但加額。是時仇家去、誰作鴟鴞嚇。歸來守先廬、賜書存舊壁。一日朝紫宸、經筵爲之闢。天語垂丁寧、問以寒暄隔。及當危難際、立朝多逼側。忠誠不見知、空使血化碧。忽昨見遺墨、之人猶目擊。神毫鬪蛟螭、大手搏貙貘。翻瀾一快讀、嗜閱空成癖。還疑照乘珠、初從頷下索。觀者已爭購、流傳遍蠻貊。哀哉命壓頭、平生困廝役。雖俟河之淸、百歲如過客。否泰各有理、豈用占蓍策。至人齊寵辱、困窮無戚戚。相從子輿遊、解以生爲脊。靜默閱時人、狂惑等李赤。國恩終未報、慨爾懷奮激。膽氣雖不讓、動輒遭嘲嚇。窮途墮千仞、長綆呼烏獲。出袴當俛就、唾面何敢逆。自從劉備瓜、常恐郭生麥。閑棲多暇日、章句搜且摘。感憤寓諸文、紛紛盈簡策。子雲方草玄、聊愛窮居寂。詞人多薄命、自古例陷阨。海山有歸處、仙遊邈難覓。今修玉樓記、不向人間謫。所悒不同時、意若調飢惄。

(5) 骯髒六尺身、一落乾坤内。桑弧蓬矢射四方、男兒有膽如斗大。況有狂風吹、波濤搖四海。蛟龍魚鼈皆未安、出穴動蕩失所在。時無豪傑士、誰赴功名會。嗟哉我若匏瓜繫、揮斥難窮八極外。長安塵土中、高枕臥五載。恒飢已變顏色黧、牢落枯腸千卷書。及旰亦足溫、滿腹不願餘。可笑文章不直錢、萬乘何曾讀子虛。紛紛世上鄙夫輩、舐痔猶得三十車。我欲唾面去、浩然賦歸歟。休向閭閻老一身、如籠中鳥池中魚。盡室萬里行、蕭蕭一疋驢。家山急赴秋風至、蓴羹一杯方有味。遲遲回首望中原、可憐久作風波地。黃鷄夜鳴非惡聲、起舞自有英雄志。誰言婦女不勝衣、長策雄謀人莫知。作鎚誤擊秦、脫身遊下邳。從容跪授圯橋履、會須不後老人期。笑彼拔山力、捕取等嬰兒。龍顏隆準一相遇、萬戶封侯帝者師。丈夫事業固如是、何爲乞米還遭嗤。一葦江之陽、歸來宿舂糧。雲煙宛若畫、草樹巧如粧。浮家泛宅任平生、胸中自有無何鄉。此行不是求爲田、祇恐祖生先著鞭。感慨無言淚如洗、茫茫鳥外空長天。匣中霜劍寒三尺、壯士有心終報國。(「甲午年夏、避地江南。頗有流離之歎、因賦長短歌、命之曰杖劍行」巻一)。

(6) 拙著『韓国高麗時代における「陶淵明」観』(白帝社、二〇〇〇年)付録参照。

（7）これら以外に、「遊法住寺贈存古上人」（巻一）に、「直饒名利終歸去、依約靑山共卜棲」が見られ、「書蓮花院壁」（巻二）に、「相從不厭窮躋攀、此地江山皆我有。……詔書雖未賜鏡湖、懇表終須乞岣嶁。若能容我卜比隣、結茅不羨愚溪柳」などの句が見られる。

＊　本稿の『楚辭』（巻七）「漁父章」は拙論「中国文学における「漁父」の基礎的考察」（熊本大学『文学部論叢』第九八号、二〇〇八、三）の引用である。

四、韓国文学における「漁父」の受容と展開 ——新羅時代から高麗時代まで——

序

『漢語大詞典』や『大漢和辞典』などを見ると、「漁父」は老いた漁夫を、漁夫は老漁翁、「漁者」は漁夫、漁師とあり、魚を捕るあるいは魚を捕って生活する者として解釈されており、「漁歌」は漁夫の歌う歌、「漁父歌」は老漁翁がさおをこぎながら歌うものと解釈されている。韓国文学を見ると「漁父」「漁翁」「漁人」「漁者」「漁夫」「漁師」を用いた「漁父詞」「漁父辞」「漁父引」などの詩文が見られる。これらの表現は中国文学に見られるものと同様である。また、中国古典文学には楚の屈原や『莊子』の篇名に「漁父」に関する有名な話があり、後世の詩人に大きな影響を与えているが、(1)韓国文学においても文人は楚の屈原や『莊子』の篇名に見られる「漁父」を意識し描かれた詩文が見られる。

これまでの研究状況を見てみると、『韓国漢詩漁父詞研究』（朴浣植、以會文化社、二〇〇〇、十、三十）は韓国文学の漢詩に見られる漁父を論じている。また、中国文学関連の研究は漁父詞の起源と唐宋代の変移様相について、韓国文学関連の研究は高麗・朝鮮時代の漁父詞、韓国仏教の側面からみる漁父詞などがある。(2)ただし、韓国の文人が楚の屈原や『莊子』の漁父篇の内容のどういう面を意識し用いているか、時代によって変わっていることについては論述がない。

本研究は新羅時代の一部（五六〇〜九三五）と高麗時代の中期（一一七〇〜一二七〇）、後期（一二七一〜一三九二）を中心として、文人は楚の屈原や荘子の漁父篇の何に重点をおいて描いていたのか、その理由は何なのかを考察したい。高麗時代を中期と後期に分けて述べるのは、文人の漁父に対する受け入れ方が大いに違っているからである。高麗時代につぐ朝鮮時代には、山水自然での隠居生活、特に水辺の漁父に倣った生活を望む詩文が多く表れる。この意味において本研究は韓国文人の自然観形成を知る上で重要であると考えられる。

第一節　新羅と高麗中期の漁父篇

新羅時代と高麗中期までの現存する詩文は少ない。ただ新羅時代の崔致遠の詩文、高麗時代の李奎報の詩文には中国歴史書に見られる漁父の存在が強く表れる。崔致遠と李奎報二人を中心として、『楚辞』「漁父」や『荘子』の「漁父」に関する詩文がどのように描かれていたのかを見てみる。

一　『楚辞』「漁父」章の受容

まず新羅時代から見てみる。崔致遠（八五七～？）の漁父に関する詩文は屈原の話を中心に展開されている。

海内誰憐海外人、問津何處是通津。本求食祿非求利、只爲榮親不爲身。
客路離愁江上雨、故園歸夢日邊春。濟川幸遇恩波廣、願濯凡纓十載塵。

（海内誰か海外の人を憐れむや、津を問う何れの処か是れ通津(3)。本食禄を求むるも利を求むるに非ず、只だ親を栄えしむる為にして身の為ならず。客路の離愁江上の雨、故園の帰夢日辺の春(4)。川を済るに幸にして恩波の広きに遇い(5)、願わくは凡纓

十載の塵を濯わん）

（「陳情上太尉詩」、『桂苑筆耕集』巻二十）

この詩はいつ作られたのかは明らかではないが、第一句目の「海外人」は崔致遠自身を指しており、第五、六句目に故郷を離れていることをうたうことから彼が中国にいた頃の作とわかる。当時中国は唐時代である。崔致遠は十二歳の時、中国に留学し、十八歳に賓貢科に合格しており、後に洛陽に出かけて詩作に専念し四年間軍幕で務め、「討黄巣檄」を作って都統巡官になり、紫金魚袋を授かるまでに至った（八八二年）。しかし、崔致遠はどうしても故郷を忘れることができず、すべてを捨てて二十九歳で新羅に戻ってくるのである。この詩は彼が中国に留まった十七年の間に作られたのである。詩題の「太尉」は唐の高駢を表わすが、[6] 崔致遠は高駢の推薦により館駅巡官になっており、檄文を作った後には中国の天子にまで認められるようになったのである。

この詩の第三、四句目に述べられているように、崔致遠が中国に出かけた理由は自分の利益を求めることはあるにせよ、親の栄光のためであった。第五句目では外国での寂しさは周りの風景、特に雨という自然物により彼をさらに寂しくさせることが詠われる。第六句目は故郷へ帰る夢を暖かい春に喩えており、彼の故郷への思いが強かったことが窺える。

崔致遠は第七句、八句目に屈原と漁父のやりとりを利用して高駢の助けを請いつつ、官職に就きたいと願って、「願濯凡纓十載塵」と述べている。これは『楚辞』巻七「漁父章」に見られる「滄浪之水清兮、可以濯吾纓、滄浪之水濁兮、可以濯吾足。（滄浪の水清まば、以て吾が纓を濯うべし、滄浪の水濁らば、以て吾が足を濯うべし）」を典故に用いたものである。『楚辞』「漁父章」には屈原が漁父に遇う場面が述べられており、屈原は左遷されて悲しんでいたが、漁父は世間を離れて江浜で釣りをしていた。屈原は世間を批判してどうすべきかを問うたところ、漁父は滄浪の水の清濁によって官職の去就を決めるべきだと言ったのである。この句は二人のやりとりのうち、漁父が言った言葉である。崔致遠はなかなか官職につくことができなかった。そのために、高駢の広い恩波を受けて長年の塵を洗いたいと官職を強く願っていたのである。

また、崔致遠の「徐莓充榷酒務専知（徐莓榷酒務専知に充てらる）」（『桂苑筆耕集』巻十四）に、「今則擧漢代之榷宜、捜杜康之利潤。贍吾軍用、藉爾公才。既非若處先登、無與衆人皆醉。（今則ち漢代の榷を挙げて宜しく、[7]杜康の利潤を捜すべし。吾が軍用を贍るに、爾が公の才を藉る。既に若し先に登るに処るに非ずんば、[8]衆人と皆酔う無し）」とある。これは徐莓が句當の天長県の榷酒務専知に任命された時に書いたもので、榷酒は酒を専売に携わる職である。この詩には屈原の「擧世皆濁我獨清、衆人皆醉我獨醒、是以見放。（世を挙げて皆濁り我れ独り清む、衆人皆酔いて我れ独り醒む、是を以て放たると）」と、世を挙げて皆濁り我れ独り清む典故が用いられている。屈原がこのような言葉で世間に対する不満を漏らしたことに対して漁父は「聖人不凝滯於物、而能與世推移、世人皆濁、何不淈其泥、而揚其波、衆人皆醉、何不餔其糟、而歠其釃、何故深思高擧、自令放爲。（聖人物に凝滞せずして、能く世と推移す、世人皆濁らば、何ぞ其の泥を淈して、其の波を揚げざる、衆人皆酔わば、何ぞ其の糟を餔いて、其の釃を歠らざる、何故に深く思い高く挙り、自ら放たれしむるを為さん）」と答えた。崔致遠は徐莓に酒を専売するところに務めながら聖人のように行動すべきであって世人や衆人と一緒になって酔ってはいけないと屈原と漁父の話を用いて警告していたのである[9]。

この二首から窺えるように、崔致遠は屈原と漁父のやりとりを読んでおり自分の詩文に取り入れていた。屈原のおかれている心情と漁父の置かれるべき心構えを取り入れて詩文を作っていたのである。

高麗時代中期の李奎報（一一六八～一二四一）を見てみよう。李奎報の詩文に、[10]「吳君見和、復次韻（吳君和せられ、復び次韻す）」（『東國李相國文集』巻十七）詩がある。その詩に、「憔悴行吟澤畔身、龍灘鮫室是吾隣。此時唯有呉夫子、眷眷當年同榜人。（憔悴して行吟す沢畔の身、龍の灘鮫の室是れ吾が隣。此の時唯だ呉夫子有るのみ、眷眷として当年の同榜の人）」と述べられている。第一句目の「憔悴行吟澤畔身」は屈原が左遷されて悲しんでいる様子を表したものである。『楚辭』（巻七）「漁父章」の漢の王逸の注に、「漁父者屈原之所作也、屈原放逐、在江湘之閒、憂愁歎吟、儀容變易、而漁父避世隱身、釣魚江濱、欣然自樂、時遇屈原川澤之域、怪而問之、遂相應答、楚人思念屈原、因敍其辭、以相傳焉。（漁父は屈原の作る所なり、屈原放逐せられ、江湘の間に在り、憂愁歎吟、儀容変易す、而して漁父世を避け身を隠し、魚を江浜に釣り、欣然として自ら楽しむ、時に屈原川沢の域に遇い、怪しんで之を問い、遂に相い応答す、楚人屈原を思念し、因って其の辞を叙し、以て相伝う）」とある。この王逸の注のように李奎報は左遷されて悲しんでいる屈原に自分を託していたのである。

李奎報のこの詩がいつ作られたかは明らかではないが、第三句目に見られる呉夫子は呉世才で、字は徳全、中国の竹林七賢に倣った集まり、竹林高会のメンバーの一人である。李奎報は竹林高会のメンバーたちと交流があったが、特に呉世才を尊敬し忘年友にも参加していた。「七賢説」（『東國李相國集』巻二十一）に、「時予年方十九、呉徳全許爲忘年友、毎携詣其會。（時に予れ年方に十九、呉徳全許して忘年の友と為り、毎に携えて其の会に詣る）」と記される。また「呉先生徳全哀詞」（『東國李相國集』巻三十七）には、「予年方十八、猶未冠、公已五十三矣。（予れ年方に十八、猶お未だ冠せず、公已に五十三なり）」とあり、二人の年の差は大きかったが、李奎報は呉世才にかわいがわれていたものと見られる。

李奎報は十六歳の時に司馬試に応じたが三回も失敗し、二十二歳で進士に合格した。この詩をつくった時点では彼は官職についていなかった。「呉君見和、復次韻」の「憔悴行吟澤畔身」句は、屈原のことを述べつつ、いまだに官職についていない李奎報自身のことを述べているのである。

また、李奎報の「崔大博復和、依韻奉答」（『東國李相國文集』巻十二）に、「厭従黠賈見蚩眩、退掃妄縁風葉巻。嗒然喪耦子綦嘘、謂若無人呉質眄。先識粗期封穴蟻、獨醒不與餔糟醉。（黠賈に従い蚩眩を見ることを厭い、退きて妄縁を掃きて風葉巻く。嗒然として耦を喪い子綦の嘘き、人無きが若して謂い呉質眄る。先に識るは粗穴を封ずる蟻を期し、独り醒めて糟を餔いて酔うに与せず）」とある。この詩を作った時点においても彼はやはりまだ仕官していなかった。太博であった崔宗連が李奎報のことを心配して推薦しようとしたがうまくいかなかった。「獨醒不與餔糟醉」句は屈原の一人醒めているようにと意気込みを述べているが、これはまさしく李奎報の仕官に対する意気込みでもあろう。[11]

この二首を通して、李奎報の屈原に対する描き方は屈原の心情を自分自身の置かれた立場に重ねあわせていたことがわかる。ところが、「次韻月首座贈趙侍郎冲二首」の二首目には屈原とやりとりをした漁父が登場する。

安馴那得性如鳩、强項平生負素修。入社猶思陶令飲、彌天長服道安優。早諳浮世眞如寓、愧把微官謾導休。
憔悴苦遭漁父笑、遷延甘作賈胡留。艱危到處芒攢背、俯仰無端雪滿頭。卜築他年容我不、掛冠神虎謝王侯。

（安馴として那んぞ性鳩の如くなるを得んや、强項として平生素の修に負くを。入社して猶お陶令の飲を思い、彌天長く道安の優を服す。[12] 早く諳る浮世真に寓の如くなるを、愧ず微官を把て謾りに導休するを。憔悴して苦しみ漁父の笑いに遭い、遷延として甘じて賈胡の留まるを作す。[13] 艱危到る処芒背に攢し、俯仰瑞無くも雪頭に満つ。卜築して他年我を容れるやいなや、冠を神虎に掛けて王侯に謝す）

（「次韻月首座贈趙侍郎冲二首」、『東國李相國文集』巻十三）

この詩は月首座が侍郎趙冲に贈った詩に次韻したものである。趙冲は宰相趙永仁の末っ子で年二十にして侍郎になった。一首目の詩には趙冲の家柄や才能が賞賛され、趙冲を羡む心情が述べられている。李奎報の年譜をみると、三十歳の十二月に、冢宰趙永仁、相国任濡などが聯名劄子でまず李奎報を外寄に送り、そこから後日文翰の仕事に就かせようと明宗に李奎報を推薦した。明宗は初め許可したものの、李奎報に良くない感情を持っていた奏承宣を掌る一人の人物がおり、劄子を天曹に掛けないでそれをなくしたと嘘をついた。そこで、冢宰趙永仁が劄子を掛けなかったために、李奎報は登用されなかった。このこともあってか、「喜我早攀尼父翼、推公長作華韻頭。此生幸識荊州面、何羨人間萬戸侯。（我早くも尼父の翼に攀るを喜び、公の長く華韻の頭に作るを推す。此の生幸に荊州の面を識る、何んぞ羨まん人間の万戸侯を）」という句の、趙冲に一度会っただけで満足するという表現からは趙冲にこびるような印象さえ漂う。[14]

この詩の「愧把微官謾導休」句から李奎報が自分の置かれた立場、まだ微官である自分を恥じているのは、一首目の趙冲を賞賛する言い方とは逆に自分の立場の惨めさを浮き彫りにしている。この際、李奎報は「憔悴苦遭漁父笑」と、屈原と漁父のやりとりを利用して左遷されて悲しむ屈原は漁父の笑いものになっていると言う。これまた自分を屈原に投影している。また、笑うだけとは屈原の考えや行動をあざ笑っている漁父の存在と役割の表出である。李奎報の立場から考えると、惨めな屈原の気持ちが理解できたと思われるが、李奎報はまた漁父を屈原から離れられない存在としても認めていたのである。

二　『莊子』「漁父篇」の受容

『莊子』第三十一の「漁父篇」にも漁父に関する、孔子と漁父のやりとりが見られる。新羅時代の文人崔致遠や高麗中期の文人李奎報の詩文には『莊子』の漁父篇の一面が描かれている。まず、新羅時代の崔致遠の詩文を見てみる。

「遣宿衛學生首領等入朝狀（宿衛学生首領等を遣って朝に入るの状）」（『孤雲先生文集』巻一）には「至今國子監內、獨有新羅馬道、在四門館北廊中。蠢彼諸蕃、聞其中絶。祇如渤海、無籍膠庠、惟令桃野諸生、得側杏壇學侶。由是海人賤姓、泉客微名、或高掛金牌、寧慚附贅。或榮昇玉案、實頼餘光、雖乖業擅專門、可證人無異國。（今に至りて国子監の内、独だ新羅の馬道有りて、四門館北廊の中に在るのみ。彼の諸蕃を蠢めき、其の中絶を聞し。祇だ渤海の如く、籍無き膠庠、惟れ桃野の諸生をして、杏壇学侶に側うを得たり。是れに由りて海人賤姓、泉客微名、或いは高く金牌を掛け、寧ろ附贅を慚ず。或いは栄えて玉案に昇り、実に余光に頼る。業を専門に擅するを乖くと雖ども、人異国無きを證すべし）」と述べられる。この詩は宿直しながら警衛する学生と首領などを遣わして朝廷に入る上奏文で、崔致遠が新羅の王に代わって作成したものである。この詩の「得側杏壇學侶」句は、『莊子』「雜篇」第三十一「漁父篇」に、「孔子遊乎緇帷之林、休坐乎杏壇之上、弟子讀書、孔子弦歌鼓琴。（孔子緇帷の林に遊び、杏壇の上に休坐す、弟子書を読み、孔子弦歌して琴を鼓す）」を典故として用いている。続いて、漁父は陸に上がって孔子とやりとりをする場面で、「有漁父者、下船而來、鬚眉交白、被髮揄袂、行原以上、距陸而止、左手據膝、右手持頤以聽。（漁父なる者有りて、船より下りて来る、鬚眉交白く、被髪揄袂す、原を行き以て上り、陸を距って止まり、左手膝に拠り、右手頤を持えて以て聴く）」とあるが、しかし崔致遠はこの漁父の話は用いることはしないで、孔子と弟子たちの話だけを用いている。

では、崔致遠は漁父の、世俗のものに拘ることなく無為自然の真実を見失わないならば、安らかな人生を送れるということには関心がなかったのか。

吏部侍郎に除せられたのを祝賀する「賀除吏部侍郎別紙（吏部侍郎に除せらるを賀する別紙）」（『桂苑筆耕集』巻十九）に、「然則任賢得地、既叶五百年之期、好學趨門、必盈七十子之數。繼集仙遊於蓬島、盛傳儒禮於杏壇。既搜虹玉驪珠、皆成國寶、佇見臺鸞閣鳳、永作家禽。（然れば則ち賢に任ぜられて地を得、既に五百年の期に叶い、学を好みて門に趨むき、必ず七十子に数に盈つ。継ぎ集まりて仙の蓬島に遊び、盛んに伝う儒の杏壇に礼するを。既に虹玉驪珠を捜し、皆な国宝と成り、佇んで台鸞閣鳳を見、永く家禽と作る）」と、続いて「某伏思萬里無依、久勞漂蕩、十年有遇、幸遂奮飛。異鄕榮垂白之親、達路忝披朱之飾。昔名士爲李公御者喜抃猶多、今遠人稱尼父生徒光輝無比。（某伏して万里依る無きを思い、久しく労して漂蕩す、十年遇う有りて、幸にして遂に奮飛す。異郷垂白の親を栄えしむ、達路に披朱の飾を忝なくす。昔の名士李公の為に御する者喜び抃つこと猶お多く、今遠人尼父の生徒と称し、光輝あること比する無し）」と述べられている。儒学を習い伝えて礼することや、親のために高い官職につくといったことは儒学の教え方である。そういう意味において崔致遠は故郷から遠く離れて苦労しながら官職についた喜びは当然親孝行することだと思っていたであろう。「杏壇」は杏の木が多く台地が高くなっているところである。崔致遠が儒学を守ろうとする表現から考えると、孔子が詩を歌い琴を弾き、弟子たちが経典を読んだ杏壇は、寺子屋のような勉強するところとして定着したように見られる。崔致遠が漁父篇の孔子と漁父のやりとりを読んだとしても彼の心は漁父よりも儒学への関心が強かったことも理解できよう。

一方、高麗時代の李奎報の詩文をみると、『莊子』の「漁父篇」に見られる孔子と漁父のやりとりに関する話はほとんど見られない。ただ、当時の文人林椿（?〜?）の「漁父」には孔子と漁父のやりとりがみられるので、かわりにそれを見ることにする。(15)

浮家泛宅送平生、明月扁舟過洞庭。壇上不聞夫子語、澤邊來笑屈原醒。
臨風小笛歸秋浦、帶雨寒簑向晩汀。應笑世人多好事、幾廻將我畫爲屛。
（浮家泛宅平生を送り、明月扁舟洞庭に過る。壇上夫子の語を聞かず、沢辺来たりて屈原の醒むるを笑う。風に臨む小笛秋浦に帰す、雨を帯びる寒簑晩汀に向かう。応に笑うべし世人多く事を好み、幾廻我を将て画いて屛と為す）

（「漁父」、『西河集』巻一）

この詩の第三、四句目「壇上不聞夫子語、澤邊來笑屈原醒」句には『莊子』の「漁父篇」と『楚辭』「漁父章」の故事が用いられている。特に、「壇上不聞夫子語」句は漁父は孔子の願い、すなわち漁父の弟子となる願いを聞いてくれなかったことを表す。すでに述べた『莊子』「漁父篇」のように、孔子は杏壇のあるところに出かけて弟子と休みながら書を読み、歌や琴で遊んでいた。そこに漁父があらわれる。孔子が、「其聖人與（其れ聖人か）」といい、坂を下りて老人に会おうと水辺までやってきた。老人はちょうど櫂を立てて舟を出そうとしたが、孔子を認めると引き返してきて孔子の前に立った。孔子は後ずさりすると、二度の拝礼をしてから前に進んで、「丘少而脩學、以至於今、六十九歳矣、無所得聞至教、敢不虛心。（丘少くして学を修め、以て今に至り、六十九歳なり、至教を聞くを得る所無し、敢えて心を虚しうせざらんや）」と言った。二人のやりとりは続き、漁父は人間の持つべき根本的真理を教えながら、孔子が行うべき教訓について述べた。慎重に身を修めて功名など世俗のものに拘ることなく、他人ばかりを責めることなく無為自然の真実があれば安らかな人生を送れると言う。結局、漁父は孔子を残して立ち去っていったのである。林椿の第三、四句目に莊子の「漁父篇」と楚辞「漁父章」を用いたことで「漁父」というタイトルにふさわしいかの有名な故事をともに引用し、「漁父」を客観的に描いて世間との距離を置くことで、世人との差を明らかにしている。林椿もまたその漁父の生き方に憧れていたようにみられる。

林椿は数回科挙試験を受けたが失敗に終わっており、武人鄭仲夫の乱に遇い、江南に避難して洛州、尙州、南州、密州、湍州など、時には嶺南地方にある寺院や名勝地に出かけていた。乱を避けて江湖にさまよい生活をしていたのである。

林椿は隠居について、「眞隱者能顯也、眞顯者能隱也、凡涕唾爵位、粃糠芻豢、枕白石漱清流者、索隱行怪而已、於顯能之耶。（真に隠くる者は能く顕らかなり、真に顕らかなる者は能く隠くるなり、凡そ爵位に涕唾し、芻豢に粃糠し、白石を枕とし清流に漱ぐ者、隠を索めて怪を行うのみ、顕に於いて之を能くせんや）」（「逸齋記」巻五）と述べている。また、「乃眞隱顯、而隱與道倶藏、顯與道倶行也。（乃ち真の隠と顕とにして、而して隠は道と倶に蔵れ、顕は道と倶に行わる）」と述べている。真に隠れる人こそが出世できるし、真に出世が出来る人は隠れるのだと述べている。しかし、ただの隠居や出世は道を伴わないと意味がないと述べている。林椿が道を伴うことこそ真の隠居と考えていたことから考えると、「漁父」においても道を伴ってこそ真の漁父であると考えていたと思われる。

李奎報の詩に『莊子』の漁父篇に見られる孔子と漁父のやりとりに関する話がみられなかったのは、李奎報が魚父を憧れる対象としていたにせよ、林椿が隠居するに当たって道をともにすべきだと考えていたように、恐らく李奎報自身も道を伴うことこそ隠居であるという考えをもって魚父を眺めていたためではないだろうか。

以上、新羅時代と高麗中期において、荘子の「漁父篇」の漁父の描き方を窺った。新羅時代の崔致遠は杏壇を用いて儒学を賞賛していた。高麗時代になると文人は道を伴う漁父生活こそ、真の隠居であると考えるようになった。儒学の道を歩むことこそ正しい道であるとの考えがあり、漁父においてもそれを要求して、漁父の隠居という行為よりも道を導く存在として考えていたことが窺える。

それでは、新羅の崔致遠や高麗時代の李奎報は『莊子』の漁父篇を読んでいなかったのか、読んでいたのであればどういう面を詠じていたのか。

三　『莊子』「漁父篇」中の畏影

『莊子』の「漁父篇」に漁父が陸に上がって孔子とやりとりをする場面があるが、すでに述べたように、孔子が外国に出かけたことに関する二人のやりとりの中に、「孔子愀然而歎、再拜而起曰、丘再逐於魯、削迹於衛、伐樹於宋、圍於陳蔡。丘不知所失而離此四謗者、何也。客悽然變容曰、甚矣、子之難悟也。人有畏影惡迹而去之走者。擧足愈數而迹愈多、走愈疾而影不離身。自以爲尙遲、疾走不休、絕力而死。不知處陰以休影、處靜以息迹、愚亦甚矣。子審仁義之間、察同異之際、觀動靜之變、適受與之度、理好惡之情、和喜怒之節、而幾於不免矣。謹脩而身、愼守其眞、還以物與人、則無所累矣、今不脩之身而求之人、不亦外乎。（孔子愀然として歎じて、再び拝して起ちて曰く、丘再び魯より逐われ、迹を衛に削られ、樹を宋に伐られ、陳蔡に囲まる。丘失う所を知らずして此の四謗より離る者は、何んぞや。客悽然として容を変えて曰く、甚しいかな、子の悟り難きや。人影を畏れて迹を悪みて之を去てて走る者有り。足を挙ぐること愈よ数かにして迹愈よ多く、走ること愈よ疾くして影身を離れず。自ら以て尚遅しと為し、疾走して休まず、力絶ちて死す。陰に処して以て影を休め、静に処して以て迹を息むるを知らず、愚も亦甚だしいかな。子仁義の間に審らかにし、同異の際を察かにし、動静の変を観、受与の度を適にし、好悪の情を理めて、喜怒の節と和し、而して免れざるに幾からん、謹しんで而の身を脩め、慎んで其の真を守り、還して物を以て人に与うれば、則ち累さるる所無し、今之を身に脩めずして之を人に求むる、亦た外ならずや）」と述べられている。弁明を並べる孔子に漁父は、「人は自分の影を畏れて、足跡をいやがってそこから逃げようとして足を挙げて走れば走るほど足跡の数は多くなる。いくら必死に疾走しても影は体にぴったりとくっついてくるものである。」と孔子を批判していたのである。もし日陰に身を置けば影は消えて、静かにじっとしていれば足跡が付かないのを知らないのに、ひどい愚かなものだと、愚かな行動により死んだある人の話を孔子に聞かせた。孔子の仁や義、同異の際、動静の変、受与の度、好悪の情、喜怒の節など、愚かなことから離れることなく、功名など世俗のものに拘ることを責めていたのである。

新羅時代の崔致遠は「謝高祕書示長歌書（高秘書の長歌を示さるるに謝するの書）」（『桂苑筆耕』巻十九）に、『莊子』の「漁父篇」中の畏影を用いている。

今覩四十三叔行出人表、言成世資、弄才子之筆端、寫忠臣之襟抱。在今行古、既爲儒室之宗、憂國如家、固是德門之事。天有耳而必常悔禍、雲無心而亦可銷兵。一言自此興危邦、六義於斯歸正道。則所謂陳平宰社、爾曹何知。鄧艾畫營、其志不小、永言他日、足驗前程。某畏影雖迷、偷光匪懈、既知閱寶、直若發蒙。唯願將鵬擧篇章、傳於異域、豈獨以伯魚對答、誇向同聲。

（今四十三叔を覩るに行は人表に出で、言は世資を成し、才子の筆端を弄び、忠臣の襟抱を写す。今に在りて古を行い、既にして儒室の宗と為るや、国を憂うこと家の如く、固より是れ徳門の事なり。天に耳有りて必ず常に禍を悔い、[16]雲は無心にして亦た兵を銷すべし。[17]一言此れ自り危邦を興し、六義斯に於て正道に帰す。則ち所謂陳平の宰社、[18]爾が曹何をか知るや。鄧艾営を画き、[19]其の志小ならず。永く他日に言う、前程を験するに足れり。某影を畏れ迷うと雖ども、光を偸みて懈るに匪ず、[20]既に宝を閲するを知り、直に蒙を発するが若し。唯だ願わくは鵬を将て篇章を挙げ、異域に伝う、[21]豈に独り伯魚を以て対答し、[22]誇りて同声に向かわんや）

これは崔致遠が高秘書から長歌を受けて感謝する書である。四十三叔は高秘書である。[23]崔致遠は高秘書を儒室の宗と称して、高秘書の長歌が優れていると賞賛した。この書に崔致遠は国を思う忠臣のあるべき姿を述べて、自分を愚者であるとし、大いに学ぶべきところがあると、『莊子』の「漁父篇」中の畏影の典故を引用して、自分を「畏影」、すなわち愚者として表現していたのである。

高麗時代の李奎報の詩文においても、「畏影」が用いられている。「李亞卿復和來贈卽席次韻贈之（李亜卿復た来たり贈らるるに和して即席に次韻して之を贈る）二首」（『東國李相國後集』巻三）のその二首目をみてみる。

取爵曾同偶中侯、行藏未必係天符。畏途不忌搖長啄、閑境如今數短鬚。
已喜處陰方息影、何須揭日更驚愚。期君驟踐經綸地、坐使蒼生沐澤濡。

（爵を取るは曾て偶たま侯に中たるを同じくし、行蔵未だ必ずしも天符に係らず。途を畏れて長啄を揺らすを忌まず、閑境如今短鬚を数う。已に喜ぶ陰に処して方に影を息むを、何んぞ須らく日を掲ぼりて更に愚を驚くや。君に期す驟しば経綸の地を践み、坐ろに蒼生をして沢に沐い濡らさしむるを）

李亞卿はどういう人物か明らかではないが、この詩は李亞卿から贈られて次韻したものである。『莊子』の「漁父篇」中に「處陰息影」とあり、日陰に身を置けば影は消えて、静かにじっとしていれば足跡がつかないことを表す。正しい発言をして官職から離れるはめになった李奎報は、「已喜處陰方息影」と述べて『莊子』の「處陰息影」を引用しており、官職から離れることがかえっていいことで、自分は愚かなものではないと言ったのである。また、孔子のように功名など世俗のものに拘ることはしないと言った。しかし、結句に李亞卿に官職については、民のために尽くすことを願っていることから、官職につく李亞卿を羨む感情も排除できない。

新羅時代の崔致遠や高麗時代中期の李奎報の詩文に詠じられた、屈原と漁父の対話、孔子と漁父の対話をみてきた。

屈原に関しては、自分の置かれた情況を屈原に投影することで、幾分慰めてもらおうとする感情が描かれていた。『莊子』の漁父に関しては、「杏壇」や「畏影」といった言葉を引用していた。孔子と弟子が集まっていた杏壇を儒学の場として詠じており、また漁父の示す言葉を用いて、自分の慰めの手段としていた。特に漁父に関して、屈原と漁父の対話にしろ、孔子と漁父の対話にしろ、魚釣りをして生計を立てる、竿を垂れる漁父の隠居者を、人生を導く教訓的存在として描いていた。

第二節　高麗後期における漁父と張志和の「漁父詞」への心酔

武臣時代が終わって高麗後期になると漁父に関する詩文が次第に多くなる。新羅時代や高麗中期のように屈原と漁父の対話、孔子と漁父の対話はあるもののその数は少なく、これまであまり詠じなかった「漁父詞」が表われる。特に中国唐代の張志和の「雑歌謠辭・漁父歌」（巻二十九）に関する詩文が多く見られる。この節では張志和の「漁父歌」がどのように歌われていたのか。高麗後期の文人はなぜ張志和の「漁父歌」に関心を持ち詩文に取り入れていたのかについて考えたい。

李齊賢（一二八七～一三六七）の詩文に「漁父歌」「漁父詞」という言葉が見られ(24)、また李穀（一二九八～一三五一）の詩文には張志和の「漁父歌」の詩句を引用したと思われる詩がある。

異時物議奈吾何、此日功名未足多。誰似南江烟雨裏、千金不換一漁簑。

（異時の物議吾を奈何せん、此の日の功名未だ足らざること多し。誰か南江の烟雨の裏に似たるや、千金一漁蓑に換えず）

（「寄金仲始思補」、『稼亭集』巻十六）

金仲始思補はどういう人物か明らかではないが、この詩の第三、四句目の「誰似南江烟雨裏、千金不換一漁簑」は、南江のすばらしい景色、その中に漁蓑を被った漁父の生活、魚父は多くの金と比較できないほどであるという。張志和は自らを「煙波釣徒」と称して隠居を求めた人物である。張志和の「雑歌謠辭・漁父歌」其一（巻二十九）には「青箬笠、綠蓑衣、春江細雨不須歸。（青箬笠、緑蓑衣、春江細雨帰るを須いず）」とあり、また「江上雪、浦邊風、笑著荷衣不歎窮。（江上の雪、浦辺の風、笑いて荷衣を著し窮するを歎ぜず）」とある。李穀の「誰似南江烟雨裏、千金不換一漁簑」の句は張志和のこれらの句を連想させる。

李穀は中国の元において征東省の郷試に首席で選抜されたことがあり（一三三二）、翰林国史院検閲官になって元の文人たちと交流を行った。本国に戻って学校を振興するように命じられ（一三三四）、嘉善大夫試典儀副令直宝門閣を授かり、次々と官職を昇り、政堂文学・都僉議賛成事に昇っていた。また、「漁父歌」「漁父詞」という言葉を詩文に用いた李齊賢とともに『編年綱目』を重修した。さらに、元から征東行中書省左右司郎中を授かった。地方豪族の出身でもあった李穀は、現実の問題を性理学に基づいて解決しようとした。忠定王（一三四九〜一三五一）が即位する際に、恭愍王（一三三〇〜一三七四）を立てるべきだと主張したが、その主張は受け入れられなかったために、身の不安を感じて関東地方に出かけて周遊した。

『欽定詞譜』の「漁歌子」に、「唐教坊曲名、按唐書張志和傳、志和居江湖、自稱煙波釣徒、每垂釣不設餌、志不在魚也、憲宗圖眞求其人不能致、嘗撰漁歌、卽此詞也。（唐の教坊曲名、按ずるに唐書の張志和伝に、志和江湖に居り、自ら煙波釣徒と称す、毎に釣を垂れるも餌を設けず、志は魚に在らざるなり、憲宗真を図さんとして其の人を求むるも致たす能わず、嘗って漁歌を撰す、即ち此の詞なり)」と述べられている。張志和は釣り糸を垂れても志が魚になかったとある。[25] 李穀のこの詩の第一、二句目に将来世の人々がどんな評価をするとしても、私はどうすることもできず、今日の功名はたいしたものではない。この詩は李穀の不安な時期に書いたものと見られるが、世情と合わないために世間を離れて漁父になったほうがずっといいと考えていたものと見られる。

李穀の子で、李齊賢の門下生だった李穡(一三二八～一三九六)は父親李穀の影響を受けたのか、「驪江四絶。有懐漁父金敬之(驪江の四絶。漁父金敬之に懐う有り)」(『牧隠詩藁』巻九)詩の第一絶の春に「群花爛熳炫晴空、一箇釣舟明鏡中。不是綠蓑青蒻客、誰知細雨與斜風。(群花爛熳として晴空に炫き、一箇の釣舟明鏡の中。是れ緑蓑青蒻客にあらずんば、誰か知らん細雨と斜風とを)」と詠じている。李穡は金敬之を「綠蓑青蒻客」と張志和に比喩して、金敬之が張志和のように漁父の隠居生活をすると述べている。漁父金敬之は金九容(一三三八～一三八四)を指し、号は惕若齋、六友堂で、官職は三司左尹であった。北元の使節を迎えることに反対したために左遷されたことがある。一三六七年、李穡が大司成になった時に登用されて性理学の普及や発展に努めており、後には故郷の驪江に移り住んで、自らの号を驪江の漁父とした。

李穡はこのように漁父金敬之の生活を憧れているが、李穡自分も張志和のような生活をしたいと述べている。

驟雨初過欲落暉、滿林風動散餘霏。爽然入骨清如水、青蒻綠簑何日歸。

(驟雨初めて過ぎ落暉せんと欲し、満林の風動いて余霏を散ず。爽然として骨に入りて清らかなること水の如く、青蒻緑簑何れの日にか帰らん)

(「絶句」、『牧隠詩藁』巻二十二)

にわか雨が通り過ぎて夕日が落ちようとし、風が吹いて林一体が揺らぎ残り雨が飛び散る。さわやかで清らかさは骨までしみる。青篛緑簑の姿になって帰る日はいつになるであろうかという「靑篛綠簑何日歸」句は、明らかに張志和の「靑箬笠、綠蓑衣、春江細雨不須歸」句の引用で、李穡は張志和が行った隠居生活をしたいと述べていたのである。

李穡は張志和の「靑箬笠、綠蓑衣、春江細雨不須歸」に深く感動を覚えたようで、彼の詩文、特に雨を詠じる詩文に張志和の詩句が多く用いられている。李穡は晩年の作、「小雨」（巻十五）に、「驪江春水碧如苔、茅屋參差傍岸開。何日乞身隨野老、斜風細雨刺船回。（驪江の春水碧きこと苔の如し、茅屋参差として傍崖開く。何れの日か身を乞う野老に随い、斜風細雨船に刺して回らん）」とあり、また、「喜雨一首」（巻二十九）に「行雲向北忽如奔、白髮衰翁在小軒。隱隱雷聲聞更遠、濛濛雨勢坐來昏。豊凶通制能爲國、老病相浸獨掩門。一曲驪江歸興動、簑衣蒻笠亦君恩。（行雲北に向って忽ち奔るが如く、白髪の衰翁小軒に在り。隠隠として雷声更に遠く聞こえ、濛濛として雨勢坐ろに来たりて昏し。豊凶通制能く国の為にし、老病相い侵して独り門を掩う。一たび驪江を曲れば帰興動き、簑衣蒻笠も亦た君の恩）」と述べられている。この二首には「綠蓑靑蒻客」である金敬之に会いに出かけたいという心情が表われている。李穡は驪興（現在の京畿道驪州の古名）に流配されたことがあり、晩年驪江に行く途中で世を去った。最後に驪江に出かけたのは、その昔「綠蓑靑蒻客」であった金敬之と楽しかった日々を思い浮かべて自分も「綠蓑靑蒻客」になりたい気持ちがあったと考えられる。また、「卽事」（巻十六）に「披簑欲上扁舟去、一曲驪江置野莊。（簑を披て扁舟に上り去らんと欲す、一曲の驪江野荘を置く）」とあり、驪江辺に李穡の野荘があることからなおさら出かけたい気持ちが強くなったであろう。これら以外に、「小雨」（巻十五）、「微雨」（巻二十五）、「曉雨」（巻二十六）、「枕上聞雨又 一首」（巻二十七）、「喜雨」（巻三十二）、「晨興有微雨」（巻三十三）、「未數刻雨復作」（巻三十四）などに張志和関連の詩が見られる。

李穡は故郷への思いを綴った、「聞上相觀戰艦江上（上相の戦艦を江上にて観るを聞く）」（巻三十二）の詩に、官船が奮闘することを見て今戦乱なので故郷へは帰れないがいつか故郷に戻れると詠じている。この詩の三首中その三の第一句目から第四句目まで（八句）に、「我本居江國、時從漁者游。綠蓑宜冒雨、明月好行舟。（我本と江国に居り、時に漁者に従い游ぶ、緑簑雨を冒うに宜しく、明月行舟するに好し）」とある。雨が降ると緑簑を着て、明るい月のなかを舟で行く、川辺で緑簑を着るほど素朴な生活をしたことを懐かしく思っている。また、李穡の「思鄉」（『牧隱詩藁』巻九）には、「細雨斜風滿綠簑、夢中長在白鷗波。功名自古驅馳甚、衰病如今坐臥多。（細雨斜風緑蓑に満つ、夢中長く白鷗の波に在り。功名古自り駆馳すること甚だしく、衰病如今坐臥すること多し）」とある。李穡の本貫は韓山で今の忠清道舒川であるが、幼い時から慣れ親しんだ風景、舟、魚者などを思い出し、懐かしく思っている。故郷での生活は張志和の隠居生活と同様のイメージであるか、故郷と似た風景であるかは分からないが、張志和を慕っていることから貧しくとも心を和ませてくれる、世間の煩わしさを忘れることができる所であろうことは充分推測できる。このことはまた張志和の句をそれほど好んで描いた理由でもあろう。

ところで、以下の二首を見てみよう。

曉聞簷溜雜鷄鳴、煮水風爐沸有聲。稚子牽衣頻索飯、老翁揮筆爛陳情。
捲簾高詠濕蠻紙、張傘疾驅盈鳳城。最愛綠簑衣一句、到今如畫眼中明。

（暁に簷溜を聞き鶏鳴を雑じう、水を煮る風爐沸いて声有り。稚子衣を牽いて頻に飯を索む、老翁筆を揮いて爛として情を陳ぶ。簾を捲いて高詠して蠻紙を湿し、傘を張りて疾駆して鳳城に盈つ。最も愛するは緑簑衣の一句、今に到るも画の如く

眼中に明らかなり）

（「枕上聞雨又一首」、『牧隱詩藁』巻二十七）

晩雨蕭疏欲濕衣、山光野色共熹微。預愁破屋常持傘、坐對孤村半掩扉。勢似飢鷹思得肉、身如老馬不任鞿。綠簑青蒻何時去、西塞遙遙白鳥飛。

（晩雨蕭疏として衣を湿わさんと欲し、山光野色共に熹微たり。預め破屋を愁いて常に傘持つ、坐ろに孤村に対し半ば扉を掩う。勢は飢鷹の肉を得んことを思るに似、身は老馬鞿に任せざるが如し。緑簑青蒻何れの時か去らん、西塞遥遥として白鳥飛ぶ）[26][27]

（「晨興有微雨」、巻三十三）

二首とも李穡の晩年の作である。前者は明け方に枕元で雨音を聞きながら、豊かではない生活と隠居できないでいる自分を描いている。李穡は張志和の「青箬笠、綠蓑衣、春江細雨不須歸」句が最愛の句であると述べており、張志和の生活が鮮明に目に映るようであると、張志和の生活に憧れている様子が歌われる。後者では夜から明け方にかけて降る雨を眺めながら、老いても自分の好きなことができずにいる、いつになったら張志和のような生活ができるだろうかと、寂しい様子が描かれる。

二首とも李穡は雨が降る時に張志和の貧しい生活であっても隠居生活をすることに心を強く打たれて、張志和が雨の中にいても帰らない姿を羨ましく思う姿が述べられている。この時期に李穡は決して裕福な生活ではないものの、官職についていたことから考えると、李穡は世間から離れることなく、心だけが世間を離れたい気持ちを表していたのである。
李穡の主張する性理学を受け継いで、性理学に大きく貢献した鄭道傳（一三四二〜一三九八）は李穡の弟子でありながら李穡と違って排元親明を主張した。朝鮮王朝を建国する際に李成桂を支持して大いに功績をあげた、鄭道傳もまた漁父詞に題する詩や漁村記後に題する詩文を残している。

有翁有翁身朝衣、半酣高歌漁父詞。一曲起我江海思、二曲坐我蒼苔磯。
三曲泛泛迷所之、白沙灘上伴鷗鷥。紅蓼洲邊同鷺鷥、雲煙茫茫雪霏霏。
水面鏡淨風漣漪、綠簑靑篛冒雨披。短棹輕槳載月歸、興來閒捻一笛吹。
往往和以滄浪辭、數聲激烈動江涯。悦然四顧忽若遺、高歌未終翁在玆。

（翁有り翁有りて身は朝衣、半酣して漁父詞を高歌す。一曲我をして江海の思いを起させ、二曲我れをして蒼苔磯に坐らしむ。三曲泛泛として之く所に迷い、白沙灘の上鷗鷥を伴なう。紅蓼洲の辺鷺鷥と同じくし、雲煙茫茫として雪霏霏たり。水面の鏡浄く風漣漪たり、緑簑青篛雨を冒して披く。短棹軽槳月を載せて帰り、興来たれば閒かに捻じて一笛吹く。往往として和するに滄浪の辞を以てし、数声激烈にして江涯を動かす。悦然として四顧忽ち遺れるが若く、高歌未だ終らずして翁玆に在り）(28)

（「題孔伯共漁父詞」『三峯集』巻一）

この詩には孔伯共が漁父歌を歌っていたと描かれている。孔伯共(29)は孔俯（?〜一四一六）の字、号が漁村で、科挙試験に合格し官職についており、儀式醮祀を習うなど道教にも関心が強かった。孔伯共は興がわけば漁父詞を歌ったといわれる。この詩の「綠簑靑篛冒雨披」句は、張志和の「漁父歌」が想起される。漁父の生活に憧れ、漁父のような生活をしたのである。鄭道傳は孔伯共の漁父詞を聞くと、江湖にいるかのような錯覚を覚えると述べる。この詩の第三句目から六句目までに、一曲を聞くと自分が江海にいる、二曲を聞くと蒼苔磯に座っている、三曲目を聞くと、泛泛として行くところをまよってしまい、江海べの鷗鷺と伴になるという。鄭道傳の漁父詞を聞くと自然と一体になってしまう様子が窺える。むろん、孔伯共へのお世辞も含まれるが、鄭道傳の心は孔伯共の生活を憧れており、これを羨む感情を表している。

　孔伯共の事については孔伯共の友、權近（一三五二～一四〇九）の「漁村記」（『陽村先生文集』巻十一）に詳しい[30]。それによると、孔伯共は權近と同じ年だが、孔伯共の誕生日が上なので、權近が兄と称した。孔伯共は官職に及第し高い官職に挙って国の大事な仕事についていた。孔伯共は江湖への憧れを抱き、酒を飲みほろ酔い気分になると興が起こり漁父詞を詠じる。その音は天地いっぱいになる。孔伯共は私欲がなく事物を超越しているがために彼が詠じる漁父詞を聞くと人をしてまるで江湖にいるかのような錯覚に陥いれたと述べている[31]。孔伯共は「漁父歌」を歌うのにすぐれていたことが読みとれる。

　ところで、鄭道傳は孔伯共について、「有翁有翁身朝衣」と孔伯共は朝衣を纏っていた言う。「朝衣」は孔伯共が官職についていることを表す。鄭道傳の「題漁村記後」（『三峯集』巻四）に、「伯共以朝士號漁村、志其樂也。伯共不惟樂之於心、而又發之於聲。毎酒酣、歌漁父詞。非宮商、非律呂、而高下相應、節奏諧協、蓋出於自然者也。（伯共朝士を以て漁村と号す、其の楽を志す。伯共惟だ之を心に楽むのみならず、而して又た之を声に発す。酒の酣なる毎に、漁父詞を歌う。宮商に非らず、律呂に非らず、而して高下相応じ、節奏諧協す、蓋し自然より出ずる者なり）」と述べられている。ここにおいても「朝士」が用いられている。

鄭道傳の「蓋出於自然者也」句は權近の「漁村記」に見える、「使人胥次悠然如在江湖、是其心無私累、超出物表。（人の胥次をして悠然として江湖に在るが如く、是れ其の心に私累無く、物表に超出す）」を意味する。すなわち、江湖にいながら私心がなく世を超越した雰囲気の中、孔伯共は得意になって漁父歌を歌っていたものと見られる。

李穡や鄭道傳の詩文に張志和の句が用いられ、張志和の生活を羨む姿が詠じられている詩を見てみたが、張志和と大きく違った点がある。それは漁父歌を歌っている文人は張志和のように世俗を離れた漁父ではないことである。官職にいながら世俗を離れた漁父をうらやみ、そのようにありたい願望の気持ちで漁父歌を愛でていたのである。

第三節　新羅と高麗時代の社会情勢と文人の心

これまで新羅・高麗中期と高麗後期の文人が、中国歴史書にある漁父をどのように描いていたのかを見てみた。その結果、新羅・高麗中期と高麗後期の詩人の漁父の描き方が違っていたことが分かった。その理由として文人の置かれた社会情勢に大きく影響を受けたことが考えられる(32)。

『三国史記』は新羅を三期に分ける。上代は紀元前五七年から六五四年までとする。この時期に新羅が古代国家として発展し、骨品制度が確立した。中代は六五五年から七八〇年までで、この時期に三国が統一され、文化が最盛期を迎えた。下代は七八一年から九三五年まででこれまで権力を握った貴族勢力の分裂が進み、王族の力は弱くなっていく一方、地方豪族の力が伸びていった(33)。新羅に特徴的なのは骨品制度である。崔致遠はこの骨品制度により被害を受けていた。骨品制度は王族と貴族を中心とし、聖骨・真骨と六・五・四・三・二・一頭品の八つの身分に分けられた。六・五・四頭品は下級貴族として官僚になれるが、高い官職に昇ることができなかったために留学することがあった。当時の中国は唐の時代にあたる。この時期、両国の文化の交流が活発になり、多くの学者が中国に留学して先進文化を学んだ。当時は儒教を道徳政治の理念としており、中国に留学して帰ってきた六頭品出身は骨品制度、階級の制約などに不満を持ち改革を強く望んでいた。六頭品以下の階層は地方豪族と結束を図り反社会的な集団になっていった。一方、富をもつ貴族は多くの土地を自分のものにし私腹を肥やしていた。中には私兵を持つものまでも現れた。そして、王室は国家財政が悪くなった。それがすべて農民や賎民といった一般庶民に影響していった。しかも日照りが続いたり伝染病なども蔓延したりと、農民は二重三重の被害を受けて土地から離れていく人が続出した。あちらこちらで暴動や反乱を起こすなど社会秩序が乱れ、新羅は崩壊するようになった。

次の高麗時代が成立すると、中国人の雙冀の提案により科挙制度を採用し、中国と政治経済面ばかりでなく文化面でも密接な関係を保ち続けるようになった。豪族出身の太祖王建によって豪族聯合政策が行なわれた。光宗や景宗が、王権を強化し、成宗が体制を整備した。社会の構造は門閥貴族中心の体制になったが、李資謙の乱・妙清の乱が起きて門閥貴族間の矛盾が表れた。上流階級門閥貴族の立場が不安定となる間に、文臣武臣の不平等による摩擦から、武臣が反乱を起こし、武臣政権（一一七〇〜一二七〇）は百年間続いた。乱が起きると貴族社会の教育を担当していた多くの文臣が殺されたために、萎縮をよぎなくされた。この時に多くの文人が山林に隠れ、僧侶になって身の安全を計った。乱が終わって安定を取り戻した後に、一部の文臣は政界に戻ったが制約が厳しく、以前のような活躍はできなかった。世間を避けて心の通い合う者同志が集まって詩文を作る中国六朝時代の「竹林七賢」を真似た集まりや、武臣に合わせながら詩作活動をするもの、事物を擬人化して社会を風刺するものが現れた。李奎報（一一六八〜一二四一）はこの時に仕官して活躍した。乱以後も文化面における諸活動は依然として続いていたので、科挙試験も行なわれた。李奎報は夏課で優秀な成績をおさめている（一一八一）。蒙古が金を滅ぼして元の国を立て、高麗を侵略する不安定な時に武臣政権が私兵を肥やしたり、農民や賎民の暴動や反乱を起こしたりと社会の秩序が崩壊して、ついには武臣政権が終わる。

高麗後期、高麗は蒙古つまり元の影響圏に入った後、忠烈王（一二七五～一三〇八）の政治の支配層は、従来から閥族といわれた貴族の権門勢家で、もう一つは下級官僚や郷吏のいわゆる中小地主の子孫で科挙に合格して出世した新進士大夫であった。新進士大夫はこれまで権門勢家による農荘の拡大、及び仏教の堕落などの諸問題を目の前にしてきたので、当然農荘や仏教の改革を望んでいた。幸い、新進士大夫側の主張する反元政策と一致する反元改革政治を行なった恭愍王（一三五二～一三七四）によって権門勢家を押さえることができた。恭愍王はいくつかの改革をおこなったが、権門勢家の攻撃を受けて暗殺されると、結局はこの改革も長く続かず失敗に終わってしまった。

恭愍王が反元政治を行なったということは親明政策を行なったことになるが、ここに新たに生じたのが、親明と親元との対立である。李仁任（?～一三八八）ら執権者の権力と李穡・鄭夢周・李崇仁・吉再などの新進士大夫勢力である。李仁任ら執権者の権力の乱用はますます激しくなっていった。李仁任の部下崔瑩は自分の上官ではあるが、政治面ばかりでなく経済社会面の混乱を憂えて武将李成桂の助けを借りて李仁任らを追い払った。禑王十四年（一三八八）の時である。しかし、二人の間には大きな隔たりがあった。身分においては崔瑩が権門勢家で、李成桂が新進武将であるが上に、考え方も違っていた。そのために明・元に対する政策に違いが出た。即ち、禑王の子昌王を立てようとする側と、李成桂を立てようとする側の対立である。前者は李穡・鄭夢周・李崇仁・吉再などで、後者は鄭道傳・権近などであるが、二つの主張ぶりから温建改善派と急進改革派と名付けられている。結局は実権を握った急進改革派の李成桂が弱い権門勢家を圧倒して新しく王朝を建てるに至った。

また、武臣政権によって弱まっていた儒学は、元の支配下において再び復活し、この時期に中国から朱子学が安珦

（一二四三〜一三〇六）によって伝えられた。忠烈王は儒学を勧める機関、経史教授都監を設けた。そして、安珦の勧めで国学大成殿を建てる（忠烈王三〇年、一三〇四）など、儒学の復興に力を注いだ。その後、忠宣王も儒学の奨励に努めた。当時土地制度の混乱で社会は矛盾に満ちていたが、その原因の多くは仏教の乱れにあった。朱子学は儒教的立場から仏教の思想を解釈して、人間の心性を探ろうとしたものだけに、新進儒学者に多く受け入れられたのである。彼等は『朱文公家禮』を輸入したり、家廟を立てたりするなど、儒教儀式の普及に努めた。この新進士勢力がだんだんと成長して、次の時代である朝鮮を興すに至ったのである。

第四節　韓国文人の漁父に託する心

前の節で述べた当時の社会状況から、文人の置かれた立場を具体的に見てみよう。

新羅時代の崔致遠は骨品制度の階級が六頭品であり、高く官職に上がることができないために、中国に留学した。中国で行なわれた科挙試験に合格して官についたこともあり、先進文化を学んだ崔致遠は中国から帰国した後、国の不安定に心を痛めて国の改革を求めた。時務策を上奏するなど積極的に改革を訴えたが、望むことがうまくいかなかった。そこで、乱れた政情を悲しみ失望を覚えて雙溪寺に出かけて流浪生活を送り、老年に伽倻山にある海印寺で隠遁生活を送った。崔致遠の『桂苑筆耕集』序には崔致遠について、洪奭周（一七七四〜一八四二）は「而顧又自放於山林寂寞之濱、以終老其身而不悔。（而して顧るに又た自ら山林寂寞の浜に放ち、以て終に其の身を老いるも悔いず）」述べており、『三国史記』巻四六、「崔致遠傳」に、「無復仕進意、逍遙自放、山林之下、江海之濱、營臺榭植松竹、枕藉書史、嘯詠風月。（復び仕進の意無し、逍遥として自ら放ち、山林の下、江海の浜、台榭を営みて松竹を植え、書史に枕藉し、風月を嘯詠す）」と述べられている。彼は二度と仕官する意志はなく、山水の間に書物を読み、詩文を作り詠じたといわれる。崔致遠は『楚辞』「漁父章」の屈原と漁父のやりとりの中、自分の思うとおりにならず、自分を認めてくれないことに苛立ちを覚えて、屈原の立場や屈原が悲観の念を抱いたことに共感を持ち、屈原に自分の気持ちを投影させていたのである。

高麗中期には武臣政権の中、李奎報は二十二歳（一一八九）で進士になったがしばらく官職に就けなかった。冢宰趙永仁、相国任濡などが彼を推薦した（三十歳の十二月）が、反対派によって実現しなかった。「偶吟二首有感」（『東國李相國集』巻八）「拙直由天賦、艱難見世情。（拙直は天賦に由り、艱難は世情に見る）」と、自分の性質が今の世に適していないのではと述べたのは、官職に対する失意を表したものと見られる。彼の三十歳初の作と思われる詩、「次韻江南友人見寄（江南の友人の寄せらるるに次韻す）」（『東國李相國集』巻九）に「流景環廻幾小還、舊遊渾似夢魂閒。愁鬢苒苒方黏雪、詩骨巉巉漸聳山。岫爲窗開呈遠碧、苔因門杜長新斑。無官尙爾歸田晚、未死何時得暫閑。（流景環廻し幾たびか小還するや、旧遊渾て夢魂間に似たり。愁鬢苒苒として方に雪を黏す、詩骨巉巉として漸く山に聳ゆ。岫は窓開くが為に遠碧を呈し、苔は門の杜じるに因りて新斑を長ず。無官にして尚お爾り田に帰ること晩く、未だ死せず何れの時か暫閑を得ん）」と、官職もないのになお田園に帰るのが遅くなると友達に訴えていた。李奎報はだんだんと年は取っていくのにいまだ世間を離れず、官職のことを忘れずに再び都に向かって旅立つ悲しみの心情を述べていたのである。李奎報は四十歳まで崔忠献政権に認められなかった。

李奎報は「白雲居士」と号しており、『白雲小説』「白雲居士」に、「又自作賛曰、志固在六合之外、天地所不囿。將與氣母、遊於無何乎。（又た自から賛を作りて曰く、志は固より六合の外に在り、天地囿せざる所。将に気母とともに、無何に遊ばん）」と述べており、仙人の乗り物を用いて自分の号にしたり、元気が発する所の無何境に遊びたいというのは、老荘思想によるものである。三十代の作である「明日朴還古有詩、走筆和之。（明日朴還古詩有り、走筆して之に和す）」（『東國李相國集』巻八）に、「乾坤一箇身、出岫無心雲。師傳甘蔗氏、我繼仙李君。釋老本一鴻、鳧乙何須分。（乾坤一個の身、岫より出ずる無心の雲。師は甘蔗氏を伝え、我は仙李君を継ぐ。釈老本は一鴻、鳧乙何んぞ分つを須いん）」と述べていた。彼はこの世に生まれた我が身は山のほらあなから出る雲のようで、老子の後を継ぐものであると老子を自分の祖先として描いていた。また、五十二歳の時、桂陽に左遷されたことがあるが、その頃に作ったと見られる「與寮友諸君遊明月寺（寮友諸君と与に明月寺に遊ぶ）」詩（『東國李相國集』巻十五）に「嗟予醉簿書、久矣負清賞。（嗟く予が簿書に酔ふを、久しいかな清賞に負くこと）」とある。左遷されてから自然の清賞に出合い、昔自分が好み憧れた記憶を振り返ることが述べられている。彼が官職についている間には自然の清賞に出合う機会がなかったのである。久しぶりに出合う自然の清い姿に、昔仕官できなかった時に愛した自然を思い出したことであろう。即ち、彼は意にかなった仕官をしていた時ではない、官職についてなかった時に、隠遁の心を持っていたことが窺えるが、その隠遁の心は道家に求めようとしたのである。

李奎報もまた屈原の立場により、自分を認めてくれない、自分の思うとおりに出世できないことに苛立ちを覚えて、屈原に自分の気持ちを投影させていた。無論、李奎報は漁父と屈原のやりとりにおける漁父の存在と役割を認めているが、孔子と魚父の対話よりも、『莊子』の「漁父篇」中の「畏影」を詠じていることから、漁父の世を超越したことと彼の隠遁の心が道家を求めようとしたこととは無関係ではないと思われる。

高麗後期に活躍した文人李穡や鄭夢周はどういう人物なのか。李穡は高麗末の忠臣である。当時中国は元の時代だったが、元が傾いて明が勢力を伸ばして政権を強めていた。李穡は元にも出かけており、元で行われた科挙試験にも合格し国士監の一員になって性理学研究を行った。父の死により帰国してから高麗末の王に仕えて功績を積んで王の信頼を得て、高い位まで昇っていった。朝鮮を建国した李成桂は李穡の才能を認めて自分の下で仕えさせようとした。しかし、高麗末の王に忠誠を尽くした李穡は、不当な方法で政権を握った李成桂に反発を懐いており、李成桂の要求に応じなかった。そのために、あちらこちらに左遷されるようになった。後に親しくしていた金敬之の故郷驪江に行こうとして途中で亡くなった。

李穡はすでに述べたように張志和に憧れ、張志和の詩文を自分の詩文に取り入れたものの、張志和のように隠居することはしなかった。その理由は、「蒙賜田有感（田を賜うを蒙りて感有り）」（巻十）に求められよう。

憐臣衰白尚貧寒、勅賜土田山水間。自古君臣存大義、如今妻子免愁顔。
乗舟水曲招明月、結屋雲根斲碧山。只欠殘生乞骸骨、感恩雙涙不禁潸。
鎭浦鷗盟久已寒、簑風笠雨渺茫間。宗祧萬世天扶漢、人物三韓帝鑄顔。
天日照臨金盞地、雲煙映帶錦屛山。與君更保桑楡晩、未忍臨歧涕涙潸。

（憐れむ臣衰白して尚お貧寒たり、土田を山水間に勅賜す。古自り君臣大義を存し、如今妻子愁顔免かる。舟に乗りて水曲明月を招き、屋を結ぶ雲根碧山を斲る。只だ残生の骸骨を乞うに欠け、感恩双つながら涙潸たるを禁ぜず。鎮浦の鷗盟久しく已に寒く、蓑風笠雨渺茫の間。宗祧万世天の漢を扶く、人物三韓帝顔を鋳る。天日は照らして金盞地に臨み、雲煙映りて錦屛山を帯ぶ。君と更に桑楡の晩を保つも、未だ忍びず岐に臨んで涕涙潸たるを）

この詩には山水間の土田を賜って喜ぶ感情と感謝の気持ちが歌われている。李穡は生活が厳しく困った時に土田をもらったらしく、希望を持てることが描かれていることから、また「簑風笠雨渺茫間」句からはまだ引退する気がなく、張志和のようになるのは遥か遠いことであるとわかる。つまり、李穡は張志和のようにすべてを捨てて隠居生活はしなかったのである。また、李穡は「次圓齋韻（円斎に次韻す）」（巻十三）に「吾詩豈似志和詩、遇興吟來不復思。獨愛斜風幷細雨、綠簑靑篛欲相師。（吾が詩豈に志和の詩に似たるや、興に遇えば吟じ来たるも復た思わず。独り斜風幷びに細雨を愛す、緑蓑青篛相い師たらんと欲す）」と述べており、張志和の詩は興が起これば吟じるだけでそれ以上ではない、ただ、緑簑青篛の姿だけは師として真似たいというのである。李穡は張志和の緑簑青篛の質素な姿が気に入ったようである。

ところで、李穡の「微雨」（巻二十五）には「自幸明時棄、其如老境何。功名守株兔、身世撲燈蛾。欲去豈無地、斜風吹綠簑。綠簑何處好、微雨滿江村。滑卻莓苔逕、暗於楊柳村。釣磯猶白晝、詩榻又黃昏。只是身閑適、無非明主恩。（幸に明時に棄てられて自り、其れ老境を何如せん。功名は守株の兎、身世は燈を撲つの蛾。去らんと欲せば豈地無からんや、斜風緑蓑を吹く。緑蓑何れの処か好し、微雨江村に満つ。滑却す莓苔の径、楊柳の村より暗し。釣磯猶お白昼、詩榻又た黄昏。只だ是れ身は閑適たり、明主の恩非ざる無し）」とある。この詩は李穡が左遷されてからの作である。この詩には李穡の王に対する恩恵を忘れないでいる姿が歌われるが、この詩においても「緑蓑青篛した姿」だけで、完全に世間を離れていく姿は見られず、かえってこれらの生活も亦明主の恩恵だと述べられているのである。彼の心は朝廷から離れることはなかったことが明らかである。

李仁任らが政権を握って新進勢力に被害を与えた時に（一三七四年）、鄭道傳は李仁任が主張する親元反明政策には批判的だった。そのために鄭道傳は李仁任に憎まれて左遷された（一三七五年）。左遷の場所は全羅道羅州付近の會津県である。彼の「消災洞記」にはその時の生活が詳しく述べられている。それによると、會津県はすばらしい山水に囲まれたところであり、村人は農業を営む、素朴でやさしい人々であったらしい。彼の會津県での生活は、拘束されない、いわば、興が出れば歩き、疲れれば休むような自由な生活であった。「消災洞記」のように、鄭道傳の詩文には左遷からの帰路を歌ったものが多いが、隠遁を実践する姿はほとんど見られない。

鄭道傳が左遷される前に書いた、「病中懷三峯舊居」(『三峯集』巻二)に、「君臣義甚重、病矣猶勉旃。天門九重深、欲叫空盤桓。三峯渺何處、極目但雲煙。(君臣の義甚だ重し、病めるも猶お勉旃せよ。天門九重深く、叫ばんと欲して空しく盤桓す。三峯渺として何処ぞ、極目すれば但だ雲煙のみ)」と述べており、この詩には長い病気の身でありながらも職務に勤めなければならない義務感とともに、天子がいる宮殿を離れて隠遁できないと述べられている。また、「送宋判官赴任漢陽詩序」(『三峯集』巻三)に「嗚呼、爲臣忠、爲子孝、二者人道之大端而立身之大節也。(嗚呼、臣為りて忠、子為りて孝、二者は人道の大端にして立身の大節なり)」とあり、「江之水詞」(『三峯集』巻二)には、「惟君子所重者義兮、名萬古與千秋。(惟だ君子の重じる所の者は義なり、名は万古と千秋なり)」とある。鄭道傳は朝廷に尽くすことと家に尽くすことを忠孝として考えており、君子の重じるものが義であると考えている。そのため、天子から立ち去ることは到底できない。彼は隠遁に関心を持っており、漁父の生き方に憧れてはいるが、すべてを捨てて隠居することはしなかった。それは隠遁より君臣の義や忠を優先する気持ちが先だったためである。そのためであろう、官職にいながら漁父歌を詠じるに留まっているのである。つまり、李穡や鄭道傳二人はともに張志和のように官職を離れた隠居生活は行われていなかったのである。

權近の「漁村記」に、「彼達而仕者、苟冒於榮、吾則安於所遇。窮而漁者、苟營於利、吾則樂於自適。升沉信命、舒卷惟時、視富貴如浮雲、棄功名猶脱屣、以自放浪於形骸之外。豈若趍時釣名、乾沒於宦海、輕生取利、自蹈於重淵者乎。比予所以身簪紱而志江湖、毎托之於歌也。子以爲如何、予聞而樂之、因爲記以歸。且以自觀焉。(彼の達して仕える者、苟しくも栄を冒せば、吾れ則ち遇う所に安んず。窮して漁する者、苟しくも利に営めば、吾れ則ち自適を楽しむ。升沈命に信かせ、舒巻惟だ時、富貴を視るに浮雲の如し、功名を棄ちて猶お屣を脱ぐ、以て自ら形骸の外に放浪す。豈時を趍りて名を釣り、窟海に乾沒し、生を軽んじ利を取り、自ら重淵に蹈む者に若からんや。此れ予れの身の簪紱を以て江湖に志ざす所、毎に之を歌に托するなり。子れ以為らく如何せん、予れ聞きて之を楽しみ、因って記を為して以て帰す。且つ以て自ら焉を観る)」とある。権近のこの詩のように、高麗後期の文人は官職についていれば、ついていながら江湖を愛でる。左遷されれば、左遷先でまた江湖に自適する。特に左遷されてもそのことを悲観することなく、自分の運命として素直に受け入れたようである。高麗後期の文人が漁父歌を詠じて張志和の詩文や生き方をめでたのは、楽しむための、また慰安のための手段として用いたと考えられるのである。

結

新羅時代の崔致遠と高麗中期李奎報の詩文に見られる『楚辭』「漁父章」と『莊子』の「漁父篇」の受容について考察してみた。『莊子』の漁父篇においては、崔致遠と李奎報は屈原の置かれた立場に自分自身を投影させていた。また、漁父の存在と役割はあるものの、それより屈原の考えと行動を重視した面が窺えた。一方、『莊子』の漁父篇に見られる孔子と漁父のやりとりでは、杏壇は後に学問する場所として定着するようになったが、また漁父の孔子を諫めた言葉である畏影が用いられていた。高麗後期になるとこれらの表現はあまり見られず、むしろ、張志和の「靑箬笠、綠蓑衣、春江細雨不須歸」句が多く詠じられるようになった。張志和に関する詩文は新羅時代の崔致遠と高麗中期李奎報の詩文には見られなかったが、当時は張志和に関する文献が入っていなかったか、あるいは入っていたとしても関心がなかったことが考えられる。

忠烈王（一二三六～一三〇八）、忠宣王（一二七五～一三二五）、忠粛王（一二九四～一三三九）は中国の文献を積極的に輸入していた。忠烈王は安珦の助けを得て文廟を建て、養賢庫という奨学財団を拡張した。また経学と史学が勉学できる経史教授都監を設置して、詞章中心の学風を勧めた。忠宣王は一三一三年に元の燕京に萬卷堂という書斎を作って多くの書物を集めていたし、中国側の名儒や高麗側から李齊賢を呼び寄せて交流を図った。また、この時期に四百余の宋の書籍が高麗に入った。忠粛王の時は使臣を中国の江南に送って一八〇〇巻の経籍を購入させるなど文化交流を積極的に行い、儒学を奨励していた。李齊賢の詩文に「漁父歌」「漁父詞」が見られること、詞章中心の学風を勧めることなどから、この時期に張志和の詩歌も一緒に入ってきたことが十分に考えられる。そして、大司成であった李穡に、門下生鄭道傳へと、次第に儒学者に広まっていたであろう。高麗後期に儒学である性理学が一気に広まっていたことで、すでに述べた李穡の「喜雨一首」の「一曲驪江歸興動。蓑衣蒻笠亦君恩」句からも性理学の道理が歴として窺うことができる。質素な隠居地もまた明主の恩恵があって可能であると明主の恩恵を優先することから「喜雨一首」を含む李穡が描く張志和の隠居生活や詩文は詩作の材料として利用されたが、実際に張志和になりたい気持ちはなく、張志和への関心は観念的ものになった。鄭道傳を含む儒学者も李穡と同様のイメージをもって張志和とその詩句を愛でていた。高麗後期の文人の詩文に屈原や荘子の篇名に見られる漁父より、『孟子』「離婁」の「孺子歌曰、滄浪之水清兮可以濯我纓、滄浪之水濁兮可以濯我足」の句が用いられているのも儒学を重視したことによると考えられよう。(34)

張志和の「漁父詞」や李齊賢に見られる「漁父歌」など歌については、高麗時代から朝鮮初期にかけて歌詞を集めた歌集『樂章歌詞』を調べる必要がある。なぜなら、『樂章歌詞』の第三部には「漁父歌」があり、朝鮮時代の李賢輔の十二歌辞にまで発展していたからである。歌については先行論文があるのでそれにゆずりたいと思う。(35)

注

（1）屈原の「漁父詞」は作者が明らかではない。一方では屈原と言い、もう一方では屈原の作ではないとあるが、ここでは屈原の『楚辭』「漁父」として扱うことにする。本稿は拙論「中国文学における「漁父」の基礎的考察」（熊本大学文学部論叢、第九八号、二〇〇八、三）と重複する箇所がある。また、拙著『韓国高麗時代における「陶淵明」観』（白帝社、二〇〇〇年）、拙論「林椿の「漁父」詩考」（熊本大学『文学部論叢』第一〇二号、二〇一一、三）を引用した箇所がある。

（2）関連論文としては、朴奎洪の、「漁父詞の形成研究」（『時調學論叢』十五、一九九九）、「漁父孔府研究―漁父詞との関連を中心に」（『韓民族語文學』三十四、一九九九）、「漁父詞の傳承様相研究」（『時調學論叢』十六、二〇〇〇）、「東アジアに拡散された漁父形象の類型とその特質」（『Comparative Korean studies』Vol 十二、二〇〇四）があり、その他、李佑成の「高麗末・李朝初の漁父歌―唱と詠を通して見る士大夫文学の性格の一端―」（成大論文集九、一九六四）、李鍾殷の「漁父歌研究―漢詩を中心に」（『東アジア文化研究』二十九、一九九六）、이현자の「어부가계 시가연구（漁父歌系詩歌研究）」（『時調學論叢』十五、一九九九）、김정주の「〈어부가〉계 시가의 전승과 전개양상 연구（〈漁父歌〉系詩歌の傳承と展開様相研究）」（『文化研究』四、二〇〇〇）、李東郷の「張志和と漁父詞」（『中国語文論叢』二十八、二〇〇五）などがある。

（3）『論語』「微子」（第十八）に、「長沮桀溺耦而耕、孔子過之。使子路問津焉。長沮曰、夫執輿者爲誰。子路曰、爲孔丘。曰、是也。曰、是知津矣」とあり、崔致遠が自分の後援者を捜し回っていたことを表す。

（4）「日邊」は太陽のあるところ、つまり天子のいるところである都を表す。

（5）『尙書』「説命上」（第五）に、「若金用汝作礪、若濟巨川用汝作舟楫、若時大旱用汝作霖雨」とあり、ここでは宰相である高駢を表す。

（6）高駢が淮南節度使だった時、崔致遠は高駢の推薦で館駅巡官となった。高駢が諸道行営兵馬都統として黃巣の乱を鎮圧しようとした時に、崔致遠は高駢の下で文章作成を担当する仕事をし、檄文を作り上げた。

（7）魏武帝の「短歌行」（『文選』巻二十七）に「對酒當歌人生幾何、譬如朝露去日苦多、慨當以慷憂思難忘、何以解憂、唯有杜康」とある。杜康は初めて酒を造ったという伝説上の人物で、酒の別名として用いる。

（8）「酒城」（『唐甫里先生文集』巻五）の「何代驅生靈、築之爲釀地。殊無甲兵守、但有糟漿氣。雉堞圪如狂、女墻低似醉。必若據而爭、先登儀狄氏」の典故を用いる。

（9）崔致遠の「新羅王與唐江西高大夫湘狀」（『孤雲先生文集』巻一）にも「縱謂簸揚糠粃。豈能餔啜糟醨」と屈原の酒に関するものがある。

（10）拙著『韓国高麗時代における「陶淵明」観』（白帝社、二〇〇〇年）参照。

（11）「家泉久涸酒亦未繼、因賦之」（『東國李相國集』巻三）にも「醒非楚客淸然者、渴豈文園病也夫」とあり、楚客は屈原を表している。李奎報と崔宗連に関しては、『韓国高麗時代における「陶淵明」観』を参照されたい。

（12）道安は晋の高僧で、西域の佛圖燈の弟子。仏典の翻訳整理に勤めており、大蔵経の基礎を作り上げている。『梁高僧傳』巻五に詳しい。

（13）賈胡はえびすの商人。西域の商人を表す。『後漢書』巻五十四「馬援傳」に、「伏波類西域賈胡、到一處輒止、以是失利」とある。

（14）韓荊州は唐の賢臣である。李白の「與韓荊州書」（『分類補註李太白詩』巻二十六）に、「白聞、天下談士相聚而言曰、生不用萬戸矦、但願一識韓荊州」とある。

（15）拙論「林椿の「漁父」詩考」（熊本大学『文学部論叢』第一〇二号、二〇一一、三）参照。

（16）「鶴鳴于九皐、聲聞于天、魚在于渚、或潛在淵」（『毛詩』小雅「鶴鳴」）。

（17）「雲無心以出岫 鳥倦飛而知還」（陶淵明「歸去來辭」）。

（18）「武人陳云家貧好讀書、里中社平爲宰分肉食甚均、父老曰、善陳孺子之爲宰、平曰、嗟乎、使平得宰天下、亦如是肉矣」（『史記』巻五十六「陳丞相世家」）。

(19) 鄧艾は三国時代の魏の将軍で、下級官吏時代から周囲の嘲笑を気にせず任地に赴任した際は直ちに自らの手で職掌地域の詳細な地図を作成したとある（『三國志』巻二十八「鄧艾傳」）。

(20) 「匡衡鑿隣家壁、偷光讀書」（『西京雜記』巻二）。

(21) 大鵬は想像上の大鳥（『莊子』「逍遙遊」）。

(22) 「陳亢問於伯魚曰、子亦有異聞乎、對曰、未也、嘗獨立、鯉趨而過庭、曰、學詩乎、對曰、未也、不學詩無以言也、鯉退而學詩、他日又獨立、鯉趨而過庭、曰、學禮乎、對曰、未也、不學禮無以立也、鯉退而學禮、聞斯二矣、陳亢退喜曰、問一得三、聞詩、聞禮、又聞君子之遠其子也」（『論語』「季氏」）。

(23) 高駢の親族中、四十三番目を叔行という。

(24) 李齊賢の「悼龜峯金政丞」（『益齋亂稿』巻四）に「謝傅風流逐逝波。蒼生有望奈今何。龜峯峯下滿船月。腸斷一聲漁父歌。本官醉後。每令妓豹皮歌漁父詞」と、漁父歌や漁父詞という言葉が用いられており、これまでの屈原や孔子での漁父とは違う表現である。ただ李齊賢のこの詩では漁父に対する特定の意味は持っていない。

(25) 拙論「中国文学における「漁父」の基礎的考察」（熊本大学文学部論叢、第九十八号、二〇〇八、三）参照。

(26) 「次韻朱光庭喜雨」（『蘇軾詩集』巻二十七）に、「久苦趙盾日、欣逢傅說霖。坐知千里足、初覺兩河深、破屋常持傘 無薪欲爨琴」とある。

(27) 「敍德書情四十韻上宣歙崔中丞」（『白氏長慶集』巻十三）に、「磨鉛重剸割、策蹇再奔馳、相馬須憐瘦、呼鷹正及飢、扶搖重借便、會有答恩時」とある。

(28) 『孟子』（巻七）に、「有孺子歌曰、滄浪之水清兮可以濯我纓、滄浪之水濁兮可以濯我足、孔子曰、小子聽之清斯濯纓、濁斯濯足矣、自取之也」とある。漢の趙岐の注に「孺子童子也小子、孔子弟子也清濯所用、尊卑若此、自取之喻人、善惡見尊賤、乃如此」とある。高麗後期になると、「滄浪之水清兮可以濯我纓、滄浪之水濁兮可以濯我足」の言葉は、『楚辭』「漁父」や『莊子』「漁父」からの引用よりも『孟子』の滄浪歌を用いる傾向が強いが、それは性理学に因るものであると考えられる。

ているとする。

(29)「題漁村記後」には、「按漁村。孔俯號。可遠權先生爲孔伯共 一本作恭」とあり、孔伯共の名前が版本によっては恭になっているとする。

(30)權近もまた高麗末から朝鮮初にかけての文人で、排元親明を主張しており、朝鮮王朝を建国する時に大きく貢献していた人物である。学問においては李穡の弟子で李穡の学問である性理学を受け継いで、金九容や鄭道傳などとともに性理学の発展に貢献していた。

(31)「漁村記」(『陽村先生文集』巻十一)「漁村。吾友孔伯共自號也。伯共與余生年同月日後。故余弟之。風神踈朗。可愛而親。捷大科躋膴仕。飄纓紆組。珥筆尙璽。人固以遠大期。而蕭然有江湖之趣。往往興酣歌漁父詞。其聲淸亮。能滿天地。髣髴聞曾參之謌商頌。使人胷次悠然如在江湖。是其心無私累。超出物表。故其發於聲者如此夫」。

(32)拙著『韓国高麗時代における「陶淵明」観』(白帝社、二〇〇〇年)参照。

(33)『三國史記』では、第一期から第三期までを上代、第四期を中代、第五期以後を下代と分けるが、『三國遺事』では、第一、二期を上古、第三期を中古、第四期以後を下古と分ける。

(34)新羅時代の崔致遠や高麗中期・後期の詩文には、漁父、漁翁、漁人、漁者、漁夫、漁師などをタイトルにして歌い、これらの言葉を用いた詩文が見られる。崔滋(一一八八〜一二六〇)の「三都賦」(『東文選』巻二)に「細雨披蓑俯見於漁翁」、李奎報の「漁父」四首(『東國李相國全集』巻十四)その四には、「江湖放浪作閑民、猶笑公侯富貴身。爾笑世人人亦笑、渭川還有釣周人」とある。また、陳澕(?〜?)の「宋迪八景圖」(『梅湖遺稿』)には「漁翁蒻笠戴寒聲」が、洪侃(?〜一三〇四)の「雪」二首(『洪崖先生遺稿』)に「髮漁翁靑蒻笠」が、李原(一三六八〜一四三〇)の「贈淈水漁人」(『容軒先生文集』巻一)に「蒻笠蓑衣與釣綸」とある。これらの句に見られる漁父は必ずしも超越した人として捉えることができない。また、それ以外のものは主に一般の漁夫を表すことが多い。さらに、漁翁や漁父を雪の景色の中の姿として歌う詩文も見られるが、その場合には絵画が多い。蒻笠、披蓑、箬笠等の言葉は昔から漁父の姿を表すものであり、張志和の独自の姿ではない。しかし、張志和が官職を捨ててそのような姿を表した詩文が後世の詩人や文人に感銘を与えて賞賛するに至ったと考えられる。さらに、

『朝鮮王朝實錄』「太宗十二年」（一四一二）四月十七日に、王が景福宮の中を見て回り、人に魚釣りをさせ、唱妓に漁父詞を歌わせたとの記載がある。これらの資料からも漁父詞はもはや王や士大夫の間で定着していたように見られる。篛笠、披蓑の漢字は原文の漢字の誤りがみられるが本稿では原文のままに表記しておいた。

（35）　朴奎洪の「張志和の〈漁父〉と「『樂章歌詞』所載〈漁父歌〉比較研究」（『Comparative Korean studies』Vol.十一、二〇〇二）、李亨大の「『樂章歌詞』所載「漁父歌」の生成過程と作品世界」（『古典文學研究』十二、一九九七）、박해남の「〈악장가사본 어부가〉재고（樂章歌詞本漁父歌再考）」（『반교어문연구』二十八、二〇一〇）、朴奎洪の「張志和の〈魚父〉と『樂章歌詞』所在〈漁父詞〉比較研究」（『Comparative Korean Studies』十、二〇〇二）、강미정の「〈악장가사〉소재〈어부가〉의 문학치료적 효과（〈樂章歌詞〉所在〈魚父歌〉の文學治療的効果）」（『国語教育』一〇一、二〇〇〇）などがある。

五、韓国文学における漁父・漁隠および漁歌・漁父歌に関する詩文の考察

序

韓国文学において漁父に関する言葉は早く新羅時代の崔致遠の詩文に見られる。また、漁隠に関する言葉は高麗末に表れる。一方、漁歌の詩文は高麗時代に見られる。漁父歌に関する詩文もまた高麗時代から見られるが、高麗時代に継ぐ朝鮮時代に流行していった。朝鮮時代の代表的な文人は李賢輔である。李賢輔の「漁父歌」は後の詩人や文人に影響を与えて士大夫の間で大きく流行しており、江湖詩歌が多く現れるようになっていった。中には官職から離れて江湖で自然とともに優雅に過ごすといった生き方を撰ぶ人も現れるようになった。これまでの論文をみていると、漁父と江湖詩歌、江湖詩歌時調の性格、江湖詩歌と楽章歌辞などがあり、主に十六世紀から十七世紀にわたる漁父の詩文が多く扱われている。また、漁父をはじめとして漁父詞・漁父歌などの研究が見られ、世俗から離れて無欲・自然親和を特色とすると論じられている。

ところが、漁父と漁隠との関係、漁歌と漁父歌との関係に関する論文はみられない。本稿では、これらに着目して新羅・高麗・朝鮮時代の詩文に見られる漁父、漁父歌の長・短歌を残している李賢輔の「漁父歌」の詩文など、漁隠と漁歌、漁父歌に焦点を当てて考察を行いたい。文人たちの漁父および漁父歌を愛でる理由は何だったのか、また漁父と漁隠、漁歌と漁父歌に対するイメージが時代とともにどのように変化していたのかを具体的に分析検討したい。

第一節　漁父と漁隠

漁父は魚釣りをする人であるが、中には隠者も含まれる。また、漁隠は隠者を表す。新羅時代にすでに屈原の漁父歌を思わせる詩文が見られるが[1]、漁隠という言葉は高麗末から表れる。この節では時代に従って漁父と漁隠について考察したい。

一　漁父

新羅時代の崔致遠（八五七〜？）の詩文に漁翁という言葉が用いられている。

夕陽吟立思無窮、萬古江山一望中。太守憂民疎宴樂、滿江風月屬漁翁。

（夕陽吟じて立てば思いは窮ること無く、万古の江山一望の中。太守民を憂いて宴楽を疏そかにし、満江風月は漁翁に属す）

（「饒州鄱陽亭」『桂苑筆耕』巻一）

この詩がいつ作られていたのかは明らかではないが、太守と漁翁が対比されて述べられている。太守は民を憂えて宴楽をおろそかにするという。たとえ民を考える役人であるにせよ、太守は世俗に縛られることになる。満江風月は自然を表わすが、満江風月が漁翁に属するとは漁翁の自然に任せる生き方である。この詩において、魚釣りの翁が真の隠者なのかは明らかではないが、少なくとも自然の中で生きる漁父を指すことには間違いないのである。

李奎報（一一六八〜一二四一）の詩文には「漁父四首」（『東國李相國集』巻十四）が詠われている。

江湖放浪作閒民、猶笑公侯富貴身。爾笑世人人亦笑、渭川還有釣周人。

（江湖に放浪して閒民と作り、猶お公侯富貴の身を笑う。爾世人を笑うも人も亦た笑う、渭川還た釣周の人有り）

（「漁父四首」第四首目）

この詩の結句の「渭川還有釣周人」の釣周人は姜牙を指し、齊の太公望呂尙を表す。『史記』（巻七十九）「氾睢蔡澤列傳」（第十九）をみると、「臣聞昔者呂尙之遇文王也、身爲漁父而釣於渭濱耳。（臣聞く昔者呂尚の文王に遇うや、身漁父と為りて渭浜に釣るのみ）」とある。太公望呂尙は隠者生活をしており、渭川で釣りをしていた時に文王に出会って世に出、後に武王を佐けて殷の紂王を滅ぼして天下を定めた人物である。この詩の第三句目には江湖に放浪する暇な漁父が世間の公的富貴の人々をあざ笑い、世間の人もまた漁父をあざ笑うと述べる。それは漁父が純粋な隠者ではないことを表しているのである。この詩は四首に構成されており、第一首から第三首までには魚を取って貧しい生活をする厳しさが述べられている。

李奎報は漁父という名目を立てて実際には周人のように官職を求めては、閒民と言い難いのではないかと反問しているかのようにみえる。

高麗後期になると、金九容（一三三八〜一三八四）の「醉題」詩が見られる。この詩には漁父という言い方は見られないが、「漁樵」という言葉には漁父を含むので取り上げてみる。

千載斯文久寂寥、一生行止樂漁樵。春風到處花如海、痛飲狂歌託虚朝。

（千載の斯文久しく寂寥たり、一生の行止漁樵を楽む。春風到る処花海の如く、痛飲し狂歌して虚朝に託す）

（『惕若齋學吟集』巻上）

この詩はいつ作られたのかは明らかではないが、詩題の「醉題」という語の通り、実際に酒に酔って詩を作ったのかどうかは知ることができず、詩の内容から多く酒を飲んで酒に酔ったふりをして詩を作って朝廷を批判しているとも考えられる。また、結句は杜甫の詩「官定後戲贈」（『分門集註杜工部詩』巻十三）詩の、「耽酒須微祿、狂歌託聖朝。（酒に耽けりて微禄を須ち、狂歌して聖朝に託す）」の句をふまえたように見られる。杜甫のこの詩には微禄ながら官職についてからのことが述べられている。一方、金九容の詩は虚しい朝廷に託すという表現から金九容が朝廷を離れた時に書いたと推測できる。金九容の『惕若齋學吟集』「先君惕若齋世係行事要略」の「世係行事要略」を見ると、「以言事竄于竹州、移母郷驪興郡、閑居七年、以樂江山雪月風花之興、乃六友堂者自此始也。（言事を以て竹州に竄せられ、母郷の驪興郡に移る、閑居すること七年、以て江山雪月風花の興を楽む、乃ち六友堂は此れより始まるなり）」とある。金九容は当時親明派であり、元の使臣が我が国を訪ねることに反対した。それが原因で竹州に左遷された（一三七五年）。竹州に左遷され故郷に移ってからの生活が七年間続いた。その間、金九容は自らを驪江漁友と号した。そして、江山雪月風花の自然をこよなく愛したのである。(2)

金九容の「上柳門下」（『惕若齋學吟集』巻上）に驪江での漁翁の姿が詠じられている。

春風更欲訪關東、携妓騎驢絶景中。天使狂生堪屛跡、驪江今作釣漁翁。

（春風更に関東を訪ねんと欲し、妓を携さえ驢に騎る絶景の中。天狂生をして屛跡を堪えさせしむ、驪江今釣漁の翁と作る）

結句の「驪江今作釣漁翁」は金九容自身を指す。金九容は驪江で釣漁の翁になって春風に乗って関東の絶景を訪ね回り、楽しんでいる様子が窺える。金九容は「醉題」詩で詠ったように当時の朝廷に失望したが、しかし故郷驪興に帰ってからは一生の行止を漁樵を楽しみながら隠者として生きたのである。

以上、新羅時代及び高麗時代における「漁翁」「漁父」の詩を見てみたが、これらの言葉は一般の漁師あるいは隠者を表していた。

崔致遠は晩年に隠遁しており、李奎報と金九容は左遷されたことがあるものの、官職についた文人である。李奎報の「漁父四首」はおそらく上官から認められておらず、下級官吏であった頃に作ったと見られる。李奎報は叛徒らが雲門山賊と力を合わせて朝廷に侵攻して来たときに従軍して功を上げたが、彼の功績は認められなかった。また、上官から彼の詩文は優れていることを認めてもらいながらも官職は直翰林院の権補であったり、真補などの下級官職に留まったりしていた。これらのことに不満があったが、相国に詩文を作って見せて、それが認められて次第に官職を昇っていった。[3] 李奎報は釣周人に対して皮肉な言い方をしているが、李奎報もまた釣周人のようにいつか自分の才能を認めてくれることを願っていたとみられる。また、金九容の「醉題」詩が左遷先で書いたとすれば、李奎報と金九容が書いたこれらの詩は朝廷に不満を持っていた頃の作である。二人は彼らの置かれた状況に対する失望の感情を「漁父」という媒体物を通して自分を慰めていたと考えられる。つまり、新羅と高麗時代に描かれた官職を辞めて江湖に放浪する漁父の姿は真の隠者ではないのである。

二　漁隠

徐居正（一四二〇～一四八八）[4]は朝鮮前期の文人であり、「漁隱記」（『四佳文集』巻一）を残している。「隠」は高麗末に流行したようで、多くの文人は自分の号に「隠」字を入れていたが、金侯漢生もそのなかの一人である。金侯漢生[5]は名声のある官職を辞めて化嶺という別荘に住みながら「漁隠」を自分の号と称し、同年の徐居正に号に因んだ記文を頼んだ。それが「漁隱記」である。この記は中国文学に見られる歴史上の漁父、歴史とともに変貌する漁父や漁父のあり方について述べられている。

では、徐居正は漁父のどのような面を描いており、その理由は何だったのかについて考えてみたい。

居正曰、隱者之於漁、其學渭濱之載非羆、富春之動星象者乎。其或如緇帷之漁父遇宣聖、刺船而行、楚澤之漁父見屈平、鼓枻而去、離世獨立者乎。抑如詹何之以芒鉤引盈車、龍伯之以一鈞連六鼇、奇怪其事其說者乎。

（居正曰く、隠者の漁に於けるや、其れ渭浜の非羆を載せ、富春の星象を動かすことを学ぶ者なるか。其れ或いは緇帷の漁父の宣聖に遇いて、刺船して行き、楚沢の漁父の屈平を見て、鼓枻して去り、世を離れて独り立つ者の如きなるか。抑かも詹何の芒鉤を以て盈つる車を引き、龍伯の一鈞を以て六つの鼇を連ねるが如く、其の事其の説を奇怪する者なるか）

ここの隠者は金侯漢生を指す。この段落は徐居正が金侯漢生が漁隠と号した理由について質問する場面である。徐居正は中国故事を用いて教訓を行っている。『史記』（巻三十二）の「齊太公世家」に「西伯將出獵、卜之、曰、所獲非龍非彲、非虎非熊、所獲覇王之輔。於是周西伯獵、果遇太公於渭之陽。（西伯将に猟に出ず、之をトして、曰く、獲る所龍に非ず彲に非ず、虎に非ず熊に非ず、獲る所覇王の輔。是に於て周西伯猟し、果して太公に渭の陽に遇う）」とあり、「其學渭濱之載非羆」句は西伯が猟で獲るものは熊ではなく、釣りをしていた呂尚であったことを表す。また、『後漢書』（巻八十三）「逸民列傳」に、「光以足加帝腹上、明日、太史奏客星犯御坐甚急。（光足を以て帝の腹上に加うる、明日、太史客星御坐を犯すこと甚だ急なるを奏ず）」とあり、「徐爲諌議大夫、不屈、乃耕於富春山。（徐諌議大夫と為るも、屈せず、乃ち富春山に耕す）」とあり、「富春之動星象者」句は嚴光が一国の光武帝の腹上に足を載せるし、光武帝が官職を授けようとしても受け入れず富春に住んだという故事を用いた。「緇帷之漁父遇宣聖」句は『莊子』「漁父篇」の、「孔子遊乎緇帷之林、休坐乎杏壇之上。弟子讀書、孔子弦歌鼓琴、奏曲未半。有漁父者、下船而來。（孔子緇帷の林に遊び、杏壇の上に休坐す。弟子書を読み、孔子弦歌して琴を鼓す、曲を奏すること未だ半ばならざるに。漁父なる者有りて、船より下て来たる）」と、宣聖である孔子と漁父の話を、「楚澤之漁父見屈平」句は『楚辭』巻一「離騒」にある、漁父と屈原のやりとりの話である。徐居正は呂尚の真の釣りではなく、光武帝に対する無礼な行動を行った隠者嚴光を批判し、また漁父が世俗を離れたことも批判した。また、「抑如詹何之以芒鉤引盈車、龍伯之以一釣連六鼇」は『列子』巻五「湯問篇」の「龍伯之國有大人、擧足不盈數歩而曁五山之所、一釣而連六鼇、合負而趣歸其國。（龍伯の国大人有りて、足を挙ぐること数歩に盈たずして五山の所に曁ぶ、一たび釣して六鼇を連ね、合せ負いて趣かに其の国に帰す）」、「詹何以獨繭絲爲綸、芒鍼爲鉤、荊篠爲竿、剖粒爲餌、引盈車之魚、於百仞之淵、汨流之中、綸不絶、鉤不伸、竿不撓。（詹何は独繭糸を以て綸と為し、芒鍼を鉤と為し、荊篠を竿と為し、粒を剖きて餌と為して、盈車の魚を、百仞の淵、汨流の中に引くに、綸絶えず、鉤伸びず、竿撓まず）」を引用している。徐居正は龍伯と詹何が鼇魚と魚を捕った話は信じるものではなく、また漁を釣ることだけがすべてではないと、歴史上の人物を取り上げてこれらの人物を倣ってはいけないと警告していたのである。続いて、次のように論じる。

居正曰、漁之説、肇自上古。燧人氏教人漁、伏羲氏作網罟、舜漁雷澤、禹播鮮食。吾夫子取畋漁、繋之離卦。孟軻氏亦曰、數罟不入汚池。蓋天下萬物、皆吾與也。聖人養之有道、取之有節。皆所以裁成輔相之事也。於是有虞衡之官、禁民有制、魚不滿尺、市不得鬻、川澤之間、物得生遂、圉圉洋洋、於牣有躍、發天機自然之妙、而至理之象著矣。是以魚躍于淵、詠於旱麓、魚潛孔昭、誦於正月。子思子取之爲中庸之費、而又爲下學謹獨之要。至如伊川盆魚之説、亦有功於聖門。自世教衰、人日趨於嗜慾、有養鬻者、有竭澤者、有絶流者、違天時、害物性、又烏知夫道體流行之妙、裁成輔相之事乎。

（居正曰く、漁の説は、肇は上古自りす。燧人氏人に漁を教え、伏羲氏網罟を作り、舜雷の沢に漁り、禹鮮の食を播かにす。吾が夫子畋漁を取り、之を離卦に繋がしむ。孟軻氏亦た曰く、数罟は汚池に入らず。蓋し天下の万物、皆吾とともにするなり。聖人之を養うに道有り、之を取るに節有り。皆な裁成輔相する所以の事なり。是に於て虞衡の官有り、民に禁ずるに制有り、魚尺に満たざれば、市鬻るを得ず、川沢の間、物生遂を得、圉圉洋洋として、牣に躍ぶ有り、天機自然の妙を発して、而して至理の象著しくや。是を以て魚淵に躍び、旱麓に詠じ、魚潜むこと孔昭たり、正月に誦う。子思の子之を取りて中庸の費と為し、而して又た下学謹独の要と為す。伊川の盆魚の説の如きに至りては、亦た功を聖門に有す。世教衰えて自り、人日に嗜慾に趨り、鬻を養う者有り、沢を竭くす者有り、流を絶する者有り、天の時に違い、物の性を害し、又た烏ぞ夫の道体流行の妙、裁成輔相の事を知らんや）

魚釣りに関して上古より、燧人氏が魚を釣る方法を、伏羲氏が網を作り、舜が雷沢で魚を釣り、禹が魚を食する方法を伝えた。また、孔子は魚を捕る仕組みを紹介し、孟子もまた魚を捕る時の網を紹介したなどと説明する。

徐居正は聖人が魚を捕るための方法や捕る節度は天下万物すべてに当てはまるという。『詩經』大雅「旱麓」の「鳶飛戾天、魚躍于淵。（鳶飛んで天に戻り、魚は淵に躍る）」とあり、また『中庸章句』第十二章には「鳶飛戾天、魚躍于淵。言其上下察也。（鳶飛んで天に戻り、魚は淵に躍る。其の上下に察するを言うなり）」とある。宇宙の万物を生成育成するのは天にも地にも人事にも及ぶ、天機自然の計り知れないことを引用したものである。また、「蓋天下萬物、皆吾與也」句もまた、万物の正しくなれる原理とともにするのが人間のあるべき姿であると述べているのである。また、続いて最後に、次のように言う。

今隱者、讀聖賢書、行聖賢事、宜深究聖賢愛民之心、體道之誠。能盡己性、能盡物性、致中和位育之功、其效至於信及豚魚、魚鼈咸若、則於漁之義、庶近之矣。若從事綸竿之末、欲合聖賢之道、猶臨淵也、猶緣木也、不可與隱者道。隱者宜有所取捨焉。

（今の隠者、聖賢の書を読み、聖賢の事を行い、宜しく聖賢の民を愛するの心、道を体するの誠を深究すべし。能く己の性を尽し、能く物の性を尽し、中和位育の功を致さば、其の效は信の豚魚に及ぶに至る、魚鼈咸く若かせば、則ち漁の義に於ては、庶んど之に近し。若し綸竿の末に従事して、聖賢の道に合せんと欲せば、猶お淵に臨むがごとく、猶お木に縁るがごとし、隠者と道を与にすべからず。隠者は宜しく取捨する所有るべし）

この段落には徐居正の隠者のあるべき心構えが述べられている。「致中和位育之功」句は『中庸章句』一章に見られる「致中和、天地位焉、萬物育焉。（中・和を致せば、天地位し、万物育す）」の句の引用で、わが心とわが気が調和をなせば天地の心も気も調和的となり、万物が育つことを表す。中と和が元の位置に置くことにより万物が育ち、それが魚にまで及ぶのである。また、「若従事綸竿之末、欲合聖賢之道、猶臨淵也、猶縁木也」とあるが、これは、『詩經』巻十二「小旻」六章に「如臨深淵、如履薄氷」と、『孟子』巻一「梁恵王章句上」に「以若所爲求若所欲、猶縁木而求魚也。（若くのごときの為しかたを以て若くのごときの欲する所を求むるは、猶お木に縁りて魚を求むるがごとし）」からの引用である。目的と方法を誤ってはいけないことを表したものである。徐居正はただ魚釣りを垂らしたことで聖賢の道に合しようとするのは意味がないし、適切な目的と方法をもって行動すべきであると述べて、金侯漢生が漁隠の号を用いるのなら心構えをしっかりすべきであると戒めとして利用したのである。

徐居正の「初八日、思政殿御前、講中庸鳶飛魚躍章。（初八日、思政殿の御前、中庸鳶飛魚躍章を講ず）」（『四佳詩集』巻十）には「鳶飛魚躍」「中和」と関連ある語句が見られる。

従容咫尺近天威、又被宣恩講聖書。豈有小臣堪顧問、須知聖徳自謙虚。鳶魚道體天淵裏、位育功夫養省餘。萬古帝王傳授法、願將中字獻宸居。
（従容として咫尺天威に近く、又た宣恩を被むりて聖書を講ず。豈に小臣顧問に堪える有らんや、須らく聖徳自ら謙虚なるを知るべし。鳶魚の道体天淵の裏、位育の功夫養省の余。万古の帝王伝授の法、願わくば中字を将て宸居に献ぜん）

この詩は四月八日釈迦誕生日の時（一四六二年）に思政殿の御前で『中庸』の「鳶飛魚躍章」を講じた様子を詠じたものである。この詩の第五、六句目はすでに述べたように、『中庸章句』の「鳶飛戻天、魚躍于淵」や「致中和、天地位焉、萬物育焉」を引用している。また、第七、八句目は『論語』巻二十「堯曰」の「咨爾舜、天之暦數在爾躬、允執其中。（咨爾じ舜、天の暦数、爾の躬に在り、允に其の中を執れ）」と、帝王は天によるものである。『尚書正義』巻四「大禹謨」、『中庸章句』序の「人心惟危、道心惟微、惟精惟一、允執厥中。（人の心惟れ危うく、道の心惟れ微かなり、惟れ精惟れ一にして、允に厥の中を執れ）」と、人心と道心各々真の道である、中を執れという意味であるとする、この二つの典故を引用し、中庸の重要性を強調していたのである。

徐居正の年譜をみると、一四六八年冬に同知經筵事の官を授かっており、一四八七年の春に王世子が入学すると、徐居正が博士となり『論語』を講じたといわれる。思政殿の御前で『中庸』を講じたのも徐居正の儒学に対する関心の強さを表しているのが、この儒学に則って、鳶は天を飛びまわり、魚は淵で躍り、天地が中和を保って本来の位置にあり、万物はよく生育し、王として上に立つものは民のために尽くすことによって太平盛大を迎えるといったことを講じたことであろう。(6)

以上、徐居正の「漁隠記」を見てみた。徐居正は「漁」と「隠者」との関係について隠者における漁父のあり方に及んで述べていた。釣り糸を垂らすだけでは隠者とはみなされない。呂尙と嚴光の行動、孔子と漁父、屈原と漁父の世俗を離れる姿、また詹何や龍伯のように釣りが優れているだけに終わってはいけない。聖人の道に合することが真の隠者である。そして、上古よりの燧人氏、伏羲氏、舜、禹、夫子、孟軻氏に倣って遠く将来を考えて行動するようにと勧めたのである。「漁隠記」には漁父という言い方はないが、記の内容から「漁隠」は魚をとる隠者を指していることが明らかである。天と地、人事つまり、鳶や漁、人間にまで及ぶ中・和は元の位置に置くことにより万物が育つ。中・和の義を守り、道を体得して実践することが重要であるがために、聖賢の道に則って行動すべきであると主張していたのである。物事を解決するに当たって儒学が指針になったことは疑う余地がないのである。(7)

第二節　漁歌と漁父歌

漁歌は一般に魚釣りを業とする漁父の歌であるが、中には隠者も含まれよう。この節では漁父の歌についてみてみたい。

一　漁歌

高麗中期の李仁老（一一五二～一二二〇）[8]の『破閑集』（巻中）に「漁歌樵笛之聲不絶、而丹樓碧閣、半出松杉煙靄之間、王孫公子携珠翠、引笙歌、迎餞必寄於寺門。（漁歌樵笛の声絶えず、而して丹楼碧閣、半ば松杉煙靄の間に出ず、王孫公子珠翠を携えて、笙歌を引き、迎餞は必ず寺門に寄る）」とある。この詩は京城東にある天壽寺にくり広げられた風景を表したものである。優れた山水に囲まれた天壽寺は江南から都に来るときに通らないといけない道にある。漁歌や樵笛の声が絶え間なく聞こえてくる。また、貴公子が女を連れてにぎやかに笙歌し[9]、一方で寺門で人々が別れを告げる。江や山に近接した寺でありながら、どこからか聞こえてくる漁歌や樵笛の声、髪飾りをした婦人を連れて来て笙を引く歌声、これらのことから、静かな寺であるどころか、むしろにぎやかな雰囲気を思わせる。

李奎報の「玄上人見和復用前韻（玄上人和せらる、復び前韻を用う）」（『東國李相國全集』巻第十五）の第四首目には以下のように詠じられている。

海山千里月分明、何處漁歌唱大平。詩榻愛吟帆去樣、畫家難寫鳥啼聲。

林巒有霧晴猶暗、松檜無風晩自鳴。瞠目彷徨君莫怪、詞人自古苦鍾情。

（海山千里月分明なり、何れの処か漁歌大平を唱う。詩楊帆去る様を愛吟し、画家鳥啼く声を写し難し。林巒霧有り晴も猶お暗し、松檜風無く晩自ら鳴る。目を瞠りて彷徨するも君怪しむ莫れ、詞人古より鍾情に苦しむ）

この詩は自然の夕方の風景を描きつつ、詩作することへの難しさが述べられている。海山のどこからか聞こえてくる漁歌は太平を唱う。また鳥の声などは絵に表せないが、詩に詠じやすい。しかしながら詩詞を作す難しさは古も今も同じである。この詩において漁歌は平和を求める歌ではあるが、この言葉だけでは何を表すのかが不明だが、少なくとも詩作の景物の一つとして受け止められよう。

また、李奎報の「黄驪江泛舟」（『東文選』第十四）には華やかな船遊びをしながら風流の中の漁歌が描かれている。

桂棹蘭舟截碧漣、紅粧明媚水中天。飣盤纔見團臍蟹、掛網還看縮頸編。
十里煙花眞似畫、一江風月不論錢。沙鷗熟聽漁歌響、飛渡灘前莫避船。

（桂棹と蘭舟碧漣を截ち、紅粧明媚水中の天。飣盤纔かに団臍蟹を見、網を掛けば還た縮頸の鯿を看る。十里の煙花真に画に似、一江の風月銭を論ぜず。沙鷗熟れ聴く漁歌の響き、灘前を飛渡するも船を避ける莫し）

美しく華麗な舟、化粧をした美しい女、美しい景色、これらはまるで水中の天である。華やかな舟遊びをしている姿が描かれる。一旦煙花、一江風月の自然の中、沙鷗の鳴き声と漁歌が響く。この詩においても漁歌は景物の一つとして詠われている。

この二つの詩における漁歌は、平和の中で歌われるものとしてとらえられている。平和であるがために華やかな遊びも楽しむことができるであろう。李奎報の生きた当時は武臣時代という特殊な状況に置かれており、文人は平和を強く求めていたことが考えられる。

今度は高麗後期を見てみよう。

高麗末の李穡（一三二八～一三九六）の「有懐孟雲先生時遊柳浦別墅（孟雲先生を懐う有りて時に柳浦の別墅に遊ぶ）」（『牧隠詩藁』巻二十九）に蓑衣を着て漁歌を歌いながら釣魚をしたいと歌われている。孟雲先生がどのような人物であるかは知ることができないが、李穡の詩文には柳巷の孟雲先生との交流詩が見られ、その内容から二人は親しい間柄であるとわかる。

江上青山擁草廬、濛濛煙雨夢廻初。牧翁何日身強健、扳得蓑衣共釣魚。
（江上の青山草廬を擁え、濛濛たる煙雨夢廻る初め。牧翁何れの日か身強健たりて、蓑衣を扳き得て釣魚を共にする）

江邊我亦置田廬、自愧安貧不似初。況是口饞今更甚、秋風蓴菜與鱸魚。
（江辺我れも亦た田廬を置き、自ら愧ず貧を安んじて初に似ざるを。況んや是れ口饞し今更に甚しくすべからんや、秋風の蓴菜と鱸魚と）

鎭浦煙波遶弊廬、漁歌互答想當初。老來病臥風塵底、每向鹽州覓鮒魚。
（鎮浦の煙波弊廬を遶り、漁歌互いに答えて当初を想う。老来風塵の底に病臥し、毎に鹽州に向いて鮒魚を覓む）

第一首目には牧翁はいったいいつの日になったら身体が元気になって蓑を着ていっしょに釣りをする日がくるだろうかと、そういう日が早く来てほしいと述べられている。第二首目には蓴菜と鱸魚が描かれている。蓴菜と鱸魚は『世説新語』巻中の「識鑑」に見られる故事で、中国晉時代の張翰が洛陽で官職に就いた頃、「在洛、見秋風起、因思呉中菰菜羹・鱸魚膾曰、人生貴得適意爾。（洛に在りて、秋風の起こるを見、因って呉中の菰菜の羹・鱸魚の膾を思いて曰く、人生意に適うを得るを貴ぶのみ）」と、秋風が吹くと故郷で食べた蓴菜と鱸魚を思い出して官職をやめて帰えたことを用いている。第三首目には粗末な茅葺きの家で漁歌を歌った昔を思い出している。

牧翁は孟雲先生と漁歌を交わしていた。この詩を作った時点では牧翁は病気の身で、しかも貧しい生活、食べ物もろくにない生活をしていたのである。この詩は自らが漁父生活をしながら歌っており、張翰のように官職を辞めて貧に安んじる生活をする姿に、牧翁自身が漁歌をうたいながら自然にとけ込む様子が窺える。

今度は朝鮮時代初の金時習（一四三五～一四九三）の詩文を見てみよう。(10)

驪江之水淸且漣、澄淨無波涵碧天。遙遙遠浦暮靄横、漁歌聲入寒江煙。
寒江煙淡遠山紫、日暮漣漣碧鱗起。蒻笠蓑衣把釣竿、貌古言哤儋兩耳。
朝代興亡兩不知、一竿明月蒼波裏。小渚茫茫蒲荇長、楊柳磯中釣鰽鯉。
機心已息侶魚蝦、瀲瀲灩灩江之水。江水滔滔入海門、俯仰堪輿如一指。
煙波釣徒可與言、廿上功名徒爾爾。

（驪江の水清且つ漣、澄浄として波無く碧天涵つ。遥遥として遠浦暮靄横たわり、漁歌の声寒江の煙に入る。寒江の煙淡く遠山紫に、日暮漣漣として碧鱗起こる。蒻笠蓑衣釣竿を把り、貌は古にして言は吔れ両耳を僧う。朝代の興亡両つながら知らず、一竿の明月蒼波の裏。小渚茫茫として蒲荇長く、楊柳の磯中鱨鯉を釣る。機心已に息み魚と蝦を侶にす、瀲瀲灩灩たり江の水。江水滔滔として海門に入り、堪輿を俯仰すること一指の如し。煙波釣徒与に言うべし、世上の功名徒に爾爾たりと）

（「驪江贈漁父」、『梅月堂詩集』巻十）

この詩は「遊關東錄」（『梅月堂詩集』巻十）の中に収められており、金時習が関東を巡りながら記したものである。驪江は京畿道の驪州郡を貫通する南漢江を表す。この詩の「機心已息侶魚蝦」句と「世上功名徒爾爾」句は、機心を止めて魚蝦と友になり、世の中の功名は無駄なものであると述べられている。金時習は二十一歳（一四五五）に首陽大君である世祖が癸酉靖難を起こし、王位を簒奪する知らせを聞いて自ら僧侶になって流浪生活をきっかけに各地を遊覧しながら「遊關西錄」「遊關東錄」「遊湖南錄」集を残している。また、六臣が処刑されるなど、政治への不信や失望からさすらいの生活をした。この詩は俗世間に対する失望から山水の自然を巡り遊覧しながら作ったことが分かる。

この詩の結句に見られる「煙波釣徒」は張志和を指す。『欽定詞譜』の「漁歌子」に、「唐教坊曲名、按唐書張志和傳、志和居江湖、自稱煙波釣徒、毎垂釣不設餌、志不在魚也、憲宗圖眞求其人不能致、嘗撰漁歌、卽此詞也。（唐の教坊曲名、按ずるに唐書の張志和伝に、志和江湖に居り、自ら煙波釣徒と称す、毎に釣を垂れるも餌を設けず、志は魚に在らざるなり、憲宗真を図さんとして其の人を求むるも致たす能わず、嘗つて漁歌を撰す、即ち此の詞なり）」と述べられている。張志和は自らを煙波釣徒と称しており、釣り糸を垂れても志が魚になかったとある。また、張志和の「雜歌謠辭・漁父歌」其一（巻八十三）には「青箬笠、綠蓑衣、春江細雨不須歸。（青箬笠、緑蓑衣、春江細雨帰るを須いず）」とあり、また

「江上雪、浦邊風、笑著荷衣不歎窮。（江上の雪、浦辺の風、笑いて荷衣を著し窮するを歎ぜず）」とある。(11) 金時習の漁父が蒻笠蓑衣の姿で釣竿を把る姿は、張志和の生活を憧れ営んでいたことが想像できる。「煙波釣徒可與言、世上功名徒爾爾」句は張志和が官職を辞めて世間を離れて漁父生活を送ったように、世俗の功名はつまらないものであることをうたう。これは金時習がさすらいの生活をする所以を表しているであろう。

江波日暮碧鱗起、遠浦咿啞聲不已。大兒江口販鮮回、小兒沿渚釣鱠鯉。生涯一竿與扁舟、寒盟只是雙雙鷗。相親相狎已數年、不識人間今古愁。去歳官家漁税討、挈家遠入碧海島。今年里胥來催科、賣家買艇依寒藻。長伴江波與明月、蒻笠蓑衣年已老。羊裘飄零黄葦滸、短篷敗盡寒江雨。老妻入城市春醪、一樽半醉鳴柔櫓。雲隨帆影不見人、款乃一聲歸別浦。

（江の波は日暮れ碧鱗起こり、遠い浦は咿啞として声已まず。大児は江口に鮮を販ぎて回り、小児は沿渚に鱠鯉を釣る。生涯一竿と扁舟、寒盟は只だ是れ双双たる鷗。相い親み相い狎すこと已に数年、人間の今古の愁いを識らず。去歳の官家漁税討つ、挈家して遠く碧海島に入る。今年の里胥来たりて科を催し、家を売り艇を買い寒藻に依る。長く伴う江波と明月、蒻笠蓑衣年已に老いたり。羊裘飄零たり黄葦の滸、短篷敗れ尽くす寒江の雨。老妻城入りて春醪を市う、一樽半ば酔いて柔櫓を鳴らす。雲は帆影に随いて人を見ず、款乃の一声別浦に帰す）

（「漁父」、「遊關西錄」『梅月堂詩集』巻九）

この「漁父」詩は「遊關西錄」集の中にあることから金時習が旅に出たはじめの頃に書いたとわかる。「生涯一竿與扁舟、寒盟只是雙雙鷗。相親相狎已數年、不識人間今古愁」句は漁父の生活、質素で自然の海辺のものと親しみ、人間世界から離れた様子が窺える。しかし、「去歳官家漁税討、挈家遠入碧海島。今年里胥來催科、賣家買艇依寒藻」句からは、税金のためにすべてを失い、結局家を売って艇を買って海辺での貧しい生活をするまでの辛い思いが述べられている。国の政治のやり方への不満、税に耐えず、家を売るとは同時に世俗をすべて捨てることにもつながるであろう。「長伴江波與明月、蒻笠蓑衣年已老」「雲隨帆影不見人、款乃一聲歸別浦」句は自然とともに生きる様子、漁父の生活をしながら老いていく様子、静かな自然の中に一方では款乃と竿を漕ぎながらもう一方では歌を唄いながら帰っていく様子が述べられる。漁父の舟歌こそ自然にとけ込んでいく様子である。

金時習は政治への失望から名利を捨てて気の向くままに山水を遊覧しながら詩文を残しているが、漁父、漁歌もその一つである。金時習はたとえ漁父生活が貧しい生活ではありながらも、自然とともに生きること、張志和のような生活、蒻笠蓑衣の姿で釣竿を把り棹を漕ぎながら歌う漁歌に情感を感じたことであろう。(12)また、自然を描く姿には世俗を離れた開放された感覚が読みとれる。

二　漁父歌

「漁父歌」は高麗時代の忠穆王（一三三七〜一三四八）以前から作られた歌辞であるが、(13)李齊賢（一二八七〜一三六七）の「悼亀峯金政丞」（『益斎亂藁』巻四）に、「謝傳風流逐逝波、蒼生有望奈今何。亀峯峯下滿船月、腸斷一聲漁父歌。（謝して伝う風流逝る波を逐う、蒼生望有れど今を奈何せん。亀峯の峯下船に満つる月、腸断す一声の漁父歌）」とあり、「漁父歌」という言葉が用いられている。この詩の注に、「本官醉後、毎令妓豹皮歌漁父詞。」とある。金政丞は金永旽を指しており、金永旽は酔うと妓女豹皮に漁父詞を歌わせたようである。金永旽が生前好きだったのが漁父歌であるということから、すでに前から漁父歌は詠われ人々に親しまれていたことが確認できる。李賢輔の「漁父短歌」（『聾巖集』

巻三）五章の注に、これまであった漁父歌に手を加えたと述べられている。

漁父歌兩篇、不知爲何人所作、余自退老田間、心閒無事、裒集古人觴詠間可歌詩文若干首、教閱婢僕、時時聽而消遣、兒孫輩晩得此歌而来示、余觀其詞語閒適、意味深遠、吟詠之餘、使人有脫略功名、飄飄遐擧塵外之意、得此之後、盡棄其前所玩悅歌詞、而專意于此、手自謄冊、花朝月夕、把酒呼朋、使詠於汾江小艇之上、興味尤眞忘倦。第以語多不倫或重疊、必其傳寫之訛、此非聖賢經據之文、妄加撰改、一篇十二章、去三爲九、作長歌而詠焉、一篇十章、約作短歌五闋、爲葉而唱之、合成一部新曲、非徒刪改、添補處亦多、然亦各因舊文本意而增損之、名曰聾巖野錄、覽者幸勿以僭越咎我也。時嘉靖己酉夏六月流頭後三日、雪髮翁聾巖主人、書于汾江漁艇之舷。

（漁父歌の両篇、何れの人の為に作る所なるかを知らず、余自ら老田の間に退き、心間かにして事無し、古人觴詠の間に歌うべき詩文若干首を裒集し、婢僕に閲せしめて、時時聴いて消遣す、児孫輩は晩に此の歌を得て而して来りて示す、余其詞語の間適にして、意味深遠なるを観、吟詠の余り、人をして功名を脱略し、飄飄として遐かに塵外に挙がるの意有らしめ、此を得て後、尽く其前の玩悦する所の歌詞を棄て、而して意を此に専らにす、手自ら冊を謄し、花朝月夕、酒を把りて朋を呼び、汾江の小艇の上に詠わしむ、興味尤も真にして倦を忘る。第に語多く不倫或いは重畳するを以て、其の伝写の訛を必す、此れ聖賢の経拠の文に非ず、妄りに撰を加え改たむ、一篇十二章、三を去りて九と為し、長歌を作りて焉を詠わしむ、一篇十章、約して短歌五闋と作す、葉を為して之を唱い、合して一部の新曲を成し、徒らに刪改するのみに非らず、添補する処も亦た多し、然れば亦た各旧文の本意に因りて之を増損し、名づけて聾巌野録と曰う、覧る者幸いにして僭越を以て我を咎むる勿れ。時に嘉靖己酉夏六月、流頭の後三日、雪髪翁聾叢主人、汾江漁艇の舷に于いて書す）

已酉は李賢輔八十三歳で、彼の晩年の作である。李賢輔は官職から離れて田舎に帰り、村の古人とつきあい、彼らの歌う詩文を家のものとともに集めたらしく、聖賢の経文に適切ではないものもあるにせよ意味深いものが彼の心を感動させたようで、訛りや重畳するもの、倫理に適ってないものを削除し推敲した。そして、一篇十二章になるものを長歌の九章に直し、一篇十章は短歌の五関に改めた。この注から漁夫歌の二篇がすでに存在していたことがわかるが、今は残っていないため知ることができないが、李賢輔が作り直した、「漁父歌」（『聾巖集』巻三）長歌の九章幷序がどのように描かれていたのかを通して当時の文人の漁父歌に対するイメージを探ってみたい。[14]

雪鬢漁翁住浦間、自言居水勝居山。船を浮かべ、船を浮かべ、
早潮纔落晩潮來。至匊忩至匊忩於思臥、倚船漁父一肩高。（一章）
（雪鬢の漁翁浦間に住み、自ら言う水に居るは山に居るより勝ると。船を浮かべ、船を浮かべ、早潮纔かに落ちるや晩潮来たる。至匊忩至匊忩於思臥、船に倚る漁父一たび肩高し）

青菰葉上凉風起、紅蓼花邊白鷺閒。いかりをあげよう、いかりをあげよう、
洞庭湖裏駕歸風。至匊忩至匊忩於思臥、帆急前山忽後山。（二章）
（青菰の葉の上凉風起き、紅蓼の花の辺白鷺閒かなり。いかりをあげよう、いかりをあげよう、洞庭湖の裏帰風に駕る。至匊忩至匊忩於思臥、帆急するは前の山は忽ち後の山）

盡日泛舟烟裡去、有時搖棹月中還。漕げ、漕げ、我心隨處自忘機。

至匊悤至匊悤於思臥、鼓枻乗流無定期。（三章）

（尽日舟を泛べて烟裡に去く、有る時棹を揺らし月中に還る。漕げ、漕げ、我が心処に随い自ずと忘機たり。至匊悤至匊悤於思臥、枻を鼓して流れに乗りて期を定むる無し）

萬事無心一釣竿、三公不換此江山。いかりを下ろせ、いかりを下ろせ、山雨溪風捲釣絲。至匊悤至匊悤於思臥、一生蹤迹在滄浪。（四章）

（万事は無心にして一釣竿、三公も此の江山に換えず。いかりを下ろせ、いかりを下ろせ、山の雨渓の風釣糸を捲く。至匊悤至匊悤於思臥、一生の蹤迹滄浪に在り）

東風西日楚江深、一片苔磯萬柳陰。歌い上げよう、歌い上げよう、綠萍身世白鷗心。至匊悤至匊悤於思臥、隔岸漁村三兩家。（五章）

（東の風西の日楚江深く、一片の苔磯万柳陰なり。歌い上げよう、歌い上げよう、緑萍の身世白鷗の心。至匊悤至匊悤於思臥、岸を隔てる漁村三両の家）

濯纓歌罷汀洲靜、竹逕柴門猶未關。船を止めろ、船を止めろ、夜泊奏進近酒家。至匊悤至匊悤於思臥、瓦甌蓬底獨斟時。（六章）

（濯纓歌罷み汀洲静かなり、竹径柴門猶お未だ関きず。船を止めろ、船を止めろ、夜泊りて奏進す酒家に近し。至匊悤至匊悤於思臥、瓦甌の蓬底独り斟みし時）

醉來睡著無人喚、流下前灘也不知。船を縛ろう、船を縛ろう、
桃花流水鱖魚肥。至匊烝至匊烝於思臥、滿江風月屬漁船。（七章）
（酔い来りて睡りに著く人の喚する無く、前の灘に流れ下るも知らず。船を縛ろう、船を縛ろう、桃花の流水鱖魚肥ゆ。至匊烝至匊烝於思臥、満江の風月漁船に属す）

夜靜水寒魚不食、滿船空載月明歸。いかりを下ろせ、いかりを下ろせ、
罷釣歸來繋短蓬。至匊烝至匊烝於思臥、風流未必載西施。（八章）
（夜静かに水寒く魚食わず、満船空しく月の明きを載せて帰す。いかりを下ろせ、いかりを下ろせ、釣を罷み帰り来りて短蓬に繋ぐ。至匊烝至匊烝於思臥、風流未だ必ずしも西施を載せず）

一自持竿上釣舟、世間名利盡悠悠。船を寄せよう、船を寄せよう、
繋舟猶有去年痕。至匊烝至匊烝於思臥、款乃一聲山水綠。（九章）
（一たび自ら竿を持ち釣舟に上がる、世間の名利尽く悠悠たり。船を寄せよう、船を寄せよう、舟を繋ぐに猶お去年の痕有り。至匊烝至匊烝於思臥、款乃一声山水緑なり）

第一章は、舟を浮かべることから始まる、第二章は風のためにいかりをあげる様子、第三章は舟を漕いでいく様子、第四章はいかりを下ろして釣り竿を垂らしたり巻き上げたりする様子、第五章は自然と一体になってよい気持ちで歌

い上げる様子、第六章は濯纓歌を詠いながら家に着き船を止める様子、第七章は家についてくつろぐために船を縛る様子、第八章は釣りなどを終えていかりを下ろす様子、第九章は世間を超越した気持ちで自然を眺める様子が詠じられている。

この詩は形式的において、舟を浮かべ、いかりをあげ、漕ぐ、いかりを下ろす、歌い上げる、船を止める、船を縛る、いかりを下ろす、船を寄せるといった動作を繰り返し詠じることにより、リズミカルで心地よい躍動感を醸し出している。また、至匊怱至匊怱於思臥（チクッチョンチクッチョンオサワ）と舟を漕ぐ際の音、人の舟を漕ぐ動作などは目に浮かぶような生き生きとした動的様子である。いずれの表現にも音楽的かつ律動的な動きを調子を整えながら詠っている姿が窺える。

内容面において、第一章は漁翁が朝早く潮が少ない時に出かける様子が描かれる。舟に乗って釣りをするために潮は重要である。それによって釣果が違ってくるからである。第二章は水辺に咲いている水草と水辺の鳥とが、青と赤と白で視覚的に鮮やかに表現されている。また、「帆急前山忽後山」句は風による帆の動きに注意を払い、いかりをあげようとする様子が描かれる。第三章は朝早く烟の中に舟を浮かべて出かけ、夜になって月とともに帰っていく。この時、漁翁は世俗の機心を忘れて無心になる。水の流れに身を任せており、こだわりのない心情が描かれる。第四章は万事を忘れて無心に釣り竿を垂らしている内に、雨が降り出して、垂らした釣糸を巻く。急いでいかりをおろして舟のバランスを整える。この自然の変化に合わせて生きようとする。一生の間、滄浪に在りたいと願う様子が詠われる。第五章は水草のようなつまらない身であるが、心は白鷗と共にし、自然を友にする様子が詠われる。また、濯纓歌を高々と歌い上げる。世間を忘れ、己を忘れて自然に没入する様子が描かれる。第六章は静かな夜に濯纓歌を詠いやめる。粗末な酒家が見えるので舟を止めて酒家に寄り酒を飲む。第七章は酒に気持ちよく酔いぶれて眠りにつく。

流れに任せて前に灘があるのに気がつかない。急いで舟を止めて縛る。まるで桃源郷にいるかのようであり、脂がのった魚が豊富であることが詠われる。第八章は夜は静かで水は冷たいが、舟いっぱいに脂がのった魚を舟に乗せて帰る、満足げな様子。質素であるがこれこそ風流であると詠われる。第九章は釣り竿を持って舟に乗り、世間の名利など忘れて舟で悠々と竿を漕ぐ。棹を漕ぐ音、漁歌を詠う声が山水の緑と合わせてさらに生き生きとする様子が窺える。

李賢輔の「漁父歌」を見てみたが、この歌には漁翁が自然とともにいきることの楽しさが描かれている。また、舟を漕ぐ音や漁歌の声がさらに生動感や活気あふれる雰囲気を作り出している。

李賢輔は以前からの元の漁父歌を作り直したと言っているが、以前のものがどのような作かは知ることはできないが、李賢輔が音楽的な要素を織り込むことによって漁父生活がさらに楽しいものになるよう作り替えたものと考えられる。

ところで、李賢輔はなぜこのような漁父歌を作って楽しんでいたのか。

「漁父歌」は李賢輔の老年の作である。李賢輔の生きた時代には宮中での争いが多く、そのために高官たちが死に追い込まれたり、左遷されたりした。李賢輔自身も左遷や獄中生活を経験している。晩年の年譜をみると、五十一歳（一五一七）には安東府使となったが、この時に安東にある「歸來亭」に出かけている。六十歳（一五二六）には成均館司成になり、その後、六十二歳（一五二八）に一度左遷されたものの、同副承知・副提学・慶州府尹・慶尚道の監察吏を次々と歴任した。七十歳（一五三六）に一時的であるが官職を辞めて故郷に帰った。七十四歳（一五四〇）で戸曹参判となり、七十六歳（一五四二）には同知中枢府事となるが、この時にもまた休暇を得て故郷に帰り、李滉に会い交友を深めた。八十三歳（一五四九）に「漁父詞」を纂定し、八十四歳（一五五〇）には「愛日堂」の東岸にある臨江寺に寓居して、八十九歳（一五五五）に「肯構堂」において最後の生涯を送った。このように見てくると、官職に就けば生活は幾分安定できるが、そこにはさまざまな危機や辛苦が潜んでおり、李賢輔は官職に就いていながら常に自然を求めて出かけようとしたことが窺える。李賢輔にとって自然は彼に安らぎを与えてくれたことがわかる。

李賢輔は三短歌の一つである「聾巖歌」では仙人生活に憧れる生活を描き、理想と現実の間を彷徨しながら生きていたことを描いている。また、「生日歌」では天子の恩を思う儒学の道、君臣としての道を描いていた。彼の終着地は、天子の恩を思う儒学の道、君臣としての道である。このように、彼が理想と現実の間を彷徨しながら生きたことから考えれば、漁父のように動きある生活、気ままな生活もまた李賢輔の憧れる隠逸生活の一部であることは間違いないであろう。そして、自然を愛でる姿は興趣によるものであったと考えられよう(15)。

以上、高麗時代中期と後期、朝鮮初の文人の漁歌の詩文をみてみた。高麗中期の李奎報らの文人が描く漁歌は文人自らの心から求めようとする姿ではなく、どこからか聞こえてくる自然風景の一部として捉えていた。これに比べて、高麗後期および朝鮮初になると漁歌は身近なものとしてとらえており、自ら漁父になり漁歌を唄うものも表れた。これは自然と一体になり、自然と同化する姿である。また漁歌を唄う漁父は世俗を離れた自分自身を指し、官職を辞めて求める姿である。そこには興趣と楽しさがあふれていた。さらに、音楽の律動感を取り入れることによって生き生きとした漁父歌に仕上げていた。

このように、高麗中期と後期および朝鮮初の文人が歌う漁歌に対する感情や認識に差異が見られるのは、高麗時代中期が武臣政権という当時の特殊な政権下にあったことと関係する。武臣政権下に生きた文人は不遇な立場に置かれて生活が困窮し、また様々な面で強い束縛を受けていたために、官を得ようとした。そのために現実を離れることが出来なかった。したがって、精神的安定が得られる休息地を求めつつ、自然を愛でる心のゆとりより、現在を生きることへの関心が大きくなったのではなかろうか(16)。また、国の宗教とも無関係ではないと思われる。これまでの国教は仏教であったが、高麗後期になると性理学が入ってきて、これに文人は強い関心を寄せた。また、高麗後期には元の干渉期に当たって高麗の国力が弱まり、王位継承の問題を巡って、一人の君主のために義を重んじて官を辞める動きが強く、官を離れて隠遁を実践する姿が見られた。しかしながら、隠遁後にあっても、国を思う感情は変わらなかった。それは徐居正のように、性理学によるところが大きく、人道の大端や立身の大節の忠孝を重視し、国の将来や君子のあり方にこだわったからである。李賢輔の「漁父短歌」(『聾巖集』巻三)五章の第五章に「長安北闕千里、漁舟、濟世賢」と詠われている。(17) 長安北闕は王のいる宮殿を指す。朝廷を離れて王から離れていながらも国を思う感情もまた性理学によるところがあることは明らかである。

結

古代より詩人や文人は山水自然を好んでその中に遊び、山水自然に関する詩文を残しているが、本稿では、山水自然のうち、水辺に焦点をあてて韓国文学にみられる文人が描く漁父・漁隠および漁歌・漁父歌に関する詩文の考察を行った。その結果、新羅及び高麗時代の文人は漁父あるいは漁歌を自然の一部として捉えたが、時代が下るに連れて身近なものとして受け入れ、自然の漁歌に同化していく姿が見られた。また、漁父・漁父歌への興味は自分もそのようになりたいという強い願望により、以前からあった漁父歌を作り替えて楽しむようになった。しかし、漁父歌には物事を判断する尺度として儒学の思想が反映され使われていたが、それは時代の産物と言える。今回は李賢輔の長歌だけを取り上げたが、孟思誠(一三六〇～一四三八)の時調「江湖四時歌」、李滉(一五〇一～一五七〇)の「陶山十二曲」、尹善道(一五八七～一六七一)の「漁父四時詞」などと関連して考察を行い、さらに幅広く検討する必要があろう。

注

（1）拙論「韓国文学における「漁父」の受容と展開―新羅時代から高麗時代まで―」（第十二届东亚比较文化国际学术研讨会会议资料集收录、二〇一四、二）参照。

（2）一三八一年に左遷から官職に戻り、左司議大夫を授かった。一三八四年には中国の明国に行く途中、明国と外交的摩擦があったために金九容は逮捕されて、瀘州の永寧県に流配中病死した。

（3）拙著『韓国高麗時代における「陶淵明」観』（白帝社、二〇〇〇年）参照。

（4）本貫は大丘、字は剛中、号は四佳亭、一四四四年に文科に及第、司宰監直長を授かる。一四四七年に宣務郎、副修撰、知製教と次々と官職に上り、賜暇讀書（一四五一）、集賢殿博士などを経て、成均館司藝（一四五六）、藝文館應教、知製教、司諫院右司諫（一四五七）、工曹參議、刑曹參判に昇り、司憲府大司憲（一四六三）、藝文館大提學、中樞府同知事、礼曹參判（一四六六）、刑曹判書、吏曹判書（一四七九）などを歴任した。

（5）金侯漢生は『四佳集』の「漁隱記」に残っているだた一人の人物であり、どういう人物かは知ることができない。

（6）『春秋公羊經傳解詁』巻一に「君子大居正」という言葉があり、徐居正の名前を連想させる。字である「剛中」という言葉は『周易』巻一に見られる。また、徐居正は『經國大典』『東國通鑑』『三國史節要』『東國輿地勝覽』『東文選』など法典、歴史、地理、文学にわたって多くの書物を編纂している。

（7）徐居正の「中和」に関する詩文には、「俄而雨下霈然、喜而有作」（『四佳詩集』巻十三）に「今歳春滂倍舊時、田夫野叟自憂疑、雨油然下寧無喜、苗勃也興喜可知、陰陽燮理非吾分、天地中和捨我誰、謌詠大平眞盛事、來麰欲續厥明詩」とあり、「雙溪齋記（一四八一年作）」（『四佳文集』巻二）に「吾夫子在川上、有逝者之嘆、孟軻氏有源泉混混、不舍晝夜之說、苟得聖賢過往來續之旨、盈科後進之訓、從事於斯、遡流求源、循序而漸進、則學者下學上達之功、君子果行育德之能事畢矣、雖中和位育之功、亦不外此也、倘或膏肓山水、嘲弄風月、玩物以喪志、則非吾之望於侯也、侯其念哉、辛丑重陽節」とある。また、「桂庭集」序（『四佳文集』巻六）に、「自唐宋以來、釋氏之以詩鳴世者、無慮數百家、貫休・皎然、唱之於前、覺範・道潛、和之於後、往往與文人才士、頡頏上下、然峭古清瘦之氣有餘、而無優游中和之氣、終未免詩家酸餡之譏、然是豈強爲而然哉」とあり、「送日本球上人詩序」（『四佳詩集』巻六）に、「帝王之法、卽吾儒推己及物之効、而中庸所謂中和位育之極功也、上人觸於目、而感於心、感於心、而易其思慮、其奮激變化之妙、有不可以言語形容者矣、然則緇其服、而儒其行、尙何置疑於上人哉、能使交隣之好、永世不替、兩國爲一家、必在上人、上人勖之」とある。さらに、「聖賢之道」に関しては、「虚谷記（一四七五年作）」（『四佳文集』巻一）に、「余復以吾儒之行之切於身者言之、人以眇然藐然之身、處於大虚之間、宰萬物而不動、妙萬物而不滯者、皆本於此心之虚、心者本虚、虚故靈、虚故具衆理而應萬事、虚以存之於至靜之中、靈以待之於既動之後、體用相須、表裏無間、則其效至於位天地而育萬物者矣、況事物之理、有虚則有實、易咸之象曰、虚以受人、蓋虚則受、受則益、益則實矣、然則虚與實、非二物也、先儒曰、彼之虚、虚而無、此之虚、虚而有、有者、實之謂、無者、空然寂然之謂、此吾道與師道之分、而師亦知夫二者之説乎、子韓子嘗病世之能文之士之於釋氏、不以聖賢之道引而進之、徒學浮屠之説瀆告之也、余學韓子者也、拳拳以吾儒之説中之、在師擇而行之耳、蒼龍乙未」とある。

「漁隱記」に関しては徐居正のもの以外にも李穡の「漁隱記」がある。李穡の「漁隱記」は「廉東亭之居川寧也。自號漁隱」とあり、李穡の「漁隱記」と徐居正のものは『周易』を利用するなど似たところが多い。徐居正は李穡のものに倣って作った可能性も考えられる。また、当時に自分の号を「漁隱」とする人々が現れているのを見ると、「漁隱」に対する関心が多く、流行したと見られる。

（8）　注（3）拙著参照。

（9）　「楚辭、淮南小山王、招隱士」に「王孫遊兮不歸、春草生兮萋萋」とあり、王孫は女を連れて隠居を行った人である。

（10）　金時習の字は悦卿、本貫は江陵で、三歳で詩作し、五歳で『中庸』『大學』を、十三歳では『孟子』『詩經』『書經』など、『周易』『禮記』等の四書五経をあまねく勉学した。母親の死後、十八歳で松廣寺に入門し、三角山の重興寺に入って勉学した。

しかし、二十一歳（一四五五）の時に首陽大君である世祖が癸酉靖難を起こし、王位を簒奪したという知らせを聞いて自ら僧侶になり流浪生活をするようになった。その後、関西を遊覧し、「遊關西錄」（『梅月堂詩集』）、二十六歳（一四六〇）には関東地方を遊覧して「遊關東錄」（『梅月堂詩集』）を、二十九歳（一四六三）には「遊湖南錄」（『梅月堂詩集』）を残している。三十一歳（一四六五）の時、慶州の金鰲山に金鰲山室を建てて起居す。この時、梅月堂という号を用いた。また、この時から三十七歳（一四七一）の六年にかけて、韓国最初の漢文小説『金鰲新話』をはじめ、『遊金鰲錄』などの詩文集を残す。その後漢陽（今のソウル）に上京して、寺を転々として十余年を送り、四十七歳（一四八一）で俗世に戻るが、妃尹氏を廃する事件が起こると再び関東などに流浪することになる。この時期に「關東日錄」（『梅月堂詩集』）ができあがった。晩年の最後は忠清道鴻山の無量寺に生を終えている。

（11）拙論「韓国文学における「漁父」の受容と展開—新羅時代から高麗時代まで—」（第十二届东亚比较文化国际学术研讨会会议资料集收录、浙江工商大学、二〇一四年一〇月二五—二六日）及び「中国文学における「漁父」の基礎的考察」（熊本大学『文学部論叢』第九八号、二〇〇八、三）参照。

（12）無論、金時習の詩文には「仙道」「釋老」などの項目を設けた詩文があるが、子供の頃から学んだ儒学の書物により儒教が根本思想である。彼の名前の時習は『論語』「學而」第一の中に出てくる「學而時習、不亦説乎」という句から取ってきたと言われる。

（13）「漁父歌」「漁父詞」「漁父辞」などの表現が見られる。

（14）韓国語で歌われているところは日本語に訳しておいた。

（15）拙論「聾巖李賢輔における「帰去来」の真実」（『東アジアの人文伝統と文化力学』発表論文集、二〇〇八、十）、「朝鮮時代の李賢輔における隠逸生活—中国の自然詩人と関連づけて—」（『東アジア比較文化研究』第八号、二〇〇九、六）参照。

（16）高麗時代中期文人が陶淵明のように、官職を捨てて隠遁を実践するには至らなかったと同様であろう。

（17）「漁父短歌」（『聾巖集』巻三）五章

一　この中に憂いないのが、漁父の生涯、一葉扁舟を萬頃波に浮かべ、人世をすべて忘れたのに、日が過ぎるなどわかるものか。

二　千尋綠水振り向くと萬疊青山、十丈紅塵はどれほど覆われているのか、江湖に月白く照らすと、さらに無心になる。

三　青荷に飯を包み、綠柳に魚をくし刺す、蘆荻花叢に舟を縛り、一般青の意味どなたが知るものか。

四　山頭に閑雲が起こり、水中に白鷗が飛ぶ、無心で多情なのはこの二つだろう、一生憂いを忘れて君らとともに遊ぼう。

五　長安を振り返ってみると、北闕が千里、漁舟に横たわっても忘れることができようか、ああ、そのまま置け、私の憂いではない、濟う世賢がないだろうか（韓漢混淆文であり、筆者が漢字を活かしつつ意訳を行った）。

＊　本稿は拙論「中国文学における「漁父」の基礎的考察」（熊本大学『文学部論叢』第九八、二〇〇八、三）、「韓国文学における「漁父」の受容と展開―新羅時代から高麗時代まで―」（第十二届东亚比较文化国际学术研讨会会议资料集收录、二〇一四、一〇）と重複する箇所がある。

初出一覧

第一章　詠物における隠逸の心

一、中国文学に見られる「菊」の様相　――陶淵明を中心として――　熊本大学『文学部論叢』第六七号、二〇〇〇、三

二、韓国高麗時代の詩における「菊」の様相　――比較文学の観点から――　熊本大学『文学部論叢』第七一号、二〇〇一、二

三、楊万里における「荷」の存在と特徴　熊本大学『文学部論叢』第九〇号、二〇〇六、三

四、高麗時代の詩における「蓮」の一考察　『東アジアの佛教文化』韓国、二〇〇〇、一〇

五、牧隠李穡と「연못（蓮池）」　『朝鮮学報』第百八十一輯、二〇〇一、一〇

六、雨中の蓮　――楊万里と李穡の「蓮」――　『東アジア比較文化研究』（創刊号）、二〇〇二、六

七、圃隠鄭夢周の「食藕」詩小考　『大谷森繁博士古稀記念朝鮮文学論叢』白帝社、二〇〇二、三

八、中国宋代の詩人楊万里を中心とした「食蓮」に関する考察
——韓国高麗時代の文人との比較を中心として——
熊本大学『文学部論叢』第一〇五号、二〇一四、三

第二章「帰去来」の隠逸の生活

一、「帰去来」類型とその独自性の確認
熊本大学『文学部論叢』第七九号、二〇〇三、三

二、韓国の古典文学に見られる「帰去来」——中国における帰去来の類型との比較観点から——
熊本大学『文学部論叢』第九四号、二〇〇七、三

三、李仁老の帰去来の心と人生観——比較文学の観点から——
「李仁老の『和歸去來辭』について」『中国学志』（大阪市立大学中国文学会）比号、一九九三、一二と、「李仁老の人生觀に關する一考察——比較文學の觀點から——」『嶠南漢文學』韓国嶠南漢文學會第五輯（韓国語）一九九三、一二をまとめたものである。日本語訳に直す。

四、聾巌李賢輔における「帰去来」の真実
『東アジアの人文伝統と文化力学』韓国、発表論文集、二〇〇八、一〇

五、朝鮮時代の李賢輔における隠逸生活——中国の自然詩人と関連づけて——
『東アジア比較文化研究』第八号、二〇〇九、六

第三章　水辺における隠逸の生活

一、孟浩然の自然詩に関する一考察　――舟行の詩を中心に――

『中國語文學』（韓国嶺南中國語文學會）第二一輯、（韓国語）一九九三、六（日本語訳に直す）

二、中国文学における「漁父」の基礎的考察

熊本大学『文学部論叢』第九八号、二〇〇八、三

三、林椿の「漁父」詩考

熊本大学『文学部論叢』第一〇二号、二〇一一、三

四、韓国文学における「漁父」の受容と展開　――新羅時代から高麗時代まで――

（第十二届东亚比较文化国际学术研讨会会议资料集收录、二〇一四、一〇）

あとがき

筆者はこれまで古典文学に見られる山水自然詩及び隠逸詩を中心として研究を進めてきた。左思の「招隠詩」に「山水有清音」とあるように、山水自然詩の多くは隠逸と深く関わりがあり、隠逸の感情には山奥や水辺での感情が含まれる。詩人や文人たちは時には間接的に時には直接的に山水自然を愛でる一方で、自らを自然に投影しながら詩文や歌を作り詠じていた。その流れの内の一つ、「漁父歌」にもまた隠者に憧れる感情が歌われている。詩人や文人の隠逸や隠遁生活は、厳しい官職生活あるいは歪んだ政治社会から逃れる手段として、彼らは山水自然を通し心を癒していたのである。すなわち隠逸隠遁という「帰去来」の主たる目的は心の落ち着く場を得ることにあったのである。

本書『韓国古典詩における隠逸の心とその生活—中国古典詩との比較を中心として—』は、第一章「詠物における隠逸の心」では、「菊」及び「蓮」を、第二章「『帰去来』の隠逸の生活」では、陸地での隠逸の感情を、第三章「水辺における隠逸の生活」では水辺における舟行詩や漁父、漁歌や漁父歌を中心に、構成されている。これらはこれまでの学術雑誌、発表資料集などに掲載された論文を集めたもので、最後の「韓国文学における漁父・漁隠および漁歌・漁父歌に関する詩文の考察」は漁父に関する総合的な論考として新たにつけ加えたものである。

そもそも、これらを研究するきっかけになったのは、「韓国高麗時代における詠物詩〈花木〉を中心として—韓中比較の観点から—」（平成十二年度から平成一三年度まで科学研究費補助金）を執筆する際に、「菊」や「蓮」など草木に関する資料を集めながら研究を行ったことにある。隠逸を表す「菊」が韓国の詩文にどのように受容されたのかを調

べているうちに、韓国の文人たちは「菊」を重んじつつも「蓮」と関連のある詩文を多く残していることに気付いた。そこからしばらくは蓮に没頭して研究を続けた。その結果、韓国の文人は「菊」よりも「蓮」をさらに重んじていることがわかった。その理由は、中国の宋時代の周敦頤（一〇一七～一〇七三）の「愛蓮説」（『古文眞寶』後集、説類）に「予謂、菊花之隠逸者也、牡丹花之富貴者也、蓮花之君子者也。」とあり、蓮を花の君子であるとする「愛蓮説」が影響を与えたことにある。当時は仏教が衰えて儒学が奨励され、それに伴って安珦（一二四三～一三〇六）によって性理学が導入されるようになったことで、「蓮」は一層愛でられるようになった。本書「牧隠李穡と『연못（蓮池）』」の論文にも述べておいたが、高麗末になると蓮池を作り蓮を愛でつつ、隠逸の気持ちを託する詩が詠われるようになる。これは中国にはあまり見られない韓国古典詩の特徴として位置づけられるものである。

韓国と中国は歴史的背景が異なるし、そこから発生する事柄も各々特徴を持っている。文学においても中国から伝わったものが韓国に活かされているものも少なくない。一方、日本では韓国の古典文学はそれほど知られていないし、また研究者も少ない。本書はその稀な一例といえよう。韓国の古典文学が明確に解明されれば、日本の研究者にも大いに役に立つものと考える。本書は韓国と中国の隠逸詩文の比較を通して、韓国の隠逸詩歌の形成過程及び特徴・変遷などを明らかにし、東アジアにおける韓国古典文学における隠逸詩歌の位置付けを明確にしようと試みたものである。もとより、いまだ不十分なところがあるかと思われるので、それらの点については内外の研究者の忌憚のないご批正を頂戴したい。

本書の詩文の訳に関して、書き下し文にした場合と現代語訳にした場合があるが、それは叙述上の都合による。また、互いに関連を持つ論文の場合、論を進める過程で必要があった時に他の拙稿論文から引用して本文に利用した箇所がある。それらはそれぞれの論述に必要不可欠と思われる部分で、相互に関連性が深いためどうしても引用せざるを得なかったものである。できるだけそのことを注記することに努めたが、中には見落とした個所もあると思われるのでご理解をいただきたいと思う。

漢字に関連しては、初期ワープロの時期には旧字体がないためにやむなく俗字や新字体を利用したが、その後、ワープロの進歩で一部ではあるが旧字体の漢字が作れるようになった。しかしパソコン内の環境が変わると今度は文字化けをする。近年はかなり進歩したパソコンだが、今においてもなお旧字体入力は難しい。本書において、出来るだけ原文は旧字体を、書き下し文や訳は常用漢字を使用するように努めたが、一部では旧字体と新字体とが混じっている箇所があろう。これまたご了解をいただきたい。

本書は平成二十九年度「熊本大学学術出版助成」の支援によるものである。本書が完成できたのは大学時代の恩師、澤崎久和先生のお蔭である。私が困った時、落ち込んだ時など励ましてくださった上、論文に関しても質問に対する丁寧なご説明、貴重なご助言など言い尽くせないほどご助力を賜った。この場を借りて深甚の謝意を申し上げたい。また、本書の刊行を快く引き受けてくださった風間書房の風間敬子社長、新・旧漢字など煩雑なところにまでも気を配り編集をしてくださった斉藤宗親様に心から深く感謝を申し上げたい。

最後に、本書は極楽浄土に旅立った私の父母、朴光遠と安熙子に捧げたい。この世で一番尊敬する立派な親に恵まれたことに大変感謝したい。留学という手段により、遠く離れて心配ばかりかけた親不孝な筆者だが、この書物をもって許していただきたいと願うばかりである。

二〇一七年十二月吉日

朴　美子

索引

人名索引

こ

さ

し

書名・作品名索引

詩文索引

く

け

略歴
朴　美子（パク　ミジャ）　文学博士
熊本大学大学院人文社会科学研究部（文学系）教授。
『韓国高麗時代における「陶淵明」観』（白帝社、2000.2）
『中日韓比較対照　成語・ことわざ辞典』（ふくろう出版、2011.3）
『グループで楽しく学ぼう韓国語！』（朝日出版社、2015.1）など。

韓国古典詩における隠逸の心とその生活
—中国古典詩との比較を中心として—

二〇一八年三月二六日　初版第一刷発行

著　者　朴　美子
発行者　風間敬子
発行所　株式会社　風間書房
101-0051 東京都千代田区神田神保町一—三四
電　話　〇三—三二九一—五七二九
FAX　〇三—三二九一—五七五七
振　替　〇〇一一〇—五—一八五三

印刷　富士リプロ
製本　高地製本所

NDC 分類：901
ISBN978-4-7599-2206-6 Printed in Japan